日本漢詩話集成

五

趙季
葉言材 輯校
劉暢

中華書局

五山堂詩話卷六

天下才一石，子建得八斗。以今視之，其人疑有桀驁不屈之氣，而其《與德祖書》云：「僕常好人譏彈其文，有不美，應時改定。」虛懷如是，此其所以爲子建。今人以庸庸之才，先自張大，滿腔客氣，不肯下人，强辭奪理，以掩己拙。聖益聖，愚益愚，不其然乎？

唐詩自有唐詩字面，宋詩自有宋詩字面。今人不擇，隨手混用，殊爲欠鍊。譬之化飯道人，沿門乞米，鉢中所受，新舊精糲，紛然相糅。煮熟到口，只是救飢，不復知真風味所在。此等詩，余目爲「化飯體」。

阿波仁大夫，名胤，號蓮花。風流醖藉，善與人交。嘗命木芙蓉作《百老圖》，栗山先生爲題五古云：「寫翁九十七，謂爲百老會。木叟進致辭，少三非無謂。蓮花邀先生，雍也傍一醉。三湊恰成百，何嘗少一位。栗翁聞未半，佛然言面厲。蓮花大國老，栗山天下士。兀那老畫師，冒瀆能無畏。木叟掩口笑，先生意何隘。下可陪乞兒，上可陪上帝。風流蘇東坡，出言有餘味。且此圖中人，先生能識未？中位我老彭，立圖自此始。二老周大老，柱下爲之次。三老四真人，加以商山四。洛陽耆英會，唐宋會有再。其佗諸年德，森然照百代。雍也引二君，參來入其隊。雖然云賤役，陪坐何足怪。雄辯驚四坐，抵掌齊稱快。栗翁被辯倒，呆然漫題字。」直把一席閒話，做一篇好詩了。

肥後辛伯彝，嘗得「鶴鳴溪月出」句，以示栗山先生。先生極賞其清警，且思所以對之。後莅揮毫，屢書此五字。歷三年，先生猛有所得云「猿挂嶺雲長」，遂爲妙聯。

佛庵仲景蓮有硯，名「燕雲」，彫琢天然，海内無二。背鎸栗山先生銘云：「天造地設，待仲景蓮。柴彦作銘，皇寬政年。冉冉征途，來者何人。任爾千回，燕出五雲。」此其所以取名。阿波侯嘗因先生致覽之，頗有傾奪之意。先生曰：「此蓮最所珍重，操守已堅。換之以貴國之半，恐亦不可得矣。」自後人以「阿波半國」目之，聲名傳播藝林，一時題者如雲。乃侯云：「水漬雲蒸最潤和，神鎸天鏤自堪磨。研池瀦墨能多少，片石無由换半阿。」米庵云：「自耐一泓輸半國，猶能尺璧值連城。」余云：「學士出言非孟浪，古人換酒得涼州。」蠖齋又有「雲煙吞吐阿波海」句更妙。

竹庵市得古鏡，徑五寸五分，背作八乳，銘「長宜子孫」四字。外輪具鳥獸形，題句二十八字，有「新有善同出丹陽」之語。文字透徹，秀潤可掬，真莽時物也。寬齋先生作歌贈云：「竹庵主人篤好古，購買古鏡手摩撫。背有二十八字銘，知是製造出新莽。新莽篡賊不足論，唯愛此物百世存。鍊銅鎔範精且巧，不數周彝與商尊。何况唐家百鍊鏡，楊州長吏費使令。徒鑄飛天九五龍，古雅温潤竟不競。我有同病老未休，收藏爲築寶月樓。一十五鏡愧欲死，野鶴鷄群豈同儔。嗚呼他人稱好事，多蓄燕石矜俗子。安知主人真賞鑒，心醉在此一小器。」

老杜品鄭虔畫云「滄洲動玉陛，宣鶴誤一響。」今畫院狩法眼寬信蓋近焉。法眼陪侍無閒，歸家則畫絹塞屋，將應需之不給。猶能分意吟詠，使余削潤之。《縱步近村》云：「煙淡春畦十里餘，拖筇閒步夕陽初。落梅疎竹田家裏，聽取琅琅兒誦書。」《春晚》云：「日射西窗送晚霞，焚香閒看篆煙斜。鈎簾欲放梁間燕，却怯傷心看落花。」皆極可愛。

余叨蒙官醫竽齋石君知遇，一日告余曰：「曩在峽時，有一門生喬貞寬，字子宥，才敏言訥，覃思我術，兼愛文藻。齡纔過弱，溘爲異物。其父猶在，若能替予傳其遺詩，則請車之憾可以小慰矣。」余謹許諾。乃就其稿録存二首，《憶友》云：「昨宵雲翳月，今曉雨滋苔。片片桃花落，雙雙燕子來。音書半春阻，懷抱幾時開。誰識蓬蒿裏，久埋仲蔚才。」《客至》云：「雨後千峰緑，斬新入户來。禽鳴藏密樹，花落印深苔。迎客移棋局，呼童命酒盃。陶然對終日，幽興爲君開。」其人其詩，秀而不實，殊爲可惜。

北勢才子村田明，字月渚，號水荭。家資甚殷，雅好文墨，以吟詩自娱。其百絶句近已行世，舉其尤者。《惜花》云：「春來一日無晴好，一日纔晴春欲空。又是閒愁亂難理，小樓三面落花風。」《秋曉》云：「蟲聲破夢喚清愁，殘月曉風涼意稠。巖桂未開蓮已謝，秋容只在碧牽牛。」《鎌倉山中》云：「健竹行行穿翠微，緑苔滿地屐痕稀。山深柳絮錯時節，過了三春始解飛。」今方弱冠，而吐屬如此。特奉杜陸，手自糊二家詩於齋壁上，遂扁曰「杜陸堂」，蓋仿袁氏「白蘇齋」也。又倩因是爲作堂記，其趨向可想矣。余聞村田氏家世崇佛，長齋竟歲，素不喜儒者。而後嗣生此等文種人，可謂五天出麟哉。但北勢今日詩派，多出余及如亭兩人。獨月渚則出於詩佛，未爲全無佛緣也。

月渚《暮春》云：「孤鶯盡意喚幽叢，人坐書窗寂寞中。垂柳溪頭朝雨緑，飛花門外晚風紅。一春行樂多兒戲，近日詩情似夢空。挽住韶光苦無術，不知何處覓神通。」《金澤總宜亭》云：「倚遍危樓萬念空，簷高四面盡清風。崇山峻嶺當欄出，蟹舍漁家隔柳通。古寺亂鴉鐘響後，雙橋斜日水聲中。賞心知否還宜夜，煙淡渚汀新月籠。」有此巨作，絶句累百亦屬割鷄。

又有鈴木翁者，近質詩於詩佛。《春日》云：「搭欄垂柳緑參差，獨弄春光得句遲。霞裏暮山知欲雨，明朝辜負踏青期。」《雨後園中即目》云：「散策園中雨霽初，風吹新竹緑齊舒。活東得氣知多少，已看沈云滿小渠。」翁名千邑，號蘆洲。余昔年屢經會面，今六旬餘方始學詩，可云枇杷著花。

千德基，字子恭。《晚景》云：「數點牛羊分路回，寒鴉聲裏夕陽頽。一家老屋嫌頽敗，紅蔦還能設色來。」平井珏，字雙玉。《秋雨嘆》云：「終夕妨眠響枕頭，天窗微白未曾休。世間誰似秋霖惡，籬菊無情亦自愁。」安達岫，字雲棲。《夜熱》云：「炎蒸入夜有餘權，何肯微風到枕邊。無賴蒲葵手中扇，百揮不博半時眠。」三人皆迪齋社中後進能詩者，駸駸如此，可前程萬里矣。

石士譽書來曰：「我兄順卿，舊從先生受業。先生去勢之後，出贅於山中氏，不幸病瘵，終至不起。臨終猶命以其遺詩寄送先生，蓋望他日採摘也。今舉篋中剩草，一併封上。若蒙選擇，則足慰冥漠矣。」其言悽惋，讀之欲慟。乃録二首，以換絮酒之奠。《晚秋》云：「數點寒鴉散晚風，黃牛帶犢自歸宮。山村秋老無多景，只見楓林一樣紅。」《病中》云：「藥鼎孤燈伴枕頭，病軀何耐度三秋。東家砧杵西家笛，夜夜併來助我愁。」士譽又極耽詩，《夏日田家》云：「秧田千頃碧連空，雨暗芊芊漠漠中。只有草人堪寂寞，依然獨戴敗天公。」《冬郊矚目》云：「鶻鵃白鷺認林歸，柹葉霜風吹稍稀。冬野陰晴無定準，走雲飛雨忽斜暉。」有弟如此，順卿不死。順卿，名時甫。士譽，名幹甫。

間嘉瑞，字芝生，號可亭，亦勢人曾經受業者。客歲負笈東下，余爲薦入竹堤社，頗以詩稱。《春日》云：「釀暖東風自在吹，石闌干外雨晴時。欲緘緑蕚梅花綻，天把青藍染柳絲。」《夜景》云：「晚潮送月蘸蘆叢，一面波紋細細風。咿軋歸漁舟未遠，清光碎在櫓痕中。」

宫本球，字求玉，號茶村。篁村之弟。詩最新穎，近出都下，人比之孟家少孤。《見古塚》云：「老樹如攫古塚巔，封狐穴處已幾年。斷徑荒涼無人跡，墓門鶴去竟不還。當時挂劍亦是誰，冥漠之君那得知。野草離離猶泣露，半林煙雨有雉飛。」《反游仙》云：「三竊蟠桃不可嗔，若爲謫墜在紅塵？果然天上無公道，月裏却容偷藥人。」《詠筍》云：「真成君似我，矗立世相違。知是當何債，朝來自脱衣。」摘句云「逸牛原草長，鳴雉野風温」「螢流秋水冷，犬吠曉雲深」「讀書舌猶在，對俗腹長捫」「烹煉詩傳道，飛昇夢學仙」，皆妙。

詩禪《山亭夏日》云：「山色映軒蒼翠深，風琴奏韻答溪音。人間豈有涼如許，赤日炎塵午鑠金。」《夜雨》云：「夜窗雨撲芭蕉樹，恰似熬稃膈膊鳴。聞到三更四更際，被渠裂盡漸無聲。」每一篇出，風味益饒。所謂一蟹不如一蟹者。

善庵《新年作》云：「五雨十風春最温，太平有象亦何論。千門作節松篁緑，幾處趁朝車馬喧。不用畊田歌帝力，只須學道答天恩。自知福分吾能勝，且著萊衣侍二尊。」藹然經儒氣象。其所著

《孝經私記》今歲入鐫，佐藤大道爲作序贊。其有至性，觀此末句詢不虚也。其門又有鈴木讓者，號恭齋。學有樹立，詩亦自潔。《秋夕池上》云：「林鴉歸盡晚涼生，閑就池頭眼忽明。赤日茅簷已屏氣，清風竹榻最多情。煙昏荷外魚頻躍，露滴柳梢蟬一鳴。爲覓新詩端坐久，滿身微冷覺衣輕。」《客中至日》云：「佳節飄零猶作客，小窗對酒且吟哦。還愁心繭無由理，又是添來一線多。」

秋田世家，松塘匹大夫，名定綱，字伯紀，柳塘大夫之子。兩世好學，絶非今之從政者。己巳出都，屢蒙接遇。别後今已三年，追思爾時文酒之會，如信宿耳。北山先生爲余見示其小詩，謹抄以寓不諼之意。《春曉》云：「何處鶯簧向曙天，一聲聲裏喚回眠。欲尋殘夢茫無跡，芳草池塘雨若煙。」《夏夜》云：「風摇簷竹夜涼輕，月上軒松秋氣生。一枕不知三伏熱，卧聞桐院轆轤聲。」清脆自佳。余遂覓先大夫之詩，未有得，將待佗日而録之。

商榷古今詩文，只須虚心静氣，持論平穩，不至偏頗，然後人自服。苟挾私見，仇敵相視，則譽罵詆訶，只恐聲低，不至攘臂相鬬者幾希矣。不啻人不服，秖足招其激耳。近日此風儘有，太覺薄俗。昔錢虞山指擿李何王李，信口罵盡，至謂「讀書種子從此斷絶」。虞山身後，其所鏤諸書舉遭撕毁，雖是爲名教獲罪，亦不爲無悖言之陰報也。書以爲好罵者之戒。

箱根山中所有温泉，無慮六七。蘆湯最清奇。攢峰亂嶺，人居其間，殆有洞天之想。今辛未秋，詩佛、緑陰、淡齋諸人拉可菴、文一二畫客去遊其處，緑陰、淡齋相謀，立石勒同遊諸作，詩佛書字石背，作魁星像。二客各寫一星，更煩文晁補找一星。北山先生作文記其上面，亦韻事也。諸作不能悉録，僅抄緑陰、淡齋二詩。淡齋云：「涼意生時雨政收，逐風雲脚去如流。東南一角山才缺，展出蒼波萬頃秋。」緑陰云：「雲影乍昏還乍明，山村一日幾陰晴。霏微空翠家家雨，簷角時時滴作聲。」緑陰歸途又有《過六合渡》一絶云：「渡頭水退人争渡，一葉舟危膽欲寒。驚看前回沽酒處，壁間半濕漲痕殘。」亦自可喜。

余客遊關西數歲，丙寅治裝將歸，途稽吉田，月殆過兩。輪秋筠相知最深，提其後進從余取謁，詩酒詠謔，無日不歡。其中高立卓公、龜遜脩來二子才思出群。余已歸都，秋筠以己巳來，托以二子詩。其稿未届之間，秋筠聞母訃歸，尋而身亦殞。從此每念及吉田，胸襟作惡，擱筆不復問。今歲二子書至，赧然責余緩慢。余蹴然自警，遂起録其詩，以謝吾過。高《久雨晚晴》云：「雨聲幾日繞簷聽，際晚西邊忽現青。捲盡癡雲天似洗，銀蟾閑伴兩三星。」《風雨近重陽》云：「茅堂獨坐守昏黄，不奈東籬風雨狂。箋訴天公須斂手，辛苦栽菊爲重陽。」龜《春晚出遊》云：「人家緑暗蝶猶飛，嫩日輕風適裌衣。怪底餘春還有雪，長堤開遍白薔薇。」《秋夜》云：「虚堂爽氣近三更，獨坐披書伴短檠。月影將生雲影淡，亂蛩如雨滿階聲。」高，初名暹，號慮堂。余嘗爲其作堂記。

偶閲《石湖集》，《將至吴中，親舊多來相迓，感懷有作》云：「望見家山意欲飛，古來燕晋一沾衣。回思客路豈非夢，乍聽鄉音真是歸。新事略從年少問，故人差覺坐中稀。不須更説桑榆晚，霜後鱸魚也自肥。」情深之語，使人三覆。孰謂宋詩短於言情乎？諸抄不及，故表出之。

學詩有二多，多讀多作之謂也。然今日讀詩，徒有摘生奇語，思供作料，不問意興所托，不省格律所在者。作詩徒有飣餖字句，毫無音節，不用烹煉之功，不求琢磨之益者，皆所謂「雖多亦奚以爲」者矣。故多讀不如精讀，多作不如精作也。

詩者，情所由發。苟無所興，則一月可不作。境致一到，則一日累幾篇亦不爲多。若必以詩爲課，則夭閼性靈，桎梏才情，粗率牽强之病亦隨生焉。有一冬烘先生，日課七律一首。除夕客至，先生方盛張燭，端坐思詩。客問其故，先生曰：「今年詩什，課數不足。要今夕償還以勾帳耳。」吁！愚亦甚矣。

或問目今諸家詩力强孱，次及寬齋先生。余曰：「只是算放翁什一，不知其他。」其人問故，余曰：「放翁云『六十年間萬首詩』，先生乃云『六十今春加四年，作詩長短過千篇』，非什一而何？」其人大笑。然西川國華，今垂古稀，一年所作不下千四五百首。則放翁詩力，亦恐算國華什一矣。

東奥熊阪秀，字君實，號盤谷。家資巨萬，累世好施。大父霸陵山人，頗喜禪理，好誦蘇黄詩。至迺翁台州，嗜學益深，藏書殆萬卷，自稱「邑中文不識」，海内知名之士無不交投縞紵。盤谷能繼箕裘，家聲赫著。近因國華見貽詩册，多係唱酬賡和之作。僅録《中秋無月》一律云：「雨冷風淒雲作堆，嫦娥潛影鎖瑶臺。苦吟懶覓新詩句，薄醉强傾濁酒盃。園裏只聞梨葉戰，天邊不見桂花開。通宵懊惱難成睡，又到簾前曙色回。」亦善學唐明者。

余之遊奥，雖云竟歲，往來路上亦忽忽耳。名迹韻士，一不及訪，悉付輿夢之間。青木金山近遊其地，搜索殆遍，歸來屢笑余疎脱。其中今市東光寺斷碑，與盛岡島子憲之詩，爲其最所誇稱。

斷碑拓本，寬齋先生已取入金石目録。子憲之詩，我不得不奪置話中，亦聊存琴朕之意云。子憲，名文垂，號快齋。《遊武南户》二絶云：「霜晴喚我步山蹊，行度盤桓倚杖藜。忽到溪間天地別，人家住在水東西。」「山村冬暖不堪佳，一罩煙開畫裏家。將謂林巒春正晚，風翻霜葉作飛花。」又聞子憲唱和之友，更有木進卿茂德，未及得其詩。隴今已入手，明年亦將尋收蜀。

高田室方高，字子山。刻苦作詩，自號「詩瘦」。吟筒相寄，殆無虛月。《晚春雜興》云：「幽窗寂寞坐春深，纔輟讐書懶又侵。芥圃開花釀辛味，梅園垂子結酸心。忘憂酒只宜微醉，得意詩來自苦吟。日永如年消不得，更移茶竈就松陰。」《春寒》云：「惻惻春寒去復來，爐頭癡坐欲呼盃。一園紅紫無消息，三尺盆中出窖梅。」皆爲平生出色之作。

桑原道，字文友，號琴水，阿波人。介木鳴門，從余學詩。《客夜》云：「燈前耿不寐，坐到五更頭。月落潮聲壯，雨淋蟲韻愁。歸兮菊存徑，倦矣客登樓。桂玉真無奈，經年嗟滯留。」《田家留客》云：「村酤聊復勸三盃，金橙堆盤欠鱠材。只有月光供給客，故將松影上牀來。」文友又薦其鄉友福田延興，字子功。來行束脩，未一月歸鄉矣。僅省記其客中之作一首，《夏日泛舟》云：「買舟半日水雲鄉，苦熱羈愁兩欲忘。歡伯欺人樽易罄，歌兒媚客曲偏長。樓樓迎夜燈光鬧，院院借秋簾影涼。最是楊州腸斷處，橋頭煙淡月蒼茫。」

山本清溪投示一詩册，曰：「亡姪名正剛，字士毅，號筠溪。自幼嗜詩，蕪詞成堆。中年下世，詩多散失，其存者僅僅止此。一片心血，吾不忍埋没。先生幸爲存之。」余録其《春雨》云：「昨來春雨鎖柴荆，泥巷無人絶送迎。香碗簾低籠霧氣，茶鐺室小送灘聲。山莊野寺花須綻，村路池塘草復生。明曉探芳曾有約，喜聞鳩婦唤新晴。」《冬日牡丹》云：「國色依然霜雪中，花開何必待春風？嫣紅粉白肌無粟，笑殺隋家裁剪工。」《客夜》云：「天外三秋雁，燈前萬里人。」《湖上秋夕》云：「寒杵山村近，昏鴉城樹多。」

醉石云：「有閨秀多田氏者，安永間人也。名順，字季婉。誦書吟詩，極有青衿風。常愛讀《資治通鑑》。其遺詩名《綽約集》，繡梓無人，將蠹篋底。其及知季婉者，意欲倩君手提取數首，插《詩話》中，以圖不朽。」余遂取其集讀之，真女丈夫詩也。遂就中抄稍優柔者，以酬其意。《夜坐》云：「静夜憑軒坐，春風衣袖寒。孤貧人易厭，多苦自難寬。柳暗煙初淡，花明月未殘。笙歌何處起，空憶昔時歡。」《春日》云：「春風户外一株梅，獨向花前吟幾回。自是無人問孤寂，鶯聲何事報儂來？」《暮春有感》云：「憔悴花前自恨春，花開花落白頭新。顛狂柳絮今相似，昔日深窗詠雪人。」《秋日郊行》云：「一徑蕭條沿水斜，炊煙遥認兩三家。荒邨落日稀人語，無限秋風動稻花。」其負抱可想者，《偶成》一絶云：「嘗將筆硯學男兒，不趁春風試粉脂。天壤王郎空有恨，謝家門巷落暉時。」

麻姑以米擲地，皆成丹砂。方平笑曰：「姑故年少也。吾老矣，不喜復作如此狡獪變化也。」是上等仙人不貴奇也。今之詩流，只圖出奇以嚇人。我恐被方平笑矣。王弇州云：「奇過則凡。」知言哉。

周益公跋誠齋詩云：「大篇短章，七步而成，一字不改，皆掃千軍倒三峽之語。至於狀物姿態，寫人情意，則鋪叙纖悉，曲盡其妙。筆端有口，句中有眼。」可謂善論誠齋矣。余又謂，誠齋胸中别有一冶爐，金銀銅錫皆鎔而出之，但一氣所噓，間有鑄敗者。讀其全集，須以此意觀。今人學誠齋者，胸中初不具一爐，而漫然鑄物，宜其無一成形者也。

上毛河君嘏，村莊在南牧山中。園中有普巖室、獅子峰，園外有水曰龍溪，皆爲潮音禪師棲跡。米葊少時有「溪園法苑龍蟠勢，峰擁佛門獅踞姿」之句，景象可想。愛蓮有《題普巖室和音師韻》二絶云：「開士説禪獅子巖，一聲獅吼震巉嵌。巖頭尚現當時相，落日秋風響老杉。」「一偈初開智慧花，定珠元是絶微瑕。普巖只逗真如月，不見枯禪打結跏。」寬齋先生亦題云：「一間禪室傍巖幽，此處潮公杖舊留。詩偈猶餘當日韻，夜風吹落石溪流。」君嘏家實爲先生原族，其高祖某湛深禪理，歸依音師，天享間人。

余昔歲有《送島梅外遊信中》詩云：「二瘦多年賦北遊，山奇水麗總相酬。信中元與詩爲地，不遇島家便得休。」近今信中詩人之盛，雲蒸霞起，如江自芳蘭腸、山静太古、須田勤子稷輩，國自有名手，不須假他，殆所謂江南金錫不復爲用者矣。蘭腸《春日》云：「日烘簾額漏聲遲，一鼎茶煙細似絲。雪白梨花春寂寞，香風爛醉小猫兒。」《春夜》云：「玉蟲影冷枕屏寒，幽夢和詩未便殘。裂帛一聲天欲曉，杜鵑飛過小欄干。」太古《夏日》云：「亭午焦天日氣紅，槐西有路夢纔通。覺來窗下無殘照，緑動芭蕉一扇風。」《秋晴》云：「水天一色雨初收，天外雲山水上浮。今古幾人同此景，閑吟倚遍夕陽樓。」子稷《客中首夏》云：「今朝早已换春衣，杜宇催人猶未歸。只有薰風來解悶，舍前舍後野薔薇。」《睡起》六言云：「夢回山月如洗，酒醒水風頓涼。知是睡中過雨，秋生一面荷香。」清詞腴句，皆越流俗。聖誕每對余稱栩此三人，實詩壇之選也。

山極盤，字鴻人，號吉堂。上侯遊信中，以詩爲其館客。忽介上侯來蒙相見。《春晚》云：「老白殘紅送寂寥，落花時節雨連宵。何方倩得春寒力，更駐韶光三四朝。」《冬日遊山寺》云：「寺前寺後削重峰，棲鶻歸來雪後松。半日浮生閑未了，夕陽先報一聲鐘。」清絶可愛。聞吉堂驅鄉人就文墨，誘掖不置，最爲美事。又其社有僧拙庵，工詩善書。《訪細庵客居》一絶云：「枯藤踏月夜敲門，一夜清吟役盡魂。多謝春風吹不斷，梅花香裏坐輕温。」細庵，上侯別號也。

上侯五律有絶佳者，如《秋夜》云：「夜静人孤坐，秋深衣未成。何堪青女冷，只愛素娥明。露草寒蛩語，風林落葉聲。我心原匪石，萬感一時生。」《客中歲晚》云：「豈無霜雪嘆，急景水東流。波響頻妨夢，燈花暗結愁。客遊一年盡，旅食幾時休。東道故人在，浮萍好暫留。」《寄兄》云：「團圓能幾日，空度異鄉秋。采蕨期空在，陟岡詩未酬。不知山路險，孰與世途憂。風雨相思夕，連牀愧子由。」皆得放翁神味。

百年，宿志不諧，動有翟公之嘆。其《感懷》詩云：「華顛梳罷愧青銅，又是江城秋欲空。交態易疎才本拙，美言難信計頻窮。暮雲家遠千山外，夜雨夢迷孤枕中。留滯七年歸未得，自甘身作寄居蟲。」坎壈之情隱然言外。

有人《詠燕》云：「白玉堂前棲托穩，呢喃盡日復何愁。年年憐爾長爲客，不省人間羡頡侯。」此用比體，蓋有所誚也。

柳灣《讀隋紀》云：「千里春風堤柳斜，龍舟供奉盡宫娃。君王獨悔平陳日，枉剪青谿一朵花。」音節風趣，自是中晚家數。

余嘗謂律詩猶古之《雅》《頌》也，七絶猶古之《國風》也，《雅》《頌》不如《國風》之感人之深也。大抵七絶之爲體優遊不迫，委婉有餘，性情之微，寄託之妙，外此而無可攄者。風人之遺意，只此爲近焉。今日自公侯武夫，以及衲子妓流，亦皆可學而至，以故一枝片玉，世自不乏。余之採擷多涉此體，亦復爲此。人或有喜綴巨篇，而以七絶爲小作，不復措意者。只知駝峰、熊掌之爲美，未嘗知晨鳧、夜鯉自有真風味也。

南谷瀧川君，諱利雍。其父扶摇滕公子，風流儒雅，名傾當時。君出冒他姓，頻經劇職，未嘗廢吟哦。詩律之細，殆過前人。源臺山嘗延余相見，自後受知最深。前席談論，輒至丙夜。君爲人謙虚，每獲一詩，必相咨詢芻蕘之言，多蒙嘉納。其《玉芝園稿》篇什太富，記其最雋者。《秋日書懷》云：「不才逢盛世，何恨宦情違。東海鄉關遠，孤身兄弟稀。自存經濟意，未製薜蘿衣。十載青雲上，看他鵷鷺飛。」《秋曉》云：「陰蟲聲罷草堂幽，殘月窗間影半收。寂寞山園微雨後，牽牛花綻一籬秋。」《鼯鼠徑》云：「巖仄通微徑，林深望轉迷。欲尋幽處去，鼯鼠學人啼。」皆不減唐人諸作。他如「梅影先知月，蛙聲已覺春」「人煙村落曙，鶯語野亭春」「午雨藤花彈，薰風竹氣移」「文章終長物，事業奈空論」諸句，亦足接武王岑。

詩會分韻，今日率爲律令。雖是立脚先定，若便構思，其實害詩非淺。江、佳、肴、咸，韻局已狹。纔一落手，牽扯附會，苟且塞責。縱有應劉之才，亦無可施。辭以我不能，則有示怯之嫌；即果作之，人只賞其耐履險耳。塞斷機栝，莫此爲甚。其害一也。一相題目，新意頓生。退而檢韻，則字字枘鑿，一無足完意者。不得不割情而擲之，遂降一等以圖結構，使我才情不得展。其害二也。立意已定，然後覓好韻。猶擬遊某山討某水，然後覓佳屐。今先領韻，方纔立意。亦猶視屐佳否，以定遊方之遠近。先受拘束，豈又有自適之理？其害三也。故席間無可傳之詩，人亦視爲芻狗。其原未必不由此。余每涖會，不肯狗韻以强作，以其徒勞神志，絲毫無益也。

詩中鋪叙不可失實，今日作者殆不勝其病。年齒方耆，而動有衰頽之語；不出閫閾，而便發倦遊之嘆。四面無山，强稱青岑；一時有雨，猶説夕陽。嘯此不傳，驢我所無，而屢言不置。凡如此類，隨手濫用，不覺自陷於欺罔矣。余嘗春初侍宴田邊侯，侯命賦詩，分得「黄」字，有「垂楊池畔弄輕黄」句。侯哂曰：「詩則絶佳，只我園中原無一株垂楊樹。」余遜謝而已。雖是點裝風光不必窒礙，猶自悔立言之不覈。

詩中填塞故事，最爲下乘。此際享保餘裔，今尚奉明七子三尺者，舍草玄題鳳、投轄下榻、德星劍氣等字，而不能成詩。殊不知故事填塞，則癡重庸腐，絶無俊逸之氣。猶是木馬泥龍，秖增人厭耳。若夫作者有起號之手，把死作活，則《念一史》皆是詩料，隨用無所不可。

戊午歲，余客浪華，有雲臺叟僑居極近，屢往參其詩社。一時相會者，今皆忘其姓名。獨記馬光昇，字國瑞，不復知其存亡何如。今歲忽托南畝致書，具道故舊，餘情溢紙。余亦悵然，有牙絃再續之想，乃録其見寄近作。《晚眺》云：「樵擔人歸紅樹間，寒溪石出水縈環。斜陽半照柴門雨，畫出范寬著色山。」《春江送别》云：「煙波渺渺柳依依，望斷春帆帶雨歸。啼鳥一聲殘酒醒，江亭只有杏花飛。」

國瑞又爲其友人山當庸，字行謹，傳致書問，且見投詩草，頗見景慕之意。《郊行》云：「幾日愁霖幾日風，出門今曉暖如融。不看雪白梅花色，赢得野桃猩血紅。」《雨夜聞雁》云：「淒涼夜雨已傷情，半夜孤燈夢未成。不分數聲天外雁，又來成陣掠愁城。」可稱合作。余報二子以詩云：「封書到手恨開遲，細讀銀鈎喜上眉。一喜却能添一喜，故人新友有温知。」

昔人云：「文字之緣，比骨肉妻孥尤爲真切。」今日海内非有平素，因《詩話》流傳牽連相知者，歲不下幾人。村瀨庸齋亦其一焉。庸齋名褧，字子錦，美濃上有知村人也。《冬夜》五排云：「急霰鳴疎竹，陰風吼老杉。孤燈花數結，癡硯凍澌緘。刀絮知寒緊，鱗肌判雪銜。驅眠魔始伏，索句律愈嚴。耳界何幽闃，肩山自險巉。浮生三沸茗，往事一征帆。身已歸寬褐，命將托短鑱。只須安淡泊，無意問甘鹹。」其他佳句云「水滿秧針短，風生蒲劍柔」「樹底蚊成市，沙頭鷺换居」「半煙茶一榻，夜雨竹千竿」，真乃錚錚詩人矣。庸齋又傳其鄉善應山住僧禪智詩，《出村》云：「出村又入村，嫩日杖頭温。晴柳過肩軟，風梅掠面翻。人招沙際渡，犬吠竹邊門。誰寫吾標致，併來畫裏存。」

句也。

肌。當年未入趙昌筆，管領春光特地奇。」又《書懷》云：「愁城築得將過雉，歡伯迎來也要鈌。」真警

仙子姿，還嫌顔色涴燕支。欄開淡日珠千顆，點落輕風雪萬枝。喚汝海棠非具眼，笑他桃李自豐

會津佐藤載，字大車，號雲居。善變僞體，來受詩教，可謂潔己以進矣。《詠櫻》云：「稍學藐姑

智，號晦巖。經禪之暇，尤善書法，亦缽盂中難得人也。

日光猿橋甲州，名信咸。詩有清才，每以王務出都，必蒙相訪。《題友人山莊》云：「幽棲君卜得，山色鎮縈回。瀑水千峰雨，松風萬壑雷。林深人採藥，庭静鶴眠苔。不道村酤薄，晚窗來共杯。」他如「煙幽清磬動，月黑怪禽啼」「落日人煙白，斷鴻山色青」「殘月楓林外，亂鷄霜屋中」，諸句皆絶。

常陸黑崎至純，其詩已入前年《詩話》矣。至純，原作子順，有避改焉。以其鄉産硯石，又自號璞齋，取老杜「巨璞禹鑿痕」之語。近日見示《南台遊紀》諸作，其中《囊谷瀑布》七古最爲超雋，今兹采録云：「古木參天白日撑，怪底轟地奔霆驚。仰捫葛藟困詭卼，濕霧撲面氣似酲。躋攀纔極危險盡，天風颯颯吹袂輕。建瓶直下銀河水，峭峰高竝秀色横。欲問源頭無去路，端坐貪看白雲生。我今似欲登仙去，一换凡骨神頓清。山靈元自深祕景，奇勝不許浪商評。只有土人相艷説，唤做天下第一名。」自注：「土人稱此瀑爲天下第一。」至純詩頗有率易之病，余屢規之，遂能刻意成功如此。至純在鄉，主結樂山詩社，提倡不懈，詩盟可八九人，今載二人。

飯村孫，字子德。少年多才，輟耕之暇，孜孜讀書，自號曰「三餘堂」。最敏於詩，屢托至純見投其草。余雖未一握手，文字之交已定，不得不出力相援也。《春晚書適》云：「十畝清閒足，柴門久不開。山雨花低徑，林風筍破苔。香碗消殘霧，茶鐺送小雷。已忘城市路，養懶興悠哉。」《秋夜》云：「雲淡前峰月未生，山村擊柝殺寒更。松肪一碗人無寐，隔水犬聲如豹聲。」《晚步山間》云：「得得尋詩樵路賒，鶻鳩啼罷日將斜。亂山堆裏有人住，一線炊煙隔杏花。」寂寞荒村有此佳詩，都下作手愧者多矣。

安受道士，號南臺山人。曾經出都，厠東龜年社。喜明七子體，老年稍變格。至純爲余傳其《詠蘭》一絶云：「陶菊周蓮皆有主，梅於君復又相親。芳蘭獨處君休怪，自别靈均不嫁人。」頗得宋元風趣。

高須松尾世良，字子顯，號東萊。年過宿肉，詩力益健。《梅雨》云：「輕黄梅已熟，窗下坐憑梧。簷雨鳩追婦，梁泥燕養雛。黴將上衣桁，濕稍透書厨。却愛無人問，清吟興不孤。」《秋夜讀書》云：「雨聲點點滴芭蕉，窗下挑燈坐寂寥。讀史最耽遊俠傳，老來豪氣未全消。」

僧理成，字大靈，住品川正德寺。托澤子有寄致其詩。《幽居》云：「柴户何曾緣客開，小園漠漠長莓苔。翠雲繞屋千梢竹，盡是山僧手自栽。」《雨意》云：「潑墨油雲挾勢來，涼颸先自竹間回。劈箋早與新詩計，不待雨師勤被催。」余之於成，無半面之識，頗聞才齒兩富。近日期緇流無詩，我獨有望於斯人。

石川滄浪，今年重投其詩，以徵摘録。比昨覺更進一步。《春遊》云：「風光隨處便吾家，盡醉江頭到日斜。記得杜陵詩句好，蜻蜓點水蝶穿花。」《古寺》云：「老檜雲蒸晝不開，雨餘門徑滑蒼苔。頽甎委地無人拾，恰有布紋堪硯材。」滄浪又自號「七癖」，《自貽》云：「一牀書畫一棋枰，石也怪奇琴也清。詩酒多年舊成癖，近來加五若爲情。」此稍似放翁晚作。

余一切不喜選集，勸人讀詩必就本集。大抵古今選者，各收合己格調之詩。如濟南選唐詩，世稱爲嚴刻，然其所謂「唐詩盡於此」者，亦濟南家法唐詩盡於此也。廷禮《品彙》，稍爲浩瀚，但廷禮選詩先立幾種階級，以區别四唐，任意黜陟。譬之一衙門，分職擇人，曰某任某官，某充某職，一入其門，先視其頭銜何如。此豈選詩之道哉？凡讀唐詩，莫善於讀《全唐詩》。若或無書，則李杜王孟以下，至義山、樊川，諸家全集具存，讀之爲有餘師。其讀宋元諸詩，亦復如此。今讀高李諸選，謂唐詩如此；讀宋元諸抄，謂宋詩如此。管闚蠡測，我知其不可共語詩也。

滕東野遺稿所載樂府《白紵歌》，全出《太白集》。蓋東野生前手録李詩者，編時不察，遂誤收之也。按《山谷集》收賈至「草色青青」一絶，以爲谷詩，此亦因谷嘗自書唐詩而誤。古今事固有同類者，但東野稿較正出春臺手，春臺以精核自任，不假一字，而致此疎脱，殊可笑也。

《晋書》，董京至洛陽，被髮而行，逍遥吟詠〔一〕，常宿白社中。白社是洛陽所有，古詩所謂「東

〔一〕詠：底本訛作「社」，據《晋書》卷九十四改。

北指青門，西南見白社」者。案沈約賦「乍容身於白社」，李義山詩「白社幽閒君暫居」，皆襲董故事。至明人乃云「猶有逢迎白社僧」「白社可容陶令酒」，遂以白蓮社誤爲白社。

余《擬古》云：「采葑又采葑，采葑何時止。今歲又采采，莫是近下體。」忽得秦里詩，便覺余言未是。《無題》云：「楊州孤鶴夢相牽，擲盡腰纏十萬錢。繡被暖生重閣雨，翠屏香鎖半簾煙。温柔鄉里身堪老，歌吹海中人欲仙。今日青春何負我，又浮一棹上觥船。」有斯甘美，余之采葑曷可止乎。

五山堂詩話卷七

龜田鵬齋先生以宿儒爲斯文領袖，豪放不羈，縱酒偃蹇，詩多洸洋自恣語。《新春醉歌》七古云：「人間醉時勝醒時，醒時畢竟何所爲。往古來今皆如夢，何物爲黠何物癡？伯夷盜跖同一丘，東陵西陵墓纍纍。身後聲名三春花，生前輸贏一局棋。百年料知非長久，壽夭貧富屬天剖。窮有定命何足泣，生自有分不須厚。我視渺茫宇宙間，醉鄉之外無足取。十緡典卻禦臘衣，一壜換得迎春酒。飲之酣歌付悠悠，飲之醉笑大開口。人生快樂如此足，文章何須垂不朽。請聽新春第一歌，醉人之言君記否！」胸襟氣象的然可想。近體亦復磊砢，今姑録其細膩者，以示無不有。《春日偶作》云：「衰鬢蒼蒼久不梳，東風閑過六旬餘。春來人事拋頭放，老去世情垂掃除。蝴蝶香風孤枕夢，梨花明月半床書。寂然門巷無車馬，楊柳纍絲自在舒。」《春晚》云：「淺茅原上雨濛濛，斑女廟前草接空。杜宇聲聲啼不歇，鏡池一面落花風。」《玉蘭花》云：「玉蕊瓊葩滿院春，淡勻紅粉晚妝新。水晶簾外花難夜，月下依稀小洛神。」余壽先生華甲中一聯云「心貯玉壺冰徹底，詞傾滄海浪橫流」，自謂此語寫盡先生矣。

先生北遊之日，有《航海到佐渡》一律云：「孤島邈然大瀛外，四垠積水望遠空。青天低處乾坤盡，白日沉邊西北窮。鰈海雲腥韎鞨雨，蟹鄉月黑任那風。此生不慣荒阪景，聳坐只驚濤勢雄。」

雄健奇拔，可淩轢韓蘇。又七古中二句云「餞日認高句驪國，望空指俄羅斯天」，跌宕更極。

其《草花名》詩二絶云：「金錢花勝映雙蛾，錦帶綬拖紫萼斜。笑靨香嬌金不换，紅燈籠下剪紅紗。」「蝴蝶滿園春已深，美人蕉底懶縫針。沿階笑弄繡球子，金雀銜來紫玉簪。」先生以横空之才，忽亦作此纖巧，殆有武侯木牛流馬之想。

僧天華《虞美人草》云：「美人一死報重瞳，碧血化成原上芳。四海大風無立草，細腰獨不屈高皇。」《讀史》云：「女中堯舜稱宣仁，君子立朝豈黨人。假手蔡章勒名姓，須知天不朽賢臣。」皆極峭拔，二詩就石醒齋詩帖上獲之。

「十日畫一水，五日畫一石」，語出老杜，放翁卻云「畫石或十日」。「五日一風，十日一雨」，語出《論衡》，放翁卻云「十風五雨歲則熟」。「蟻蠓春而雨，磑而風」，語出《淮南子》，放翁卻云「蜉蝣至細能知時，春風磑雨占無遺」。皆相乖違。放翁六言云：「舉足加劉公腹，引手捋孫郎鬚。」士氣日趨萎靡，賴有二君掃除。」《吴志》：「朱桓曰：『臣當遠去，願一捋陛下鬚。』權憑几前席，桓捋鬚曰：『臣今日可謂捋虎鬚也。』權大笑。」事近諧謔，與士氣無干。按《南史》，梁武帝與何點有舊，及踐祚，手詔召見，徵爲侍中。點以手捋帝鬚曰：「乃欲臣老子耶？」此與嚴光事正可相倫。放翁主意，定用此典。其曰孫郎，蓋一時隨手之誤。凡如此類，古人儘多，未足以病古人，然使典者亦不可不自戒也。

雪齋長島老侯諱選，字君選，好蓄奇石，因又號石顛。書畫精絶，風流自任，性謙挹，雖疎交常賓，必加霑接，殆有冶城公之風。公於詩筆，別存一家氣魄。有《竹居集》若干卷，余與寓目，謹抄三首。《八月十二夜作》云：「酒合賞微醉，月宜愛小虧。人情由來常好足，欲處有妙未曾知。今宵雲斂銀蟾吐，木樨欄外影紛披。中秋家家人盡望，先玩清光更有誰。曳杖行看池魚躍，移榻坐聽砌蟲悲。老夫興逸何可遏，不怯輕寒横見欺。」《溪村殘雨》云：「林樾青將滴，斜陽山外多。亂雲還出沒，飛雨又來過。倦鳥全收翼，行人半脱蓑。溪流深一尺，沿岸有盤渦。」《寒山歸樵》云：「滿擔寒柴一瘦筇，黄昏山徑雪埋蹤。歸家枉向貧妻説，自古明時不易逢。」

今侯諱正寧，字孟噲，號雪園，天資韶秀，尤愛吟詩。《河豚嘆》云：「河豚雖有毒，人不復論錢。拚命無猶豫，争飡只要先。飽餘腸似火，醉後骨如綿。謚汝西施乳，此心非偶然。」《夜聞落葉》云：「衾頭夢冷睡初空，葉葉飄零撲畫櫳。匹似春園惜花意，多情偏恨五更風。」《聞霰》云：「風驅急霰似簸沙，點瓦跳階勢更加。竹裏有音還可愛，只嫌窗外碎梅花。」皆藹然有味。公春秋方富，穆如之誦，余竊有期焉。

梅厓時暘，字子羽，受廩長島，爲泮宫祭酒，後家居浪華，每歲二丁尚往奉祀。余以戊午西上，始相見於木世肅蒹葭堂，謂余云：「久愛君《竹枝》諸作，見著在夾袋中。」余感知己，遂深結僑札之分。梅厓於詩不費構思，取筆立成，每推余爲精細不及。晚以畫鳴，氣韻殊勝。性跌宕不戒於酒色，病膈竟亡，遺稿散落，屢覓不得。纔就其門人所記録，抄出數首。《松陰午憩》云：「炎蒸何所避，亭午倚松陰。止渴泉聲近，催眠夏色深。土花鋪作席，風葉響如琴。少頃能成夢，華胥或可尋。」《和南伯寧病中》云：「他鄉書劍老，病裏掩柴關。屢中賢人酒，飽看仁者山。落花春晝永，棲鳥夕陽閒。須候清和好，輕舠縱往還。」《伊尾舟中》云：「十里薰風叠緑波，小舟回轉葦間過。夜來過雨山如沐，一帶西邊翠色多。」《夜歸城東莊》云：「雁宿寒陂蒲葦鳴，歸人獨向月中行。遥聞笑語如村市，煙樹朦朧不辨城。」《偶成》云：「抱病多年憶遂初，君恩許向故邱居。衰來猶作蠅頭字，窗下自刪辭禄書。」《山村秋夕》云：「三兩茅茨接，疎林返照收。牛羊何處下，蕭索暮山秋。」《秋城夜》云：「夜坐朔風寒，松濤和遠柝。霜天雁一聲，缺月林端落。」

梅厓《秋日江行》云：「斜日收殘雨，孤帆挂落霞。城頭聞戍角，江口見人家。衰鬢驚秋葉，歸心逐暮鴉。今宵何處泊，棹月入蘆花。」嘗舉以語曰：「此往年所賦，頗爲得意。後讀明人集，有一篇雷同者，其中所異纔止數字，心深奇之。恐人不信，未敢舉説。」余一時漫聽，恨不扣其集名，他日博蒐明人諸集，或能遇之。

梅厓《詠螢》二句云「燒身非受焚如罰，焦尾豈聞鏗爾音」，結構雖工，稍近詩謎。

石川貞，字澹然，號荆山；中島鼎，號睡菴，逸其字。二人皆嘗受詩於梅厓者。荆山今秋祇役來自長島，見示途中二絶云：「短堠長程路不窮，籃輿馱睡去怱怱。夢回知道松林近，無數蟬聲噪晚風。」「雲峰頽處送輕雷，一陣清風驅暑回。雨與行人能作地，霎時晴盡不成泥。」頗爲雋逸。睡菴給仕老侯，病瘵不起，詩無留稿，纔記《首夏》一絶云：「輕暖輕寒四月頭，鳴鳩語燕雨初收。韶光衮衮歸何處，空挂籬邊碧繡球。」亦自清麗。

南湖春鯤，字子魚，妙畫山水，蒼老拔俗，爲時所重。詩不拘矩矱，間有超逸者。《唤渡》云：「獨立晚堤頻唤船，船人不答隔江煙。僻村畢竟非官渡，無意寒風貪一錢。」《寒溪歸棹》云：「小艇歸時夜欲闌，寒溪無響水初乾。篙竿忽碎玻璃面，破處嵌來片月寒。」南湖世宦長島今侯，故居散官，使遂其性，真風塵中之散仙也。其子南溟亦能畫，有乃父風。

擅春仁聖侯遺伻寄示《遊乎館集》三卷，曰：「是先人之稿也。先人諱長璉，字之瑚，寶和間學詩於莊子謙。此稾往歲余所手纂，以較未完，不敢公世。先人精神所寓，不忍徒飽篋蠹也。幸藉子手，收一二於詩話中，猶可以不朽矣。」余已忝公不棄，又榮收貴人筆墨，謹録以傳。《雨涼》云：「過雨前山暗，園林爽氣回。殘虹迎日挂，亂竹待風開。已有披襟興，不須避暑盃。頓忘三伏苦，試步出蒿萊。」《宫詞》云：「雲開玉殿月輪團，白露濕階羅襪寒。螢火夜深流不定，隨風一點上闌干。」《詠史》云：「良時不遇幾閒關，三世空趨郎署班。此日知名漢天子，承恩已見鬢毛斑。」

公之高祖父曰政勝，字元暉，號官柳，與竹洞諸賢一時相交。公更抄其《四醉亭》詩，囑余録存。《夏日喜菊翁見過》云：「每逢風月興，憶我菊翁頻。梅雨待暗久，竹陰迎客新。塵談千恨盡，蟻飲兩情深。半日清閑極，共爲羲上人。」《贈俊公》云：「幽居無復點塵侵，定起吟行緑水潯。禪老胸襟吾了盡，一痕峰月印波心。」大抵國初以來詩，以凸凹、草山爲吾沈宋，下至享元，作者皆在其範圍中。雖欠精鍊，真率可嘉。至徠翁一出，詩風大變，殆不能無鑿混之恨也。

秘書藤君正齋，八歲時賦詩云：「夢作逍遥遊，逍遥本無價。俄然至北溟，坐觀鯤魚化。」戊午歲，君奉命窮探北邊，冰海珠島，冒險縋幽，絶糧數日，毅然不動，人服其勇膽。便知「北溟觀化」之語早已成兆。此與寇萊公詩事粗似相類，而其作特在髫齔，最奇。

放翁《舟中聞姑惡》五古云：「女生藏深閨，未有窺墻藩。上車移所天，父母爲他門。妾身雖甚愚，亦知君姑尊。下牀頭鷄鳴，梳髻著襦裙。堂上奉洒埽，厨中饋盤飱。青青摘葵莧，恨不美熊蹯。姑色少不怡，衣袂濕淚痕。所冀妾生男，庶幾姑弄孫。此意竟蹉跎，薄命來讒言。放棄不敢怨，所悲孤大恩。古路傍陂澤，微雨鬼火昏。君聽姑惡聲，毋乃遺婦魂。」按放翁妻失歡於姑，被遣。此詩分明寓意凄酸之言，不堪多讀。世只知《沈園》二絶有爲作，而不知更有此首。故全抄出。

滕祐，字順卿，號欽齋。詩極藴藉，頗窺放翁藩籬。《秋雨雜題》云：「癡雲秋黯澹，竟日雨聲寒。草瘦閑花白，林疎熟果丹。静知詩有味，病覺酒無歡。睡起心情懶，任他香篆殘。」《夏夜》云：「梧桐報雨睡蘇初，笛簟紗幮凉有餘。一點定螢飛不去，枕邊來照讀殘書。」《秋日行圃》云：「閒伴筇枝寂寞中，雨餘小圃暑光空。豆花紅白茄花紫，一隻蝶飛斜日風。」又「過柳風無力，澆花雨有香」一聯亦佳。

澤就道，字正卿。刻苦沈吟，雖盃酒喧呶之間，未嘗撓思。初，詢詩於雲室，而如亭，而詩佛，而寬翁，而因是，而我，可謂詩佩六國印矣。《曬衣》云：「蘸甲淋漓一飲空，閑愁如雪便消融。餘痕只有春衫在，雙頰難留當日紅。」《移竹》云：「讀書窗外可無君？移植篔簹三兩竿。猶帶大荒風雨氣，一簾翠色夏生寒。」

余近結詩社于麻阜，名曰「冰雲社」，西湖、琢齋、桂叢、春岸、静菴、三溪等諸人並爲其員。每會詠一題，使余品甲乙。爲抄近業，以傳清響。西湖，名晁敬，字荀文，雅以畫著。《田家牡丹》云：「嬌紅膩紫屬豪華，村客移將亦自誇。慕得城中閒富貴，近來不種米囊花。」《秋熱》云：「暑風不動鐸聲空，百沸鳴蜩耳欲聾。湘簟展來猶苦熱，紫薇花畔夕陽紅。」其子三溪，名元謙，字公受。《秋夜》云：「露氣淒涼泫竹叢，梧桐夜戰二更風。吟蛩四壁茅簷月，人坐啾啾唧唧中。」《夜宿山家》云：「山家投宿睡難成，月暗小窗過二更。松籟纔收人寂寞，淙淙流水枕邊聲。」

桂叢江連堯，字君致。《秋熱》云：「涼氣今年比例遲，中秋猶自汗沾肌。藕花亦是嫌殘熱，脱卻紅衣立水湄。」《讀史》云：「死生富貴知天命，用舍行藏須任渠。空向秋風怨團扇，班姬畢竟讀何書。」春岸木聖撰，字若節。《春日道中》云：「滿地蘼蕪香染衣，野煙初散午風微。渡頭沙軟呼舟立，孤蝶攙先度水飛。」《薄暑驟雨》云：「顛風怪雨碎窗扉，猛喚清涼洗暑威。薄暮龍歸月如水，池荷留得萬珠璣。」其子静菴，名漢徵，字有道。《瀧川小憩》云：「溪間茶店不勝幽，簟榻臨流涼似秋。曉露未晞猶滴滴，蟬聲高在樹梢頭。」《美人睡起》云：「剪剪東風羅袖寒，美人睡起倚闌干。雲鬟半嚲金釵墮，一段春愁對牡丹。」

琢齋絶句前已擷出，今載《無題》七古云：「漏轉樓頭蟾未落，清歌一曲龍聲作。玉筍參差檀口著，眼波蕩漾眉山約。金谷千年春寂寞，相逢人怯遭際薄。國色妙工真不惡，心腸銷鐵元非錯。」

近日，市南有一妓善吹笛者，此蓋爲其作也。

三輪韋齋嘗夢得一聯云：「返照射林遥嶺紫，歸帆帶月暮潮青。」音調流麗，與唐人所作頗相似類，疑是神助。臺山爲畫句意，龍渚、杏坪諸先補足數句，以題其上，稍冗故不録。

玄對老人多聚近代墨迹爲卷，其中有伊藤蘭嵎手書《奉次鳳阿藤公夏夜禁直韻》一絶云：「滿袖餘香燒水沈，簾開别院夜凉侵。紫泥封罷清無事，月午猶聞鈴索音。」音節流暢，酷似宋元宫詞，撈海獲此一珠，爲之距踊三百。

藁科之水出馬蹄石，天質成硯，不假斧劚。荷溪嘗取以獻栗山先生，先生酬以詩云：「神驥昔下藁科川，巖石到今蹄跡穿。山客采來持贈我，月池璧沼自天然。」

荷溪三兄悉皆先亡。長兄正，字子顯，號帽山。次兄洋，字仲雅，號珠水。次兄堅，字不磷，號曲阜。俱能詩畫。仲雅最早辭世，余不及識。子顯、不磷則纔在傾蓋。子顯隱居青島村，不磷出嗣府東海氏。三人詩皆有畫意，今並抄以存華蕚之美。子顯《春日田家》云：「菜麥香薰亭午風，人家曲曲數籬通。兒童逃學追胡蝶，正是鄰翁半睡中。」仲雅《漁村》云：「落日波平蒼玉盤，好峰四面畫中看。扁舟撑入蘆花裏，釣罷不知秋雪寒。」不磷《山村暮歸》云：「搘杖山村夕照邊，棲禽歸去在人先。丹楓烏桕秋濃淡，畫出茅廬三兩椽。」余集中有《題子顯畫》詩，又《富山亭》一絶，爲不磷作也。

荷溪香遠山房，前瞰陂塘，芙蕖萬頃，夏時最佳。民舍、佛刹縈帶其傍，畫景自饒。園專植松筠，不雜他卉。有《山房雜詠》廿絶，中五首云：「舍南連市北連村，只把一籬分静喧。賣菜翁來朝日嫩，漉魚童去暮溪渾。」「蕭寺居然喚可應，殷勤補景是山僧。落霞紅裏撞鐘罷，更向林間現佛燈。」「近郭孱顔似假山，一溪秋水映柴關。只言縮地人無奈，移在尋常硯几間。」「小橋門外野流迴，夜静潺湲響似雷。閒客枕頭聽自熟，酣眠徹曉不醒來。」「幾點人家擁翠巒，朝暉夕雨眼常寒。只餘一恨君知否，地暖難逢雪裏看。」又自制《山房圖》，遍徵題詠，詩佛云：「數間茅屋數弓園，幽邃應須絶市喧。密竹疎松隔鄰境，小橋流水接前村。不唯醉客雪移棹，定有詩僧月叩門。最是四時堪賞處，荷香風送入層軒。」如亭云：「久聞詩客治山園，千頃碧荷當小軒。鄰有僧談過竹院，徑無犬護掩柴門。中心苦味供孤口，外面清香滿一村。唱和容吾停杖屨，驅炎爽氣滌塵煩。」余云：「不到山房已八年，風光在眼尚依然。松門竹塢如無路，漁弟樵兄自有緣。古寺鳴鐘殘雨外，小橋流水夕陽邊。吟筒只願將清句，並與荷香遠見傳。」他不迭録。其社曰「江山社」，得島静、石蘚二人。

島静，字藏六，號龜堂。余曩相見，其人只悦鉛槧，不屑韻語。近日，荷溪勸入其社。《春日抒懷》云：「塵緣抖擻卧茅茨，喜怒不甘心自夷。最愛春園一株柳，柔條窣地任風吹。」《暮立池上》云：「赤脚踏泥人拔藕，白頭臨水鷺窺魚。經營心息身無事，獨立池塘落照初。」皆見道之言，自然有別趣。

石蘚，字緑稟，號雲嶺。年少好詩，如有宿悟。性有睡癖，每入荷溪齋中，獺祭移晷，時或酣睡，癡度可笑。《書懷》云：「睡多天授嬾，吟苦客嘲癡。一歲了千句，半生無幾詩。酒仙非我分，茶隱恰相宜。淡極貧還好，此心深自知。」「柴門深自掩，兀坐奈蕭條。秋柳黄先謝，霜楓紅已潮。忙中時得句，静裏卻無聊。但使胸塵浄，百憂真可銷。」真是自况之作矣。《晚歸》一絶云：「落落人家翠作圍，山椒日入駐殘暉。牧兒先我行何緩，一索能牽兩犢歸。」亦自清拔。

苾堂亦爲江山社中一人。《雪後答荷溪》云：「人間幾月走風波，偏向君家詩債多。晴雪今朝又來督，且饒舊券奈新何。」可謂善謔。《探梅》云：「煙輕日淡小暄回，尋遍山村未見梅。薄暮歸家童子笑，後園先有幾枝開。」語本戴益更覺出色。又《看雪》云：「曉起爐頭火失紅，雪窗袖手看玲瓏。銀冰先鑄小池蓋，不放瓊英委水中。」《雪中歸莊》云：「滚雪山風勢似狂，踉蹌歸去事還忙。盆梅在室知無恙，先走後園扶竹僵。」皆超。

茶村已歸潮來，以其社弟高安鳳詩封寄，云：「此少年雋才，且篤於詩。不篤則不足以薦先生也。」余讀其詩，殆有斯焉取斯之嘆。《寒食》云：「門掩輕寒雨似塵，小齋茶冷更愁人。東皇不傚民間禁，杏火柳煙隨意春。」《睡起》云：「鶯聲三五夢初回，煙細鴨爐香半灰。坐看剩蜂穿緑樹，葉間猶是一花開。」《春晚村路》云：「柳花漠漠將春歸，緑葉成陰鶯語稀。一路殘芳人不管，香風亂點野薔薇。」鳳，字九鳥，號良齋，住北總扇島村，家世業醫，整骨之術遐邇著名。

茶村有《仙家竹枝詞》，今録其二，云：「鸞咽花前一曲歌，春風舞袖弄婆娑。仙姬只愛龍綃薄，不道鮫人淚珠多。」「洞口春風分手時，落花流水杳何之。人間漫怨垂楊柳，更有仙桃管別離。」皆有寄意也。

大溝前田畝，字公畯，家有楊梅一大樹，因自號梅園，謂「楊梅止曰梅，見放翁詩注」。梅園詩多奇警。《冬日道中》云：「簇簇枯荄霜作堆，寒林荒野路迂回。凍雲釀雪無邊黑，一樹枇杷籬外開。」《早發吉原》云：「芙蓉不比萬崔嵬，仰看雲間白玉堆。公事追程何可恨，若非公事肯能來。」《得家書》云：「天邊悲喜一封書，別未多時情已濃。報道三齡小兒女，解言郎罷在關東。」

余所深識狹貫詩人，白首則有漆谷，青衿則有暢齋。漆谷與余爲忘年友，別來又已過紀，猶能詩興不衰，吟筒屢至。大抵當日投分者，今皆入青雲，亦多以菅蒯見棄。獨漆谷忝此不遺，詢可喜也。但嵩雲秦樹，恐今生不可復見矣。爲抄幾首，以償索居之情。《暮熱》云：「赫赫斜陽簾腳垂，晚雲作例閣涼颸。北人不信南人苦，溽暑如炊在此時。」《苦蚊》云：「林屋未昏蚊子稠，呼童先已下紗幬。群歌四面聲如沸，不到初更不肯休。」《夏日僧院》云：「僧院花開百日紅，爛然如火午陽中。尋涼來到山門裏，浄域也無些子風。」《新寒》云：「昨夜新寒特地加，田家處處響繅車。積霖暗後秋陽澀，籬落牽牛盡日花。」他如「蟬聲琴奏風繞爽，雲態峰崩日未晡」「林木忽振風捲地，峰巒已沒雨傾盆」「灑埽勞身餐有味，推敲費思句無工」「未肯鬻書償舊債，偶然對客詫新詩」「生前未得驚人句，身後詎知成佛謀」，皆老成之語，殆使放翁走且僵。

暢齋詩尤清婉，迥不猶人。《題畫》云：「扶疎槐柳午陰加，數掩籬笆繞屋斜。睡起小窗無一事，落花風裏焙新茶。」《雪意》云：「惻惻寒威透户帷，歸鴉亂噪宿林遲。凍雲黯淡天欲暮，便是幽人待雪時。」《偶成》中一聯云「來有平章劉白墮，去無訊息孔方兄」，亦可誦也。

履齋來，示其亡友小田生詩，曰：「生名邦之，號瀑山，勢釜生田人。零丁孤苦，去鄉給事都下某商家，清謹竭力。少間則端坐讀書。又來執贄吾善菴先生，繼而自謂：『吾先爲士，我耻爲商。』幡然改業，欲以文藝自奮。嗟哉！生而立少二，病死於客舍，實今歲十一月十四日也。篋中所遺詩文若干篇，别有雜記一卷，其中多自戒語，是足以見其爲人也。充悲其志，又惜其草亡木卒，幸見收此詩，長留姓名，則可以當一片石矣。」余特嘉履齋深於山陽之情，即因其請録之。《訪隱者不遇》云：「寒流寂寂繞柴扉，採藥溪翁去未歸。斜照半山閒立盡，驚禽出樹背人飛。」《尋梅》云：「竹杖芒鞋入别村，野流清淺自黄昏。淡煙微月朦朧底，早有梅花玉返魂。」

大村桂堂録其近作，再求採擷，工夫倍初，九仞已成。《醉中書適》云：「醉鄉有地阻塵寰，只合終年老此間。傲世何須阮白眼，怡顔長對謝青山。詩雖小道關高潔，身爲無能占散閒。慚愧天公情意厚，十分樂事不吾慳。」《晚春》云：「摘索殘花紅已稀，滿池新水雨餘肥。蛻來嫩蝶衣猶濕，粘著闌干未解飛。」《遊仙》云：「謫滿虚皇詔許還，春風花下舊時班。紅塵五百年中夢，猶是仙棋未散間。」桂堂，讓卿道號也。

淡齋今歲又刊其律詩，長袖善舞，使人不倦，就中抄數聯，以傳回雪之妙。《春遊》云「浴鼓花間寺，餳簫柳外村」，《路上》云「笠欹風有力，蓑濕雨無聲」，《雨中》云「清風坡法竹，黑雨米家山」，《春晴》云「落花芳草六七里，剩雨殘雲八九峰」，《初夏》云「三眠三起母蠶老，一晴一雨婦鳩啼」，《客中》云「燈火酒醒孤驛雨，蛩聲夢破五更風」，《山寺》云「栖鵲歸巢晚雲冷，殘僧入定夕陽空」，

《游舫》云「鳴榔鼓棹天隨子，泛宅浮家張志和」，皆嫣然有餘態。

詩佛近日購得明人婁堅書幅，價比楚璧，衣箱書簏爲之一空。日則背而出，夜則抱以寢，自記其實云：「嘉定婁先生，遺墨爲我藏。一千三百言，百二十六行。書之以光絹，墨潤若有香。聞公當書字，時會必商量。風日恰晴美，華墨亦精良。欣然方染翰，不受人羈繮。今觀此遺墨，思見公清揚。一點無懈筆，字字極端莊。書法妙天下，此論非過當。公幼而好學，學出歸有光。經明兼行修，實是世棟梁。皆推爲大師，儀表衆所望。五十貢春官，不仕去歸鄉。吴中稱二絶，程詩公文章。尺蹏與寸簡，人争比珪璋。何料此珍寶，傳在我東方。有人偶來售，百計價纔償。文房爲之空，典賣及衣裳。世人無眼睛，謂我爲顛狂。奇遇屬因緣，赤貧亦何妨？願新營一間，以婁顔其堂。」

月渚還鄉，又寄其近作，皆朗朗可誦。《雨後散步後園》云：「蟬聲鼎沸報初晴，斷破愁霖晚照明。滿園新陰緑世界，苦吟人冒濕雲行。」《池旁夜坐》云：「細細風來吹滅釭，客去池亭凉滿窗。愛他照水流螢影，一隻自能分作雙。」又有《園中桃花》詩云：「滿畝桃花春欲燃，何須水際與山巔。人間漫覓仙源路，别有吾家錦洞天。」余與詩佛讀之曰：「吾儕窮詩人，日受催逋，亦是一秦。無地可避，今後願相提入村家錦洞天矣。」相共大笑。

秋水以詩佛「松聲一枕雨，竹影滿窗雲」一聯，誤爲東坡句，乃侯以余「夜船燈火漁家雨，秋枕濤聲僧榻風」一聯，誤爲真山民句。形神一肖，亦有不易辨者。

洞津公族大夫藤堂高託，字孝卿，號梅軒。當西歸起程之晨，僕馬已戒，干旄填街，遽呼龍山，囑云：「我有一詩册，幸能致之五山堂否？」便取諸懷以授之，其率真蕭散如此。今就其册抄撮二首。《春草》云：「輕雨燒痕青始勻，萋萋蒨蒨自成茵。清和天氣踏青節，半雜遊人車馬塵。」《初夏》云：「東皇無賴去忽忽，雨後殘芳一埽空。九十春光真昨夢，滿園新緑對薰風。」

文沈唐仇，齊以畫名。而仇獨無詩，豈非專思院體者，自足氣韻耶？若輩涉山水者，固宜有詩。雪坡帶其鄉畫人煙崖來，示其詩。余於煙崖，數觀其畫，人與詩則未曾一見。今其人老樸，其詩閒雅，宜其畫之秀潤可愛也。《新柳》云：「春心一換舊時姿，已向東風不自持。偷取吾家蒼緑汁，何人染刷萬絲絲。」《畫景》云：「夏山翠如滴，爽氣滿亭臺。昨日衆凉客，又携棋簞來。」《墨菊》云：「東籬染秋色，硯池一夜霜。麝煤吾假汝，誰道欠幽香。」皆不愧文沈諸公矣。雪坡亦口其路上詩，《宿油井驛》云：「忽驚風雨枕邊來，乃是濤聲拍岸迴。倦僕隔屏呼不起，孤燈欺我一花開。」《雨過吉原》云：「四野冥濛雲霧封，大麓空知是富峰。誰挽天河萬斛水，明朝洗出玉芙蓉。」境致並佳，使人三嘆。蓋雪坡詩人而能畫者，煙崖畫人而能詩者也。煙崖，姓幾阪，名世達。

柏崎宫川需，號禄齋，其邑有地名「雲湖」者，即其家先所新闢者，今亦往寓焉。禄齋耽畫，初入京學，後改從文晁，以畫梅一幀見贈，疎秀可喜，詩亦有逸氣。《題雜畫》中二絶云：「夏木森森插半空，千尋瀑水白雲中。巖扉深閉無人訪，仙鶴翩躚舞晚風。」「驅馬空山深雪間，風吹鞭帽弄癡頑。閉門擁被非無意，只爲梅花不肯閑。」

秦里《松漁歌》云：「州南海濱百里餘，一年兩度釣松魚。春雨椒芽抽緑後，秋霜柚實吐香初。斫上冰盤呼歡伯，金虀玉膾非所敵。新鮮遠致恨無由，空以乾脯送萬國。」此與如亭《蕎麥歌》風格相類。讀其《四時雜題》二十絶，每首清真，今載其四，云：「大雪今春兆歲穰，土膏已動日初長。桃花自是農家曆，開到五分便種秧。」「水漲潤邊芳草生，昨來春雨及鋤耕。烏犍飲飽知多少，不受村童叱叱聲。」「盂酒豚蹄賽社神，田家年熟不知貧。青秧再插官租外，别是南州八月春。」「黍酒新篘黄似鵝，嫩菘肥芋煮羹和。城中肉食應無此，生長山家清福多。」又《冬晴》云「寒林鴉背日，枯荻雁肩霜」，《田家》云「天放新晴當甲子，人將舊話守庚申」，《歲暮》云「孔兄有翼飛先去，窮鬼無鞭驅又來」。

筑前村山元齡，字松年，號春海。乃父伯經稱芝塢先生，以文章修行爲國耆宿。松年亦嗜文詞，藹然君子人也。詩自清婉。《秋夕》云：「淡淡銀河月午天，一亭風露夜凄然。啼蟲合奏清商曲，金石聲中人未眠。」《晚秋遊墨田川所見》云：「枯蘆敗柳已秋深，昨日風光無處尋。捕蟹村童有平素，今春路上賣茅針。」《水禽》云：「晴江水暖叠淪漣，無數沙禽各得天。一様性情分兩様，那邊頻浴箇邊眠。」

矢橋龍，字子淵，號赤水，美濃赤阪人。《詠懷》云：「婚娶畢營何患貧，退居况是太平民。多年就劇簿持正，半日偷閒詩養真。濯足滄浪有今日，折腰城府似前身。吾廬無復紅塵到，占斷煙霞作主人。」《除夕》云：「迎春兒女各紛然，獨守寒燈猶未眠。老大最多時序感，眼昏齒落一年年。」其子益，字子謙。《晚興》云：「雨後新涼爽，雲消天宇空。奔流忙似箭，纖月曲如弓。莎際沾多露，松陰領細風。吟行堪寄興，杖屨莫忽忽。」《秋夜》云：「露滴梧桐月影圓，小窗兀坐夜如年。砌蟲吟苦如求伴，喚起幽人不放眠。」兩世鳳毛，余因詩禪獲之。

上俣自信中致書，見示其《書懷》一律云：「悠悠身世付蓬飄，觸物猶能魂易消。老柳衰荷秋慘澹，風砧月笛夜蕭條。幾場行樂去如夢，何限羈愁來似潮。櫝玉多年沽不得，鬢邊已見茁霜苗。」余道所謂「璧則猶是，馬齒益長」者。

書中又啃曰：「信中詩人，吾必以池田松石爲巨擘，君何乃見遺。」今因上俣，得讀其詩。《惜花》云：「斷送餘春十日風，樹頭樹底總成空。殘香淡淡鶯猶語，新緑重重蝶僅通。世上遨遊今已歇，詩家情味也將窮。寂然庭院無人過，閑步斜陽覓落紅。」《睡起》云：「睡裏不知晴景開，蟬聲亂噪夢初回。猶留一半斜陽在，金影穿簾枕上來。」真作手也。松石，名寬，字寬叟，昔受業北山先生者。

五山堂詩話卷八

宛陵掷禽言詩，東坡雖曰用其體，風裁自別，尤爲超脱。放翁繼作，愈出愈逸。余春夏之交，偶出郊坰，林薄葦叢，候禽相呼，率然有觸興，自忘蹇劣，作四《禽言》：《丈人來來》也，《頡羹》也，《天邊缺乎》也，《翹翹子》也。其詩一曰：「丈人來來，蒲輪軟軟車可推。甘脆勸厨香味該，酒釀大春緑滿壘。官家第一養黄鮐，只願丈人懷抱開。」其二曰：「頡羹頡羹，封侯雖美有慚名。一人之身前後別，何怪嫂嫂無眼睛。却嗛大風埽宇内，胸中小怨公未艾。」其三曰：「翻河雨不息，天邊知缺乎。疇能補此漏，雲師真可誅。家家禾頭盡生耳，我饑尚忍奈官租。燮理廟堂會有策，不用更請媧皇石。」其四曰：「翹翹子，招我車乘入白雲。鸞臺鳳閣新傳敕，敕書墨濕字尚薰。富貴來逼遽欲往，又畏故人有移文。聖朝秖應容白賁，華陽嵩山古有類。」

澤山神户侯，諱忠脩，字子然，爲猗蘭公之孫。余昔日深忝知遇，嘗手書其《唐宫詞》作見賜云：「華清浴罷玉肌香，彩戲春遊引興長。覺得君王欲輸局，開籠呼下雪衣娘。」不獨其詩綿麗可愛，筆亦極秀媚，今現裝潢以爲家珍。一夕侍宴，是夜大雪，公以「夜雪」命題，覆字以授余韻，披覆則「平」字。蓋公欲以艱險見窘，左右書者誤以「乎」字爲「平」字也。公就曰：「『平」字實爲平平，但禁『雪平』『昇平』等語。」余謹奉諾，乃援筆書云：「夜雪三更壓繡甍，樓樓絲管凍無聲。時清上下同高枕，無復人尋趙則平。」公大嘆賞，賜以絹匹，事皆在十五六年前。公久已捐舍，今日追懷，不能無永寧門館之感。

余嘗壽賣花翁五十云：「絳人説歲非無例，花信番番算不窮。喚做神仙君會否，一千二百閲春風。」以示因是。因是曰：「亦作算博士語耶？」後又示《人日》詩云：「薺芹菘菔交繁縷，鼠麴鷄腸緑始蘇。七種挑來人日菜，不妨今曉入貧厨。」因是曰：「亦作草博士語耶？」他日見因是，謂曰：「近日有《宮詞》一首，恐重見嘲，故不相示。」因是曰：「亦復何妨。」余爲誦之云：「玉欄干角桂香濃，倦夜君王坐待鐘。仙蹕將移金鎖動，車如流水馬如龍。」因是曰：「是自唐様詩，特爲佳作，豈可容吻。」余曰：「秖恐君喚我作『象棋博士語』耳。」因是始悟，胡盧大笑。

大槻磐水《蔫録》三卷，考據、博證、索隱無遺。末又附諸家《煙草詩》。余偶得坂桃溪《擬源白石詠煙草十六韻》，録中所不載，今舉以補逸。其詩云：「五嶺無冬夏，煙飛瘴癘鄉。一朝初下種，百世遠流芳。炎帝遺朱字，燧人與赤祥。南金雙自贈，東箭美仍剛。勾踐曾懸膽，孔丘不撤薑。涎垂逢麴處，唾落拾珠傍。馥郁蘭齊桂，瞑眩藥更嘗。青樓吹蜃氣，素練吐虹光。虀臼受辛小，椒盤守歲長。春雲衣上繡，夜雨帳中香。祝噎俱扶老，療饑便得方。王生憐竹緑，韓子薦蕉黄。食葉如蠶事，銜蘆似雁行。寬心非是酒，霑渴勝於漿。既醉還堪賦，相思豈敢忘。誰能知味者，情在獨眠床。」雖欠精切，亦自可誦。桃溪，加賀人，業醫，亦係木恭靖門人。

筑前原古處，以詩有名，最長古體。余雖再四相見，稠廣坐中，無由訴衷，將另具鷄黍相邀，早已還鄉矣。僅得其《花下醉歌》一首云：「謝公曾作東山客，山花勸酒山月白。一朝風雲起蒼生，苻秦百萬膽先落。我坐青山醉春花，放歌宛如出金石。一局殘棋圍未解，爲誰先折山陰屐。」雖是短篇，沈雄古健，筆力自見。

雲室每讀人詩云：「亦作此無根柢之詩耶？」此言極有味。今人作詩，初無腹笥，與目相謀者不過坊間一二詩抄耳。於古人之學渾涵汪茫者，固雖不可企及，其以溝澮自限，不亦痛乎。

玉川調布，屢見國歌，其名最著。但年紀悠邈，其起其廢，併不可知。玉川一舊民家，藏老石臼一座，相傳以爲昔時擣布之物。高一尺八寸，徑一尺五寸，窊下無底，蓋缺落也。村人有富澤生名韞者，獲之珍重，廣徵題咏，余亦題云：「杵臼比夫婦，恩篤不可遺。杵亡臼獨存，此恨更訴誰。臼汝不能言，吾且代陳辭。王室昔全盛，方貢自邊陲。皎皎玉川水，浣濯實得宜。曬布如霜雪，臼受杵亦隨。萬擣不惜力，相合每忘疲。丁東復丁東，琴瑟豈在絲。工竣包篚素，驛騎焱星馳。中葉此典廢，我族各分離。一別兩情絶，偕老負所期。誰道心可轉，已同無當巵。流落度幾秋，空抱殘蝕姿。有人忽見收，賞我爲瑰奇。享寵一何泰，施以錦繡詞。聲名稍洋溢，咨詢惱村耆。自顧鄙野質，何德比鼎彝。不求詩所臧，近名聃戒之。此言今却忘，焉得剛者爲。回首愧老杵，我操晚自虧。」

鈴木温，字德基，號悟菴，東駿沼津人，詩佛弟子。余屢見於詩佛壇上，只謂衆阿羅漢。後讀其詩，方知其已到菩薩地位。交臂之間，殆將失一作家矣。《村居初夏》云：「雨餘山色翠相連，風物清和御裌天。睡思日長偏有味，詩情春盡已無牽。樹間梅熟鍊黄玉，池面荷生鑄緑錢。正是家家芟麥急，鐮夫餉婦遍東田。」《睡起》云：「百沸蟬聲唤夢還，起來情味不勝閒。滿階樹影看看失，知是斜陽欲下山。」《夜意》云：「孤燈影暗夜窗虚，檐雨送愁眠覺初。饑鼠窺人來稍近，急收枕上讀殘書。」頗得老陸梗概。

菅友賢，字思齊，號東潭，亦東駿原人。余未識面，詩禪爲誦其二絶。《曝書》云：「午日如烘霖雨餘，小齋正是曝書初。疎慵却被蠻童笑，幾歲圖編飽蠹魚。」《秋夜》云：「凉沁吟脾不奈清，露簾風簟坐三更。一庭地白明於晝，滿樹栖鴉月有聲。」皆清真有味。

栲亭《牧牛絶澗》詩云：「遠山猶雨近山晴，呑岸一時澗水生。後伴野橋歸去晚，泉聲空和叱牛聲。」寫得山村索莫之景，幽意可掬。余亦有詩云：「幾箇歸牛絶澗流，流清牛渴屢遲留。牧童别取橋頭路，叱叱驅來不自由。」雖流暢不及，亦紀實況也。但身涉荒僻者，自能知此等境致。

東西殊俗，紀之爲咏，足裨觀風之學。余嘗欲作浪華、寧樂、陽田諸方《竹枝》，已收其料，經年未果。近得山生生《浪華竹枝》讀之，真乃先我著鞭矣。今拔其最雅馴者云：「陌頭風散綺羅香，傘護春雲鵷鷺行。押尾花魁稱傾國，當頭阿妹自嬌妝。」「紅燈無數蘸清波，夜色樓樓興最多。簾内依稀鬟雲影，聞聲先判阿娘歌。」「空濛煙雨夕陽沈，一葉載春維舶陰。指點郎家西嶺下，浮雲百變是郎心。」「菜市人喧趁曉光，輸來菌蕈上番香。報言昨夜琶湖雨，瀵水浪高三尺强。」「朶樓高架布如棋，米社定評知屬誰。意氣賭來千萬斛，翻雲覆雨决雌雄。」生生，則公謹别號也。陽田，前是蕉中有詩，殊不慊人意。寧樂，則未有作者，後之才子定應有嫣手。

越後水原人安孫子億，字君宜，號貽堂。安孫子，三字姓也。頃因醉石見囑吟藁，爲摘其精。《初冬晚眺》云：「欲把閒愁遣，拖笻獨出門。四山空暗淡，一路易黄昏。殘日留楓寺，微霜到橘園。晚寒猶未緊，儘可役吟魂。」《僧房夜坐》云：「亂雲堆裏贊公房，一榻隨緣伴爇香。網户中宵天闢近，石壇經歲法燈長。虚明將試鼻端白，塵垢豈思腰下黄。只覺此心清似水，坐聽檐鐸語風廊。」《曉行遇霧》云：「山行十里路高低，曉霧蒼茫咫尺迷。惟有泉聲能導我，殷勤相送出前溪。」

丁未歲凶，百穀不熟，下民流離，野有餓殍。時北山先生爲義糶之舉，賦詩云：「相視道傍人訴饑，荒年穀貴似珠璣。豪華如廢一朝享，多少窮民免散離。」真惠人之言，亦可以見先生經濟之一端矣。

矢部保惠，字誨人。以炮手兼把門吏，官不卑小，幾于展禽之風矣。坦齋源君嘗貽書曰：「騰龍翀天，遷鶯出谷。君子豈可長居卑乎？請號曰騰谷先生。」遂以自命。其學宗古，不拘一家，蒐獵經史，螢雪自勤，訓導子弟，最稱端飭。其詩多率真之語。《書適》云：「我分抱關仕，百年樗櫟姿。衡門遊息足，環堵退休宜。頗看農書熟，相追野老期。茅絢多少事，説與及豳詩。」《春日偶成》云：「公餘容膝坐茅楹，一味清閒最愜情。日永無人來問字，梅花叢裏聽鶯聲。」《縱筆》云：「干君豈是有莘民，遯世未知巢許真。朝市雲林俱不遠，中間好作抱關人。」屬意所在，可以想其爲人。

閨秀蘭香，名晋，字景昭，太田錦城之女也。年甫十七，才色雙絶，特善風藻。錦城辯博宏大，推稱名儒，一家唱和，自有鹽絮之風。《蘭香集》中極多綺麗者，今收三首。《東叡看花》云：「碧殿頳廊花作叢，壓枝萬朵動輕風。春光到此毫無恨，身立香雲艷雪中。」《小梅村矚目》云：「繞村野水碧粼粼，垂柳陰深絶點塵。穿破菜花黄世界，一群紅袖趁春人。」《夜泛》云：「柳風蘆月夜方凉，一葉扁舟傍野塘。休怪停篙低視久，芰荷深處認螢光。」

海菴館豹，字藏一，號天籟，秋田人，受業北山先生，夙以才學著。其妻則爲雲章。雲章擇配不嫁，海菴爲下鏡臺，遂定伉儷。今携室入桐生山中，開肆教授子弟。又督詩社，朝夕吟咏，其詩清嬌，出入楊陸。《春遊》云：「十里閒遊任短笻，小橋流水路西東。出花酒旆妍妍日，隔柳餳簫細細風。社鼓動邊迎野祝，紙鳶颺處走村童。傍人休怪我行緩，多少詩情在此中。」《春曉》云：「小雨廉纖桃杏天，曉衾春暖懶相牽。閒人情味楊州鶴，起欲采花卧欲眠。」《小倉山眺望》云：「富士麻間戴雪明，緑鬟堆裏白峥嶸。衆山南北朝宗去，雙嶽欲争齊晋盟。」海菴客居，四面皆山，如翠屏然，因名曰翠屏詩屋，其社曰翠屏吟社。今臚列社中數人詩。

逸齋粟田朗，字月磵。其父遯翁，嘗勸讀書。逸齋能經濟本業，家道益昌。餘力又以詩自振。其詩閒澹，極存風趣。《春遊》：「路入花溪境更奇，桑麻鷄犬幾茅茨。村名何必逢人問，唤作桃源更不疑。」《春晚村居》云：「一庭花落蘚苔斑，坐對窗間雨後山。盡日柴荆無客到，飛來蛺蝶與人閒。」《初夏》云：「山村發遍紫桐花，雨後人家忙更加。麥穗已黄蠶事起，又看女手到桑芽。」《夏日林亭》云：「凉颸如水洗胸襟，不受炎塵半點侵。一榻無端午眠覺，蟬聲近在碧梧陰。」《暮立池上》

云：「雨後清池三尺深，微瀾生處夕陽沈。一群野鴨歸何晚，獨有鸕鷀占柳陰。」《曉起偶成》云：「日潑東窗夢覺餘，朝寒驅懶下階除。山僮亦見家風慣，埽罷琅琅習讀書。」《館林道中》云：「陰陰桑柘緑圍田，曬繭人家白雪妍。轣轆無端遠雷動，新晴恰似斷梅天。」《題畫》云：「滿樓山色滿樓風，隔斷紅塵不許通。苦熱人間何罪業，倚欄詩客是仙翁。」

南溪佐羽信章，字俊民，淡齋之姪。《野寺看花》云：「野寺櫻花春已遍，點苔糝徑雪紛披。黄昏又被山風滚，便是鐘聲流出時。」《秋夜》云：「月透軒窻夜色奇，柳風荷露兩相宜。疎簾半捲秋岑寂，絡繹聲中得句遲。」南溪年未弱冠，神穎如此，不愧其家阿咸也。

荷亭山藤清，字得一。《初冬》云：「蕎麥滿田成齪時，一天霜氣冷侵肌。丹楓烏桕易摇落，憑仗山風莫煞吹。」《夜坐》云：「風霰珊珊篩瓦鳴，坐擁黄帙伴燈檠。懶童不建花瓶水，凍到三更騞有聲。」秋嵓須藤富菊，字潤屋。《春日》云：「東風吹絮入窗紗，簾幕沈沈燕影斜。一客不來春晝静，花茵軟處坐烹茶。」《早起》云：「涼風陣陣掠巾紗，瘦竹追凉步曉霞。蟋蟀籬根吟稍細，牽牛碧綻兩三花。」菱溪周藤郁，字文郁。《山莊晚歸》云：「幾點寒鴉撩亂飛，晚雲綻處逗斜暉。霜荄滿地溪邊路，人與烏犍相伴歸。」松齋下山興，字莪卿。《望月》云：「滿樓月色夜深妍，快受清凉雨後天。可惜無人知此況，家家閉户只貪眠。」《小園》云：「棲鴉點點滿林時，閒曳笻枝繞小池。落葉埋殘籬下菊，傲霜只可兩三枝。」東林下山勝伯，字子允。《雨中》云：「青錢滿地長莓苔，詩敵棋讐久不來。只道春霖總無賴，海棠却向雨中開。」鯤亭新井摶，字九萬。《曉行》云：「野徑迢迢曉氣清，淡煙幾處小鶯聲。柴扉猶鎖人酣睡，獨趁落花風裏行。」竹溪書上琴，字月清。《春曉》云：「芳草池頭夢正闌，一簾春雨怯朝寒。懶眠不戀紬衾暖，落盡梅花無意看。」《星夕》云：「雨洗銀灣月似鈎，家家乞巧奠新秋。疎慵養拙亦還好，却笑當年柳柳州。」竹坡攬上逸，字守拙。《初夏》云：「又是春光欲盡頭，落花飛絮漫山樓。一叢疎竹幽窗下，已見龍孫頭角抽。」伍溪高橋觀，字秋渚。《夏日林亭》云：「葱蘢緑樹雨晴天，癡坐貪閒晝抵年。微吹乍生簾脚動，四山斜照沸鳴蟬。」螻亭山賀俊，字雲岫。《夜至山家》云：「亂雲缺月夜三更，流水聲中取路行。猶是山家人未寐，紡燈一點照窗明。」松厓中村浚，字子明。《晚步》云：「村路尋詩取次行，滿襟爽氣覺秋清。非絲非竹自然好，幾種鳴蟲幾種聲。」《晚眺》云：「啅雀聲中日脚斜，西風獨立岸烏紗。滿林紅葉濃還淡，畫出前村三兩家。」又有雪堂、蓬洲兩道士。雪堂，名宗載，字考卿。《暮步田間》云：「閒扶竹杖度西疇，早稻堆黄已報秋。村路迂回二三里，夕陽殘雨送歸牛。」《中秋》云：「獨坐樓頭賞月時，桂花香動散凉飈。家家絲管聲初寂，便覺清光一段奇。」蓬州，名宗海，字百川。《秋深》云：「風透披裘作意寒，客心尤怯倚欄干。階蟲飽露聲聲咽，庭樹經霜葉葉丹。」諸作森然，宛如翠嶂屏立，讀之自覺有爽氣。

逸齋出都，自刻其百詩，遂以觀蓮節大會一時名碩，於不忍池上，舉其詩册，遍贈會者，以昧爽爲期，會者溢百人。今且録其選，以鳴其盛。其貴客則石顛、蘭石，其儒流則鵬齋、緑陰、善庵、榕齋，其聞人則南畝、柳灣、螻齋，其詩則詩佛、詩禪，其字則董堂、星池，其畫北則谷家父子、可菴、竹沙、蛎潭、蕙齋，南則玄對、南湖、雲潭、圭齋，其鐵筆則屋山、林谷，緇流有抱乙、雲室，女史有緗桃、翠雲。其他時髦，不違枚舉。余席間戲題云：「凉沁蓮腮風露新，池樓會客趁清晨。常時人賞花君子，今日花看君子人。」滿座讀之絶倒。

智永，瘞筆作冢，自製銘誌。近日董堂奉例，建筆冢於深川宜雲寺。石高七尺許，額篆曰「文載先生中書君墓」。自撰銘書字，字大率四五寸，碑制、筆力俊偉俱可觀。一時拓打，遠近流傳。銘曰：「君之先，仕嬴秦。避亂居，東海濱。毫利物，及兆民。子孫茂，德彌新。官爲氏，維中書。身歸墨，心自儒。剛又柔，隨人殊。其有試，聖所譽。不辭勞，獨自賢。頭雖秃，髮尚玄。功不朽，何大年。鸞與鳳，迹永傳。通世友，豈可遺。謚文載，出自私。卜幽室，爲形歸。巍然石，勒銘詩。」

誠齋《初秋雜興》云：「月色如光不粟肌，月光如水不沾衣。一年沒賽中元節，政是初凉未冷時。」此際風俗，專以中元修盂蘭盆，家家門口燃麻炬，以送冥漠，稍覺殺風景矣。余有一絶云：「一年真沒賽中元，獨領清光坐小軒。却是家家少人賞，照冥門炬送蘭盆。」

上條敞，字開夫，號雲居，犀淵之兄，讀書敏求，兼涉詩畫。官嘗修《孝義録》，擢爲編修生員。年未及强，丙寅就木。犀淵哀其遺詩，見囑爲拔其萃。《廢宅》云：「不知誰廢宅，苔古徑將迷。破壁封蛛網，空梁闇燕泥。春閒花自落，晝静鳥空啼。重來經此地，或恐屬鉏犂。」《冬晴晚眺》云：「畫出霜天雁幾行，詩景較多吟未償。鐘聲欲動溪邊寺，野竹陰疎篩夕陽。」

犀淵，名游，字子藝，以足疾致仕。閒散自適。畫學北苑，頗得黯澹之趣。書則以褚爲宗。小金井村櫻花，近歲名頗著，滕挾南製文立碑，犀淵爲書字，筆力太遒，實足不朽。性嗜麴蘗，與余結醉鄉之交。又以詩見問。《夏日園中》云：「林幽無熾日，涼氣自然通。人坐蒼苔上，蟬吟高樹中。何能堪襏襫，只合伴篷篛。更就池頭酌，醉眠荷葉風。」篷篛見唐詩，蓋指竹篷，取對「襏襫」最工。《題龍隱菴》云：「遮徑長松絡古藤，幽棲此處興相仍。霞沈遠岫千重碧，月蘸清溝一片冰。晚飲近沽茅店酒，夜吟暫伴竹窗燈。天風掀舞髯龍影，唯覺寥寥爽氣增。」菴在目白山下，門扁「龍隱」二字，詩佛署，余亦一遊，此作極真。摘句云「鳥飛山色外，人語水聲中」「鶴夢三更月，龍吟半夜風」「雲失林間塔，水迴山下村」「耽酒貧爲祟，閲書眠是讎」「晴鳩喚處僧歸院，晚磬收時客倚樓」「數家村静聞人語，獨木橋危待月生」，亦皆警拔。有此伎倆，不止書畫也。

余與秦里同賦《睡蝶》，秦里云：「懶趁游蜂去竊香，探春別入黑甜鄉。粉鬚傅罷無如困，舞袖倦來何肯狂。柔緑露滋棲蕙徑，軟紅煙暖宿花房。蘧蘧未醒南華夢，誰識前身姓是莊。」余云：「倦飛歸去睡春暄，不記東風過幾番。只合梨花同子夢，定知芳草返君魂。雙目煙重何能展，兩袖露低無意翻。笑殺衙蜂公事急，錦窠晝静小乾坤。」又賦《睡燕》，秦里云：「知向東風倦頡頏，一雙相並倚雕梁。烏衣巷口人應老，白玉堂前夢初長。社雨空晴春寂寂，梨雲深鎖晝茫茫。憑君喚醒休容易，簾捲流蘇未夕陽。」余云：「雕梁語罷睡初濃，一座雲兜閒斂容。細雨斜風深自閉，芹塘花徑寂無蹤。夢迷蒼海家千里，魂入紅樓春幾重。儘使放簾遮洞户，玉人晝永欲妝慵。」前題二詩相持不下，後題則高他一著。

辛未夏，秦里西歸，起行前是半月，詩佛適探箱根諸勝，偶然相逢於三島驛舍，賦送云：「關外無端送舊知，村醪雖薄不須辭。他年應話相逢處，三島驛中風雨時。」秦里和云：「斷送旗亭楊柳春，凄涼風雨客愁新。何辭更勸一杯酒，西出關門逢故人。」悲驩之情，寫得極真。

松蔭、蠖齋兄弟，皆以客歲致仕。足菴、柯亭，各襲其職。松蔭已爲吟場耆宿，其詩富贍。余屢抵書，勸其入梓，猶未報允。蠖齋《致仕作》云：「急流退去免浮沈，無復風塵半點侵。從是一身閒自在，煙霞泉石遂初心。」詩佛亦贈一絶，蠖齋愛其「山盟水約自由身」一句，遂鐫入其印。自云：「自壯好書畫、文具，積年之久，殆將充棟，近來盡屏去，唯留一破硯，以爲書畫之用。始悟玩物好古，袛足招累。詩非不愛，刻苦耗神，竟不能佳，亦不必作。但畫山水，觸興一埽，可消閒寄暢。風日晴美，遊山尋友，斯而已矣。」吁！此數語真可當一篇《養生論》也。其《自題拄杖》絶句云：「閒行伴者誰，好箇木上座。山郭又水村，探討能扶我。」

足菴今歲東下，稽留涉夏，邸舍湫隘，塵務闒茸。猶能取其詩卷，就余定推敲。座右又排列畫室，小暇則吮毫點染，其風趣可想。卷中頗多傑作。姑揀數首。《早起看牽牛花》云：「昨分幺苗手自移，誅竹結援費巧思。滋蔓不待韮水灌，嬌柔相纏翠離披。花正開時我尚睡，我纔起來花已萎。朝朝貪睡不相及，奈何看花負初期。今早健起戴星立，風露凄凄沁心脾。强顔却向家人詫，我自起早花自遲。」《救蟬》云：「快風猛雨洗彼蒼，檐蛛網破收不遑。須臾霽來餘夕陽，横絲上下補得忙。無端一蟬被渠妨，六銖衣薄殆欲僵。酸嘶聲急聽可傷，催喚山童斷其張。清心潔腹非不昂，誤觸毒手爾罹殃。戒汝同類多無良，更有可畏老蟷蜋。」《梅雨》云：「無心筆硯拂塵埃，積雨空濛久不開。棋伴將併詩伴絶，病魔恰引睡魔來。琅玕低露簾前竹，湖泊墜風園裏梅。忽喜西窗斜照抹，唤童鄰市買新醅。」《秋雨晴》云：「經旬秋雨最無情，破盡芭蕉方始晴。贏得愁人不眠夜，枕頭減却許多聲。」《冬夜》云：「凍雲籠月影朦朧，獨坐暖回爐火紅。三更欲雪松聲絶，翻入山房茶鼎中。」

如亭東西放浪，突不暇黔。但寓備之日較久，竊貯擣練之婢。足菴送如亭詩云：「遊縱不住奈忽忽，雁正歸時君又東。莫學閒雲遠飛去，帳中有鶴怨春風。」某生寄如亭詩云：「山人吟嘯今何處，故里頻年雁影疎。黄備精廬見人説，也留一鶴守琴書。」二詩屬意相同，亦可以想像如亭情態矣。

石山重熙，字紹祖，號亦菴，爲余舊暱。田紫石嘗薦栗山先生，列其門墻。紫石長余六七歲，而風姿如昨。亦菴與余同甲，而骨貌較古。三人每宴飲酣嬉，輒相嬲不置。亦菴生平嗜讀稗官小説，自謂聖嘆、笠翁之流。又喜蕃學，就紫石相質。詩亦清新，可壓作者。其道厖雜，蓋無不該。今録其近作，《書嘆》云：「昇平朝野屬雍熙，文物駸駸要趁時。湖海雅流多著作，尋常神道有鐫碑。手摸晋帖長眉妓，口説宋詩總角兒。愧我依然無遠識，稗官幾卷了生涯。」《初夏》云：「愁霖三日水方肥，閣閣鳴蛙逞怒威。頗覺今年時候錯，緑陰堆裏著綿衣。」《雜興》云：「密槐菀柳愛吾廬，新鑿盆池通小渠。只道清閒無一事，晚窗又撿種魚書。」

下毛人有野姓者，自幼失明。其父剪紙作字，授之使學。積累之久，知字殆遍。又口授以《詩聖堂集》。誦至五十餘篇，竟能解作詩。近出都下，以折枝爲業。一日，詩佛過友人家，適值生至，主人引見，備言其由。詩佛大加賞嘆，生亦歡天喜地，膜拜不迭。主人令其摩詩佛肩，且曰：「先生好硬手。」生要中其意，極力按之。詩佛雖稍不堪，亦難敗其意，忍痛受之。明日，褐以示家人，肩背盡腫。生後屢出入詩佛家，因命其號曰空花道人。勸使注意吟咏。又爲余傳其《晚渡》一絶云：「陣陣西風吹帽斜，渡頭停杖立平沙。鷺鷀驚起因何事，知是撑舟出荻花。」較勝有目者。大抵盲詩，其人皆少時讀書，中歲不幸失視者。苦心如生，世實罕有。

猿橋甲州，以律詩勝，前載五言，今又收七言。《初夏郊行》云：「薰風四月送楊花，新著輕衫體自佳。流水潺湲六七里，機聲咿軋兩三家。淡煙芳草牛踪遠，疎竹小橋人徑斜。野老不知尋句去，行行相伴話桑麻。」《梅雨偶成》云：「榴萼綻紅梅雨酣，無聊連日又何堪。看書催睡茶能破，止酒欠歡詩是耽。十畝青秧風浪叠，一園翠竹露珠含。清閒原自有滋味，箇裏偶然方得諳。」

牛磯、半村，各寄其近業，重索余品騭。牛磯，子有也；半村，子孝也。前弓偶逸其號。牛磯《春盡至墨陀堤上》云：「風風雨雨斷韶光，頓把熱場爲冷場。剩紫殘紅覓無迹，山蜂野蝶去何藏。路傍有店空留榻，渡口無人閒繫航。杜宇自知春盡恨，緑陰深處哭斜陽。」《咏鶴》云：「仙禽豈是伍群翎，聳骨軒然物外情。赤壁追隨曾入夢，孤山儔侶久知名。煙晴池畔斜陽立，露滴松梢半夜鳴。只恐昂藏人易認，霜毛雪羽最分明。」半村《題新梅莊》云：「築莊新學孤山隱，三百梅花占斷春。疎影暗香誰賞韻，冰姿玉骨未妨真。簾前嫩日雲移午，籬畔香風雪壓晨。勾引世人來暖熱，素衣多恐涴緇塵。」《病後歲晚》云：「病起肌膚陽未回，峭寒自判雪將來。守愚深愧素謀拙，投老稍嫌蒼鬢摧。筇杖試行先易倦，圖書欲撿且慵開。明春果若能輕健，第一溪橋合探梅。」皆多得力南宋三家，殆老手也。其社又有田圭齋者，名方啓，字士行。牛磯爲其傳《大房村看桃花》一絶云：「夕陽影裏泝晴川，一棹春風載酒船。纔到桃林花簇簇，紅雲蒸出洞中天。」亦復清麗。

有一朝貴，博徵詞客，琢磨風雅，如將終身。無幾煙花爲祟，嘯引醜類，日事狎宴。余作《遊仙詩》諷之云：「劉安今日遠絶塵，百練金丹跡已陳。只趁雲中鷄犬伴，當時賓客是閒人。」

一日聚首，把「燈花」爲題，余竊謂丹蕚報喜人人所出，我且異其撰，乃賦云：「炎髮如衝朱眼瞠，嚇人深夜故猖獰。幾圍愁陣衝無計，又見魔軍進一兵。」詩佛曰：「無絃奇想如此，此種作他人不肯做，亦做不得。」

源與清，字文儒，號松屋，家世掌漕運事，譜略載在其所著《叢話》中。松屋少時師古屋公款，後從平春海，傾意國學。其學兼和漢意，以菅、江二家爲宗。今專事著作，筆如疾風，捷敏無比，所鐫雜纂不下數十部，自云「詩吾未學」，然讀其《宿小原驛》云：「芒鞋度盡幾群峰，荒驛宿來家是農。頹壁破窗看白雪，寒爐薄被抵玄冬。三更初上林梢月，一枕遥傳村外鐘。無限窮愁争遣得，山雲相鎖共重重。」吐屬如此，我則謂之學矣。

西川國華，録中歲以後作，大約得一萬六千首，長作大篇不下數十首，自云「此内今兹癸酉所得二千三十一首」，老健可念，余因目爲「賽放翁」。或云：「國華蓋以詩爲食。」余曰：「人之恒食，一日三次，以此比較，其詩猶多於食。」其人曰：「國華固以健啖得名，其食亦就國華分上説耳。」爲之一粲。按放翁詩云：「粗飰寒葅到手空，屬厭也與八珍同。家人見慣渾閒事，笑殺新來兩髻童。」然則放翁亦健啖矣。

琴水已歸阿波，寄書云：「鄉人桂兑，字彦孚，敦厚好學，又耽詞章，不幸病亡。遺藁三卷，抄寫奉呈。幸得選一二以托不朽，彦孚之神開眉九原矣。」遂爲收二律，《登中峰》云：「古磴莓苔滑，香臺倚碧岑。村墟煙樹合，門徑雨花深。雲影交幡影，鳥音和磬音。溪泉浄無垢，洗盡世中心。」《晚步》云：「曳杖郊村路，西山抹彩霞。塔尖知佛刹，燈火認人家。畫手松梢月，琴音水底蛙。野翁能熟我，店酒且容賒。」

南部小野竹，字青卿，號栗野。董堂傳其詩草，爲摘其《梅花》一律云：「暗香最是惱吟魂，臘裏清寒白玉温。東帝先頒新曆牒，南枝重闢舊乾坤。浣花翁瘦姿何及，卧雪人高格自存。盡日相看竟無厭，賞心不獨月黄昏。」真清才也。

村山松年《落葉》一律云：「風師驅盡萬園林，葉葉辭枝力那禁。月底鳴時秋寂寞，霜前堆處曉蕭森。亂埋樵徑將無跡，頻扣書窗似有心。剩見他山非不好，祇思何處護棲禽。」七八舍己憂物，真成藹然君子之言。

星池秦其馨，書法遒逸，名聲日興。舊嘗遊崎陽，私淑吳人胡兆新，遂能傳其訣。獨喜使羊毫筆。自賦云：「洞庭神女牧神羊，送我羊毛三寸長。縛入管城神尚有，休驚雷雨起鋒鋩。」負抱自見。神羊用《柳毅傳》事，湊得太工。

梯隆恭，字季禮，號箕嶺，久留米記室，同僚樺世儀，素以宿碩著名，二人皆余所忝交。世儀今已歸鄉矣，季禮獨留，掌教黌舍。其人才鋒奇拔，詩句衝口出，琅琅如金石。《觀菊》云：「家家争種菊，秋後最芬榮。但競繁華美，誰希隱逸名。野香籠錦幄，禁蕊繞丹楹。百樣分孤樹，千葩出一莖。負嵎蹲猛虎，無水躍長鯨。列彩疑星耀，團形似月生。鶴氅含露重，鳳蓋和霜擎。利射淮南橘，人輕楚地珩。妙工能動衆，奇賞欲傾城。笑我從騷侶，猶思餐落英。」蓋近日巢鴨、染井各處花户，杯棬菊花，作龜鶴龍虎、舟車人物之狀，以勾引過客，此作寫得極真。又《夜泊水村》云：「危檣依絶岸，遠嶂斂殘暉。争宿沙禽噪，得魚漁子歸。鐘聲雲際寺，燈影樹間扉。孤客眠難熟，蓬窗露濕衣。」自是唐人佳境。

列維翕，字公湛，號蘭丘。江葆和，字處冲，號鈍叟。二人皆係南谷瀧君舍人。列詩學安清河，江詩學木蓬萊。列只一味敦厚，江則傲岸不羈，縱酒劇談，頗有畸人之目。君特愛眷，比之郗髯、王短。君戌甲之日，二人相尋亡，皆有遺稿。君感舊之情，不能自遏，更使余就稿中録存幾首。列《春晚送人》云：「送别南陂口，離筵惜落暉。緑楊低更密，黄鳥語還飛。驛路殘花少，馬蹄芳草肥。都門春已盡，君去幾時歸。」《霖雨道中》云：「霖雨苦行役，何時見霽暉。淖泥侵客路，卑濕逼征衣。山水鵑聲急，驛亭梅子肥。前津或爲阻，只恐客程違。」又《夜泊聞雁》云「身滯楚鄉猶作客，夢牽湘水未歸家」一聯，特爲清河所賞。江《暮過山村》云：「山路天將暮，晨村景已微。雲歸峰態變，水落碓聲稀。獵户初燃炬，樵家半鎖扉。未知投宿處，行露濕征衣。」《蠶婦吟》云：「採採滿筐桑葉齊，晴鳩相喚夕陽低。蠶飢方是女心苦，背上眠鶯兒又啼」。余最愛其《宫詞》一絶云：「承恩初入宫，衣裳繡孔雀。羽毛尚未闇，早已容華落。」極得唐人風調。

賴子成，今下帷京師，文名赫著，一時避其鋒鋭。但真宰茫茫，猶抱坎壈，動有張謂題壁之嘆。子成於筆札特妙，屢寄余書，余不敢報，愧木瓜之陋也。且余之於子成，洋峩已許，心心相印，不必倩筆奴矣。近遞寄《四春詞》，清麗高潔，真所謂不食人間煙火者。今録二首。《春晚》云：「繡罷雙蛾重於山，停針聽盡漏聲殘。殘絨唾窗窗漸暗，坐倚薰籠怯晚寒。」「脈脈柔情向誰語，蘭房無人恨獨處。不分東家小狸奴，夜合花下來呼侣。」《春曉》云：「臙脂半褪鬢鬖沙，枕痕印頰斂翠蛾。無限閒愁怎消遣，一場風月春夢婆。」「寶鴨香爐衾如水，數聲嬌鶯隔窗紙。宿酒醒來苦思茶，貪睡丫鬟喚不起。」余聞某土有人假稱賴子成者，寄食一豪家，濫占飽暖，前偶以此語浪華金谷生，生饒舌，早報子成，子成作詩示余云：「文字撑腸不補饑，名如畫餅豈其非。怪他一箇陳驚座，飯袋便便到處肥。」余讀之笑倒。然其實子成噪名所致，如余求其一假，恐未可得。但人知愛其假，却駭其真，此亦葉龍之説，固不足辨也。

荷溪屢致書，求一書生，足誘後進者。余遍撿其人，唯可亭温藉之才，可無破綻。乃勸使往，果然大用，其徒日繁。荷溪初締江山社，纔收三四人，今則蓋斷斷。如可亭首業課同人作《梅花》

百絶。釐以入梓，名曰《水月清事》。自此人稍以「水月」喚其社，一社遂有兩名。今駢舉梅花詩，以詮次其人。

可亭詩云：「疎影暗香原自宜，纔添水月不勝奇。千年真賞梅花訣，只在孤山兩句詩。」《梅花紙帳》云：「剡溪霜雪浄無暇，四壁瓊枝横又斜。蝴蝶何來飛入夢，休言不得近梅花。」荷溪《朝暾梅影》云：「梅窗紙上曉暾移，寫得横斜清絶姿。昨夜月前猶逗漏，分明補出一枝枝。」《案上梅花》云：「邀勒一枝芳蕊寒，案頭咫尺不堪寬。硯池蘸得疎疎影，便作横斜淺水看。」龜堂詩云：「醉卧梅邊月一痕，家人憫冷逼黄昏。不知身在瑶臺下，正伴仙妃縞袂温。」苾堂《尋梅遇雨》云：「拖杖行穿一徑微，風香得得襲春衣。晚陰不作詩人地，纔到梅邊雨已飛。」雲嶺詩云：「枝南枝北雪飄香，爛熳梅花壓短墻。暖日相留豈能久，詩家到此覺心忙。」《水中梅影》云：「清寒波底浸芳姿，正是黄昏印月時。玉鏡一枚先領取，瓊妃今夜嫁馮夷。」小島澄，字鏡如，號晴池，龜堂之子。《月梅》云：「婆娑斫盡桂花叢，纔種梅花便不同。八萬三千開寶户，春風吹入廣寒宫。」《探梅》云：「且喜晴暾破曉寒，瓦溝雪泮滴聲殘。蠻童知我探梅出，報到前村路半乾。」山口斧，字快莽，號霜園。詩云：「疎籬曲曲最堪清，無數梅花拆曉晴。課得家童先埽地，不教半點涴風英。」《梅樓夜坐》云：「半夜山風滚雪吹，梅樓獨坐欲眠遲。《離騷》有恨何容讀，只誦孤山處士詩。」村孔脩，字子長，號煙艇。《問梅》云：「問信前村日幾回，梅花噤口未曾開。樵客不知奚自得，擔頭已帶一枝來。」《雪後尋梅》：「晴雪家家擁竹籬，一枝何處認瓊姿。詩人自欠圓通眼，却是山禽聖得知。」海魯，字曾性，號半仙。《老梅》云：「槎枒老幹帶苔痕，萬點猶能玉雪温。只怕人來加翦伐，棘針插得自樊園。」《盆梅》云：「三尺瓦盆盤屈身，枝頭簇簇玉初匀。簾帏密鎖無通信，知底工夫偷得春。」紫航，字方舟，號緑窗。詩云：「烘日梅梢暖已回，村村雪盡路無埃。吟囊要貯春風句，只欠西湖處士才。」《梅邊步月》云：「籬落春風月午天，惱人花氣更醺然。梅邊未敢高聲語，只怕黄鶯驚起眠。」西芳，字春樹，號培亭。《酒店梅花》云：「梅花粲笑似相招，春到酒家先已饒。題罷新詩醉猶在，更尋別處度溪橋。」又云：「霜風初拆兩三枝，綿帽衝寒來亦奇。醉墨塗鴉酒家壁，去年是我看梅詩。」市鵬程，字九萬，號天池。詩云：「清標高韻世間無，直自平明看到晡。君把米家能見例，畫吾袍笏拜梅圖。」《梅窗睡覺》云：「月地雲階絶點塵，縞衣練袂共朝真。驚回枕上霎時夢，已在仙家五百春。」濱無恙，字秋帆，號晴遠。《梅窗睡覺》云：「瀏亮花間奏玉笙，蕊珠宮冷不勝清。夢醒窗紙留梅影，殘月小鶯三兩聲。」《梅花落後》云：「日日看梅欲百回，花過柴户也慵開。紬衾滿意閒眠著，猶有春愁撩夢來。」河清秋，字更奇，號蕉庭。《雪騎探梅》云：「想像梅花雪裏寒，出門一走不言難。馬蹄恐涴瓊瑰地，故隔溪橋緩轡看。」霜園以下九人，年奢才彦，皆係近日隨和可亭者。

可亭《題香遠山房》云：「荷花千頃野溪東，纔出柴門有路通。一枕聲來丁夜雨，半窗凉散午時風。香蒸酒味仍茶味，景點詩中更畫中。自覺胸間塵念斷，紅衣仙子日相同。」如亭又有二絶云：「緑樹扶疎漏月明，去人轉遠有餘清。曉山秋冷容高卧，更欠梧桐報客聲。」「荷上山房寂絶埃，高花正趁曉風開。休言伏侍童猶睡，紅玉前溪出浴來。」

荷溪《咏春草》云：「踏青節近釀輕温，又見東風抽舊根。一春只要裝村路，十里偏嫌近市門。廢宅煙霞絶人跡，離宫雨露少君恩。最是王孫歸意切，萋萋滿目易銷魂。」整齊和雅，使張劭愧死。

柳子厚云：「海畔尖山似劍鋩，秋來處處割愁腸。若爲化得身千億，散上峰頭望故鄉。」東坡剥前二句云「割愁還有劍鋩山」，放翁剥後一句云「何方可化身千億」，所留無幾，恐子厚不耐其寒矣。書以發一笑。

五山堂詩話卷九

國初以來，作者無慮數百家，遺詩已經刊者殆將充棟。世僅傳其詩而全集不出，瓊玖永埋地下，銜恨者亦復不尠，吾不得不出力而援之，姑舉一二三，皆係澤已斬者，稍近者不必録。

桂君華《彩巖集》二卷，家氏容與園所藏。北海《詩史》云：「彩巖詩，《玉壺》《崑玉》諸選所載，僅止五首，其他無見。」今閱其集，亦太鴻富，精華高潔，殆不在白石、蜕巖之下。其《遊仙詞》三絶最爲合作，詩云：「翅倦煙鸞不愛飛，桂欄獨倚六銖衣。宮西一片閒雲雨，新自荆王枕上歸」「夜色瓊筵仙語紛，霞杯争擬小茅君。靈棋不覺銀河落，一局輸贏賭白雲。」「手援北斗向清都，河漢無瀾明月孤。猶記西風騎赤鯉，吹簫飛過洞庭湖。」此外諸作不勝其雋，余最愛「馬入越中渾是山」一句。

詠物詩至近今，作家稍擅其纖巧。享保諸賢概無及者，蓋唯務高格調，不屑作此雕蟲伎也。《彩巖集》中詠物五首，語極園縟，謝瞿諸人亦將歛衽。今抄其三，《鶴骨笛》云：「嘹唳沖天不可求，空餘玉骨隔雲愁。一聲夢斷華亭夜，三弄風驚赤壁秋。肯使笳音專朔塞，却嫌銅臭上揚州。千年瓊島離群恨，和月吹過五鳳樓。」《鏡中燈》云：「佳人幾日舞孤鸞，報喜雙花永夜看。百鍊冰心磨不滅，九枝紅影拂還寒。蟠龍難避青藜杖，飛鵲猶停赤玉盤。卻訝炎皇擁虚器，一臺長挂碧瑯玕。」

《月鈎》云「帝傍仙客掣鰲餘，一握黄金著太虚。斜勢應驚簾額燕，清光動觸水心魚。折腰步武屬娥女，屈手禎祥育望舒。莫道彎彎誰得盗，秋風吹入子陵居。」彩巖在當時已有此手段，雖非本色，其才縱横非諸子比，亦可以見。

彩巖《八島懷古》二律諸選收載，頗膾炙人口。以余觀之，不無商議。詩中「英魂吹笙」「水濱膠舟」等語，豈其以八島爲壽永君臣葬魚之處耶？是可以咏赤馬已。蓋八島有檀浦，赤馬亦有檀浦，以地名相同致此混淆。要之書生坐談，殊爲失實。案前詩后聯，諸選并作「宋帝遺臣迷北極，周王君子盡南征」，今就集撿之，作「偏憐朱紱結纓死，無復青衣行酒生」，豈或后人所改歟？但集中《詠雪》詩有「秃節看羊愁北極，孤軍擊鴨事南征」句，以北極對南征，語勢稍同。則彩巖自改亦未可知。然作「宋帝」云云，則聲律實拗，不如本集之愈也。

服維恭《橘洲集》一卷，肥允仲《新川先生詩藁》一卷，并田氏杏花園所藏。白石《停雲集》僅收橘洲詩三首，且云：「服氏前年罹災，舊稿蕩盡。如我所得，亦復不多。」此集録壬辰至己亥作，凡二百五首，其中有《賀白石先生六十初度》七律云：「詞筆功名掩古今，多年桃李此成林。蒼生四海移風日，白髮兩朝酬國心。明世偏能憑傅楫，殊恩誰復羨燕金。蒹葭倚玉元堪愧，門館無私春自深。」《停雲》卻不載，知白石家亦已逸此首。又有《夏日感懷》七律十首，值文廟上賓之日，深寓攀髯之恨，詞意凄惋，讀之淚下。但篇什已多，事亦涉温樹，故概不録。《首夏》云：「午枕醒還睡，陰雲暗乍明。茶煙含雨重，爐氣逐風輕。移竹纔添趣，栽花未記名。柴門聽剥啄，高卧嬾逢迎。」摘句云「歸雲半池影，疎竹一窗涼」「霜砧人萬里，風笛月三更」「星河暗轉浮雲外，秋霜重添寒雨中」「墜葉廊虛風自掃，疎鐘院静月初明」，皆清暢可愛。

《停雲》又收允仲詩數首，小傳只云「號霞洲」。此集題做《新川先生詩藁》。案允仲先世，越中大姓，據有新川，蓋又取祖望之地，自爲別號。鳩巢集中有《和新川肥允仲》詩題，亦可以徵。詩凡二百四十餘首。《苦雨》五排云：「女媧曾補石，豆漏補天餘。淫雨傾坤軸，驕雲蕩地輿。商羊舞猶急，蜀犬吠何疎。用汝殷宗世，儆予唐帝初。綢繆不如鳥，昏墊欲其魚。澒洞還鴻始，溟濛泄尾閭。鼓聲寒楚塞，劍氣暗吴墟。蛙黽生厨竈，蛇龍出澤菹。珠璣安得粟，儋石素無儲。誰問子桑病，自憐原憲居。庭黄葉若積，壁緑苔須鋤。縱閉吾無術，重陰何日除。」雖不無瑕累，排奡亦自佳。佳句云「衰草牛羊路，寒煙橘柚村」「燈影夜寒梧葉雨，笛聲秋老桂花風」，他作不能稱是。

四明井先生文章篤學，稱當今第一宿儒，爲人泛愛，與物無忤，亦自存豪邁之氣。寶曆中接遇韓使，贈詩百韻，使人目以「海外鸞鳳」，有好事者據此四字入印，以獻先生。先生欣然受之，而一生不用。先生續父爲備藩記室，寵遇益隆，侍讀世子十有三年。今歲甲戌，齡八十五，優賜致仕。遂以至日會客，時流雲集，雲潭爲製《二疏圖》。因是作序，余題一絶云：「捧卷儲闈日講文，主恩賜老荅勞勤。滿堂賓客飽華饌，猶問家金餘幾斤。」就用傳中語也。鵬齋有賀詩七古長篇，摘句如「蘭臺舊德抱世珍，兩葉經業倶紛綸。温藉曾知心術熟，積學兼見氣稟淳。經國大業編新書，靈臺儀象舊修圖。至性孝養人所稱，真是當代老醇儒。自古備藩儒風盛，就中師表擢德行。惠養厚遇比苟攸，别賜餐錢加禮敬。八十五年官仕優，君恩新許營菟裘。襟懷容貌兩瀟灑，深衣幅巾副一丘。有子有孫多男子，護擁先生執杖几。皆是紹業不墜風，金弟玉昆真福祉」等數語，可以當先生小傳矣。先生亦有《自賀》七律四篇，聯云「累世職官無二事，仕途舉措避群賢」「對人纔是諳周孔，閲字何能辯隸楷」「腐儒性僻謬通籍，厚禄恩深仍賜兒」，温厚自見。先生於詩，聲律極嚴，深得初盛氣格，余獨愛其《春日》一絶云：「桑榆促老老逾癡，但喜東風不誤期。笑我蕭蕭雙鬢髮，春來學柳亂如絲。」殆有樂以忘憂之意。

水齋名天祐，字順民，爲先生第三孫。温藉和雅，極有乃祖風。夙耽繪事，親炙雲潭。又以詩來参余社。《午熱》云：「午鈴風死日烘軒，困极胸襟不奈煩。雲黑輕雷雨將至，無端斗折過前村。」《漫興》云：「洗盡胸中萬斛塵，醉餘戲筆入天真。休言翰墨關儒者，畫酒中閒一散人。」

鹿谷勝田濟，字寧卿，一字九一，爲西讚五嶽翁之侄，受業四明先生，今已開肆都下。爲人强記，窮而益勤，嚼經咀史，餘飽及詩。《鬟髪山》云：「只驚脚底浮雲生，萬壑争流濺濺聲。變幻須臾誰信此，半天雷雨半天晴。」《舟歸所見》云：「雲影模糊夕日舂，看看江霧失西東。漁舟早落空濛裏，餘得篝燈數點紅。」《夏日偶成》云：「滿窗脩竹雨晴初，緑滴床頭幾卷書。卻與嬾眠爲道地，清風誘我到華胥。」皆佳。

岡田世子藤長祥，字濬哲，號健齋。浦鱗長薦余伴讀，屢蒙淑顧。世子沖襟雅範，使人忘其勢。詩畫並逸，盡出天資。《七夕》云：「銀漢清如水，雙星不爽期。涼風雲散後，新月暑收時。乞巧仍嫌拙，裁詩未得奇。樓頭坐忘睡，較覺漏聲遲。」《詠柳》云：「舞腰纖細最多姿，争耐春風恣意吹。東惹西牽原不定，天興地拜竟難持。翠煙淡罩陰陰影，緑雨輕搓裊裊絲。十里紅樓晚晴好，佳人何處繫相思。」《村夜》云：「西風吹雁月三更，水滿平田影自明。蟲語稍稀秋已老，滿村無處不砧聲。」貴人有筆如此，真不易得。

鱗長名潛，號九淵，岡田大夫。湛思經濟，學稱該博，閑亦以吟詠自適。癸酉還國，至今不來。世子嘗命可庵爲製《深澗騰龍圖》，自繫以詩。更使家人立崇儒、神子參暨余三人各題一絶，致之鱗長許。余題云：「懶龍經歲滯江湖，眠熟千回不受呼。一夜滃雲扶得起，公田行雨及私無。」鱗長又見貽云：「卧病經年欲廢吟，猶能詩夢向君尋。依稀參得宗師妙，休笑癡人枉費心。」見推如此，豈不慚愧？

崇儒名重道，號容亭，詩才清脆，衣缽自詩佛。《秋夜步園中》云：「明河脈脈映簾櫳，便覺新涼始策功。唤我蟲聲來砌下，導人月色到園中。髪根颯爽蕉陰露，鼻觀圓通桂畔風。卻掩窗扉纔就睡，夢魂先到廣寒宫。」《夏日道中》云：「松樹無陰風正微，黄塵撲面汗沾衣。蜻蜓不似人心困，一路攙前得氣飛。」《梅花牧童圖》云：「倒騎牛背夕陽天，笛入東風隔壟傳。畢竟村腔無節調，不妨横玉過梅邊。」子參名良，號杏蔭，詩手老硬，淵源出麓谷。《春草》云：「條風雪盡暖初輕，又看芊綿到處生。鼠掌滿叢開細葉，龍鬚匝地挺纖莖。煙侵徑路行無跡，雨入池塘夢欲成。已及遊人踏青候，靡蕪誰是管離情。」《薄暮驟雨》云：「陣陣烏雲圍晚空，雷公枹鼓一時攻。雨飛銀鏑驅炎盡，閑挂一彎新月弓。」子參以刀圭爲業，亦頗著名。

柳州源喜儀，字友倩，阿波公族大夫。于役一歲，寓舍檜巷。初造余廬，及門盡卻從者，故爲一書生而前。言談移時，風度非凡，余心已猜其爲柳州大夫，然口不敢言。明日以詩投之，句中有「魚服白龍」語，大夫得詩一莞。自後屢蒙枉顧，特見賞愛。見貽云：「談詩先自覺塵清，相識雖新意已傾。恰似人論黄叔度，一時不見鄙心生。」余依韻和答云：「大邦無客不冰清，怪底胸襟向我傾。應是和羹梅熟後，偶思酸味到書生。」大夫素喜吟詩，亦不多作。余懇其家人，乞得數首，兹録二絶。《兔道萬福寺》云：「寂歷飛花禪院春，遥山積翠亂風筠。枏檀林下日將午，先聽鐘聲洗世塵。」《途中即事》云：「輿窗晝永喜新晴，路入山村數十程。幾箇人家芳草裏，春風滿地紫雲英。」大夫嚴毅有不可犯之色，而其詩温藉如此，殆使人有萊公《拓枝》之想。

余曩收秋田松塘大夫詩，僅得其零珠片貝録之耳，近日傾筐見示，遽攫其尤者，亦不能多得。《客中九日》云：「東走西奔歲月忙，他鄉又復值重陽。天涯魂夢雲千里，江上音書雁幾行。對酒漸忘身是客，脱巾突覺鬢將霜。故山秋色知無恙，叢菊花開三徑香。」極爲閒澹。其《詠車》云：「衆支相待體初完，任重何貪一日安。到處推挽偏有力，移來回轉更無端。扶老每戒山坡急，致遠寧辭道路難。滿地雪深知幾尺，兩條縞帶與人看。」蓋托以説自家身分，勵翼之款，襟胸可想。又有《長堤竹枝》三十絶，兹節其三云：「一簾風露晚凉繁，光徹琉璃三尺盆。誤隨寶釵鏘有響，金魚驀地入萍根。」「薄命從誰訴此心，焚香悄密泣屏陰。五寸厨筒三寸帳，安置銷金觀世音。」「午夜鐘沈月色微，洞門風露恨依依。轎夫不管相思切，十里長堤一鳥飛。」綿麗巧纖，殆突過《西湖竹枝》諸作家。蓋剛柔正變，無所不有，亦不必爲大夫曲諱也。

榕齊《宫人斜》云：「寂寞林丘簇古墳，宫嬪舊是瘞蘭薰。魂辭春殿恍何在，夢入夜臺茫不分。舞燕歌鶯當日曲，飛花芳草昔時裙。人生修短誰無化，曾望園陵漳水濱。」極爲超脱，誰謂此首孱弱乎？

大津之邑接壤京畿，無論閭閻富庶，其地緣以琵琶湖，湖山鍾秀之氣，蒸出人才，如亭屢往留連，豈亦有所慕歟？近日寄其社友松山節亭詩一卷，即如亭批評以新入梓者。節亭名庶，字諸人，經行并修，稱一鄉君子。其自叙云：「詩友見説經，罵爲道學先生。經生聞吟詩，罵爲詞章之徒。呼爲馬爲牛，我不復理。」蓋亦達士也。余玩其詩，真在經生、詩人之間，就中録最嫻雅者。《半生》云：「半生生計轄如毛，日日吾伊雜市囂。煙鳥風帆湖北遠，塢梅園竹郭南高。説經不爽童偷睡，撰記雖蕪客謝勞。別有晚來公事在，鄰人招我試春醪。」《田家》云：「一番澍雨一番新，繞郭秧田緑似茵。時順情知農省事，桔槔低首不關人。」《雪朝》云：「早起推窗望欲迷，雪花璀璨照幽棲。鄰人厚意翻堪恨，并埽吾門玉作泥。」此外作者，余未及知，且得客寓一人焉。

源恒，字月如，號静齊。吉田人。丁卯從父遷居大津，吏務鞅掌，猶能偷閑游詠湖上，有《隨月讀書樓藁》，兹録二絶。《九日》云：「他鄉慣久不須嗟，誰復登山遠望家。佳節今朝又隨例，青瓷瓶里插黄花。」《行圃》云：「蔬葉蟲鎪茄子病，旱餘菜圃半荒涼。南瓜猶自修鄰好，斜向西瓜引蔓長。」

醉石、爲一、半齋、栗原、癯軒，五子皆爲昌平黌中吏，簿領之暇，相共命題吟詠自遣。歲裒其所得，删削爲卷，名曰《聲應集》。余就其集中抄三人詩，半齋《夜歸》云：「放吟溪上路，孤月伴行幽。杉影疑人立，松聲即水流。梵鐘煙外寺，漁火霧中舟。莫怪歸家晚，風光挽我留。」《自述》云：「貧儒願易了，茅屋稱迂愚。架足書千卷，厨慳飯一盂。鶴鳧從性受，牛馬任人呼。不借忘憂物，心閒憂自無。」《夏夜》云：「奔雷驅熱雨滂沱，多謝涼風起病痾。轣轉東南猶未斂，明星早已燎天河。」爲一《至後》云：「悠然南至後，閉户樂如何。急景静中緩，流年慵里過。早梅初破蕾，枯葉盡辭柯。最喜臨書課，幾行添得多。」《秋懷》云：「四十過來自可憐，又逢秋色易凄然。林間新露溪山塔，水漲重維野渡船。茶竈筆牀將學隱，蓴羹鱸鱠未成仙。只須投老拌縱飲，賴有杖頭三百錢。」醉石《雪夜客至》云：「狂喜衡門剥啄聲，衝寒深荷故人情。簷牙碎去銀釵響，蓑袂揮來玉屑輕。萬樹有花春一色，孤燈無焰夜三更。灞橋剡曲吾曹事，句就擬争冰雪清。」又《前赤壁集字》三首，其一云：「明月出山間，流光擊桂槳。一江白露横，萬壑清風響。雄賦屬無窮，長歌懷既往。飄飄縱所如，身駕虚空上。」半齊姓勝田，名獻。爲一，則中村進甫别號也。

貽堂手録途中諸作，重求登載，爲摘其尤者。《熊谷道中》云：「雲壓長堤暮色迷，枯蘆如戟欲過尋。行人已怯荒寒路，第一莫教啼怪禽。」《宿橡尾山寺》云：「半天晴雪擁山松，人宿寒雲第幾峰。怪底山中無漏刻，一冬凍殺法堂鐘。」自注云：「山中諸刹，每至冬月不撞鐘，撞則凍裂云。」

上毛井田巨元，號玉村。頃托上侯寄致二集，一曰《言志編》，爲圓山幸德景輿之詩；一曰《松菴詩草》，爲佐川健子强之詩。皆係其亡友遺稿。意蓋在假余採摘，不沒其文也。乃各抄一絶，以濟玉村友誼之厚。景輿《秋山》云：「一路秋山不著塵，白雲紅樹擁嶙峋。溪邊已有停車客，林下豈無温酒人。」子健《梅花》云：「梅花開落奈怱怱，誰復收來入畫中。玉骨冰肌縱可寫，筆端無地著春風。」

小蒼山在桐生西，詩佛嘗愛其勝概，有連作絶句。其一云：「指點名山試摟指，大都不出乎雙間。宜于是處營亭子，我爲名之爲十山。」己酉孟冬，淡齋遂創十山亭于其處。所謂十山者，斥日光、赤城、三國、榛名、碓水、淺間、妙義、破風、三峰、富士諸山也。淡齋又作八絶句，句句超脱，與山争峻。詩云：「新創十山亭，高臥翠微裏。無復人追隨，日與雲相倚。」「被以峰頭雲，枕以溪邊石。富貴何關心，無事便侯伯。」「孤亭在雲外，人飲半天中。莫道無仙骨，醉來欲馭風。」「一望十名山，妝點雲又水。若無詩句佳，奈此風景美。」「青山相峙立，中有玉爲膚。所謂九人耳，更有一美姝。」「不與南山負，奈負北山何。天生這般景，卻恨名山多。」「提壺復上亭，林風酒易醒。幽人晚初歸，被雲埋前徑。」其一則予忘之矣。又有七古一篇，語長不能全記，近日將待《菁莪堂》三集出而并録之。余貽淡齋以一絶云：「優劣論詩且勿囂，我原一倍讓君豪。五山堂在紅塵底，争及十山亭子高。」

龍川申績，字君厚，臨池爲業，其體不拘一家，雖晋唐諸帖，亦揀其腴美厭飫學之，自戲稱「糝羹體」。爲人率真，不喜虚飾，一與人交，唯恐不能全。每讀人佳詩，擊節賞歎。至其所作，皆多寫其實，無有虚設，亦極類其爲人。《牽牛花》云：「徂暑人間乞巧秋，小盆幾種養牽牛。茶前已了添援事，浴後重爲灌水謀。鈎曲蔓柔如篆結，細尖萏滑似毫抽。朝朝捧出琉璃露，消渴吾家不用愁。」《雪後》云：「十里暮天晴雪初，忍寒袖手立階除。何人展出銀泥紙，更倩歸鴉寫草書。」《歲晚》云：「經營無限出門人，路上紛紛臘尾塵。自覺隱居渾省事，糊窗埽室僅迎春。」

正興，字周助，號犀川，龍川之子。《春盡》云：「春盡園林浩蕩風，詩情未必便成空。紛紅駭緑醒人眼，襯出夕陽殘雨中。」《夜意》云：「丁丁寒漏滴三更，月白小窗眠未成。書卷倦來還自掩，卧聽落葉走階聲。」高孝榮，字孟恭，號藍川。《夏日雨中》云：「細雨蕭蕭晝掩門，銅爐香盡有餘温。睡間猶是無多子，已看壁蝸移篆痕。」《初冬雜題》云：「盆種菊花誇晚芳，已過一月似重陽。紙窗不許風霜透，何處寒蜂來趁香。」伊喜昌，字兼吉，號惠山。《初夏》云：「韶光欲駐苦無關，春去匆匆一夜間。啼血子規紅已變，染成濃碧雨後山。」《客中》云：「家園空隔幾重山，遠客悠悠未擬還。又是一年秋欲盡，西風吹老鏡中顔。」高、伊二子並係龍川門人。

山元泰，字安卿，號桃春。亦業臨池，兼愛詩畫。雖在學童喊呐之中，無時不覓工夫，好尚可美。《村居秋晚》云：「老柳經霜葉自飛，陰雲斜日映柴扉。寒鴉數點棲初定，人獲晚禾猶未歸。」《冬夜》云：「何以防寒有麴生，爐頭暖熱坐三更。果然能敵風霜力，起向墻東踏月行。」

浪華木世肅，號蒹葭堂，風流好事，一時取重。董堂曩日西游，先叩世肅，世肅出家藏董帖示之，題曰《蒹葭堂法帖》，拓最精絶。世肅戲云：「此無二之物，豈太史預知有我堂，故製此帖歟？」

相笑而罷。後隔幾歲，董堂托世肅索書「鶺鴒居」三字，即董堂別號也。世肅郵致之日，附以一副董帖，題曰：「鶺鴒館法帖，其精殆不下嚮帖云。此物近日到手，蓋太史或又預爲君製之耳。今舉以爲贈。」董堂不堪其喜，寄謝二絶云：「披帖古香真絶倫，笥收第一作家珍。莫邪久已藏君許，新得干將分付人。」「蒹葭先至鶺鴒次，二帖來歸蓋有因。太史先知君與我，前身莫是館中人。」事在三十年前，追録于此。

海晏楓林之會，實自倉龍渚始，爾后年年相續，頗爲故事。杏坪自藝寄詩諸子云：「海晏寺里楓樹秋，憶昨相呼飲山丘。會者一百三十人，倉巖以下皆名流。山上聯榻榻不足，聚葉更坐天然褥。笑語聲湧彩雲間，山店酒茗僅相續。一株之下幾人圍，相見或有不相知。雖然人人腸亦錦，燦爛映出萬章詩。詎圖西歸誤爲郡，一朝棄擲舊風韻。躬省秋收入窮閭，野老村姑相慰問。馬過霜樹幾重山，舟下紅流百曲灣。秋光雖美無儔侶，十日空行錦繡間。絳林缺處天始碧，回首東方念往昔。蕭然晚向荒廳眠，枕上鹿嘶山月白。」蓋杏坪今爲郡官，無復有出都理，雖曰製錦可美，彼此竟不能無索居之憾。近日人又傳其《行郡》一絶云：「邑官講利策無遺，迂拙我曹何所爲。自笑書生餘舊態，半思民苦半思詩。」頗有孟郊溧陽之風。

竹溪源典，字伯經，尾張人，今給仕幕府。傲骨崚嶒，論詩尤精嚴，人多蒙指擿。余每相逢騷壇，隱如一敵國。《晚春書懷》云：「千章樹緑郭西東，九十韶光彈指中。蝸壁字霑榆莢雨，燕梁泥落楝花風。丹砂换骨原無術，白髮于人也不公。物理推來深自悟，行藏將學信天翁。」《鞠塢》云：

「鞠塢藏春春尚妍，都人士女興相牽。山林經濟今推汝，又役牡丹租酒錢。」《夏日即興》云：「爐香消盡日如年，閑倚涼窗試午眠。夢里恍聞山雨過，覺來庭樹有鳴蟬。」真老手也。

竹溪手裒其先人幽林翁遺藁，又示余以一斑之美。《望湖亭》云：「劃山通驛路，頂上著旗亭。客子愁將散，行人眼頓醒。雲帆千影白，螺島一痕青。無奈前程遠，怱怱復此經。」其《偶作》云：「骨相原應作隱淪，誤離丘壑住城闉。漠然隨處吾忘我，不辨山雲與市塵。」真見道之言。翁初入京，師芥丹丘。丹丘亡日，貧無葬資，翁乃傾橐匍匐救之，以完麥舟之義，京人至今美之。其在鄉里，環舍皆種以松，扁曰「萬松」。集中有萬松亭詩。以寛政戊午歿，壽七十三云。

森田賨，字國賨，號緑水，爲秦里鄉人。《星夕》云：「玉宇雲歸暮雨收，佳期無恙二星秋。銀河一帶涼如水，流入人間乞巧樓。」《夜歸》云：「遥認孤燈洩竹扃，暗風一路酒全醒。還家果而滂沱雨，低地陰雲不見星。」皆爲清真。

加萬年，字永錫，號芝峰，詩才頗捷，就余推敲。其于書法，楷行并遒，余亦屢煩其抄書。《首夏》云：「春染千紅莫漫誇，薰風亦復有生涯。緑陰濃抹薔薇白，不著胭脂别一家。」《不睡》云：「閑愁不睡聽鐘聲，聽自三更到五更。紙帳人言護寒曉，曉寒翻向帳中生。」

蘭溪西島長孫，字元齡。迺翁柳谷先生以宿德久著儒林，蘭溪亦能肯堂，夙得濟美之名。余讀其集爽然自失。大抵近今詩家苦乏學殖，蘭溪能以學行，之所以超乘而上。集中清新不可勝收，姑録數首。《曉過江村》云：「籬外曬餘漁網腥，柴扉面面曉猶扃。老鷄棲桀鳴還坐，寒蟹當塗行又停。薏苡實垂腰似磬，牽牛花瘦口如瓶。小橋過盡煙初散，蘆白蓼紅秋一汀。」《秋暑》云：「趙盾餘威不可當，萬蟬聲渴繞書堂。如何乞得傾盆雨，卧看西窗竹樹涼。」《冬初野望》云：「夕陽倚杖立山陂，倦鳥歸雲入望宜。一角遠田禾未刈，恰如黄卷曝餘時。」《詠兔》云：「濟世原甘身作赭，中書功德遍朝野。笑他楊子果何人，不拔一毛利天下。」《詠猿》云：「遠祖周君子，裔孫唐義臣。人中亦有獸，獸裏豈無人。」《詠錢》云：「栗里淵明酒，沃州支遁山。高僧將韻士，孰不仰君顔？」佳句如《山寺》云「龍眠深澗底，僧語半天中」，《山村冬暮》云「夜雪支牛屋，晨霜施兔罝」，《秋夕》云：「二三點雨有時有，千萬聲蟲無處無」，《偶書》云：「長江主簿詩中佛，華岳高人夢裏仙」，皆逸。

櫟年，字永春，號柯亭，藍溪之子。年僅舞象，詩有慧才。三世鳳毛，豈復易得？《池上散步》云：「萍葉交加緑自明，未看池面小荷生。蛙兒只慣寂寥事，早駭幽人步履聲。」《秋晚出門所見》云：「山骨全癯霜始微，一林楓染淡紅衣。梧桐只剩兩三葉，戀著秋光不肯飛。」

南總池澤昂，字伯駒，號染溪，受業西島之門。藍溪爲示其二絶，《夏晚頻雨》云：「連日雨來收暑光，庭柯窗竹晝猶涼。今年秋色誰探借，已有沙鷄語我牀。」《喚渡》云：「柳堤歸去暮煙生，渡口蒼茫月未明。知道小舟撑到岸，札然先聽嚙沙聲。」皆極有趣。

狹貫牧驥，字德稱，號樓碧山人。以家在胡麻溪，又自號麻溪。爲人疎放，不拘繩墨，學詩菅茶山。今歲菅衹役都下，樓碧遠追來，正值菅竣事發軔之日，菅遂托余寓書樓中。未幾，閑雲孤鶴又去西歸，蓋有徙居浪華以開詩肆之意。樓碧不甚讀書，而於詩偏得力，巍然與作者比肩。余至此始信「別才非關書」之説。其集今已入刊，詩佛、如亭皆爲作序。余就集中抄録數首，《胡麻溪居雜詠》云：「幽棲與嬾恰相宜，柴户欹傾不復支。荷簣偶收温酒葉，索綯聊縛護梅籬。寒流避石魚行曲，喬木受風禽坐危。何用山中深屏跡，姓名原自少人知。」「睡足窗間坐夕曛，鴨爐香燼手重焚。妻因病減忘煎藥，兒料心慵廢問文。一塔虹懸山下雨，孤村犬吠樹梢雲。除非漁話樵談外，世事分毫不願聞。」《始訪茶山先生隱居》云：「松墩竹塢翠迴環，中有幽人長占閒。詩格清高誰復比，茶山以後一茶山。」《夏日路上》云：「行程十里一川長，鼓子花開滿野塘。箬笠堪嘉卻堪恨，政遮炎日也遮涼。」《題竹石畫山水》云：「數點歸鴉山日斜，重巒復塢翠叉牙。孤村全在層雲底，竹樹遮餘三兩家。」皆可稱合作。樓碧懶不耐事，蒙被索句，或終日不起，蓋詩淫也。聞樓碧在家一夕吟苦，妻謂曰：「呻吟聲促，何苦如此？殆似我曹免身之時。」樓碧笑答曰：「卿免身腹自有物，我腹中空洞無一物，而强要出奇，苦不亦勝乎？」此雖一時諧謔，其人天真爛漫，亦可想見矣。

樓碧東下之日，途徑岐嶒，入夜失路，就山中一小家宿，主人款接相話。既寢，聽床下人來囁語，審之皆是山客行剽以爲生者。樓碧驚悸，終夕不寐，主人亦竟不敢動手。明朝臨去，題詩壁間云：「投宿山中三户村，緑林豪客夜相親。披襟同語君休怪，我亦陳編剽竊人。」此與李博士事粗相似類，書以資笑噱。

沼津鈴木弘，字毅卿，號圭齋，爲悟菴之兄。今歲始來訪，温柔溢眉，亦恨相見之晚也。圭齋能畫，山水仕女殊爲得意，詩亦清妙，可謂家有聯珠矣。《初夏晚步》云：「閣閣蛙聲雨始收，斜陽拖杖涉西疇。平田水滿深三寸，未放青秧出一頭。」《夏日喜雨》云：「快雨俄然洗晚空，喜聞餘滴撲簾櫳。炎威消盡涼如水，辛苦不求葵扇風。」《漁父圖》云：「孤艇作家莎作衣，水雲深處久忘機。世人休笑生涯冷，自有沙鷗暖釣磯。」

余前年録菅東潭詩，全憑詩禪所口，未飫人意。近日東潭來通書問，且寄致詩册，清脆芳潔，無所不有。遽收以享讀者。《夏初即事》云：「静坐身無事，窗間晝似年。硯池無宿墨，香鼎有殘煙。墻柳棉初褪，盆荷錢正圓。清和可人意，況復謝塵緣。」《秋郭晚景》云：「水瘦溝溪通艇稀，一雙野鴨冷相依。蘆花更得西風力，萬點黄昏作雪飛。」《詠柳》云：「翠絲嫋娜嫁東風，身寄淡煙微雨中。只恐細腰人妒殺，前身曾入楚王宫。」東潭家世好文，才學兩富，宜其詩之優柔如此也。

寬齋先生以癸酉從鎮臺客遊瓊浦，邂逅張秋琴敬脩、江芸閣大楣諸人，先生出米菴試毫帖相示，芸閣爲書跋，秋琴又題詩於後云：「山水鍾東南，鬱爲靈秀士。其間磊落人，隱伏不勝數。維時仲秋初，適予客瓊浦。旅館正無聊，涼風獨掩户。迺翁枉軒過，倒屣欣欲舞。邂逅萍水蹤，握手情傾吐。示以君手筆，家學欽接武。奚止八法工，經史亦織組。臨摹數百過，用意良獨苦。遒勁貌無妍，端莊中有主。跡入蘇米室，體實顔柳祖。山窗重展觀，嘆賞一仰俯。漫云爲世珍，已足空千古。焚香什襲之，留藏正規矩。」後此帖轉入彼域，宿儒梁同書見之賞嘆，遂舉己書説，遠質米菴，末署云：「古無臨撫之説，襄陽自悔集古字，真透網金鱗也。米菴先生用功專精，用筆沈厚，神明用意皆妙耳。僕臆説二種，謬爲友朋所録，敢以質之大雅，何如？錢唐九十二老人梁同書。」同書字山舟，以翰林侍講老，居于家。海外得知如此，可謂榮矣。

閨秀春翠，名松幽，猶未笄而書字婉美，近又從鵬翁、綾瀨父子讀史學詩。綾瀨爲誦其二絶。《刺繡》云：「獨倚晴窗理線針，乳燕聲中春正深。不管遊人踏青盛，羅鞋一任暗塵侵。」《春日偶興》云：「窗間舐墨對春風，幾字歸來箋已空。自是小蜂同臭味，不嗔渠飲硯池中。」

尾藩斯文之盛，才子如林，而詩自有流派。其間一以清新爲宗者，香實以下不乏其人，皆先鳴之雄者。今特録余所知，通士庶得數人焉。

香實深田韶，字子繩，職爲侍讀。《江村晚景》云：「風多楊柳噪棲鴉，曬網疎籬曲曲斜。殘照蘸波天未夜，已看燈火上人家。」《溪村早起》云：「早起拖笻出竹扃，村鷄聲裏有殘星。溪流一道看將白，猶是前山未放晴。」《偶成》云：「聖主賢臣齊贊天，五風十雨那曾愆。如今比得成康化，刑措昇平二百年。」嗣子温，字伯直，號鸞集。《秋夜》云：「一點青燈照五更，新凉徹骨夜眠清。梧桐葉上踈踈雨，又滴芭蕉更作聲。」《池上晚步》云：「小池一面蘸殘霞，浴後清凉不堪佳。昨雨藕花紅落盡，翠盤猶閣兩三葩。」鸞集年纔十三，而詩能如此，丹山雛鳳，殆今冬郎也。

吉田融，字子洩，號平平。余知最舊，夙稱作家。《江村晚景》云：「帆影微微稍欲虚，半山紅淡夕陽餘。柳汀嘈雜人爲市，潑剌猶生籃裏魚。」《雪晨》云：「夜雪無聲壓小園，曉來一白不看痕。驚人寒雀忽然散，蹴出梅花却是恩。」石川年覽，字公通，號艇齋，年紀與鸞集相若，其詩屹如老成人，亦汗血駒也。《幽居》云：「幽居無客問，竟日掩柴荆。庭静閒花落，階空蔓草生。蝶衣沾宿雨，蛛綱曬新晴。欲買城中酒，芒鞋又懶行。」《春夜》云：「月移欄角夜將分，煙細鴨爐香尚薰。自是心清無夢結，梨花空綴半簾雲。」

和氣翼，字亮甫，號紫山，家世爲醫官教諭。紫山青年韶秀，吾友賴子成亦深屬望。《夏初》云：「有脚不留春已歸，緑陰雨後暗柴扉。閒來手换盆池水，養得金魚一寸肥。」《凉夜》云：「青燈伴夜讀，雨後凉堪掬。梧葉已秋聲，流螢互相逐。」

伊東國珍，字洞逸，號菊齋。來住都下，亦以醫行，特以診脈爲名。《秋雨感懷》云：「茅軒盡日雨霏霏，獨坐無聊掩板扉。窗下纔留栽竹地，門前空近釣魚磯。親朋少長年年減，客夢關山夜夜歸。自愧聲名終寂寞，遠遊久負老萊衣。」「江頭落木日蕭疎，又向天涯嘆索居。縱有新篘三斗酒，爭如舊友數行書。風凄倦枕聽秋雁，雨暗寒篝認夜漁。自是逢人情話少，胸襟不似在家初。」

山亮，字明卿，號梅逸，繪事精妙，山水花卉殊極風趣。余嘗贈絶句云：「天巧君能富，精勻入楮毫。人間傲奇怪，漫自説方皋。」梅逸詩亦自逸，《墨水訪梅莊》云：「林莊春暖雪成堆，已有遊船繫水隈。我是梅花舊遺逸，不妨探詩幾千回。」《不忍池》云：「界破瑠璃一徑通，池心湧出蕊珠宫。荷花十里如無水，香散樓臺面面風。」

高須爲尾支封土，壤亦相接，殆有鄒魯之風。余所最知者，川泰字交通，號當當，資性敦厚，替人竭力，百方獎勸，以成其美，詩極率易。《客中春日》云：「連日晴暄春已濃，滿村花柳爲人容。繡鞋拾翠誰家女，笑我龍鍾倚竹筇。」《詠蒭人》云：「沐雨梳風最策功，晨昏立盡野田中。西成今已收禾盡，辛苦爲誰彎竹弓？」其子行，字三藏，號玉圃，余未及面。當當爲余誦其近作。《落花》云：「減卻春光無幾存，何堪紫褪又紅翻。殘鶯寂寞深緘恨，狂蝶翩翾暗斷魂。未忍呼僮教埽徑，自緣辭客不開門。如今又作經年別，淚滴緑陰過雨痕。」《偶成》云：「肯混漁樵學隱淪，好將閒地養吟身。詩田豈是無登熟，終歲耕鋤不讓人。」弓冶之美，亦可嘉也。

小山田信，字言人，號恬齋。《春雨》云：「院落無人夢斷時，香煙裊裊細於絲。關心只是簾前雨，偏爲梅花皴玉肌。」《夏夜》云：「山雨初過夜頓涼，悠然袖手立西廊。月輪雲脚相馳走，人自清閒天自忙。」

萩原成章，字孔思，號簡亭。《春日》云：「春寒雨後無多子，午日烘紅雲影開。小圃菜花黄始放，一支蝶已過墻來。」《曉行花徑》云：「百花徑裏春如海，日色浮來錦浪中。眼界鼻端無息處，四方八面更香風。」又有竺詩園，字風篁，號竹亭。《冬日閒居》云：「窗間忍寒坐，雪意結還披。太瘦山無態，小妍梅有姿。檐牙如滴乳，池面欲生皮。鄰叟遺蘿蔔，肥烹味正奇。」《初夏即事》云：「滿園濃緑透窗紗，閣閣蛙聲聽不譁。只道春歸無興趣，棣棠猶放幾株花。」三人皆受業於余，當當所介也。

竹谷依田瑾，字叔年，棋手極高，次畫，次書，又次爲詩，而特以畫著，大抵以唐、沈、仇三家爲歸，亦晚出之英也。今取其詩涉棋畫者，《西湖圖》云：「山色湖光晚更奇，柳梢煙淡月生遲。六橋春水風梭碧，織出騷人錦樣詩。」《對棋》云：「圍棋亦有畫工夫，便是江村秋晚圖。點點飛來稻畦上，黑烏白鷺互相呼。」

黑田恒，字不占，號竹齋。家近牛糞橋，自署曰「茹退草堂」，據佛經，以牛糞爲茹退也。性耽吟詠，《田家春晩》云：「涓涓一水抱田斜，吹送輕風數片花。稻種漚來針樣細，不知科斗已成蛙。」《途中口號》云：「發邁都門秋盡時，野橋山驛馬蹄移。僕童休怪追程急，一日到遲歸亦遲。」《市來雜詠》云：「乞休遠到市來村，暫向溪間滌俗煩。麋鹿群邊人跡少，山林静處水聲喧。清閒始覺官爲俗，僻陋方知道卻存。自喜生平羈絆客，胸襟今日鶴離樊。」市來地在薩州，温泉所出。竹齊客年祇役赴藩之日所作也。

邊元愷，字孟美，號百濟。自浪華來寓都下，余爲南谷君特愛人才，薦其解褐，果能蒙寵遇。百濟兼涉詩畫。《駿州路上》云：「芙蓉最近是三原，雪色遍含山下村。自是風光追步變，流雲一瞥已無痕。」《茶梅》云：「叢緑葉間紅斬新，綻來日日玉將勻。梅前菊後殊清絶，占斷園林十月春」。

南谷君讀詩精細，其於聲律，最以嚴自處。君素主唐詩，而至宋人諸家，一一撮其拗體者，博援例證，無所不悉，其篤可想。又嘗語余：「東坡《歸去來集字十詩》，其中笑、語、亭、斷、少、定六字，詞中所無。」余急就詞撿之，果然。益知君讀詩一事不苟也。一日，君以《前赤壁集字詩》課諸人作，余詩中用「餘」字，其實無有，一時率迫，漫然塞責。君早省覺，特見指謫，余徐答曰：「小人窮斯濫矣。」君乃大笑。

善庵嘗爲其父默翁製六曲屏風，壽其本命誕辰。詩畫各極一時之選，余亦應需題文，晁連山一《望松圖》。翁業醫，夙有起號名，竟能致千金。自以濟世爲任，救濟排難，不顧家之屢空，亦極多美談。晚年盡散家資，遍頒諸親，獨與其妻隱居葛坡，亦畸人也。後罹疾，浴熱海温泉，竟致不起。善庵爲立石其處，鵬翁文，詩佛書，更請石顛老侯題額，一時稱三絶。善庵生死孝事，可謂並盡矣。翁妻初爲片山兼山先生之室，再醮歸翁，善庵即先生遺腹子也。善庵初不知，后聞唏噓，更思翁鞠養之厚，每語淚下，其《感懷》一律云：「羨他甘脆奉親慈，縱有斑衣著向誰？忍見詩書存手澤，何唯橋梓想容儀。春風堂下趨庭日，夏月牀頭扇枕時。亦是昊天罔極恨，淚沾人讀蓼莪辭。」余亦讀之淒然。

有人傳月亭姫路侯《送藤子厚》詩云：「李廣黑頭豈數奇，這回重賽判官祠。秋聲鬧處蘆中客，博得功名是此時。」子厚即正齋秘書，秘書丁卯歲以前任再赴北徼，蓋作于其時也。源判官入夷之事，傳在土人口碑，以沙流河上爲判官舊壘之處。前是，秘書就建小祠，釃酒祭之，後土人繼加崇葺，頗爲宏麗云。秘書又嘗住江東，自號蘆中傲吏，又揭以「秋生鬧處」四字，椋堂福山侯所書。恐人不解，故詳注之。

秘書近日新營書堂，署曰「擁書城」，取《北史》李謐語也。堂環以池水，規模宏大，殆極土木之力，蓋深備回禄之變也。余戲以書城金湯目之。堂中置北條實時、上杉憲實二公遺影，自係以贊。秘書嘗謂：「中葉以來，兜鍪中能好文愛書者，惟此二公爲然。金澤之庫足利之學至今，唐宋舊籍不致泯滅者，實二公之賜也。」乃著書考證，累然成帙，蓋有所感也。秘書又有詩云：「從頭屈指數英雄，馬上詩書有二公。知己相逢真旦暮，焚香一室挹清風。」擁書城，諸家題咏頗多，將待來年録之。

濱，名政賢，字子友，號采石，其堂曰睡仙。與石山亦菴爲莫逆友，余從亦菴得誦其詩。《仲秋墨水泛舟懷亦菴在日光》云：「半點微雲不礙晴，冰輪似向草間生。兩三漁火涵寒影，千萬鳴蟲送亂聲。風渚煙汀秋一色，波心天上月雙明。如何去歲同舟客，今夜江山各處情。」《偶成》云：「環堵蕭然不識貧，明窗浄几自無塵。半生清福君知否，黄卷堆中得意人。」

南宫坂上隆，字大禮，浪華聞人。奇才逸氣，耽悦文事。今茲客遊都下數月，余一見如故，極相款曲。性好豪舉，殆有謝東山風。雖在絲竹吟喧之中，猶能弄翰自喜。一日邀諸英於牛島某莊，余座間出句求對云「南宫若君子」，全用《論語》字，諸人未肯措筆。時有妓來侑酒者，南宫遽對云「北方有佳人」，亦全用漢樂府語，其才如此。其歸日來需余《達磨贊》，余走筆題云：「本是西來，西歸任爾。何以涉之，浪華之葦。」南宫亦爲解頤。南宫於書太遒，詩則觸興便發，不局唐宋。七律尚有明七子氣魄，余所得者亦不甚多。《歸家作》云：「身在東都只憶歸，已歸魂夢向東飛。醉吟何記客中句，緖篋酒痕渾在衣。」《座間見贈》云：「錦瑟彩毫相映開，賞情不怯酒千盃。竹枝絶唱猶傳誦，莫道廉夫心已灰。」南宫客中得意相交者，特爲川村楓所。

楓所，名穀，字有年。余居孔邇，屢見過訪。都下今日家富而好學者，獨得楓所及海津賛窩，此二人亦以文會應酬不絶。楓所於詩自謙不遑，蓋有先學殖之意。然余所見，亦極有合作者，《不忍池上》云：「芟盡枯荷池畔寒，小橋閒立石欄干。晴波忽落遊人影，一樣烏衣上下看。」《夜歸兩國》云：「亂雲堆裏月婆娑，一葉歸舟奈急何。纔到橋邊燈火寂，樓樓笑語已無多。」音節自細，不似南宮踈宕。

白石高月庭負笈京師，還家後寄示近藝，首首清拔，令人刮目。《蘆花》云：「又值西風總白頭，顛狂拜舞未曾休。香涵淺渚鄰棲雁，影落寒流伴浴鷗。野渡霜晴孤艇曉，江村月冷數家秋。誰知他日窮漁客，睡被憑君暖似浮。」《春晴到近村》云：「耕罷烏犍卧夕陽，滿畦菜麥野風香。物華便是農家曆，開遍山櫻下種忙。」《秋夜聞笛》云：「誰家横玉弄清秋，酒醒中宵獨倚樓。吹者不知聞者恨，一聲已結百般愁。」嚮有京賈鐫近人詩，來需余序。其中載高梨字晴雪《鴨東竹枝》一首云：「斜欹緑傘手中開，羅綺香浮陌上埃。勿怒逢郎無半語，兩情只是恐人猜。」余特愛其風趣，心猜或是月庭，叩之賈人，只道「在京詩人」，終不晰其爲誰。既而月庭書來，具報改換名字事，亦自夸我鑒之不差矣。

長州楊井盛之，字士筐，號蘭洲。四五年前來訪余廬，見投吟藁，頗述傾想之款。余感知己，久横胸次。後茶山來，極稱其風流儒雅第一流人。余意更動，遂搜其舊藁，抄存幾首，以寓不諼之意。《新歲道中》云：「東關西土路悠哉，又趁公程得得來。衰鬢猶餘前臘雪，羈亭重值早春梅。山行水泊三千里，雨沐風梳數十回。故國妻孥憐我否，無聊獨負屠蘇杯。」《過箱根湖上》云：「芙蓉萬仞插雲端，影落湖心白玉寒。休怪行人頻俯仰，水中天半一時看。」《幽居雜興》云：「隔水稻田黄似敷，數家鷄犬日將晡。餉童擔婦追收穫，便是豳風一幅圖。」士筐二子皆嗜文詞。長子盛良，字子温，號静齊。《湖上霞》云：「彩霞晴映碧琉璃，十里波光晚更奇。誰把湖山新織出，錦機一幅未收時。」次子貞，字子幹，號紫丘，出襲他姓，姓完道。《江村夜歸》云：「月白江村蘆荻花，西風策策弄烏紗。推敲不覺穿橋去，錯過尋常沽酒家。」士筐當初云「良甫十五，貞甫十三」，料今已在弱冠之前，蘭秀可想。有子如此，不愧老泉。

澤重徽，字伯猷，號静莽，岐嶒福島人。童年病瘵，醫禁讀書，遊心雜藝。近日折節作詩，從余受業，頗有勸勵一鄉蕩滌陳腐之意，殆助我者也。今録其近作傑者，《晚興》云：「窗暗收書帙，出門月半環。林疎千葉下，天豁一禽還。溪碓殘霞外，村砧亂竹間。閑行無事極，袖手見秋山。」《冬夜獨坐》云：「霜夜凄然暗短檠，爐頭擁褐坐三更。紙窗掠月低鴻影，板屋拋風墜栗聲。急景水流誰得遏，素心瓦解竟無成。消憂賴是工夫在，閑覆昨圍棋一枰。」《初夏》云：「輕黄梅子兩三豆，嫩緑秧苗千萬鍼。春夏未全交付了，晚桃如火照溪陰。」又同鄉亭長有白重光，字子錫，號静好。松本産也，來贅其家。今已耆年，辭劇閒居。頃因静莽寄致數詩，自云：「衰耄之言，深愧垂謬。但桑榆已迫，磨礲無日。幸得存一二以不朽，則能事畢矣。」余憐其志，爲收録之。《晚睡》云：「故山何處是，雲日望將迷。木落猿聲急，天寒雁影低。人家散溪北，驛路挂關西。作賦非吾事，登樓心自悽。」《雪夜》云：「忍冷窗間坐，雪花照二更。吟鬚凍將折，只是不堪清。」

今年詩話，梨棗竣事，偶赴香實吟社約，案頭見一詩册，乃是高須世子所作，讀之清詞麗句，卓然不凡。余已舉高須諸人詩，風草所靡，豈可録下而遺上哉？遂私香實，遽抄以傳，他日儻忝賜一盼，則冒昧之罪，我將擢髮而謝之。《春曉》云：「孤燈影暗曙光生，夢醒晨鷄膈膊聲。起到園中花尚睡，已看垂柳舞腰輕。」《雨中》云：「冷透紗窗午夢殘，卧聞春雨滴簷端。床頭一縷香煙細，閑把花經枕上看。」《初秋》云：「雨後新涼適體輕，閑携小扇下階行。斜陽影裏梧桐樹，聽得殘蟬三兩聲。」世子諱義建，字懿德，號秉齋，齒尚未及冠，不獨其詩新穎，書亦自秀媚，能以宗室之貴，擅文藻之美，殆使鄒枚輩無措身之地矣。

五山堂詩話卷十

天朝之詩青雲敻隔，鈞天廣樂固難可聞。但鄙名所濫，謬涴簪紱，間或見借德音。余最受知者爲黄門日野藤公。公諱資愛。乙亥與祭日光，事畢而還，數日寓榻青松。招因是、詩佛暨余三人，特蒙惠顧。寬柔温雅，使人半日坐春風中，皆自忘布韋之陋。席間賜一律云：「旅館延君坐，新知情已酣。暫同文字飲，如共故人談。金石吟中響，雲煙紙上含。别離期在近，揮淚恨回驂。」西歸之後寄賜盛藻，使余等三人商榷，其虚襟如此。今竊存二章，以傳朱絃之音。《賦夜雲收盡月行遲》云：「剪剪西風放晚晴，碧空無復點雲生。秋宵方永天衢静，月步遲於宮漏聲。」《海上月》云：「海色初晴觀最奇，蟾蜍忽地作龍馳。一潛一躍金摇動，便是潮來潮去時。」自是金華殿上語。此外更辱下交者，有宰相小倉藤公、太史土御門安公。二公摛藻猶未多得。余前日奉酬小倉公詩云「滿朝盡是清風客，緣底翻思下里人」，亦竊記榮也。

尾張秦滄浪翁著作極豐，最長考據。余以壬戌一造其廬，其人灑脱，相見如舊。别來已過一紀，因其鄉人來往，頗悉其近況。翁有樹碑癖，所樹志賀、桶峽、八橋、中村諸碑，闡幽發晦，歷歷有徵，榻本亦稍傳人間。近日翁遊飛彈中山七里，舊稱絶險。適見一池，清瑩異常，叩之里人，云是孝仙某遺迹。翁碑癖又發，但嶄巖僻邑，不便施工，正在商議之間。余偶得翁《孝仙池》七古一篇，乃先碑爲鳴之。詩云：「君不聞飛彈深山豺狼裏，門原之村出孝子。孝子名作奉父勤，父病思飲琶湖水。起身一走遠相求，自飛至江五百里。汲水歸家父已終，五體投地痛欲死。覆其水處忽成潭，千歲湛湛永無已。水色瑩徹深百尋，試酌一歃覺味異。村人嘖嘖更相傳，孝子自然得天憐。一旦羽化登仙去，至今時時遊山巔。奇奇怪怪雖可駭，其言有驗非茫然。孝感湧泉不無例，世間原無不孝仙。人苟至性能感格，上天眷顧可引年。此道今人棄如土，何怪到處少仙緣。」絶妙好辭，不必須碑也。

和氣紫山近日唱清新詩於其國，和者極多。飣餖舊習，稍將齊變。今録紫山以下數人詩。滄浪贈紫山詩句云「萬花谷裏競嬋娟」，殆不虚也。紫山《春曉》云：「落梅香裏掩柴荆，先覺今朝寒意輕。書帙床頭掃塵罷，滿軒晴日飼籠鶯。」《雨中》云：「暖入茅齋春已融，吟哦坐盡雨聲中。殘香一塢梅花老，便有野桃舒小紅。」《夏初出遊》云：「黄雲滿畝麥初齊，四面青山一尺低。恰是田家好天氣，乳鳩聲在竹林西。」菅孟平，字周道，號成齋。《春眠》云：「春入紬衾孟浩然，十分暖釀十分眠。顛風急雨何曾覺，啼鳥落花詩夢圓。」《歸家》云：「山妻慇問客中愁，稚子看儂似澀羞。記得去時猶在抱，長成今已髮蒙頭。」紀寧，字固卿，號松坡。《春初》云：「盡日擁爐眠幾回，入春已是二旬來。梅花笑我噤詩口，如此輕暄未肯開。」《夜歸》云：「滿天霜氣月初中，薄醉歸來小市東。撲撲犬聲知遠近，峭寒不怯帽簷風。」柴準春，字先之，號東巒。《晚晴》云：「薄暮春寒未減衣，晚晴拖杖出柴扉。滿村連日桃花雨，蒸作紅霞映水飛。」《秋日遊檀溪》云：「幽尋似訪地仙家，行到檀溪日已斜。

我願白雲紅樹底，誅茅三畝了生涯。」井履，字元吉，號吉老。《春雨》云：「苦雨經旬長睡魔，疎庸自覺不堪多。案頭舊稿無心理，輸與簷前燕補窩。」《夜坐》云：「夜永燈花綴玉蟲，蒲團癡坐寂寥中。主人耽句童貪睡，一樣借温爐火紅。」倉俊方，字子正，號香坪。《七夕有寄》云：「一水盈盈銀浦遥，佳期無奈隔今宵。雲箋填就相思字，又是人間烏鵲橋。」《十六夜月》云：「詩家未必興情衰，坐待輕雲向晚披。昨夜廣寒宫裏宴，素娥中酒出帷遲。」聞菅則文奇，紀則書絶，柴長畫竹，井善鐵筆，倉又以書著。乃知不特以詩見長也。

臺嶺勾寬宏，字文饒，以畫爲業，山水特逸。《偶成》云：「負郭曾無二頃田，江山賣畫度年年。荆妻猶道先生懶，幾日稀疎潤筆錢。」

紫山曾祖圖南先生曾住京師，博學多通，最妙墨竹，同時轂下名墨竹者四家，唤做「平安四竹」，圖南居其一焉。紫山重揚其流，瀟灑殊勝，今年借某僧院大作墨竹畫會，會者如雲，遠近投詩，錦綺粲目，余贈以一絶云：「多君承祖蔭，忝爵豈無由。萬畝雖辭富，名爲即墨侯。」香實亦有詩云：「四竹叢中曾擅名，風枝細細覺香生。此君佳處君知否，留得龍孫如許清。」香實書有淵源，夙負時名，此日以書詩雙絶，推爲第一品云。

香實以其息鸞集性近於詩，許其自勵，近日纂《而庵百絶》，將梓問世，請余製序，既已領之。而庵，鸞集别號也。兹抄其最佳者，《春晴》云：「小雨初晴風意微，滿園晴日欲烘衣。落梅籬落寒消盡，胡蝶雙雙學雪飛。」《送春》云：「眠醒無奈日長何，困眼蒙蒙手自摩。春去園中鶯語老，一簾疎雨落花多。」《田園初夏》云：「積雨初收水滿塘，數聲布穀日方長。田家到處無閑手，男趁鉏犁女采桑。」

余嘗諭鸞集曰：「少年於詩，只須平淡，不須學奇險。古人熟練，年久已足之餘爲奇爲險。如少年人更事不多，讀書有限，若許年紀何得煉熟？袁倉山齡過八旬，煉熟之至，殆且近化，是以縱横變化唯筆是隨。今忽見之，妄意謂我可學，層雲之樓捐階欲上，我知其不能到矣。若言我自天才不待煉熟，則狂妄自居，亦無奈之何已。」香實在傍，聞之深爲知言。

松尾東萊今已耆矣，辛未之火詩稿盡灰，猶且有逸存者，余勸以入梓，名曰《東萊焚餘》，又爲作序。東萊侯鯖有素，宗室以下遍獻一本，多賜詩寵賞。余贈東萊一絶云：「古琴焦尾賞音稀，彈向公門人始知。絶勝纏頭三百萬，滿箋珠玉拜恩時。」

當當、簡亭今歲又來在役，屢得相面。簡亭詩日加煉，非復阿蒙。《曉渡》云：「篙師何處曉貪眠，霜滿征裘待渡船。沙上淡描孤笠影，寒蟾猶在遠山巔。」《初雪》云：「黯澹寒空篩雪來，雲疎早已夕陽開。仙人行手何無力，纔把瓊花散一回。」當當近日有《答人》一絶云：「静對床頭道德經，朝回日日掩柴扃。老來無句酬知己，愧使故人留眼青。」蓋有所感也。

竹亭新歸自京，寄示别後作一卷，索余品騭。或曰「作此娟麗語，恐墮落惡道」，余作魯直語爲解嘲云：「空中語耳。不敢坐此。」今抄傳幾首，代其懺悔。詩云：「新出錦城歌吹海，虚檐對雨不堪情。秋天亦學愁人眼，十日曾無一日晴。」「冷雲低地夕陽虚，獨坐思人倚檻初。無限新愁何處寫，倩來風雁滿空書。」「蟋蟀聲中夜正長，青燈一點照空床。布衾夢冷秋如水，不似春風被底香。」「夢後西窗落月傾，野鐘何處打殘更。不知身卧茅廬底，唤做鸞衾枕上聲。」「往事回頭總作空，秋園獨立寂寥中。西風不見芙蓉面，露濕斷腸花一叢。」「雲恨海愁何日盡，只憑一紙寄悠悠。別來要識相思苦，須就淚斑多處求。」風趣如此，若值陸家夫人，可得不飲一杯？

林幹，字子輿，號櫚亭，亦高須人。春川別爲傳其二絶，《秋夕》云：「掃盡癡雲雨始晴，湘簾捲月坐三更。影透疎林殘滴歇，剩聽罅栗墜風聲。」《雨中海棠》云：「雨中芳信幾番移，春到海棠殊有姿。衰損胭脂嬌不語，水晶簾内坐真妃。」

村樵，字雲鄰，號秋浪，詩才超詣，余竊目爲寒山一片石。《冬晴》云：「懶來常晏起，出户喜霜晴。雲自無憑在，山何太瘦生。野禽争熟果，水碓搗香秔。偶爾牽詩興，紅楓潑眼明。」《春曉》云：「夢覺紬衾暖更加，曉暾紅抹小窗紗。夜來最喜催花雨，不道佗時滴損花。」《初夏》云：「苔錢緑蝕屐痕稀，新樹風涼晝掩扉。攤飯醒來無一事，卧看簷雀引雛飛。」《雁來紅》云：「葉葉如花猩血紅，雁聲聲裹染西風。只言赤帝炎威薄，猶向秋園燒小叢。」摘句云「流水多穿柳，遥山半出花」「野店梅開人賣酒，村溝水泮鷺窺魚」「書猶堪讀何妨蠹，酒自消憂豈願仙」，皆妙！

健齋藤世子《詠菊花霜》云：「東籬容易過重陽，清苦耐寒誇晚香。隱逸先生無奈老，朝來白盡滿頭霜。」秋浪《咏白菊》云：「人間金紫漫勞生，三徑歸來自適情。猶向霜中存傲骨，白頭立盡老淵明。」二作風趣相似，皆深得詩中三昧。

木茂實，字士秀，號恬所。魁岸好武，年過三十，折節讀書，呫嗶不輟，近又鋭意學詩，《秋園步月》云：「寂寞秋園樹影稀，三聲驚雀出林飛。月明滿地涼如水，不覺流螢來點衣。」《江村秋晚》云：「惻惻秋寒向晚加，江村日落兩三家。滿汀只見蘆花雪，不道胭脂在蓼花。」

月池桂先生冢孫國寧，字清遠，號梅街。次孫格正，字清適，號篁亭，出襲鹿倉姓。皆諳詩於余，余曩已收先生詩，梅街近搜索遺稿，多録見示，重掇其英。《幼孫輩作小假山戲作》云：「塵飯土羹嫌飣餖，憐渠小景費經營。埋盆便見江湖趣，叠石能知丘壑情。尺樹著花蹊沒跡，寸魚噴沫水成聲。何方這裏堪容我，長大身材負此生。」《書事》云：「爲購名書典盡衣，妻孥相見笑吾癡。明窗一展人無恙，孰與蘭亭落水時。」《夏山過雨圖》云：「新樹陰陰翠如染，子規啼處亂雲生。忽然載過溪頭雨，早已半山斜照晴。」佳句云「風定柳無態，雨來荷有聲」「燕子花開紫，龍孫籜解斑」「湯婆微有暖，香鴨絶無煙」「禪心覺得緣眠少，醫理諳來爲病多」，先生又有「五旬欠一始攻詩，却笑達夫起手遲」之句，蓋得力於晚歲者多矣。

梅街家學精熟，又嗜詩畫，《樓上晚睡》云：「傾盆夕雨洗樓臺，晴色催人勸把杯。鴉背閃金殘日去，鳴邊皺碧嫩波來。旗亭待月簾初捲，妓舫迎風棹屢回。奇景就中堪賞處，紅燈萬點一時開。」《郊行》云：「一罩輕煙午欲開，松丘竹塢路縈回。溪流清淺二三尺，忽有櫻花浮雪來。」《篁亭春去》云：「顛雨狂風斷送春，滿園紅紫總成塵。不須臨去還惆悵，留得新篁更可人。」《秋晚》云：「無復人來共詩料，秋光偏在寂寥中。雙雙小蝶飛無力，隔水蓼花紅一叢。」藉藉如此，真是名家孫矣。

南寧一，字清人，號歐渚。《初夏山行》云：「落紅無限委山蹊，新緑重重望欲迷。卻到溪橋看更好，薔薇蘸水數枝低。」《薄暑》云：「雨餘庭院緑成叢，數點初看榴萼紅。薄暑還知可人意，鏘然檐佩午時風。」須永﨑，字雙山，號翠齋。《雨過》云：「一霎無端洗太虚，輕雷轣轆過山初。炎埃消盡清如水，獨坐風軒學法書。」《秋晚村居》云：「前山積雨晚初晴，落葉蕭疎寒驟生。一半斜陽秋慘淡，風砧水碓兩家聲。」大野畊，字井田，號柳厓。《春晚》云：「數畝菜花黄尚開，惜春細酌酒三杯。雙雙蝴蝶忙何事，去向鄰家忽又來。」《田家秋盡》云：「竹籬數掩接鄰家，漠漠炊煙日欲斜。一味新寒秋已盡，滿園零落木棉花。」三人皆係桂家門生。

東坡《鑒空閣》詩云：「明月本自明，無心孰爲鏡。挂空如水鑑，寫此山河影。我觀大瀛海，巨浸與天永。九州居其間，無異蛇蟠鏡。空水兩無質，相照但耿耿。妄云桂兔蟆，俗説皆可屏。」議論已快。近讀因是《月》詩云：「誰謂兔擣藥，誰謂桂結子。矧有蝦蟆宅，誕言自古始。坡公鑒空篇，穩當得其似。山河滿九州，其影入鏡水。我意更不然，月亦坤輿耳。大瀛周遭裏，洲島布其裏。三天輪盈夜，中央午刻是。一邊居申酉，一邊居辰巳。上弦與下弦，朝暮見首尾。白晝又黑夜，魂魄認生死。始悟玆坤輿，圓月空中止。」更極警拔，所謂借方諸淚一洗管城者，重將爲因是道之。

賴子成修史，《自嘲》一絶云：「鎌府花亭又阪都，經年四百盡紛拏。苦心描寫終何事，一部東方相斫書。」相斫書不審何等所出，後撿《三國誌》裴註有云：「魚豢問槐禧以《左氏》義，禧曰：『《左氏》，相斫書耳。』」方知子成用此典故。子成自幼耽國史，嘗苦水史浩瀚，私著《日本外史》，自云半生精神爲之耗竭。《外史》所載，自鎌倉至勝國，大抵皆戰爭事。「相斫」字用得極的，亦可以見子成之博矣。

坊間塾師湊書此方州名，以授兒童。米庵常病其鄙俚，一夕燈下點綴屬絡，作《皇國州名歌》，又駢書楷行二體，梓以行於世。歌：「日出先照六十六，州分五畿七道目。山城皇基萬億年，其初大和亦輦轂。河内和泉稱膏腴，攝津巨鎮扼水陸。東海巨細州最多，伊賀伊勢暨志摩。尾張參河犬牙接，遠江隔水是駿河。巍然富岳踞甲斐，伊豆相模繞其阿。霸府龍蟠仰武藏，地勢向東控安房。上總一帶沿海岸，下總常陸野茫茫。東山是近江美濃，飛彈信濃在山中。野分上下初出險，陸奥出羽更鴻蒙。率土直接蝦夷壤，北門鎖鑰守不空。若狹越前北陸始，加賀能登相唇齒。越又中後幅員長，佐渡一州海中峙。山陰山陽左右披，丹波丹後其陰依。但馬因幡通伯耆，出雲石見拆隱岐。陽則播磨而美作，備前中後自屬絡。安藝周防長門盡，中國回首何廣莫。更端數出南海道，第一紀伊爲之表。淡路阿波東鳴門，尾閭勢險駭神造。讚岐伊豫并土佐，遠望四國隔浩淼。四國之外更九州，雄藩開鎮西海頭。筑豐肥皆有前後，長崎互市蕃漢舟。日向大隅帝跡遠，薩摩咫尺便琉球。此外别自有二島，壹岐對馬坐杳渺。四海一家無覬覦，文炳武耀照邊隅。歌成只便兒童誦，不免大方輒胡盧。」此雖不關風雅，以其係韻語，載録於此。

三木篤，字周祜，號半村。余不相見殆二十年，忽投書札，見示近業，爲録以存久要。《縱步近村》云：「出城殊不遠，已覺世情睽。雨後山能碧，霜餘楓恰花。水縈抄紙舍，煙暝造窑家。此處宜胥宇，何當去挂車。」《瘧愈》云：「卧病昏昏三伏中，不知秋信到梧桐。今朝瘧鬼銷亡盡，快受新涼一枕風。」

安田燮，字公和，詩酒頹放。自云慕放翁，因號放庵。暢齋爲其傳致近草。《春曉》云：「苦被啼鶯喚，紬衾夢覺時。香消空寶鼎，燈暈藹紗帷。落月沈花早，晴暾出霧遲。家童先洗硯，待我寫新詩。」《秋曉園中散步》云：「銀河影淡月華收，露滴梧桐爽氣流。蟲意不知天向曙，亂鳴莎際未曾休。」《冬日□題》云：「滿園落葉雨晴初，笤帚筲箕費掃除。□□霜風有强弱，一番頻注一番疎。」

暢齋寄示其京遊諸作，《鴨東七夕》云：「銀燭畫屏秋入樓，滿簾風露月如鈎。一年一次楊州客，自笑佳期學女牛。」清婉可愛。一聯云「樓樓燈影秋連水，寺寺鐘聲曉出山」，寫得如畫。余三十年前京城春夢，忽被此十四字喚起來，真警句也！暢齋又有讀余詩一絶云：「才調由來類牧之，幾場風月幾場詩。焚香一讀歎人意，匹似麻姑搔癢時。」余昔日薄倖得名，人多以小杜見擬，暢齋亦復襲用。乃和韻寄報云：「回首東風憶當時，樓樓題遍賞春詩。如今憔悴何容説，老卻江南杜牧之。」

張益翁，名謙，號桂叢，長余五六歲，最爲舊暱。曩昔在京，同及栗山先生門。先生每值美辰，多借僧榻以會詩，西則法藏寺，東則詩仙堂，未嘗不相從焉。同時人今多散亡，每相逢話舊，不能不淒然。益翁當初已有稱老之癖，今猶未全衰，益口老不措。其出市，身著披風，人喚做老隱，亦欣然自得。《夏日偶成》云：「層雲蒸雨動輕雷，添得炎威室似煨。又對殘棋慳一著，只要此中消暑來。」邸居苦熱，寫得極真。《種齒有感》云：「空叹老饞牙齒疎，有人爲補補天餘。强顔對客猶詩説，編貝重如少壯初。」恰似放翁垂晚之作。

廣君潔，字冰壺，號林谷，以鐵筆爲業，筆力勁捷，唾手而成山水，戲墨亦極有趣。性好漫遊，舉止飄逸，自稱有仙風道骨。其在京日，嘗築山房於靈山下，耽其景勝，無幾棄去。今來往東都，在衮衮馬塵中，亦一箇謫仙人矣。追思曩日，自寫《山房圖》，係以其雜咏《有聲》《無聲》，情致可挹。今收其《有聲》云：「户外青山是弟兄，白雲來去日關情。筆床茶竈吾生足，懶向人間説姓名。」「靈山山下夜三更，涼月紛紛白露横。兀坐尋詩清不寐，隔林猶聽笑歌聲。」「無復妻孥執爨炊，懶來半日耐清饑。山窗睡足方才起，近寺木魚報午時。」

冢彧，字文哉，號鹿溪，一號老顛，脱落不羈，自是風塵表物。醉後出奇，多供談柄者。畫筆頽唐，殊以韻勝。詩亦飄逸，今録其合作。《春晴出遊》云：「隔水青山雨始晴，村村桑柘午鷄聲。差科未起人相樂，身似桃花源裏行。」《中秋戲述》云：「纔説清光驟雨來，便拌無月亂雲開。晦明幾變如翻手，一夜詩人腸九回。」半村以下，皆係東鄭人物。

西鄭白木彰，字有常，號半山，客寓浪華，以儒開肆。近日東下，既又爲僧，改名道契，殆亦浪仙之流也。有《半山集》已梓行世，今録集外詩《春雨》云：「好雨一犁春欲融，村村農事稍忽忽。莎蓑蒻笠人如畫，總在霏微黯澹中。」《探梅》云：「村沽不值東西玉，野步只探南北枝。能使梅花清沁骨，何須一盞暖吟脾。」皆佳。

僧白石遺稿中有《無題》二首，云：「教菡萏羞教柳妒，嬋娟豈意在塵寰。癡情泥客多求寵，嬌態媚人如有奸。共定芝蘭芳契約，誰憐風月妙機關。紅箋裁做相思字，要處幾回添又刪。」「清樽華燭好侵晨，柳緑花紅都在人。樓上終年長不夜，世間此處只留春。舞酣秋水明眸凈，歌媚遠山青黛顰。十年勝遊空夢寐，仙源何路去探真。」余疑其有所指，後平邱道人語余云：「是昔日白石戲所贈某之作。」方才瞭然。道人學該交廣，最湛深佛理，以華嚴法相爲宗。近日學益奇僻，創立前佛後佛之説。性愛龍陽，嘗屢有風流情外之賞。白石此詩，蓋作於其時也。

如亭《贈庖人木星》云：「調成異味在庖人，何必盤盤覓八珍。烹煮一從經汝手，尋常菜把亦皆新。」余亦次如亭韻贈木云：「斷袖分桃是可人，西眉南臉不爲珍。只言玉樹庭花老，一段殘春入眼新。」木又好外，因以戲之。只此二詩，足概木生平矣。

高橋竹里，名久平，字子要，能詩兼涉書畫，《新秋書適》云：「一架牽牛謝，新涼已滿襟。燕留秋似客，蟬響晚如琴。對酒消塵念，看書養道心。竹亭疎雨歇，坐待月篩金。」其亭曰翠竹，多清人寄題。竹里嘗邸役長崎，後調官北邊，凡度九年。今録其行程中二絶，《毗盧》云：「赤崖百里斷還連，路入毗盧馬不前。溟海鯨驕濤怒立，雪山十丈碎中天。」《沙流河》云：「沙流河上幾茅茨，種落成叢倚小坻。白髮夷僚割鯨肉，黑唇胡女乳熊兒。」皆紀其實，讀之足廣聞見矣。

西川國華《自述》詩云：「把酒吟詩興自長，春花秋月弄風光。太平時節多歡樂，况又七旬身尚强。」真是忘老之言。自云：「自幼嗜詩，亦不多作。中歲留意刀圭，吟哦殆廢。已過六十，有鼓盆之憂，自此頹放自恣，詩又大作。至古稀後，囊中所括殆且二萬首。」意薄海内外，多作罕有出其右者，亦詩豪也。近刊《蓬蒿初集》，自搢紳列侯以下至僻境人士，凡以詩相識者各贈一部，延及海外。西客秋琴、芸閣諸人皆題以詩，芸閣詩中有「横截隋唐，直追漢魏」之語，國華鎸此八字以入私印，亦可見其負抱矣。

滕秀實，字嘉甫，號瀛洲，田中世臣。潛心學詩，每涖余詩會，雖烈暑劇雨，必先來在坐，其篤可念。《夏夜》云：「黄昏移榻向階除，一味凉風氣欲蘇。閃電隔山紅十丈，今宵送雨入城無。」《山家歲晚》云：「今朝賣炭到城中，陌上人忙塵漲紅。菽粟滿罌堪度歲，山家早已足春風。」

駿中詩道所旺，更有清水一邑。樋口衡，字公平，號均園，衆推爲社長。《春雨》云：「漠漠春霖深閉門，燒香癡坐又黄昏。霎時欲睡非無意，夢入桃紅柳緑村。」《秋夜》云：「夜色玲瓏月滿樓，獨將詩句答清秋。霜沾風笛知何意，故爲閑人來結愁。」遠藤玉階，字月處，號升亭，《春曉》云：「花影離披窗日明，夢醒枕上判新晴。紬衾貪暖未忺起，又被流鶯喚幾聲。」《晚景》云：「蘆荻蕭蕭戰水風，漁家籬落夕陽空。誰將過雁數行字，寫出雲箋一幅中。」山本慶，字有章，號吉堂，《春晚》云：「癡雲初放夕陽明，谷谷雙鳩語嫩晴。落盡桐花春已晚，幾家新樹暗紫荆。」《夜意》云：「茅堂酒醒欲三更，犬吠江村月始生。鄰叟結罾何太急，篝燈一點隔籬明。」三人詩各極閑澹，皆自可亭稾籥中出來。

逵真敏，字子薰，號雪香，佐賀邸守。醞藉和暢，與人驩如。在簿書期會之際，乃能援筆試詩，不用椎鑿，自然清雅。《秋近》云：「秋近銀河欲漲空，滿檐涼氣已西風。莎鷄第一知時節，細雨空階寂寞中。」《積雨山中》云：「空濛積雨暗山□，先覺秋寒些子加。一道門前溪水急，碎金流送木樨花。」嗣子真榮，字君明，號清可，今纔弱齡，問詩於余。《秋齋早起》云：「驚散啼鴉殘月空，小齋夢覺一簾風。家童未掃庭梧葉，猶是蟲聲斷續中。」《早發》云：「僕夫催我起披衣，出户殘星漸已稀。馬上重尋殘夢去，忽驚宿鳥出林飛。」

琢齋於詩，刻畫放翁。手謄其集，晨夕涵泳，近日煉熟，殆將换骨。今舉二律。《秋雨雜興》云：「秋雨無人問，破閑思一杯。椎奴賒酒去，跣婢摘菘來。香鼎初消霧，茶鐺未送雷。重陽知不遠，冒露菊花開。」《枕上》云：「夢回過半夜，聽盡短長更。月上癡鴉噪，燈昏黠鼠行。新寒來有力，殘酒醒無情。鰥眼眠難再，東窗待白生。」

三溪野生亡矣，余聞其訃，五内爲裂。余冰雲詩社，只此人最少年而最清才，余深有望於他日。性又孝友，皆曰「人家有佳子弟如此，則可無憂矣」，今也不幸，恨豈可言？三溪學書法於米庵，亦每爲捉刀人，余遂與米庵商議，將勒碑文以圖不朽，家人惑堪輿之説，事亦不果。姑揀遺詩録存三首，以期小不朽，從其父西湖之請也。《夏日》云：「小齋一枕眠醒後，殘日穿簾紅尚明。書帙繙來還懶讀，卧聽門外賣蟵聲。」《殘鶯》云：「恰恰啼過九十春，飛花委地總成塵。緑屏障裏棲還穩，隔葉歌聲更可人。」《早起》云：「箬帚筠箕掃徑苔，趁涼清曉且徘徊。偶然有喜無人會，始認牽牛纈纈開。」

峰山詩人高木龍洲，與其族五鳳及宮田肥亭相謀，同致書曰：「社友阪口玄，字希莊，號五溪，生平嗜詩，夙參詩佛社。嘗有意刻傳其詩，未果下世。願存幾首於話中，以紓泉下之憾，并全吾曹死生之情也。」余知龍洲諸人久，如此豈可恝然乎？乃依言録之。《冬夜偶成》云：「冷雲釀雪雁郊西，歲晚茅堂轉慘淒。寒被慣眠兒展足，風林搖夢鳥移棲。酒杯有賴愁來醻，詩句無工興到題。四壁蕭條燈火暗，今宵又聽五更鷄。」《春雨連日不晴》云：「勃姑無賴不呼晴，滿路新泥妨我行。梅臉玉皴鶯舌澀，詩家空自費商評。」

龍洲，名信鞭，字士羊，《棲鳳園集》久已行世，今録其近作。《冬曉》云：「霜威凜凜來砭骨，破卯防寒酒欠勳。冰玉排簷知幾柱，一條條重兩三斤。」《山家雪》云：「瓊樹瑤峰深掩扉，門前盈尺跡將稀。老翁只恐溪橋斷，上客山中猶未歸。」上客，見放翁詩註。

五鳳，名信義，字士節，《雨中即事》云：「愁霖連日掩窗紗，欲撿園芳懶又加。石竹山丹紫羅傘，不知殘卻幾多花。」《晚秋觸目》云：「隔林四五十家村，夾路二三千畝園。柹實如丹秋正熟，喜鵲聲裏送黃昏。」

肥亭，名明，字士誠，《開詠》云：「簷鐸鏘然響，無端失午眠。煙消香未補，茶冷鼎重煎。仙籍蹤雖遠，林居興可牽。泉聲堪洗耳，坐對小潺湲。」《除夜》云：「一點青燈供不眠，苦吟直到曉鐘天。

古人兩句三年得，不笑吾詩度兩年。」

大溝長野和聲，字稚鶴，忽投書曰：「我兄正域，字天瑞，號梅所。甲戌出都，贅於青山侯士人小谷某家，無幾病亡，得年廿三。我兄自髫愛詩，有執贄於先生之志，亦竟不果。父母皆云：『願請先生得追列門墻，忝録遺稿，則猶是償志於泉下也。』」其言至痛，不可多讀。爲録二首，以副其意。《中秋無月》云：「漠漠陰雲鎖太虚，桂宫何處覓蟾蜍。西風懶去真堪恨，不爲人間費一嘘。」《尋梅》云：「尋梅杖屨困山蹊，黯淡凍雲天欲低。不誤人家曾記處，粲然一樹小橋西。」稚鶴又自附録其詩見示，《秋日道中》云：「軟軟輕輿睡正佳，忽驚斜日射窗紗。舁夫報我松林外，紅葉多邊有酒家。」《刺繡圖》云：「斜倚床頭繡鴛鴦，並棲著意寫心腸。生憎彩線偏多緒，未到成雙又夕陽。」少孤如此，萬年可死。

玉川本田价，字介人，號昂齋。一日袖《坦坦草》來云：「此亡師野村瓜州翁遺稿也。翁名維民，字子則，居府中驛。生平嗜詩，受業於服仲英。以辛未亡，南畝先生爲製其碑文。其中所謂坦坦之意，可以觀編者是也。編未出世，恐竟無可觀。願登載一首，使不埋滅。」余爲抄其《夜坐》一律云：「老懷憂自集，燈影坐相依。憔悴人誰問，蹉跎事總非。月沈栖鵲定，雲濕斷鴻飛。不是思鄉客，淒凉淚濕衣。」昂齋又從余學詩，《懷玉磵上人》云：「别來歲月去如梭，聽雨空堂奈寂何。香絶燈消眠不得，亂蟲鬭鼠夜深多。」蓋昂齋嘗與磵有《夜坐聽雨》聯句，「香燈、蟲鼠」皆用其中語也。磵亦同鄉詩僧，今去北越住持安泰寺云。

水原三浦生寄書曰：「同鄉鈴木荆山舊以誹歌著，頗稱翹楚。齒過六旬，方始讀書。近又學詩，就僕相謀。另有中瀉里正中澤潤，字白玉，號芳洲，從僕父讀書，今已即世。一死一生，抄詩致送，若蒙摘一首，則生者可死，死者如生也。」即並録存之。芳洲《舟行夜泊》云：「收帆依浦口，客思奈悠悠。只有燈燃夢，曾無酒緩愁。啼鴉山吐月，落雁水涵秋。不復聞鐘漏，篷窗占斗牛。」荆山《冬日雜興》云：「山雲釀雪暮寒加，風樹争棲亂噪鴉。滿畝荒寒人不見，偶然觸眼有茶花。」

韋齋赴楓林會，《寄懷菅茶山賴杏坪川春川》詩云：「觀楓雅集訂幽期，烏有先生木鐸時。誰賓誰主人相適，其酒其肴各自隨。今年紅葉裝來妙，幾客彩毫揮得奇。只恨三賢三處别，無由連榻共傳卮。」率真可喜。韋齋旁愛禪理，其《閑居》一絶云：「贏得乾坤坐卧閑，無人來扣無門關。終年不掃一間室，睡叟半間塵半間。」玄諧透徹，自是一個老禪頌偈。

韋齋空門友有僧藏海，豐前安心院人。安心院，地名也。飄然雲水，棲止不定。東來之日，挂搭吉祥，又謁本光師，悟正法眼藏。後卓錫下總得與正寺。寂已久矣。韋齋猶能記贈答一律，追懷往事，屬余載存。詩云：「錦字含春忝寄音，開緘夏木翠帷深。相逢難訊芝蘭契，莫逆曾期金石心。觸物人生悲聚散，觀時世事嘆浮沈。茂陵應似相如渴，寂寞知君賦上林。」

善庵家藏兼山先生遺集，一曰《鷄肋草》，一曰《藍川稿》。先生闡明經義，别成一家。詩雖其緒餘，亦自斐然可觀，就中抄傳三首。《留别》云：「故國蓴鱸美，秋風客思催。扁舟何處泊，孤劍獨歸來。辛苦雙蓬鬢，行藏一酒杯。黯然兒女淚，自覺壯心摧。」《晚投山驛》云：「山寺鳴鐘日已昏，棲烏啞啞滿林喧。今宵投宿知何處，忽認人煙紅樹村。」《漢宮詞》云：「漢家天子重邊功，平虜將軍恩最隆。金印鑄來如斗大，御前手賜建章宮。」皆是鏗然享元之音。

內田叔，字叔明，以字行，號頑石道人，爲玄對之兄。以丙辰亡，其周甲歲也。爲人淡於名利，不屑婚宦，酷嗜麴蘖，頹然自放，蓋伶、籍之徒也。有《醉客漫興集》，其命意亦自可想。余雖不及相面熟，聞其人久矣，遂就其集，抄古今體各一首。《首夏同遊岡伯英別業》云：「孟夏煙景佳，芳甸咸新緑。故人埽園廬，延客酌林麓。况乃齎饌具，數里煩童僕。陰陰山水稠，漾漾潭水曲。戲魚適其性，幽禽得所欲。我亦長田野，未嘗驚寵辱。逃彼世上喧，賞此杯中淥。吾黨實狂簡，安能遵禮俗。茫茫天壤間，庶不見羈束。」《田園夏興》云：「杜宇聲聲急，田園日正長。麥秋晨雨潤，槐夏午風涼。後圃仍生笋，前村遍插秧。幽窗高枕卧，獨自到羲皇。」皆駘蕩可喜。玄對已以畫爲一代老匠，余見其自題畫景一絶云：「閑泛小艇子，載鶴伴吟咏。松溪風日清，好是悦鳥性。」音節風趣，類元明諸家小品。塤篪如此，世實罕得。

崖弘美，字世煥，號南嶠，世爲紀藩講官。書畫俱優，其書室中貯花卉數百盆，四時芬芳不絶，自命曰「四時窗」，博徵題咏，蒐羅殆遍，又督余作。余恐爲狗尾之續，未輒下手。余亦有意采摘南嶠詩，屢求借其集。南嶠以余償未了，必欲交易相付。余意正急，偶聞月窗藏南嶠詩幾首，姑取以副焉。他日還債之後，應胠篋奪之也。《山行值霧》云：「羊腸行未盡，俯仰失乾坤。犬吠知山市，鷄鳴認峽村。屐霑雲可躡，衣潤雨無痕。何處通呼吸，天門咫尺昏。」《題嚴子陵園》云：「戎馬倉皇蹀血紅，雲臺四七樹元功。乾坤別有幽棲地，獨占釣絲江上風。」其《詠燈火》五排有「山館護棋聲」之句，只此五字，神味已足，餘不必讀。

江東龍眼寺多種觀音菊。觀音菊，俗唤做萩，世通稱萩寺。每到秋時，遊人相踵，余曾見寺壁題詩云：「欲探東郊勝，先到梵王城。雨洗炎威斂，雲含爽氣生。只緣詩興熟，自覺塵世清。坐對觀音菊，風前散落英。」頗喜其諧音，末款「世忠」二字，不復知爲何等人。後訪紀藩岡田氏，醉月樓主人名世忠，余竊疑前日作者，叩之果然。主人風流温雅，又愛書畫，自云公事靡盬，未遑棲遲。因誦其「三十年來未買山」一句，余一時聽過，不及問全詩，月窗爲余傳之，併載於此。《扈從經吉蘇山中有感》云：「幾回棧道扈從還，三十年來未買山。只有恩波流不盡，蘇溪到處水潺潺。」

大野敬，字子顯，號鏡湖。父井上久統，以醫有名。鏡湖幼喪父，勵思力學，曾著《十無居士説》以自況焉。後有故，襲今姓。釋褐棚倉，備其儒員。鏡湖書法峭拔，詩亦不凡，近日自録其詩説以見質，議論精該，特中時竅。《拙庵小稿》二卷，就中抄二首，《晚春》云：「九十韶光未屬饜，林扉已看緑陰添。狂風掃盡花千點，困夢醒來雨一簾。園護粉衣雙蝶宿，壁書銀篆獨蝸黏。愁情脈脈無消處，詩卷床頭信手拈。」《蓮塘曉望》云：「看看池面曉煙晴，露裛荷香日未生。無數披緘花有響，錯聽潑潑躍魚聲。」

井上正道，字一達，號翠涯，爲鏡湖之侄。其父忠施以擊劍鳴一代，翠涯家傳其法，名聲益振。又多講鈐韜之書，餘暇習字吟詩以遣興。《春夜》云：「繞檐琴筑夢醒時，月透窗紗夜更奇。知是陽和融瓦雪，明朝當趁問梅期。」《幽居早春》云：「四山殘雪白猶圍，竹筧冰凝玉來飛。只有黄禽先出谷，能傳春信到柴扉。」武人能詩，亦自難得。

小林猷，字君徽，號桐雨，冰雲社十子之一，書畫最勝。《題自畫秋景圖》云：「漁家蘸水兩三扉，隔岸青山帶夕暉。雪白蘆花江上路，一蓑釣罷有人歸。」

竹内郁，字子文，號雪窗，爲越後川浦令。製錦之暇，吟哦自娱，胸次灑脱，不拘細行。自能不失惠和之治，使人有「花落訟庭閑」之想，故其詩毫無案牘之氣。《春雨》云：「驟暄催睡睡相宜，微雨釀春春已奇。不待東園桃李綻，池塘草色夢先知。」《秋夜》云：「密密疎疎雨滴梧，秋衾乍冷夢初蘇。心頭和到百般事，又被寒蛩苦死呼。」皆淡而有味。

源松屋讀書之處曰擁書倉，屏跡謝客，鋭意著作。《擁書漫筆》四卷，雜纂古今，所引援諸書及五百餘種。九月起草，十月□業，中間纔五旬，神速如此，恐亦非人力所編。插圖多爲畫人高島千春所製，蓋依朗仁寶書例也。余《題擁書倉》二句云「會心窗雪暖，勝擁萬姬姜」，或云：「松屋引書施及稗俗，可謂菅蒯亦不遺矣。」爲之囅然。

田順卿《淺草竹枝》云：「漫道新妝花不如，高風一段在緇書。幾人來看祠前石，仰渴空霑垂露餘。」「曲院層樓一瞥灰，池魚失隊泣餘災。容臺珍迹菱花鏡，無恙春風笑眼開。」女子蕊雲者，一時之尤人，目爲「花不如」。風流慧才，好讀經史，又善作字，從董堂學。嘗自書朝霧之什，勒石樹之人九祠側，祠在淺草寺中。里中回禄之厄，諸娘失措，蕊雲獨取董太史書一幀、寶鏡一枚以遁。二詩蓋紀其事也。

擅春仁聖侯在日，命余采摘其家先詩稿，賜手書云：「此皆詩道草昧之作，多欠鍛煉。昔京極黄門撰《百人一首》，間改换字句，古人已有例。遮莫千萬雌黄。」夫以黄門見□，實爲非偶，但公知己之言終不可諼。偶閲井蛙，抄其中載黄門一則云：「《新敕撰集》將出，乞撰歌什，多不副意。黄門輒曰，第受卿等所棄而揀之。」余於詩話，只此一事與黄門同。意欲取公一噱，公已騎箕，胡能不悵然！

余家累世儒素，至王父重恢其業。維父維兄，箕裘相承，世奉濂洛之學。始祖元春先生諱武方，事林文敏公。次耕齋先生諱東勻，事業概見《東人詩話》跋語。次半隱先生諱武雅，事林文穆、正獻二公，爲昌平學頭。初名搏，號鵬溟，近代輯印史者只收其舊名號。王父崧溪先生，諱武賢，德隆行醇，以宿儒見推，及門弟子殆以千數。林正貞公壽王父詩有「南州久播老儒風，七十年來操守功」之句。先君室山先生諱武保，特以嚴飭稱，事正貞公。又遊中村蘭林之門，井四明猶能説在蘭林座與先君相見事。余十歲時，始學搆詩，先君取秋玉山所書贈詩一紙以相付，蓋亦及知玉山矣。半隱以下皆係鄺藩仕籍。家兄繩武，字萬年，號守拙，今見爲記室，枝葉亦盛。元春、耕齋二先生歷年已久，其詩不傳。崧溪、室山二先生專修經行，不屑作詩。四代著作多經説、兵考、傳記、府志之類，獨半隱先生遺集十七卷，蔚然爲吾宗鳳毛。集亦不出世，姑抄數首以傳其美。《送友人歸越中》云：「中山經故道，北越趁歸程。新緑鶯邊合，殘雲鴉外晴。同袍才度歲，分手最傷情。别後秋空雁，臨風待寄聲。」《秋晚村居》云：「昨來風雨過，剪棘理頽垣。薪濕厨煙重，松欹檐影昏。買魚謀晚食，種菜接鄰園。堪笑城中客，一生勞乞墦。」《見落花有感》云：「連夜顛風卷地寒，一年花事又闌珊。雪埋林徑今朝想，雲擁山村昨日看。心先開時偏有待，恨於落後自無端。歸來始愛團欒竹，翠影依然護□欄。」《夏日偶興》云：「軒窗坐睡覺來時，綠樹陰濃一局棋。立鷺池邊人不見，田田荷葉漾清漪。」蓋先生之詩，在蘐園未興之前，故一點無李風塵之氣，流暢委婉，自不可及。余竊目爲烏碩夫之亞云。

五山堂詩話補遺卷一

鬪鶯之戲近今有之。富家貴族所在爭畜，鬪其音腔以定贏輸，亦韻事也。醉石嘗作《鬪鶯記》，粲堂又製香奩體十首以詩之，流麗委婉，曲殫其態。今載其三絶云：「衆中妙曲曲尤分，公主真衣自出群。滿院春風按新譜，君王喚作踏花君。」「宫妝各自弄嬌柔，新寵如山不識愁。一曲譜成初試唱，低聲猶是似相羞。」「冬暖春寒恩屢加，繡帷彩檻看梅花。髪膚之外皆君賜，歌曲對人還自誇。」

醉石《詠棕魚》云：「緣木求魚理豈非，鵝黄苞坼子方肥。但因鱗甲施形别，自是割烹傳法稀。」「一味芳甘和蜜醋，滿身膚毳孕珠璣。不妨剖瘦夜叉怒，饕餮數升堪濟饑。」棕魚即棕筍，見東坡詩，奇語諧謔已極其妙。醉石别更弄一派機軸，卻是典雅。

「病襟思適繞東塘，水荇初花吐嫩黄。行困老樗陰下坐，兒童相喜拾紅娘」是韓魏公詩，收在《宋詩紀事》。漫然讀過，不省紅娘爲何等物。雪居高君摘以語余曰：「《本草》樗雞生樗木上，人呼爲紅娘子，頭翅皆赤云云。樗雞，莎雞一名，見《爾雅》郭注，即是此物。」余極讋服君之多識，魏公所使爲之晰然。《華夷續考》所載金龜子俗稱紅娘，别是一物。

雪園滕公，謄東覲途中所得小詩一卷來命雌黄。首首清整，無可間然。殆所謂「得江山之助」

者。私抄傳幾首，以分其腴。《小憩伊奈村》云：「稻畦經雨緑無涯，人去桔槔棲獨鴉。小倦先投路傍店，眉兒豆紫一籬花。」《日坂道中》云：「曲折崎嶇細徑通，松根穿石迸蛇龍。輿中兀兀人低首，閒卻林梢奇絶峰。」《曉度宇津谷》云：「燒殘炬火欲無明，一路林深不見晴。竹霧松嵐凄徹骨，轎窗緊閉聽溪聲。」《過吉原驛望富士山》云：「高峰一刷斷雲横，取次消來忽又生。行向松林疎處看，撑天玉柱十分晴。」

石川荊山，自長島寄書曰：「某客歲病劇，殆不自濟。幸而有瘳，免上鬼録。但憊羸已甚，蒲柳之質恐不可支。吾病間所録詩草，因便附上。若能見取，以得附驥，則能事畢矣。」余且驚且慰，遽録三絶，以答其意。《晝倦》云：「半陰半雨入梅天，倦睫摩挲破晝眠。詩句欲題還落後，已遭蝸篆涴蕉箋。」《夜景》云：「飛雨走雲還變晴，快風驅得太忙生。四更不似三更暴，月白檐鈴時一聲。」《題畫》云：「繞檻荷花錦作叢，亭中真箇是舟中。先生午夢無人攪，一枕清香四面風。」有此傑作，二豎可去。

都筑敦重，字仲威，號篁村；野田英，字蒲公，號清癡；瀨維寅，字夙夜，號亨堂：皆長島世臣。三人亦以詩見質，詩各風趣。篁村《秋日雜題》云：「薄荷花開籬落邊，秋妍正是雨晴天。飛來蛺蝶休驚散，醉倒狸奴滿意眠。」《雪意》云：「江雲釀雪刷長空，叢竹寒生簌簌風。爲囑柴門且休鎖，故人乘興上孤篷。」清癡《枕上聽子規》云：「焰死殘燈如隔煙，子規啼盡五更天。故山吾亦思歸久，雨裡同君愁不眠。」《月梅》云：「仙妝孤立月明中，冰骨能堪料峭風。謫墮塵寰知幾歲，姮娥長在廣寒宫。」亨堂《午晴》云：「午晴催我出柴扉，軟軟和風適裌衣。一隻蝶來還一隻，菜花黄裏作雙飛。」《春陰》云：「未必春雲把雨催，一重穀子闔還開。紙窗盡日梨花影，描去描來知幾回。」《白雨》云：「翻河白雨送驚雷，一洗炎蒸霽已回。西北火雲天未夕，蟬聲依舊沸庭槐。」亨堂詩初極硬瘦，百鍊盡力，能化藴藉，造詣如此，亦太罕得。

秋浪絶句已到上乘，獨於律詩猶未透徹，余爲開覺路。近日朗悟，殆將得真諦矣。今載二首。《晚秋偶成》云：「頗覺星寒際晚生，秋陰黯淡掩柴荊。檐端迸栗兩三點，床下殘蛩四五聲。薄酒驅愁原有力，新詩衒世久無名。鄰翁昨日求書字，爲試松煤墨一泓。」《海棠》云：「墻陰八月挽春留，粉淡紅輕朵朵抽。殘月曉風初倦睡，冷煙疎雨只低頭。任他蟋蟀來爲地，不許芙蓉獨占秋。恰似内家新點的，半垂翠帳掩嬌羞。」秋浪近作又有《星夕近》一絶云：「孤鸞舞鏡不能隨，别後癡情説向誰。銀浦相逢期已近，只愁烏鵲造橋遲。」超脱如此，所以與諸子異撰。

一日赴某園雅集，字客畫博各處棋峙，中有一少年揮灑自傲，傍若無人。其畫山水極有氣魄。余奇以叩之，道是上毛人金時敏，字而敏，號烏洲者。後一月偶然相見醉月樓上，蓋向陵帶以至也。席間晤言，始知其寓意吟味。後又一月，竟來入余社。烏洲外雖骯髒，内實藴藉，今舉其詩，以示其爲人。《移竹》云：「琅玕手移種，稠翠滴窗紗。不可居無竹，何須園有花。俗先於我謝，興自爲君加。數本寧嫌少，清風已滿家。」《山寺早起》云：「疎鐘聲裏霧初收，春曉山中冷似秋。塔影落庭三四丈，殘蟾逗在老松頭。」《七夕》云：「滿城爽氣入新秋，乞巧幾家人倚樓。笑語紛紛歌吹聒，不知天上有離愁。」

松代篠惟俊，字四警，號爽庵。《偶成》云：「獨坐茅齋日似年，清和天氣懶相牽。柳花度水風還款，鳩語隔林晴更圓。棋局塵侵無客討，茶爐火活有兒煎。壁間閑撿舊題句，又把新詩上幾聯。」《過和田嶺》云：「濕雲低地雨將來，近樹迷離看不開。纔到嶺頭時候別，人家四面雪成堆。」皆清絶可喜也。

白石間潛，字希聲，號瓊響。嘔心作詩，刻苦過我。留都二年，母病歸鄉。余就月課吟藁抄撮三首。《山中秋夜》云：「山村秋已老，落葉夜紛紛。霜冷猿啼月，人歸犬吠雲。琴書任用舍，筆硯代耕耘。自愛吾廬靜，不妨鳥獸群。」《秋蝶》云：「肯記青春恣放狂，殘生無意媚秋光。霜栖露宿身全老，白社紅盟夢一場。風撼蘆花閑度水，日烘楓葉偶過墻。向人不説飄零恨，也勝啼蟲訴斷腸。」《晚秋農家》云：「黄雲收盡滿疇秋，歲稔農家不解愁。南叟北翁相見笑，糟床户户雨聲稠。」

月庭月寄吟筒，愈出愈逸。《山莊即事》云：「小春春意在，扶杖獨盤桓。木落山愈瘦，溪枯筧欲乾。荒苔留鹿跡，熟柹拾鴉殘。偶爾逢林叟，吹煙話正闌。」《新蕨》云：「一抹燒痕和氣融，纖纖抽紫玉成叢。煙平林塢春全暖，雨足山坡日薄烘。仙掌初開似承露，兒拳自軟欲猜風。村羹未試新香味，先送上番城市中。」《墨梅》云：「月墜羅浮暗冷煙，芳魂已散又相牽。玄都换面王家女，墨沼照姿姑射仙。不向光風爭寵眷，肯將艷雪競清妍。剡溪相遇真幽致，身在黄昏野水邊。」

秋元淵，字春龍，號隱齋。恬靜自愉，不趨時俗。鴻術餘暇，留意吟詠。壯歲詩稿，癸酉罹災。

今之所收，皆係近作。《題孟襄陽歸隱圖》云：「永懷栖逸適，歸去故山頭。古渡江村暮，鳴鐘野寺秋。雲埋林色暗，月照石門幽。巖户煙蘿夕，何人堪結儔。」《春晚風雨》云：「五風十雨多稱勳，每值花時卻怕君。最是燈前惜春夕，幽人耳底不堪聞。」皆是唐音。《殘花》云：「恨紫愁紅春已空，殘妝卸盡雨聲中。香泥休説馬嵬恨，猶得燕銜重入宫。」《詠栗》云：「身殼守堅毛髮怒，威名栗栗晚秋時。老來忽現真如相，脱卻從前鐵面皮。」又能得宋人風味。

容亭《詠菊花枕》云：「攢金光徹白紗囊，付與詩人高臥床。燈下撫來香可挹，帳中著得冷何妨。鴛鴦無分情偏淡，蝴蝶隨緣夢更狂。霜重東籬秋已老，餘生好向黑甜鄉。」整齊貼切，迴在瞿佑之右。誰謂目今無作者乎？

荷溪《晨起》云：「雨過書窗曉氣涼，盆荷葉上露珠香。研池注取開清課，臨得愛蓮三四行。」《醉後茶興》：「縱能酒力陷愁城，猶有睡魔驅不清。更唤酪奴都打殺，一旗早已策功名。」《雲嶺題畫》云：「鷄犬無聲雲作堆，溪頭路似入天臺。仙家畢竟尋難得，不見桃花流出來。」《題初平牧羊圖》云：「一去家山不憶親，枉言學道出風塵。牧羊叱叱君看取，未免人間舊苦辛。」二人之詩，苦思鍛鍊，庶於虎穴得子矣。

芳川逸，字公晦，號波山。學與年富，特善文藻。又以詩自厲。其客駿中爲村晴橋館《客夢後書感》五古云：「母老學未成，母老身未仕。落魄不成家，萍蓬身千里。屈指廿又四，居諸一何駛。恐逢斷機怒，欲歸且自止。憂來時假寐，慈顔入夢是。相視向我言，汝生不如死。言終泫然泣，我亦赧然耻。汗流忽一覺，語音猶在耳。對燈心如結，潛思索其理。恩情本非然，激我使奮起。自悲頑鈍質，無處施砥礪。何當得母歡，一笑開桃李。」至性之言，使讀者愴然。

晴橋名嘉瑞，字芝生，初名孔脩。第八弓所收可亭水月社詩已編其人，今之名字，即可亭所嘗用。晴橋艷羨不措，竊鐫入己印，强而行之。二人同名，屢有陳驚坐之嫌。可亭不能隱忍，推而讓之，自更其名。豪奪名字，古所未聞。晴橋於詩刻鏤窮搜，殆忘寢食，波山贈詩云：「自呻還自笑，苦極樂生時。琢句能多少，只看作白癡。」晴橋亦太得意，遂自又稱「白癡」。近作幾首皆出其癡者。《初夏道中》云：「緑樹陰中仄徑穿，籃輿兀兀夢纔圓。扛夫喚起緣何事，報道前山過杜鵑。」《夏晚》云：「柳渚蘆灣斜日收，滿襟爽氣似清秋。釣魚人去水痕定，又有素娥來下鈎。」《湖山晚景》云：「一面玻瓈碧似敷，暮山倒景落平湖。游凫早識歸舟近，忙入蘆間護乳雛。」《晚秋田家》云：「稼禾已斂數家村，處處田疇浸水痕。秋老草人無管守，斜風細雨立黄昏。」精巧如此，晴橋不癡。

余已捃摭安田放庵詩，頃又寄示近業《錦團樓詩抄》者，其中《幽居雜詠》二十律極爲清逸。兹載其二云：「研北先生詩作家，閑中富貴又何加。黄脂客饋伊丹酒，緑乳童烹兔道茶。稚竹一叢風解籜，長春半架雨開花。清吟原自忘機久，無意向人誇八叉。」「纔御袷衣還索棉，乍寒乍暖夏初天。竹抽嫩翠圍茅舍，煙染淺黄侵麥田。殘日千峰危塔外，歸雲獨鳥遠林邊。風光隨手便堪拾，秖恐新詩不脱然。」佳句云：「霜晨菊圃籬邊屐，雨夜竹齋燈下棋」「枕爲憐香新貯菊，席緣愛軟舊編蒲」「野叟逢人農話熟，蠻童對客禮容粗」「縱飲自能堪遣悶，耽詩卻恐易招嘲」，又有《金陵竹枝》數十首，敘事雖悉，頗傷淫靡，故不登俎。

上侯近還秩父，課里中後生。新創詩社，先鑄出三人來。一田島貞，字君度，號丹崖。《梅花》云：「春入梅花第一枝，淺妝淡暈自多姿。人間未省微暄動，早已仙姝聖得知。」《冬夜讀書》云：「一點寒燈坐四更，青編照出古今情。聞鷄起舞無人會，閑卻鄰家喔喔聲。」一杜順，字伯信，號蟻岳。《題畫》云：「三間茅屋愜幽棲，重疊溪山路欲迷。客去殘棋猶未斂，竹外斜陽一尺低。」《墨竹》云：「一泓暴雨洗琅玕，枝葉淋漓露未乾。便是坡仙三昧手，憑君勿作等閒看。」一巖崎柔，字不爭，號水齋。《柳岸避暑》云：「水風歸柳有餘清，孤棹追涼近岸撐。一快已堪先下酒，錦鱗潑剌入罾聲。」《晚秋》云：「枯荷老柳已深秋，無奈人間歲月遒。蟋蟀知時入床下，星寒未贖木棉衾〔一〕。」上侯有一絶云：「都門寂寞所知稀，括得詩囊雲洞歸。結社山中殊不惡，漁兄樵弟卻依依。」恰似失第歸人之作。

南部侍臣田鑠光龍，字希亮，號鶴立齋。弟光龜，字金卿，號蘭室，出襲本堂姓。兄弟二人共嗜繪事，夙入林麓社，筆各清迥。丙子二月，招邀名流，大會於某樓，皆以畫爲贄。一時閧傳，名動都下。詩佛席間賦五古以贈云：「仲氏如孤鶴，卓立在鷄群。叔氏如幽蘭，一室爲之薰。二君雖在官，不染官途塵。所以繪畫手，入妙又入神。」詩長不能盡録。希亮自題其畫云：「平素自期山澤

〔一〕衾：失韻。疑「裘」之訛。

癯，栖栖猶是在官途。只因慣得丹青事，寫出胸中磊落圖。」金卿又嗜詩，《山中聞子規》云：「溪山新樹緑如茨，正是風光屬子規。仿佛一聲雲際過，再聲要認立多時。」其友中島高寛，字尚卿，號積水。受經於北山先生，又嘗修其國史録，殆無暇日。比來方始學詩，《漫興》云：「長生我自有奇方，服得終年憂可忘。不用蓬萊遠尋路，醉鄉直置是仙鄉。」子高廉，字伯直，號豫齋。齡未及弱，亦能治經，兼耽測天之學，詩則出其餘緒。《冬初出遊》云：「布帽青鞋不染塵，冬初村景卻勝春。繞城一水晴拖碧，拔地孤峰雪削銀。拈筆空林堪入畫，開厨落葉好爲茵。黄茅新結兩三屋，溪口魚杈知有人。」《聞促織》云：「山間風露夜凄涼，絡緯寒機催得忙。千萬已驚村婦懶，爲誰更又織衣裳。」

泉澤貞亮，字子廉，亦南部人，即爲履齋之昆，其鄉曰毛馬内。子廉能以學行敦化其俗，挾策之徒相繼不衰。偶因履齋得其一律《春日山行》云：「春山何所覓，風物愜心期。鹿睡煙初暖，鶯啼日正遲。對花先悦性，藉草且忘疲。豈曰非仁者，優游樂自知。」真是學人之語。

履齋近日釋褐于龜山，補其學職。講經之暇，間作韻語。《冬夜》云：「四壁人岑寂，夜深寒意生。濕雲和月重，墜葉趁風鳴。砌冷無蟲語，燈昏有鼠行。茶槍又成祟，不睡待天明。」《和細木大夫偶作》云：「午夢纔醒坐對山，山雲已帶夕陽還。詩思何必風光裏，來自心頭一味閑。」履齋嘗獲《真山民集》，與鮑廷博所收者太有出入，爲校刊以行世。今讀其作，風調和雅自然似山民詩。

癸亥冬，清商漂到伊豆下田。明年春，官船護送遞之長崎。履齋登時亦從其役，行歷遠江灘遇颶，危將覆沒。有詩云：「荒濤山立直衝空，奮命舟人亦力窮。身後遺蹤君欲問，只求七十五灘中。」其於捨達雖未可議，其人雅量亦自可見。

龜山大夫細木興，字仲思，號雀頭。往歲在都，事北山先生。湛思經義，又愛吟詩，來泣余。會當路之後，曹務百劇，猶能以書見問，讀余詩話，嘆賞不置，以「今日江寧」見推。雖曰不敢當，亦深感其知。偶得近作二絶，録以奉酬。《初夏村況》云：「秧田插緑未全成，風皺波紋縠子生。一抹斜陽村巷外，總將寂寞付蛙聲。」《春草》云：「又把舊魂吹得醒，春風一夜入郊坰。陽和借汝恩多少，寸寸舒來滿地青。」大夫好竹，嘗命煙厓畫《十竹圖》，又要一時名碩係之以言，因扁其堂曰「十竹」，自爲作堂記。雅懷如此，固知非今之從政者。

伊達秀，字王香，號柯亭。即篁亭之子。前已録其苗時一絶，今秀且實，才穎特脱。余嘗於乃翁親侔骨肉，今聞其成立，殆喜而不寐，爲録其近作，以播其美。《溪上》云：「杖藜數里入煙霞，路沿清溪曲曲斜。流出落紅三四點，誰家春盡水源花。」《夏日雜詠》云：「宿雨新晴漲小池，芰荷動處有游龜。胭脂皺出風漪面，影蘸榴花晚照枝。」《秋夕》云：「月照閑愁欲四更，窗紗如水覺秋清。芭蕉映出婆娑影，俯仰西風不暫平。」

桑名丹羽明，字文伯。築室於松林間，讀書於其中，扁曰「松茂精舍」，又自號松齋。《春寒》云：「一杯那得敵寒威，春半如冬重熟衣。梅頰空皴桃口噤，欺人雪片作花飛。」《歸家作》云：「黄葉落時方始歸，柴扉無恙舊苔衣。家人只問緣何瘦，不道詩囊替我肥。」皆清新可喜。松齋以醫爲業，《偶成》云：「三世傳方寧有神，墻東避世未爲真。自嗤猶被青囊累，日日出門衣上塵。」蓋醫隱也。又《春晚絶句》云：「門徑春多跡，花飛少客來。客來非訪我，畢竟爲花開。」語雖粗率，自然有趣。

老山菅琴，字冰清，一字太古，美濃揖斐人。爲北山先生都講。先生沒後，場居三年，乙亥治任歸鄉。今歲又出都展先生墓，因得重晤。余於老山驩非一日，欲收其隻句，以存久要。其人專攻經術文章，不願以韻語博名，閟而不出。余猛生一計，謂曰：「某有《菊花露》一律，聞君亦曾作此，今尚記否？」老山便誦其詩云：「秋滿東籬下，晶英晚更清。月凝珠有彩，風碎玉無聲。餐得兼療渴，摘來並解酲。驕奢漢天子，不道是金莖。」余援筆急書曰：「君中鈎距矣。」老山曰：「駟不復及舌也。」相笑而罷。其妻卜氏金英，名菊，字女華，頗解吟詩，兼能書畫。題自畫石榴圖云：「石榴貪結子，已看蠟珠紅。爲避桃花妒，春風不入宮。」老山行將挈家入京，余贈以一絶云：「竹笥柴車伴細君，移家去入帝城雲。早知雙美聲名貴，幾幅丹青幾軸文。」

川碧，字霞生，號春山，高須人。細直，字君立，號竹軒，揖斐人。皆爲老山受業弟子，老山薦余同升入選。春山《晚春》云：「過了花時雨始晴，萬紅無跡緑全成。替人訴盡殘春恨，嘖嘖林間百舌聲。」《晚歸逢雨》云：「雲蝕峰巒驀地空，溪頭薄暮雨濛濛。斜風扶傘過橋去，已落元暉水墨中。」竹軒《山行》云：「溪邊行盡欲斜陽，三兩人家石疊墻。只道山中秋寂寞，柿黄楓赤滿林霜。」《冬曉》云：「滿地清霜寒滿扉，射窗初日力猶微。凍蠅與我頑相似，貪暖爐頭不肯飛。」

望月桂，字仙友，號小山，下田人。生長於鸞家，自愧游手，變而作詩人。佛果未了，來挂搭詩佛家，亦是詩中龍象矣。《夏日村居》云：「空濛煙雨暗村居，正是新秧刺水初。永日消閒苦無術，手抄一卷養魚書。」《山行值雨》云：「十里山行扶杖藜，驀地雲遮路欲迷。雷公載送千峰雨，轣轆車聲已過溪。」

伊勢僧教戒，字元剛，號柳窗，住松阪本覺寺。《初夏林居》云：「繞屋濃陰緑似包，一塵這裏不曾交。心閑卻笑禽情鬧，纔集槐梢又竹梢。」《夏夜》云：「一洗炎蒸雨忽晴，竹風荷氣十分清。移床來就池塘月，細細吟蟲露有聲。」備中僧教存，號風牀，住倉敷觀龍寺。《晚歸所見》云：「亂鴉歸去正黄昏，戰戰柔秧風有痕。淡靄摸糊無畔岸，一星燈火認前村。」《石州山中》云：「滃雲低地晚如茨，衝雨山間步更危。亂水縱横石犖确，窘人去處卻宜詩。」河内僧慈雲，字光澤，號鶉居，住若江横枕寺。《漁父詞》云：「一生不知雲棟雄，蚱蜢爲家西還東。一生不知狐裘暖，蓑衣抵敵雨又風。清流晨可汲，煮茶柴火紅。錦鱗晚可鱠，村酤酒滿筒。日出晞我髮，日入掩我篷。江山原是無定主，取之無盡樂何窮。卻笑皤溪鶴髮叟，眼中猶自有王公。」《抵牧方驛途中》云：「澤國多陰雨，況逢秋氣凄。煙侵菰米冷，水蘸蓼花低。舟子應愁濕，行人更怯泥。驛樓何處是，雲暗小橋西。」三僧詩各有風致。誠齋云「猶須作禮問雲山」，爲之誦此句三遍。

余嘗愛義熙一聯云「草茅纔覆三間屋，橡栗聊支一日糧」，極得自家本色。熙是江州願慶寺住僧。

中上一，字孟中，號松屋，江州八幡人。僧牧山嘗稱其詩，勸余採摘。頃因島棕軒見示近稿。

《漁村秋夕》云：「落落漁家水作圍，滿天風露浸柴扉。一船歸去三更月，驚起棲禽帶夢飛。」《熊野途中》云：「幽篁風外兩三家，複塢重巒日易斜。映出茜裙秋雪底，知他女手到棉花。」的是佳作。

野崎乾，字仲亨，號丹嶒，青梅人。歲時出都，以詩來諮。《雨中》云：「空濛春雨裏，閑臥守村莊。暖被人偏懶，新巢燕自忙。緑應添麥隴，香已滿芹塘。明曉乘晴出，深泥亦不妨。」《木母寺》云：「十里靡蕪香滿坡，孤墳吊古客經過。年年灑淚花時雨，點得紅裙翠袂多。」

松阪小泉晁，字子明，累世業醫。曾祖退翁先生名益，字虛直。子明追纂其遺稿，鐫以布世，名曰《棲真窩集》。栲亭、春川、青陵、春樵皆有題言。退翁生於寬文中，其詩純樸和雅，可以想其時與人矣。子明更命余就中抄出一首《元旦》云：「曙窗春意動，破帽接東風。新歲添阿囝，温噉付乃翁。百年慷慨外，一世睥睨中。韶光偏厚我，梅花已滿叢。」又如「月窗蕉影瘦，風壁竹聲寒」「讀書移白日，題句領青春」「瓶裏插梅東道主，墻東過菜北鄰翁」，皆佳句也。吁！夫子明彼何人，斯播揚祖業乃能如此！余則家先遺編，鐍在篋中，未及與梨棗謀。今對子明，能不赧然？

張籍詩云：「白君去後交遊少，東野亡來篋笥貧。賴有白頭王建在，眼前猶是詠詩人。」感舊之語，讀之悄然。余三十年外洛下同遊者寥落殆盡，其存者僅有柴碧海、田紫石二人。碧海羈宦南方，出都日少。獨紫石杯酒相逢，無有虛月。彼此雖衰，莫逆依舊。紫石青年嗜詩，同余趨七子蹊徑。偶於故紙中得其《久雨》十絶，句旁竄幾字，皆栗山先生筆迹。其一絶云：「江南家鄉遠，江北水淼漫。淫霖猶未歇，何處問平安。」上方朱字署「弇州妙境」四字，細視是余當日手書。恍然一夢，亦不自辨其意見也。余今日雖曰成家，詩見大變。紫石則吟哦全廢，以其爲鶚齋先生之後，覃思蕃學。近日得西醫傑世留書，傾囊購之，自謂宇宙古今第一等寶書，旦夕研究，極其詳細，施治之效駸駸將突過前人矣。紫石今移居於飯田臺下，其地有柳井舊跡，紫石鑿而新之，南畝、詩佛暨余皆有題詠，今不復贅。

紫石二子。長子靖，字恭卿，號蘭園。幼時就東龜年學，夙以神童稱。已長，銳意家學，翻譯西書極有條理。捷才不壽，甲戌病亡。其亡以中秋節，紫石嘗賞白石「天到中秋暗，人同子夏明」一聯，亦似成其讖。遺詩若干，今録二首以留其芳。《寺居清晨》云：「上方月落曙光空，猶是人家半夢中。清磬一聲山寂寂，亂鴉啼散老松風。」《初冬過田家》云：「笑歌到處樂年豐，來款柴門伴野翁。温酒地爐燒墜葉，醉顔先自學楓紅。」次子公道，字士直，號梅庵。《月夜舟中》云：「江上足清風，孤舟明月中。倚舷横玉笛，吹徹廣寒宫。」此係童年作。蘭園亡後，繼幹父蠱，亦爲家學累，詩不多作。

女子文姬，以今年戊寅病亡。善庵抱其遺稿來告曰：「文姬晚就余而學，又死於我家。欲傳其文，未遑潤削。且托不朽於君話中。」爲録其三絶句。《睡起》云：「睡起園中步晚霞，春衣較薄剩寒加。猶留一點芳心在，怯向東風踏落花。」《晝倦》云：「針線紛紛窗日斜，困多倦眼欲生花。新來蠻婢非癡物，一碗清香送嫩茶。」《夜意》云：「黠風欺人壁屢穿，空房守盡夜如年。枕頭收帙將成夢，燈火昏昏先我眠。」集中有《自敘》，略云：「余在總，受學於窪水清淵先生。未幾歸都，得謁北山先生。歲三十四與家永訣，寡居多年，煢煢無恃。紡績之餘，讀書作詩，亦不必求彫琢。」其趨向可知。文姬姓大崎，名榮，號小窗。文姬，其字也。

善庵《感懷贈葵岡先生》一律云：「零丁自感所生恩，偏羨君能獨及門。南郡嘗聞名最重，西河今見道愈尊。生前垂統期先哲，身後遺經付子孫。珍重老成人尚在，詩書何啻典刑存。」攀慕之誠溢然紙上。葵岡即是葛山翁，兼山先生上足弟子也。

桂君梅街出示其弟篁亭遺稿曰：「仲氏以去秋殞，不可使仲氏無遺響。」愁録三絶以傳其響。《春雨》云：「斜風細雨峭寒加，落盡紅桃滿地花。午夢不知誰喚起，一雙語燕隔窗紗。」《夏日道中》云：「驛路迢迢未下程，透雲殘日雨纔晴。輿窗睡足閑求句，恰是山鵑一兩聲。」《晝景》云：「一行雁字遠連空，隔岸青山夕照紅。蘆渚繫舟人不見，知他沽酒向村中。」

仙臺滕欽，字君御，號楊齋。桂家門下生梅街以其愛詩，吟哦同榻，又課幾題，使余品第。梅街《秋夜》云：「無時無處不啼蟲，風露淒淒秋滿叢。人定胸襟清似水，上階梧影月方中。」《秋曉》云：「銀河影淡月光空，爽氣襲肌清曉風。階下吟蛩聲稍細，通宵攪夢是渠儂。」楊齋《曉晴》云：「喚雨鳴蛙聒五更，纔及天明還放晴。紅日曈曈霧初斂，林鳩得箇十分贏。」《午熱》云：「百沸蜩螗噪午陽，北窗困極臥藤床。赬桐爛熳開如火，又把炎威特地張。」

董堂來語云：「崎陽舌官劉梅泉者，客歲以事出都。書畫風流，一見如舊。臨去飲餞蕊雲樓上，酒間贈别云：『水拍欄干明鏡光，荷亭月淨浴清涼。離歌一曲人千里，鬧卻鴛鴦夢裏香。』今春劉寄書至，書中云：前年見贈高作，傳示之芸閣，芸閣云：『董堂先生書法遒美，神逼玄宰。余亦學董者，雖阻萬里，猶是同社。我當和韻以贈。』乃援筆書絹上。今此奉呈。其詩云：『亭亭波影悦容光，占得曉風一味涼。曾潑鴛鴦翻細雨，十分廉潔十分香。』末署『十二瑤臺使者江芸閣稿』。某謂此係一椿韻事，君能見録否？」余已倦隨例點簿，忽得此件，如横雲截山，略覺豁暢。

惠山柴田生以客冬還美濃，龍川爲使畫人島外製《碓冰行旅圖》，自題「嶺雲關雪」四字於其上，又係以同社數人詩，以餞其行。余亦題絶句云：「嶺雲隨去馬，關雪照行裝。只道閒關極，新詩已滿囊。」余别後寄惠山句云：「記否借人籬落下，午風薰處喫滹沱？」龍川亦有句云：「江東昨日尋詩處，猶是田家麥飯香。」蓋惠山曩日買舟，邀會同社，抵小松川，投一村莊。時正首夏，藤竹覆擔，麥飯嘗新，歡然竟日。二詩皆述其事也。

秋浪《題後赤壁圖》云：「千尺山高月似丸，縞衣飛去水雲寬。人間漫羡楊州鶴，不及坡仙夢裏看。」十分好詩，使人不覺喚奈何。

有人傳花亭老人《蠹魚》五絶句，其一云：「剿説紛紛近代書，束來投與老饞魚。莫嗛文字渾無味，猶是古人糟粕餘。」笑罵極妙。今日諸家讀之，該當愧死。

五山堂詩話補遺卷二

西人咏此間櫻花者，人唯知有宋景濂詩。偶撿祝枝山《懷星堂集》，有一絶云：「剪雲彫雪下瑶空，綴向蒼柯翠葉中。晋代桃源何足問，蓬山異卉是仙風。」比景濂詩頗覺貼切。題云《和日本僧省佐咏其國中源氏園白櫻花》，所謂源氏園者，不知何所指。

集中另有《答日本使》一律，題下注云：「姓橘名省佐，相國寺僧。」詩云：「日邊來時幾何時，聞説占申復到寅。遙指北辰趨帝座，卻經南甸駐行麾。詩名愧動鷄林客，禪諦欣參鷲嶺師。回首山川渾渺邈，只看明月慰相思。」第二句下又插自注云：「海舶行憑指南鍼。日本本在寅，由南折西指申，卻廻還近寅，乃中國濱。寅，讀若夷。」亦可以補西峰、北山二先生所收之闕漏矣。

迷藏之戲肇於唐明皇，以錦帕裹目，在方丈之間互相捉戲。《致虚閣雜俎》詳載其事。《過庭録》有《題扇上畫小兒迷藏》詩云：「誰剪輕紈巧織絲，春深庭院作兒嬉。路郎有意嘲輕脱，只有迷藏不入詩。」按《明詩綜》收秦徵蘭《天啓宫詞》幾首，其一云：「石梁深處夜迷藏，霧露冥濛護月光。捉得御衣旋放手，名花飛出袖中香。」可謂迷藏始入詩矣。

酒瓢詩見《張曲江集》。賴杏坪近寄示其七排長篇，瓌奇跌宕，曲殫其狀。今録以傳。《引》云：「余求酒瓢，久不得佳者。己卯秋，侄襄獲古瓢遠贈，愛玩之餘，賦此爲謝。」詩云：「百乳金罍麟鳳膺，八廉玉爵雪霜稜。人工終覺風標乏，天鎔誰知聲價增。敦爾漫生如自得，呺然徒繫似無能。喧豗昔日棄箕嶺，真率何時托少陵。鐵拐腰間曾帶葉，壺公市上久懸繩。一朝搜索于何獲，千里裝齎向我矜。云是儹書十五幅，料應容酒二三升。訪遺謝汝勞精鑒，玩物慚吾恣老顛。栗紫色濃知歲久，金堅理密喜盈恒。上如顛頷鶴頭瘦，下似膨脝蟆腹癥。護吻雙環飾烏錫，絡腰單篾箍蠻藤。記銘臍側題朱字，穿孔鼻端施緑縢。苦硬茅柴賒野店，酸甜般若乞山僧。乘暄晨搭探海杖，祛凍宵儔觀雪燈。林鳥催提語啁哳，家僮懶挈髮髯鬙。歸時貯月擬坡老，覺處落花思禹偁。練句摩挲加澤澤，放吟擊柝發鼟鼟。未須足嘴漆膠補，還爲安臀裀褥承。持滿凝留形岦兀，盈科緩瀉響砰砯。纔餘試聽頻傾耳，既倒牽眠換曲肱。不怒大呼逢醉尉，奚妨重聽托聾丞。自注：余時掌郡事寧筐爬蘦養幽蠹，未垢葫蘆引穴蠅。賽甕大匏維祖禰，類繭紹颭蓋雲仍。寵爲酒器志應足，破作蠶輪情何勝。欲莳新瓢生後嗣，安尋舊蔓趁荒塍。彌明石鼎句難續，韓奕鶴瓢文可謄。濩落休言性菌蠢，澹虚自負氣崚嶒。廟堂肯願六彝伍，陋巷長盟一簞朋。」

館柳灣《金山雜詠》紀其民俗，注其事實，讀之殆有摩挲異錦之想。一云：「靈洞雲蒸紫彩凝，蒼巖護礦勢崚嶒。要知昭代多喜瑞，看取深山寶藏興。」二云：「鎚聲遥響白雲涯，細聽砰砰金石諧。山卒下來相報道，礦光今日不勝佳。」三云：「夢後山堂夜氣清，穿林落月弄微明。端知鬼魅堪驚走，燒石場中霹靂聲。」四云：「山丁陟險自跳梁，負礦歸來意氣揚。小塊鎚摧淘汰去，碗中留得紫磨光。碎礦石少許盛黑漆小碗水中，淘汰而驗金屑多寡，謂之碗挂。」五云：「細泉和粉落磑流，板面鱗鱗金屑稠。憶得隅江繫舟夜，水光秋滿月波樓。流板廣一尺，長四尺有奇。板面鋸痕爲魚鱗。礦粉和水，用石磑磨之。磑口置板承之，細筧引泉而注之。沙石流去，金屑留於鋸痕。」六云：「藍裙茜袖破瓜年，一朵山花鬢上妍。偷照打金槽裏水，時時顧影自相憐。打金槽長六尺有奇，廣二尺許，深稱之。刳木而作，形如獨木船。槽中貯水，覆流板浮於水上。打板背，金屑盡落於槽中。」七云：「老娘持板石床跏，汰去汰來整復斜。五尺方池波拍岸，山場也見浪淘沙。淘金板方三尺有奇，形似箕而淺，淘汰礦彩，去沙取金，謂之板取。婦人之職也，非老練者不能任事。」八云：「靜聽碓場鐵杵聲，山廳偏覺宦情清。自疑身是仙庭吏，煉石成金上玉京。」

偶翻舊篋，得如亭《七友歌贈栗十洲》，詩云：「因是作文馬脱羈，蔑視韓蘇欲横馳。五山詩佛詩靈敏，一題到手嫌撚髭。豈唯斗酒一百篇，怒罵嬉笑皆是詩。勤齋腕勁鐵作筆，秦篆漢文寫無遺。弘齋學書池已黝，運鋒工妙畫沙錐。雲室禪餘喜點染，脱盡俗蹊老更奇。六人久已相爾汝，今來又有十洲知。」嗚呼！如亭逝矣，十洲墓木已拱，六人者雖曰無恙，衰老日迫，今多不如詩中所言，讀之能無愴然？

秋田介川景，字子明，號緑堂，詩品高逸，極肖其人。榕齋嘗獎余過其邸舍，酒間論詩，彼此抒懷，詹詹之言亦頗見納。《齋前栽竹》云：「移栽故使近書床，翠蘸硯池生細香。吟趣添來官趣少，塵情漉去野情長。好留閑客迎新月，儘引幽禽下夕陽。從是夢魂方得意，幾回驅役向瀟湘。」《偶成》云：「沈煙細細竹窗間，身正閑時心亦閑。讀罷南華枕肱睡，清風吹夢繞溪山。」五言雜詩云：「江海容萬流，何曾別濁清。珠璣與蛟龍，總向其中生。松柏磊落質，芝蘭幽貞姿。賦性雖各異，愛重我均之。」摘句云「晚波鷗外碧，春草犢邊香」「涼雲魚肚白，晚嶺佛頭青」「一枕荷香風送水，半窗松影月離山」「造化兒誰知彼狡，信天翁我愛其遷」，亦皆清妙。

山形堀越茂行，字恕叔，號水里。休澣之暇，以詩自奮。《秋蝶》云：「曾趁群芳滿意狂，多情猶自惜秋光。飛揚斂得輕盈態，棲宿投來寂寞鄉。半畝菊叢纔占暖，一林楓葉只嫌霜。風流韓壽前生事，不記偷香去過墻。」《初夏雨晴》云：「風雨村園抵死狂，惜花幾日惱吟腸。新晴入夏吾無用，付與蠶姑供採桑。」《秋熱》云：「暑退今年比例遲，驕陽當午室如炊。新秋未見清風至，恰似故人來誤期。」皆不愧作者。

失明能詩者，蘭亭、藍水以後寥寥無聞。近有和公進者，號湘夢，南部田名部人。辛巳出都，就余而學。其讀諸集，倩人誦之，隨誦隨質，他日覆述，百不爽一，其敏如此。詩亦捷才，篇什累百。以母疾還鄉。余僅記其二絶。《春盡》云：「雨餘嫩緑罩窗紗，斷送殘春懶又加。閑向斜陽尋句坐，何來一片送風花。」《晝倦》云：「展來倦腳臥�床，風擺檐鈴特地忙。知是近村過雨後，分將餘爽送新涼。」斯人長進有成，則今之仲言也。

《詩》云「白石粲兮」，余於白石詩人月庭、瓊響以下採掇無遺，今又得片倉子彦二絶，録以完粲兮之美。《山中晚晴》云：「飛雨過溪晴景閑，石橋人去水潺潺。誰將滃墨分濃淡，寫出殘雲遠近山。」《秋夜旅懷》云：「自別家山再值秋，夢醒半夜獨憑樓。月中砧杵風中笛，故爲羈人來結愁。」子彦名盛邦，號竹嶼。

福島漱芳公子，諱勝休，性愛文墨。天不假年，以庚辰捐館。其家人西脇子約抱遺集來，謀存佳作。爲裁寸錦以傳其美。《村居》云：「邨居無一事，境僻自風流。花徑晨拖杖，柳塘晚喚舟。漁樵全混跡，簪紱久忘儔。遮莫春光老，青山破睡眸。」《三月盡》云：「雨晴嫩竹一番新，萬玉成圍鎖四鄰。芳芷微風將入夏，飛花流水已無春。今年又送韶光盡，明日還追緑景新。造化悠悠何可恨，不妨別我苦吟身。」《信陽道中》云：「客路風光破寂然，輿窗眠覺嫩寒天。忽驚滿地堆秋雪，不道蕎花白一川。」

會田琬，字德卿，初名脩，號稼堂，爲子約同僚。樸質寡言，極有詩才。初入余社，殆將以貌失之。庚辰罹疾，明年亦復下世。子約又哀其遺詩，使余録存。《晚步》云：「路入山間數十程，芒鞋竹杖稱閑行。西村斜照東村雨，聽取鵓鳩三五聲。」《牧童》云：「斜風細雨送殘暉，黄葉溪頭一徑微。閑卻腰間青竹笛，草繩緩曳老牛歸。」《冬夜偶成》云：「課程未了就眠遲，獨坐更深寒上肌。吟骨誰知癯似鶴，飢腸自笑潔如龜。爲憐多病强停飲，緣遣閑愁只愛詩。無事偏知貧有味，一燈棐几足生涯。」此一律自道太盡，可當一幅傳神矣。

子約名榮，號薪齋。詩尤嫺雅，亦同德卿從余而學。美竹雖枯，芳蘭無恙，我詩苑幸未寂寞也。《游絲》云：「捲舒宛轉掠吟眸，緯地經天儘自由。花底繚紅牽蝶夢，柳邊拖翠結鶯愁。細飄江上風能軟，輕罩原頭暖欲浮。只恨纖纖無氣力，不維白日下西樓。」《山中泉》云：「溅溅淙淙和夢鳴，山窗眠醒不勝清。只知喧殺幽人耳，不向城中分半聲。」《贈手爐》云：「寒窗無奈粟生肌，唯有銅爐温暖宜。十指春回苦吟底，摸稜獨自愧君知。」

甲斐僧無染，名翼，字東鶴，號松廬，住其國荻原法正寺。往歲遊南紀，入春川南嶠之社。戊寅夏，介南嶠書而來見，贄以《説城小藁》一卷。就中抄二首。《新竹》云：「篔簹解籜上溪雲，嫩葉風吹細細薰。且喜新梢抽直節，已看疎影拂清氛。不培能致高千尺，無染誰添碧十分。最是晚來多氣色，湘簾相映送斜曛。」《春晚風雨》云：「顛狂風雨撲柴扉，蜂蝶園中總解圍。又使詩情無著處，殘紅剩紫作塵飛。」

駿中清新之詩，荷溪唱之，雲嶺和之，繼之者有晴橋。經歲之久，社盟屢渝。可亭爲客之日所創水月社今已潰散，可亭亦尋亡。「水月」二字頗似稱讖。雲嶺、晴橋重收餘燼，改命曰「樵雲社」。新進穎脱，得大冢桂巖、雪溪伯仲。二子執殳有人，張軍可期。伯氏名精，字秋暉。《舟居》云：「孤棹飄然西又東，妻孥同寄一船中。只言咫尺蓬窗小，坐占吴頭楚尾風。」《不睡》云：「半落燈花綴玉蟲，心頭百事自成叢。縱能今夕放眠得，亦著窮愁在夢中。」仲氏名皎，字一白。《秋曉》云：「蟲韻稀疎蟾影空，貪涼閑立曉園風。怪生不借新霜力，籬邊先染雁來紅。」《放鶴》云：「手自開籠放汝飛，雲邊望斷影依微。人寰謫墮經年久，也應丹霄舊侶稀。」皆極有趣。同社又有渡邊葛亭者，名寛長，字龜齡，有才無壽，詩亦散佚。桂巖僅得一絶，録以求傳。《病中登望嶽平》云：「登山强試病中遊，腳力雖庸儘遣愁。一望田疇八千頃，黄雲滿地十分秋。」

雲嶺今又改名蘧，字栩然，示其近作《題馬牛二圖》云：「碧蹄斫陣快如飆，汗血淋漓灑戰袍。

怪底鄭侯功第一，一生與汝不同勞。」「燒尾破燕功已成，時清一飽臥春晴。桃花爛熳紅如火，記否當年即墨城。」又《題睡猫圖》云：「曾倚劉安謝世緣，卻嫌舐鼎去昇天。雲中不伍頑鷄犬，獨向花陰學睡仙。」雲嶺嗜睡，蓋亦有所托。

余客駿中，鬢猶蒼蒼。恍然一夢，殆如隔生。前年苾堂寄詩云：「柳緑花紅鎖水煙，江令麗句雪濤箋。醒醉三日等閒别，容易相違十五年。」蓋似不省白頭措大不復副此綺語者。未幾，苾堂以事出都，豐肥異昔，更無當日瀟灑之態。彼此相見，驚嘆而已。余嘗爲苾堂題其行囊云：「遊山隨侍一行囊，莫怪彭亨腹太張。幾處雲煙幾風月，括來總向此中藏。」豈爲今日之徵歟？苾堂今廢吟哦，鋭意學書，書益遒美，合得趙董北面。余謂苾堂曰：「君幸爲善書人，不爲善詩人。」苾堂曰：「亦力不足也。」余曰：「不然。儻今爲善詩人，則恐不免詩牛之目矣。」苾堂始知其爲戲，啞然大笑。「詩牛」事典見《墻東雜抄》。

桑名羽山共，字久平，號蘭園。頻頻寄書以致景慕之誠。見愛如此，豈可恝然？爲提二絶句。《春晚》云：「風雨殘春未肯收，盡將紅紫委東流。柳花無賴翻知化，化作青萍滿水頭。」《郊行》云：「霜餘柿實獨分明，林徑穿來墜葉輕。三五人家殘照裏，晚風吹亂噪鴉聲。」

龜山十竹大夫以戊寅亡，余於生前已録其絶句，今又摘律詩，以代挂劍。《梅雨》云：「家家梅熟後，細雨滿山城。林暗鶯無語，水渾蛙有聲。添香嫌易潤，撿字苦難明。最恨妨琴興，芭蕉鎮日鳴。」《漁父》云：「自愛江湖活計輕，機心久息與鷗盟。一條絲縷堪經世，萬頃煙波可代耕。蓬窗酒醒知月上，蘆邊眠足見潮生。羊裘物色非吾事，篛笠何妨避利名。」《水澤觀風》云：「烘日乾霜又舞風，到邊爛熳畫難工。誰思夏木千章緑，化作寒山一徑紅。不是齊人知水澤，寧教京客詫高雄。數枝上擔何光景，畫錦歸來照野叢。」水澤在北勢山中，係龜山封内地，以楓名。邃林回溪，一望如燒。余二十年前討探其地，今讀此首，坐有停車之想。

履齋《夏日》云：「無復人來共詩料，薰風晝永緑陰清。果然便腹下階步，閑聽流鶯三兩聲。」何等流暢。又《立秋雨》云：「雨洗新秋過草堂，床頭先覺午眠長。逭來殘暑幾分苦，領取清風一味涼。」十竹有和云：「蟬聲百沸繞書堂，未覺入秋清夢長。一雨無端蘇病骨，山林先送上番涼。」履齋祭十竹文有「君不鄙我，舉使司庠。實蒙殊恩，雖死靡忘。自今而後，情與誰論。皎皎眉目，猶在目前」諸語，可想其平生知己之遇矣。

源政温，字子直，號南嶺。柳本侍醫。《憶友》云：「故人一别隔天涯，邈矣歸期感歲華。半捲疎簾春寂寂，晚風吹落木蘭花。」《初冬山村》云：「稻田芟盡澗西東，水碓聲中夕照空。獨立蕭條案山子，繩弦雨腐不彎弓。」案山子，見《傳燈録》，即嚇禽芻人。子直性嗜麴櫱，别又號醉佛。自題其真云：「不是少林趺坐人，面山終歲背風塵。何時見性初成佛，濁酒三杯醉裏春。」真率可喜。又《逢乳媪有感而作》云：「容顔經歲改，話舊始相知。歡喜似逢母，眷憐如視兒。千莖口髭茁，雙蒂乳房萎。曲問余今日，傳聞渠昔時。細苗因雨長，緑樹爲霜衰。空想懷中鞠，無由報重施。」至情之語，自能動人。《賞菊》一絶云：「白如白玉白，黄似黄金黄。卻是金將玉，從頭無此香。」頗似誠齋小品。

篠山池田德，字公造。黽勉讀書，自號勉齋。簿書叢脞，未嘗撓心。最喜涉史，近日鋭意攻《左》，亦一個傳癖矣。偶得《詠史》二絶云：「西楚重瞳元不學，沛中隆準竟無文。如何書種燔坑後，卻是英雄降二君。」「廟謨元是推車子，鼎弼知他無起樓。長笑金陵三不足，腥風捲起汴京秋。」論得痛快。

容亭齋《楓餘集》三卷，囑余曰：「是乃祖遺編也。祖名伸，字季龍，號省宇。事林葛廬先生。享元之音恐不足傳，但追念之情不能自遏。幸存一二，以圖不朽。」余讀之，方知容亭於詩雖曰天稟，亦自有家承。遽録以傳。《客中春盡》云：「他鄉春又盡，不覺淚沾衣。經雨柳偏暗，無風花自飛。身應天外老，家只夢中歸。愁坐蕭條裏，黄昏未掩扉。」《簡竹芳師》云：「黄鸝元是屬僧家，百囀春聲妙法華。出定風前憑杖立，也將禪味向梅花。」五言云「一官長作客，多病也因人」「梅花癯似我，竹葉醉輸人」，七言云「數口有家忙裏老，百年如夢客中過」「梅花驛裏春堪寄，芳草池塘夢可尋」。

石信義，字恭禮，號復堂。容亭同僚。沖澹嗜詩，亦干余吟社。《鷺羽扇》云：「縞毛最愛樹奇勳，掌握風生涼十分。玉片搖來無點暑，瑤花揮去絶纖氛。床頭誰掬沙頭雪，枕上時浮湖上雲。只爲幽人供把翫，清高未肯近榴裙。」《村景》云：「高柳成陰不見空，溪流碧淺小橋通。村家自得詩家趣，門徑無人掃落紅。」《秋夜》云：「河淡星疎月滿樓，脩篁影定夜風收。寒蛩不似人情薄，泣露聲聲送暮秋。」皆極有風致。

花木顯晦，亦自有時，匪直也人。狹貫寒川郡前山，山中有晝寢櫻。樹倚懸厓，其大不知幾抱。花時遠望，如雲出岫。路險難通，識者絶罕。八九年前，一好事者始披荊棘，爾後墨客韻人探討累跡，晝寢櫻之名稍播四方。晝寢，古城名，爲寒川氏墟。暢齋嘗遊其地，得三絶句云：「山盡有村村盡橋，探芳那管路程遥。怪生一面巖頭雪，領得春風不肯消。」「瓊瑤妝點白孱顔，欲到花邊難可攀。知是仙妃絶塵俗，春光牢鎖在深山。」「聽盡春聲咽石嘩，山深樹密路欹斜。一杯先應酬春飲，辛苦尋來爲此花。」此花有詩，以暢齋爲嚆矢。

暢齋詠物諸作，頗多清整。今録二首。《漁燈》云：「誰將枯蚌點熒熒，影蘸波心徹底清。鷗鷺不驚星萬點，妻兒猶語夜三更。風凄江上焰還冷，雨暗浦邊燃更明。卻思夜泊楓橋客，愁眠相對夢難成。」《茶梅》云：「萬點玲瓏綴玉英，逐番開謝似相爭。幽香媚雪梅儔侣，清節傲霜茶弟兄。和靖宅邊元未種，季疵經裏獨無名。誰知群卉凋零後，逢著小春方始榮。」余商榷以爲，廷秀之下，宗可之上。

暢齋以詩督課後髦，其社曰玉蘭。先舉赤潭、赤嶽二人詩。二赤皆小豆島人。赤嶽姓森，名清類，字仲倫。《春晚郊行》云：「尋詩杖屨未知賒，行到山村日已斜。一樹桐花春寂寞，晝胡聲裏兩三家。」《苦熱》云：「喘似吴牛息不匀，矮檐無處避炎塵。晚雲底事還成惡，閣住涼颸更惱人。」赤潭姓岡，名淡，字伯雅。《午睡起》云：「午睡醒來尚暘蟲，懶情一味困蒙蒙。芭蕉厚意還堪謝，分我窗前緑扇風。」《晚景》云：「枯葦衰荷戰晚風，漁家數掩水西東。斜陽倒送西山影，蘸在寒江一鑑中。」《冬日》云：「連日柴荊不肯開，滿園落葉錦成堆。家僮也學吾儂懶，任得風師埽一回。」得人如此，可謂幽細入鑪矣。

赤嶽以己卯亡。《病中夜坐》云：「孤燈影靜照三更，病骨何堪風露清。似聽西方寶羅網，無時無處不蟲聲。」使人黯然。寶網，見石湖詩。

老杜云：「眼中之人吾老矣。」余齡過異粻，衰老將及，所謂眼中之人亦復無幾，今日隨和者唯有容亭、鏡水、默庵數人，猶可以當一樂矣。容亭詩前已録存。鏡水姓日根野，名弘亨，字大卿，爲土藩監察。詩才太豪，余愛之敬之，其詩將待明年鐫之，余已爲冕一言。今先胠篋，拔其精華，以敷于世。《藕花風》云：「無賴封姨妒艷妝，殘紅難護水雲鄉。轉旋猶學潘妃步，飄散誰縫神女裳。浦口日沈霞碎影，湖心月動浪生香。蘭舟蕩罷人愁絶，秋意滿襟容易涼。」《洗車雨》云：「雨洗良宵濕綺羅，只疑水漲決銀河。雲於靈鵲橋邊密，涼向金針樓上多。承露千荷翠傾蓋，戛風萬竹玉鳴珂。天仙亦有尾生信，待盡鸞車暗裏過。」七日有雨謂之洗車雨，俗云天帝爲織女洗車。《已涼》云：「雨洗炎威久旱餘，涼風陣陣入茅廬。甑中脱得兼旬苦，一點青燈試讀書。」《冬曉》云：「寒透重衾曉夢慳，推窗積雪滿柴關。只有群鴉埋不盡，聲聲啼散玉屏山。」《寒月》云：「萬木風乾夜氣凄，孤輪澄澈碧琉璃。一朝后羿嗔偷藥，應悔嚴霜凍殺妻。」《讀陸詩》云：「錦上簇花世所奇，淡中濃味我初知。也非豪健非奇巧，只愛俗人不愛詩。」鏡水自云：「此吾安心立命之地。」亦可謂放翁知己矣。佳句如《出遊》云「村村翠靄無非柳，處處香風都是梅」，《梅菜花》云「輕香春鎖牛羊路，嫩色日烘蜂蝶家」，《除夜》云「奴要療貧呈活法，妻頻諫飲勸長生」，《感懷》云「今是何知今日是，昨非更覺昨逾非」，《自嘲》云「多端情緒楊州鶴，半世身謀越國鷄」，皆得放翁髓。又「看花有福春添閏」七字太佳。

默庵牧古愚，字直卿，狹貫松尾人。貧無自資，負笈備後，投菅茶山。菅憐其才，取置門館，分給衣食。八九年間，竟能成業。東下之後，就余而學。學有淵源，詩有根柢，放他出一頭。《閒官》云：「閒官恰與懶夫宜，晝永窗間坐似癡。換韻重敲曾棄句，翻經猶覆昨輸棋。茶香細細爐煙裊，燕語喃喃簾日移。回首自慚叨禄米，算來公事少於詩。」《手爐》云：「形託鑄鎔能自剛，於人腕底卜行藏。棋窗伴得輕飛玉，禪榻迎來靜炷香。炙手將同權相勢，熱中豈是逐臣腸。憑君無復寒龜指，袖裏懷春抵雪霜。」《歸雁》云：「關河雪盡柳依依，旅雁魂驚向北飛。落後羈人將愧死，夜來空夢故山薇。」《曉行聞秧鷄》云：「坐睡輿窗破曉行，水村山驛不知程。秧鷄底事妨家夢，夢恰成邊角聲。」余每對人語，極褒其詩，蒙其見贈云：「當代明鑑楊敬之，幾年品評萬人詩。如何枉費陽秋舌，到處殷勤説項斯。」才雋如此，舌爛固不足惜。

長州文物之盛，才彦輩出，亦緣先哲餘澤未斬。吾今得數人，臚列其詩，以鳴其盛。一吉井正路，字士義，號河南。《酌酒對殘菊》云：「菊開醅未熟，醅熟菊將凋。把盞無多日，經霜已幾宵。賞情何可慢，衰色尚能嬌。只恐寒飆動，芬芳和醉消。」《曉行》云：「驛樹蒼蒼落月斜，幾分曙色到啼鵶。誰知鞋底繁霜白，飛作羈人鬢上華。」一周布簡，字子文，號藍陵。《客中元旦》云：「客眉今曉展，端服荅開春。海雲天送碧，山雪日含銀。麝玉磨新水，烏皮埽舊塵。家書聊自作，未見故鄉人。」《村夜》云：「漠漠秧田水浸痕，野蹊人去吠蛙喧。孤燈一點空林裏，月黑山腰數户村。」一山田龔，字良侯，號豐澤。《宿山家》云：「山家人未眠，筧水入厨傳。犬吠松間月，鼯啼竹外煙。面青兒似鬼，骨瘦叟將仙。爐畔團欒話，誰知是葛天。」《勸酒》云：「醉鄉自有四時春，休道温柔情味真。若向方家論不老，麻姑應讓八仙人。」此諸人皆初爲明倫館生員，今多出爲俗吏。雖困風塵，詩興不衰，真美事也。更有湯淺父子詩。

湯淺明信，字伯有，號樗莊，爲相府掾。簿書之暇，吟詠自娱，自命其居曰博依。今秋罹疾，無幾下世。遺詩若干，録爲尤者。《初夏郊行》云：「三春多事負幽期，猶及餘芳未歇時。新筍穿苔妨屐齒，殘花臨水勒筇枝。傾瓢重買村中酒，唤硯添題壁上詩。佳境更尋佳境去，人家緑樹又還奇。」《春日僧院》云：「紫思紅情頓洗空，翠濤來處萬松風。醍醐不是人間味，春在清茶一碗中。」《春夕客至》云：「剝啄人來破睡魔，海棠花上月明多。有花有月無君問，奈此詩家風景何。」《夏夜》云：「雨後移牀坐月明，滿衫風露夜深情。一庭地白無纖翳，杜宇飛過影有聲。」聞樗莊平生喜黄山谷詩，今讀其詩，絶不相類。其子明清，字伯文，號棲霞，隨余學詩。詩才清逸，突過前人。《初夏林居》云：「愛靜林間新結茅，洒然塵俗不相交。風纔定處蛛營網，雨始收時燕補巢。貼水嫩荷敷緑葉，出墻稚竹放青梢。晚窗清課知何業，一卷蘇詩隨意抄。」《水中雁字》云：「誰倩飛鴻裁所思，數行書信寄馮夷。筆花簇簇洲蘆亂，鈎影斜斜渚月欹。風處波皺文破碎，雨前雲湧墨淋漓。藍箋一幅聯翩字，奪取無由供展披。」《梅邊酌月》云：「梅邊把酒月方中，滿袖香薰陣陣風。爛醉應被嫦娥笑，花能顏白我顏紅。」《墨水看花》云：「長堤曲曲枕江流，酒氣茶香到處浮。夾路櫻花濃似雪，人人一步一回頭。」《夜坐》云：「兀坐茅堂欲二更，燈前緗帙眼猶明。半生不解陽春腳，門外輿飛嘔啞聲。」

揚井蘭洲《孝婦行》，其事其詩俱足不朽。前年有人傳其原稿，近又得改本，比前轉加修飾。今録其改本云：「巖淵之村一茅廬，道是孝婦阿石居。偶以官事過其地，土人啧啧艷稱渠。作意踵門親相見，膏沐無施垢上面。一種婉柔不消磨，拜我殷勤謝垂眷。自陳伉儷元不偷，菽水朝夕奉舅姑。一旦良人抱冤枉，遠去他邦音耗無。十年孤燈守幽獨，室空曾無儋石蓄。裁縫紡績仰人傭，千辛兑得一斗粟。不幸舅姑腳病痿，拐然在床難可醫。千金求藥道安在，一笑承歡竟無期。温清裸負唯竭力，欲訴蒼天天罔極。只願良人早歸家，同心猶或可共職。我聞其言淚如抽，至性如此世罕儔。盍報世上滔滔者，激揚清波變濁流。里正少藏夙好善，一一上狀請旌顯。我公有命督有司，賞賜再三重勸勉。恩輝煌煌照鄉鄰，政化一覃及窮民。聊以蕪詞紀此事，留待他日輶軒人。」巖淵在周防吉敷郡，亦隸長州。里正姓上田，褒賜之事，蓋在戊寅歲云。

長府中川好一，字子精，號蕉窗。其父鯉淵，舊以詩汎接時彦。蕉窗初遊京師，及栲亭、山陰二叟之門。後祗役來東，執謁於余。詩極閒澹，頗得放翁梗概。《中山道中》云：「漠漠陰雲不見晴，深林晝暗得魂驚。行人最怯泥途惡，錯認泉聲作雨聲。」《初夏》云：「雨餘庭院緑方肥，粉蝶翅乾纔學飛。梅子亞枝低到地，摘來容易滿筐歸。」《湖村月夕》云：「湖村恰放晚來晴，移棹忽忽見月明。好事何人先取興，金波蕩裏一舟行。」

相州佐子彦，袖詩册來語云：「此吾族人梅澤氏二子之遺草也。一曰貞吉，字子幹；一曰政藏，字克英。皆不永年，溘爲異物。二人自幼讀書，又好吟詩，學語之作固非可傳，但留一詩以存心血，亦幸也。生日以詩贄詩佛先生，其墓銘亦請之詩佛矣。」嗚呼！彼已爲佛門弟子，我豈得不相濟乎？乃各抄一絶傳世誦之。子幹《春晚》云：「林鶯何處語斜陽，一榻眠醒幽味長。不管小園春已老，落花風裏煮茶香。」克英《江村》云：「一兩江村暖氣回，急催柳眼到桃腮。東風不與梅爲地，到處吹香雪作堆。」

井邑剛，字子剛，號毅齋，常陸延方人。少時寓奚疑塾，詩有《宿悟秋懷》云：「雨餘涼氣坐來加，簾捲西風感物華。一種秋芳我同恨，滿階泣露斷腸花。」《黄白二蝶》云：「上下迎風舞袖斜，素瓊黄玉似相誇。不知倦去誰家宿，可入梨花入菜花？」

鹿山賀英章，字子焕，盛岡邸守。在鞅掌中學書賦詩，自忘其爲劇。同佐賀萱雪香月締臨池社，又課邸中弟子，使余講經。講餘每以詩訂余，詩存唐氣，亦有不專唐者。《題畫》云：「兩人昨酌山花開，不惜一盃復一盃。今曉養醒猶未起，畸翁早已抱琴來。」《有感》云：「牙琴自是少知音，何處人間有斷金。我信聖經妻信佛，丈方同室不同心。」皆合作也。

雪香《中元見月》云：「西風吹暑未全收，已愛清光來滿樓。若使今春無閏月，正當此夕是中秋。」余已經一閲，隔數日草堂會詩，迨暮客散，座上遺一扇，不知何人脱手。漫取披之，見題前日雪香詩，只怪前後頗换字句，又疑或是後來所改。就燈下讀之，不是雪香詩，即是關東陽詩，云：「初涼未冷中元夜，皎皎清光滿畫樓。但使當年無閏月，正知今夕是中秋。」雪香於東陽非有平素，無心吻合，亦太奇矣。東陽是鳳岡先生曾孫，四世書名，加以文藻，寔可欽也。

田紫石襲乃父號，今稱玄白。鋭意治術，屢能起廢，名聲隨興。不屑炫服盛飾以奔波時世，千金貴藥捐施貧匱，亦畸人也。余嘗爲其題墨梅云：「不同粉白守嬋娟，還倩玄霜染入玄。休問梅花玄白别，真詮只在得春先。」又題畫茄云：「光圓頭腦紫彭亨，老去自甘玄白名。一任人嘲風致乏，只將真味養蒼生。」茄子亦有名玄白者。兩詩皆一時戲作，寓名於句中，以取一笑。玄白常謂余曰：「我之術即君之詩，一以神行。」余唯唯而已。

米庵以辛巳春應宗國辟，徙仕加藩，班秩踰等，榮耀一時。臨池發跡，亦近今所未有。《書喜三絶》其一云：「血刃戰千場，一縣不易獲。錐毛幾許功，賜禄過三百。」又《得古鎧》二絶云：「金鏊銀甲鐵蛇鱗，朱紺組紃耀日新。偃武即今無用處，幸然翻作太平珍。」「何年古鎧鋟龍文，一領穿來策底勳。换卻書生寒乞相，儼然自笑似將軍。」皆頗存抑損之意。

詩佛以辛巳北遊，稽留累月，歸後盛稱加藩國老横山致堂大夫文彩風流卓絶一代。余於大夫未通一謁，但前年讀其《海棠園合集》，已欽其爲人。及聞詩佛言，益切景慕之意。詩佛將鐫其《北遊説草》，其中强半載與大夫塤篪長律。鐫本未出，先摘幾首，以逗消息。《贈詩佛》云：「先生醉墨似張顛，雄辯又能驚四筵。千里北遊新活計，他時東去舊因緣。風流好事比前輩，素髮蒼顔同故年。莫道姓名身後誤，即今已向世間傳。」「青顔朝士老先生，偶向吟壇如弟兄。人笑年來詩只樂，天教吾輩酒同傾。此遊可記他時夢，相見偏親舊雨情。玉唾珠談總多趣，不知世上有功名。」詩佛和云：「白髮書生狂且顛，青顔朝士屢開筵。已忘肥馬輕裘念，且結清風明月緣。筆硯猶能娱老境，雪霜不怕迫窮年。吟壇元自無觴政，玉杓瓊杯手自傳。」「此公謙遜出天生，對酌傳盃似弟兄。世上風塵因我擲，閑中懷抱爲君傾。疎松密竹林泉景，奇石怪巖丘壑情。一笑相携後園飲，輞川緑野兩難名。」其詩依韻唱和至六至七，兩陣解嚴，猶有餘勇，其豪可想。大夫嘗有詩云：「飽愛清閑忘世情，小詩排悶不求名。致堂唯有箇真樂，一任高人月旦評。」我亦深有愧其言。大夫名孝，字誼夫。巨室所慕，治下詩人彬彬不可枚舉，吾將待來年而羅之。

《海棠園合集》收其内子津田氏遺詩。内子名桂，字依之，號蘭蝶。蘭枯蝶化，纔留剩芳，恨豈可言！今就中抄出二首。《夏意》云：「日長睡起正憑欄，雨後薔薇露未乾。小婢戲追雙蛺蝶，飛過簾外又成團。」《偶成》云：「緑窗起坐繡簾垂，香動合歡花滿枝。一任傍人唤疎懶，從來不畫入時眉。」大抵閨秀能詩，難得其人，況乃内子琴瑟相合，同此風雅，趙管之後未見其比。寶婺失光，抑亦天矣。

老杜「竹根稚子」，注者爲筍，爲雉，爲宗文，種種聚訟，竟無底説。按何喬遠《南産志》：「竹根有鼠名稚子。人或竹刺入肉不可出者，啗此物立消。以其食竹也。」是説之最奇者，書以資談柄。原迪齋亦嘗爲余言之。

山谷以「竹夫人」名不副實，改命曰「青奴」，自作二絶句。後之詠物家仍詠竹夫人，而青奴則無聞。余塾課偶出此題，余詩先成云：「前身或是衛將軍，故替夫人自策勳。族出渭川元不賤，才非梁苑竟無聞。冰心一味虚堂月，蝶夢三生禪榻雲。冷笑錫婆偏附熱，苦將清節遏炎氛。」一時詠者甚多，唯建齋世子作足稱全璧云：「努力從公隨處移，恩深夜夜勝奚兒。名雖賤劣清誰敵，質爲高虚塵自離。月榻送涼酲可解，風牀獲熱夢無知。老來縱守歲寒節，已换當初青壯姿。」他如水里云「肯同葵扇就忙職，獨與桃笙獻睡方」，薪齋云「三伏虚心隨給使，半世盡節助清涼」，鏡水云「堅節應陳犯顔諫，虚心或有愛才名」，屬意皆佳，恨全首多不相稱。

有京客來示賴子成《西遊藁》一卷。聞子成昨遊鎮西諸州，即係其時。諸作心胸筆力凌轢蘇范，讀之如享大牢之饗。今姑録長崎、薩摩二詞，以志一臠之嗜。《長崎詞》云：「捧茗添香頤使中，雙雙眼語意何窮。洞房不用煩傳譯，自有靈犀一點通。」「盈盈積水隔音塵，穿眼來帆阿那邊。自慰吾能勝織女，一年兩度迓郎船。」「鬢側釵横夢一場，尤雲殢雨耐他狂。眠醒罽帳春如海，銀鼎燒餘真臘香。」《薩摩詞》云「相逢琉客市廛間，言語牙牙雜漢蠻。御墨京豪諳價直，自稱兩度入燕山。」「一枕仙遊萬斛珠，賺他王子伴華胥。中山應有龍陽泣，唯愛扶桑五色魚。」「螺青闊畫兩脩蛾，六拍齊謳白水歌。誰謂銀簪學時樣，兒家要壓鬢鬖髿」。

子成又有《菊花氏戰場歌》云：「文政之元十一月，余下筑水僦舟筏。水流如箭萬雷吼，過之使人豎毛髮。居民何記興正際，過客獨想己亥歲。當時國賊擅鴟張，七道望風助豺狼。勤王諸將前後沒，西陲獨餘臣武光。哀痛遺詔猶在耳，擁護龍種同生死。大舉入寇彼何人？誓翦滅之報天子。河亂軍聲代銜枚，刀戟相摩八千師。馬傷胄裂氣益奮，斬敵取胄奪馬騎。被箭如猬目眥裂，六萬賊軍皆挫折。歸來河水笑洗刀，血迸奔湍噴紅雪。四世全節誰與侶，九國逡巡征西府。棣萼未肯向北風，殉國劍傳自乃父。嘗卻明使壯本朝，豈與恭獻同日語。丈夫要貴知順逆，少貳大友何狗鼠。河流滔滔去不還，遙望肥嶺拱南雲。千載姦黨骨亦朽，獨有苦節傳芳芬。聊弔鬼雄歌長句，猶覺河聲激余怒。」殆爲吾宗吐氣，讀之距躍三百。

五山堂詩話補遺卷三

賴子成西遊諸作，鬱猶有喫不盡者。《泊天草津》云：「雲耶山耶吴耶越，水天仿佛青一髮。萬里泊舟天草津，煙横蓬窗日漸沒。瞥見大魚波間跳，太白當船明似月。」《阿嵎嶺》云：「危礁亂立大濤間，決眥西南不見山。鶻影低迷帆影沒，天連水處是臺灣。」子成有《東山詩引》云：「余愛東山秀色，每日行飯，上銅駝橋望之。一日忽得『東山如熟友，數見不相厭』句，歸家足之成十六韻。」詩云：「東山如熟友，數見不相厭。晨氣喜青澄，暮姿愛紫艷。端莊含溫和，緑玉無微玷。誰比偃臥類，吾視前後襜。晴日其快暢，如醉酒味釅。雨時是恙疾，似睹眉宇斂。晴雨俱理筇，幘岸又巾墊。疎闊生鄙吝，對晤當針砭。唯恨居城市，離隔每相念。有時屋宇間，瞥然見半面。雲雨手翻覆，久要獨可驗。於我丈人行，俯就真愧忝。相逢便一笑，欲别又相眷。吾行山又行，有如負且劍。吾來餐秀色，七歲未屬饜。作詩薄相貽，淺語君莫歉。」何等典雅。《題岳王圖》云：「唾手燕雲志已空，兩河百郡虜塵重。西湖贏得墳三尺，留與遊人認宋封。」《放龜》云：「春塘泥暖水荇香，曳尾應隨舊侶行。去去此間休左顧，平生無夢到金章。」又《題劉先生像》二句云「童童一樹柔葉緑，化作蜀山青萬重」，最妙。

長州侯麻阜别墅，世唤作檜莊，依池設勝，景象甚饒。楓塢松崦，山館野寺，半日來往其間，不知身落輞畫中。余以癸酉十月陪雪齋老侯得偷一賞，壬午十月長州諸子又迎余，竊設吟席，一時詩成。山縣太華云：「蚪巖虎石勢相連，中貯清池更浩然。林缺遠巒來補景，境幽小洞別藏天。松濤迎晚風聲急，楓景留秋日色妍。好倩元暉寫真趣，品題只合屬坡仙。」是日余携畫師翠溪，故及。湯淺棲霞云：「曲徑低橋斷復通，寒漪波碧一池風。孤亭占得開鑾榼，小艇撑來載釣筒。鴉噪楓林紅雨外，人行松塢翠濤中。清歡半日塵如洗，自怪得詩容易工。」完道芝齋云：「池上風光占十分，孤亭對酒坐斜曛。林楓至竟知低户，滿臉如丹先客醺。」「霜楓媚日逞嬋娟，小小湖山簇暖煙。準備詩家翰墨興，紅氈展得更天然。」余云：「霜葉如花紅作堆，迷蹊錯認小天臺。十年前討仙家勝，枉道劉郎去又來。」「風鴉亂噪葉飛初，睡犬何驚忽吠虛。元是山林閑耳目，無端詩思也關渠。」「簌簌林中踏葉還，寒蟾將破凍雲堅。龕燈一點禪扉寂，匹似遊廬夜出山。」諸作駢觀，亦可以概園中之勝矣。

太華名禎，字文祥，爲周南先生之後。其人謙虛，絶無門户之見，詩亦不襲昔人窠臼，真解人也。《江邨散步》云：「緑陂環村路，三五白茅居。春深農事作，犁鋤及菑畬。桃花水嚙岸，出閘躍鯈魚。邨童各提網，東西爭紛拏。閑人別得意，緩步以當輿。小奚隨其後，相顧自欣如。翠煙生屐底，草色膏雨餘。和泥落花馥，迎風細柳梳。江雲舒復卷，飛禽上太虛。萬象入吟懷，鄙吝忽已祛。便擬借釣竿，坐磯學老漁。芳餌雖可下，不敢釣虛譽。」《秋夜》云：「涼風吹月上簾鈎，書課倦來燈影幽。病骨淒然夜過半，滿襟露氣不勝秋。」《宿山寺》云：「紗燈一點佛龕明，默坐焚香心地清。鐘磬無聲僧入定，長松陰暗有鳥鳴。」皆合作也。

楊井蘭洲二子，髫年詩已見第九号。蘭洲已爲異物，長子子温今爲近侍官，公事靡盬，猶能不廢吟哦，七八年間，詩進幾層。《瓶笙》云：「眠醒耳畔認笙聲，不信茶瓶無口鳴。似聽茅山松籟起，還疑緱嶺鳳吟生。湯痕漲處偏知急，火候慢時殊覺清。也是使人忘肉味，爐頭吹徹夜三更。」《春雨晏起》云：「眠足春衾暖欲融，臥聞細雨滴簾櫳。家童喚起翁何晏，有箇桃花綻小紅。」《秋夜》云：「小軒風死寂簷鈴，獨讀陶詩養性靈。蟋蟀聲中月亭午，書燈一點向人青。」《晚秋村步》云：「黄雲堆裏夕陽收，到處揮鐮人未休。自笑詩家管閑事，白蘆紅蓼別尋秋。」子成跋其藁云：「佳句駿發，才思横生。後來涉讀唐宋諸家別集，悟得關紐，則更有沛然处。」殆與余意合。次子子幹，今號芝齋，《歲晚縱筆》云：「自別故山經月諸，僑居慣得似家居。官閑半日徒貪睡，性懶三冬總廢書。有屐徜徉春可待，無錢寂寞歲將除。利門名路何須慕，一任襟懷與世疎。」《春晚出城》云：「出城散策夕陽斜，一任東風吹帽紗。白白黄黄何富貴，滿村開遍蔓菁花。」《夜歸》云：「古松陰裏路縈盤，月暗前村認得難。忽得陂塘水如鏡，一螢飛作兩螢看。」《秋熟》云：「黄雲滿野十分秋，秋霽連朝穫未收。腰銍老農行偶語，東家昨日買犁牛。」詩比阿兄更覺流暢。余贈子温一聯云「兩世清途冰雪潔，一家文種茝蘭香」，非諛語也。

西村瑛，字玉英，號真齋，詩不多經見，只得《牧牛》一絶云：「牧豎去何處，夕陽紅滿陂。老牛眠不起，背上落花多。」真爲絶調。余常愛晚唐人「牧童見客拜，山果懷中落。晝夜驅牛歸，前溪風雨惡」一絶，忽逢此首，一淡一濃，似對雙幅《牧養圖》。

內藤盈，字士謙，號靜脩。《舟行雜詠》九首寫得光景淋漓盡致，今收其三云：「起揭篷窗夜幾更，拋矴小嶼不知名。西山月落留餘照，錯認東方微白生。」「天閣清風不送些，泊舟更覺暑威加。偶逢津市抽身入，一走先投賣浴家。」「客魂縹緲水雲間，半夜舟膠赤石灣。天黑南陬知有雨，篙師説似紀州山。」又《題溪山春景圖》云：「溪魚上餌蕨抽芽，日日山人不在家。一座孤亭春寂寞，且容萬點藉風花。」二人詩，子溫爲余誦之。

八木彝，字倫道，號橘里，亦長州人。身在塵壒，遊心風騷，自稱曰隱吏。屢來扣余，余亦傾心相款。《蛙市》云：「萬頃秧田綠作鄉，紛紛蛙市夜來忙。數聲呼喚雲催雨，幾點跳梁水入塘。凶稔已知堪卜歲，官私似訴欲分疆。」村翁獨把癡聾對，不妨藜床夢一場。」《夏意》云：「梅已生仁黄滿枝，荷初展葉綠鋪池。詩家又得新詩料，昨夜三更聞子規。」《村醉》云：「酒賤東西醉近村，豐年餘潤及鷄豚。我無妻妾誇饜足，笑殺世人多乞墦。」《得家信有感》云：「客中心事易驚秋，劣就雁魚相共謀。讀到尊親書一紙，行行只説病之憂。」

蘭齋長府侯，諱元義，字萬年。公性愛梅，又自號梅趣。嘗據石湖譜栽梅十餘種，命園曰「小范村」，其風趣可想。公有《御手洗竹枝》十首，此録其半，云：「南去北來船作叢，津樓架得曲如弓。濕雲半破天收雨，各自篷窗祈便風。」「滿載魚鹽要利權，浹旬下碇守風堅。沙頭潮落二三寸，船脚燃來一簇煙。」「紅燈星點碧江隈，笑語船船向晚開。樹影依微水紋軟，敲窗漁子賣魚來。」「勸客樓頭酒屢傾，娥眉雲鬟也多情。大娘能唱小娘舞，打鼓聲中月始生。」「破睡晨鐘枕上聞，別離心緒奈紛紛。紬衾一夜閑雲雨，夢趁東西潮已分。」《夏日》云：「苦熱城中連日晴，葛衣汗濕不能輕。雲峰高聳雷聲遠，滿巷斜陽賣水聲。」《田家夏日》云：「夏畦到處苦驕陽，茅店誰知別引涼。饁婦擔夫相對憩，賣瓜棚下午風香。」公通曉民事乃能如此，亦一箇范待制矣。其下善詩者不爲不多，今收中川蕉窗、本莊菊潭二人詩。蕉窗名字前已著録。《初春書懷》云：「春寒如刺透綿衣，夕雨無端化雪飛。舊學自慚因嬾廢，故交多是爲貧違。百憂拌酒雖今是，三日成酲奈昨非。唯有梅花相暖熱，風香不惜入柴扉。」《舟達浪華書喜》云：「片帆如鳥駕長風，近望粉城疑夢中。十日海程三日盡，一罍春酒未全空。」菊潭名正直，字子與，嘗從茶山學詩。《春興》云：「節近清明百五天，柳塘花塢簇輕煙。小樓人倚闌干角，處處東風屬紙鳶。」《途中作》云：「滿腹羈愁斛十千，征途慣得付悠然。輿窗亦是乾坤大，大鼾驚人白日眠。」

琴峰圓龜侯，諱高朗，字季融。詩才絶捷，援筆立成。余嘗序公集云：「公以聞政餘暇，鋭意詩陣，縱横無敵，踏險如夷。人一之，公十之；人十之，公百之。疾風脱兔，行之於笑談盃酒之間。余之於詩，非以千里畏人者，至與公一對陣，則膽已落矣。」紀其實也。公集十卷，詩二千餘首，皆係丙子以後作。今録其最近者。《新草》云：「芊綿滿地近清明，迎得條風次第榮。一段柔香煙裏動，十分嫩色雨中生。誰家兒女翠堪拾，何處池塘夢欲成。湘岸楚江春漠漠，招魂早已管離情。」《冬日牡丹》云：「東皇最是費奇工，探借春風錦作叢。馥鬱天香冰霰底，嬌嬈國色雪霜中。雨晴不見蜂衙散，晝暖何知蝶使通。猶恐花神嫌寂寞，繡簾翠幕護嬌紅。」《春日偶成》云：「數日牢晴暖似烘，番番吹老李花風。鶯聲燕語春如海，一段詩思在此中。」《雪後晴景》云：「四山戴雪曉光幽，忽見晴暾出海頭。此景真成何所似，水晶屏外捧紅球。」公之記室善詩者二人，皆爲勍敵。一加藤穀，字士戩，號梅崖。一巖村秩，字大猷，號南里。梅崖詩什頗富，余欲胠其篋，謝病已還鄉矣。僅得《丙子紀行》一册，就中收二首。《大津驛》云：「富商列肆繞湖隈，西控皇都官道開。大車挽米牛如象，轣轆乾雷動地來。」《早發阪下驛》云：「路通谷底樹如麻，危棧盤回緑岸斜。水碓自春人未起，一燈隔竹認人家。」南里詩最清警，《冬夜》云：「擁衾弓臥暖，一室小如龕。時序冬餘二，柝聲更向三。書宜閑處讀，詩可静中參。風竹驚棲雀，方知雪意酣。」《午睡》云：「匡床坦腹晝如年，鼻息齁齁身欲仙。夢糞夢棺何足羡，爲周爲蝶且隨緣。日移樹影横窗上，風送荷香到榻邊。偶爾句成尤得意，醒來援筆已茫然。」茶山嘗評其詩云：「非從前大聲壯語，非今時纖弱好姣，殊爲可尚。」信然。

鏡水自土佐寄書云：「敝邑新興庠舍，命某爲督學，雖不當其任，亦自隗始之意。因大定學制，日月刮劘。職事鞅掌，無復東行之理。參商相隔，此憾何已。」余讀之悲喜交集，見寄近作，録以洩契闊之情。《秧鍼》云：「東隴西疇緑作章，先看三寸刺泥香。雨絲穿得應無孔，水帛縫來知有鋩。細細貫珠朝露迸，輕輕綴縠午風涼。補添只待邨姑手，未必纖工屬繡房。」《棉花》云：「葉間脱殼白蒙茸，妝點山村斜日風。一掬秋雲持耐寄，滿畦晴雪曝難融。色分稻穗葳蕤外，影接蕎花爛漫中。

憑汝嚴冬民免凍，紡車聲鬧助年豐。」《蝸牛》云：「有角得名雖不虛，無由田畝破雲鋤。龍鍾危步墻爲路，觳觫徐行殼作車。夜雨涎流新緑後，朝暾踪現斷梅初。何啻鄭牛能識字，數行銀篆到邊書。」《風梅》云：「清癯自得一元真，素袂飄颻立水濱。萬斛貯香猶有待，前身莫是御風人。」其私社曰「嗽玉」，今舉五人，皆鐵中錚錚矣。越智勝長，字子常，號南洋。《遊絲》云：「晨空千尺杳無涯，搖曳東西暖更加。小雨晴來隨蝶使，輕風吹去接蜂衙。舒長不繫奔馳日，纏絡難留歷亂花。別作山人疎懶地，閑牽午夢度檐牙。」《夏初》云：「睡起家童未送茶，小園尋句步殘霞。猶能籬角留春住，香釀薔薇雪白花。」《夏日江上所見》云：「豐隆何處碎炎威，雲黑須臾失翠微。雨脚輸他松脚疾，斜陽分界一帆飛。」小崎德高，字大用，號五溪。《秋晚》云：「西風脈脈弄烏紗，只覺晚來霜氣加。獨立尋詩籬落際，何來寒蝶上黃花。」《初冬村況》云：「秋租昨日已輸官，水滿平田萬頃寬。猶剩芻人舊蓑笠，嗓風群雀夕陽寒。」田中知，字理明，號東渚。《春日》云：「驟暖梅花雪作堆，破眠剝啄日千回。素衣恐被緇塵涴，牢鎖柴門不使開。」《新晴晚步》云：「出門散策晚晴中，吹面橋頭楊柳風。鎖得翠嵐山似染，一峰獨自刷霞紅。」中島繁明，字子約，號孜齋。《春盡村況》云：「春去忽忽不駐些，雨餘新水浸鳴蛙。村農揮起金鴉嘴，一尺香泥鋤落花。」《霜天晚興》云：「十里荒郊惜落暉，霜天寒緊透綿衣。千林埽盡風聲急，已起驚鴻又退飛。」《退筆》云：「老向管城甘退休，屏山硯水憶同遊。憐渠雖秃猶能黑，不似人間多白頭。」壬生正文，字子璞，《探梅》云：「暖日輕煙玉已皆，香風隔水不堪佳。溪橋半敗無人理，纔渡探梅三兩儕。」《題自畫山水》云：「豪來自作米家山，雲樹依微意匠間。這裏還嫌世人至，不教略彴架溪灣。」

玉河朝倉君，諱豊昭，字子麟。八木君諱補之仲子出，襲其家。清慎在公殆二十年，乙亥病免，家居不出，以詩遣興。癸未捐館，余爲製碑文。君季弟松陰君抱其詩册來告曰：「亡兄於詩歸宿先生，能見收幾首於話中，則猶生之年也。」余披卷撿之，皆君手書而余當時所施朱者，不覺泫然，乃抑淚以録之。《林亭初夏》云：「簾日遮新樹，窗風篩嫩篁。送春驚老至，入夏喜身强。寫字何嫌拙，課詩還覺忙。此中幽味足，不必傲羲皇。」《夏夜》云：「入夜孤亭涼自通，蘋香荷氣一池風。披襟自在吟懷爽，展簟無端睡思空。月暈挂天知雨近，星光連漢與秋同。笑言紈扇須爲計，早已今宵離手中。」《題春江小景圖》云：「隔岸峰巒罩夕暉，沙堤草緑柳依依。扁舟横截桃花水，載得兩三詩客歸。」松陰君哭君詩云：「風霜傷棣樹，雲霧暗鴒原。無奈皇天命，難招長夜魂。親朋皆慟哭，筐笥盡遺言。最是孔懷夕，西山月仄盆。」亦讀之黯然。

松陰君，諱章，字貞卿。風流醞藉，好詩過兄，余吟社每推君爲上首。其詩清婉莊雅，無所不該。《春草》云：「曾入謝家詩一聯，池塘換緑幾年年。淺深色嫩經膏雨，遠近香柔簇暖煙。金縷歌殘春夢地，紅樓望斷夕陽天。莫將品類分薰蕕，滿地萋萋渾可憐。」《無題》云：「舞罷孤鸞無影留，鏡臺塵暗懶梳頭。鴛鴦絃斷誰能繫，魚雁書沈何處求。對月偷揩雙眼淚，向人强展兩眉愁。劉郎一去天臺路，空使仙雲鎖玉樓。」《謔柳》云：「柴桑門外五株春，曾與高人道味親。怪底六朝金粉日，翻當御道拂芳塵。」

高須川當當逢西河之憂，其子則玉圃，又號老泉，以地有養老泉故。老泉病後遺言，猶望以詩托余，其志亦可哀。《初夏偶成》云：「緑鎖書窗晝正長，一泓硯水落花香。有人剝啄來求字，爲寫洛神碑幾行。」《雪夜》云：「滿窗風雪入三更，鐵作棉衾睡不成。知是松梢已封遍，翠濤萬頃寂無聲。」《墨梅》云：「曾住江南淺水湄，輕舟日日訪幽姿。横斜今日看圖畫，最憶孤篷揭雪時。」老泉生日，文武並勵，鈐韜鎗法皆造其奥，受學於滄浪，螢雪不怠，又慕藺星池書法。星池以癸未三月初八即世，老泉亦以是日歿，蓋宿緣也。老泉二友，一曰渡邊禮，字子節，號橘堂。一曰足立景，字萬年，號松石。皆今尾人，當當爲併致其詩。橘堂《夜坐》云：「兀坐燈前與影雙，烏甌一啜睡魔降。無端雨滴梧桐上，露脚風翻來入窗。」《夏山過雨》云：「夕雨傾盆俄頃晴，重巒洗出玉崢嶸。雷車已去雲收跡，山背猶餘轣轆聲。」松石《初秋雜詠》云：「一雨滂沱洗暑威，池荷葉上走珠璣。清風傾瀉任千萬，只恐損他紅玉妃。」《秋夜》云：「雲淡林端月始生，露簾風簟坐三更。神清只覺眠難著，一霎蟲聲似雨聲。」

榕齋致《守雌齋集》一卷曰：「此秋田明德館教授山縣儀字百齡之詩也。百齡爲吉千秋子，千秋嘗學於片北海，一時有三，千秋即其一人。葛子琴戲作念佛體詩，栲亭亦仿其體，載在各家集中，亦爲名家子。今已亡矣，幸見採摘，可以不朽。」爲録其《秋晴》二律云：「野趣與秋相得宜，趁晴幾客踏幽期。炊煙木末絲絲直，賓雁天邊字字欹。紫笋挿空攢秀巘，紅鱗承日叠寒漪。西村剝棗東村穫，盡入豳風七月詩。」「瀟洒襟懷卻喜秋，風光明媚午煙收。烏犍黄犢村村路，紅葉青山寺寺樓。何處穿林拾香蕈，誰家開店賣新蒻。重陽時節看將近，已見黃花籬落頭。」另有詠煙草詩幾首，頗爲巧致，瑕不掩瑜，故不録存。

東臺詩僧，近來以淨海字法帆爲翹楚。法帆主持養壽閑退之後，吟詠自樂，飄逸澹雅，頗盡其致。《僧院牡丹》云：「奇香妖色自嬋娟，誰識猶牽塵界緣。住在蓬萊知幾歲，三生來此奉金仙。」《寒燈》云：「孤燈一點焰將無，油盞寒凝似熟蘇。莫怪欲挑還不止，不堪寫出老軀癯。」《淵明漉酒圖》云：「蒻香動鼻口流涎，不管西風到鬢邊。知音自屬杯中物，莫認無絃做絶絃。」法帆以甲申九月寂。余病中一訪，猶能以詩相質，再訪則危惙已甚，只一頷而已。其《病中中秋》四絶句云：「風雨連宵不暫晴，黃昏早已掩柴荊。病來詩思全零落，起坐吹燈句未成。」「滿窗風雨倚藜床，添得閑愁一段長。賴是今年餘閏月，沉痾待愈對清光。」「雨師欺我向三更，一霎風聲疑乍晴。獨守藥爐猶未睡，閑聽檐滴和瓶笙。」「夢覺茅檐滴欲無，微開雲櫝見明珠。起挂小窗彈指頃，苦嫌露氣逼羸軀。」又有病中五排二十韻，實爲絶筆，摘句云「孤負觀蓮舫，誰分望月蒲。門犬訓醫僕，庖僮候藥爐。身癯齊賈島，爪長勝麻姑。度夏衣耐污，入秋冷逼膚。嘗丹學仙訣，吞氣仿龜圖。睡後林蟬噪，粥时階雀呼。寫經猶未了，減食料將無。觀死抛揮麈，稱名持串珠」，沈綿情景，不堪多讀。

同社一時傑出者，亮融號豁堂，亮長號茗谿，孝信號箕谷，皆余生平忝方外交。豁堂《初夏出郭》云：「出郭初驚春已空，韶光早在寂寥中。殘花委錦村溝水，暗柳翻綿野徑風。老去鶯黃猶有趣，聒來蛙鼓太無工。閑行始覺千金貴，不似怱忙度軟紅。」《暑衰》云：「虛堂秋半暑光輕，爽氣十分如解酲。入夜家童無惡臥，送涼賓雁有新聲。一杯水冷牙將脆，三碗茗香神自清。頗覺昨來詩興熟，山僧卻是太忙生。」《春晚即事》云：「晝永繩床睡有餘，山童正是焙茶初。棕櫚自解僧家事，故向窗前產木魚。」茗谿《雪兔》云：「月宮搗藥向殘更，一躍逃來銀界清。托跡偏誇冰玉潔，幻身自比水泡輕。只應蛻骨遊仙窟，不羨濡毫封管城。日出廣寒嫌失路，人間卻恨欠長生。」《食笋》云：「黃卷香苞元自付僧厨，一嚼腹中先覺腴。真味坡公元未會，只言無肉使人臞。」《午窗坐睡》云：「跳躍曾離世網中，誰知潛跡在禪宮。語時橫口如談法，默處虛心似悟空。宿鳥驚音祇林晚，吼鯨和響紺園風。誦經課了長趺坐，只有猊爐香夢通。」《送春》云：「韶光暗向雨中移，紅滿庭階綠滿枝。自是餞春無一語，離情還勝送人時。」《秋熱》云：「汗透絺衣晚未收，坐看天末火雲浮。林蟬不解人間熱，露飲風餐占斷秋。」此外螺溪、大空、無礙諸宿，綺語皆妙。未遑採録。

信中須田子稷郵致詩册曰：「亡友篠本昂，字大藏，號越南。此其遺草。越南自幼嗜學，十三失明，砥礪益力，終成其業。大抵我邑詩人從前染王李餘毒，越南獨唱宋詩，爲之嚆矢，真傑士也。四十物故，既無妻子，家亦散落。望不朽於先生。」乃録二首以留心血。《夏日》云：「茅齋重午後，晝永奈閑愁。林塢梅迎雨，田疇夢過秋。蝸牛黏屋壁，燕子掠簾鈎。回首今朝事，茫然不易求。」《雨中春盡》云：「漠漠癡雲不肯開，斜風細雨送春回。定巢翔燕何知倦，委地殘花欲作堆。只覺黑甜偏有趣，忽思白墮久無媒。淒涼自是如寒食，爐篆煙消亦已灰。」子稷名景勤，號澹山。《月下作》云：「神清眠不著，中夜出山房。月色皎如晝，步步踏冰霜。清寒透骨髓，天風吹衣裳。飄飄淩碧落，忽然在帝傍。仙班憐我冷，賜我九醞漿。拜恩猶未畢，早已傳幾觴。一薰頹然臥，夢入無何鄉。明朝落塵世，此境已茫茫。」頗似放翁。《題牡丹睡猫圖》云：「淡日微風弄午妍，清和猶是牡丹天。狸奴不管狂蝴蝶，占暖花陰滿意眠。」亦是佳作也。

同邑玉照院主孝景，號櫟齋，問詩於余，亦子稷之介也。《客去》云：「客去殘棋猶未收，青燈一點夜窗幽。坐來度劫知多少，已被銀蟾過樹頭。」《夜雨》云：「蕭騷夜雨滴茅齋，只覺奇寒逼病骸。坐久不聞琴筑響，推窗三寸雪平階。」

吉田清，字士廉，諏方人。《閑居》云：「一面鵝湖三面山，爲官猶得領清閑。湖雲山月真知己，輸得心情不肯慳。」《偶成》云：「此生何必嘆頭顱，風月偷閒興不孤。五斗折腰吾分定，未應容易混樵漁。」其撰雖異，亦各言其志者。

長崎健，字中正，號浩齋，越中高岡人。詩佛《北遊草》已載其所作，近托研齋見示其國四勝詩，頗爲高潔。今撮二首，《富山浮橋》云：「浮橋百尺截神通，抵得峻流彎似弓。地設自能堪固國，休言鐵鎖石頭同。」《立山遠眺》云：「赤腳何須去踏冰，樓頭三伏失炎蒸。立山雪色能如許，坐望玲瓏玉萬層。」

山崎苞，字如山，號崌崍。《題秋景圖二絶》云：「汀柳霜寒葉已稀，澹煙一抹遠山微。西風吹起沙頭雁，日暮無端作陣飛。」「斜日林楓紅未收，溶溶雲影水涵秋。青螺江上兩三髻，又被閑雲遮一頭。」清麗可愛。崌崍昔日袖其詩卷，屢來求品隲。契闊多年，寂無音耗，聞久患眼，不知其近業何如也。

武井驥，字千里，號樗齋。學務博該，詩出其緒餘，嘗著《新序纂注》，校讐極精，亦中壘忠臣矣。《偶成》云：「芳草離離一徑斜，春風窮巷不容車。有人載酒如相問，亂竹飛花是我家。」《林居》云：「寂寞林中晝掩扃，閑來倚几讀騷經。丹楓烏桕悉皆醉，唯有獨醒松樹青。」

駒籠西教寺僧雛大慧，年十三《東臺觀花》云：「琳宮鎖盡白雲中，落蕊紛紛無徑通。忽地天風滾將去，一時花雨下虛空。」《秋晚》云：「風翻墜葉滿禪關，無復人偷半日閑。一半斜陽秋滲澹，晴雲時引雨雲還。」僧中汗血也。

北勢之地爲余并州，但廿年之久，親朋凋謝，落落晨星，僅有伊篁亭父子、原迪齋、村月渚而已。月渚則再四出都，屢獲相覿，詩亦熟練，更進幾層。《春雨初霽》云：「潑眼青山乍落暉，水南水北與春宜。鳥聲似樂雨收後，花氣頻薰風到時。一枕懶惰尋舊夢，幾場幽事入新詩。任他門巷泥途滑，明日尋芳合及期。」《秋蝶》云：「餘生何耐值深秋，眷戀群芳死不休。老去粉鬚留媚態，衰殘舞袖卻風流。偎紅倚翠當時夢，泊露飄霜末路愁。欲近梅花恨緣薄，冷魂空自逐悠悠。」《苦熱》云：「午熱熇熇汗似漿，更無暫夢到藤床。微風早已蟬餐盡，纔賴扇頭些子涼。」《晚涼》云：「柳拂沙汀絶點埃，亂蟬聲裏夕陽頹。睡間一霎何邊雨，無限涼風隔水來。」《石部道中》云：「山間一路曲如蛇，分路牛羊落日斜。不是詩人來探勝，誰知此裏有人家。」皆平淡有味。

篁亭長余八九歲，余髪種種今如此，則他老可想，但至詩力，健似加當日。《春望》云：「海面微茫風自柔，忽驚奇景入雙眸。纛旌似送東皇駕，不道原來是蜃樓。」《牽牛花》云：「露滴籬笆碧作堆，已看日影透紅埃。斯須萎去吾何慊，又是明朝依例開。」新裁可喜。其子柯亭能繼家風。《冬夜》云：「眠醒半夜不堪清，聽得撲窗狂霰鳴。急脱衾窩呵凍硯，夢中得句苦關情。」有此寧馨，篁亭可以忘老矣。

木下建，字成美，號梅菴。受業于精里先生，詩筆亦清。《晚過東臺》云：「疎鐘聲裏夕陽斜，六六僧房鎖彩霞。多少遊人歸去後，山翁獨掃落來花。」《初夏》云：「雨餘林樾緑成叢，深院無人春已空。唯有多情雙燕子，和泥銜盡落花紅。」

梅菴有《題月仙金》詩，其引云：「辛巳春，余客陽田。數月寓廨舍，有吏人喚月仙金。目者叩之，乃云畫僧。月仙生平所獲謝物，晚年積聚，終累千金。一旦封以獻於官府，官資其利，每歲振恤窮乏，且以修理道塗，士人至今蒙其澤。余聞之，感賞不已，因作二絶句。」其詩云：「丹青奇古出天成，博得半生金滿籯。至竟此心真諦在，錯遭人喚畫僧名。」「功德開源即是仁，千金慈澤及窮民。世間空自傳圖畫，誰信一毫能利人。」

片岡光啓，字周美，號山頑。山田敬直，字左一，號悾菴。皆鳩嶺祠官。鳩嶺前此未有學校，二人與森元某同心戮力，捐俸新創書院及文庫，招致師儒，以育生徒。又募緣四方，多置典籍，有功斯文抑亦偉矣。事在己卯歲。梅菴與二人有舊，爲傳其詩。山頑《雨後》云：「銀竹森森近映山，門前流水漲潺湲。驟晴一快涼如洗，滿耳蜩螗斜日閑。」《題秋景圖》云：「木葉蕭疎風更顛，小亭空鎖半溪煙。秋山平遠無奇趣，詩在孤鴻落照邊。」悾菴《雪中雜題》自「東」至「咸」凡三十首，余舉其第一詩《雪意》云：「石泉初凍合，雪意漫寒空。迸地輕輕霰，穿窗剪剪風。天低雲撩亂，江闊月朦朧。先眄庭柯待，花開頃刻中。」頗似李嶠。

青梅野崎丹嶒，舉其鄉能詩者三人。一岸鳳質，字文卿，號嶰谷。齡垂七旬，吐屬不倦。《移竹》云：「篔簹移得傍闌干，影映簾櫳舞鳳鸞。密葉貯涼清可挹，新梢經雨秀堪餐。風過青帝旗先動，露滴湘妃淚未乾。只要山窗添汝種，一枝肯許剪琅玕。」一林謹質，字孟素，號天淵，書畫俱佳。《幽居夏日》云：「布穀聲中晝正長，懶來例入黑甜鄉。山窗一覺斜陽赤，滿地栗花穿鼻香。」《雪中訪某山莊》云：「千仞銀峰似刺天，瓊林玉樹不堪妍。只疑行入仙寰裏，不道氅裘身已仙。」一林博文，字子禮，號斗山。《春雨晚晴》云：「春霖幾日鎖窗紗，只覺這中微暖加。好趁新晴去拖杖，斜陽映出小桃花。」《夜坐》云：「風死檐鈴眠二更，階蟲霜凍寂無聲。吾家吟侶君知否，倩得銅瓶夜奏笙。」丹嶒又投其近作《玉川秋堂》云：「一川清似練，秋色畫圖同。不見浣紗女，只隨垂釣翁。居人楓樹外，宿鷺荻花中。欲極源頭路，斜陽隔水紅。」《夏日》云：「幽居晝永客來稀，緑樹重重靜掩扉。綻雨榴花緋尚淺，拋風梅子玉全肥。里人織出青紋簟，村女裁成白苧衣。頗覺鳴蛙妨夜夢，黑甜補得到斜暉。」丹嶒家於山水間，名其亭曰「皆山」，取環滁之意。余爲欲作寄題詩，未果。

若州江口成德，字士善，號雪齋。原田泰通，字子亨，號春亭。二人寄書，深寓景慕之意。雪齋嘗爲右職，晚年致政，以詩自遣。《午睡枕上聞雷雨覺後走筆》云：「虚堂簾彈午眠長，一覺西窗未夕陽。夢裏青山皆客跡，詩邊白髮是吾鄉。雷犇雲岫風添勢，雨洗蓮池露沁香。三伏猶能餘末伏，頭番先喜得此涼。」《折鼻魚》云：「北珍何獨賞霜螯，折鼻紅魚價最高。食指今朝先卜得，果然喜聽鼓銀刀。」其致仕後作一聯云「議論初免妨賢路，勇決聊同退急流」，屬意所在，其人可想。春亭以刀圭鳴，餘事及詩，《夏日偶成》云：「炎塵不及小書堂，占得幽情晝正長。命酌唤爲消渴藥，除眠豈有學仙方。雨聲過去蟬聲急，竹影移來簾影涼。一握蒲葵無用處，神清枕上欲相忘。」《晚行田間》云：「趯趯阜螽飛上衣，禾頭枕畝十分肥。又與歸牛爭一路，瘦藤相唤度斜暉。」雪齋見寄云：「無由披霧見青天，趨風空恨隔山川。此心定被先生笑，白髮書生老大年。」春亭見寄云：「著書文彩底風流，名重勝他萬户侯。縱是龍門登不得，所希一識韓荊州。」皆雖不敢當，亦竊感知己之言。

霞亭北條讓，字景陽，勢南人。經史湛深，初學京師，師淇園先生。放浪山水凡八九年，嘗隱嵯峨。其詩卷曰《嵯峨樵歌》，已行於世。後釋褐於福山。辛巳挈家東徙，卜築囊里，既病不起，以癸未八月亡。事業多見其著書中，今録《囊里移居》詩云：「我生本散誕，山澤一癯儒。承乏厠教職，衆中實濫竽。賢主不棄物，恩禮養迂愚。囊里新賜地，草茅命僕誅。幾日經營畢，徙居入秋初。貧家無長物，裍載只一車。家人驅我懶，身具各提扶。鄰里新舊識，交來問所須。埽窗先安置，筆硯與琴書。門巷頗幽僻，不異在郊墟。素性慣野趣，早已把犁鋤。圃畦種晚茄，隙處蒔冬蔬。東市沽薄酒，西市買枯魚。相賀命一酌，團欒對妻孥。居室雖簡陋，翛然已有餘。大厦豈不好，弗稱匪良圖。燕安思懿戒，苟完慕遺模。唯當安一席，舊學理荒蕪。雨餘殘暑退，摧頹病骨蘇。燈火宜清夜，涼風動高梧。一枕醉眠熟，君恩何處無。」霞亭嘗有《拜楠公墓》五排二十韻，頗爲得意作。余與茶山、山陽三人各批其傍，朱墨滿紙。今失其稿，索之不得，聞其孀西歸日齎去，不知能存否。

牧棲碧既還麻溪，病聾隱居，以詩教授。《夏日雜述》云：「嘗被蜩螗喧殺耳，黑甜每試羨癡聾。如今果把癡聾對，夢熟高吟亂噪中。」余戲贈云：「六鑿一根今復初，混沌終日守恬虛。麻溪流清無可洗，毀譽得喪不關渠。詩句猶能窮險怪，知於口業未全除。耳聾但恐勝三耳，叱吒風雷笑粲如。」棲碧初名驥，今改畏犧，俊逸之氣化爲恬漠，可見其進於道矣。嘗鐫其集，命曰《詩牛鳴草》。《自序》中具述詩牛之説，集中諸作清逸獨絶。余竊謂：「雖曰名爲牛，仍是王家八百里駁矣。」

牧默菴以其鄉僧法水字洗心詩見示。《春晚即事》云：「小園雨後踏殘暉，嫩葉如衾緑正肥。蝴蝶尋芳意何厚，落花籬落故低飛。」《十四夜無月》云：「癡雲埋月影全無，雨作淒寒滴井梧。料識明宵金闕宴，仙官先爲洗盤盂。」絶無蔬笋氣。水，號松莊。默菴有《訪松莊》詩云：「雨餘秋色爽禪居，塵下談遺世上忙。一味禪心吾已了，滿庭風動木犀香。」

默菴近作愈出愈雋，《月鈎》云：「孕鈎新月弄嬋娟，帶得金波漲九天。玉斧呈動删桂客，星槎供用釣鼇仙。簾心宿燕應猜眼，海底潛蚪定破眠。坐望令人生遠想，桐江夜色冷秋煙。」《和東坡夜坐韻》云：「兀然孤影瘦崢嶸，參我愁床夜雨聲。故國無家歸亦客，他人寄食飽何情。哀蛩落木秋將暮，紙帳棉衾寒始生。鰥眼長醒仍獨坐，書窗光冷一燈檠。」

備中酒井謙，字子光，號山犄，爲余舊社盟。其子祐，字子久，秀而不實，齡纔十七，病痘而亡。遺詩若干篇，其最佳者《雨後》云：「春霖幾日掩柴扃，坐惜落花紅滿庭。曉霧出門先一笑，山山洗得佛頭青。」山犄已失鳳雛，無復吟哦之意，今且録其舊作一絶。《曉行》云：「鴉未出棲人未行，馬蹄獨度曉風輕。花光月影看難辨，月落方知花最明。」

加賀野村圓平，字圓平。磊落嗜酒，詩亦跌宕。詩佛北遊日，極相標榜，伯樂一顧，冀北將空。余亦贈詩云：「圓如棋子平如局，平處君詩能行圓。何處還丹得真訣，工夫到此是升仙。」圓平詩什太富，此載一律，《秋日偶成》云：「滔滔人海漲波瀾，避跡幽居心自寬。興到出門拖杖去，閑來憑机把書看。池塘秋雨蒹葭冷，籬落西風杞菊寒。節物催人何用恨，且欣爽氣透詩肝。」

今歲丙戌元旦，始見木冰，即《麟經》所載「雨木冰」者。遍詢耆舊，皆曰所未經見，實奇觀也。詩佛有詩極殫其狀云：「凝不成花異霧淞，著來物物各異容。柳條脆滑蓴油膩，松葉晶瑩蛛網封。冰柱四簷垂钂角，真珠萬點結裘茸。詩人何管休徵事，奇景看驚至老逢。」按曾南豐集中有《霧淞》詩注：「寒甚，夜氣如霧，凝於木上。旦起視之如雪，齊人謂之霧淞。」詩佛此作，可與南豐詩駢傳也。

五山堂詩話補遺卷四

「無常説法現神通，千里飛梅一夜松。萬事夢醒山吐月，觀音寺裏一聲鐘。」此首載在明曆坊刊《薩天錫集》卷末，題曰：「天滿宮本集所無，蓋出此方緇流僞託，但以其稍流暢，人多傳誦耳。」按王逢《梧溪集》有《寄題日本國飛梅》一絶，元人既自有詩，今表而出之。《序》云：「國相菅北野者，剛正有爲，庭有紅梅，雅好之。一日被誣謫宰府，未幾，梅夜飛至。北野卒死謫所，國人立祠梅側云。」詩云：「瘴日雲霾不放歸，精神解感禹梁飛。水香霞豔渾無恙，瘦比纍臣帶減圍。」禹梁事見《吴地志》云：「會稽造禹廟，伐林至明塘，梅下見長木，取之而還。會梁已定，更別無用，其梅一夜飛還在湖中。」湊合此典，頗覺警拔。

相州酒香川上有禹廟，享保中治水者所首建。物徂徠嘗請官使僧奉其祠，對問一篇今在集中。偶見清金長儒《禹廟》詩云「授笈儼陪蒼水使，奉香猶賸白頭僧」，迺知其事彼此同轍。今洛東詩仙堂、下毛足利學，皆使僧尼守之，故能致久，極爲得計。

北條霞亭《楠公墓下作》散佚日久，頃有人來傳者，恐其再失，遽取録之。但當日菅、賴及余傍批芟削無存，未知果爲定本否。詩云：「武弁何跋扈，凶豎況迷昏。際會良臣契，英明聖主恩。築巖成夢兆，籌筆想書痕。行在辭銜詔，圍城拒絶援。設施皆鬼出，馳驟復雷奔。憝惡雖鯨戮，姦雄尚靨吞。指麾由寵閫，防禦失懿藩。吉士憂艱步，宵人競側言。六龍南駕遠，萬馬北來屯。志誓除蝨賊，身殲待子孫。嚴霜知勁草，利器遇盤根。校隊仍松嬌，郎君尤鳳騫。丹心懸日月，殷盃漉川原。節概傳三世，忠勳集一門。戰圖河上陣，禪刹樹間邨。近有貞碑表，終無諂史冤。昊天歸閏位，大統保常尊。庶以堪瞑目，差當足吊魂。荒郊瞻廟宇，清渚采蘋蘩。顧擬朱仙鎮，遺憤莫並論。」

「我姑酌彼金罍」，六言詩蓋胚胎於此。明胡文煥所著《六言詩》一卷，登俎不多，未足厭飫。米庵嘗撿諸集，欲蒐以廣之，未果。姑撿其自家所作入鐫，今又就中抄出幾首。《初夏》云：「三尺松魚出海，一聲杜宇穿雲。報知朱夏消息，二物偏能策勳。」《秋晴》云：「一溪秋水垂釣，滿屋秋陽曬書。閒人何肯閒得，恰是淫霖霽初。」《道上》云：「山路屈盤幾曲，午鷄啼處人家。青青麥隴村裏，界破春風菜花。」「紅柿青梨野店，敗籬矮屋山村。溪流一道無語，碓舍近邊乍喧。」《雜興》云：「玉蘭窗外堆玉，青草池邊展青。痛飲元非我事，閑來獨讀騷經。」「落花一榻茶煙，晝永真成似年。習靜頗知靜趣，愛閒獨得閒權。」「櫝中金石書畫，便是吾家百城。不羨錦囊緑醅，粗茶淡飯生平。」大抵六言詩如結小隊，森然秩然，不可加損一字，其或可以五、可以七者皆非佳作。米庵能悟入，此所以見長。

羅大經《玉露》中「山靜日長」一段，文、董諸賢所喜而書，米庵亦時時作之，又集其字雜賦五律四首，一云：「山家無一事，長夏日如年。園靜禽聲變，林深花影燃。坐來展書卷，興到讀詩篇。偃息真隨意，不容聲利牽。」二云：「西窗睡初起，山紫夕陽晴。不見黄塵到，但從蒼蘚盈。門前步松影，溪上弄泉聲。園友來相共，一杯茗再烹。」三云：「無事山中静，不知駒隙馳。落花風滚滚，豐草雨離離。窗下觀騷易，林間友鹿麋。欣然吟興足，弄筆坐多時。」四云：「無人來剥啄，静味似陶唐。竹影參初月，笛聲弄夕陽。詩時讀韓杜，書或撫蘇黄。馳獵牽黄者，烏知此興長。」亦太有趣。

米庵《贅瘤吟》云：「贅瘤從何處，汝來原無緣。獨怪千載上，其名著簡編。在齊生女頂，臨朝執國權。在晋生王目，乘戰如翔畋。或破蝨群出，或裂猱蹁躚。爲几伴書燈，爲杯侍華筵。一旦宿我頤，已在十年前。其初如桃核，稍長欲比拳。雖然無疼痛，終日覺累纏。嗚汝果何心，依我不肯遷。想應汝附我，驥尾要名傳。瘤云是何言，君愚真可憐。雷震回腸憤，疾生爲氣填。筆硯君作業，費精五十年。朝臨又夕習，徒自勞肘懸。凝爲一團物，此理實不衍。人壽能幾許，及時貴優焉。皓首縱有得，未便爲通仙。公理論樂志，淵明稱葛天。真逸多樂趣，浩浩氣自全。君云顛學米，書顛心未顛。所以爲猪蚓，一世貽笑嗎。今後須類我，無用守恬然。果能悟此訣，君道已入玄。」按梅宛陵集中有《詠癭》五古二十韻，使癭有知，將謂梅後重得知己矣。

恭齋名三千，字桃翁，米庵之子。書法精妙，不減迺翁。人以大小米比之，詩亦清逸。《初夏》云：「晝永閒無事，幽情欲忘言。梁間燕將子，籬落竹生孫。自得山林趣，不聞車馬喧。閉門非謝客，爲是護苔痕。」《秋晚村居》云：「落葉村中紅作堆，蕭蕭又是任無媒。柴扉客至何須款，自有溪風替我開。」其《題望瀛亭》一律云：「開遍晴軒枕淼茫，蓬瀛真箇可褰裳。驛樓沿岸人煙簇，佛刹穿林塔影長。岳雪千秋侵座冷，海風三伏入簾涼。他年若卜幽棲地，此處結鄰營草堂。」

望瀛亭在芝浦，爲海民別莊。余昔年遊其地，熟知景勝，讀之神欲再往。當日題詩，茫無上臆，僅記「蟹舍春煙重，商帆晚日晴」一聯，亦可以補恭齋詩中之闕也。

余《詠蟻》十五韻，隱括《孟子》語，實出一時遊戲。人謬傳誦，又屢來求書之。今録以代毛錐之勞。詩云：「經營梁惠王無所定滕文公，裹糧梁爭出途梁。自西又自東公孫丑，負戴梁且相扶滕。紛紛滕如歸市梁，誰能遏其徂梁。後車滕忽報道，當路公殪蚋蛄滕。千萬往公襲取公，有似誅一夫梁。獵較萬章能幾許，功必公與衆梁俱。進退公不失伍公，假道或於虞萬。沛然天下雨梁，平陸告子水爲汙滕。芥舟不病涉離婁，從流梁無滯濡公。已同超海梁智，將笑緣木梁愚。踰堵而相捐離，虆梩掩滕其枯。有封何不告告，由路萬寧爲迂。汝質雖微也萬，仁義性庶乎梁。無人獨隱几公，耳官告把奇輪。堂下有牛梁鬪，師聰離我爲徒。」嘗示詩佛，詩佛戲云：「好箇爲孟軻氏敷衍一義字矣。」爲之冁然。

蘭齋公庚寅東觀途中，諸作極多傑出。《暮春入京嵐山觀花》云：「萬櫻倒影蘸晴川，仰見春風雪漲天。吹笛幽人行款款，飛觴醉客舞仙仙。山傳鳴磬松間寺，水送載薪霞際船。來此非先又非後，與花結得好因緣。」《鈴鹿山中所見》云：「山間近午散林煙，客路風光亦可憐。載得紅裙村馬穩，峰頭春暖借花眠。」公又有《十春》詩，首首清超。今撰其五，《春寒》云：「半點陽和無處尋，猶留臘雪在塘陰。水仙耐冷梅花瘦，各自春寒一樣心。」《春曉》云：「疎鐘隔靄送春聲，幽夢全醒窗已明。移得盆梅先就暖，紅暾影裏餌籠鶯。」《春山》云：「萬壑雪消添幾泉，春雲出岫雨爲煙。山腰野燒痕如墨，一樹桃花獨欲燃。」《春雨》云：「十分膏雨入秧田，野水淺深青一川。恰及春耕好時節，鄰村昨日買烏犍。」《春水》云：「夜雨晴來水滿陂，村童相聚漉魚兒。柳籠金線桃摛錦，總向風前弄細漪。」公宮中有女史田小米，字粲卿，號翠竹，少時以善吹笛入宮。公好文，翠竹日侍絳帷。年十三四，巧書善詩，屹如老成。公亦放其所爲，經歲之後，皆能造詣，真奇女子也。《斷梅》云：「谷谷林鳩雨始乾，襟懷先覺幾分寬。濕雲歸岫雷聲遠，斜日篩簾樹影團。迸筍出墻抽紫戟，摽梅委地撒金丸。趁晴蛛網忙何甚，恰似家人衣曬竿。」和公《十春·春曉》云：「春眠又是失鷄鳴，一領紬衾覺暖生。芳草池頭夢醒後，已聽門外賣花聲。」《春雨》云：「春霖幾日掩書堂，灰濕銅爐不爇香。柳已嬾眠花亦睡，獨看乳燕去來忙。」

閨秀又有篠田儀，字雲鳳，受業於善庵，极耽經史，詩筆亦峭。《詠竹》云：「堅節貞心詎可移，滿叢翻翠影參差。一伸一屈君休問，無夏無冬獨自持。虛谷雲生龍欲起，深林月上鳳來儀。此中清韻誰能賞，和得宮商聽自宜。」《梅邊步月》云：「綽約仙姿玉滿腮，小園步月影裴回。一場春夢分明記，曾過羅浮山下來。」《春日》云：「無客柴門晝自扃，模糊花影上窗櫺。笑他眠柳懶於我，直到黃昏猶未醒。」此外詩壇代雄者，高文鳳已爲女中桓文，原采蘋亦不失爲秦穆。婺精爛煥，足以徵文明矣。

忍藩三公子天資皆秀朗，望之衛玉不啻。文武餘暇，博綜衆藝。余叨侍講帷，密邇日久，又能謙挹，以詩下問。長公子諱清方，號泰齋，《春晚》云：「籬邊柳暗掩柴扉，萬點風花作雪飛。蝴蝶紛紛去無跡，不知何處送春歸。」《夏日田家》云：「綠槐陰裏午風涼，晝永郊莊更作忙。昨日畦丁芟麥盡，一疇新水插新秧。」《雨涼》云：「急雨傾盆風滿樓，雷車轣轆晚初收。炎埃洗盡無三伏，滿樹蟬聲爽似秋。」次公子諱清昭，號松坡。《晴景》云：「滿地殘紅人斷腸，不堪雨裏別東皇。纔能今曉餘晴景，踟躕花邊蝶翅香。」《初夏》云：「陰陰槐柳暗茅茨，晚筍爭抽梅雨時。近來多廢讀書誤，高枕午窗聽子規。」《詠蟬》云：「無端蛻殼謝塵緣，飲露餐風已得仙。丹臺玉室元非遠，只在高林密葉邊。」少公子諱清貫，號蘭室。《秋夜》云：「梧桐葉落雨無聲，冷逼孤燈夜氣清。幽夢醒來眠不再，寒蛩抵死近床鳴。」《咏菊》云：「不同膩紫與嬌紅，染出袍黃秋滿叢。笑殺人間嫵媚態，堂堂正色立霜中。」《嘲蝶》云：「栩栩當須去伴莊，如何狂蕩學韓郎。牡丹叢裏紅酣處，又入花房要竊香。」讀之有塤篪迭奏之想。

庸齋姓平野，名定則。今傅三公子學。溯遊濂洛，不屑爲韻語，然亦有太佳者，胠篋所獲，不得不收。《觀蓮》云：「紅白芙蓉照水明，亭亭玉立有餘清。此花別自知君子，揖讓百花無所爭。」《墨陀賞花》云：「春遍長堤簇萬櫻，晴波蘸影滿川清。東風亂散花千點，便有遊船棹雪行。」《江島望海》云：「長風噴雪吼千雷，濤勢如頹動地來。極目三崎三浦外，南天盡處一帆開。」

大熊璋，字夢兆，號蕉窗，後改荷汀。學務該博，傍及内典。初受業於鵬翁，轟飲豪宕，亦極相肖。又嘗參物先、誠拙諸耆宿，頓悟禪理。年甫五十，學詩於余，亦今日高達夫矣。致仕之後，著作益富。其詩多幽惋，姑抄其清恬者。《初夏》云：「又見林園夏令新，苔痕雨後淨無塵。破苞踟躕紅三面，解籜篔簹緑四鄰。白水真人交已絶，青州從事意仍親。石床藤枕情聊愜，恰似無懷太古民。」又云：「宿雨晴來新緑匀，水邊林下覓殘春。菜花成莢櫻垂子，只有老鶯啼喚人。」《正月十一夜雪中得月》云：「廣寒白兔夜來舂，粃糠紛紛簸急風。忽化瓊瑤千萬斛，人間只是卜年豐。」《説法僧》云：「群蠅挲手雨花筵，成佛未知誰後先。長舌老僧微笑坐，神通博得買山錢。」

荷汀往歲，一夕夢遊某池上，荷花盛開，口占小詩，劈箋自書，末尾漫署「荷汀」二字。旁觀有人，衣冠甚偉，自稱東坡居士，哂曰：「子號太佳，詩亦不惡，若能抖擻，則可及作者矣。」既覺僅記「四面荷香月滿汀」一句，因足成一絶，云：「池上人家已掩扃，松陰數點認涼螢。意行行向橋頭立，四面荷香月滿汀。」爾後遂以「荷汀」自行云。

《漢書·西域傳》，罽賓國有大小頭痛山，令人頭痛嘔吐，驢畜盡然。然此典入詩昔人罕見。荷汀久抱曹瞞病，無復陳檄可愈。《病中戲述》云：「七尺殼中頻暑寒，鬢顱如築欲抬難。神遊瘴癘荒陬地，幾度經過頭痛山。」記梁蜕巖集中有「春半已過頭痛山，又逢痎市滯秋關」句，亦似暗合。

井友直，字成美，號鳳陵。少學畫於金陵，頗露頭角。今爲書吏，風塵中猶能來參余吟社。《夏日早起》云：「偶然今早起，晨爽最相宜。活火烹茶後，清泉洗硯時。母鷄穿菜圃，乳燕語茅茨。棐几無塵及，閑來撿舊詩。」《初夏》云：「春去忽忽跡已賒，濃陰凝碧映窗紗。東君供給餘糧在，小圃猶看罌粟花。」《題畫》云：「遙山淡抹夕陽微，萬頃煙波一艇歸。六七人家蘆荻外，鷺鷀無數趁灘飛。」

戊子六月，長島侯洲崎別墅園中產靈芝三莖。公有題詠，遍使詞臣賡和，又自造圖，環以諸作，裝爲一幅。庚寅六月，再產一莖，復沿其例。余前後二次濫以長句，今舉前者以代紀事。詩云：「氤氲蒸瑞氣，輪囷產玉芝。初挺類藥芽，尖頭染胭脂。不挂園丁眼，危受家童欺。有識一品題，靈物不容疑。小牌以揭示，誅竹編樊籬。千萬戒戕賊，待他長養時。恰如保赤子，祇恐傷柔肌。月餘稍張蓋，蟠結次第披。果然全其美，採摘不愆期。乾治亦有訣，沸湯以渫之。其質石逾堅，其色玉更奇。移置小盆中，映出青緑甆。三秀俄然貴，堂上並鼎彝。嘗怪商顔叟，茹紫以療饑。又笑蘇學士，説夢何太癡。公今弘元化，朝野澤覃施。古人不言乎，此祥出仁慈。便知天所錫，公豈可得辭。」後首和公七古，以七爲五，較覺欠妥，故不録及。

長島諸子湛於詩者，篁村、清癡相踵下世，後出如藤得齋亦溘爲異物。一二三年間，詩社寥落殆盡。猶能巋存者亨堂一人，又有東溟田光寬，皆風塵中鸞鳳也。亨堂《初夏偶興》云：「時序去忽忽，花飛春事空。蛙腔三日雨，燕翅午時風。酒陣雖然退，詩城猶可攻。緑槐陰正美，且許夢魂通。」《藤花》云：「剡溪仙子紫羅裙，環珮風搖玉放薰。一夜乘龍去留跡，架藤三尺半池雲。」《籠蟲》云：「韻蟲貯得小筠籠，露宿秋郊夢已空。似訴月前歸思切，枕頭啼盡五更風。」東溟《晚秋出郊》云：「晚禾芟盡雨初收，滿眼風光句耐酬。野趣耽來真自得，官情漉去恰如休。猩紅楓葉孤村夕，雪白蕎花數圃秋。今歲田家又豐熟，店頭到處賣新芻。」《水漲》云：「水拍陂塘渦百回，新晴今曉積陰開。漁人能慣奔流險，政用此時提網來。」《薄暮驟雨》云：「夕雨傾盆俄頃晴，池亭爽極若爲情。神龍歸去雲收跡，留得荷珠萬斛明。」東溟夙稱詩淫，少時家貧，除夕債主環列，東溟恬坐其間，且諉且呻，雅懷如此，亦不易得。

得齋名邦彥，詩中喜用「得得」字，人喚曰「得得」，遂自修，號得齋。夭同李賀，人人惋惜。其詩散佚，僅撈二首。《晚秋郊居》云：「郊居無人問，曳杖獨出門。枸杞紅全熟，墜葉擁籬根。籬外水濊濊，一道經雨渾。村童三四輩，漉魚各自喧。觸目雖閒事，亦足役吟魂。彴略通村路，茅店酒滿盆。紫梨供小酌，甘脆最耐飧。豐年自有象，渾頭價何論。」《海莊雨歇》云：「海莊雨裏不堪閑，撑艇蓑漁出荻灣。坐久東南雲解駁，帝青現出緫房山。」

又有井行字士則，義端字參齋，兄弟。士則嘗從葛因是學文，以才穎稱，今亦困於簿書，日守甕天，猶能不廢吟詠。《秋日行圃》云：「十畝秋容淡，煙消近午天。霜葱駢玉箸，露菊鑄金錢。莎際殘蛩泣，籬邊剩蝶眠。此心非學圃，覓句弄晴妍。」《晚涼》云：「浴後清風晚透肌，滿園爽氣最相宜。梧桐露滴涼如水，正是莎鷄振羽時。」參齋妙年清才，季方難弟。《驟雨》云：「驀地烏雲圍碧空，連聲枹鼓役雷公。森森銀竹驅炎盡，留得林梢月一弓。」《池亭早起》云：「池亭坐著待晨暉，涼動芰荷香襲衣。翠蓋披邊水如鏡，蜻蜓照影不停飛。」

矢天部好久，字子處，號岐山，東臺王府家令。《閑中富貴》云：「朽質天憐幸借安，優遊也是似休官。烹蔬晚饌羞豚美，誅竹晴軒風月寬。硯北自容南面坐，徑三長得四時看。浮生鬱觸從爭奪，這裏誰知足笑歡。」《東臺春夕》云：「千樹山櫻一抹霞，朦朧煙月似籠紗。昏鐘非是無情物，只散遊人不散花。」《寒夜獨步亭中》云：「茶祟無端妨夜眠，小園獨步聳吟肩。屐痕穿地霜三寸，寒透氈裘月午天。」下郜成賢，字伯繼，號省齋，亦近侍王府。《霰子酒》云：「奇味誰傳釀法工，自能蕩漾酒波中。屢傾銀粟瓶何罄，纔吸冰花盞已空。湛比天漿堪可挹，濃同仙液不曾融。輕浮有此回春力，潮得詩人滿臉紅。」《水軒夏日》云：「水軒涼十里，探借幾分秋。冰簟先呼枕，風簾且上鈎。鬧荷藏立鷺，密藻引游鯈。擬借蠻童手，碧筒添酒籌。」《霜晴湖上》云：「荷盡湖心鏡樣明，水禽無數睡霜晴。又遭朔吹來裝景，十幅波紋織得成。」《冬圃雜述》云：「滿地璚英霜氣凝，小溝無處不堅冰。東芻誰縛鐵蕉樹，塔樣造成三四層。」省齋宅中有古松幾株，因以木仙命其堂。余有《題木仙堂》詩，篇長不録。

雲山《詠竹杖》云：「老與此君情轉親，安車何用倩蒲輪。馳驅爲馬雖無術，抛擲化橋如有神。高節不隨攀桂客，虛心偏伴探梅人。持危扶倒耐憑仗，跋涉山巔又水濱。」《苔錢》云：「陰陽鑄就幾枚圓，不似方兄勢焰偏。民舍卻能知潤屋，相門豈復解干權。緑林豪客應無意，白水真人自有緣。清物從來謝銅臭，何妨騎鶴作腰纏。」雲山即細菴，今又改名雉，字神遊，余有句云：「張公天下士，非復舊范叔」。

近代藏書家吾猶及見者，如蒹葭必端之類，家道非昔，書多散佚。今日以鴻富得名者獨有守村鷗嶼。其書十萬卷，真邑中文不識也。鷗嶼名約，字希曾，一字抱儀。書畫俱逸，詩亦清淡。

《初夏幽居》云：「家向緑陰深處住，有時尋句到池塘。紫藤架畔拖藜杖，紅藥欄邊倚竹床。隔葉鶯啼春尚有，看花客絶日初長。幽居卻是多公事，起拭梧桐坐炷香。」《新正試筆》云：「我有丹青筆一支，今朝試手答雍熙。新圖不寫閑花草，臨得澠池五瑞碑。」《題佛庵小梅隱居》云：「松門花徑無人問，野水村橋有路通。只言三尺書窗小，坐受平田萬頃風。」鷗嶼有妹名鶯卿，字春葩，號海棠，才藝殊絶。《畫梅》云：「懶把金針繡鳳凰，且將水墨畫孤芳。指頭曾染薔薇露，只恐燕支涴淡妝。」《遊金澤》云：「夏淺勝春好時節，弓鞋趁伴弄煙霞。傍山沿水閑遊遍，不用蘇家油壁車。」油壁車見《西湖佳話》。

己丑三月，都下回禄之變慘亦極矣。余也衰老，逢此荼毒，心事總灰。雲山《災後作》十絶句，節其二首云：「層樓危閣奔燧象，南陌東阡走燭龍。舊物青氈何得護，此身幾落火林中。」「丙丁童子知何意，把五車書一舉焚。滌蕩餘儲悉無有，依人借讀柳州文。」余亦有四絶句，今録其二云：「劫火歷來難可支，私衣蕩盡總無遺。裸蟲現出知何相，喚做當初墮地時。」「六十年間枉費神，我詩一炬作灰塵。自嗟不及孫之翰，史藁負逃門有人。」皆紀其實也。每一想之，今猶吐舌。

子成自京師見寄云：「天贈五山穿天心，月嫉五山出月脅。風怒其嘲雲怒哂，花木蟲魚嗔蝶狎。協謀合圖遣祝融，雷電來襲風助箑。半生咿嚘琢奇語，未刻稿本空囊匣。何料造物久睥睨，焚其積聚奪素業。君不見，君詩已傳萬口沁萬脾，不患六丁下取扱。何況筆底之詩猶可焚，胸中之詩不可劫。萬累歸盡吟身在，裸臥天地睡鮯鮯。徐起咳唾三千篇，草茁春原水出峽。成帙題曰

《災後集》，精明一變換舊法。譬如曹瞞赤壁歸後養生兵，更臨大江耀戈甲。」妙筆鼓舞，覺死灰將復燃。

松陰君《災後寓居作》云：「老屋修來撑廢頽，安排几案向陽開。焚書已值秦時厄，喚酒誰消蜀國災。破壁纔能粘紙補，老盆聊復買花栽。全然舊稿歸焦土，賴有吟心猶未灰。竈婢燃薪催午炊，炊煙咫尺涴書帷。推窗天小如窺管，添屋地慳無立錐。史籍借來消永晝，鶯花閑卻過芳時。此生詩瘦類流寓，誰作草堂憐拾遺。」《中元月中露坐》云：「災後七月秋，葺成三間屋。窗設不能大，聊復安書簏。千畝瓦礫堆，焦土無一木。今夕值中元，月明不借燭。命僕移胡床，清光燦滿目。城中如野外，草蟲聲斷續。風露過三更，氣澄秋已肅。碧翁賴有情，未奪我清福。」余《中秋海上賞月》云：「人生不滿百，今我過六旬。一年十二次，中秋維良辰。天上多陰翳，衰耄來逼人。此生幸强健，此夕絶纖塵。熊魚並所欲，爲樂最覺真。海風吹雲盡，皎皎湧冰輪。魚龍皆潛躍，萬頃波熔銀。桂宫看自近，玉兔欲相親。松影涼似水，得意坐莎茵。吟脾爽已極，句成覺有神。今年劫火餘，焦土滿城闉。結茅耐秋熱，聚首説苦辛。逼仄又逼仄，此賞實無因。清福吾獨領，恐遭碧翁嗔。」意趣偶同，故駢録之。

服南郭《金龍江月》詩，論者紛喧，呂劉相分。杏坪云：「金龍山畔江月浮，金龍依舊湧江流。百年無復南翁句，惆悵西風兩岸秋。」子成云：「口角宫商音響浮，句中義味欠深幽。一生不解南翁好，兩岸秋風下二州。」叔侄之間所論不同如此。或問余意所擬，余哂曰：「早覺仲容賢。」

秋玉山《富岳》一絶，久膾炙人口。造語雖健，頗爲傷國體，余曾有意作詩彈之。偶讀子成詩云：「帝掬芙蓉雪，抛作崑崙山。雪汁即黄河，卻向東海還。」翻案極妙，軒輊得宜，可謂實獲我心矣。子成論詩，率如自我口出，真可人也。

彦根爲湖東第一雄藩，蔚然文物，今日爲最。以其密邇京師，墨客韻士來往無虚。如島棕隱、梁星巖諸子客寓日久，薰陶所資，彬彬有人。大率著鞭多在當路上，巨室所慕，敦厚成風。唐句云「化成風偃草，道合鼎調梅」殆謂此也。今通上下得二十有一人。

樂山木俣易，字子簡，好文愛士，能忘國高之勢。星巖屢稱其嘉樹之美，余仰欽非一日。姑就星巖書中得其近作，録以爲他日納交之地。《春曉》云：「曉煙漠漠罩平沙，幾點林梢散宿鴉。一片殘蟾看已淡，鐘聲款度滿城花。」《社日所見》云：「社鼓喧鬧晚未收，桑麻夾路緑方稠。茜裙皂帽過橋去，一道村溝人影流。」《冬曉》云：「一脈新寒判曉晴，光芒射眼數星明。拳鷹坐待東方白，風走空堦落葉聲。」《湖上冬景》云：「釀雪寒雲攪晚空，搖搖曳曳去隨風。罅間忽洩斜陽影，萬頃平湖一線紅。」聞其家有沈水香化石，高三寸八分，徑七寸五分。峰巒參差，香氣滿室。扣之鏗然如磬，實爲希世之寶。因以「石香」自名其齋。相傳寛永中韓使來聘，有洪知事者號東溮，與其始祖某結僑札之交。當日洪贈以雕龍大端硯、菜玉壺及此物，三物儼然今爲家珍。余欲作石香齋寄題詩，未果。

簡齋田爲典，字舜卿，愛才如命。賴子成嘗作齋記，極悉其爲人。魏闕白雲，趨向如一，殆全人也。今臚列其新舊著作，《感懷寄某》云：「暌離動即誤瓜期，況復官途欠坦夷。聊且得閑何耐醉，偶然排悶只緣詩。縱非馬革裹尸日，猶有龍鱗逆命時。千萬心酸向誰語，此心獨許我兄知。」《芹水春望》云：「萋萋芳草緑連空，一帶長堤繞郭通。春色不隨流水去，梅花纔落杏花紅。」「清流拖碧皺靴紋，數點飛花風裏分。瞥見翠楊村外路，遊人一隊蔟紅裙。」「東風吹暖柳如梳，亂水嚙橋春雨餘。知道桃源元不遠，流紅幾點出村渠。」「歸鴻目送夕陽初，一桁青山畫不如。誰棹輕舟穿柳去，水煙生處櫓聲疎。」佳句云「鑿池新試魚千里，分畝先栽芋一區」「獻替徒勞經國計，功勳長愧伐檀詩」。

龍臺平泰交，字子同，風騷奕世。乃祖久徵，字明卿，能文善畫。乃翁久純，字德卿，致仕頤志。詩極雄渾，有《六松園集》四卷，清鮑秋吟作序，既刊布世。至龍臺，風流益著。戊子東下，稽留日久，屢得承詩酒之歡。今録當時諸作，以洩渭樹之情。《初夏郊行》云：「杖履乘晴出，村村夏色齊。飛花迷粉蝶，密葉蔭黄鸝。水漲新秧短，煙遮老柳低。風光無畔岸，立盡小橋西。」《客中春盡》云：「東皇回駕去忽忽，獨坐焚香寂寞中。三月已過榆莢雨，五更空恨楝花風。百年世路人將老，千里家山夢僅通。又是他鄉送春盡，客蹤無奈後歸鴻。」《午睡至晚》云：「黑甜覺後夕陽餘，倚几窗間懶讀書。喚取酒杯先取醉，此心已與利名疎。」摘句云「麗日鶯穿樹，微風蝶護花」「搗月砧聲急，横雲雁影高」「桂開秋有色，荷盡雨無聲」。其弟久壽，字季山，號松濤。《初夏雜興》云：「深院落花後，疎簾柔緑中。青梅差熟雨，新竹不禁風。埽榻非延客，烹茶且喚童。閑權吾獨領，静意與山同。」《偶成》云：「積雨初晴嫩緑肥，讀書課罷已斜暉。出門散策無人共，閑看湖雲歸翠微。」其子泰和，字貞卿，號謙亭。《晚晴》云：「湖村收雨後，詩景滿眸通。銜日遥山紫，經霜近樹紅。鐘聲輕靄外，鷺影淺沙中。無復人爭渡，呼舟立晚風。」《湖上晚歸》云：「水緑山青送夕陽，湖村到處領春光。吟鞭款款東風軟，一樹梅花撲馬香。」《林亭夏日》云：「清和四月袷衣天，緑樹陰濃晝抵年。何物能來破岑寂，讀書窗外有鳴蟬。」鼎食之家，文種綿綿乃能如此，吾輩實有愧焉。其家人有大林儀子表者，號荷坪，亦從余學詩，《二色桃花》云：「濃淡淺深春自明，奇花相並放仙英。彩雲偏傍碧雲麗，素雪還隨丹雪清。露洗粉腮珠有色，霞生醉臉更多情。無端際晚東風動，紅練起邊飛蝶輕。」《湖村夕眺》云：「六七人家枕柳塘，釣舟歸去已斜陽。微風吹展玻瓈面，照見湖山一片光。」

緑野長業壽，字子寧。頗喜窮理，每相聚讀詩，人多爲所窘，至其説風情則亦極有解頤處。《秋日出遊》云：「秋晴無限好，極目送歸鴻。佛塔穿林出，人家沿岸通。稻雲收宿雨，蘆雪舞顛風。款段歸來晚，置身圖畫中。」《新雁》云：「南飛新雁雨晴初，相喚聯翩過客居。驛使鄉關足來往，不須憑汝數行書。」《霜夜聞鴉》云：「月白驚鴉啼數聲，滿天霜氣不堪清。山鐘未動人愁絶，又是楓橋夜泊情。」

脇豐達，字子義，號梅泉。在役一歲，余就其邸舍屢讀杜詩，樸淳老愨，君子人也。《湖上冬曉》云：「萬頃平如鏡，湖光曉更清。雪晴山自近，日出水先明。霜雁斜斜影，風蒲獵獵聲。雙眸著何處，粉雉認高城。」《春曉》云：「春眠隨例失清晨，恰恰啼鶯喚夢頻。枕上孤燈紅未斂，門前已有賣花人。」《初夏》云：「花落林亭積雨晴，陰陰夏水繞軒楹。午窗眠足閑無事，聽得殘鶯三兩聲。」

廣將行，字子美，號濤堂。從政諸彥，此人最爲少年，其詩衣鉢棕隱。《殘菊》云：「重陽過了老秋光，傲骨猶堪籬下霜。無復人來看晚節，空教寒蝶領殘香。」《冬閑》云：「撲檐風霰響瓏鬆，衾冷床頭欲睡慵。有約不來燈蕊落，等閑聽盡五更鐘。」《楊妃教鸚鵡圖》云：「噩夢能來語鏡前，與君不免惡姻緣。卻憐一著輸他慧，空把心經口自傳。」

藤堯三，字子卿，號求友，爲公族大夫。其人温藉，有趙愛日之風。《夜永》云：「夜永憐岑寂，只嫌寒易侵。江風漁叟笛，霜月女郎砧。時序空來往，人心自古今。三冬文足用，幾客惜分陰。」《冬曉》云：「棲鴉啼散滿林風，一片寒蟾影欲空。詩景蕭條無覓處，殘香劣在菊花叢。」其弟三盛，字子成，號竹溪。弓馬餘事，覃思吟詠，《湖上秋日》云：「閑身日日愛清奇，又及鯽魚楓葉時。泛宅只應隨父老，垂綸聊復伴童兒。沙鷗汀鷺非生面，酒市漁村總舊知。自覺此中天地別，一吟一醉是生涯。」《夏日》云：「殘鶯啼破午時眠，起坐窗間晝似年。不道春歸衆芳歇，紅川鵑映白川鵑。」

竹溪別構一室，曰緑筠書屋，室内雜陳經史百家書，優游以卒歲。《偶成》十絶句，今録其二云：「愛靜多年與世疎，一塵何肯到精廬。這裏自知能事畢，滿庭寒玉滿床書。」「晨夕吟哦老此身，出門散策興還新。江山無限爲吾有，要學風流賀季真。」其人風致可想。

石蓮新野春，名中規，別號清來窩。亦爲望族，多病辭劇，今爲散官，書畫琴笛皆能造詣，就中畫事最極其精，詩自不凡。《書懷》云：「病廢朝參職事空，優恩且許養微躬。胸襟似水能堪冷，案牘如林只任叢。裘帽曉看孤館雪，枕衾夜聽大湖風。蕭然一臥年華逝，閑散將同玉局翁。」《溪居春事》云：「一雨清溪錦浪新，便有游船來問春。東風不鎖仙家路，也著桃花勾引人。」《春夜聽雨》云：「春雨隨風灑竹檽，小山屏掩一燈青。瓦溝滴盡流泉韻，徹夜潺湲和夢聽。」

雪湖源康宗，字朝卿，才鋒極鋭，詩則爲湖東第一。《秋日出遊》云：「寒雲斜日蘸清灣，蘆白蓼紅秋一般。偶跨蹇驢出尋句，時携健竹去看山。農談半晌聊忘俗，村釀三杯且解顔。自笑閑人筆能健，醉題滿壁不須删。」《湖村晚興》云：「買醉旗亭到落暉，前村半已鎖煙霏。湖光不動山沈碧，一葉漁舟衝暝歸。」乃祖康純，字少卿，《寒松亭遺稿》十卷已上梨棗，詩有享元餘響，今録一律以示先聲之自。《湖上早秋》云：「峰影雲崩大火流，何來爽氣滿城樓。西風砧杵千家夕，踈雨梧桐滿院秋。憔悴榮華悲逝景，零星杯酒念曾遊。百年書劍成何事，辜負江湖一釣舟。」

黄石岡本宣哲，字文卿。其先喜庵，以鈐韜起家，爲海内領袖，又名善書。文卿不殞其業，文武兼濟，今纔過弱，實爲譽髦。《夏日書懷》云：「考槃風味在吾廬，草滿閑階不肯除。睡起看山收雨後，詩成題竹納涼初。時平猶自存兵略，日永無聊閲道書。寡欲清心真得所，何須屏跡混樵漁。」「有時來去黑甜鄉，此裏真成興味長。詩瘦祇應同沈約，性慵元自似嵇康。門無襏襫何知熱，床有蓬蒢可飽涼。胸次久忘榮達事，繁華不復夢黄粱。」「槐柳扶踈陰更稠，山窗獨坐不堪幽。除詩之外我無事，經國有才誰用籌。身後榮名悲馬骨，世間躁進笑麞頭。散樗赢得生花吻，千首真輕萬户候。」其家僮有筱成美字天琛者，頗爲穎脱，《山家秋夕》云：「瘦日紅收半掩門，殘蟬猶是躁黄昏。牧童弄笛歸來晚，一縷炊煙林外村。」

本守位，字子仁，號翠芳。有許詢癖，每逢勝概，藉草而坐，戀賞移時，殆塵表人也。《和田嶺》云：「漲翠奔青千疊圍，嶺頭俯見白雲飛。浩然意氣橫寰宇，無限天風吹滿衣。」《不忍池觀蓮》云：「灼灼芙蓉出水紅，池亭四面飽香風。只疑山上霞標起，倒影清波十里中。」

犬塚正陽，字子乾，號花月。讀書極鋭，詩亦出別格，語多涉奇峭。今拔其優者，《冬曉》云：「猶有餘温在，撥爐紅可親。衾稜三寸鐵，瓦脊一重銀。月以朝爲暮，梅於冬行春。家童起何晏，鄰汲轆轤頻。」《新涼》云：「昨雨傾盆送急雷，朝來爽氣十分回。窗前商韻風搖竹，石上秋痕露洗苔。心比長途初稅駕，身如涸轍頓沾腮。乘涼應有同人至，先埽茅亭具酒盃。」《題詩仙堂》云：「詩有仙風筆有神，先生陶韋本同倫。堂榜願倩丹青手，三十六人添一人。」子乾善爲人謀，俠腸自輸，今與子仁同居瞽御，泄柳、申詳，余竊賀其有人。

子乾外雖骯髒，亦極存温柔氣象，不能無廣平梅花之賞。庚寅將還鄉，余酒間贈詩云：「抽身歌吹錦城中，三載歸來湖上風。蹙緑琵琶君舊物，休將新曲問玲瓏。」座客爲之一粲。

龍護，字業夫，號雲樵，爲草廬先生之孫。藉藉名家，豈得不欽？《早發》云：「馬聲人語已紛紛，殘月蒼茫曉色分。山寺鳴鐘聽不遠，一聲敲破幾重雲。」《新秋步月》云：「微風吹月月初生，醉袖追涼任意行。正是中元時節近，滿村燈火蹈歌聲。」《磨鍼嶺和詩佛韻》云：「淡煙籠樹遠連空，斜照漏紅雲一重。湖面搖搖風不定，翠光浮動兩三峰。」佳句云「行露莎鷄羽，村煙瓠子花」。

西澤崐，字子玉，號菟山。爲將作下吏，祗役東下，就余問詩。其人胸襟灑脱，余傾心相接，屢同糟丘之盟。《夏晚睡起》云：「睡起天將夕，移床意足欣。噪蟬高樹雨，亂竹半庭雲。斜日收簾額，清風灑簟紋。此中殊有味，可以解塵紛。」《酒瓢》云：「閑行挈得自能輕，腹貯瓊漿只任傾。乘暖梅村先作伴，邇涼蓮蕩且同盟。月明遊舫堪資興，雪霽吟驢可借清。一歲風光隨處樂，好將真率學長生。」

橫田敏，字敬德，號蕉齋。《首夏林居》云：「開窗迎夏令，新緑秀堪餐。經雨薇拳長，和煙筍戟攢。鳥啼知境靜，花落覺心寛。且任家童懶，苔痕上矮欄。」《新荷》云：「田田點破水雲中，一點無瑕碧玉同。短柄未堪擎雨傘，柔莖欲試吸霞筒。小盤落落先承露，輕扇搖搖已弄風。鑄就萬錢如許富，從頭不見濟貧功。」

太田寛堯，字子文，號松窩。《春草》云：「遠近淡濃三月天，郊原十里緑芊綿。承露擎時如種玉，迎風偃處似鋪氈。落花紅襯霏霏雨，流水青迷漠漠煙。鵝鴂一聲休喚起，謝家池上夢方圓。」《雪聲》云：「窗紙無端覺白生，認來密雪送寒聲。蟹沙蠶葉何須比，只是耳根聽自清。」

澀谷昭，字叔明，號勉齋。五排《春雪映早梅》云：「春淺仍飛雪，氣融先放梅。封香何肯洩，同色豈無猜。掩映清虛府，依稀重璧臺。紛如素娥下，艶似美人來。添得灞橋興，擬將東閣才。自非存傲骨，安得冒寒開。」頗似唐人試帖。《月餅》云：「千杵應勞白兔兒，團團七寶合成奇。天香桂子和膏後，秋水菱花出匣時。盈掬水光猶訝冷，半餐輪影只嫌虧。雲梯登取何容易，饞腹詩人足療飢。」西山篤雅，字子正，號梅原，《湖上晚晴》云：「湖面開明鏡，秋晴望最分。煙消山展翠，風死浪收紋。雁影斜橫浦，鐘聲遠出雲。夕陽金碧手，似學李將軍。」《雪景》云：「漾漾寒波蕩壁間，有人蓑笠刺舟還。床頭三尺開天地，臥看江南雪後山。」二人并以岐黄術鳴，詩亦可成國手矣。

梁星巖近日挈家客寓湖東，隱然一敵國，我望而畏之。星巖即詩禪，初名卯，字伯兔。子成詩云：「誰知伯兔迷離眼，卻竊蟾宮靈藥來。」今改名緯，字公圖，再還玉衡，上列星緯。文彩之著，固不足怪。

星巖寄示近業一册，今抄情景最切者以代小傳。《感懷》云：「寓攝還京滿鬢塵，龍鍾又到大湖濱。讀騷不熟非名士，以醉爲鄉是逸民。他日敢期金鑄像，流年只怕墨磨人。風酸霜苦渾嘗盡，唯有吟詩味最真。」《松原寓居雜題》云：「城鼓響傳更短長，透窗風冷鬢吹霜。夢飛上國綺羅地，人在東江魚蟹鄉。」「戚岸船聲寒鞺鞳，結罾燈影夜蒼茫。雖然是寂也堪慰，有酒盈樽書滿床。」「晨光忽破宿煙收，面面峰巒翠欲流。賈舶畏風收半席，漁舠衝浪入群鷗。笭箵堪學聱牙叟，城郭應同磊落州。如此江山誰付汝，非吾土亦望登樓。」《摘句》云「細腰杵響霜偏重，長頸瓶乾菊也衰」「貧非無味一盃酒，老似有期雙鬢霜」「敢望以詩鳴盛世，唯思憑酒送殘年」。

星巖《食湖魚膾歌》云：「東風吹雨過湖城，梁子適成湖上行。氣節正當三月半，滿岸桃花錦浪生。是時湖魚登春網，網師當舷如操兵。大魚挺立小魚泣，但見萬頭戢舂落地明。主人家住城南肆，招我爲斫湖魚膾。紅霞亂落爛銀刀，吻角沫飛箸失置。湖膾之美耳聞久，忽然入口疑夢寐。京洛豈無生鯉魚？氣形難似風神異。昔我薄遊東海濱，春茄冬筍飽嘗新。松魚上市肯讓先，隻尾不惜拋千緡。如亭山人老益壯，對坐論味鬪百珍。意氣似欲無郇國，鄒平憲章豈足云。自從飄零各西東，爪痕誰定雪中鴻。山人骨已生青苔，白髮我仍苦轉蓬。吁嗟今夕是何夕，眼明見此黄金尺。恍惚如坐琳池側，惜哉山人弗及識此味，一生只賞赤鬃赤。」可以廣《詩本草》矣。

星巖配張景姚，字月華，號紅蘭。伉儷最篤，日相倡和，所謂真梁鴻妻者！《夏夕》云：「倦拋針線慵重理，汗珠透衣睡方起。沙焦金鑠午逾熱，憐見園花乾欲死。際晚稍喜生涼颸，一痕初月細如眉。茉莉花開香盈把，簪向鬢邊雪離披。」又云：「涼風枕上夢初回，深園無人長緑苔。怪得蝴蝶穿簾入，一盆紅雪佛桑開。」紅蘭善花卉，題自畫《芳草蝶飛圖》云：「故臺芳草鎖煙霏，萬古青陵事已非。憐箇貞魂團不散，春風隨處作雙飛。」星巖又有女弟子河千枝，字素影，號秋香，詩書并逸，《晚秋所見》云：「無數寒禽集野塘，蘆枯荷敗奈蒼茫。猶留秋色供詩本，一樹丹楓媚夕陽。」星巖贈詩云：「婷婷素藕照池塘，洛水流風羅襪香。端紫瀉來荷上露，閑臨大令十三行。」

五山堂詩話補遺卷五

范石湖《立春》詩「擇菜翻餅鬭殘更」，「翻餅」不詳的爲何事。偶閲《漁洋偶談》載：「宋太祖既下并州，欲乘勝復幽薊。咨趙昌言，對曰：『此如熱鏊翻餅耳！』呼延贊曰〔一〕：『此鏊難翻。』」始知「翻餅」爲燒餅矣。按《字書》，鏊，燒器，金屬。

韋蘇州「何人書破蒲葵扇」句，極爲疑案。按：晋謝安有盛名，鄉人有罷縣詣安。安問歸資，答曰：「惟有五萬蒲葵扇。」安乃取捉之，士庶競市，價增數倍。又，王羲之在會稽見一老嫗持數十許六角竹扇，羲之因書扇各作五字，語嫗云：「道是王右軍書，字索百錢。」則謝止捉之，未曾書字。王所書者竹扇，始非蒲葵。二典相紊，已爲誤用，何況蒲葵葉同雁翅，原非可書之物。李時珍嘗斥許慎以棕櫚爲蒲葵之非，蓋其物南産，北人目不多睹，故瞶瞶如此。至如雍裕之《題蒲葵扇》句云「傾心曾向日，在手幸摇風」，直以葵爲蒲葵，鹵莽更甚，殆堪一噱。

謝家鹽絮，一時笑樂之語，竟爲千古佳話。余謂便是三韻聯句：「白雪紛紛何所似安？撒鹽空中差可擬朗，未若柳絮因風起道韞。」似、擬、起三字協韻。只如此觀，殊覺風致。後人不解，誤把

〔一〕贊：底本訛作「蠶」，據《塵史·忠讜》改。

起聯做閑言語，妄意改篡，已删「白雲紛紛」四字，又於「似」字下加一「也」字，亦太可笑。又謂「未若」二字自應屬雪，猶曰「未及」，言雪微，未及柳絮漫空耳。狀得小雪，各異其撰，所以取謝公之悦。後人又把此二字做口吻相夸之語。鹽絮二況，妄定軒輊，似傷謝家雍熙之風。

伊賀鹽田華，字士鄂，號隨齋。奇才俊逸，曹斗不啻，飲酒磊落，詞辨如注，詩多巨作。如《次諸葛中如佛足石韻》云：「一僧九儒異甘酸，斯語不啻宋元間。白足上人黑衣相，先生未免苜蓿盤。三武破佛芟枝葉，隨芟隨生踵相接。酷似祖龍火六經，暴如獨夫剖朝涉。韓歐持道輔於毛，空文難耐口舌勞。原道力挽狂瀾倒，本論仰瞻天柱高。何圖東海亦揚塵，王子公孫皆捨身。金碧焜煌七寶塔，振起宗風轉法輪。天母鞠躬自局促，歸命頂禮佛足石。巋存南都舊伽藍，殘僧寥落護遺跡。二百餘歲倐霸業，六十六州歸王法。僧兵妖賊皆澌滅，蚩蚩之民免剽劫。緇錫守分衣食薄，乞丐都城鳴其鐸。吾道勃興在此秋，風靡萬邦春有腳。」極爲雄渾。其小碎諸篇亦復可愛，《望富嶽》云：「蓮嶽明几席，咫尺揖瑤顔。白雪玲瓏色，朱霞縹緲間。誰能凌絶頂？一覽小群山。仰止三嘆息，高標不易攀。」《盆蓮》云：「大華峰頭十丈蓮，驚人壯語豈其然。瓦盆纔長田田葉，便是江湖煙水天。」《折菊》云：「菊花開日即重陽，折取一枝籬下黄。天地秋光落吾手，浩然風露滿身香。」《片田道中》云：「蜑户鮫人聚作家，層厓叠嶂接平沙。春風微峭南州路，開遍山茶處處花。」

隨齋擬趙甌北《美人風箏》六首，兹收其三云：「不落人間紅粉叢，輕盈飛入夢雲中。纔看鴉襪離平地，已聽鸞絃驚半空。曳月仙姬遭謫墮，散花天女現神通。升沈難奈東風恨，一脉春情倚玉童。」「掌上纖腰舞態多，翻風雙帶曳輕羅。朝雲偏迓逢神女，夕月還疑見素娥。玉臂故纏長命縷，珠喉偷解步虛歌。笑他繩伎無仙骨，能做半天高舉麼。」「綽約仙姿嬌不勝，餐風天上自飛騰。鳳頭鞋露霞裙底，鸞尾釵欹雲鬟稜。歌曲纏綿如有恨，情思繾綣喚將應。祇疑月下老人到，早結良緣繫彩繩。」殆可使甌北北面。隨齋生平以韓蘇自期，不屑作此等纖縟語，一時遊戲，非其本色，姑録以示武庫兵無所不備。

石井教，字子行，號樟齋，秋田人。倜儻不羈，極善筆翰，最長草書。隨齋有《樟齋老人草書千文歌》詩，中云：「酒酣乘興一揮時，疾雨卷紙濕淋漓。忽忽所書亦沈著，顔筋柳骨乃得之。嘗夢作字紙皆拆，痛快頓覺利劍畫。因書諸掌醒猶疼，自此書法如有獲。」紀其實也。性又好吟詠，《溪寺晚歸》云：「禪棲元自足忘機，清話無端到夕暉。村犬馴人隨杖屨，山僧送客出林扉。竹深曲徑寒泉迸，松暗高峰倦鶴歸。却恨看看城市近，此心已與白雲違。」閒澹可愛。其子驥，字千里，號澹庵，專攻醫事，詩自有家風。《至日客懷》云：「都門暖異朔方寒，梅綻柳舒心已寬。記得去年南至日，滿峰晴雪擁爐看。」

狹貫揚明卿，名徵，號分潮。田宅之盛，夙稱素封，余故人中最故者。近日書來云：「桑榆已迫，親朋哭盡。所樂餘生，惟墨竹一事，自謂無愧竹石、介石諸先。今呈近製一幀。」忽憶昔同柴碧海停宿其樓，樓近接五劍山，碧海酒間命名曰「對五劍山樓。」醒醉三日，頗極其歡。事在三十年已外，因題一絶句云：「森然萬竹匝柴關，更架書樓納劍山。猶記亂青風外坐，三人把酒對孱顔。」顧碧海間歲東役，賴有披襟之日。分潮則千里相阻，實爲分潮，恐無今生相見之理，爲之悽然。其子維馨，字子德，號靜居，極有詩癖。分潮屬余録其近作《暮春感事》云：「嬌紅膩紫滿園春，一夜顛風吹作塵。蜂蝶不来鶯亦去，薄情何獨世間人。」《秋夜》云「竹簟紗幮眠夜凉，吟蛩又是苦相妨。黑甜已被蜩螗攪，千萬渠儂莫近床。」《夜泊》云：「孤篷窗暗水煙凝，梦破中宵月未升。東渚西灣看不辨，燃愁一點有漁燈。」《未展芭蕉》云：「幾卷緘青未肯披，踈寒淺暖暮春時。渠儂心事吾能會，只怕主人題惡詩。」皆可誦也。

秦希賢，字嘉善，號適齋。其祖香左翁，以篤行爲一鄉耆儒。余童丱時，挾策遊門，便便其腹，竊唤作邊經笥。其父靜齋，名盈，字子進，讓余一日之長。少時螢雪相俱，今則爲宫監，文雅拂地，僅得其舊作二首。《夏日》云：「人間無奈熱，移榻就叢篁。一枕眠方美，翠雲護夢涼。」《晚望芙蓉》云：「芙蓉玉立聳林端，襯得殘陽秀色寒。飛鳥孤雲能補景，一時併入畫中看。」適齋才鋭嗜學，在塵壒中猶思自奮，至詞章則迥出前人之上。《狐聽冰》云：「積陰冰合水無流，芃者凝思俯朶頭。果敢馮河雖有志，猜疑濡尾儘堪憂。戒身已審同行地，属耳尤精似首丘。步履款移還自阻，恐他暗溜亂寒颼。」《春日》云：「晴日烘雲驟暖天，梅花籬落雪嬋娟。箏聲輕響風能軟，一半春光屬紙鳶。」《圍棋》云：「落玉聲中晝正長，將言偶坐兩相忘。機心却被傍人笑，著著爭先抵死忙。」《釣臺圖》云：「知與故人猶有情，同床一夜負鷗盟。富春山水只應恨，誤引釣臺千古名。」

牧古愚新下董帷，與余僑居僅隔數武，唱和不復借吟筒矣。《卜居書懷》云：「尺土千金地，王侯列第餘。賃家容我膝，下帳授人書。菽水貧雖甚，風塵事則疎。不妨都會大，著此寂寥居。」《風櫻》云：「重疊瓊葩逞艷姿，無情有意被風吹。帰空帝子回車賞，催就將軍出塞詩。滿塢香雲搖不定，半天晴雪亂如篩。名花最是銷魂處，不在開時在落時。」《霜夜》云：「列宿紛紛動彩芒，何知空里暗飛霜。無端缺月臨檐角，瓦上鎔銀寒有光。」《刀禰舟中》云：「交膝摩肩客滿船，楚言齊語各喧然。誰知漁火江楓外，月落烏啼人未眠。」其他佳句如《柳眉》云「送客橋頭殘黛蹙，望夫樓外遠山愁」，《月中桂花》云「秋晴影落三千界，夜靜香翻九萬風」，讀之麻姑搔癢，殊覺快美。

昞柯太田張，字子弛，其齋曰「五樂島」。默齋同在官局，爲作齋記。昞柯學無所不覘，其於莊禪最爲得意，嘗就淇園先生有所質問，先生作書報之。《冬夜》云：「夜靜寒齋獨未眠，一爐榾柮已無煙。紙窗竇栗聞風吼，臥讀南華至樂篇。」《自遣》云：「百年電露不須哀，生死窮通付酒杯。自是醉鄉無一物，此中何處惹塵埃。」皆頗露本色。

默齋，名厚，字德歸。退朝有暇，窮討史籍，書亦極遒。少昞柯二十餘歲，謹飭出其右。《幽居雨中》云：「林居三日雨，濕翠染人衣。詩債尋常有，棋讐來往稀。泉聲喧石枕，竹氣透紫扉。晚筍還堪煮，村酤未必非。」《冬日偶成》云：「疎懶元吾性，任他筆硯埃。編茅護盆植，燒藁貯爐灰。籬落唐花綻，階除落葉堆。狸奴負暄睡，百喚不曾來。」情趣自佳。

阿波北鄙山中有地名祖谷，澗壑縈環其中，開一村落，藤葛爲橋，僅通來往。居人自言，其先避亂來住于此，嫁娶不出一村。蓋亦桃源、朱陳之類，但以其險僻，人罕容跡者。三井雪航，夙抱探奇癖。嘗遊其地，使客某作圖卷，又自繫以詩。今抄五首以闡其幽，併傳其人。詩云：「兩崖相峙自爲門，行盡溪澗斗有村。民俗到今猶古樸，不妨喚作小桃源。」「短褐覆膚雖不全，充飢芋栗可支年。晨炊鑿凍筧筒水，夜作燒雲炭竈煙。」「狼猪山深夜横行，梯田無奈暴耘耕。松明光冷蓄藷圃，鳥銃響雲時有聲。」「藤葛編成經緯工，跨雲架澗往來通。步步橋身搖不定，匹如蛛網弄輕風。」「四山環立甕中天，老木臨溪晝鬱然。險棧危橋經過盡，苦辛自覺似修仙。」雪航，名清，字子潔，象山人，嘗學詩於菅茶山云。

阿藩增田成龍，字雲卿，號雙梧，蔭補儒員。詩筆太健，《鶴骨笛》云：「嘹唳和笙雲外翔，緱山曾是度宫商。化形猶想員吭引，换骨纔看斷脛長。響徹清都深夜月，聲飛赤壁滿天霜。依稀記得仙家曲，清越臨風幾斷腸。」《歲杪書懷》云：「長鋏終年走世埃，偏驚烏兔緊相催。隨緣宦海任漂泊，托跡醉鄉時往來。金馬只應清曠地，土牛豈是遠馳才。梅花不負平生意，故向書窗對我開。」雙梧曾寓居茶水樓，扁「借月」二字，自題云：「無復浮雲著點埃，太空借月小樓臺。此心查滓能消盡，又是玲瓏一鑑開。」似仿文公體。

西播菅長成，字秋穀，號青棠。嘗托雲山求收其詩，余已許之，未幾下世。今録二絶，以付挂劍之義。《春遊》云：「問柳尋花到夕陽，旗亭到處酒方醺。縱能他日來追約，緑葉成陰已幾分。」「浩蕩春風三月天，李花如雪柳如煙。南陌東阡韶光遍，不妨人學海棠顛。」

雲山又舉其社弟二名，一荻原翬，字文侯，號秋巖。《元旦》云：「晨起欣然坐草堂，敞窗試筆答新陽。梅花玉綻東風底，便覺箋頭字字香。」《春日》云：「梅花籬落香初動，楊柳池塘氣已匀。閑倚吟窗領清景，茅堂也勝玉堂春。」秋巖書法極精，有《觀懷素自敘帖歌》，篇長不録。一堀川嘉，字希孟，號槐寮。《詠蟬》云：「高梧飲露身能潔，菀柳吟風韻自長。肚里如何留恨種，愁人耳畔送斜陽。」《苦熱》云：「滿城熇氣欲焦膚，恰似身圍活火爐。都下丹青客何限，倩誰爲寫北風圖？」劉褒畫《北風圖》，見者覺寒，出《博物志》。

岡山今田貞，字士幹，號玉葛。《獨夜賞月》云：「碧宇雲消盡，月明遙夜看。離棲鴉繞樹，廢睡客凭欄。露氣侵衣冷，桂香和酒寒。孤吟興還足，滿意弄冰盤。」《山中晚晴》云：「驅雨西風晚策動，山雲解駁放斜曛。忽忽曳杖過橋去，濺濺奔流到處聞。」《癸未仲秋大風》云：「何來颶母恣長驅，坤軸如傾只要扶。七十鄰翁來語我，獰飆如此口碑無。」仙臺村上任備，字恒晋，號蘭皐。《看花至暮》云：「十里蹈紅春雨餘，顛狂又到暝鴉初。傍人問我歸途便，可買扁舟買竹輿。」《冬夜》云：「栗烈霜風戰齒牙，覓泉聲絶寂無譁。紙窗移上三更月，一樹棕櫚現夜叉。」《湖村晴雪》云：「雲破湖村夕照浮，林林薝蔔眩雙眸。瓦甌斟盡漁翁醉，雪滿半篷猶未收。」二人各爲其藩知邸。玉葛首以四仲月設雅集會，同盟數人，例以睡櫻爲東主，座間詩畫圖歌，隨意取興。公務有閑，爲此優游，亦是熙朝樂事矣。睡櫻隱士以畫櫻著名。

小里景儔，字子朋，號永溪。亭堂爲余傳其近作，《春遊所見》云：「堤花如雪柳如藍，鶯語嗾人春已酣。誰向旗亭恣豪興，夕陽門外有停驂。」《山中春盡》云：「緑陰成幄雨餘稠，幾點落花追澗流。寂寞茅亭人不到，老鶯盡日語林丘。」《江村夏日》云：「垂楊窣地淨無塵，早有凉颸起渚蘋。瀲灧波光遠山碧，此奇獨屬釣魚人。」

志毛正應，字子健，號藕塘。三寸舌耕，凶稔兩忘。與人相接，不界物我。生平似不能言，酒後勃勃，豪氣逼人。詩多疎宕，今録其醇者。《浴木賀温泉雜吟》云：「溪澗聊且僦茅茨，半爲膏肓半爲詩。近枕湍音聽得慣，隔窗樵話接來奇。晨興先對山千尺，晚炊重催黍一炊。箇裏春光最堪喜，紫荊花上囀黄鸝。」「懨㦝人煙數户村，將言此處是桃源。澗因松倒就通路，圃爲鹿搶多作樊。夢后看山欹倦枕，醉中聽雨坐頹軒。鄰房知是招棋敵，較得輸贏入夜喧。」《上毛道中》云：「村落祈祈桑者多，到邊蠶繭雪爲窩。天工奪取人工巧，織就晴雲幾匹羅。」「數頃山田雨足時，孤村人少插秧遲。群蛙占得幽閑地，閣閣相呼水滿陂。」「重巒複屋幾行程，略約窮邊亂石横。三日更無驢背興，宜詩去處不宜行。」

藕塘有弟，名正衡，字慎卿，極有至性，乙酉以病亡。藕塘爲製碑文，又就遺篋中採若干詩，囑余録存。《秋夜》云：「獨酌匏樽酒，茅堂待月生。蟲聲入秋細，露氣逼人清。剩暑將無迹，新凉最有情。坐來饒興味，微醉下階行。」其最可憐者《病中絶句》云：「三旬伏枕最傷情，病骨羸然不耐行。慈母恩深親藥餌，何時能報潁封羹。」讀之能無愴然。

香山偉，字俊民，號竹塢。篤厚沈默，瘦骨如菊。内能抱義膽，好濟人窮厄，真畸人也！詩頗鴻富，姑抄幾首。《元旦》云：「逝波流電奈怱忙，又見春光到草堂。柏葉先斟生日酒此日爲誕辰，梅花仍帶去年香。溪聲決決知冰泮，鳥語諧諧覺晝長。門徑寂然無賀客，閑來繙帙倚書床。」《初冬出郊》云：「纔出郊坰已適情，況逢霜后十分清。水寒枯荻和花倒，風急驚鴻亂隊行。紅錦樹圍諸寺晚，翠螺天放數峰晴。砧聲煙暝知何處？漸看孤燈隔岸明。」《晚涼》云：「豆壠茄畦過雨涼，小星三五已生芒。南天一簇雲如墨，猶有金蛇迸電光。」《度莒根嶺》云：「怱怱拂曉度孱顔，流霧奔泉不暫閑。石路崎嶇三十里，誰知昨日望中山。」

三好達，字彦珪，號恬庵。嘗從牧鉅野學，裘褐不完，貧無可依。俊民憐其才，爲賃房居之。既病不起，以庚寅亡。今就遺稿抄撮二首，亦俊民之志也。《夏日偶成》云：「斷梅節過未全晴，日見蒼苔侵階生。新釀潑醅同客試，古琴脱服與僧評。還巢乳燕穿簾影，繞屋幽篁解籜聲。自笑樗散無世用，疎慵長此掩柴荊。」《盆池》云：「江湖生長飽涼颸，棹弄漣漪到處移。矮屋如今無奈熱，讀書窗下頓盆池。」

雲藩渡部利義，字子和，號雪窗。年纔過弱，清才耽詩。不幸全家罹疾，兄妹並亡，身亦尋殞，實在辛卯歲。今收其遺詩，以慰九京之恨。《墨水觀梅》云：「絡繹遊人過野塘，渡船滿載去來忙。梅園一入花如海，香最多處却失香。」《北澤賞牡丹》云：「新妝樣樣媚春暉，香暖風前雲錦衣。生怪村翁恣豪舉，一時聘得百瑤妃。」《病中》云：「臥病無端度幾旬，圖書埋盡案頭沉。自知不免牛衣泣，一箇曾無感激人。」

天野錦園，名好之，字子樂，余屢相會於詩佛壇上。《雨中看花》云：「冷透吟蓑雨腳斜，衝泥更覺一堤賒。模糊十里雲低地，中有紅雲知是花。」《春晚》云：「九十韶光夢半宵，一園紅紫忽蕭條。籬邊唯有梨花雪，長與春愁不肯消。」《梅雨》云：「芒鞋何日蹈新晴，厭聽經旬檐滴聲。唯有蝸牛與人異，濕邊自在負廬行。」

美濃富田政之，字琢吾，號菊潭。近日出都，來投余社，《春晝》云：「午暄牽睡眼朦朧，起坐焚香小院中。數囀流鶯春寂寞，篆煙輕颺一簾風。」《觀棋》云：「緑樹葱蘢陰正濃，午窗敲子客爭功。始知甲子須臾事，吴越興亡一局中。」

芹田遵，字洪卿，號靜所，姬路醫官。書法俊逸，又耽文藻。《詠燕》云：「東風不負舊時盟，一壘故巢重補成。繡户朱簾避微雨，落花飛絮趁新晴。污來書帙元無意，觸得箏弦乍有聲。好語向人能自軟，不同秋社説離情。」《春盡》云：「樹間無處覓殘紅，芳事怱怱彈指中。我不負春春負我，茶煙空颺一簾風。」

琴臺東條耕，字子藏。器宇弘闊，不喜修飾，推誠接物，有俠氣。今專事鉛槧，筆如疾風，捷敏無比。雜著數種，堆積等身。緒餘又及詩學，嘗著《聯珠詩格續集》《後集》各二十卷，以補蔡氏遺漏，極爲博洽。其詩稿亦太富，如《示高君素》五古，連篇叠韻，筆力尤健。今抄其一云：「人生誰不期，百年葵傾日。一被風霜挫，凋同蒲柳質。由來立志士，難免鄉曲嫉。先哲能知命，柳下甘三黜。富貴非吾愿，誰復較得失。只讀萬卷書，兀坐懸磬室。吾性好博通，涉獵事廣溢。所喜躬猶壯，雙鬢黑如漆。蘭交人易衰，梅契情難匹。樗散自相憐，清貧獨守壹。只應安所遇，未必廢呫畢。」亦可觀其志矣。《出遊》云：「村蹊慣得哪知賒，日脚較遲暖更加。籬落風尖梅碎雪，陂塘煙薄柳籠紗。菅三廟畔尋詩伴，在五橋邊訪酒家。多謝青春不相負，瘦藤到處弄韶華。」亦自清逸。

猪瀨世美，字良平，號天游，長崎人。樸實沈默，東游之後受業於荻原大麓，詩名夙著。余二十年前數數相見，爾後杳不聞音耗。頃於琴臺許會其族人，云病風累年，以辛卯亡。余聞之，駭然不知陰陽已界判矣。乃就琴臺求其遺草，採摘幾首。《新晴出門》云：「苦被晴光誘，出門任所之。溪聲春雨後，山色夕陽時。聞鳥欹巾久，看花移屐遲。偶然殊可樂，不必要前期。」《病起》云：「病起郊坰始試行，東風拖杖弄春晴。縱教杯酒無憑在，幸與煙霞不隔生。柳展愁眉新態度，花含笑靨好心情。羸軀也藉陽和力，逐得韶光脚自輕。」《鷄冠花》云：「峨然獨自立秋晴，喚作鷄冠不負名。柔葉重時舒翠羽，芳蕤簇處絡紅纓。苔階露滴如將飲，茅店月沈疑有聲。何用窗間學人語，臨風玄默足幽情。」《感懷》云：「嗟吾少壯輕離別，千里遠親事遠遊。今日吾兒遠違我，回思疇昔老親憂。」

峽中詩人大森欽，字舜民，號快庵。風神豪邁，酒間下筆，傲然自得。往歲著《不二紀行》，丙子、丁亥兩次登嶽所得敘述瑣細，實爲新格。詩凡四十首，玆抄其三云：「行行只覺咽煙霞，路入青空更委蛇。直到不毛窮髮處，雲峒石室兩三家。」「六根清淨響鈴聲，七尺金剛杖耐輕。身落雲中渾不覺，上層人自蹈雲行。」「錦囊擔去扣神仙，千仞振衣自冷然。莫怪此行無妙語，驚人猶可恐驚天。」今春作《樂國詞》，蓋爲河柏諸家補逸詩凡五十首，又抄其四云：「碧桃花下問仙來，滿面和風飛玉杯。微醉醺醺春日晚，大娘引我上瑤臺。」「户户華燈費萬錢，紅羅碧綺鬭嬋妍。連宵行樂看無厭，一簇花開陸地蓮。」「活花嬌舞幾番奇，正是街頭奏伎時。一手左翻十手右，十人手逐一人移。」「酒散樓頭夜正長，與郎待月倚西廂。嗔他思睡瞢騰甚，金管麝煙吹面香。」或曰：「是一人之身，前後淺濃不同。何乃如此？」余曰：「均近玉肌，所謂冷暖自知者矣。」其人大笑。《不二紀行》諸家題詩，殆遍卷尾，田竹谷一絶最爲出色，并録以傳云：「我詩元自屬無聲，君畫有聲如許鳴。若把圍棋試相比，讓君今日十分贏。」

快庵鄉人廣瀨沖，字一飛，號魁屋，以醫爲業。吟哦其性，兼善墨梅，別出一格，風韻大優。詩佛嘗題其畫云「兔毫和水點松煤，枝幹淋漓生面開。畫匠從前難到處，十分風韻自詩來」，殆非虛譽。其《尋梅》二絶句云：「隔水香風乍有無，梅花多處白糢糊。消魂偏在溪橋上，火急歸家入畫圖。」「暖入梅腮玉作堆，横斜幾處傍溪隈。世間何欠補之手，把此春妍毫末開。」亦可想其抱負矣。

藤井穀，字士富，號月坡，其父爲忍邑宰。月坡自幼嗜學，刻苦讀書，性頗恬退，不欲自衒。客歲出都，未幾還鄉。《春日》云：「千尺游絲細，紛紛亂霽暉。林深鶯靜語，風定蝶高飛。閑地春空老，頽扉客自稀。落花偏有意，數片入書幃。」《雨朝晏起》云：「春入紬衾驟暖加，廉纖朝雨灑窗紗。新來鸞婢非癡物，知我眠醒先送茶。」《浴後散策》云：「輕衫浴罷晚凉稠，步到池邊氣似秋。波面百皺風細細，蜻蜓不易立荷頭。」

菅是芳，字子蘭，號楚畹，西尾藩臣。歲時書問，詢詩於余。《初夏》云：「緑陰雨後繞簷稠，人静香煙自在浮。」晝款款長何以過，春駸駸去孰能留。穿簾雙燕差池影，隔竹孤鶯宛轉喉。猶有風光未全老，薔薇雪白壓籬頭。」《田家菊》云：「佳色依然不怯霜，獨將晚節殿秋芳。西成人鬧誰能賞，閑却一叢籬下黄。」

南總三幣希亮，字子采，號周淮。往歲寓寬齋先生塾，屢來扣余廬，已在二紀前。今爲里正，風塵埋首，自云：「齡過五旬，待畢娶後將隱于詩矣。」使誦其近作，首首清絶，不似風塵中人。《暮行田間》云：「出門已失夕陽明，一抹村煙暝色生。恰是水田先得月，金波皺處鬧蛙聲。」《江村晚歸》云：「沙禽移宿各爭飛，獵獵風蒲弄夕暉。路熟不妨歸去晚，一燈隔水認柴扉。」《伊香保山中》云：「蒼霧纔收望未分，泉聲只麼耳邊聞。居人慣卜陰晴候，洞口吞雲又吐雲。」《自笑》云：「滿頭華髪學吟詩，五十今年未便衰。自笑萬紅千紫後，枇杷一樹著花遲。」

華山前野信，字任御，中津侯侍醫，原姓藤塚，爲仙臺鹽亭翁之孫。《惜春》云：「韶光無奈去怱怱，舞蝶歌鶯夢已空。無限春愁消不得，半簾斜陽落花風。」《初夏村況》云：「疎籬曲曲綴酴醾，布穀聲中雨似絲。村巷蕭條多掩户，家家正是插秧時。」《日光道中》云：「數聲杜宇和殘鶯，且把詩情壓客情。濃碧淺青來不盡，一山送了一山迎。」

肥後安藤貞，字伯幹，號永年。風流好事，家多貯古鏡古瓦，闔家皆善畫。余嘗見其女鶴汀畫花卉，云年十三，極有韻致。我家爲肥之望，余於肥人視猶骨肉，何況美如永年，豈可遺而不録？永年詩太真率，其人可想。《添山樓》云：「木落樓前添一年，夕陽把酒對孱顔。功夫至竟誰能及，活底畫圖天地間。」《光行寺路上》云：「沿川一路曲曲縈，伴人左右石灘鳴。聞鐘先識香城近，疑向天臺道上行。」

中上孟中，今客寓攝西。攝，酒國也。孟中屢送斗酒，博余書字。偶得其近作，遽録以傳，亦望十千之報也。《春日歸家》云：「杏塢桃村飽討搜，歸家霞彩暈雙眸。一枝竹杖勞堪謝，三日遊春能作儔。」《山寺觀楓》云：「斷磬疎鐘秋更閑，斜陽影裏掩雲關。色空錯現楓林色，霜染臙脂繡暮山。」

圓龜尾池大鄰，往日齎其父桐陽及其弟松灣詩集來索品評。負債累年，批以償還，又留其傑者。桐陽名文粲，字寬翁，初學享元體，中年後詩風全變，其名益著。《漁父詞》云：「漁翁手把一青竿，垂楊樹畔獨盤桓。沙暖蘋香春水碧，無數遊魚上淺灘。」「魚自逍遥人自樂，微風細細叠清瀾。欲釣不釣眠殘日，楊花如雪滿蓑寒。」《春宫詞》云：「羊車夜過月明中，花底笙歌徹碧空。户户葳蕤渾不鎖，春風三十六離宫。」「雲鬟斜插鳳凰釵，試步春風下玉階。報道上林移彩仗，女奴忙進蹈青鞋。」松灣名璜，字玉民，從菅茶山學，詩才清嬌，稱其黨顔子，最長詠物。《燕》云：「剪紅裁緑眼將迷，振翅聯翩東又西。金屋托身寧戀熱，茅檐尋主不嫌低。微風簾幕梨花雪，細雨池塘柳絮泥。應被黄公笑多事，營巢何意太栖栖。」《枕》云：「閑床長是伴裯衾，高臥能教夢思深。涑水要醒半山睡，方圓果斷二公心。」《手爐》云：「種火灰深紅未殘，摩挲聊度半宵寒。平生炙手唯憑汝，不識人間有熱官。」《鰕》云：「磔鬚雖可捋，鉞鼻豈堪穿。未得飛騰勢，折腰知幾年。」桐陽有兄曰村岡輿，字伯衡，號井洲，遺詩無幾，今併録以存其人。《葛城山》云：「一從羽客謝人間，雲駕飄然不復還。千載尚餘行氣訣，靈風吹起葛城山。」《贈如意道人》云：「如意道人事遠遊，手持如意度春秋。已知如意遍寰宇，種玉煉丹如意不。」

宮澤竹堂擬唐《宮詞》一絶云：「聖人生日競呈祥，異獸珍禽來遠方。别有一篇龜鑒在，千秋長自照興亡。」雜之四家《宮詞》中，恐不易辨，實爲絶作。竹堂名胖，字廣甫。

世有賦《源語》詩一卷，序紀正應載，不著作者名字，其書雖古，詩極淺劣，無足觀者。竹堂近日有讀《源語》二十律，首首清新，殆一洗前陋，全詩浩瀚。今抄其聯極佳者，以示一斑。如「梨雲空誓巫山女，蘭夢無媒洛水神」「脉脉回身春夜月，傞傞軟舞柳花園」「青海鳥飛紅杜笑，汝南鷄喚翠蛾顰」「梨花院落烏龍睡，柳絮池塘幺鳳飄」「鳳閣簾垂違密約，鵲橋路絶欠良媒」「甲帳嫦娥脱蟬殼，冤家幽鬼哭牛車」「夢魂相見撚心火，情淚無端滴愛河」「同床曾是誓三世，一錯還難鑄六州」「蠟淚暗流金翡翠，網絲枉結鐵珊瑚」「履道楊枝憐白傳，天臺仙女憶劉郎」「一種傷心香橘語，數聲啼血落花天」「青錢學士元無匹，紅杏尚書尤絶倫」諸句，皆似學崑體者。

秋元隱齋致仕後稱雪翁，性善病。以其居靈巌洲，自號靈巌病叟。以其園有梅，又自號梅花園主人。詩益老練，别存氣格。《紅葉箋》云：「誰拓輕紅巧點妝，數痕猩血總成章。白州刺史魂應醉，錦里先生文亦香。昨夢浮來御溝水，前身染得剡溪霜。丹心能給詩家役，埽盡朝朝字幾行。」《自題梅花園》云：「朔風凜冽動寒園，獨見疎梅先報春。凡卉逢霜盡憔悴，此花得雪益精神。煙横林下妝全淡，月上梢頭玉欲勻。嚼盡冰葩千萬斛，詩脾只要飽清新。」《中秋雨晴》云：「晚來誰埽廣寒宫，無復纖雲涴碧空。洗出樓頭月如練，直將清影上簾櫳。」《有感》云：「宇宙茫茫誰賞音，窗間獨撫一張琴。百年事業果何意，獨許梅花知此心。」《謁泉岳寺義士墳》云：「春晚空山哭蜀禽，苔碑纍纍並林陰。落紅滿地如濺血，影出忠精一片心。」其子坤，字厚載，號甲山，仕白河藩。刀圭克家，其業日昌，無復詩陣執殳之暇，今録其往歲諸作。《初夏》云：「緑滿林園雨始晴，柴門寂寞絶逢迎。日長唯有睡魔引，花落更無詩思生。杜宇新來行夏令，黄鸝老去尚春聲。一杯下酒詩兼味，梅子和鹽笋入羹。」《雁陣》云：「秋風一夜促南征，幾陣横雲嬌翼輕。却月彎弓如欲避，乾蘆簇箭不曾驚。浦邊聯影舒還卷，天外排行縱又横。截破關山千里夢，空教遠客擁愁城。」《詠柳》云：「一段嬌柔春最浮，埽眉相伴倚紅樓。眼青只管繁華事，纔了三眠雪滿頭。」《殘菊》云：「雨打風翻半欲僵，猶能放得一籬黄。世間只賞重陽菊，無復人來問晚香。」

余嘗與介川緑堂飲别射月樓，酒間論詩，亹亹生風，一時快暢，殆不可言。追憶往事，恍如隔世。偶有人傳其《奥州道中》五古兩首，一云：「仲秋晴連日，乃覺客懷寛。亭午不甚熱，早晨不甚寒。我曾奥州道，幾回驅征鞍。或當春夏際，到處鶯花闌。又值嚴冬節，萬山雪漫漫。看花險亦易，蹈雪平亦難。同是一路耳，難易隨時遷。世途渾如此，何唯山與川。」二云：「一入簿書叢，荏苒三十年。吾性元疎懶，所適只林泉。何耐百事繁，日日苦相纏。塵土滿胸襟，風月絶因緣。却向客路上，身乃得暫閑。籃輿簾半捲，行行看群山。山色依舊青，繚繞斷復連。不似人頭顱，雪侵易成斑。」緑堂平生惜句如金，今遽襲取，恐不中其意也。

緑堂在京訪賴子成於鴨東書屋，適値中元前一夕。緑堂詩云：「東山月出晚煙收，水繞虚欄金碎流。憶得今年夏添閏，不然明夕是中秋。」子成示近詩云：「鴨河月黑水聲長，留客河亭小舉觴。坐久鄰樓人語罷，一燈以外夜茫茫。」因評云：「詩用文語，易墜村俗。余於緑堂，雅俗迥別。然緑堂胸無唐無宋，唯有文政。丁亥七月十四日。」余眼無洛陽無長安，唯有三樹村，是則同此事。緑堂往日爲余書示，偶存篋中，因兹録及。

子成集中《贈別緑堂二十韻》云：「粉壁相映帶渺瀰，浪華港上排百邸。糶價高低國乃瘠，擎跽賈豎顙有泚。唯因綜理失肯綮，每使人主空拊髀。聞君職司在根抵，分治内外如種蠡。政閑招士肉如坻，滿城文墨皆兄弟。醉閲簿書目不瞇，官役如荼甘如薺。吾亦一見知愷悌，同舟終夜杯數洗。狂語不猜相觸抵，贈詩不必學時體。送君寧濺漣然淚，重臨要津猶可徯。別後每飲伊丹醴，憶起是釀秋田米。」余竊謂子成此篇，托説自已胸中經濟，全自《伯夷傳》來。

緇流於詩古今同弊，一以詩害禪，一以禪害詩。詩禪之間別有妙處，蓋未透徹耳。近日詩僧極多，且舉余所知。其宗同異，其臘新舊，概而不論。有存有亡，隨得隨録，凡得十又四人。

肥前高傳寺僧俊麟，寄示其法兄俊龍遺稿，求余採摘。讀之一一清朗，使人擊節不已，古賀穀堂署其末云：「不墮魔套不帶板樣不殆，則將及彼三高僧。」蓋深許之也。今收其尤者，《首夏》云：「霎時微雨霎時晴，剩聽緑陰深處鶯。八九枝花寧底巧，二三竿竹許來清。鄰僧通圃多栽藥，村叟分田半種秔。四面溪山奚爲有，此中真足了吾生。」《梅雨》云：「頑雲癡霧日成堆，天意慳晴不暫開。苞竹迎風翻紫籜，摽梅飽雨點青苔。床頭濕透書多醭，竈下灰寒甑欲埃。誰識黑甜真樂國，窗間一枕鼾如雷。」《出鄉》云：「待得陰霖始放晴，瘦筇破笠出門行。茅檐空自留巢燕，花徑無端別乳鶯。離俗三車三界静，彌天一錫一身輕。雲心水性元無定，猶被鄉人問去程。」《夏日雜詠》云：「深紅點染石榴開，昨夜輕雷已斷梅。一味閑中趺坐穩，日長香篆與心灰。」「新竹引涼眠北窗，醒來恰是午鐘撞。林鳩食椹桑將紫，野繭吐蛾飛一雙。」《牧童》云：「燒痕春入草萋萋，濃緑如煙望欲迷。一半斜陽牛背笛，數聲吹過柳橋西。」《嘲猫》云：「家有癡猫無奈懶，翻盆黠鼠任縱横。貧中養汝元雖薄，不致微勳作麼生。」《雨中》云：「屋頭雲黑連鴉背，藤上秧青分鷺身。」《舟中夜歸》云：「擊柝聲分街十字，殘燈影蘸水三叉。」麟亦有詩，《夏日》云：「村僻愜幽居，百般於世疎。移松緣借鶴，種芰爲藏魚。篰馬清商曲，壁蝸銀篆書。自堪消毒熱，涼雨似秋初。」

同州有俊英者，號玄牛，亦爲洞家僧。《元旦》云：「斗柄指東天下春，今年人是去年人。胸中一夜塵消盡，便與梅花欲結鄰。」《茶興》云：「爐邊坐盡白雲層，一鼎松風耳自澄。茶味禪心誰透徹，滿庭寒月滿池冰。」

美濃僧密乘，號南園，一號雲石。遊學東臺多年，今住品川正德寺。前寺主即瑞華大靈，世有詩僧，亦可美也。南園汎交名流，其名日著。《退筆》云：「欲起雲煙不自由，退休空倚架山頭。封侯已付榮華夢，奴使何堪驅役憂。子墨守堅難可並，陶泓延壽豈爲儔。他生只要春風底，重向冢邊尖緑抽。」《水枕》云：「摇蕩浮家儘自由，曲肱恰好伴眠鷗。高低山動竟難定，遠近樹奔何肯休。秋影涵邊鬢霜冷，夕陽沈處鼻雷收。夢魂不借龜玆枕，容易随風到十洲。」《閏三月》云：「已到曉鐘猶是春，九旬過了又三旬。櫻花不似黄楊厄，留得香雲未作塵。」《秋園》云：「榮枯長短君休説，各向秋園自作家。紺碧一朝紅百日，牽牛花對紫微花。」《幽居》云：「冷煙疎雨鎖柴荆，剥啄無端把夢驚。倒屐相迎還失笑，黄團風弄觸扉聲。」《感秋》云：「浮雲逝水身還幻，晚菊殘楓色即空。」《月桂》云：「子落塵寰秋老矣，香飄星漢夜深兮。」

南國法祖天啓，號天猊。《題遊仙圖》云：「誰畫神仙境，絪緼瑞氣浮。松間巢白鶴，花下卧青牛。石鼎雲蒸水，金牀霞染裘。參同如得訣，咫尺是丹丘。」弟純韶，號小叡，《晝睡》云：「竹影滿窗春晝分，銅爐香燼有餘薰。夢魂只到池塘草，不趁梨花默默雲。」《晚歸》云：「一路歸來蹈落紅，烏輪先入亂雲叢。無端卜得明朝雨，剩有蜉蝣春晚風。」亞弟秀巖，號錦洞。《冬夜》云：「四鄰人定夜三更，寒透肌膚覺粟生。一點青燈眠不得，卧聽風雪灑窗聲。」南園又誦其師公巖一絶《題寒拾圖》云：「寒林朝把帚，山月夜披書。拾去終無物，得來亦是虚。」雖似粗率，極有道味。公巖號龜峰，羽州人。

上毛僧周休，主持瀯川遍照寺，嘗學詩法於源琴臺。遊琴臺之門者，如僧白石、北條士伸，即世已久。詩燈獨傳於此人，亦可貴也。往歲自輯其詩以入梨棗，余序中具述其事。今又得集外詩録之，《冬日出遊》云：「林容疎亦好，山骨瘦還奇。未及探梅節，已過下麥時。風恬鶯學語，日暖柳含姿。病起聊扶策，不妨歸院遲。」《夏日田家》云：「雨足家家農事稠，幾人驅馬向田疇。桑葚方熟無鳩食，付與村翁釀作篘。」《雪夜讀止觀》云：「心猿狂躁欲馴難，繙卷燈前仔細看。想像千年華頂雪，清暉徹骨石林寒。」

僧清嚴，字光麗，號悟菴，院稱撤照，淺草唯念清淳之弟，極湛于詩。《秋日出遊》云：「數里村蹊積雨餘，行行相伴有樵漁。坡頭掀出青頭菌，溪口遡來金口魚。佛塔穿雲逼天闕，人家隔竹勝仙居。苔茵坐到斜陽晚，滿目秋光畫不如。」《惜春》云：「雨後庭園嫩緑加，小池水長浸鳴蛙。風前不使山僮埽，春在苔階幾點花。」《暮熱》云：「斜陽鴉背已收紅，浴罷南軒涼未通。檐鐸無聲風死盡，一蟬訴渴碧梧中。」《書懷》云：「人言僧院無塵事，塵事却多僧事稀。早晚更抛塵事去，白雲深處掩柴扉。」

僧實融，字觀如，號虚堂，住苔麓禪林院，賜紫，任僧正。學殖華翰，爲一代翹楚。退隱之後，結庵洛西，以庚辰寂。集中百詠，兹載其一。《春月》云：「娟魄春生白兔宮，輕埃如隔影朦朧。素娥出帳嬌將語，玉鏡開函暈稍空。襯得梨花殘雨外，籠來楊柳淡煙中。曉鶯聲裏暫留际，已見彩霞蒸出紅。」頗爲合作。

僧德鄰，號元堂，住東臺明靜院，後移春性院，遺稿有《書水》《山南》《三餘》諸集，今拔其萃，以傳藹蕚之美。《苦熱》云：「毒熱逭無處，身如墮甑中。汗流衣上雨，腕倦扇頭風。吟榻絶過客，曝書驅懶僮。山庭池亦涸，怯見旱蓮紅。」《詩困》云：「竟日困詩如困酒，支頤抱膝口如暗。臨池影學東坡百，對月身追李白三。腳底蹈來平外嶮，舌端嘗盡苦中甘。瞢騰先被睡魔誘，夢落桃花千尺潭。」《煙草》云：「南夷異卉遠來初，爭種田園雜菜蔬。篋裏剪成金縷細，管頭噴出碧雲舒。春風郊外隨吟杖，夜雨燈前伴讀書。自是百憂消釋盡，養生只是待吹噓。」《池亭春望》云：「北岸猶冰南岸解，午暄風皺碧漣漪。喚喁未見魚兒出，早被鳧鷖占半池。」《咏蛙》云：「非喜非嗔只是瞠，玉生兩頰腹彭亨。落花濕絮池塘雨，鼓得詩腸獨有情。」

築地真光寺住賢悟，字慈航。安養寺住性海，字智舷。二僧皆往日詢詩於余者。慈航《賦滿城風雨近重陽》云：「風雨滿城無奈狂，秋寒日日鎖僧房。只愁籬下幾叢菊，未到重陽先就荒。」《春雪》云：「東風一夜剪瓊葩，不許梅花別作家。早被朝暾苦相逼，檐聲如雨隔窗紗。」智舷《苦熱》云：「火雲成獄午炎加，無復清風送來些。離脱人間煩惱果，雪山只願寄生涯。」《雨後坐月》云：「坐見月邊雲腳忙，樓頭覓句答清光。一行疎雨不爲雪，露滴梧桐分外涼。」

智舷見示其法父性忍餘稿，題曰《卷荷遺香》，篇什太富。忍，號雨華，學詩於天華，流香飛越，固不足怪，《人日》云：「圃頭人日雪初晴，菘薺此中抽幾莖。摘得筠籠緑如沐，僧厨又是飽春羹。」《春盡》云：「蛙黽無邊聽不讙，緑陰晝鎖兩三家。東君歸去知何路，一道潺湲送落花。」《牡丹》云：「花王何肯比花魁，壓倒群芳最後開。應是仙家春釀酒，翠雲捧出紫金杯。」《石竹》云：「雖是非真竹，自能誇細娟。去來唯有蝶，不見麝香眠。」

仙臺前龍寶寺住宗阿，號華園，詩力極健，其《金華十詠》每首用「江」韻字，禁重押，如：風歸帆腹破潮勢，路取雲根過石矼。六角水精削銀柱，四林華影剔金釭。天平始獻千金貢，地險曾無一粒豇。瓊林花發黄金瑞，海岸潮翻白石瀧。福田元屬天妃廟，慧日來烘僧寺窗。群鹿馴人聽經寶，八龍弄玉攤播幢。亂飛海燕疑蝙蝠，貪睡胡猿訝駁駹。風度蝦夷腥暮雨，潮通靺鞨急歸艭。忽見奇峰浮浩蕩，却驚逆浪作砰訇。諸句事事典實，履險如砥，殆使韓蘇走且僵。詩中亦云「山靈曾恨乏詞客，今古無人筆力扛」，則已以扛鼎自許矣。前后著作有《洗眸》《松莽》《華園》諸集，未遑採擷。

房州僧愚丈，號月觀，住延命寺。退隱之後居綠樹村，自號蟬臍。嘗從櫻秋山學書，晚以墨梅遣興，頗有韻致。其詩多涉法語，今録《賞梅》一絶云：「幽香漠漠撲簾櫳，高潔肯同脂粉叢。東閣西湖春不老，興情總在幾詩中。」

亡友紀玉堂，嘗藏唐解元《雪後漁艇圖》一巨幅，筆力跌宕，上有詩云：「門外水流雲自起，雪峰半露草堂西。老漁釣罷尋沽酒，雲冷雪寒共一溪。」此首集中不收，滄海遺珠，録以補逸。

木石園詩話

久保甫學

《木石園詩話》一卷，久保甫學（生卒年未詳）撰。據文會堂《日本詩話叢書》本校。

按：久保甫學（くぼ ほがく KUBO HOGAKU），名善教，字甫學。江户時代人，越前大野（今屬福井縣大野市）藩士，與唐他山、松邨九山同時。事迹不詳。

其著作有：《木石園詩話》一卷。

夫詩有三體，一曰《風》，二曰《雅》，三曰《頌》。《風》者主風采，民俗歌謠之詩也，《周南》《召南》之類是也。《雅》者主典正，雅樂之歌也，《鹿鳴》《白華》之類是也。《頌》者主古奧，讚美之辭也，《周頌》《魯頌》之類是也。又體中有三用，賦比興是也。賦者直言其事，不假比喻，猶視花詠花是也。比者喻他物不直言之，猶以花比美人是也。興者感彼而詠此，猶過故地而懷古是也。故詩之有三體三用，猶機之有經緯也。三體各交三用成之，而詩道備焉。是則學詩之第一義也。

《詩經》三百篇得夫子删定，而善惡之詩黑白粲然分矣，豈可不奉崇之乎？其詞婉而美，其意嚴而寬，從容而不迫，温厚而不忮，是以雖刺之，言者無罪，聞者不恨。且以俗話數言不能了者，唯以一言盡之，故入也深矣，感也切矣。夫和人心之術，無以加焉。至其精誠，豈唯和人心而已哉？至動天地感鬼神，百獸舞庭，群鳥集屋，是亦詩之所以爲妙也。物盛必衰，猶四時之相循環。周道既衰，春秋變爲戰國之世，屈平起于楚國，始作騷辭，其體大變。及漢楊雄、相如之徒作賦，於是《三百篇》降而爲辭騷及賦。其後李陵、蘇武之徒創五言之制。及其季世，子桓、子建之徒又創古體〔一〕，於是古詩始行。其後天下分爲三國，又爲南北兩朝，爲宋爲齊爲梁爲陳爲後魏周隋詩，於是詩道愈衰，僅不絶如縷。時至運開，天興詩道於唐，而使之又振，由之詩道復興，李杜王參之徒勃然競出，然後近體作焉。其漸已久矣，詩之世界於是爲盛，杜牧、居易之徒相繼而起，以新奇尖

〔一〕建：底本訛作「兼」。按漢末建安詩人曹丕字子桓、曹植字子建。據改。

巧之詩縱横于一時。故詩風亦小變，遂爲五代，其詩纖巧薄弱，日以淪胥。宋興，乃有四大家范陸蘇黄之徒，皆以豪邁之氣，卓識之見，脱李唐五代舊習，别開一家機軸，大唱清新之詩風，宋詩殆欲駕唐而上之。及元，雖詩風小變，率祖宋人，但作者尤少，元虞范楊之徒，僅僅可數耳。及明，作者互出，其最巨擘者劉伯温、高季迪之徒也，加之李獻吉、何仲默並起，以腐陳爲趣，以剽竊爲工，是以風格愈變愈衰。迄於于鱗、元美者出，愈益學之，以盛唐爲口實，句句雷同，篇篇一律，無足視者，明詩之弊於是乎極矣。袁中郎獨起其間，有所發明，開一家之見，文捨屬辭之陋，詩去飣餖之拙，而革多年之久弊矣。是以識者靡然反正，大駭海内之耳目。由之剽竊之惡風索然掃地焉，可謂大快事也。其餘教猶未變，施及清代。於乎！中郎之洪福豈不亦大乎？是古今詩道之大變也。

我邦始唱詩者，天智帝時，以大友、大津二皇子爲祖師矣，而其詩專取法於宋。至延天之際，宋詩盛行，《瀛奎律髓》《聯珠詩格》，幾於家有其書矣，實可謂文治之世也。至保平之亂，文教陵夷。及鎌倉氏之霸，降爲戰國，天下之亂極矣。室町氏興，文雅少行，然未數世而文教復廢，武威是伐，殆爲絶學之世矣。方是之時，我神祖龍興，提三尺之劍，誅夷群凶，服海内，撫四域，崇文戢武，乃官議創學校於湯島臺，既延惺窩、羅山二先生而禮遇之，因之賢明嗣作，文教愈行，宋詩亦因昌。及元禄之際，錦里先生者出，始唱唐詩，風靡一世，然其所奉書僅止於《滄浪詩話》、《品彙》、《正聲》、滄溟僞《唐詩選》、胡氏《詩藪》而已。而出其門者白石、鳩巢之徒，各木鐸於東西，而擴其惡風於四方。雖徂來、南郭之徒相繼而出，皆悉中其毒，不得復其迷，詩道漸衰矣。近世關左詩人，始悟其風之僞，極口而痛駁之，而見宋詩之精神，遂醒詩家迷醉，海内爲之。至僞詩滅亡，雖間有奉之者，則僅寒鄉村夫子而已，何足論乎？嗚呼！詩道之向盛運，實可謂國家之慶也。

近來修唐詩者，惡宋若寇讐，甚者至蔑視其書而不近机案也，真可謂偏剛矣。故狡黠之徒爲此辭云：「作宋詩者，但嗜衰風而不樂盛風，其極陷於鄙俗。何者？初未翫味盛唐之平穩，而悦懌晚唐之尖新，遂爲宋詩耳。」余也讀之，不覺掩卷穢吐，甚惡其巧言奪理。何以言之？今夫作詩者，吾與人不豈誰不欲平穩，何啻唐詩而已哉？然於少陵詩猶有極尖新者，「緑垂風折筍，紅綻雨肥梅」「感時花濺淚，恨別鳥驚心」「翡翠鳴一桁，蜻蜓立釣絲」「石角鈎衣破，藤枝刺眼新」「日兼春有暮，愁與醉無醒」之類，不可舉數也。由是視之，詩貴尖新。少陵既然，何獨晚唐之止耶？故東坡學少陵，廬陵慕昌黎，其他作家皆各有所法，然未嘗聞慕晚唐詩人也。村學究之徒不曉此意，任口胡説，非愚則妄，何無忌憚之甚？噫！

學詩先要知調，唐宋自有唐宋之調，元明自有元明之調，豈可混乎？明之而後，可以言詩也。余視近世名家詩，宋唐相混，元明相雜，夐然一調。是以一句肖少陵，一句肖東坡，一首之中，意味不接者，間亦有之。畢竟坐於讀諸集而不能擇之也。譬若裁斷一匹錦，而綴之以布帛，遂無所成其用也。學者不可不詳之。

晚唐詩人皆用力於工緻，故好句佳絶者往往不少矣，非前後作者之所敢當也。柳子厚「月光摇淺瀨，風韻碎枯菅」是尖巧，「壁空殘月曙，門掩候蟲秋」，是亦奇警。賈島「怪禽啼曠野，落日恐行人」是佳句，「鳥宿池中樹，僧敲月下門」是殊奇工。温庭筠「鷄聲茅店月，人跡板橋霜」，此聯尤絶唱。都是數詩，至今猶膾炙人口者，皆先得人心之所同然也。余亦有一聯云「星皆成字列，蟲悉誦書鳴」，覺亦自近佳對也。

竹枝體起於唐人，創以竹枝賽神也。或汎詠國之風土，或專詠竹，亦是竹枝一體也。然考之古人，多用之於風土。楊廉夫《西湖竹枝》、尤侗《外國竹枝》之類是也。余十六七時，從父遊於江府，留滯期年矣。嘗過日本橋，乃口號一詩云「山青水緑曉光晴，兩岸漕船恰滿盈。都下人音猶未解，賣魚聲似賣花聲」，是亦類竹枝體。

作詩貴沈思烹煉爲要。及其下筆，一字不穩，則雖十易之可，或待異日作之亦可，要在得其佳句耳。若未得其佳句，則雖一夜賦百首，亦不以足難焉。若張衡《二京賦》〔一〕、左思《三都賦》〔二〕，皆待三年而成之。然至今猶不朽者，皆是以烹煉之覃也。故詩之臧否失得，亦唯在其煉不煉耳。

〔一〕二京：底本訛作「三都」。按《後漢書·張衡傳》「衡乃擬班固《兩都》，作《二京賦》，因以諷諫。精思傅會，十年乃成。」據改。

〔二〕三都：底本訛作「天台山賦」。按《晉書·文苑傳》「（左思）復欲賦《三都》，會妹棻入宮，移家京師，乃詣著作郎張載，訪岷邛之事，遂構思十年。」據改。

是以隨園箴作詩者云：「倚馬休誇速藻佳，相如終竟壓鄒枚。物須見少方爲貴，詩到能遲轉是才。清角聲高非易奏，優曇花好不輕開。應知極樂神仙境，修煉多從苦處來。」

近世僞《唐詩選》行，絶無知宋詩之精靈者，尚卻之爲近俗語，譬之不知味者，猶未食大牢之羹而論之味也，故輕視宋詩爲唐之奴隸也。唐詩固善矣，然唐詩既爲于鱗、元美見腐，則其陋極矣。何況近時白石、南郭是尸祝，日以學模擬者乎？是以其徒認腐陳爲唐詩真趣，故開口則云「白雲萬里、關山明月」，其常用字面但不過此數字而已。就中若詠物一體，尤其所短也。寫體不工，用意不切，恰似兒曹之口氣。其他諸體，亦不免飣餖也。可笑之甚也。

詩倒用熟字，卻有得其妙者。王半山「疑隔塵沙道里千」，杜子美「風江颯颯亂帆秋」，陸放翁「披衣增慨慷」，韓退之「應對多差參」之類，此外不暇枚舉也。吾静山先生嘗作《夜坐吟》云「真樂山者聞未曾」，以協蒸韻，下字雅健，足以見其魄力矣。

李青蓮詩「峨眉山月半輪秋，影入平羌江水流。夜發清溪向三峽，思君不見下渝州」，語僅二十八字，而用地名者五，然人讀之不覺其繁。何也？其句之變化，實極其妙矣。恰如層峰疊巒，又如驚濤怒浪，無一字怠慢，愈讀愈忘倦，可謂古今絶調矣。然初學好奇效之，則拘泥乎地名，反失詩之本趣，似讀道路廣輿記。

古人句法，有叠字之格，黄山谷「野水自添田水滿，晴鳩卻唤雨鳩來」是也。又有一句悉用虚字者，楊成齋「整整斜斜樣樣新」，吴融「撼撼淒淒葉葉同」之類，此亦奇法。

詩有一字之妙。杜少陵詩「無邊落木蕭蕭下」云云，落木二字覺甚妙矣。然《麓堂詩話》改之作落葉，更無意味，是所謂點金作鐵也，麤陋可笑。

余十二三時，始志於詩學，尊信明七子，奉之如李杜。既踰成童，深慚往見之謬，而歸依宋詩。然吾大野，唐明詩大行，人人諱言宋，故余亦不得陽唱之也。其後愈窮志學宋多年，益知其非。昔王弇州臨終讀《東坡集》而手不釋卷，幡然宋詩之變，當時以爲美談。夫見善能遷、改過而不慚者，古今其有幾人乎？

余嘗題《范蠡遊五湖圖》云「空煙敗浪五湖春，棹去小舟遊水濱。唯識功名能致禍，未知貨殖害其身」，雖風致太卑，即是屬一部史論。

静山岡先生，諱輔幹，字正弼，一號軸雲，耆德宿學，山斗於一時，四方後學從之如麕。余自髫齔侍坐絳帳，日得仰瞻風采。先生之於詩，音節天然，最其所長也。奇句警語，信口而出，隨筆而成，長篇則《鎌倉》百韻、《贈九山先生》八十韻，皆可謂魄力之作。今特就全集，擇其上乘者，以示巨刃摩天之手。《觀一乘瀑布》云「山排天闔淵地軸，天淵中懸千尺瀑。奔流欲落觸巉岩，乍爲花散爲煙簇。千條素絲綴珠璣，萬點柳絮風相逐。棲棲紅塵陌頭人，那知奇觀在幽谷」，《病中寄友人》云「數株楊柳鎖衡茅，晝静柴門無客敲。蛺蝶逐芳眠几席，嬌鶯求友喚林梢。微吟常愛詩兼酒，多病時違漆與膠。何日吕公重命駕，笑言携手共論交」，《伊振嶠秋望》云「伊振高嶠鬱峥嶸，氣霽雲飛斜景清。不見仙翁採藥去，時隨樵者負薪行。碧波秋漲龍頭水，粉堞晴開龜背城。日暮家園何處是，千門樹裏炊煙平」，《小谷懷古》云「扳登小谷古城隅，極目蕭條夕日孤。荒壘草滋人不見，深林花落鳥相呼。虎山猶勒三軍績，姊水遥分八陣圖。更爲陰風來惹恨，幽蹊曳杖獨踟躕」，《秋懷》云「西山短景彩霞流，楊柳蕭疎玉露秋。終夕懷憂貪對酒，頻年抱病懶登樓。一行雲雁飛高舉，三徑草蟲鳴不休。官拙自羞勞五斗，何時歸去卧林丘」，頗存少陵之風味。

唐鴻佐本姓石川，有忌諱冒母氏姓一名清綱，字公愷，號它山，學問淵博，自成一家。往年有故辭仕，舉室遊于江户，下幃於墨陀水邊，以儒術教授生徒，聲名籍甚於遠邇。余頃閲書筐，得中年作於爛紙之中。《秋興》云「何似南山秀色新，渺茫世事眼多塵。長夜孤燈無棣蕚，秋風雙淚憶鱸蓴。自古紅顔嘆薄命，抵今白首催騷人。久矣賈生懷璧恨，空教明月照江濱」，其二「氣習難除湖海豪，悲歌對月撫腰刀。介子一時入山淺，魯連千古蹈濤高。楓葉爲誰裁畫錦，兔精照夜數秋毫。一舉翀天仰冥鴻，笑他斥鷃老蓬蒿」，其三「風雨雕零錦繡林，飛鳴遮眼切歸心。行露草深厭衣濕，郊烽灰冷聽蟲吟。無復虞卿拜白璧，不將范蠡鑄黄金。富貴功名負初志，扁舟何日海東潯」。

瀧波氏名元章，字叔則，號梅溪，本藩侍醫也。長於予數歲，睿智好學，刀圭之餘興，頗善詩賦。每其作詩，直寫其意，不假華飾，然亦有得其趣者。《夢遊仙洞》云「一身乘氣遠翔翱，夢裏猶疑生羽毛。忽度山河過洞口，遥望宫闕伴仙曹。仙家綺宴迎賓設，王母瑶琴爲我操。玉樹春爛花煉煉，瓊樓酒緑樂陶陶。堪憐興味離塵霧，豈比人間貪濁醪。眠覺還思異香動，南窗梅影月輪高」，最爲合調。其他可觀者，往往不少矣。然其平日所作篇什，多不留諸藁，故無所閲求。但此一詩，余僅聞人之誦之也。

余同藩醫官笹島道忠，號東廬，又號詩瘦道人，詩聖、詩神，皆其别號也。爲人爽邁風流，研精醫術，旁耽吟詠，常學李謫仙之飄逸，頗相肖似。《書懷》云「吾詩源自一家風，爲愛精神句亦工。不識者嘲知者賞，從來任口吐胸中」，可謂神氣勇膽快人意者也。

池田好文，字公武，自號碧山。自幼耽嗜文籍，通經巧文，詩亦極佳境，頗存盛唐之遺響。惜乎不幸，早上鬼簿。天若少假之年，則所其造詣豈止於此哉？偶讀其遺稿，摘出一二。《漁家雪》云「漁翁生計一竿輕，獨釣長江風雪清。蚌淚濺敷淵面見，鵝毛散墜水中明。岸前蘆荻無聲折，汀上凫鷗迷影鳴。日暮篷窗寒叵忍，收綸直向酒家行」，《樵家雪》云「樵客茅廬幽谷涯，寒天積雪滿簷階。丘林當牖光相映，麋鹿過門蹤忽埋。冰結流泉封玉澗，霧開高樹挂銀崖。柴薪路絶無由出，終日抱爐織草鞋」，《一乘谷瀑布》云「一乘之山羽溪邊，層崖百丈挂飛泉。飛泉轟轟響似雷，樹摇岸振谷風回。迴看晴空煙雪飛，爽氣淒然寒葛衣。散沫若花看愈疑，奔湍捲煙望滋奇。幽勝欲壓匡廬巔，賞情可追李青蓮。唯無雄篇答壯觀，辜負山靈與謫仙」，《驟雨即事》云「一陣飆風掃暑來，雲峰碎處響鳴雷。如珠白雨傾盆勢，不覺令人稱快哉」，《籠鳥吟》云「一自途窮别故林，樊籠日係舊栖心。聞人不解羈中恨，卻弄愁聲作好音」，《冬日涉九頭龍川》云「雪解龍川銀浪浮，小舟棹去度尖流。直升西岸笑先訪，腰下精英無恙不」，《梅雨偶作》云「幽居疎竹蔭，梅雨少逢迎。忽見書窗下，緑筠穿壁生」。

松邨良成自幼穎悟，夙有神童之稱。不幸早孤，年甫十三，請官東行，就都下名士學焉。是以其業大進，頗駢肩於父祖。其才長於詩，尤工詠物。《牡丹》云「花王金殿錦爲茵，豐艷從來獨佔春。全盛須防風雨妒，嘗聞富貴害其身」，《看棋》云「輸贏到底是耶非，兩陣相對思妙機。假有陳平白帝計，奈何解得萬重圍」，《牽牛花》云「閑花秋至政盈籬，深碧輕紅次第披。乍遇午風收玉傘，時承朝露捧瓊卮。不嬌不笑心尤净，無艷無香狀自奇。可憐牛郎元薄命，生涯半日儘爲期」，最爲淡雅。良成，字公述，號艾宇，又號周山。九山先生之孫也。

長岡俊秀，字子真，號煥齋。余同藩江户本邸人。余昔年東遊之日，論文言詩，旦夕相往還，交情殊親。嘗爲余誦《初秋夜坐》一絶云「覺得今宵露華重，樹間蛛網似珠旒」，清新可愛。起承二句，今全忘之。

高井述久，號南山，以經學爲本色，然詩亦清雋，優入古人之室。至其得意詩，入之盛唐名家中，誰肯辨之哉。今爰録一二，示其非虚讚也。《初夏偶成》云「陰雨欲晴雲尚垂，鳴蛙頻聽緑池湄。憐看林鳥呼梢日，正是圓梅結實時。春盡微風簷外動，花墜美景眼中移。晝長眠熟閑窗下，几上吟殘一卷詩」，《初冬書懷》云「論文藝苑共馳驅，百事無成日月徂。簷外楓林裁錦亂，階前蕙草帶霜枯。衡門絶客常關户，蓬髮養痾空擁爐。切切唯求君子道，區區何作小人儒」，《詠霜》云「清光欺月夜，寒景滿乾坤。鏤玉千門瓦，敷銀五畝園。菊籬花改色，屐齒徑留痕。憐見姑驕且，忽消朝日温」，巧麗可喜。嘗小集，席上探題鬮韻，賦《梅雨新晴南山》詩，先成云「白日濛濛幾掩扉，即今堪喜捧朝暉。天涯雨歇雲離嶺，庭上泥乾蝶曝衣。迎霽園梅黄尚染，成陰密樹緑漸圍。田家知是農功切，老婦摘蔬論瘠肥」，余亦和其韻，得七律一首「旬餘雨滴閉閑扉，今日初逢紅旭輝。蛛網工成經緯度，燕雛誤落棟泥飛。呼童品水試煎茗，命婢乘晴便曬衣。飽食朝餐時褰箔，黏苔蝸篆猶更微」，雖不免蒹葭倚玉樹之誚，一時隨筆書之。

内山良方，字子正，號鶴州，本藩處士。才氣獨絶，人以出藍稱之。其詩雅健，甚得晚唐之風味。《初夏閑居》云「落花狼藉緑芊綿，麥畝瓜畦傍屋連。人言送春如送友，吾甘消日似消年。親朋到處燒新筍，曉月沈時聞杜鵑。養拙箇中娱樂足，生涯不敢願神仙」，《客中雨後清涼》云「梅霖欲霽未企晴，炎熱恰如瓶裏烹。向晚濛濛憐雨脚，有時閣閣聞蛙聲。十分涼氣眠稍熟，一段清風體始輕。獨立難貪斯冷味，呼來鄰叟共幽情」。

鶴州以今兹辛卯初夏，將學於浪華，乃集諸友於其亭，請詩若文，余亦與焉。諸賢佳什，粲然成章，余席間賦贈云「勝地羨君遥曳笻，堪嘆塵事遂難從。明朝不復同牀語，俱惜黄昏遠寺鍾」。後過旬餘，聞鶴州到浪華，乃寄示云「聞君萬水敗風波，一旦計成離舊窠。雄勝到邊須試步，浪花景色近如何」。

遠藤覺，字子章，江户人，以醫仕一橋侯。詩才高邁，絶近放翁。《初冬即事》云「憑檻更無事，只因詩料忙。山光新著雪，樹色飽經霜。風冷肌生粟，天寒凍透裳。家貧爐火乏，袖手背斜陽」，《初冬雜興》云「曉來風力冽，新著舊寒裘。霜解屐膠土，流枯舟嚙洲。菊殘半叢雪，楓貯一枝秋。

静掃收乾葉，手親暖渾頭」，《詠雪》云「天公何事忽鎔銀，萬里皓然無點塵。寒氣逼衣消酒力，風光添趣惱詩人。庭前鋪玉清於月，欄外散花恰似春。白晝林巒渾不辨，六花別使物華新」，其二「斜整隨風片片輕，粘窗拂砌入書扃。乾坤不夜星垂野，日月未春花滿庭。凍雀亂飛摇折竹，餓鴉群集啄寒汀。晴來更有山川景，染出前巒松柏青」。

安積信，號艮齋，江户人。余因艾宇得誦其詩，《秋日遊木母寺》云「軒中杯酒美堪傾，軒外風光畫不成。潮滿淺汀蘆半没，煙深曲渚鷺孤明。山從雲際藍光出，帆隔樹梢之字行。此景由來無定主，儘教吟侶濯塵纓」。

今木順，號訒齋。余僅得《過漁邨》七絶五首，情景最真，實合我心。其詩云「江頭雪霽斂煙霏，玉樹嬋娟水洗磯。過午漁村無一事，家家待日曝蓑衣」，其二「晚煙僅起兩三家，水涸繫舟在岸沙。枯荻風寒人不見，一聲漁笛夕陽斜」，其三「屋上曬蓑半掩扉，無人短艇在晴磯。寒聲籟籟蒹葭卧，認得漁翁買酒歸」，其四「潮進汀州波嚙沙，鳧鷗相叫夕陽斜。漁翁日暮回舟去，遥指青帘賣酒家」，其五「傍水茅廬西又東，乘晴漁網曬寒風。晚來湖面釣魚艇，多少争歸玉鏡中」。

水口原，京師人。余未識其詩，得題畫五絶云「風生雪愈密，矮店一燈明。漁父來沽酒，凍蓑脱有聲」，極爲尖新。

蒲生驥，字子德，號春汀，又號亞赤子。天資聰敏，以醫爲本業。往歲浪居于京師，研究醫業，七年乎兹矣。客歲頗遂業，歸于鄉里，立志用意益勵，遂欲以起家祖。今兹之首夏，甫二十五，中酒毒而死。故余以詩哭之，一聯言則及之，「酒毒知君遂作祟，睡魔愧我徒過生」。嗚呼！天早奪齒，使素志不遂，可深惜矣哉。偶録記憶二首，始知超出於流輩也。《春雨》云「宜萠宜緑不宜花，花落緑生萠亦加。只與蝶蜂閑夢熟，五言城裏適煮茶」，《山房獨酌》云「丘壑有緣閑代忙，自炊獨酌好成常。松濤應鼎茶煙翠，花影和杯酒氣香。麋鹿容盟朝護砌，嫦娥許偶夜分牀。飄然恰似生仙骨，一枕醉餘無我鄉」。

東宗伯，江户人，工詩賦，兼妙書畫，又善篆刻。四方好事，求其伎者，屨恒滿户外。余嘗有一面之識，然未看其詩。江户余藩邸士，頃付便郵，見投其集，因得探其深奥。今舉其尤者若干首。《墨陀看花》云「遍步長堤春正好，香風無處不花枝。誰言野興堪求句，卻是料多不入詩」，《題范蠡五湖圖》云「匹絹畫出遺風香，鳥散良弓知可藏。一葉扁舟委身去，青雲變作白雲鄉」，《墨水閑行》云「葛巾藜杖步長堤，遊客嬉春醉似泥。試問青帘何處所，樹間遥見杏花西」，《寒夜》云「耽詩過半夜，冷透更重裘。弓卧全難睡，北風飛雪不」，《夜坐》云「衣冷眠難就，寒風夜已深。時看紙窗月，梅影直千金」，博雅風流，可以概見其人矣。

余不喜律體，最嗜七言小詩，故所作亦最多。然至其自許者，則千百之中存十一而已。曩余著百絶，以貽識者之誚。今再録其逸者，使擇瑕疵之所在焉。《秋日江邨》云「江邊水暖遊魚躍，岸下風寒枯柳鳴。曲渚煙消潮不漲，白鷗白鷺是分明」，《牽牛花》云「閑花含露滿籬邊，朝若瓊巵夕似拳。不藉琉璃丹筆色，輕紅深碧自天然」，《詠雪》云「片片舞空忽徹肌，風光添趣惱吟思。代燈更照貧生牖，入獄也援忠士飢」，《邨居書喜》云「三秋勳業自孜孜，稼始收時覺體疲。耐喜今年年尚惡，吾家官賦不過期」，《秋日過江邨》云「夕陽半落照平沙，風度秋聲響槁葭。白鷺見人驚起去，又過咫尺立蘆花」，《山房待月》云「扶筇特特出山扉，獨愛涼風立落暉。貪見溪邊鏡樣月，不知露脚飽沾衣」，《看水邨寒梅》云「欲覓梅花出竹扉，水隈任杖逐芳菲。滿身爲恐暗香去，袖手不嫌雪點衣」，《春日村居》云「茅屋兩三擁竹林，短籬從所有差參。吾家近貯斯新富，無數菜花滿地金」，《惜春》云「春色無情暫不窮，桃花流水去忽忽。庭前莫妄許來往，只怕兒曹損落紅」。

竹田莊詩話

田能村竹田

《竹田莊詩話》一卷，田能村竹田（一七七六——一八三四）撰。據文會堂《日本詩話叢書》本校。

按：田能村竹田（たのむら ちくでん TANOMURA CHIKUDEN），江户時代畫家、漢文詩人。豐後（今屬大分縣）竹田人，名孝憲，字君彝，世稱「行藏」，號竹田、紅荳詞人、九重仙史、花竹幽窗主人、隨緣居士、雪月書堂。豐後岡藩（今屬大分縣竹田市）侍醫田能碩庵之次子。自幼好學，善詩歌。赴江户師從古屋昔陽、大竹東海，研修徂徠派之古學，又向谷文晁習繪畫。居江户一年餘遂返故鄉，文化三年（一八〇六）赴京都師事村瀨栲亭、皆川淇園。其來往於京、阪之間，與賴山陽、篠崎小竹等相交甚密。善詩文書畫，繪畫敬仰明清文人畫家，並開創獨創之境界，畫風清高淡雅。研究填詞，且親自創作。安永五年生，天保五年八月二十六日歿，享年五十九歲。

其著作有：《竹田莊詩話》一卷、《山中人饒舌》二卷、《竹田莊師友畫録》二卷、《填詞圖譜》二卷、《瓶花論》一卷、《自畫題語前後編》五卷、《竹田文集》、《竹田詩集》、《竹田莊茶説》一卷、《隨緣沙彌語録》一卷、《百活矣》一卷、《黄築紀行》一卷、《今才調集》十三卷、《卜夜快語》一卷、《風竹簾前讀》一卷、《豐後紀行》一卷、《屠赤瑣瑣録》、《陪駕日記》、《暫遊日記》、《花竹幽窗記》等，《田能村竹田全集》一册。

題竹田莊詩話首

二三年來，予廢輟舊業，愛植花卉。湯藥外，凡百費心勞生之事，不一爲也。於是，一日内分修二課，一則攻詩，二則理花。四時花卉繞屋雜茂，晨夕涉園，逍遥籬間，色香繽紛，掩映衣袂。其於花也，若有宿緣。然而無偏嗜、無私好，隨觸而睹，隨遇而賞。若夫君子、隱逸、富貴諸名花姑置之，乃至凡種庸品之無名無聞、無色無香，《花史》《木譜》斥而不收者亦悦之。視諸前之奇之珍之者，寧有過之，莫或不及也。其於詩亦然。無偏嗜、無私好，《騷》賦《選》詩姑置之，李杜、王蘇、錢劉、元白、韓柳亦無論也。孟賈之寒瘦亦悦焉，温李之富穠亦悦焉；盧仝怪語，掎鬼搧神，亦悦焉；韓偓艷辭，破籬決藩，暴露無諱，亦悦焉。延及宋元，愛坡翁，愛翁之門四學士，愛聖俞〔一〕，愛后山，愛范楊尤陸，愛趙吴興，愛楊鐵崖，又至明清信陽、北地〔二〕、滄溟、弇州，竟陵、公安以下，錢牧齋、王阮亭、沈碻士、袁才子輩，無不兼愛并悦也。旁在於閨位著〔三〕，六朝五代及金，外國朝鮮諸

〔一〕俞：底本訛作「諭」。按宋梅堯臣字聖俞，據改。

〔二〕北地：底本訛作「河北」。按明李夢陽北地人，據改。

〔三〕著：疑「者」之訛。

子，亦采備歸餘之數矣。合宇内而爲一家，混古今而爲一世，丈室内、矮几上，彼此邂逅，騰騰往來焉。故著斯話，人異標，家别幟，不建門户，不較是非，寧過贊稱，無敢譏訾。然不屈己而從人，又不推己而及人也。或曰：「如此則範圍太寬，揀選去就不能純一，恐失正鵠之所嚮矣。」曰：「所謂正鵠者，唯係作者之所好，各從其志可矣。梅酸蓼苦，各有所宜；趙輕環肥，不妨其美也。我以唐爲正乎？渠迺以宋爲正。渠以元爲正乎？我迺以明爲正。我之所是，渠以爲非；渠之所帝，我以爲奴。決訾於紙上，攘臂於筆端，呶呶相罵，紛紛相争，譬彼舟流，不知所届。蓋自古至今，世之所崇，人之所尚，詩話詩選之所議論取捨，予通覽併考，知其非已久矣。不若世上所稱格調、性靈、清新諸件，公然歸之其人，無敢取私心插入其間以擾視聽，而俟後來學者同聲相應，各各分附也。特至其詩之善與不善，則在用心之深與不深。用之之至，冥冥裏有神通焉。其通者，恨難多得耳。」客迺稱善，話中儘迨琴書酒茶香花，此則藝園之不可須臾廢者，猶編《花譜》，旁收禽獸蟲魚云。

文化庚午仲冬念七之夜，霜氣劇烈，鑽透窗罅，如線之細，如針之利。小軒獨坐，四更不寐，偶録此序。録畢，忽憶亭畔臘梅，今朝始拆一花，或致損傷否。南豐田能村孝憲君彝甫。

竹田莊詩話

西肥詩人米大夫、秋玉山、藪孤山輩既死，尋踵崛起者，李紫溟先生、琴山翁最爲巨擘。紫溟先生名順字子友，爲國學祭酒。琴山翁名杶字大年，善醫，名鳴海内。又有大城壺梁翁能古文，詩則次之。

紫溟先生天質温雅，德行純粹，研究理學，而特好詩，最長五言，造語平淡，旨趣深藴，風致自似王、儲。五言古《牧牛詞》云：「牧牛亦可樂，所樂其奈何。晨乘牛背出，夕叩牛角歌。郊原芳草遍，無處不經過。黄牛隨東隴，白犢降西阿。彼皆得真性，吾亦任天和。不知肥與瘠，寧問寢還吪。往往飲沙汭，日長涔跡多。無復洗耳人，春水澹清波。」《鑿井》云：「舊泉日已淺，新居日已繁。相助鑿新井，群呼傾一村。晨起秉畚鍤，息肩已夕昏。豈無累日勞，但願逢其源。重重土脈解，稍稍水聲喧。欣然絜瓶汲，兼得灌田園。兹邑縱可改，此井常長存。吾當乘化去，聊以遺子孫。」又有《刈禾》《祈雨》《索綯》等數詞，姑摘二首以充羹墻。又有題壁作極清雅，頃日書贈余云：「日入樵者歸，栖林鳥亦静。坐待花間月，石鼎正煮茗。心與道爲鄰，跡將人異境。只有遥寺鐘，傳響度遠嶺。」七言古《四十六士墓》，人多誦之。云：「冢何纍纍，風何蕭蕭。四十六人一時死，天地冥冥鬼神哭。前有權貴，不忍共戴天；後有湯鑊，比之清泠泉。白刃之下逌然笑，後人拊膺淚潸焉。」五言絶，如使王漁洋誦，必欣然拍掌謂「海外亦有知音矣」。《元宅寺》云：「一路連湖水，綿綿垂柳中。欲尋湖上寺，寶鐸響春風。」「真僧朝出定，雲氣繞前峰。下瞰春潭碧，一聲喝嬾龍。」「澄潭含物象，虚照未曾疲。摇動芙蓉塔，輕風落日時。」《金峰夕陽》云：「開窗看落日，明滅白雲峰。中有幽人在，應聞箇裏鐘。」先生今兹年七十三，有《江村送春》三絶句，格與人老，平平説去，自然清高，不落思想。云：「送春真似送親知，暮色茫茫淚欲垂。緑樹林中愁自語，明年又與百花期。」「觀楓去歳到山家，相約明年來賞花。世事糾紛春已暮，斜陽回首望雲崖。」「落花飛絮總别愁，衡門空鎖暮江頭。燈前惟有灘聲急，送盡春光夜未休。」又六言絶不減錢劉，《春晚》云：「落花飛絮春暮，斜照殘霞晚晴。平水鏡中鳥浴，長橋畫裏人行。」旁善和歌，海以西一時罕見其比。橘千蔭、本居宜長輩，千里唱酬，推重欽獎。寛政中，所詠百首傳入禁掖，忝歷覽觀。上顧侍臣曰：「不圖田舍能出斯珍矣。」肥人相傳以爲榮云。

琴山翁資性英邁，作詩不能拘拘乎字句間，經典佛籍、俗語俚諺，信手拈出，錯雜成章，而一氣直下，奔逸雅健類陸放翁。蓋在肥人，大開别面。七律，《春盡山莊即事》云：「我是人間度外人，飄然獨往自由身。牀無俗客唯高卧，食有園葵不厭貧。鶻哭鶯歌歸去日，花殘柳暗老來春。鄰邨酒美須供醉，重對嵐光樹色新。」又有《春盡偶作》云：「昨風纔見百花開，今雨還聞杜宇催。坐似僧氈空兀兀，觀如佛界只恢恢。清遊願足酬過去，熟睡緣堪結未來。貪酒耽詩禪亦會，乃公偏自笑多才。」《山莊初夏》云：「流光不獨愛春花，更愛園林緑葉加。昨夢鶯兼鶻共别，今遊月與水尤佳。青繒繪雪涼生扇，玉鼎焚香篆透紗。賞事無過初夏景，風情故在煮新茶。」答余一律亦足想見其人，云：「吾寧僻住紫溟陽，求道不弛又不張。開此二千年眼目，傳彼一萬首和方。酒唯任取時時醉，茶是愛分品品香。自笑雖非湖海士，未除豪氣卧高牀。」時翁著述《二千年眼目》，刻始竣，又東都政府有令，進其所輯和方一萬首，褒賜金若干。

翁受業吉益東洞，以古疾醫自任，殆七十年著書等身，海内裹糧至者，歲亡慮數十人。旁及琴書、茶經、花史、香譜，莫不精曉，著有琴、山、款、設四譜，故每詩言此四者，輒具妙詮真理，或他人借之點飾句面，遂不能及也。然世唯知善醫，而知其風流者絶少，故舉六清真人説，以證平生韻事云。

六清真人，翁之《别號説》曰：「清晨盥漱，灑掃堂室及庭内，次洗瓶插花清目，次拂拭香爐几案，爇沈檀一片清鼻，次汲水潔浄諸器，品茶煎之，或抹茶點之一碗至三碗，清胸膈、口舌，次調古琴，彈《南熏》《滄浪》二曲各一，再行清耳，而後坐書齋，讀聖賢之書以清心。」自號六清真人，又曰清福道人。香房、茶寮、花軒、琴所，竝有諸友，因併命以清云。香房三友，沈香曰澹清、檀香曰奇清、合香曰暖清。茶寮二友，煎茶曰妙清、點茶曰緑清。花軒十二友，春花三，迎春曰黄清、桃曰夭清、海棠曰艷清；夏花三，芍藥曰麗清、石榴曰紅清、蓮曰妍清；秋花三，桔梗曰紫清、秋海棠曰嬌清、菊曰逸清；冬花三，寒菊曰幽清、水仙曰真清、梅曰韻清。琴所三友，琴曰雅清、南熏曰聖清、滄浪曰賢清。天明丙午春，紫溟先生及諸子分賦六清，裒然成帙。翁亦有七古一篇，韻致可挹，惜篇太長，不及備載。

題畫小絶，宋元以後沖澹清逸，别是一種，倪雲林、文衡山、唐解元、董玄宰最爲曠遠。琴山翁頗得其趣，《清江獨釣》云：「獨釣蘆花淺水秋，生涯心事寄扁舟。孤村十里清江暮，遮莫游魚不上鈎。」《春樹人家》云：「雨後青山入望新，千村萬落一時春。茅亭别有煙嵐裏，緑樹陰陰不見人。」《溪郵夜雨》云：「蕭蕭雨色一溪涯，獨汲清泉坐煮茶。半夜西窗幽夢後，孤燈點點幾人家。」

明和中，肥前國長崎鎮有妓櫻路者，聲色俱妍。清人龔允讓相得甚洽，教詞令，一授了了，艷楚動聽。允讓驚詫曰：「吾杭州妓稱善歌者不及也！」西歸日，臨别淒婉，扇頭書二絶贈之。琴山翁遊鎮聞其事，特邀見，因徵歌。初不肯，既而唱畢，悲悼欲絶。把詩扇出示，紙墨新鮮尚如故。詩云：「浮雲流水兩情聯，曾許貞心待十年。早識歡情難再卜，有緣不若竟無緣。」「斑管新詩誌别愁，多情敢信屬青樓。儂心若體蕭郎意，珍重花枝莫浪投。」允讓字興讓，恪中子，克賢弟也。父兄俱通商崎港，頗善書，涉文詞。允讓性喜華侈，衣帽鮮麗，時必更换，日以爲常。琴山翁爲余言如此。

長崎鎮，華夷通交轉貨處，故土民富饒，家給人足，治平日久，漸嚮文教。加之清商内崇尚風雅、善詩若書畫者往往航來，沈燮庵、李用雲、沈銓、伊孚九輩不違摟指，故餘習之所浸染，詩書畫竝有别致。冠山、暘谷之詩，玄岱、陶齋之書，慶山、熊斐之畫，早著名聲矣。余遊鎮留僅一旬，所知唯是四人，曰迂齋、東溪、南陵、石崎士齊，而南陵未及讀其作。士齊名融思，工畫，爲鎮之書畫目利職。蓋目利，國語謂鑒定，其職專主識别清商所賫書畫品格、真贋、價直高下也，詩非其所長，故不録。

迂齋姓吉村，名正隆，深通經史，詩文詞令莫所不善，最爲鎮之後勁，惜年未五十卒矣。賦《落日高樓一笛風》云：「暮山凝紫淡煙浮，斷笛輕風響未收。返照客歸花外路，數聲誰倚水邊樓。餘梅吹落催新别，殘柳折來唤舊愁。寄語高人無重奏，滄江萬里有孤舟。」《偶作》云：「江城九月晚寒增，兀坐蕭閒類野僧。世味澹然如嚼蠟，道心真爾似凝冰。黄花將老題難了，紫蟹初肥醉易乘。更有風光催獨往，遥山近水試烏藤。」又獲小詞，辭致淒麗，亦當行家言，今録二首。《賀石崎士齊花燭》云雙調【相見歡】：「雙鴻雝雝和鳴，見堅冰，合巹之儀，二姓光榮。連理帶，合歡扇，兩花燈。詠雪頌蘭，才子配佳人。」《送志村君歸仙臺府》云【鷓鴣天】：「芳草如煙花作泥，蒼蒼夏木子規啼。故園萬里雲羃䍥，征客終宵夢往來。是會日，即離時。淒然語别使人悲。君歸鞅鞨分江處，我在扶桑西復西。」

東溪姓松浦，名陶弘，綜群書，工詩能畫，以至孝聞。年五十，其母尚存，晨昏定省，不離膝下，親故往來亦殆謝絶焉。清人王雲巢愛其《雪水煎茶歌》，西歸日，請書之裝潢携去。歌云：「風雪三四日，孤屋江山隈。園徑無緣摘菜蔬，蓬門自絶客往來。積雪深深一二尺，朝昏疑坐白銀臺。瑩階瓊樹玲瓏境，不用鶴氅故徘徊。物候誰辨年序改，春光纔在插瓶梅。此時呵手先取雪，大盤小盤數十枚。明珠莫比鮫人贈，玉斗何煩亞父催。投之石鼎中，寒爐活火紅。消散漸見生蟹眼，閑室既聞起松風。松風蟹眼頻相詩，即下去年精製茶。香兮色兮始清絶，味壓羊羔笑党家〔一〕。平生幾品處處泉，井池澗溪巖穴邊。君不見，石父終入晏嬰舍，子期善識伯牙絃。茶之於雪猶如是，仰謝青帝爲余憐。豈憶梁園賦，豈羨黄竹篇。對雪飲雪歌白雪，鴻漸湛樂亦自然。卻恨東風解冰後，茶水難併花鳥前。」雲巢別號理菴，杭州人，性恬淡好禪，不殖貨利，不近脂粉，終日樓居，案頭所貯唯佛經兩三函耳。

海西歸臥即三歲矣。頃閲敗簏，獲栲亭先生及社友詩稿數首，且讀且感，追想前遊，尚如昨日，而石齋長逝，墓木將拱，不覺愴然淚下。蓋諸友平生傑作極富，斯卷所録僅止簏中蠹耗之餘，讀者若欲偉觀，俟他日就其本集而抄出焉。

先生作詩必用實事，不著虚語。一日社集，同詠殘楓，偶有家人來報云：「後園款冬初茁矣。」即賦云：「一藤無伴訪山家，霜冷疎林誰駐車。不分前溪經昨雨，纔看數點挂殘霞。輕風聊作詩人地，衰草乍裝樵徑花。物候真成流水似，樹間已茁款冬芽。」大抵此類。又性惡酒，至侍坐者，雖善飲，亦承其意陽稱下户，故集中無一語之面諛麴生。嘗作《反將進酒》一篇，深規沉湎于醉鄉者。坡公素不能飲，然猶自云「喜人飲酒」。如先生，可謂古來文人之所未曾有也。

京北大原、矢瀨諸村，土風淳古，頂髮不剃，專供王役，其婦女常時首戴束薪、雜花及梯子、砧

〔一〕党：底本訛作「棠」。按此用陶穀與党進妓取雪烹茶事，見《堯山堂外紀》卷四十二。據改。

杵之類鬻之入市，好事者作圖傳之。先生特長詠物，凡京城内外所有題詩殆遍。一日有人携來斯圖，需題其上，即賦三絶與之，蓋始詠此女也。云：「濕薪緊束一圍强，頭上輕輕擎作行。一曲山歌妹和姊，挿花沿路蝶趁香。」「契郎家在天台下，世世采樵住白雲。婦姑戴薪趨陌上，未慣采桑賺使君。」「荆釵草鞁木棉裙，三市和花賣錯薪。怪他樓上紅裙女，併取一身賣與人。」自注：「契郎讀如傑剌，矢瀨人自稱曰契郎。」

或跋先生舊書曰：「黄太史云：『雖書字巧拙在人，要須年高手硬，心意閑淡，乃入微耳。』今先生之書實有以踐其境。」余迺謂，豈唯書哉？詩亦有然。蓋先生初作富贍新巧，近日混化，稍爲沖澹蒼老。今揭數首證之。五律，《早梅》云：「江梅春已至，水澤腹猶堅。有人携送我，聞香意欲仙。膽瓶隨意挿，骨格自然妍。含笑紅爐側，依微帶暖煙。」七律，《秋日郊行》云：「百事一抛只討閑，早間散策晚間還。浪過村落途常錯，恣領風煙天不慳。自笑紅塵長挿腳，纔垂白首始怡顔。邑鷄不慣生人到，膊膊驚飛上屋山。」「屐齒乘秋仍躍然，縱游自許小神仙。疎雲嶺上初横雁，落木林頭不庇蟬。貪勝細評山險易，揸笻且品景幽妍。不知何日領其要，每箇峰頭住一年。」《餞菊》云：「黄恨白愁葉也蔫，猶思九日獨恣妍。山居已及開爐月，霜圃正當種麥天。何以療饑悴顔客，無由泛酒野人筵。籬根懇向芳根囑，來歲合償未了緣。」《七月朔晨起涼甚，前宵大雷雨至曉晴》云：「一夜迅雷雜雨聲，起來初日破雲生。鼀游行潦頻尋餌，鳶立屋山時唤晴。殘炎失權喜秋早，新涼如藥覺身輕。腸乾悶悶過三伏，偏慰今朝詩思清。」七絶，《雪竹》云：「溪竹高低雪壓平，層層如浪聽無聲。

一枝偶被風吹起，寒翠逼人分外清。」「短垣争彈青鸞尾，一夜變成白玉毛。天公無意争閑氣，聊試此君苦節高。」

先生有一男一女，男則石齋也，名修字士業，能詩善書，竝有家風。今檢遺稿，散逸殆盡，僅記《即事》一絶云：「窗塵拭浄坐朝陽，好在茶甌與筆牀。黄庭臨罷博山冷，爲炷水沈謝墨皇。」又記《早行》一聯，亦佳，同賦者一時閣筆云：「星尚兩三點，鷄已東西通。」

閑齋亦詩壇之老手，格律清警，初學於攝人葛子琴，晚居岡崎，遊華陽社最久矣。未得全稿，祇録其曩日記誦《春寒》一律云：「司寒行令令何私，驅使東風作暴吹。無日不陰知幾日，有時驟暖豈多時。誰熨瓶梅温皺玉，争醫園柳展愁眉。殷勤黄鳥專春事，宛轉弄聲雪裏枝。」

梅所讓職其弟，致仕，寓居京師，以授生徒爲業，故其《歲晚》三韻律云：「未老已爲不仕身，歲寒風雪守清貧。無錢尚是買琴硯，有弟時能餉米薪。背世自呼狂道士，華陽仙窟日尋真。」「辜負排家錢穀闌，圖書蝕盡有餘餐。一叢吟社揀才結，半歲旅遊做夢看。慣俗近纏黄絮帽，尋梅不覺瘦肩寒。」時有優人李冠者，服茶褐衣，色甚清妍，彼都人士一時競傚，呼爲李冠褐，故有「慣俗」句。

丁卯冬，善琴者玉堂老人，與余始相見於大阪府之持明院，同寢食殆四十日。時年六十餘，毛髮盡白，鬚長數寸，而猶有童顔，歌聲圓滑，齒豁不妨音，亦奇士也。特好酒，醉則賦小詩，每首輒用「琴」字。又作小景山水，皴擦甚勤，俱不入格，頗以勝趣勝。記醉後一絶云：「倦酒倦琴倚檻時，滿園祇樹雪華飛。雪華箇箇風吹去，不染琴絲染鬢絲。」余偶爲客填詩餘數首，老人迺配譜諧之，其音嗚咽淒婉，左右聳聽。今録小令一闋【長相思】云：「紫燕飛，白燕飛，飛上紗窗越女機，雙雙無別離。　天不非，人不非，只是因儂情思微，檀郎未得知。」爾後萍梗遠離，音問終絶矣。東讚張竹石山人徽嘗輯《玉堂詩集》一卷，刻傳于世。

頃閲小説載袁子才隨園築墳事，風情曠恢，最爲可喜云。錢塘袁太史子才僑寓金陵，家有隨園，備極花木山池樓臺之勝。其假山下築一墳，墳四周繞以桃花，春時紅雨繽紛，點綴墳間，碧草芊眠，淒艷動人。於石上鐫句云：「不飲但從山下看，桃花深處有孤墳。」曠達中，情一往而深矣。近輦下子弟競尚《隨園詩話》，一時諷誦，靡然成風，書肆價值爲之頓貴，至抄每卷中全篇收載者而刊布焉。蓋子才選詩，字平而意巧，句澹而情褥，胚宋人之義理，諧以唐人之格調，故易入人心脾也。

又載金聖嘆死於非命事，狀頗狂勃。或謂小説家多放誕誣罔，不足信也。其或然，姑録以俟後考云。金聖嘆所著解唐詩五七言律，無論義理，必劃然中分，上四句爲前解，下四句爲後解，穿鑿乖謬，當時人戲稱爲「腰斬唐詩」。一日行於京師東四牌樓，偶内逼，遂於街心褪袴遺矢焉。其地車馬交馳，見者靡不駭怪。坊卒怒鞭之，金亦大怒，侈口毒罵，致達金吾處拘訊之，言愈狂，以其孝廉也。遂據實奏聞，褫革究辨，搜查平日事迹。得所著作，多不法語，坐誹謗腰斬於市。咸以爲中分唐詩，蓋其讖云。朱昆田《題聖嘆詩箋》有云：「鍛冷嵇中散，鬚亡謝客兒。一箋遺墨在，腸斷是朱絲。」亦似傷其死。余家藏聖嘆評《西廂記》一部，間有所謂不法語。雖然，情語麗辭，解膚入髓，字字劇妙。惜哉不慎細行，卒罹慘禍矣！因是道人葛質寓居東都，能文，有名一時。至論詩則特喜聖嘆，采用其説。余嘗與書云：「聖嘆不遇，屈于彼而伸于此，身後得知己于海波千里外。」蓋直述所見也。

大率詩句縱横豪宕者，使人駭想其學問浩博；新麗纖巧者，使人慕艷其才藻綺褥；平澹和易者，使人自然易感。情本至近，去人不遠，故易讀易解迺又易感也。

感之至也唯在諷誦，非俟繹義理後而始生者。古人云「讀書百遍而義自見」，余云，好句不用多讀，一誦則見。

悲歡情之質，笑啼情之容，聲音情之影，詩詞情之跡。

《三百篇》半係里巷歌謡，雅不難解。世或爲難，以其名物詁訓今日不同故也。夫古今人情，除悲歡笑啼四者，又無遁處，以意逆志，千載一日，何難解之有？世講《楚辭》自從憂世思君而説，余則只認一情字耳。

原平仲梓《韓偓集》，余序其首，竝跋《香奩》，私以爲冬郎之《解嘲文》。會東都書賈方刻《香奩》，於是梓止本集而《香奩》中輟，故贅跋語於此。曰：「淵明老人，鐵石心腸，出以淡語冷句，舉世倶知，而不知其人太至情也。古人謂忠孝節義自『情』字内得來。蓋集中所載《閑情賦》及《日暮天無雲》一篇，風情流麗，絶無俗儒寒酸習氣矣。昭明不會此義，妄論白璧微瑕，東坡因誚昭明云『此乃小兒强作解事者』。蓋冬郎之於《香奩》，亦其類也。昭宗反正論爲功臣〔一〕，平生著述悲憤感慨，情不忘君，與少陵殆相伯仲。其間剩墨殘筆，偶及偎紅倚翠、剪花刻月諸麗語，人或毁之爲教淫，余特賞以爲精忠之所自來也。冬郎有知，其謂之何？」

鍾竟陵云：「古人雖居邨僻，皆有素友作鄉人。」居鄉無此，非塵雜則寂寞矣。予病居累歲，幸有素交六七相共來往。觴詠日娱，不但晨夕切劘所得既多，又不使雪月花柳笑無聊也。今録四人曰：角田廉夫，名簡；伊藤孟得，名輔世；野原平仲，名衡；松岡信好，名只詩。

廉夫少登中井竹山先生之門，學有淵源，潛志經史，好古文辭。年僅過弱，所著有《外史叢語》等數書。爲詩雅整，邊幅闊大，不屑啾啾悲鳴作蚯蚓聲也。《感遇》九首，語語咸實。如云「孔孟綿邈矣，周程張朱逝。處士各放恣，六藝多横説」，予見其於學有所適從。如云「古風寢弭響，滔滔競綺靡。正聲不可見，嗚呼吾孰歸」，則又知其作文有所歸宿。如云「抱影獨浩歌，倏然發虚謦。沈静聖所嘉，躁動徒招青」，予見其於道有所悟入。如云「淡然掃娥眉，不受一點塵。不作妖艶態，貞操磨那磷」，則又知其處世有所自守矣。頃遊環翠園，賦《雜詠》十首，姑傳二章云：「不要譽，不狗世。相伴何，琴書畫。山之巔，水之澨。月於遊，花焉憩。訪詩僧，入窅靄。身多病，目又翳。百家事，不爲計。坎而止，盈而逝。」「處事憒憒，如匪澣衣。汨爾皃没，騫然鶴飛。硯田筆疇，無雙樂

〔一〕正：底本訛作「止」，據《新唐書》韓偓本傳改。

地。雲耕雨耨，一大政事。郊島薄倖，備嘗苦辛。苦中有樂，味不可言。貧富有命，何足云云。」

孟得、信好二子，年未及冠，頗能詩，孟得以力學勝，信好以才情勝。凡古今傳稱以爲名句好聯者，孟得誦讀之殆遍焉。爲詩初刻意劉隨州，近日揉摩稍細。七律，《除夜》云：「塵煤全掃一堂清，松竹插門春事成。燭影鐘聲留舊歲，垢顔蓬鬢入新正。點香自祭小詩卷，扶病且傳長命觥。自笑黄粱炊未了，明朝幻夢又新生。」《元旦》云：「群鴉飛起一聲鐘，曙色東南紫氣濃。村寂燈光尚冬意，城譁人語總春容。煙梭輕度未勝織，柳縷梢柔似欲縫。自此鶯花多韻事，詩壇鏖戰屬毫鋒。」《立秋》云：「朝來何處最淒清，乃是水邊竹外楹。水已貯秋非昨日，竹先脱夏送新聲。晚涼浸體扇辭手，夜氣澄心書入晴。從是東西討山好，一雙游屐稍知輕。」七絶，《寒塘》云：「荷老柳枯不耐霜，風聲水色入荒涼。淡天三四五行雁，斜帶落暉下曲塘。」《夏晝》云：「滿樹蟬聲向午多，詩魂避熱入南柯。翠禽欺得人眠去，池面銜魚款款過。」《竹下泊舟圖》云：「萬箇幽篁曲澗中，梢垂葉掩小流通。漁郎解結清涼夢，緑影多邊泊釣舟〔一〕。」

信好幼喪父，稍長，多病羸瘠，體不勝衣。其母過愛，不敢教書。年甫十六，學詩於予，沉思刻苦，一字不苟，雖小律亦踰月始成。同社會賦，衆作既畢，顧叩信好，其所得僅不過一句若一聯。澄心静慮，略無競色。嘗懷詩卷造謁紫溟翁，翁稱善，批卷後云「斯人才思與時人霄壤，他日必爲

〔一〕舟：失韻，疑「篷」之訛。

李長吉」，其言實爲不誣也。《送別》云：「古稱消魂此是時，黯然分手豈無思。騰空野馬春風弱，就路行人芳艸滋。向後新添愁裏緒，以來唯有夢中期。我心練漉爾知否，悲莫悲兮生別離。」《池上》云：「宿霧屯雲滑欲流，胡牀倦坐向池頭。人忘機處鷗能狎，客不到時竹自幽。暝且暝兮煙外夕，凄還凄矣雨中秋。此心調得常無事，一部楞伽更那求。」又摘句云「一夜期兼人齟齬，三更起與月彷徨」「舊醅無事醉來醉，新句有時成則成」「菓生幾陣慈悲雨，花落霎時方便風」「蓑笠影迷三徑草，斧斤聲出一溪煙」「歲月無憑全似水，身心處世半如雲」。竝有情致，讀畢悽然。

平仲業醫，學於琴山翁，研究方書，日夜不止。詩其餘事，多流卒易，不經意者過半矣。加之進取甚急，尚敏貪多，予嘗面折其非，不從也。近日歸嚮晚唐，手較李賀、温庭筠、姚合、韓偓、皮、陸諸集，附諸剞劂。今得七律聲口微似香奩者一首録之。《次韻春夜》云：「未送春風到藝林，硯池半被夜冰侵。月猶澹泊春慵淺，簾已迷離燭影深。尋夢背屏且凝坐，避人繞柱只低吟。詩成自覺雲相似，過盡眼前不入心。」《訪梅》一絶亦可觀，云：「山頭山尾遠過盡，草鞋乍到水之濱。橫斜映竹一枝出，認得離騷經外春。」又有「身如露底凄涼草，心似風前澹泊花」一聯，凄婉可愛。

昔者予讀樂天詩，愀然感悟，當時自謂所得頗多，不啻格調和平，使後來學者無志微噍殺之音。略表數句，告同病相憂者云。誦《罷藥》之作，則知病之近道，曰「此身不要全强健，强健多生人我心」。誦《見元九悼亡詩》之作，而悟情之可遣，曰「人間此病治無藥，唯有楞伽一卷經」。誦《龜兒咏詩》之作，則知苦吟之多損人，曰「莫學二郎吟太苦，纔年四十鬢如霜」。誦《覽鏡喜老》之作，而悟衰老之不足憂，曰「不老即須夭，不夭即須衰〔一〕。晚衰勝早夭，此理决不疑」。又作《讀長慶集》七古一篇以述懷云：「七八年前始詠吟，暗生塵世厭離心。爾來流轉東西路，單身得備嘗浮沈。今日扶痾又吟詠，倍知厭離入骨深。行文不必要奇險，情真能徹石與金。至樂處藏至悲旨，極榮地包極衰理。狂言綺語七十卷，成佛因緣存此裏。小蠻細腰樊素唇，料知天女化現身。池上雙鶴門前駱，他生應得變爲人。聽之截斷煩惱苦，詠之解脱生死輪。信口吟了千萬句，漸炧殘燈冷香獸。信悔茫茫東海東，生晚落在長慶後。一吟一哭天欲明，復沾前淚未乾袖。」

廉夫寓大阪日，寄示中井介菴《客中雜題》八首，兹録其二云：「朱雀門南第幾街，繽紛寶蓋逐驕騧。纔餘小屋無塵及，著得幽人與世乖。烹茗焚香送微醉，裁花移石協閑懷。曉窗别有欣然處，月白霜清秋滿階。」「風桐落盡絡緯鳴，小圃秋光分外清。病髮經愁易種種，閑身處世豈營營。殘棋静室留僧算，古畫明窗與客評。偶記晚來看月約，掃氈移榻近南榮。」又就其中截取好句綴成二絶，風趣頗似讀元詩，足稱合作。云：「稍覺病軀輕且便，好將閑步代閑眠。裹茶時就清泉煮，多在殘篁疎柳邊。」「臨餘墨帖四三行，竹徑秋寒鳥卧霜。偶有家人寄書到，併封盈尺小衣箱。」介菴名曾弘，字伯毅，竹山先生之男，其詩不襲家法，别出機杼，新秀細潤可喜也。廉夫云：「介菴夙質穎異，一夜作賦十篇，名赫一時。短簡尺牘，最有情致。然生平構思甚苦，有時或嘔心血，殆死者

〔一〕衰：底本訛作「老」，據《全唐詩》卷四百五十三改。

數次，年未四十竟逝。」

廉夫又示《蓂陰略稿》，乃竹山先生集也。充實有餘，風趣稍乏，蓋不以詩人自處矣。自叙有云：「今之學夫詩者，要爲其可爲，而不爲其不可爲，是已。」又云：「居士從少潛心於經術，以餘力遊於詩藝，亦唯摛事之實，運以趣之真而止，深耻手依托人墻廡爲詩毗不根之辭矣。」今誦其言而詩可知也。姑從集中採録頗能婉曲者。七律《燕燕雌雄吟》云：「雌雄燕子皂衣齊，雌去雄來各啄泥。雄定巢時待雌宿，雌生卵日唤雄啼。新兒雌哺雄相助，故國雄歸雌不迷。雄子明年率雌後，雌雛何處逐雄栖。」六言《山家》云：「劚倦雲間藥畦，緇餘石上花曆。一聲驚夢清猿，宛似仙翁鐵笛。」七絶，《宫怨》云：「清鑾摇夢響丁丁，錯謂君王向此經。不識緑陰多鬪雀，牡丹花上觸金鈴。」《寒塘曲》云：「冬日野塘風獵獵，蓮房菱角亂參差。村童不厭指將墮，冰底寒魚叉得時。」以上諸作自具唐人遺響。

夏日飲水，冬日飲湯，古人生活大是簡便。後人狡黠，代湯以茶，遂生紛紜。雖滌煩驅睡，實策其勳，然不如胸中清虚，無一物之可蕩滌也。尚寐無覺，最爲吾輩妙案，又奚用驅逐爲？予也生晚，五内既爲茶氣所浸染，一旦不能遽然出離苦味鄉中，故茶法亦不可不講也。近詞人韻士專崇煎茶，不喜點茶。然陸羽之所傳，盧仝之所詠，唐宋詩賦所稱，緑塵玉雪、乳花霞脚，及其神工妙用，咸謂點茶也。親試擊拂，而後始見古人措辭體物之精矣。

侗庵非詩話

古賀侗庵

《侗庵非詩話》又稱《非詩話》十卷，古賀侗庵（一七八八——一八四七）撰。據昭和二年（一九二七）東京崇文院排印綫裝本《崇文叢書》第一輯之五十六至五十九册校。

按：古賀侗庵（こがとうあん KOGA TOAN），江户時代後期儒者。祖本姓劉，據傳爲漢高祖劉邦之後。肥前（今屬佐賀縣）人，名煜，字季曄，世稱「小太郎」，號侗庵、蠖屈居、古心堂。古賀精里之三子，古賀穀堂之弟。寬正八年（一七九六），其父出任江户昌平黌儒官，隨父赴江户潛心鑽研。文化六年（一八〇九）被提拔爲幕府儒官見習，同其父一起出仕昌平黌。且受佐賀藩江户櫻田邸内明善堂之邀，爲藩士子弟授課。主修朱子學，亦通曉諸子百家。天明八年一月二十三日生，弘化四年一月三十日歿，享年六十歲。

其著作有：《侗庵文抄》二十六卷、《侗庵詩鈔》二十卷、《侗庵題畫詩》一卷、《侗庵小稿》一卷、《侗庵縱言》十卷、《侗庵秘集》二卷、《侗庵筆記》二卷、《侗庵百絶》一卷、《侗庵贊林》一卷、《古心堂詩卷》十七卷、《古心堂詩集》十七卷、《古心堂隨筆》十卷、《古心堂叢書》八十九卷、《古心堂大全備考》一卷、《東武百景詩卷》一卷、《蠖屈居漫録》八卷、《蠖屈居間録》八卷、《蘿月書屋雜鈔》七卷、《蕉林書屋雜鈔》二卷、《焦永鈔稿》二卷、《硯北漫鈔》八卷、《群玉書鈔》三卷、《李杜句集》一卷、《翰墨備忘録》一卷、《古心堂雜考》一卷、《古心堂雜抄》六卷、《文江麗藻集》一卷、《四六鴛鴦編》五卷、《歷代登壇月旦》一卷、《賀六渾黑獨新月旦》一卷、《文誌雜抄》一卷、《谷中別墅記》一卷、《愁賦》一卷、《消魂集》一卷、《横槊餘韻》二卷、《蚓操子詩稿》一卷、

《崇聖論》一卷、《佛書翰和解》三卷、《今齊諧》三卷、《俗語考稿》一卷、别集摘要一卷、《修辭一隅》一卷、《形容語》一卷、《亦樂文雋》四卷、《泰西録話》一卷、《非詩話》十卷、《吉光片羽集》三卷、《七壞集》一卷、《李鄴侯全書》三卷、同補遺一卷、《劉子》三十卷、《劉子全集》一百卷、《法書品隲》一卷、《述古禮考》一卷、《家政要録》五卷、《侗庵困學録》十卷、《殷鑒論》(一名《俗儒鍼肓》)一卷、《紺珠小記》一卷、《愚得録》六卷、《新論正續》十七卷、《讀書矩》一卷、《崇程》四卷、《吾道編》四卷、《夏日繙經一得録稿》一卷、《逸經網羅》二卷、《經史一貫稿》、《史記糾繆稿》一卷、《論語問答》二十卷、《論語問答備考》一卷、《論語管窺》一卷、《大學問答》四卷、《中庸問答》六卷、《中庸問答補遺》一卷、《孟子集説》四卷、《孟子問答備考》一卷、《孟翼》一卷、《非周禮稿》一卷、《詩朱傳質疑》六卷、《毛詩或問》一卷、《毛詩劉傳稿》一卷、《詩説備考》二卷、《詩徵古稿》一卷、《讀詩折衷》一卷、《左傳雜説》九卷、《左傳探賾》八卷等。

侗庵非詩話序

自詩話之盛行，而作詩之徒規規乎字句聲調之間，以文害辭，以辭害意，幾何其不肯天下而高叟之哉！乃學詩者不自察，群起隊馳，如蟻慕羶，每輒讀詩話，每輒論詩話，每輒著詩話。其習漸以深痼，殆乎不可救藥。屬者古賀君季曄閔詩道之大壞也，盡取古今諸家談詩之書，綜觀約録，科別其條，纂爲若干卷，命曰《非詩話》。前舉作詩之法，後數詩話之病，議論辯駁殆無餘蘊，不啻良醫處方。姜白石不云乎〔一〕：「不知詩病，何由能詩？不知詩法，何知詩病？」余亦嘗病入膏肓者，今得是編，殆如呑三斗純灰，用洗滌腸胃間葷血羶脂，何其快也！嘻！使世之學詩者亦能咀嚼之，則明夫瞽，聰夫聾，吾保其有效也。書以勸之。歲在庚辰杪冬中浣，樫宇林皝。

〔一〕白：底本作「伯」，據《白石道人詩説》改。

侗庵非詩話自序

詩話之作昉於梁記室鍾嶸氏，唐宋而降，日滋而月倍，以迄今日，殆千有餘卷。乃又自是而後數百千歲，予不知其增益夥够，終何所底極也。予歷觀詩話，累累如一丘之貉，概乎靡足取。其説詩也，多穿鑿附會之失，而無冰釋理順之妙。其立教也，規規乎字句聲律之間，而不達「言志」「思無邪」之旨。是以於詩道爲益無萬分之一，而貽禍流毒不可爲量數。唐宋以還，詩隨世降，如江河之就下。其所以致此，良非一端，而詩話實與有罪焉。予五六年前，識見未定，好覽閲詩話，以致詩日墮外道。比自悟昨非，漸漬已深，牢不可拔。極力剗治，久之方復故予，於是乎惕然如傷於虎者之畏虎。又思天下之大，必應有與予同病者。乃著《非詩話》十卷，極論詩話之非，以自警且戒人。顧予也年少氣鋭，有所論駁，猋發電至，不能自抑遏。言過於激，間有幾於詬罵者。加之考經究史爲當務之急，不欲以區區談詩之書延緩歲月。僅僅五六旬間，屬藳已訖。是以考覈辯證，紕繆居半。斯二者予猶自知其非，斷不能免於識者之譏。予所最慮者，世之人少所見多所怪，平素於詩話之書日夕誦習，浹髓淪肌，一旦聞「非詩話」之説出，必將裂眦戟手而大詬。是予以瑣瑣之一書，來詩人無窮之紛争，是則可憂也。抑李賓之不云乎「詩話作而詩亡」，楊用修不云乎「詩，言也。詩話出而詩與言離矣」，然則《非詩話》之書，信成於予；「非詩話」之論，古人固已有之。一世拘學之徒，聞之亦可以恍然而悟矣。世之讀斯書者，捨其短而取其長，略其細而識其大，一覽洞然，能辨作者真慨詩道之衰，而非出於争勝炫奇，則真予知己也。虞仲翔嘗謂「使天下一人知己足以不恨」，予於斯書亦云。

文化甲戌秋八月初三日，侗庵支離子書。

侗庵非詩話目録

卷之一
總論上
卷之二
總論下
卷之三
序論
詩話十五病
一曰説詩失於太深上
卷之四
一曰説詩失於太深下
二曰矜該博以誤解詩意
卷之五
三曰論詩必指所本
四曰評詩優劣失當
卷之六
五曰稍工詩則自負太甚
六曰好點竄古人詩
七曰以正理晦詩人之情
卷之七
八曰妄駁詩句之瑕疵
九曰擅改詩中文字
卷之八
十曰不能記詩出典
十一曰以僻見錯解詩
十二曰以詩爲貢諛之資
卷之九
十三曰不識詩之正法門
十四曰解詩錯引事實
卷之十
十五曰好談讖緯鬼怪女色

侗庵非詩話卷之一

總論上

古之著書也，豈得已哉？將以明道也。《詩》以理情性，《書》以論政事，《易》以明陰陽，《春秋》以辨名分。上下千萬祀，赫赫如日。苟無焉，天下後世頓成長夜。古之著書也，豈得已哉？乃至賈太傅、董江都之倫，其文雖不可與六經并稱，亦皆爲閔時憂道而發，非苟而已，故自可觀。東漢而降，著書益易而益輕。以爲求名之資者有之，以爲釣利之具者有之。是以書日增多，而其爲書也多損少益，徒使人聽熒不知所適從。而詩話爲甚。予故著《非詩話》十卷，以明詩話之害。蓋特論其甚者，而未遑及他也。人果能以憂道閔時爲念，則其書也雖多，不無一可取。乃區區以釣利求名爲心，以語言文字之末爲務，陋矣。嗚呼！豈獨著詩話者而已也哉？

或問學詩之要，予謂之曰：「謹勿讀詩話。」請益，曰：「用讀詩話之力，熟讀《十九首》、建安諸子、陶謝李杜之詩，庶乎其可也。」

詩莫盛於唐，而詩話未出；莫衰於宋，而詩話無數。就唐之中，中晚諸子論詩寖詳，《詩格》《詩式》等書相繼出，而詩遠不及盛唐。盛唐太白、少陵，足以雄視一代，淩厲千古，而未嘗有一篇論詩之書。學者盍以是察之。

宋儒動云：「秦人焚經而經存，漢人解經而經亡。」予亦云：「唐人不著詩話而詩盛，宋人好作詩話而詩熄。」自謂此非過論。

李東陽曰：唐人不言詩法，詩法多出宋。而宋人于詩無所得，所謂法者不過一字一句對偶雕琢之工，而天真興致則未可與道。其高者失之捕風捉影，而卑者坐于粘皮帶骨。至于江西詩派極矣。

謝肇淛曰：詩法始於晚唐，而詩話盛於宋。然其言彌詳，而去之彌遠；法彌密，而功彌疎。至今日則童能言之，白首紛如矣。夫何故？入門不正，則蹊徑皆邪；學力未深，則模剽皆幻。

又曰：宋人不善詩而喜談詩，詩話至三十餘家。其中如竹坡老人者，毫無見解，口尚乳臭，而妄意雌黄，多見其不知量也。

《書》曰：「詩言志，歌永言。」孔子曰：「詩三百，一言以蔽之，曰思無邪。」又曰：「賜也始可與言詩已矣。告諸往而知來者。」又曰：「小子何莫學夫詩。詩可以興，可以觀，可以群，可以怨。邇之事父，遠之事君。多識於鳥獸草木之名。」又曰：「興於詩，立於禮，成於樂。」又曰：「誦詩三百，授之以政，不達；使於四方，不能專對。雖多，亦奚以爲？」又曰：「不學詩，莫以言。」又曰：「人而不爲《周南》《召南》，其猶正墻面而立也歟？」又曰：「温柔敦厚，詩教也。温柔敦厚而不愚，則深於詩者也。」孟子曰：「説詩者不以文害辭〔一〕，不以辭害志。以意逆志，是爲得之。」此古昔聖賢所以論《三百篇》也，而學詩之要盡乎此矣。學者於斯數言，苟服膺不墜，則其爲益，豈特詩話數百千卷而已也哉？

李東陽曰：詩話作而詩亡。

楊慎曰：文，道也；詩，言也。語録出而文與道判矣，詩話出而詩與言離矣。

煜案：以上二公之言，可謂知言矣。然東陽有《懷麓堂詩話》，慎有《升庵詩話》。口非而躬犯，可謂言不顧行矣。

張子厚云：「古人能知詩者唯孟子，爲其以意逆志也。夫詩人之志至平易，不必爲艱險求之。今以艱險求詩，則已喪其本心，何由見詩人之志？」又云：「詩人之情温厚平易老成，本平地上道著言語〔二〕。今須以崎嶇求之，先其心已狹隘了，則無由見得。詩人之情本樂易，只爲時事拂著他樂易之性，故以詩道其志。」又云：「置心平易，然後可以言詩。涵泳從容，則忽不自知而自解頤矣。若以文害辭，以辭害意，則幾何而不爲高叟之固哉？」此論《三百篇》也，而切中詩話之病。

詩不本於性情之正，雖工不足取也。必也其性情優柔婉至，忠厚温良，如夫子所謂可以群可

〔一〕辭：底本訛作「意」，據《孟子·萬章上》改。
〔二〕語：底本脱。據《近思録》卷三補。

以怨邇之事父遠之事君，然後始可與言詩矣。彼作詩話者處心褊躁，立意頗僻，惟務鶩佻巧之見，唱奇創之説，以淩駕前人，驚動一世。大本既差，其論之紕繆百出，不亦宜乎？

學者有志於詩，必先使其心中正無邪，然後從事於音韻聲律，此入詩之正法門路也。若乃其心未能中正無邪，而徒屑屑然音韻聲律之爲尚，是無源之水無根之木，其與幾何？是故古之聖賢教人詩，必本之於心，使之去邪而存正。今之談詩者没身潛心於聲調字句之間，惟知以雕繢紛飾取悦人目，此可以見詩道之日衰矣，又可以見世道之日下矣。

朱子曰：詩者，志之所在。在心爲志，發言爲詩。然則詩者豈復有工拙哉？亦視其志之所向者高下何如耳。是以古之君子，德足以求其志，必出於高明純一之地，其於詩固不學而能之。至於格律之精粗，用韻屬對比事遣詞之善否，今以魏晋以前諸賢之作考之，未有用意於其間者，而况於古詩之流乎？近世作者乃始留情於此，故詩有工拙之論，而葩藻之詞勝，言志之功隱矣。

程嘉燧曰：學古人之詩，不當但學其詩，知古人之爲人，而後其詩可得而學也。其志潔，其行芳，温柔而敦厚，色不淫而怨不亂，此古人之人，而古人之所以爲詩也。知古人之所以爲詩，然後取古人之清詞麗句，涵詠吟諷，深思而自得之。久之於意言音節之間，往往若與其人遇者，而後可以言詩。

初學既篤信性情之説，其學詩之序，則首《三百篇》，次《楚辭》《十九首》，次漢魏諸家《文選》李杜，以漸及初盛中晚諸名家，反覆諷詠，循循不倦，則聲律格調體裁結構自然通曉。此皆古來儒先之常談，人之所同知，學詩之道盡于此，不待多言也。初學尤不可觀詩話。初學之時，識見未定，一耽嗜詩話，則沾沾然欲以字句之間見巧，以奇新之語驚人，安於小成而不能大達。予閲於人，蹈斯弊者衆矣。後生戒之。

朱子曰：《三百篇》性情之本，《離騷》性情之宗，學詩而不本之於此，是亦淺矣。

許顗曰：東坡教人作詩曰「熟讀《毛詩·國風》《離騷》，曲折盡在是矣」。僕嘗以此語太高。後年齒益長，乃知東坡之善誘人也。

嚴羽曰：夫學詩者，以識爲主。入門須正，立志須高。先須熟讀《楚辭》，朝夕諷詠，以爲之本。及讀《古詩十九首》、樂府四篇、李陵蘇武漢魏五言，皆須熟讀。即以李杜二集枕藉觀之，如今人之治經。然後博取盛唐名家醞釀胸中，久之自然悟入，雖學之不至，亦不失正路。學詩者只要擇古人之詩可師者，諷誦不倦，久之自得之。董季直所謂「讀書百遍而義自見」者是也。尤忌立奇僻之見，唱穿鑿之説。後之詩人往往不會此意，而作詩話者爲甚。朱子云「《詩》不消得恁地求之太深。他當時只是平説，横看也好，豎看也好。今若要討箇路頭去裏面尋，卻怕迫窄了」，又云「古人獨以爲興於《詩》者，《詩》便有感發人底意思。今讀之無所感發者，正是被諸儒解殺了。死看《詩》義，興起人善意不得」，又云「讀《詩》正在於吟詠諷誦，觀其委曲折旋之意。如吾自作此詩，自然足以感發善心」，又云「讀《詩》之法，只是熟讀涵詠，自然和氣自胸中流出，其妙處不可得而言。不待安排措置務自立説，只恁平讀著，意思自足」。朱子之論詩可謂盡矣。學者宜三復書紳。

謝顯道曰：《詩》須諷味以得之。古詩即今之歌曲，今之歌曲往往能使人感動，至學詩卻無感動興起處，只爲泥章句也。明道先生善言詩，未嘗章解句釋，但優游玩詠吟哦上下，使人有得處。

嘗間考詩之原委，因知古今之詩凡有三變。蓋自書傳所記虞夏以來，下及魏晋，自爲一等；自晋宋間顔謝以後，下及唐初，自爲一等；自沈宋以後定著律詩，下及今日，又爲一等。然自唐初以前，其爲詩者故有高下，而法猶未變。至律詩出，而後詩之與法始皆大變。以至今日益巧益密，而無復古人之風矣。故嘗妄欲抄取經史諸語所載韻語，下及《文選》漢魏古詞，以盡乎郭景純、陶淵明之所作，自爲一編，而附乎《三百篇》《楚辭》之後，以爲詩之根本準則。又於其下二等之中，擇其近於古者各爲一編，以爲之羽翼輿衛。且以李杜言之，則如李之古風五十首、杜之秦蜀紀行、遣興、出塞、潼關、石濠、夏日、夏夜諸篇；律詩則如王維、韋應物輩亦自有蕭散之趣，未至如今日之細碎卑宂無餘味也〔一〕。其不合者則悉去之，不使其接於吾之耳目，而入於吾之胸次。要使方寸之中無一字世俗言語意思，則其爲詩不期於高遠而自高遠矣。朱子文集家君曰：「朱子此

〔一〕宂：底本訛作「下」，據《鶴林玉露》改。

論，當採入《非詩話》中。」

有一措大，忘其名姓，好讀詩話，而未始讀古人之詩。聽其言也，摘詩句之瑕疵，評作者之優劣，滔滔不窮，一座盡傾。及觀其所自作詩，則卑弱陋俗，使人嘔噦。既而頗自覺其非，來請教于予。予告之曰：「子之疾已入膏肓，不可醫已。」其人曰：「庸詎知良工國手不解我顱湔我胃，使霍然而起耶？」予曰：「子之志誠如是之篤，則予有一説。子何不移讀詩話之力，而用之於古人之詩？古人之詩，漢魏六朝三唐可師可法者，僅僅數十家，子能諷誦翫味，則自然有所悟入。又且祛其驕氣，振其情志，夙夜孜孜，自得於心，而不輕宣於外，務使其詩與論相副無少愧色，則古人漸可追矣。」其人退而改行，三歲而以善詩顯。嗚呼！今之學者未始用力于經史，務漁獵稗官野乘以爲談助，以偷取該博之名者，此亦向之一措大耳。

宋劉咸臨醉中嘗作詩話數十篇，既醒書四句於後曰：「坐井而觀天，遂亦作《天論》。客問天方圓，低頭慚客問。」蓋悔其率爾也。嗚呼！後之作詩話者，特其求名好異之醉夢未覺耳。一覺，則必幡然悔前日之非矣。

予好讀雜書，即至天文地志、兵家醫方、稗官小説之屬，讀了後皆覺有少補于己。惟詩話讀如牛毛，得益少於麟角。何也？諸書皆隨其人之才藝，有的確自得之論。而詩話惟務奇新，浮浪不根，以爲談柄故也。

凡著書，經史無論已，下至醫卜之書，雖不足觀，亦必窮歲月之力，潛心焦慮，方始成編。獨詩話之爲書，大抵一分辯證，二分自負，三分諧謔，四分譏評。三四卷之書，咄嗟可辦。於是乎學士文人，才短學陋，力未能釋經讀史者，相率趨之。蓋以其易爲也。夫孔子以《詩》《書》教士，而於《書》無所辯論，獨於《詩》則論其所以爲教，論其學之之要，論其功效之大，再而三而未止。豈非以其道以温柔敦厚爲主，忌深險拘執，辟則陷於偏拗，流則入於柔惰，學之之道，比《書》最難歟？然則孔子之所難，而後人易之；孔子之所謹言，而後人輕言之。其所見與聖人東西判而黑白别矣。亦奚怪乎其言之糞土哉。

詩貴體裁華整，首尾匀稱，全篇自以風神氣格勝，不貴一句一字之巧。全篇佳，一句一字不妥，不害其爲合作；全篇不佳，一句一字工妙，不損爲惡詩。予歷觀詩話，舉全詩者綦少，好摘一二句以爲談助話柄，或指一二字以爲神品妙境，其有損於學詩者不少矣。

或問：「著詩話者大抵長於論詩而短於作詩者，何耶？」曰：「此易知耳。今夫多言彊辯，好抉人之瑕疵，訐人之陰私者，其檢己也必疎，終不可入君子之道必也。詳審沈静，不妄訕笑，時然後言者，必非庸庸平平之人也。明茅順甫、清林西仲評論文章，繭絲牛毛，洞微入密，可謂盡矣。及觀其所自作文，殊不副其言。理蓋一也。」

古來詩人莫工於子美，而被詩話之禍莫酷於子美。宋氏以還，苟有詩話必及杜詩，甚者全篇止評老杜一人。於是乎杜詩所詠一草一木，必皆出於怨上諷君之旨；一禽一獸，莫不本於刺亂憂世之意。字字根於古人，句句發於經史。殆使老杜如妒婦之怨嫉，如醉漢之駡詈，如村學究之談經，如吏書之簿録。老杜之真情真面目湮没晦塞，不可復睹矣。故予下文歷駁詩話之瑕疵，而於評杜者最多所詆排。蓋亦勢不得不然也。

胡應麟曰：宋人詩話，歐陳雖名世，然率記事，間及詼謔，時得數名言耳。劉貢父白是滑稽渠帥，其博洽可睹一斑。司馬君實大儒，是事别論。王直方拾人唾涕，然蘇黄遺風餘韻，賴此足徵。葉夢得非知詩者，億或中焉。吕本中自謂江西衣鉢，所記甚寥寥。唐子西録不多，其中頗有致語，亦不可盡憑。葛常之二十卷獨全，頭巾亹亹，每患讀之難竭。高似孫小兒强作解事，面目可憎。許彦周迂腐先生。朱少章湮没無考。洪覺範浮屠談詩，而誕妄坌出，在彼法當墮無間地獄中。陳子象掇於遺碎，時廣見聞。張表臣獨評自作詩，大堪抵掌。自餘竹坡、西清等種種脞蕪，惟楊大年《談苑》，紀載差博覈可采。

元瑞之論，未敢謂一一中窾。特以其歷舉宋代詩話之病，頗能詳盡。故録之。

詩話之名昉於宋，而其所由來尚矣。濫觴於六朝，盛於唐，蔓於宋，蕪於明清，無譏焉。其嵬説謬論，難一一縷指，而尚可舉其梗概。詩話，《詩品》爲古，其病在好識别源流，分析宗派，使人愛憎多端，固滯難通。唐之詩話如《本事詩》《雲溪友議》等書，其病在數數録桑中溱洧贈答之詩，以爲美談，使人心蕩神惑，喪其所守。宋之詩話如《碧溪》《彦周》《禁臠》《韻語》等書，其病在以怪僻穿鑿之見，强解古人之詩，使人變其和平之心爲深險詭激之性。明之詩話如《升庵》《四溟詩話》《藝苑卮言》，其病在揚揚自得，高視闊步，傲睨一世，毒罵古人，使人頓喪禮讓之心，益長驕慢之習。四代之病，無世無之。予特就其重者而言耳。

予八九年前，識見未透，亦好讀詩話。偶得清袁枚所著《隨園詩話》讀之，心已知惡其浮薄佻巧，實爲詩林之蟊賊。但愛其奇新之論，纖巧之調，試仿而作之。未半歲，駸駸乎入於外道，聲調風格全與往日不類。比自覺其非，漸漬既深，不可醫治，極力剗革，經二年方始復故。信乎古人之言「從善如登，從惡如崩」也。夫予之於《隨園》，特嘗試之也云爾，猶然若此。况心醉於明清之詩話乎？故録以識昨非，且以警人。

王荆公以「一水護田將緑繞」對「兩山排闥送青來」，以「周顒宅作阿蘭若」對「婁約身歸窣堵坡」。李師中以「山如仙者壽」對「水似聖之清」，其他如「立岸風大壯，還舟燈小明」「只期玉汝是用諫，肯爲金夫不有躬」等句，特詩之旁門小徑，或間戲爲之，亦無大害。而宋代詩話嘖嘖稱贊不容口，其所見如此之僻，宜一代之詩不足觀也。初學之士以此等句爲極致而學之，其害有不可勝道者，予不可以不辯也。《四庫全書提要》云：「《環溪詩話》所舉白間黄裏、殺青生白、素王黄帝、小烏大白、竹馬木牛、玉山銀海諸偶句，亦小巧細碎，頗於雅調有乖。」此言實中宋代詩話之病。

予歲甫弱冠，識見未定，嘗欲著《愛月堂詩話》而不果。嗣後寖覺詩話之非，故今日敢著《非詩話》，以歷詆蕭梁以來千餘年間之詩話。僅僅六七年，而其所見不同如此，霄壤不啻也。今而追憶曩日欲著詩話之時，不復自知其何心也。蓋古來稱爲騷人墨客者，莫不有一部詩話。少年氣鋭讀之，不勝技癢，因亦欲效顰而爲之。非傷詩道之榛塞，慨作者之不作，真心爲憂世而發，則幾於未同而言者。設令能副急取辦，打成一部詩話，亦惟汙汗青災梨棗而已。人情不甚相遠，古來著詩話者，必有類予弱冠之時者。往者不可追，予將以警後之人。

唐宋而降，詩話爲著書之一體，殆與經史子集對峙。學者稍解聲律對偶，不著一部詩話，則欿然自以爲闕事。無惑乎詩話之歲增而月倍也。若宋劉貢父，博洽碩儒；周必大，燮理重臣。詩非其所長，未必汲汲於著詩話，但舉世方以詩話爲事，茅靡波流，勢不能嘿已。著書之弊，卒至乎此。悲夫！

經世於詩不甚解，而好談詩，亦屬蛇足。王伯厚不識温柔敦厚之詩，祇以粗厲淺率爲工，如「三徑誰從陶靖節，重陽惟有傅延年」「青女霜如失，黄人日故遲」「佳月明作哲，好風聖之清」，原非佳句，已墮外道，而伯厚取之。何義門駁之是也。毛大可自負其博，屢謂詩必待學。詩之必待學固也，然亦惟貴其性情得正，議論得中耳。東坡疎於解經，大可惡之，併及其詩。「春江水暖鴨先知」亦自佳句，而吹毛索瘢，必羅織其罪然後快，遷怒甚矣。詳見第七卷。杜詩「白帝雲偷碧海春」，詞意明白，而必改「偷」爲「輸」。《短歌贈王司直》，終始甫謂王郎，不甚難解。而必分十句爲兩截，上甫代郎言，下甫自言。穿鑿甚矣。議論失中，性情不正，學而如此，奚尚乎學？伯厚參考六經，莫不精確，大可釋經。雖好異，强記快論亦足驚動一世。至於談詩，則如隔靴搔癢，人各有能有不能。此亦不可以已乎？

郎瑛曰：宋韓持國《詠雪》詩云：「衣上六花飛不好，畝間盈尺是吾心。何由更得齊民暖，恨不偏於宿麥深。」宋王伯厚以爲雪詩無出其右。予以此真村學究之詩也，俗云宋頭巾耳。而伯厚不知詩亦可知矣。此但取其有憂國愛民之意，豈詩也哉？又伯厚取朱新仲《詠昭君》詩於《困學紀聞》中，云「當時夫死若求歸，凜然義動單于府。不知出此肯隨俗，顔色如花心糞土」。噫！此伯厚亦不善論而取之也。使昭君知此，不待其單于死而請也，亦不必其請而自盡矣。煜桉：何焯云：府字用不得。此西漢人不得知，後來有單于府也。昭君只當惜其淪落，無容更求備也。欲論高而至不近情，文章所戒。新仲不知《後漢書》中本有求歸事，未深諒其曲折，豈不蒙冤哉？

侗庵非詩話卷之二

總論下

嚴儀卿著《滄浪詩話》，而馮班之《糾繆》作；王阮亭著《漁洋詩話》《池北偶談》等書，而趙執信之《談龍録》作。夫儀卿、阮亭之論詩，固有流於捕風係影者，而馮趙之駁之也，紕繆不少，識見益差，所謂得「楚則失，齊亦未爲得」者。又况忌嫉前輩盛名，吹毛摘疵，痛詆毒駡，其心術險躁可畏。予故嘗曰：詩話，詩道之罪人也。《滄浪糾繆》《談龍録》，詩話之罪人也。阮亭嘗云：「嚴滄浪論詩皆發前人未發之秘，而常熟馮班詆諆之不遺餘力，如周興、來俊臣之流文致士大夫，鍛鍊周内，無所不至。不謂風雅中乃有此羅織經也。」嗚呼！阮亭之言如此，而已亦爲秋谷所羅織，可哀也已。予於嚴馮王趙取舍如此，而《非詩話》一書痛斥古來詩話不少恕者何？蓋慨詩道之日衰，發憤而作，出乎不得已也。《滄浪糾繆》《談龍録》爲一人而作，私也；予《非詩話》爲詩道而作，公也。一公一私，世必有辨之者。

詩話主考證，雖無取於論詩，猶可取於證古。乃如近代查爲仁《蓮坡詩話》、袁枚《隨園詩話》，或稱頌當時王公大人之篇什，或品評今古詩人之優劣，或摘録自己得意之詩句，要其所歸趨，非諛佞則罵詈，非矜誇則標榜，毫無所辯明，蓋亦詩話之下流者也。顧其所評論稍中的則猶之可也，乃即乖謬百出，誤人不少。「長貧知米價，老健識山名」「青山箇箇伸頭看，看我庵中吃苦茶」「風梳翠艸晨抽帶，魚唼華星夜吐珠」「蒲團佛笑拈花影，板屋人融凍雪痕」「美人自古如名將，不許人間見白頭」句，蓮坡稱之。「看花蜂立帽，問水鷺隨人」「衆響漸已寂，蟲於佛面飛」「秋似美人無礙瘦，山如好友不嫌多」「宦情似墨磨長短，詩境如棋著不高」「將雪論交人尚暖，與梅相對我猶朋」句，隨園取之。此皆么絃側調，細膸寒瘦，殊莫可觀，而二子皆目以佳句，其品藻顛倒如此，則他可推也。

桉隨園尚間有考證，非如蓮坡全然浮浪之談，然亦止千萬之一耳。若其好談閨閤淫褻，則又蓮坡之所不敢也。

予尤不喜詩有注，不得已，惟標其事實猶之可也。後世注詩者，未始能虛心平意，反覆諷誦，以得作者志意之所歸。或以小人之腹度君子之心，或以深僻之見解平生之語，翻致作者之旨晦塞不彰。有注若此，不如無注也。如老杜詩古來注解且數百家，其能得老杜之心者無一二。往往固滯牽强，塗人耳目，杜詩妙處不可復睹。嗚呼冤矣！此注詩者之蔽也。而與詩話如出一轍，故非之。舉一杜可以概他。昔有一老儒，日坐臯比講杜詩，證嚮經史，上下今古，横説從説，滔滔不窮，聽者莫不解頤。有老叟歲可六七十，蒼顔鶴髮亦來聽，雨夜雪晨未嘗輟廢。老儒怪而問之，老叟蒲伏而答曰：「僕即杜甫之鬼也。僕曩賦詩，意初不及此。今聽君講説，一一出乎慮表，是以樂而忘倦耳。」嗚呼！後之注杜詩話杜詩之書，恨不使老杜一觀之。

胡震亨曰：唐詩不可注也。詩至唐，與《選》詩大異，説眼前景，用易見事，一注詩味索然，反爲蛇足耳。

詩必本情性之正，翼以問學之力，是爲正路。故必作大儒，先大君子，然後可以有真好詩矣。甘自爲一詩人，則其詩必不足觀也。予觀後世所謂詩人者，抛擲百事而專學詩，矻矻孜孜，夜以繼日，苦思哀吟，如蟋蟀之悲，如蚯蚓之鳴，賦詩如此，必不能工。即工焉，亦惟小家數耳，終非釣鰲騎鯨手也。然則人欲學詩，大有事在，以一詩人自居且不可，况汲汲於著詩話乎？况區區於讀詩話乎？

柳子厚著《非國語》，而江端禮、劉章、虞槃有《非非國語》。陳耀文著《正楊》以駁用脩，而周嬰作《廣陳》以規之。伊藤維楨論《大學》非孔氏之遺書，而淺見安正有《大學非孔氏之遺書辨》。今予既著《非詩話》，人之莫我知，庸詎知不復有《非非詩話》耶？然予之著此書也，一片婆心，實爲慨詩道之衰而作，人之詬厲，不暇卹也。

予數年來寖覺詩話之非，因欲博閲諸詩話。蓋不旁搜窮覽，則必不能洞見病根。不洞見病根而非之，幾於蔽美。於是乎將昌平書庫及友人家所有詩話，從頭繙閲，涉獵略遍，因得益照悉病根之所在。乃著《非詩話》如干卷，自誓終身不復讀詩話矣。詩話中惟鍾嶸《詩品》、嚴滄浪《詩話》、李西涯《懷麓堂詩話》、徐昌穀《談藝録》可以供消閑之具。蓋四子於詩實有所獨得，非如他人之影撰。舍其短而取其長，不爲無少補。自餘詩話，則以覆醬瓿可也，以畀炎火可也。有學於予者，予將以此誨之。

惡而知其美者，君子之公心也。歷代詩話汗牛不啻，其鐵中錚錚者獨《詩品》《滄浪》《懷麓堂》《談藝録》而已。就中惟《滄浪》當一世憒憒之際，能唱宗唐之説，以喚醒群迷。其詩不足觀，其識可稱。顧其論誠有不免於過當者，是以近世有《糾繆》之作。然予終不以此易彼也。自餘三家，比《滄浪》稍遜焉，然亦皆於詩道有所得，故其言自别。在諸詩話中，奚啻鷄群見鶴。學者經史餘暇，欲觀詩話，則惟此四家可也。

予所以嚴禁學者讀詩話者，蓋恐其識見未定，一朝失足墮於外道也。若夫碩學大才之士，目遍四庫，胸涵百代，其學識業已確然堅定，書之是非失得迎刃而解，則奚止四家，古來詩話枕上厠上讀之，固不妨也。然詩話之爲書，少益多害，則碩學大才之士，具超世拔俗之見，自應有斷然不讀，與予説符者。

《詩學大成》《唐詩金粉》《卓氏藻林》《圓機活法》《聯珠詩格》《三體詩》等書，亦詩話之流，皆詩道之懸疣附贅，旁門邪徑。詩人由此而入者，難與言詩矣。

梁橋《冰川詩式》、陳美發《詩法指南》等書，詩話之極煩絮者，於學者無分毫之益，而爲害不細。予嘗讀《詩式》《詩法》等書，固已有以知著書之人必不工詩矣。蓋其立法苛刻，分體煩碎，徒馳騁於末流，而於詩道之大原正路未嘗夢見，其不能工也必矣。嗚呼！作者且不能工詩，乃後之人欲由其書以臻巧妙之域，難矣哉。

予絶不讀詩格詩式及當時所盛行《圓機活法》等書，祇好吟詠《楚騷》、《十九首》、漢魏李唐諸名家詩以資詩，覺於作詩之道，未始有闕。夫如予詩，豈足以爲法？如予所行，豈足以教人？言此者，蓋欲使人知學詩自有坦坦大路，斷不可假詩格詩式諸書之力也。

予不自量其無似，平素常以挽頹俗明古道爲己任。胸中之藴，未易更僕數。姑以詩道一事言之，亦大有可論者。學詩者果能以復古爲志，則當時時作四言，常作五七古，以存古意。不可專作近體，以淪陷於澆波。藥名、星名、干支、建除、歇後、藏頭、字謎、物名、人名、物謎、卦名、數名、州名、易言、大言、難言、危言、小言、盤中、集句、聯句、詩餘、回文、次韻等詩，古來詩人所競巧而鬬力者，能使詩流於纖巧而失古調，宜嚴斷而勿作。學詩之法，能正性情道問學，則大本立矣。不讀詩話，而專潛心於《三百篇》、漢魏李唐，則入門不差矣。作詩務存古意，絶不作遊戲諸體，則蹊徑正矣。如此而詩不工者，未之有也。即不工焉，亦不失詩道之正法門，於我足矣。詩話中間有一二確論，與予意符者，今採録之如左，亦捨短取長之意也。

李白曰：興寄深微，五言不如四言，七言又其靡也，况使束於聲調俳優哉？王士禎曰〔一〕：此獨謂《三百篇》耳。若後來韋孟等作，有何興寄？但如嚼蠟耳。

王若虚曰：鄭厚云：「魏晋已來作詩唱和，以文寓意。近世唱和，皆次其韻，不復有真詩

〔一〕士：底本訛作「子」，據《香祖筆記》卷五改。

矣。詩之有韻，風中之竹，石間之泉，柳上之鶯，墻下之蛩，風行鐸鳴，自成音響，豈容擬議？夫笑而呵呵〔一〕，嘆而唧唧，皆天籟也，豈有擇呵呵聲而笑，擇唧唧聲而嘆者哉？」慵夫曰：鄭厚此論似乎太高，然次韻實作者之大病也。詩道至宋人已自衰弊，而又專以此相尚，才識如東坡，亦不免波蕩而從之，集中次韻者幾三之一，雖窮極技巧，傾動一時，而害于天全多矣。使蘇公而無此，其去古人何遠哉？

嚴羽曰：和韻最害人詩。古人酬唱不次韻，此風始盛於元白皮陸。本朝諸賢乃以此而鬬工，遂至往復有八九和者。

趙執信曰：次韻詩以意赴韻，雖有精思，往往不能自由。或長篇中一二險字，勢雖强押，不得不於數句前預爲之地，紆迴遷就，以致文義乖違，雖老手有時不免。阮翁絶意不爲，可法也。

次韻之害，二賢之論盡矣。世人有好常爲之者，其爲害甚矣。但出於答酬，不得已則間一作之，不必嚴禁。若夫初學之士，則雖誓不作可也。予生平不喜次韻者以此。王世貞云：「和韻、聯句皆易爲詩害，而無大益。偶爲之可也。」予謂聯句亦能爲害，但未至如次韻之甚也。

〔一〕夫：底本訛作「大」，據《滹南集》卷三十九改。

李東陽曰：輓詩始盛於唐，然非無從而涕者。壽詩始盛於宋，漸施於官長故舊之間，亦莫有未問而言者也。近時士大夫，子孫之於父祖者弗論，至於姻戚鄉黨，轉相徵乞，動成卷帙，其辭亦互爲蹈襲，陳俗可厭，無復有古意矣。

夫爲親戚朋友作壽詩，尚有可諉，曰「以申禮敬通殷勤」。而世人每於未嘗有一言之素、半面之舊者，徵責壽詩。甚且不戒視成，如酷吏之虐民，其義何居？率天下而趨澆風者，此等人亦與有罪焉。

胡元瑞曰：詩文不朽大業，學者雕心刻腎，窮晝極夜，猶懼弗窺奥眇，而以遊戲廢日可乎？孔融離合，鮑照建除，温嶠迴文，傅咸集句，無補於詩，而遂爲詩病。自兹以降，摹仿寔繁。字謎、人名、鳥獸、花木，六朝才子集中不可勝數。詩道之下流，學人之大成也。

嗚呼！風俗之日頽，猶江河之就下。碩儒以道自任者力挽之古，猶懼其未也，况忍推波而助瀾乎？姑以著書一事論之。唐開元時藏書，至五萬三千九百一十五卷。唐之學者自爲之書，又有二萬八千四百六十九卷。宋增至十一萬九千九百七十二卷。爰降於明，即一代所著，殆十萬左右。清亦略相當。猥多若此，宜其污簡編災梨棗者比比，而有補于人者僅僅也。一世學士大夫，以著書爲終身大事業，以爲微是不足稱碩儒才子。或務傳示有名有位之士及遠方之人，思以騰譽。或傾資橐亟壽諸梓，以圖不朽。其立意固已大差，無惑乎其書之絶無可取也。乃而今而後，月增而歲倍，千載之後，當何如也？事窮必變，勢極必革，終竟必當遭坑殺天下之學士，燒除天下之書史，如暴秦祖龍者然後已。許魯齋有云「也須焚書一遭」，以此也。昔東漢之季，京師遊士范滂等非訐朝政，公卿以下折節下之。大學生爭慕其風，以爲文學將興，處士復用。申屠蟠獨嘆曰：「昔戰國之世，處士横議，列國之主至爲擁篲先驅，卒有坑儒燒書之禍，今之謂矣。」乃退隱於梁碭之間。居二年，滂等果罹黨錮，或死或刑者數百人，蟠確然免於疑論。智士慮事，不當如此耶？則著書之日多，識者得無懼乎？予願後來學士大夫，毫不存求名自私之心，非發於憂道閔時之至誠，不敢浪著書。蓋發於憂道閔時之至誠，則其著書必不多。即稍多焉，亦自有補于世，不爲徒作。此亦挽今反古之一術也。此論非專爲詩話發，而予之著《非詩話》，意實出於此，故録之。

予暇日試歷舉古來談詩之書，一何紛紛也。歐陽修《六一詩話》一卷，司馬光《續詩話》一卷，劉貢父《中山詩話》一卷，魏泰《臨漢隱居詩話》一卷，蔡絛《西清詩話》三卷，李頎《古今詩話録》七十卷，吴并《優古堂詩話》一卷，李錞《詩話》一卷，許顗《彦周詩話》一卷，吕本中《紫薇詩話》一卷，周紫芝《竹坡詩話》一卷，黄徹《䂬溪詩話》十卷，《新集詩話》十五卷集者不知名，《元祐詩話》一卷，《唐宋詩話》二十卷，《大隱居士詩話》一卷不知姓名，曾季貍《艇齋詩話》一卷，葉凱《南宫詩話》一卷，陳師道《後山詩話》一卷，陸游《山陰詩話》一卷，《垂虹詩話》一卷，張表臣《珊瑚鈎詩話》三卷，葉夢得《石林詩話》三卷，吴可《藏海詩話》一卷，朱弁《風月堂詩話》二卷，張戒《歲寒堂詩話》二卷，陳巖肖《庚溪詩話》二卷，吴聿《觀林詩話》一卷，吴沆《環溪詩話》一卷，周必大《二老堂詩話》一卷，楊萬里《誠齋詩話》一卷，嚴羽《滄浪詩話》一卷，趙與虤《娱書堂詩話》一卷，劉克莊《後村詩話》前集二卷《後集》二卷《續集》四卷《新集》六卷，蔡夢弼《草堂詩話》二卷，何溪汶《竹莊詩話》二十四卷，釋文瑩《玉壺詩話》一卷，《容齋詩話》六卷舊本題宋洪邁撰，尤袤《全唐詩話》十卷，《吴氏詩話》二卷，《東坡詩話》三卷元陳秀民編，阮閲《詩話總龜前集》四十八卷《後集》五十卷，《詩話》一卷舊本題元陳日華撰，《南溪詩話》二卷不著撰人名氏。金：王若虚《滹南詩話》三卷。明：閔文振《蘭莊詩話》一卷，瞿佑《歸田詩話》三卷《明史》題《吟堂詩話》，葉盛《秋臺詩話》一卷，游潛《夢蕉詩話》二卷，李東陽《懷麓堂詩話》一卷，都穆《南濠詩話》二卷《提要》作一卷，强晟《汝南詩話》四卷〔一〕，楊慎《升庵詩話》四卷《提要》作《詩話補遺》三卷，程啓充《南溪詩話》三卷，安盤《頤山詩話》二卷，黄卿《編茗詩話》八卷，朱承爵《存餘堂詩話》一卷，顧元慶《夷白齋詩話》一卷，陳霆《渚山堂詩話》三卷，謝東山《詩話》四卷，謝榛《四溟詩話》二卷《續説郛》及《提要》題《詩家直説》，淩雲《續全唐詩話》十卷，郭子章《豫章詩話》六卷續十二卷，謝肇淛《小草齋詩話》四卷，曹學佺《蜀中詩話》四卷，王昌會《詩話類編》三十二卷《明史》題《詩話彙編》，楊成玉《詩話》十卷，蔣冕《瓊臺詩話》二卷，《餘冬詩話》三卷舊本題何孟春撰，劉世偉《過庭詩話》二卷，李日華《恬志齋詩話》三卷，《余山詩話》三卷舊本題陳繼儒撰，陳懋仁《藕居士詩話》二卷，馮班《滄浪詩話糾繆》一卷。清：施閏章《蠖齋詩話》二卷，吴景旭《歷代詩話》八十卷，王士禛《漁洋詩話》三卷，鄭方坤《全閩詩話》十二卷，《五代詩話》十二卷王士禛撰，宋弼等補輯，鄭方坤《五代詩話》十

〔一〕晟：底本訛作「成」，據《明史》卷九十九《藝文四》改。

卷，毛奇齡《西河詩話》八卷，吴喬《圍爐詩話》八卷，宋長白《柳亭詩話》二十卷，勞孝輿《春秋詩話》五卷，杭世駿《榕城詩話》三卷，查爲仁《蓮坡詩話》三卷，《帶經堂詩話》三十卷張宗柟編輯《漁洋山人雜著》中及詩者，陳廷敬《杜律詩話》一卷，陳元輔《枕山樓課兒詩話》一卷，袁枚《隨園詩話》十六卷補遺四卷。以上，詩話之明題以詩話者也。

宋：顔竣《詩例録》二卷。梁：鍾嶸《詩品》三卷。唐：李嗣真《詩品》一卷，元兢《宋約詩格》一卷〔一〕，王昌齡《詩格》二卷，孟棨《本事詩》一卷，晝公《詩式》五卷，皎然《詩評》三卷〔二〕，王起《大中新行詩格》一卷、姚合《詩例》一卷，賈島《詩格》一卷，《二南密旨》一卷，《炙轂子詩格》一卷，元兢《古今詩人秀句》二卷，李洞《集賈島句圖》一卷，倪宥《詩體》一卷，徐蛻《詩格》一卷，《騷雅式》一卷，《點化秘術》一卷，《詩林句範》五卷，《杜氏詩格》一卷，徐氏《律詩洪範》一卷，徐衍《風騷要式》一卷，《吟體類例》一卷，王昌齡《詩中密旨》一卷，白居易《金針詩格》三卷，王維《詩格》一卷，僧辭遠《詩式》十卷，許文貴《詩鑒》一卷，僧元鑒《續古今詩人秀句》二卷，鄭谷《國風正訣》一卷，張爲《唐詩主客圖》二卷，僧齊己《玄機分明要覽》一卷又《詩格》一卷，范攄《雲溪友議》十一卷、《詞林》一卷，僧神彧《詩格》一卷。宋：林逋《句圖》三卷，李淑《詩苑類格》三卷，僧定雅《寡和圖》三卷，蔡

〔一〕兢：底本訛作「競」，據《新唐書》卷六十《藝文志第五十》改。
〔二〕皎然、評：底本脱，據《歷代詩話考索》補。

寬夫《詩史》二卷，郭思《瑶溪集》十卷，釋惠洪《冷齋夜話》十卷、《天厨禁臠》三卷，强行父《杜荀鶴警句圖》一卷，胡源《聲律發微》一卷，嚴有翼《藝苑雌黄》二十卷，《老杜詩評》五卷舊題元方深道撰，今桉宋人撰，方絟《續老杜詩評》五卷，葛立方《韻語陽秋》二十卷，《歷代吟譜》二十卷，《金馬統例》三卷，《詩談》十五卷，蔡希蘧《古今名賢警句圖》一卷，《續本事詩》二卷，計有功《唐詩紀事》八十一卷，胡仔《苕溪漁隱叢話前集》六十卷《後集》四十卷，魏慶之《詩人玉屑》二十卷，吴子良《荆溪林下偶談》四卷，湯巖起《詩海遺珠》一卷，周密《浩然齋雅談》三卷，范希文《對牀夜話》五卷，蔡正孫《詩林廣記前集》十卷《後集》十卷，林越《少陵詩格》一卷，蔡傳《歷代吟譜》五卷，《吟窗雜録》五十卷舊本題狀元陳應行編，方嶽《深雪偶談》一卷，高似孫《選詩句圖》一卷，《竹窗詩文辨正從説》四卷。元：傅與礪《詩法源流》一卷，《詩法家數》一卷舊本題元楊載撰，《詩學禁臠》一卷舊本題元范德機撰，《木天禁語》一卷舊本題元范德機撰，陳繹曾《詩小譜》二卷，徐駿《詩文軌範》二卷。明：徐禎卿《談藝録》一卷，王世懋《藝圃擷餘》一卷，胡震亨《唐音癸籤》三十三卷，單宇《菊坡叢話》二十六卷，徐泰《詩談》一卷，《全唐詩説》一卷《詩評》一卷舊本題王世貞撰，王世貞《藝苑巵言》十一卷，《詩文原始》一卷舊本題李攀龍撰，皇甫汸《解頤新語》八卷，梁橋《冰川詩式》十卷，朱震孟《玉笥詩談》四卷，朱宣墡《詩心珠會》八卷，周子文《藝藪談宗》六卷，胡應麟《詩藪》二十卷，葉廷秀《詩譚》十卷，茅元儀《藝活甲編》五卷，蔣一葵《堯山堂偶雋》七卷《堯山堂外紀》一百卷，《唐詩談叢》一卷舊本題胡震亨撰，陳雲式《詩膾》八卷，《緑天耕舍燕鈔》四卷不著撰人名，費經虞《雅論》二十六卷子密增補，《艷雪齋詩評》二卷不著撰人名氏。清：毛先舒《詩辨坻》四卷，談遷《棗林藝簣》一卷，王士禄《然脂集例》一卷，宋犖《漫堂説詩》一卷，伍涵芬《説詩樂趣》二十卷《偶詠草續集》一卷，櫟杜老人《學稼餘譚》三卷，郎廷槐《詩友詩傳録》一卷，劉大勤《續録》一卷，趙執信《聲調譜》一卷《談龍録》一卷，厲鶚《宋詩紀事》一百卷，沈德潛《説詩晬語》二卷，《詩學梯航》一卷宣德中奉敕撰，寧獻王《臞仙詩譜》一卷《詩格》一卷《西江詩法》一卷，寧靖王奠培《詩評》一卷，温景明《藝學淵源》四卷，汪弘誨《文字談苑》四卷，懷悦《詩家一指》一卷，沈麟《唐詩世紀》五卷，宋孟清《詩學體要類編》三卷，黄省曾《詩法》八卷，邵經邦《律詩指南》四卷，俞允文《名賢詩評》二十卷，趙宦光《彈雅集》十卷，程元初《名賢詩指》十五卷，陳美發《詩法指規》四卷別本題《詩法指南》，《初白庵詩評》三卷清張載華輯查慎行評詩語，游藝《詩法入門》四卷。以上詩話之不題以詩話，及書之類詩話者也。無慮一千七百二卷。

其卷數不可知者，更有《梅磵詩話》韋居安撰，《漫叟詩話》，《桐江詩話》，《迂齋詩話》，《金玉詩話》，《漢皋詩話》，《陳輔之詩話》，《敖器之詩話》，《潘子真詩話》，《青瑣詩話》劉斧撰，《洪駒父詩話》，《高齋詩話》，《胡氏詩話》，《閒居詩話》，《洛陽詩話》，《詩話雋永》喻正己撰，《王直方詩話》王之立撰，《載酒園詩話》賀雲撰，《静志居詩話》，《桂堂詩話》杭世駿撰，《虚谷詩話》方回撰，《蓉塘詩話》姜南撰，《敬君詩話》葉文敏撰等數十種。嗚呼夥矣！以上詩話，姑就見聞所及而録之，恐多遺漏及錯謬。重詳之。其中雖散佚者不少，然其存者固足以汗牛而折軸。他如《唐詩金粉》《詩學大成》等書尚多，不能一一枚舉。乃王應麟著《困學紀聞》，而其中論詩一卷，一部詩話也。吴曾著《能改齋漫録》，徐𤊹著

《徐氏筆精》，而其中談詩者過半。如此之類，更難覼縷。本邦學士大夫所著詩型詩式，《詩轍》《葛原詩話》《昇庵詩話》等書又無數。詩話之多，乃至于此，可勝慨哉。嗚呼！予《非詩話》之説幸而行於世，則可以省讀千數百卷之力，而詩益有進，豈非詞林一快事哉？

侗庵非詩話卷之三

總論二卷，辯詩話之非，略已見大意。然不明指其失之所在，則人心不信，不信必不從。詩話瑕類難可覼縷，而大要不過有十五病。故今分立門目，先列詩話文，隨是正其失。已經古人駁正者，便録古人之論。間及雜書中談詩之乖謬者，蓋既與詩話同病，則不可不非也。顧斯書采拾不博，辯駁殊略，蓋開發其端，使後人知詩話之病而止耳。不欲如吴縝唐書五代史《糾繆》，誇博好勝，一一抉摘前人瑕疵，以自爲功也。斯書故爲非詩話而作，及辯正十五病，顧反往往引詩話中之語者何也？蓋擒山賊必用山賊，平水賊必須水賊，勢所不得已。又所以不没詩話之寸長一得也。

詩話十五病

一曰説詩失於太深上

夫詩本於性情，以温柔敦厚爲教。故説詩者必先和其心易其氣，以意逆古人之心，庶乎得之。説詩而失於淺，猶之可也。何者？以其去性情近也。説詩而失於深，其害不可勝言。何者？以其去性情遠也。彼作詩話者，務鶩其深僻之見，以抉隱奥之理，穿鑿附會，莫所不至。吾既失性情之和，其烏能得作者之旨乎？宜其愈辯而愈晦，愈索而愈遠也。斯一病，諸詩話中疊見層出，難一一枚舉。而在詩道流毒最甚，不可不大聲痛斥。故予列詩話十五病，謹以此置乎首。而採録辯論，比他加詳云。

王誼伯謂「西川有杜鵑，東川無杜鵑，涪萬無杜鵑，雲安有杜鵑」蓋是題下注。斷自「我昔遊錦城」爲首句，誼伯誤矣。且子美詩備諸家體，非必率合程度，侃侃然者然也。是篇句處凡五杜鵑，豈可以文害辭、辭害意耶？原子美之詩，類有所感，託物以發者也。亦六義之比興，《離騷》之法歟？桉《博物志》，杜鵑生子，寄之他巢，百鳥爲飼之。胡江東所謂「杜宇曾爲蜀帝王，化禽飛去舊城荒」是也。且禽鳥之微知有尊，故子美詩云「重是古帝魂」，又云「禮若奉至尊」，蓋譏當時之刺史，有不禽鳥若也。唐自明皇以後，天步多棘。刺史能造次不忘於君，可得而考也。嚴武在蜀，雖横歛刻薄，而實資中原，是西川有杜鵑耳。其不虔王命，負固以自抗，擅軍旅，絶貢賦，如杜克遜在梓州，爲朝廷西顧憂，是東川無杜鵑耳。至於涪萬、雲安刺史，微不可考。凡其尊君者爲有也，懷貳者爲無也。不在夫杜鵑真有無也。東坡志林

王誼伯以首四句爲注，東坡駁之極是。然亦以尊君懷貳判杜鵑之有無，穿鑿牽强，殆過誼伯，是以亂易暴也。地氣之寒温不一，山林之高卑疎密不侔，接境壤界，而杜鵑一有一無，常然之理，不容怪也。

趙次公曰：世有《杜鵑辯》，乃仙井李新元應之作，鬻書者編入《東坡外集》詩話中。其説

云云，穿鑿無足取。

梅堯臣《金針詩格》曰：詩有内外意。内意欲盡其意，外意欲盡其象。内外意含蓄，方入詩格。如「旌旗日暖龍蛇動，宫殿風微燕雀高〔一〕」，旌旗喻號令，日暖喻明時，龍蛇喻君臣。言號令當明時，君出而臣奉行也。宫殿喻朝廷，風微喻政教，燕雀喻小人。言朝廷政教纔出，而小人向化，各得其所也。張天覺《律詩格》曰：諷刺不可怒張，怒張則筋骨露矣。若「廟堂生莽卓，岩谷死伊周」之類也。未如「花濃春寺静，竹細野池幽」，花濃喻媚臣秉政，春寺比國家，竹細野池幽喻君子在野未見用也。「沙鳥晴飛遠，漁人夜唱閑」，沙鳥晴飛遠喻小人見用，漁人比君子，夜不明之象言君子處昏亂朝廷而樂道也。「芳草有情皆礙馬，好雲無處不遮樓」，芳草比小人，馬喻勢利之輩，雲喻諂佞之臣，樓比鈞衡之地。若此之類，可謂言近而意深，不失風騷之體也。苕溪漁隱叢話

黄庭堅曰：彼喜穿鑿者，棄其大旨，取其發興。於所遇林泉人物草木魚蟲，以爲物物皆有所託，如世間商度隱語者，則子美之詩委地矣。

煜按：張天覺「諷刺不可怒張」之論善矣，但論花濃竹細沙鳥漁人芳草好雲等句則大謬。此數句不過陳目前所見，唐人賦景類若此，非有所指斥。若以爲諷世刺時，則是唐人篇篇怨上，句句譏人，與諷刺怒張者相去有幾？

〔一〕宫：底本訛作「官」，據《杜詩詳註》卷五改。

凡詩人作語，要令事在語中而人不知。余讀太史公《天官書》「天一、鎗、棓、矛、盾動摇，角大，兵起」。杜少陵詩云「五更鼓角聲悲壯，三峽星河影動摇」，蓋暗用遷語，而語中乃有用兵之意，詩至於此可以爲工也。竹坡詩話杜少陵云：「作詩用事要如禪家語，水中著鹽，飲水乃知鹽味。」此説詩家秘密藏也。如「五更鼓角聲悲壯，三峽星河影動摇」，人徒見凌轢造化之工，不知乃用事也。《禰衡傳》「撾漁陽摻聲悲壯」，《漢武故事》「星辰動摇，東方朔謂民勞之應」。則善用事者，如繫風捕影，豈有跡？西清詩話〇煜按：此條似當入「矜該博以誤解詩意」部。但其病源實在好以刺時傷亂解詩，亦説詩太深之失，故寘于此。下文人日、白鳥二條仿此。

風人與訓詁人，肝腸意見絶不相同。訓詁者往往取風人妙義牽强附會，老杜身後受虞趙兩君之纍不淺。近見《剡溪漫筆》解「三峽星河影動摇」，引《天官書》注「左旗九星在河鼓左，右旗九星在河鼓右，是天之旗鼓動摇主兵」。杜公雖破萬卷，恐未必拘拘證古若此。暑月夜半露坐時，觀晴空星河影隱映錯落，儼然動摇，處處若此，况三峽乎？剡溪通士，不應爲此解。明薛崗天爵堂餘筆

施閏章曰：注杜詩者謂杜詩必有出處，然添卻故事，減卻詩好處。如「五更鼓角聲悲壯，三峽星河影動摇」，蓋言峽流傾注，上動星河，語有興象。竹坡乃引《天官書》，謂語中暗見用兵之意，頓覺索然。且上句已明言鼓角矣，何復暗用爲哉？

煜桉：蔡條星辰動摇之説，誤與竹坡同。可引施愚山之説以駁之，今不更辨。「五更鼓角

聲悲壯」，亦惟言夜深而鼓角聲悲也，不必引漁陽摻撾故事。

杜子美詩言山間野外事，意在譏刺風俗。如《三絶句》詩曰「楸樹馨香倚釣磯，斬新花蕊未應飛」，言後進暴貴可榮觀也。「不如醉裏風吹盡，可忍醒時雨打稀」言其恩重才薄，眼見其零落不若未受恩眷之時，雨比天恩，以雨多故致花易壞也。「門外鸕鷀久不來，沙頭忽見眼相猜」，言貪利小人畏君子之譏其短也。「自今已後知人意，一日須來一百回」，言君子蒙以養正，瑾瑜匿瑕，山藪藏疾，不發其惡，小人來革面諂諛，不知愧耻也。天厨禁臠

「顛狂柳絮隨風舞，輕薄桃花逐水流」，洙曰：「柳絮桃花非久固之物，欲隨風逐水無有定止。此詩譏以勢力相交。」杜詩千家注

詩人之情優柔和平，山間野外隨所見而有作。怨刺之念毫不萌于胸中，寧得而見于詩乎？老杜備嘗艱難，故詩多諷及時事者，然熟讀自見。此諸篇明明祇吟詠花鳥，而論者之言如此，亦惟泥「可忍」、「眼猜」、「顛狂」、「輕薄」等字而云然。夫醒時不忍見花落，鸕鷀忽見相疑猜，此眼前實景實事。柳絮輕颺，故曰顛狂；桃花艷媚，故曰輕薄。此詩家常語，有何難解，而穿鑿迺爾也。

比興法。「老妻畫紙爲棋局，稚子敲針作釣鈎」「不分桃花紅勝錦，生憎柳絮白於綿」。妻比臣，夫比君，棋局直道也，針全直而敲曲之，言老臣以直道成帝業，而幼君壞其法，稚子比幼君也。錦綿色紅白而適用，朝廷用真材天下福也。而真材者忠正，小人諂諛似忠，詐奸似正，故爲子美所

不分而憎之也。天厨禁臠

杜少陵詩云「不分桃花紅勝錦，生憎柳絮白於綿」，初讀只似童子屬對之語，及細思之，乃送路侍御入朝〔一〕，蓋錦綿皆有用之物，而桃花柳絮乃以區區之顔色而勝之，亦猶小人以巧言令色而勝君子也。侍御，分别邪正之官，故以此告之。觀「不分、生憎」之語，其剛正嫉邪可見。羅景綸鶴林玉露

老妻畫紙，稚子敲針，老杜紀實耳。今乃以老妻比老臣，稚子比幼君，又以棋局釣鈎分曲直，何覺範之不憚煩也。杜又有「晝引老妻乘小艇，晴看稚子浴清江」句，覺範復將以老臣幼君解之乎？桃花柳絮可愛之物，而曰不分曰生憎者，臨别情惡故也。故繼之曰「劍南春色還無賴，觸迕愁人到酒邊」，一覽可了，奚取君子小人於其間哉？

都人劉克該貫典籍，凡人有僻書疑事，往往多從之質。嘗注杜子美、李義山集。與客論曰：「子美《人日》詩曰『元日到人日，未有不陰時』，人知其一不知其二。四百年間，惟子美與克會耳。」遂起就架取書，以示客曰：「此東方朔占書也。凡歲後八日，一日鷄，二日犬，三日豕，四日羊，五日牛，六日馬，七日人，八日穀。其日晴則所生之物育，陰則災。少陵之意，謂天寶離亂，四方雲擾幅裂，人物歲歲俱災，豈非《春秋》書『王正月』意耶？」其深得古人用心如此。西清詩話

〔一〕路：底本訛作「杜」，據《杜詩詳註》卷十二改。

周必大云：「元日至人日，未有不陰時」，蓋此七日之間，須有兩三日陰，不必皆晴。疑子美紀實耳。洪興祖引東方朔占書云云，信如此説，穀乃一歲之本，何略之也？煜謂：周必大「紀實」一言盡之，若夫「略穀日」之言，則無用之辨也。題曰《人日》，何關穀日乎？

煜桉：此詩以爲紀實，則自首達尾語意相承。爾時春寒料峭、氣象慘淡之狀如畫。若以爲刺亂傷災，春王正月之意，則頓覺索莫無味。詩之不可穿鑿也如斯夫。

「至尊含笑催賜金，圉人太僕皆惆悵」，讀者或不曉其旨，以爲畫馬奪真，圉人太僕所爲不樂。是不然。圉人太僕蓋牧養官曹及馭者，而黄金之賜乃畫史得之，是以惆悵。杜公之意深矣。容齋五筆

《丹青引》「至尊含笑催賜金，圉人太僕皆惆悵」，此語微而顯，《春秋》法也。彦周詩話

夫一士人託人描丹青且有潤筆，况畫師以所圖合天子旨，得賜金常事耳。圉人太僕之惆悵，亦惟道小人嘆羨之情也。杜老豈有深意於其間哉？《春秋》法豈可以論此詩哉？

《三山老人語録》云：子美《登慈恩寺塔》詩，譏天寶時事也。山者，人君之象。「秦山忽破碎」，則人君失道矣。賢不肖混淆而清濁不分，故曰「涇渭不可求」。天下無綱紀文章，而上都亦然，故曰「俯視但一氣，焉能辨皇州」。於是思古之聖君不可得，故曰「回首叫虞舜，蒼梧雲正愁」。是時明皇方耽于淫樂而不已，故曰「惜哉瑶池飲，日宴崑崙丘」。賢人君子多去朝廷，故曰「黄鵠去不息，哀鳴何所投」。惟小人貪竊禄位者在朝，故曰「君看隨陽雁，各有稻粱謀」。詩人玉屑

高適、岑參各有《登慈恩寺塔》詩，俊逸偉麗，垂映千古。子美之詩所以能與之對峙殆且駕而上者，亦惟以其道登高望遠之狀宏麗悲壯，不可企及也。今乃一一解以諷時政斥君德，則味同嚼蠟，迥不及高岑〔一〕。老杜幾不銜冤於地底？但結四句，似就所見而寓不遇自嘆之意，然謂君子去朝廷、小人竊禄位，則入於宋頭巾矣。昔漢武猜忌，時人欲陷人，必誣以腹誹心謗，少能得脱。後之解杜詩者，必句句以怨上刺時釋之，是直誣杜以腹誹心謗也。使遭漢武，其能免蠶室東市之戮乎？

説者謂王右丞終南詩皆譏時宰。詩云「太乙近天都，連山接海隅」，言勢位盤據朝野也。「白雲回望合，青靄入看無」，言徒有表而無内也。「分野中峰變，陰晴衆壑殊」，言恩澤偏也。「欲投何處宿，隔水問樵夫」，言畏禍深也。詩話總龜

形山之高動曰連天近天，賦山之景必及雲靄晴陰，此詩家之常。漢魏以降，幾世幾年，詩人咸盡如此。今乃以爲譏時宰，則古來時宰咸不免乎譏。爲宰相者，不亦難乎？右丞詩以清雅爲主，不尚刻深，一覽瞭然。談詩者何苦而必創爲此險怪之説？予知斯人胸中柴棘不止三斗也。

詩之取況，日月比君后，龍比君位，雨露比德澤，雷霆比刑威，山河比邦國，陰陽比君臣，金玉

〔一〕迥：底本訛作「逥」，按此句乃言「遠不及高岑」之意，據改。

比忠烈，松竹比節義，鸞鳳比君子，燕雀比小人。詩人玉屑

詩之取况必以似者，固也。則《玉屑》之説似不甚失。但詩人睹景觸事，感而有作，固不暇規規率合程度。故狡童美人可以目君，不必日月。狡童見箕子之歌如山如河可以形容飾之盛，不必邦國。今斷謂某必比某、某比某，則太拘矣。且也，後代詩人比况絶少，而解杜者必一一指爲比託，是以解經之法解後人之詩也，可乎？如上文梅堯臣、洪覺範之論，及下文《千家注》《瑶溪集》之説〔一〕，病與此同。知宋時有此一種瞽説蔓於世，以致詩道如長夜，可哀也已。予不可以不辨。

「許身一何愚，自比稷與契」「杜陵布衣老且愚，信口自比契與稷」，其平居趣造，自是唐虞上人。時誇儀秦似不可曉，「飄飄蘇季子，六印佩何遲」「敝裘蘇季子，歷國未知還」「季子黑貂敝，得無妻嫂欺」，戰國姦臣，蘇張爲渠魁，此老不應未喻。及觀「薇蕨餓首陽，粟馬資歷聘〔二〕。賤子欲適從，疑誤此二柄」，其意甚明，前言蓋戲耳。碧溪詩話

黄常明之尊崇杜老至矣。然論詩若此，亦不知詩也。予謂杜老引蘇子未必戲。即非戲，未始損於杜老。蓋古人行事俊偉可以入詩者無幾，稱戰國人必及蘇張，稱魏晋人必及竹林七

〔一〕溪：底本訛作「瓊」，據下文「詩之六義，後世賦别爲一大文」條改。

〔二〕粟：底本作「裘」，據《全唐詩》卷一百二十三改。

賢，詩家之常耳。且詩有斷章取義，引人亦然。苟有一事中己意，則其人雖不足道，亦或引之。蘇秦初年轗軻，故杜老假以比己之艱難流離，固非仰慕其人也。

「江湖多白鳥，天地有青蠅」，人遂以白鳥爲鷺，而《禮記·月令》「群鳥養羞」，鄭氏乃引《夏小正》丹鳥白鳥之説。謂白鳥爲蚊蚋，則知以對青蠅意旨深矣。不然江湖多白鷺，有何説耶？碧溪詩話

江湖蒼茫空闊之中，白鳥翔集，閒適可羨，情中有景，景中有情，所以爲佳句。不然江湖蚊蚋，有何風趣？殆類翁嫗之常談，杜老决不若是之凡鄙。且以蚊蚋對青蠅，流於合掌，又作者之所不尚也。論者必欲以害人之物伸其刺時之説，遂致戕敗一句，豈不酷哉？但白鳥謂白色之鳥，凡鷗鷺之屬，不必指定爲鷺也。

靖節「歡言酌春酒，日莫天無雲」，此處畎畝而樂堯舜者也。堯舜之道即田夫野人所共樂者，惟賢者知之爾。鍾嶸但稱其風華清美，豈直爲田家語？其樂而知之，異乎衆人共由者，嶸不識也。碧溪詩話

淵明只當評其蟬蜕濁穢，翛然自得風塵之表而已。如引處畎畝而樂堯舜等語以論之，則流而入於頭巾氣，淵明真面目隱矣。

《茅屋爲秋風所破歌》「八月秋高風怒號，卷我屋上三重茅」，蘇曰：「古之封諸侯，分之以茅土。所謂茅屋者，制節之方州也。風，號令也。禄山號令下，陷河北郡縣，是謂茅屋破也。八月，陰中

也。陰以肅殺爲事，秋高風怒號者，秋於五性爲義。天寶十四載十一月，范陽節度使安禄山率蕃漢兵十餘萬南向指闕，詭言起義，以誅楊國忠爲名，其怒號之甚也。卷我屋上三重茅者，是時方陷三郡，謂先殺太原尹楊光翽，十二月六日陷陣留郡殺張介然，九日陷滎陽郡殺太守崔無詖，故云卷三重茅也。」「茅飛度江灑江郊，高者挂罥長林梢，下者飄轉沉塘坳」，蘇曰：「分茅之臣悉皆奔逃，濱於患難之側而不顧者。范陽副使封常清三與戰皆不勝，西奔陝。高仙芝鎮陝，棄城西保渭關，故曰灑江郊也。高者，以義爲高也。林，君也。肅宗即位靈武，玄宗在蜀長林也。高義之臣扈從左右，如韋見素、陳玄禮，故曰挂罥長林也。塘坳，泥塗也。下者卑污喪節，處於泥塗，是時河北二十四郡俱爲所陷，如譙守陽萬石、令狐潮、陽希文、劉貴哲皆附賊，其後潮亦説張巡曰：『盍相從以苟富貴。』可謂飄轉而不能自守也。」千家注

此詩蓋紀實也，故字字飛動，句句奇俊，如目擊大風破茅屋之狀。今如蘇説，無一字不刺亂，無一句不諷時，則宛然一俗子謎耳。茅屋秋風，詩人常用之語，何故以爲茅土號令也？至以卷三重茅爲禄山攻陷三郡，以挂罥長林梢爲高義之臣扈從左右，則即俗子謎不至如是之迂誕無當也。此詩注自首達尾謬妄如一。言之長也，故止舉其首。

《成都府》詩「翳翳桑榆日，照我征衣裳」，「初月出不高，衆星尚争光。」修可曰：「日薄桑榆，而其光翳翳止足照我衣裳，則不能遠照矣。以喻明皇以太上皇居西内也。初月出不高，衆星尚争光，喻肅宗即位未久，而史思明之徒尚在也。」《秋雨嘆》詩「老夫不出長蓬蒿，稚子無憂走風雨。雨

聲颼颼催早寒，胡雁翅濕高飛難。秋來未曾見白日，泥污后土何時乾。」師曰：「老夫不出長蓬蒿，言者舊之臣隱遁不出，賢路荆棘。稚子，指禄山。楊貴妃養爲義子。杜詩云『稚子敲針作釣鈎』是也。詩人多以風雨譬患難，如『風雨所飄摇』之類。禄山爲將，生事邊疆，非樂禍幸災而何？故云『走風雨』。雨聲颼颼催早寒，炎寒之來有漸，譬禄山叛謀漸著，大夫以道去就者，雁之比也。禄山叛，衣冠陷於胡者不可勝數，雖欲脱身南來，勢有不可，故云胡雁翅濕高飛難。玄宗幸蜀，杳無消息，故云秋來未曾見白日。禄山從范陽長驅而來，普天之民咸墜塗炭，故云泥污后土何時乾。」《野望》詩「獨鶴歸何晚，昏鴉已滿林」，洙曰：「譏小人衆多也。」煜桉：邵傳曰：此亦野望偶然得之以成章，不必有所指，興味自在。《望嶽》詩「會當凌絶頂，一覽衆山小」，師曰：「登臨山之絶頂，俯視衆山，其培塿歟？衆山知尊乎大嶽，衆流知宗乎滄海。當安史之亂，僭稱尊號，天子蒙塵，其朝宗之義爲如何？甫《望嶽》之作末章云『一覽衆山小』，固知安史之徒乃培塿之細者，又何足以上抗巖巖之大也哉？」希曰：「公爲此詩時，安史未亂。師注未是。」煜桉：希駁是也。然即安史已亂，此詩豈可如是解乎？千家注

詩之六義，後世賦别爲一大文。而比少興多，詩人之全者，惟杜子美時能兼之。如《新月》詩「光細弦欲上，影斜輪未安」，位不正德不充，《風》之事也。「微升古塞外，已隱暮雲端」，才升便隱，似當日事，比之事也。「河漢不改色，關山空自寒」，河漢是矣，而關山自淒然，有所感興也。「庭前有白露」，露是天之恩澤，《雅》之事。「暗滿菊花團」，天之澤止及於庭前之菊，成功之小如此，《頌》之事。説者以爲子美此詩指肅宗作。瑶溪集○煜桉：説者指夏竦。《臨漢隱居詩話》曰：「夏鄭公竦評老杜《初

月》詩『微升古塞外，已隱暮雲端』，以爲意主肅宗也。鄭公，善評詩者也。」邵傳曰：此詩蓋以見初月思鄉而作，味「河漢不改色，關山空自寒」句，意自可會，不必如諸注引指肅宗也。

以上諸説，狂搜險覓，牽强附會，學語小兒亦能辨其非。今不敢一一指摘，恐其近於愚也。亦所以使讀者自得之也。《杜詩千家注》，草草讀一過，紕繆刺目，盡數之更僕未罄，今止録四條，并前六條，亦足見梗概。

老杜《戲作花卿歌》。細考少陵此歌，想花卿當時在蜀中雖有一時平賊之功，然驕恣不法，人甚苦之。故子美不欲顯言之，但云「人道我卿絶世無〔一〕」，既稱絶世無，「天子何不唤取守京都〔二〕」？語句含蓄，其意蓋可知矣。苕溪漁隱叢話

《花卿歌》末云「人道花卿絶世無，天子何不唤取守京都」，此詩全篇形容其勇鋭有餘而忠義不足，故雖可以守京都，而天子終不敢信用之。語意涵蓄不迫切，使人唱口而自得之，可以亞《國風》矣。或曰「末句乃恨天子不用之之詞」，非也。鶴林玉露

世人讀子美《贈花卿》詩，有「此曲只應天上有，人間那得幾回聞」之句，因誤認花卿爲歌姬者多矣。桉花卿蓋西川牙將，嘗與西川節度崔光遠平段子璋，遂大略東川。故子美復有《戲贈花卿

〔一〕我：底本訛作「花」，據《漁隱叢話前集》卷十四改。

〔二〕都：底本訛作「師」，據《漁隱叢話前集》卷十四改。

歌》，其卒章云「人道我卿絶代無〔一〕，天子何不喚取守京都〔二〕」，當時花卿跋扈不法，有僭用禮樂之譏。子美所謂，蓋微而顯者也。不然，豈天上有曲而人間不得聞乎？宋陳善捫蝨新話

子美《贈花卿詩》「錦城絲管日紛紛，半入江風半入雲。此曲只應天上有，人間能得幾回聞」，花卿名敬定，丹稜人，蜀之勇將也。恃功驕恣，杜公此詩譏其僭用天子禮樂也。而含蓄不露，有風人「言之無罪，聞之者足以戒」之旨。公之絶句百餘首，此爲之冠。升庵詩話

再稱「絶世無」，終之以「天子何不喚取守京師」，惟嗟美其勇略之無比，又以見有材而不見試，京師之禦侮乏人，意自深婉。今乃以爲指花卿驕恣，則味索然矣。天上人間句，亦惟極贊花卿謳者歌曲之妙，猶稱絶代美人爲天人，無他義。迺以諷僭用天子禮樂解之，則入大極圈兒先生帽子之調矣。清沈歸愚號稱知詩者，及作《杜詩偶評》，乃云「花卿定恃平賊之功，僭用天子禮樂。公作此詩以諷之」，亦襲陳善等之謬，何也？

「池塘生春草，園柳變鳴禽」，靈運坐此詩得罪，遂託以阿連夢中授此語。有客以請舒王曰：「不知此詩何以得名於後世？何以得罪於當世？」舒王曰：「權德輿已嘗評之，公若未尋繹爾。」客退而求德輿集，了無所得，復以爲問，舒王誦其略曰：「池塘者，泉水瀦漑之地，今日生春草，是王澤

〔一〕我：底本訛作「花」，據《捫蝨新話》改。
〔二〕都：底本訛作「師」，據《捫蝨新話》改。

竭也。《豳詩》所紀一蟲鳴則一候變，今日變鳴禽者，候將變也。」客以告士夫，益服舒王之博。吟窗雜録

王世貞曰：權文公所論，王介甫取以爲美談，吾不敢信也。

尤侗曰：「池塘生春草，園柳變鳴禽」，本是寫景致語，權德輿謂託諷深重，爲廣州之禍。其强作解事，幾于鑿矣。

士有不遇，則託文見志，往往反物理以爲言，見造化之不可測也。《離騷》「朝飲木蘭之墜露兮，夕餐秋菊之落英」，原蓋借此以自喻，謂木蘭仰上而生，本無墜露，而有墜露。煜桉：木蘭雖仰上，而重露沾濡，豈不墜落？今乃悍然以爲無，武斷甚矣。原之意只取花上之露清潔不污，非反理自喻之謂也。秋菊就枝而殞，本無落英，而有落英。物理之變則然，吾憔悴放浪於楚澤之間，固其宜也。荆公用「殘菊飄零」蓋祖此意，歐公以詩譏之。荆公聞之，以爲歐公不學之過。後人遂謂歐公之誤，而不知歐公意蓋有在。歐公學博一世，《楚辭》之事豈不知之？蓋深譏荆公用落英耳。以謂荆公得時行道，自三代以下未見其比，落英反理之論似不應用，故曰「秋英不比春花落，爲報詩人子細看」，蓋欲荆公自觀物理而反之於正耳。王楙野客叢書

審如王楙之言，歐公信無可譏。但予熟察當時情狀，而斷知其不然也。蓋落英事明載《楚辭》，而歐公偶然不能記，即記焉，目未嘗見菊之散落者，故云然耳。未始有規諷譏刺之意也。果欲譏切荆公之失，則當明言善論以忠告之，乃借此回遠難曉之喻以諷荆公，將使荆公

鄙其不學而益堅自信之心，歐公決不若是之迂且愚也。蓋宋人惡荆公，不欲使其勝歐公，故有此説。夫二公之爲人，後世自有定論。一事之知不知，固無益損於其真，不必爲之上下其手。若夫菊之落英，則予嘗參考諸書，而知其必有左證，不獨《楚辭》一句也。《抱朴子》云：「南陽酈縣山中有甘谷，水左右皆生甘菊，花墮其中。」史正志《菊譜後序》云：「有落者，有不落者。晉許詢詩『秋菊落芳英』，蕭道成詩『菊籠泉而散英』。」予有《落英辯證》頗詳，見《侗庵筆記》，文多故不引。此非楙之所能知也。但不知而鉗默，猶之可也。乃附會義理，以主張謬説，此則可惡也已。

謝枋得曰：「『幽草、黄鸝』比君子在野，小人在位。『春潮帶雨晚來急』，乃季世危難多，如日之已晚，不復光明也。末句謂寬閑寂寞之濱，必有賢人如孤舟之横渡者，時君不能用耳。此詩人感時多故而作。煜按：裴庾《三體詩增注》引趙澗泉説〔一〕，與此大同小異。

王士禛曰：元趙澗泉選唐絶句，其詳注多迂腐穿鑿。如韋蘇州《滁州西澗》一首〔二〕，「獨憐幽草澗邊生，上有黄鸝深樹鳴」，以爲「君子在野、小人在位」之象。以此論詩，豈復有風雅乎？

〔一〕裴：底本作「斐」，據《輟耕録》卷二十六改。
〔二〕滁：底本訛作「瀡」，據《韋蘇州集》卷八改。

劉禹錫《送杜録事》詩「樽前花下長相見，明日忽爲千里人。君過午橋回首望，洛陽猶自有殘春」。謝枋得曰：此詩謂世道衰光景促，未至春光結局時也。末句勸其不忘君也。

此詩只言人生難會易離，别後相思之意，而自有佳致。唐人送别之詩大抵皆然。若以爲世道衰光景促，勸不忘君，則陳腐固陋無可觀矣。叠山評詩大率類此。蓋生遭亂離，有所感而然。顧其意則可諒，其誤解詩則不可不知也。

侗庵非詩話卷之四

一曰説詩失於太深下

《清平調》詩：「一枝濃艷露凝香，雲雨巫山枉斷腸。借問漢宫誰得似，可憐飛燕倚新妝。」《高唐賦序》謂，神女常薦先王之枕席矣。《後序》文曰，襄王復夢遇焉。此云枉斷腸者，亦譏其曾爲壽王妃，使壽王而未能忘情，是枉斷腸矣。詩人比事引興深切著明，特讀者以爲常事而忽之耳。「名花傾國兩相歡，長得君王帶笑看。解釋春風無限恨，沈香亭北倚闌干。」太白詩用意深遠，非洞悟《三百篇》之旨趣者，未易窺其藩籬。晦庵所謂「聖於詩」者是也。《清平樂》詞，宫中行樂詞。其中數首，全得《國風》諷諫之體。如「玉樓巢翡翠，金殿鎖鴛鴦」是諷其金殿玉樓不爲延賢之地，徒使女子小人居之也。「選妓隨雕輦，徵歌出洞房」，是諷其不好德而好色，不聽雅樂而聽鄭聲也。「宫中誰第一，飛燕在昭陽」，是以飛燕比貴妃，妃與趙飛燕事迹全相類，蓋欲使明皇以古爲鑒，知飛燕之爲漢禍始，而不惑溺於貴妃也。「君王多樂事，還與萬方同」，是諷其與民同樂也。「今朝風日好，宜向未央遊」，是諷其輟遊宴之樂，而臨政觀事於未央也。是時明皇有聲色之惑，多不視朝，故因及之也。言在於此意在於彼，正得譎諫之體。太白纔得近君，當時人所難言者，即寓諷諫之意

於詩內，使明皇因詩而有悟，其社稷蒼生庶有瘳乎。豈曰小補之哉。元蕭士贇李詩補注

巫山飛燕，詩家舊物。言薦枕必稱巫山，評美色必引飛燕。振古如茲，奚勞穿鑿。太白天才飄逸，志氣軒昂，視萬乘如僚友，視宦官如奴隸。玉堂之上，彤扆之前，手握椽筆，吟詠花月，滔滔不窮，此太白之所以爲太白。不必篇篇諷君，句句刺詩，然後爲貴也。矧爾時奉敕應制，酩酊之際，咄嗟而成，其於諷刺也固不暇，又事勢之所不應有。爲此論者，不特不知詩，併不知事情與人心矣。夫以飛燕比貴妃，太白有意賤之者，乃高力士構太白於貴妃之言也。士贇之説大與之類。嗚呼！解詩太鑿，説險不情，至與讒者如出一口。可悲也已。

范德機曰：杜詩「遲日江山麗，春風花草香。泥融飛燕子，沙暖睡鴛鴦」，第一句「遲日江山麗」是《中庸》「天地位」之意，第二「春風花草香」《中庸》「萬物育」之意，起承處可以平直而從容矣。第三「泥融飛燕子」是言萬物之動者得其所也，「沙暖睡鴛鴦」是言萬物之靜者得其所也，轉合處可爲變化淵永，而升降開合之者見矣。作者用心如此之苦，而讀者容易看過，殊不覺也。詩法源流

宋一代詩話，以怨上刺亂解杜詩，無所不至。今又以理學家腐言釋之。宇宙間信乎無所不有，夫位育動靜之説，以解明道康節之詩可也，以解杜詩，則圓蓋方底不相合，使杜老聞之，亦必駭而走矣。宋羅大經亦嘗以性理解此詩，但未至如德機之蕪蔓支離，故不駁正。

王建《宮詞》：「金殿當頭紫閣重，仙人掌上玉芙蓉。太平天子朝元日，五色雲車駕六龍。」五色雲車，畫雲氣車也。《郊祀志》，文成言上欲與神通，宮室衣服非象神，神不至，乃作畫雲氣車。《甘

泉賦》曰「駟蒼螭兮六素虬」，注曰「六馬也」。此篇乃全用甘泉宫事，以刺世主違禮而好怪。禮，奇器不入宫，君不乘奇車。况作非禮之器爲服食，以求不死；御鬼神之車服，以淫祀乎？辭惟序事，而譏自見。此杜元凱所謂「具文以見意」者也。釋圓至三體詩注

此詩不過只叙朝元日車服儀容之盛，宫詞如此者比比，在文則體屬叙事。歐陽公所謂「王建《宫詞》一百首，多言唐禁中事，史傳小説所不載者往往見於其詩」者是也。但叙一時儀制如在目前，是所以爲妙。倘以爲刺奇器淫祀，則味同嚼蠟矣。談詩者大抵以其奇邪拗僻之見觀古人之詩，則詩莫不奇邪拗僻。此列禦寇所以有竊鈇之説也。故心慄見鬼，眼昏生花。花與鬼豈真有之乎？己致之也。噫！

「手種桃李非無主，野老墻低還是家。恰似春風相欺得，夜來吹折數枝花。」言桃李是己手栽，非無主者。墻垣雖低，非無防護。但春風吹折樹枝，是以客愁不能醒耳。然亦有感於小人放縱之謂乎？桉《千家注》師古曰「甫自傷爲客，而爲小人見欺也」，則誤解此詩，非昉於國賢。「熟知茅齋絶低小，江上燕子故來頻。銜泥點污琴書内，更接飛蟲打著人。」言燕子熟知茅屋低小，以故頻來。猶小人知己生不逢時，以故見侮。銜泥點泥〔一〕，接蟲著人，猶小人侵侮之日甚也。「隔户楊柳弱嫋嫋，恰似十五兒女腰。誰謂朝來不作意，狂風挽斷最長條。」此言柳之弱質易折，以比小人情狀易知也。公於

〔一〕點泥：疑「點污」之訛。

摒棄之時，其受侮不少矣。明邵寶杜詩集注

宋人動以君子小人説杜詩，實詩道一大厄。迄有明，斯風殆絶。而今猶有此，非予所望乎國賢也。予謂三詩皆眼前所見，趙次公所謂「題名《漫興》，蓋言眼前之景而漫成，别無譏刺」者是也。乃屑屑然别君子小人於其間，非惟老杜所未曾經思，併使三篇頓作惡詩。冤也哉！

《謁真諦寺禪師》詩「未能割妻子，卜宅近前峰」，愚得禪家一味清涼，固足解脱塵劫，然斷割妻子世界謂何？老杜參禪，欲屏詩酒，不無感激，而終不欲去人倫以從虚誕，真吾儒大中至正之矩也。其詞雖婉，其義實競。邵傳杜律集解

老杜只自言雖嚮慕空門，而未能超出塵世耳。無他深意。夫判儒佛如水火，趙宋以後儒先之見，唐人不然也。「大中至正，詞婉義競」等語，注者臆度而爲之辭耳。老杜所未嘗夢見也。

《投贈歌舒開府二十韻》，公平生意不滿哥舒翰，觀此篇「駕馭必英雄」一句可見。通首亦多叙明皇恩遇之隆，而無功業可紀。其見於他詩者，一則曰「請公問主將，焉用窮荒爲」，再則曰「潼關百萬師，往者散何卒」，三則曰「請屬防邊將，慎勿學哥舒」。合觀前後，大抵有貶無褒，此其所以爲詩史歟？初白庵詩評

呈王侯大人詩，贊揚其才德功業，此自貴賤交際之常禮，非以爲佞也。哥舒翰在當時亦

一顯貴之人，杜老之滿不滿，予未能知，即極口稱贊之，何害其爲詩史耶？况翰亦知兵者，功自可紀。其無節操，方始見於晚年板蕩之後，豈可逆譏斥之乎？起句云「今代麒麟閣，何人第一功」，其稱揚歌舒至矣，何以尚焉。「君王自神武，駕馭必英雄」，欲頌大臣之美，必本於天子，蓋立言之體當然耳，非貶也。如其他作，則自述所見，且在歌舒敗降之後，其貶斥亦何疑。

文宗詩：「輦路生秋草，上林花滿枝。憑高何限意，無復侍臣知。」此文宗有意録用君子，爲仇士良所制而不能遂，故有是作也。秋草總喻小人蔓衍，王守澄雖誅，而士良依然在側也。上林花喻君子，裴度、鄭覃輩未嘗不在，不自録用，乃由于李訓之手。雖文宗優遊不斷，然亦無可如何。文宗實是聖君，有親君子遠小人意。但蓄之于心，不能發之于口，故云「何限意無復侍臣知」，非責其不知，是不欲使之知也。杜子美《秋興》詩「聞道長安似奕棋，百年世事不勝悲」，百年，公由大曆元年逆追至高祖有天下之初，自高宗聽李勣、許敬宗立武后，以周篡唐爲一悲；中宗任武三思，韋后與安樂公主合謀，以餅餤中進毒弑中宗爲一悲；玄宗寵貴妃，任李林甫、楊國忠，賜安禄山爵東平郡王，陷長安，帝避于蜀爲一悲；肅宗受制于張良娣，李輔國擅政，不得以子道事上皇爲一悲；代宗任程元振，吐蕃入長安爲一悲。故曰「不勝悲」。不曰「國政」而曰「世事」者，蓋微詞也。「織女機絲虚夜月，石鯨鱗甲動秋風」，織女、石鯨，承昆明池三字，「機絲、鱗甲」承旌旗。織女機絲喻相臣經綸不可不密，及此時正該防微杜漸，江湖之間當爲先慮，而初無及此者。今日西北或可支吾，萬一東南蠢動，則事不測矣。故子美預設此一著以諷執政，所以作此一首詩也。若不早爲之圖，是猶織女停梭，虚此夜月，爲可惜耳。鯨，喻强梁好逞之徒。石鯨，非鯨之比，是稍稍不良之人也。鱗甲喻其欲動之心，當事既不措意，則不惟强梁好逞之徒欲動，即稍稍不良之人乘此罅隙，亦將動作矣。清徐增而庵説唐詩

輦路自生秋草，上林花自滿枝，蓋玉輦久絶遊幸，無復心欣賞園囿花卉，試憑高一望，滿懷怫欝，無限悲恨，而侍臣絶不之知。其憒惋無聊之情可掬。乃瑣瑣然以草與花判君子小人，抑亦鑿矣。百年，詩人恒言，惟指其久，數十年以上皆可百年。子美壽止五十九，而有「百年多病獨登臺」句，可以爲證。此承上「長安似弈棋」句，傷安史吐蕃之亂，則其不勝悲者，不過言開元以來一盛一衰，貴賤遞代，新舊推遷，如下所云「王侯第宅皆新主，文武衣冠異昔時」是也。而庵泥「百年」字，謂由大曆追溯高祖之初，刻舷求劍，已屬可笑。又泥「不勝」二字，歷舉高祖以來時事可悲，如武曌、韋庶人之亂，以實其言，是畫蛇而添足也。此句悲世之衰亂，故曰「世事」，奚微詞之有？豈可改作百年「國政」乎？織女、石鯨，皆昆明池所有，見《西京雜記》、《文選》注。「機絲虚夜月，鱗甲動秋風」，池沼荒涼之狀可想。今以爲織女機絲喻相臣經綸之密，石鯨喻强梁好逞之人，則二句特一俗子謎耳。説詩穿鑿之弊，至而庵極矣。可爲長大息。故予論詩話第一病，謹以此條終。又以見詩道弊壞既極，將有挽回之機云。

毛先舒曰：靖節好飲，不妨其高。解者多曲爲辨説，亦如解杜詩。句句引著「每飯不忘君」，膠繞牽合，幾無復理，俱足噴飯。

沈德潛曰：朱子云：「《楚詞》不皆是怨君，被後人多説成怨君。」此言最中病痛。如唐人中少陵故多忠愛之詞，義山間作風刺之語，然必動輒牽入，即偶爾賦物，隨境寫懷，亦必云主某事刺某人。水月鏡花，多成粘皮帶骨，亦何敢耶？

煜桉：王伯厚《困學紀聞》云：「楊綰謚『文正』，比部郎中蘇端持異議。《雨過蘇端》，豈即斯人歟？然少陵稱其『文章有神交有道』，而端終爲憸人，豈晚謬乎？」予謂史傳別有明證則可也。獨據杜詩以論其晚謬，則予斷不敢從。夫詩之稱人，固有出于偶然者，奚可據以爲賢否之定評？且端信憸人，杜信以爲賢，亦不必爲少陵病。知人，堯舜難之，况下焉者乎？《丹青引》「英雄割據雖已矣，文采風流今尚存」，盧元昌《杜詩闡》云：「看『英雄割據』句，公以割據目曹，分明以正統予劉，足訂陳壽之謬。」桉「英雄割據」句，只見三國鼎立之意，未見崇劉抑曹之義。夫崇劉而抑曹，朱子以前人莫知者，惟習鑿齒嘗一言之，然或謂其有爲而言。即以温公之賢而有識，正魏寇蜀，仍而弗改。何怪乎老杜？今據此一句以訂陳壽之謬，陳壽必不敢服。即老杜聞之，亦必圜視而大駭矣。蓋談詩者視少陵如聖賢，解杜詩如六經，謬誤百出，正坐此。今姑舉其萬分之一而駁之，讀者以類推焉可也。

二曰矜該博以誤解詩意

宋人有云：「不行一萬里，不讀萬卷書，不可看老杜詩也。」蓋見聞狹小則多所窒礙，不可以解古人之詩，况讀書破萬卷之老杜乎？顧夫陋儒，既無一定之見，惟務多聞，無所取裁，於是乎記一故事，聞一新事，不勝喜幸，遽取以解詩。自以爲闡古來未發之秘，高出衆人之見，而不知其業已與作者之旨東西相反也。此雖似愈於弄麞伏獵之陋，而其歸於不知詩則一也。予庸詎可以不辨乎？

老杜句法欲老健有英氣，當間用方俗言爲妙。如奇男子行人群中，自然有穎脱不可干之韻。老杜《八仙詩》序李太白曰「天子呼來不上船」，船，方俗言也，所謂襟紐是也。冷齋夜話

洙曰：船，方言曰所謂襟紐是已。夢苻曰：桉關中呼衣襟爲船。《詩》曰「何以舟之」，舟，亦船也。其來尚矣。千家注

王若虚曰：杜詩稱李白云「天子呼來不上船」，吴虎臣《漫録》以爲，范傳正太白墓碑云〔一〕「明皇泛白蓮池，召公作引。時公已被酒于翰苑中，乃命高將軍扶以登舟」，杜詩蓋用此事。而夏彦剛謂，蜀人以襟領爲船。不知何所據。《苕溪叢話》亦兩存之。予謂襟領之説，定是謬妄。正使有據，亦豈詞人通用之語？此特以「船」字生疑，故爾委曲。然范氏所記白被酒于翰苑，而少陵之稱乃市上酒家，則又不同矣。大抵一時之事，不盡可考。不知太白凡幾醉，明皇凡幾召，而千載之後，必於傳記求其證耶？且此等不知亦何害也。

〔一〕傳：底本訛作「傅」，據《滹南集》卷三十八改。

李太白詩：「昔作芙蓉花，今爲斷腸草。以色事他人，能得幾時好？」陶弘景《仙方注》曰：「斷腸草不可食，其花美好，名芙蓉。」冷齋夜話

太白詩大抵任口吐出，不拘拘於典故。此惟言昔日芙蓉灼灼之花，今已憔悴零落爲斷腸之草。非必據陶弘景《仙方注》。倘據《仙方注》，則昔日芙蓉花今爲芙蓉草可乎？任昉《述異記》：「秦趙間有斷腸草，狀如石竹而節節相續，又名愁婦草，又名霜草。」使宋人聞之，又當引解太白詩矣。

杜牧之《阿房宮賦》云：「長橋臥波，未雩何龍？」牧謂龍見而雩，故用龍以比橋。殊不知龍者，龍星也。本作「未雲何龍」，當以「未雩」爲是。臨漢隱居詩話〔一〕

史繩祖曰：杜牧之《阿房宮賦》「長橋臥波，未雲何龍」，正本元是「雲」字，後人傳寫之訛云「未雩何龍」，殊爲無理。杜之意蓋謂長橋之臥波上，如龍之未得雲而飛去。正如「蛟龍得雲雨，恐終非池中物」之義。若加以「雩」字，則不惟無義，兼亦錯誤讀「龍」字了。《左傳》「龍見而雩」注謂龍星也，非龍也。龍星未見則不之雩，今日未雩則龍當未見，何形可見？龍又星名，何有於長橋之勢哉？

元稹作《李杜優劣論》，先杜而後李。韓退之不以爲然，詩曰：「李杜文章在，光焰萬丈長。不

〔一〕漢：底本脱，據《説郛》卷八十四補。

知群兒愚，何用故謗傷。蚍蜉撼大樹，可笑不自量。」爲微之發也。臨漢隱居詩話

韓子詩特爲時人不識李杜之真而發，與元微之毫不相干涉。微之於李，或可謂之謗傷；於杜，則尊崇極矣，何謗傷之有？且韓子爲人重厚，果爲微之發，決不如是之駡詈。泰偶記微之論，遽引以遷就韓詩。不可從。

周少隱曰：洪慶善作《韓文辯證》，著魏道輔之言，謂退之此詩爲微之作也。微之雖不當自作優劣，然指稹爲愚兒，豈退之之意乎？

蔣防作《霍小玉傳》，書大曆中李益事。有一豪士衣輕黄衫，挾朱筋彈。李至，霍遂死。乃三月牡丹時也。老杜有《少年行》二首，一云「巢燕引雛渾去盡，江花結子已無多。黄衫年少宜來數，不見堂前東逝波」，作詩時大曆間，甫正在蜀。是時想有好事者，傳去作此詩爾。姚寬西溪叢語

黄衫蓋當時年少俠客之所好服，故見杜詩，又見小玉傳。乃以黄衫二字偶同，遽揑合爲一事，則古來何事不可附會？趙次公曰：黄衫，想唐人富貴家之服。

杜子美「無風雲出塞，不夜月臨關」，王子韶云：無風，谷名；不夜，城名。嘗親至其地。如李商隱《錦瑟》詩「莊生曉夢迷蝴蝶，望帝春心託杜鵑」，莊生、望帝，皆瑟中古曲名。邵氏聞見録

田曰：「《齊地記》，齊地有不夜城。蓋古者有月夜中照於東境，故萊子立此城，以不夜爲名。」師曰：「不夜，蓋取月明如晝也。」千家注

雲，隨風者也，今無風而雲出塞；月，照夜者也，今未夜而月臨關。關塞蒼涼索寞之狀如

見。乃以無風、不夜爲地名，是化精金爲頑鐵也。至齊地不夜城，則胡越懸隔，引以解秦州之作，是俚語所謂不解東西者也。許顗曰：「無風雲動，不夜而月，當細思之。句法至此，古今一人而已。」趙次公曰：「今秦州有無風塞、不夜城，後人因杜詩而爲之名也。」得之。

莊生、望帝，只作譬喻語自佳。以莊生、望帝爲曲名，則滄海、藍田又二曲名耶？

《帝王世紀》及《逸士傳》載，帝堯之時，天下大和，有八九十老人擊壤而歌於康衢，其詞云：「日出而作，日入而息。鑿井而飲，耕田而食。帝何力於我哉？」初不知壤爲何物，因觀《藝經》云：「壤以木爲之，前廣鋭，長尺四寸，闊三寸，其形如履。將戲，先側一壤於地，遠三四十步以手中壤擊之，中者爲上。蓋古戲也。」韻語陽秋

車若水曰：堯民擊壤，自唐以來畫爲圖，乃是行坐捧腹牽挽快樂之様。李伯時臨本極佳，不見所謂擊壤者。《藝經》云云，此戲甚好，比之投壺尤見爲朴質也。然予謂此說亦未必然。壤即泥也，以手拭一本作式杖擊壤，以爲音節而歌。

袁枚曰：堯之時老人擊壤。壤，土也。周處《風土記》則曰：「壤以木爲之，長三尺四寸。」引皇甫玄晏十七歲與從姑子擊壤於路爲證。不知堯之時安得有木壤？果有之，又何得歷夏商周而不一見於詠樂耶？要知周處《風土記》亦宋人僞作。

煜桉：《藝經》所載之戲，今世童子輩好爲之。但其事既兒戲，且争勝，大生機心，斷非上古老人所宜爲。葛常之貪博愛奇，遽信而取之，殊闊於事情矣。車若水之説近是，但「拭杖」

二字頗難通，恐當從一本作「式」，蓋以手持杖頭而倚之，如式車然也。

後漢周澤，時人爲之語曰：「生世不諧，作太常妻。一歲三百六十日，三百五十九日齋，一日不齋醉如泥。」桉稗官小説，南海有蟲無骨，名曰泥。在水中則活，失水則醉，如一堆泥然。吴曾能改齋漫録

如泥，惟言其爛醉，四體緩散不收，如黏泥委地然也。倘以爲蟲名，則味索然。且泥之爲蟲，有無未可必。即有焉，亦惟以其醉如一堆泥得名，非一堆泥因蟲得名。則後漢時人語，不必遠引蟲名以解也。今世愚俗人財識一丁者，亦動云「醉如土路」邦人呼泥塗爲土路，未始以爲蟲名。蓋其心平，故言自協實。學者欲炫其博，而失性情之正，反不及愚俗人。可懼哉！

徐師川云：工部有「江蓮摇白羽，天棘夢青絲」之句。於江蓮而言摇白羽，乃見蓮而思扇。蓋古有以白羽爲扇者。是詩之作，以時考之，乃夏日故也。於天棘言夢青絲，乃見柳而思馬也。蓋古有以青絲絡馬者。庾信《柳枝詞》案庾集作《楊柳歌》云「空餘白雪鵝毛下桉庾集作獨憶飛絮，無復青絲馬尾垂」，又子美《驄馬行》云「青絲絡頭爲君老」。此詩後復用支遁事，則見柳思馬，形於夢寐，審矣。東坡欲易夢爲弄，思未然也。藏海詩話

杜詩云「江蓮摇白羽，天棘夢青絲」，下句殊不可曉。説者曰：「天棘，柳也，或曰天門冬也。夢當作弄。」既無考據，意亦短淺。譚浚明嘗爲余言，此出佛書。終南長老入定，夢天帝賜以青棘之香。蓋言江蓮之香，如所夢天棘之香爾。此詩爲僧齊己賦，故引此事。余甚喜其説，然終未知果

出何經。近閲葉石林《過庭録》亦言此句出佛書，則浚明之言宜可信。鶴林玉露

王仲至言：老杜詩「江蓮摇白羽，天棘蔓青絲」，天棘非雨，自是一種物，曾見於一小説，今忘之。高秀實曰：「天棘，天門冬也，一名顛棘。非天棘也。」王元之詩曰「水芝卧玉腕，天棘舞金絲」，則天棘蓋柳也。冷齋夜話

蘇曰：「天棘，梵語柳也。」伊吾曰：「本竺國呼柳爲天棘。蔓，疑弄字，可與正文妥帖。」王逸少曰：「湖上春風舞天棘，信柳非疑也。」希曰：「洪駒甫詩話云，王仲至云天棘非煙非霧自一種物，出異書。今意蔓者，蔓蔓然也。仲至第曰異書，又似不可信。」千家注

朱翌曰：《洪駒父詩話》：「天棘事了不可解，問魯直，魯直亦不解。問王仲至，仲至云：『非煙非霧，自一種物。出異書。』然蔓青絲何謂也？疑蔓乃蔓字傳寫誤。」余桉《本艸》，天門冬亦名顛棘，春生藤蔓，如絲杉而細，正與詩合。天門冬一名顛棘，故有天棘之稱，藤蔓細於絲杉，故有蔓青絲之語。子美以對江蓮摇白羽，决是當時所見，顧肯以非煙非霧爲對耶？改蔓爲蔓，尤穿鑿。

鮑文虎曰：吕吉甫言，當作天棘薪。然棘不可以絲爲比。曾子開云，恐是巴戟天。今桉《本艸》，巴戟雖名三蔓草，而葉似茗，又似麥門冬，亦不可比絲。唯天門冬，注引《博物志》《抱朴子》，一名巔棘。《圖經》言春生藤蔓高丈餘，葉如絲杉而細散，可以絲爲比。蓋以天門冬、巔棘爲一稱之歟？

趙次公曰：歐陽公善本「夢」作「蔓」字。蔡伯世云，此句最疑。學者或以天棘爲柳，妄引近傳東坡事，載王逸少詩「湖上春風舞天棘」。非有奥義，疑非坡説。以余考之，《本艸圖經》云，則天棘爲天門冬，明矣。

許彦周曰：「天棘蔓青絲」，洪覺範硬差天棘作顛柳。高秀實云「天棘，天門冬也」，當以秀實之言爲正。顛、天聲相近，又酷似青絲。又江南徐鉉家本云「天棘蔓青絲」，若蔓生如青絲，尤見是天門冬。

煜按：蔓改爲夢，又爲弄。天棘以爲棘薪，或以爲巴戟天，或以爲柳。武斷甚矣。至謂見柳思馬，故結用支遁事；江蓮之香如所蔓天棘之香；非煙非霧自一種物；夢者，夢夢然也。則牽强附會極矣。原其所由，蓋「蔓」字俗本誤作「夢」，「天棘」二字難解，加以學者解杜好穿鑿，是以引古人詩句，引佛書，引異書，謬誤百出，如入牛角，愈深愈窮。殊不思此句只賦茅齋所見，以應第二「可賦新詩」句。言江中之蓮如動摇白羽之扇，天門冬如蔓引青色之絲。邵夢弼所謂皆能助發詩興者是也。詩意只如此極易曉，鮑駁棘薪巴戟天之説，引《抱朴子》及《圖經》，以天棘爲天門冬，良是。但謂以天門冬、巔棘爲一稱之，則取天門冬頭一字、巔棘下一字以爲名，頗覺牽强。此蓋未知可直目天門冬以天棘也。明周祈曰：「《説文》『天，顛也』，則顛棘即天棘也。天棘即天門冬也。」此説得之。

袁瓘《秋日》詩曰：「芳草不復緑，王孫今又歸。」人都不解。施蔭見之曰：「王孫，蟋蟀也。」謝氏袁枚曰：此王孫，公子王孫之稱也。宋人云，王孫蟋蟀也，引《詩緯》云楚人名蟋蟀爲王孫。又以爲猿，引柳子厚《憎王孫》爲證。博則博矣，意味索然矣。

沈佺期詩「九月寒砧催木葉」，木葉城在遼東，見《一統志》。徐渭青藤山人路史

沈詩但謂九月寒砧催木葉之墜落耳，立秋以來非無一兩葉之墜，至九月則紛紛散落，若爲寒砧所催督然。只如是解方佳。若謂九月寒砧催於木葉城，則黄口兒語矣。爲此説者，蓋以遼陽爲地名，謂對亦必用地名。殊不知唐善詩人不拘于對偶，況是奇僻地名，决不用于律詩中。

施閏章曰：「子規夜啼山竹裂，王母晝下雲旗翻」，正以白晝仙靈下降爲要眇神奇之語。李君實援張邦基《墨莊漫録》，乃言王母鳥尾甚長，飛則尾張如兩旗〔一〕。信如此説，視作西王母解者孰勝？咀味自見，不在徒逞博洽。杜詩蒙冤如此者甚衆也。

朱翌曰：元都壇云：「子規夜啼斑竹裂，王母晝下雲旗翻」，穿鑿者云，王母，禽也，尾如旗。《昔遊》詩云「王喬下天壇，微月映皓鶴」，又將以王喬爲禽乎？王母、王喬，皆仙人也。其言仙人降於壇爾，何必以禽對禽，然後爲屬對精切？

〔一〕兩：底本訛作「雨」，據《墨莊漫録》卷一改。

侗庵非詩話卷之五

三日論詩必指所本

古往今來，只此性情，只此風景，固當有不期同而同者。當其睹景生情，觸物詠志也，不復暇規規就古人之詩，句模而字仿之。是故「巧笑倩兮，美目盼兮」，既見乎軼詩，又載乎《衛風》。「喓喓草蟲，趯趯阜螽。未見君子，憂心忡忡」，既詠於《召南》，又録於《小雅》。而作詩話者，必謂某詩出乎某，某句本於某，何其拘也！三唐而還，詩集充棟，麗詞佳句，大抵古人業已道之，後出者學不甚博，且無記性，吟詠之際，隨口吐出，自以爲佳，而不知古人已先之，此亦勢之所必不免。而詩話必以活剥生吞尤之，冤矣。若太白詩「輕風朗月不用一錢買」，而六一居士有「清風明月本無價，可惜只賣四萬錢」之句。六一詩「山色有無中」〔一〕，而東坡有「記取醉翁語〔二〕，山色有無中」。王文海詩「鳥鳴山更幽」，而荆公有「一鳥不鳴山更幽」。及

〔一〕按此句乃歐陽修詞《朝中措・平山堂》語。

〔二〕語：底本脱，據蘇軾詞《水調歌頭・快哉亭作》補。

山谷《黔南絶句》，本樂天詩略加點竄。此則明有所本。然此等人能辨，奚待乎詩話之嘵嘵？其他則非再作作者於九原而問之，决不能知其果爲偶合，果爲剽竊。何也？古今性情同風景同故也。

宋徵士陶潛，其源出於應璩。又協左思風力，文體省静，殆無長語。篤意真古，辭興惋愜。每觀其文，想其人德。世欲其質直，至如「歡言酌春酒〔一〕」，日暮天無雲」，風華清靡，豈直爲田家語耶？古今隱逸詩人之宗也。詩品○煜桉：《詩品》評論詩人，一一指其源出于某人。今止録論靖節者，以概其他。

葉少藴曰：《詩品》論陶淵明，乃以爲出於應璩，此語不知其所據。應璩詩不多見，惟《文選》載其《百一詩》一篇，所謂「下流不可處，君子愼厥初」者，與陶詩了不相類。五臣注引《文章録》云：「曹爽用事多違法度，璩作此詩以刺在位，意若百分有補於一者。」淵明正以脱略世故，超然物外爲意，顧區區在位者，何足累其心哉？且此老何嘗有意欲以詩自名，而追取一人而模仿之？此乃當時文士，與世進取，競進而争長者所爲，何期此老之淺！蓋嶸之陋也。

謝榛曰：《詩品》專論源流，若陶潛出於應璩，璩出於魏文，魏文出於李陵，李陵出於屈原。何其一脈不同耶？

《四庫全書提要》曰：《詩品》論其人源出某人，若一一親見其師承者，則不免附會耳。

〔一〕酌：底本訛作「醉」，據《詩品》卷二改。

偷語詩例，如陳後主入隋《侍宴應詔》詩「日月光天德」，取傅長虞《贈何邵王濟》詩「日月光太清」，上三字同，下二字義同。偷意詩例，如沈佺期《酬蘇味道》詩「小池殘暑退，高樹早涼歸」，取柳惲《從武帝登景陽樓》詩「太液滄波起，長楊高樹秋」。偷勢詩例，如王昌齡《獨遊》詩「手攜雙鯉魚，目送千里雁。悟彼飛有適，嗟此罹憂患」，取嵇康《送秀才入軍》詩「目送歸鴻，手揮五絃。俯仰自得，遊心太玄」。釋皎然詩式

五字句三字同者，遽目以偷語，則古來五言古篇篇有偷語矣。中散與江寧指歸不同，語勢從而異，豈可謂之偷勢乎？「太液」「小池」句，則風馬牛不涉，以爲偷意，不亦誣乎？

山谷云：詩意無窮，而人之才有限。以有限之才，追無窮之意，雖淵明、少陵不得工也。然不易其意而造其語，謂之换骨法；規模其意形容之，謂之奪胎法。如鄭谷《十日菊》曰「自緣今日人心别，未必秋香一夜衰」，此意甚佳，而病在氣不長。荆公作菊詩則曰「千花百卉凋零後，始見閒人把一枝」，東坡則曰「萬事到頭終是夢，休休休，明日黄花蝶也愁」，换骨法也。顧况詩曰「一别二十年，人堪幾回别」，舒王作《與故人》詩曰「一日君家把酒杯，六年波浪與塵埃。不知烏石江頭路，到老相逢得幾回」。樂天詩曰「臨風杪秋樹，對酒長年身。醉貌如霜葉，雖紅不是春」，東坡《南中作》詩曰「兒童悞喜朱顔在，一笑那知是醉紅」，奪胎法也。學者不可不知。冷齋夜話

鄭谷則諷時人棄舊愛新之心，荆公則詠霜下傑後彫之美，東坡則嘆花卉可賞之時短，句意所向東西相反，謂之换骨可乎？樂天之工在終始借霜葉以爲喻，東坡之妙在兒童怪老顔

之還童，一則正言，一則譬喻，絶不相關涉，謂之奪胎可乎？評詩必論所本，昉於鍾嶸，尚矣。然未至若宋人之甚。宋人論詩，篇篇模古人，句句偷古人，未必非山谷換骨奪胎之論誤之也。噫！

《四庫全書提要》論吴并《優古堂詩話》曰：夫奪胎換骨翻案出奇者，非必盡無所本，實則無心暗合亦多有之。必一字一句求其源出某某，未免於求劍刻舟。即如李賀詩「桃花亂落如紅雨」，劉禹錫詩「摇落繁英墮紅雨」句，并既知二人同時，必不相襲。岑參與孟浩然亦同時，乃以參詩「黄昏争渡」字爲用浩然《夜歸鹿門》詩，不免强爲科配。

王摩詰云「九天閶闔開宫殿，萬國衣冠拜冕旒」，子美取爲五字曰「閶闔開黄道，衣冠拜紫宸」，而語益工。後山詩話

胡仔曰：子美與王維同和賈至《早朝大明宫》詩，即此一聯也。子美寧肯取同時之人詩句以爲己用，豈不爲當時流輩之所譏誚乎？無己遽以爲説，何不知子美之甚耶？

許昌西湖展江亭成，宋元憲留題云「鑿開魚鳥忘情地，展盡江湖極目天」之句，皆以謂曠古未有此語。然本於五代馬殷據潭州時，建明月圃，命幕客徐仲雅賦詩云「鑿開青帝春風圃，移下姮娥夜月樓」，用古句摹擬，詞人類如此，但有勝與否耳。西清詩話

若以十四字中二字偶同，且不免摹擬之譏，則劉文房「白馬翩翩春草緑，邵陵西去獵平原」，必摹擬王江寧「白馬金鞍從武皇，旌旗十萬宿長楊」句；皇甫冉「漢家仙仗在咸陽，洛水東

流出建章」句，必摹擬沈雲卿「漢家宫闕疑天上，秦地山川似鏡中」句而後成耶？噫！冤矣。

老杜「卿到朝廷説老翁，漂零已是滄浪客」，又「朝覲從容問幽仄，勿云江漢有垂綸」。其後夢得《送陳郎中》云「若問舊人劉子政，而今頭白在商於」，《送惠休》則云「休公久别如相問，楚客逢秋心更悲」，少杜「江湖酒伴如相問，終老煙波不記程」「交游話我憑君道，除卻鱸魚更不聞」，商隱《寄崔侍御》云「若向南臺見鶯友，爲言垂翅度春風」，臨川「故人一見如相問，爲道方尋木雁編」「歸見江東諸父老，爲言飛鳥會知還」，聖俞「倘或無忘問姓名，爲言嬾拙皆如故」，東坡「單于若問君家世，莫道中朝第一人」，皆有所因也。碧溪詩話

此等尋常語，騷人墨客奚必待本於古，然後始能言也？常明又歷舉唐宋諸家之句，以自炫其博，可謂玩物喪志矣。

牧之有「公道世間惟白髮，貴人頭上不曾饒」。嘗愛其語奇怪，似不蹈襲。後讀子美「苦遭白髮不相仿」，爲之撫掌。碧溪詩話

杜詩衹自嘆老之將至，牧之諷貴賤雖邈，由少入老則一。意之所歸，判然不同。猶然謂之蹈襲，則天下莫非蹈襲。

詩下雙字極難。須使七言五言之間，除去五字三字外，精神興致全見於兩言，方爲工妙。唐人記「水田飛白鷺，夏木囀黄鸝」爲李嘉祐詩，王摩詰竊取之，非也。此兩句好處，正好添「漠漠陰陰」四字，此乃摩詰爲嘉祐點化，以自見其妙。如李光弼將郭子儀軍，一號令之，精彩數倍。不然

如嘉祐，但是詠景耳，人皆可到。石林詩話

王維盛唐時人，李嘉祐中唐時人，維於嘉祐，迥然先輩。以嘉祐竊維尚可言，以維竊嘉祐則斷不然。然即嘉祐之於維，亦必非剽竊。何者？十字全同也。果欲竊之，必應换易數字，以眩人耳目，必不甘生吞活剥以來譏誚。顧維竊嘉祐之説，昉於唐李肇，不待少藴也。然李肇既一誤，而少藴踵謬，變本加厲，殆如夢中占夢，使人噴飯滿案。嗣後明郎瑛作《七修類稿》有云：「謝無逸以胡蝶詩得名，號謝胡蝶。後李商隱竊其義而變之，雖工而不妙，可謂絶唱之後，不當再道。」王阮亭曰：「是以唐人蹈襲宋人，可一笑！」其事與石林一轍，故附于此。

郭璞構思險怪，而造語精圓，三謝皆出於此，杜李精奇處皆取此。劉琨、盧諶忠義之氣自然形見，非有意於詩也，杜子美以此爲根本。陶淵明心存忠義，身處閑逸，情真景真，事真意真，工夫精密，天然無斧鑿痕跡，盛唐諸家風韻皆出此。謝靈運以險爲主，以自然爲工，李杜取深處多取此。六朝文氣衰緩，唯劉越石、鮑明遠有西漢氣骨，李杜筋取此。元陳繹曾詩譜

青蓮、少陵以絶人之才，抽群籍之菁英，集作者之所長，以成一家。所學非一世，所師非一人，猶夫蜂採百花以造蜜，融液釀熟之後，只知其爲甜美，竟不可的知其採于某樹掇于某枝也。今乃謂杜子美以劉琨、盧諶爲根本，李杜取筋于劉越石、鮑明遠。審爾，則使無二劉與盧鮑乎，是李杜之詩無筋無根也。天下寧有此理乎？

陳後主曰「日月光天德，山河壯帝居」，氣象宏闊，辭言精確，爲子美五言句法之祖。四溟詩話

子美五言包涵甚大，變化不測，無所不有，無所不兼。乃僅僅以叔寶二句爲其所祖，幾何不使子美銜冤於地下。

魏武帝樂府「東臨碣石，以觀滄海。水何澹澹，山島竦峙。秋風蕭瑟，洪波涌起。日月之行，若出其中。星漢燦爛，若出其裏。」其辭亦有本。相如《上林》云：「視之無端，察之無涯。日出東沼，月生西坡。」馬融《廣城》云：「天地虹洞，因無端涯。大明出東，月出西坡。」楊雄《校獵》云：「出入日月，天與地沓。」然覺楊語奇，武帝語壯。藝苑巵言

魏武雖奸凶可惡，自一代英雄，故其詩豪爽激烈，類其爲人。此詩在魏武又屬得意之作，不過即所見直攄胸臆，而氣象直凌跨百代。彼其視相如、子雲輩，真如雀蚊虻然。當撚鬚之際，此等幺麽之徒固不暇思及。即思及焉，豈屑嘗其唾餘傍其墻壁耶？予故斷以爲此詩魏武隨意吐出，而偶然與相如等所作近似耳。弇州之言，無論其不知詩，且絕不諳英雄心事矣。「沅有芷兮澧有蘭，思公子兮未敢言」「恍忽兮遠望，觀流水兮潺湲」，唐人絕句千萬，不能出此範圍，亦不能入此閫域。「嫋嫋兮秋風，洞庭波兮木葉下」，形容秋景入畫，「悲哉秋之爲氣也，憭慄兮若在遠行，登山臨水兮送將歸」，模寫秋意入神，皆千古言秋之祖。六代唐人詩賦，靡不自此出者。詩藪〔一〕

〔一〕藪：底本訛作「叢」，據《詩藪·內編》卷一改。

《騷》、詩各有所長，元瑞祇知尊《騷》而排詩，抑揚太過，殊欠公平。唐賢絕句固有不能出此範圍者，又有能出此範圍者；固有不能入此閫域者，又有能入此閫域者。今一概罵殺，置太白、江寧、摩詰諸人於何地？《九辨》數句，唐人詠秋間有相似類者，蓋亦興會所至，偶然相符，非有意於模仿。今乃一言以蔽之云「唐人詩賦靡不自此出」者，何待唐人之淺也！

漢魏古詩，固不可一字一句論工拙，然亦有偶自得意屢施篇章者。陳思王《箜篌引》用「驚風飄白日」，至《贈徐幹》首復用之，如作詞之務頭，不厭其重也。王仲宣「風飆揚塵起，白日忽已冥」，張茂先「悲風中夜興，朱火青無光」，子美「回風吹獨樹，白日照執袂」，孫楚「晨風飄歧路」，王瓚「朔風動秋草」〔一〕，張協「朝霞迎白日」，陸機「凄風迕時序」等句，俱自陳思詩來，而陳思乃得之《楚辭·悲回風》也。過庭詩話

世偉所引，獨仲宣、子美雖未必襲用陳思，而有風有日，猶可謂有彷佛之似。至自他諸句，則判然不同，特兩字之偶合，而斷其自陳思來，誣甚。至謂陳思得之《悲回風》，尤爲無稽。林詩「疎影暗香」一聯，乃南唐江爲詩，止易竹字爲疎、桂字爲暗耳。雖勝原句，畢竟不免「偷江東」之誚。唐詩佳句多本六朝，王右丞「積水不可極，安知滄海東」，本謝康樂「洪波不可極，安知大壑東」；「白髮終難變，黄金不可成」，本江淹「丹砂信難學，黄金不可成」；陳子昂「如何此時恨，噭

〔一〕瓚：底本訛作「讚」，據《文選》卷二十九改。

噭夜猿鳴」，本沈約「噭噭夜猿鳴」。帶經堂詩話

以上數句，以其酷類古人，有以益知非偷竊也。蓋陳子昂、王維、林逋亦皆一時作手，自愛惜其名。使其果知爲古人詩，必多方改字，以求免「偷江東」之誚。而今不然。此非初不知古人有此句，則必偶然忘卻也。王勃《九日》詩云：「九月九日望鄉臺，他席他鄉送客杯。人情已厭南中苦，鴻雁那從北地來。」而盧照鄰《九日》詩亦云：「九月九日眺山川，歸心歸望積風煙。他鄉共酌金花酒，萬里同悲鴻雁天。」鶯鶯詩：「自從銷瘦減容光，萬轉千迴懶下床。不爲傍人羞不起，因郎憔悴卻羞郎。」歐陽詹《太原妓》詩：「自從銷瘦減容光，半是思郎半恨郎。欲識舊時雲髻樣，開奴床上鏤金箱。」以上皆同時人，故未有指斥其剽竊。使之不同時，其招譏騰謗爲何如也。夫同時之人且有暗合，則古來幾世幾歲，不同時之人固宜有暗合者矣。

「老杜《贈李秘書》『觸目非論故，新文尚起予』，太白《酬竇公衡》云『曾無好事來相訪，賴爾高文一起予』，韋蘇州『每一睹之子，高咏尚起予』，昌黎《酬張韶州》『得經貴郡煩留客，先惠高文謝起予』，豈非用事偶合？數公非蹈襲者。」右見《砦溪詩話》。嗚呼！此賴出于四君子，故人不敢駁。使在他人，必不免直不疑之疑。煜桉：吴曾《能改齋漫録》談詩者過半，而好指其所本，今姑摘其一二。曰杜詩「轉枝黄鳥近，泛渚白鷗輕」蓋用齊虞炎《玉階怨》云「紫藤拂花樹，黄鳥度青枝」。又曰張文潛詩「新月已生飛鳥外，落霞更在夕陽西」蓋用郎士元《送楊中丞和番》詩「河源飛鳥外，雪嶺大荒西」。又曰周庾信《喜晴》詩「已歡無石燕，彌欲棄泥龍」，

又《初晴》詩云「燕燥還爲石，龍殘更是泥」，此意凡兩用，然前一聯不及後一聯，乃知杜「紅豆啄餘鸚鵡粒，碧梧棲老鳳凰枝」斡旋句法所本。又曰荆公詩「一水護田將緑繞，兩山排闥送青來」蓋本五代沈彬詩「地限一水巡城轉，天約群山附郭來」，彬又本唐許渾「山形朝闕去，河勢抱關來」之句。又曰周邦彦《祝壽》詩「化行禹貢山川外，人在周公禮樂中」此乃摹寫東坡詩「年抛造化甄陶外，春在先生杖屨中」。又曰顧況喜白樂天《送友人原上草》詩「野火燒不盡，春風吹又生」乃是李太白《瀑布》詩「海風吹不斷，江月照還空」。又曰王曾被害，帝誦其句曰：「『庭草無人隨意緑』能復道耶？」然周庾信賦曰「遊塵滿牀不用拂，細草横階隨意生」，乃知王曾「庭草無人隨意緑」蓋取諸此，以之喪命豈不枉哉？曾之言止此。夫古今詩句全同者，且疑或爲暗合。今曾所引特二三字偶合，旨趣全異，而遽目以剽襲，奚啻竊鈇之疑而已也哉？曾之論如此，其不解詩斷可識矣。

蔡寬夫曰：王元之本學白樂天詩，在商州嘗賦《春日雜興》云「兩株桃杏映籬斜，裝點商州副使家。何事春風容不得，和鶯吹折數枝花」。其子嘉祐云：「老杜嘗有『恰似春風相欺得，夜來吹折數枝花』之句，語頗相似。」因請易之。元之忻然曰：「吾精詣，遂能暗合子美耶？」更爲詩曰「本與樂天爲後進，敢期子美是前身」，卒不復易。

四曰評詩優劣失當

美子都而醜嫫母者，天下之常情也，而陳侯溺愛敦洽；甘膾炙而惡糟糠者，天下之常情也，而權長孺嗜人爪甲。心蔽於中，則好尚變於外。予觀詩話，其評工拙優劣，錯繆顛倒，有甚於美嫫母而惡膾炙者，亦獨何歟？豈非其好勝貪奇，回僻偏拗之情抑塞其和平之心，以致斯其然歟？如楊大年目老杜爲村夫子，祝允明稱杜詩爲外道，猶醉漢之罵詈。辨之適爲辭費，故不復辨。辨其或足以致人然信者云。

鍾嶸《詩品》。

閔文振曰：鍾嶸品陶潛詩「文體省静，殆無長語，篤意真古，辭興惋愜，古今隱逸詩人之宗也〔一〕」，可謂知音矣。而寘中之中品，其上品十一人如王粲、阮籍輩，顧右於潛耶？論者稱嶸洞悉玄理，曲臻雅致，標揚極界，以示法程，自唐而上莫及也。吾獨惑於處陶焉。

王士禎曰：鍾嶸《詩品》，余少時深喜之，今始知其踳謬不少。嶸以三品銓叙作者，自譬諸九品論人，《七略》裁士。乃以劉楨與陳思並稱，以爲文章之聖。夫楨之視植，豈但斥鴳之與鯤鵬耶？又置曹孟德下品，而楨與王粲反居上品。他如上品之陸機、潘岳宜在中品；中品之

〔一〕今：底本訛作「人」，據《詩品》卷二改。

劉琨、郭璞、陶潛、鮑照、謝朓、江淹，下品之魏武，宜在上品；下品之徐幹、謝莊、王融、帛道猷、湯惠休宜在中品。而位置顛錯，黑白淆訛，千秋定論，謂之何哉？建安諸子，偉長實勝公幹，而嶸譏其「以莛扣鐘」，乖反彌甚。至以陶潛出於應璩，郭璞出於潘岳，鮑照出於二張，尤陋，又不足深辨也。煜桉：阮亭銓叙未必一一厭人意，而猶足糾嶸之謬。故録之。

聖俞常語予曰：「詩家雖率意，而造語亦難。若意新語工，得前人所未道者，斯爲善也。必能狀難寫之景如在目前，含不盡之意見於言外，然後爲至矣。」賈島云「竹籠拾山菓，瓦瓶擔石泉」，姚合云「馬隨山鹿放，鷄逐野禽棲」，等是山邑荒僻，官况蕭條，不如「縣古槐根出，官清馬骨高」爲工也。六一詩話

賈島、姚合二聯雖無深致，亦自佳句。比之「槐根馬骨」之淺露粗俗，則迥乎不侔。而謂不如其工，何其不辨皂白也。宋人於詩不甚解，故其論大率類此。若明李東陽號稱知詩，乃云：「僧詩鮮佳句。宋九僧詩『縣古槐根出，官清馬骨高』差强人意。」亦獨何歟？

歐陽永叔不甚愛杜詩，而謂韓吏部絶倫。吏部於唐世文章未嘗屈下，獨於李杜稱道不已。歐陽貴韓而不悦子美，所不可曉。然於李白則又甚賞愛，將由太白騰掉飛動，易爲感動也。中山詩話

歐陽公云：「甫之於白，得其一節，而精强過之。」余以爲以此警動之耳。詩話總龜

杜詩語及太白處十數篇，而太白未嘗假借子美一語，以此知子美傾倒太白至難。楊誠齋云：「李太白之詩，列子之御風也；杜少陵之詩，靈均之乘桂舟駕玉車也。無待者神於詩者歟？有待

而未嘗有待者，聖於詩者與？宋則東坡似太白，山谷似少陵。」徐仲車云：「太白之詩，神鷹瞥漢；少陵之詩，駿馬絶塵。」二公評意同而語亦相近。余謂太白詩，仙翁劍客之語；少陵詩，雅士騷人之詞。比之文，太白則《史記》，少陵則《漢書》也。升庵詩話

杜之勝李，不獨體裁字句之間，蓋其德不同，故詩隨而異，可見詩之本於性情也。故予嘗評之云：青蓮之於少陵，猶伯夷、伊尹之於孔子，聖則一也，其所以聖則不同。前修論之悉矣。但朱子謂白慫恿永王反事，則論流於刻矣。六一祧杜而祖李，亦何傷於日月乎？陳巖肖引《六一詩話》中「身輕一鳥過」句「雖一字人不能到」，及「唐之晚年，無復李杜豪放之格」等語，辨公不愛杜詩之説非是。然此事明見諸書，不可誣。蓋歐公於詩不甚解，此等謬論要不足怪。巖肖之辨不免阿所好。若夫用修右李左杜之説，則以當時盛推尊杜，故欲別開門户，好異之論耳。元美、元瑞等駁之不遺餘力。今不贅。

黄魯直謂白樂天「笙歌歸院落，燈火下樓臺」不如杜子美云「落花遊絲白日静，鳴鳩乳燕青春深」也，孟浩然云「氣蒸雲夢澤，波撼岳陽城」不如九僧云「雲間下蔡邑，林際春申君」。後山詩話

「笙歌燈火」二句不及「落花鳴鳩」一聯，魯直之言允矣。若夫「雲間下蔡邑，林際春申君」句拙澀不通，而以爲勝浩然《岳陽樓》前聯，是使寸木高於岑樓也。清王阮亭號爲解詩者，亦稱山谷之言以爲有神解，真矮人觀場也。

沈存中、吕惠卿等同在館中夜談詩，存中曰：「退之詩，押韻之文耳。雖健羡富贍，然終不近

詩。」吉甫曰：「詩正當如是。吾謂詩人未有如退之者云云。」予嘗熟味退之詩，真出自然。其用事深密，高出老杜之上。如《符讀書城南》詩「少長聚嬉戲，不殊同隊魚」，又「腦脂蓋眼卧壯士，大弨挂壁何由彎」，皆自然也。冷齋夜話

韓公才雄學博，故其詩自有不凡處，然終不免生硬僻澀之病。謂之臻詩之奥妙，則未也。存中、吉甫二子所見如冰與炭，要之存中得之。但謂之「押韻之文」，則頗似譏誚過實。惠洪反之，遂謂韓公用事深密，高出老杜之上，是以子貢爲賢於仲尼也。

前輩作花詩，多用美女比其狀，如曰「若教解語應傾國，任是無情也動人」，陳俗哉。山谷作《酴醾》詩曰「露濕何郎試湯餅，日烘荀令炷爐香」，乃用美丈夫比，特若出類。而吾叔淵才作《海棠》又不然，曰「雨過温泉浴妃子，露濃湯餅試何郎」，意尤工也。冷齋夜話

「解語無情」二句雖流于纖巧，亦自佳句，迥勝「何郎荀令」等句。夫詠花而比以美女，未失也。至於以美丈夫比之，已墮外道。陳俗不尚愈於外道乎？且「荀令炷爐香」亦誤。桉《世説》劉季和嘗言「荀令君至人家，坐處常三日香」，文意自明，蓋謂荀令神彩秀徹，韻致可慕，自然如有香耳。倘以爲炷爐香而後香，則人人皆然，奚足稱哉？但注引《襄陽記》曰「劉季和性愛香，嘗上厠還，過香爐上。張坦曰：『人名公作俗人，不虚也。』季和曰：『荀令君至人

家坐處三日香，爲我如何令君？而惡我愛好也。〔一〕」則炷爐香季和事，以指荀令，誤矣。然唐李義山《牡丹》詩「石崇蠟燭何曾剪，荀令香爐可待熏」，《酬崔八》詩「荀令熏爐更换香」，則誤用非昉於山谷也。

王若虚曰：花比婦人尚矣。蓋其於類爲宜，不獨在顔色之間。山谷易以男子，有以見其好異之僻，淵材又雜而用之，益不倫。可笑。此固甚紕繆者，而惠洪乃節節嘆賞，以爲愈奇。不求當而求新，吾恐他日復有以白晳武夫比之者矣。

「椎牀破面棖觸人，作無義語怒四鄰。尊中歡伯見爾笑，我本和氣如三春。」前兩句本麤惡語，能鍛煉成詩，真造化手。所謂點鐵成金矣。藏海詩話

此詩鄙俚麤惡，已經點化，依然頑鐵，乃謂之成金，可謂目不能辨玉石矣。

孫莘老嘗謂老杜《北征》詩勝退之《南山》詩，王平甫以謂《南山》勝《北征》，終不能相勝。時山谷尚少，乃曰：「若謂工巧，則《北征》不及《南山》，若書一代之事，以與《國風》《雅》《頌》相爲表裏，則《北征》不可無，而《南山》雖不作未害也。」二公之論遂定。潛溪詩眼

蔣之翹曰：宋人於詩道實未嘗解，故退之《南山》詩遂比之《上林》《子虚》，又謂勝於子美《北征》。雖山谷論之，似亦小兒强作解事語。噫！《南山》之不及《北征》，豈僅僅不表裏風

〔一〕好：底本訛作「我」，據《天中記》卷十五引《襄陽記》改。

雅乎？其所言工巧，《南山》竟何如也？連用「或」字五十餘，即恐爲賦若文者亦無此法，極其鋪張山形峻險，叠叠數百言，豈不能一兩語道盡？試問之《北征》有此曼冗否？翹斷不能以阿所好。

頃見晁無咎舉魯直詩「人家圍橘柚，秋色老梧桐」，張文潛「斜日兩竿眠犢晚，春波一眼去鳧寒」，皆自以爲莫能及。石林詩話

「人煙寒橘柚，秋色老梧桐」，青蓮句也。詩句之偶然暗合固有之，但山谷喜點竄古人詩以爲己物，則此句其爲剽竊昭昭矣。亡論剽竊之醜，僅換二字，而佳句減價不啻千金，愚謬可笑。無咎迺極口稱道之，可謂無目者矣。王世貞云：「中只改兩字而醜態畢具，真點金作鐵手耳。」

吕居仁《江西宗派圖序》大略云：「唐自李杜之出，焜燿一世。後之言詩者皆莫能及，至韓、柳、孟郊、張籍諸人，激昂奮厲，終不能與前作者并。元和以後至國朝，歌詩之作或傳者，多依效舊文，未盡所趣。惟豫章始大出而力振之，抑揚反覆，盡兼衆體，而後學者同作並和，雖體制或異，要皆所傳者一。予故録其名字，以遺來者。」

前輩譏作詩多用古人姓名，謂之點鬼簿。其語雖然如此，亦在用之如何耳，不可執以爲定論也。如山谷《種竹》云「程嬰杵臼立孤難，伯夷叔齊食薇瘦」，《梅花》云「雍也本犁子，仲由元鄙人」，善於比喻，何害其爲好句也。苕溪漁隱叢話

山谷自黔洲以後，句法尤高，筆勢放縱，寔天下之奇作，自宋興以來一人而已。豫章先生傳贊

東坡詩不可指摘輕議。辭源如長河大江飄沙捲沫，枯槎束薪、蘭舟繡鷁皆隨流矣。山谷詩如珍泉幽澗，澄潭靈沼，可愛可喜，無一點塵滓，只是體不似江河。讀者幸以此意求之。彦周詩話

錢塘强幼安爲余言，頃歲調官都下，始識博士唐庚，因論坡詩之妙，子美以來一人而已。其叙事簡當，而不害其爲工。如《嶺外》詩叙虎飲水潭上，有蛟尾而食之，以十字説盡云「潛鱗有飢蛟，掉尾取渴虎」，只著「渴」字便見飲水意，且屬對親切，他人不能到也。竹坡詩話

山谷語必己出，不屑稗販杜語。後山、簡齋之屬都未夢見，况其下如海叟者乎？七言歌行，杜子美似《史記》，李太白、蘇子瞻似《莊子》，黄魯直似《維摩經》。歌行至子美、子瞻二公，無以加矣。弇州如何比得東坡？東坡千古一人而已，唯律詩不可學。帶經堂詩話

魏泰曰：黄庭堅喜作詩得名，好用南朝人語，專求古人未使之事，又一二奇字綴葺而成詩，自以爲工，其實所見之僻也。故句雖新奇，而氣乏渾厚。吾嘗作詩題其編後，略云：「端求古人遺，琢抉手不停。方其得璣羽，往往失鵬鯨。」蓋謂是也。

王若虚曰：山谷之詩有奇而無妙，有斬絶而無横放，鋪張學問以爲富，點化陳腐以爲新，而渾然天成如肺肝中流出者不足也。此所以力追東坡而不及歟？善乎吾舅周君之論也，曰：「宋之文章至魯直已是偏仄處，陳後山而後不勝其弊矣。」煜桉：王若虚譏駁山谷凡數十條，摘疵抉瑕，殆無完膚，頗疑太過。然所駁如青州從事斬關來，殘暑已從裝，南陽應有卧雲龍，欲放扁舟歸去，主人云是

丹青等句，切中山谷之病。

李東陽曰：熊蹯鷄跖，筋骨有餘而肉味絶少，好奇者不能舍之，而不足以厭飫天下。黄魯直詩大抵如此，細咀嚼之可見。

王世貞曰：詩格變自蘇黄，固也。黄意不滿蘇，直欲凌其上。然故不如蘇也。何者？愈巧愈拙，愈新愈陳，愈近愈遠。

錢謙益曰：自宋以來，學杜詩者莫不善于黄魯直，不知杜之真脈絡，所謂前輩飛騰餘波綺麗者，而擬議其横空排奡奇句硬語，以爲得杜衣鉢，此所謂旁門小徑也。

袁枚曰：余不喜黄山谷詩，而古人所見有相同者。王弇州亦以山谷詩爲瘦硬，有類驢夫腳跟，惡僧藜杖。東坡云：「讀山谷詩如食蝤蛑，恐發風動氣。」郭功甫云：「山谷作詩必費如許氣力，爲是甚底？」林艾軒云：「蘇詩如丈夫見客，大踏步便出去〔一〕；黄詩如女子見人，先有許多妝裹作相。」此蘇黄兩公之優劣也。余嘗比山谷詩如果中之百合，蔬中之刀豆也，畢竟味少。

煜桉：古來詩人盜虚名者，莫甚於黄魯直，故痛斥之，自他可推也。吕居仁、王士禎等謬論入人心脾，能使人識見乖謬，是非混淆，迷其所從入，是不可不辨也。士禎號爲知詩，猶然

〔一〕踏：底本作「蹈」，據《隨園詩話》卷一改。

隨波逐流如此，可嘆。然魏泰已論而斥之，則當時固有不滿其詩者矣。「程嬰伯夷雍也仲由」四句，其爲點鬼簿孰甚焉。况施於梅與竹，奚啻花上曝褌也。王若虚曰：雍也云云，取喻何其迂也。

山谷嘗有「清鑑風流歸賀八，飛揚跋扈付朱三」句，又嘗以「格五」對「朝三」，索然無味。乃山谷自以爲得意，人從而稱之。悲夫！東坡「豈意青州六從事，化爲烏有一先生」，雖流於戲謔，而渾然天成，大勝「賀八朱三」等句。蓋坡詩亦稍離正軌，而才學高邁，故自可觀。然竹坡遂以爲子美以來一人，阮亭至以其歌行與子美并稱，則老子、韓非同《傳》也。

袁枚曰：東坡詩有才而無情，多趣而少韻，由于天分高、學力淺也。

煜桉：宋人好以蘇黄與李杜並稱，不獨誇耀本朝作者，亦其於詩未有所得。信以爲李杜蘇黄可并驅逐鹿也，平心而論，蘇黄二公詩有學有力，足以驚動一時。蘇又稍稱雄，但似未窺詩道之奥，得咀嚼不盡之味，其於李杜，僅如七十子之於孔子。魏泰、王若虚以下之論，可以見崖略矣。嗚呼！曾不能辨李杜蘇黄之異，此宋所以不及唐也。

《室中語》云：杜少陵詩云「兩箇黄鸝鳴翠柳，一行白鷺上青天」，王維詩云「漠漠水田飛白鷺，陰陰夏木囀黄鸝」，極盡寫物之工。後來唯陳無己有云「黑雲映黄槐，更著白鷺度」，無愧前人之作。詩林廣記

後山句纖巧無可取，迺躋以媲少陵、右丞。此謂不能别西施、無鹽。

李于鱗言：「唐人絶句當以『秦時明月漢時關』壓卷。」余始不信，以少伯集中有極工妙者。既

而思之，若落意解，當別有所取；若以有意無意可解不可解間求之，不免此詩第一耳。藝苑卮言

王世懋曰：于鱗選唐七言絶句，取王龍標「秦時明月漢時關」爲第一，以語人，多不服。于鱗不止擊節「秦時明月」四字耳，必欲壓卷，還當於王翰「葡萄美酒」、王之渙「黄河遠上」二詩求之。

煜按：「秦時明月」之作不爲不佳，試比之青蓮「朝辭白帝」、江寧「西宮夜静」等詩，相遜不止三十里，有目者自能見之。予所深惡者，于鱗拗僻之見評騭任意，元美歷下佞臣從而爲辭，皂白不分，雌黄失中。恐致詿誤後學，不可不正也。

崔嵸字殿生，十三能詩，《寒食》五言云「晨磬全瘖雨，春巒半養煙」，乃爲漸近自然。榕城詩話

此句纖佻俚俗，詩之最下劣者，乃稱爲近自然，不亦異乎？

世道陵夷，降于明，詩人忠孝之情不可復睹矣。李何、王李以下互相排擊，不啻仇讐。於是乎彼之所是勉非之，彼之所下故上之，無惑乎其評騭抑揚昏亂失實也。終至有混唐宋爲一、詩莫妙於晚唐宋人、有明三百年惟推程孟陽一人之謬論。嗚呼悕矣！

侗庵非詩話卷之六

五曰稍工詩則自負太甚

大抵人情，德愈盛則禮愈恭，器愈小則氣愈驕。夫詩也亦猶是。漢魏而降，詩人動輒誇其詩之工與句之妙，揚揚昂昂，自尊以卑人。蓋未始知詩道之遠大，而自居於小成故耳。且夫詩之爲教，以忠厚爲主，故當謙恭卑遜以培養其德。今以工詩之故傲慢如此，是翻以詩戕賊其德，不若不作之愈也。又有自負所見之卓與所論之精者，其病皆原於一「矜」字，故今併而論之。詩人之驕驁自大，迄明極矣。予於是有以見其詩之益下矣。

王臨川詩云「細數落花因坐久，緩尋芳草得歸遲」，此與杜詩「見輕吹鳥毳，隨意數花鬚」命意何異？予詩云「雲移鳥滅没，風霽蝶飛翻」，此與東坡「飛鴻群往，白鳥孤没」作語何異？兹可爲智者道，不可與愚者説也。予觀高郵寺壁曹仁熙畫水，感事傷時，呈以道舍人詩云「曹生畫手信有神，毫端風雨生犇沄」云云，以道覽之云：「此詩波瀾亦可駭矣。」因舉昔人云「斯文可愛可畏亦可妒也。」金陵鳳凰臺謫仙爲絶倡，予遊覽壁間刻宋齊丘詩與梁棟間懸今人詩，而乃無此篇。予作絶句曰：「騎鯨仙伯已凌波，奈爾三山二水何。地老天荒成脈脈，鳳凰臺上獨來過。」睢陽雙廟，俗謂之五侯廟。古今歌詠惟王荆公、黄豫章爲警策。予官宋城題詩云「張許昭鴻烈，南雷賈共靈。無瑕雙白璧〔一〕，有曜五華星」云云，又云「唐室興亡繫公等，九原可作更誰從」，自以爲無愧前人。胡少汲遇敵力戰敗績，予傷之以詩曰：「選將他年重，作師此日難。傷心關東道，白首戴南冠。」予作劍詩曰：「蛇蛟已盡定飛去，雷電欻驚重下來。」珊瑚鉤詩話

《珊瑚鉤詩話》録己詩無數，今摘録數首，以見其概。雖無過自尊大之言，然録自己詩如斯其多，矜誇孰甚焉。工詩而矜誇且不可，表臣有何工，而矜誇乃爾？此胡應麟所謂「大堪抵掌者」也。

予嘗春深獨行溪上，作小詩曰：「小溪倚春漲，攘我釣月灣。新晴爲不平，約束晚來還。銀梭時撥剌〔二〕，破碎波中山。整釣背落日，一葉軟紅間。」又嘗暮寒歸見白鳥，作詩曰：「剩水殘山慘淡間，白鷗無事釣舟閒。箇中著我添圖畫，便似華亭落照灣。」魯直謂予曰：「觀君詩説煙波飄渺處，如陸忠州論國政，字字坦夷。前身非篙師沙户種類耶？」余居鍾山最久，超然山水間，夢亦成趣，作詩曰：「雨過東南月清亮，意行深入碧蘿層。露眠不管牛羊踐，我是鍾山無事僧。」又曰：「未饒拄杖桃山衲，差勝袈裟裹草鞋。吹面谷風衝過虎，歸來松雨撼空齋。」冷齋夜話

〔一〕璧：底本訛作「壁」，據《珊瑚鉤詩話》卷一改。
〔二〕撥：底本訛作「掇」。據《冷齋夜話》卷三改。

詩話浮浪不根之談，固已可厭，况好録自己所作，以誇揚其長乎？惠洪於詩道無一毫見解，而其詩話列己詩不一而足。今摘録一二，而伎倆之拙，識見之卑，瞭然無待詳載。惠洪之録之，未始非衒才矜能，而適自呈露其短，可憫笑也已。《四庫全書提要》以惠洪與張表臣對舉而譏之，惠洪將何辭以免焉？

兹集開元大曆以來諸公，平昔在翰苑所論秘旨，述爲一編，以俟後之賢士大夫好學俊彦子弟有志者而告之，與天地間樂育者共之。授非其人，適足招議，又當慎之。得是説者，猶寐而寤，猶醉而醒，外則用之以觀古人之作萬不漏一，内則用之以運自己之機聞一悟十。若夫動天地感鬼神，神而明之，則又存乎其人也。是編猶古經《本草》所載，無非有益于壽命之品，服食者莫自生狐疑〔一〕，墮在外道。噫！草木之向陽生，而性暖者已寒；背陰生，而性冷者解熱。此確論至當之理。或者執私見而知則曰：「神農氏誤後世人多矣。」豈不爲大誣也哉？木天禁語

范德機在元，亦詩人之表表者。但兹編所載詩法陳腐拘滯，絶無補於學者。矜伐如此，其不自量也甚矣。然《四庫全書提要》以爲他人依託，非德機所撰。則予於妄庸人與何誅。

詩必有具眼，亦必有具耳。眼主格，耳主聲。聞琴斷知爲第幾絃，此具耳也；月下隔窻辨五色線，此具眼也。費侍郎廷言嘗問作詩，予曰：「試取所未見詩，即能識其時代格調，十不失一，乃爲

〔一〕狐：底本訛作「孤」，據《木天禁語》改。

有得。」費殊不信。一日，與喬編修維翰觀新頒中秘書，予適至。費即掩卷問曰：「請問此何代詩也？」予取讀一編，輒曰：「唐詩也。」又問：「何人？」予曰：「須看兩首。」看畢曰：「非白樂天乎？」於是二人大笑，啓卷視之，蓋《長慶集》印本，不傳久矣。詩之爲妙，固有詠嘆淫泆，三復而始見，百過而不能窮者〔一〕。然以具眼觀之，則急讀疾誦，不待終篇盡帙，而已得其意。譬之善記者，一目之間數行可下〔二〕，然非其人亦豈可强而爲之哉？蕭海釣文明嘗以近作試予，止誦一句，予遽曰：「陸鼎儀。」海釣即笑而止。懷麓堂詩話

一代之詩自有一代之風，一家之集自有一家之調，似亦可辨識。然漢魏以降，詩人日衆，一人之詩往往數百篇以上，則全章全句之暗合者且紛紛疊出，矧風調乎？故具隻眼者，讀數十篇以上，熟玩而詳味之，或可辨其時代。今西涯迺云「急讀疾誦，不待終篇，時代格調十不失一」，大言甚矣。其於白樂天、陸鼎儀，蓋亦所謂不幸言而中也。明何仲默豈不解詩者？乃不能識别唐宋，取强項之誚於升庵。誠以其不易辨也。

于鱗一日酒間顧余而笑曰：「世固無無偶者。有仲尼則必有左丘明。」余不答，第目攝之。遽曰：「吾誤矣。有仲尼則必有老聃耳。」其自任誕如此。于鱗桉察關中，過許中丞宗魯。許問：「今

〔一〕百：底本訛作「有」，據《懷麓堂詩話》改。
〔二〕目：底本訛作「日」，據《懷麓堂詩話》改。

天下名能詩何人？」于鱗云：「唯王某。」謂余也。「其次爲宗臣子相。」爲考功郎。許請子相詩觀之，于鱗忽勃然曰：「夜來火燒卻。」許面赤而已。蔡子木被酒高歌其夔州諸詠，甫發歌，吴明卿輒鼾寢，鼾聲與歌相低昂。歌竟，鼾亦止，爲若初醒者。子木面色如土。藝苑卮言

于鱗、元美二人矜傲無禮之態，豈士君子之所宜有哉？但屬酒間之語，則似亦可恕。然元美大書特書於《卮言》中，則渠固自以爲當然也。于鱗嘗云：「微吾竟長夜。」其自聖之病，根於中也久矣。杜康何與焉。

王士禎曰：子相詩未必能過伯誠宗魯之字〔一〕，即索觀亦屬恒事，何至怫然如此？明卿詩品，亦未能過子木也。文士護前，往往夜郎王自大，適足爲識者軒渠耳。厥後蔡巡撫中州，吴謫歸德府推官，與徐子與、張肖甫皆爲屬官。蔡身爲行酒曰：「吾安敢有其一以傲三君子哉？」子木固盛德，不知爾時明卿當復置身何地？特著二事，以爲文士相輕之戒云。

余在真州作絶句云「好是日斜風定後，半江紅樹賣鱸魚」，又「濛濛夕照開棠邑，葉葉風帆下建康」，又「摘星樓閣浮雲裏，一傍危欄望楚江」，又「緑楊城郭是揚州」，江淮間多寫爲圖畫。後入蜀，行夾江道中，望峨眉三峰在煙雨空濛中，賦詩云：「沈黎東上古犍爲，紅樹蒼藤竹亞枝。騎馬青衣江上路，一天風雨望峨眉。」及入粤，大雪行灊山唐婆嶺，即事賦詩云：「皖公山色望迢遥，皖水清泠

〔一〕宗：底本訛作「宋」，據《香祖筆記》卷三改。

不上潮。青笠紅衫風雪裏，一林楓桕馬蕭蕭。」常欲命畫師爲寫一圖未果，每以爲憾。漁洋詩話

余少時官廣陵，與諸名勝修禊紅橋，即席賦《冶春》詩二十四首，劉公㦷曰：「冶春詩獨步一代，不必如鐵厓遁作別調，乃見姿媚也。」王士禎香祖筆記

昔亡友葉文敏評余《蜀道集》詩：「毋論大篇短章，每首具有二十分力量。所謂獅子搏龟兔，皆用全力者也。」余深愧其言。陳元孝評余《南海集》〔一〕「雖不及《蜀道》之宏放，而天然處乃反過之」，此亦知言。文敏又嘗語余：「兄七言長句他人不能及，祇是熟得《史記》《漢書》耳。」分甘餘話

康熙丁未戊申間，余與茗文、公㦷、玉虬、周量輩在京師，爲詩倡和。余詩字句或偶涉新異，諸公亦效之。茗文規之曰：「兄等勿效阮亭。渠別有西川織錦匠作局在。」古夫于亭雜録

漁洋詩名赫奕一時，天下風靡。侈心之萌，常人之情所不能免也。然惟舉之口猶之可也，何至筆之書以傳來世耶？《古夫于亭雜録》等書又録虞山、梅村等書牘若干首，有曰：「嘗與同人言，讀同時他人作，雖心知其什倍於我，竊復漫臆，儻假以問學，似若可追。至吾阮亭，即使我更讀書三十年，自覺去之愈遠。正如仙人嘯樹，其異在神骨之間。」有曰：「詩之以仙稱者，古今得四人焉。曰陳思，曰青蓮，曰眉山，曰新城。集古今之大成，敻萬象而獨出者，莫先杜陵，尊之曰聖，誠莫與京矣。而新城公實亞之矣。乃未遽尊之爲聖，而僅推之爲仙。」有曰：

〔一〕元孝：底本脱，據《分甘餘話》卷一補。

「先生具不世出之才，悟最上乘之道，光焰萬丈，仙佛一身。天下學人如百川之赴海。」其貢諛極矣。「讀書三十年」云云，似襲梅聖愈佞六一公語，尤可醜。顧書疏稱讚人文詩，世俗之常態，不必怪。阮亭乃謹録之，是受以自居也。其愚可笑。此等事在宋明諸儒雜著中所未經見，風俗日下，亦奚怪乎袁枚之幺麽，以子産、陳思見比，大書諸詩話而無愧耻也。

汪鈍翁問余：「王孟齊名，何以孟不及王？」答曰：「孟詩味之未能免俗耳。」汪深嘆其言，謂「從無人道及此，」漁洋詩話張宗柟曰：汪鈍翁《説鈴》：「王推官與予論唐王孟詩，余謂：『襄陽稍涉俗。』王亟嘆爲知言，且曰：『近體間有之，歌行古風無是也。』」帶經堂詩話桉：此數語更爲明畫，第襄陽涉俗之言，乃鈍翁所答，與此互異，何也？

漁洋之所録實，則《説鈴》之所載虚；《説鈴》之所載實，則漁洋之所録虚：必居一於是矣。談詩者專事矜能，偶得此一確論，争欲攘以歸己，故有此敗闕，使人不知所適從。諺有之，「角力者惟談己勝人，不言人勝己」，作詩話者大抵亦角力者之類耳。

六曰好點竄古人詩

古人於詩潛心力學，其所作又皆沈思而後就，非如後人之倥偬鹵莽，自非反覆熟翫，不能得用心之妙且密，乃任其粗心客氣，輕有筆削，頓化精金爲頑鐵。悲夫！昔漢文之於賈生，自謂過之，已而知其不及。歐陽詢見索靖所書碑，其始也駐馬觀，須臾乃去，其終也至布毯坐觀，留宿三日。惟詩亦然，妙處佳境固未易瞥見而窺也。嗚呼！後世談詩之徒，於古人之詩未能熟讀詳味，亟加譏斥，得無爲文帝、率更所笑乎？況後世小子輕删改古人詩，如先生之於弟子，不敬甚矣。豈所謂温柔敦厚之謂乎哉？戒之！戒之！

柳子厚《别弟宗一》詩云：「零落殘魂倍黯然，雙垂别淚越江邊。一身去國六千里，萬死投荒十二年。桂嶺瘴來雲似墨，洞庭春盡水如天。欲知此後相思夢，長在荆門郢樹煙。」此詩可謂絶妙一世，但夢中安能見郢樹煙？「煙」字只當用「邊」字，蓋前有江邊故耳。不然當改云「欲知此後相思處，望斷荆門郢樹煙」，如此卻似穩當。竹坡詩話

「欲知此後相思夢，長在荆門郢樹煙」，縹緲蒼涼，無限感慨。今改「夢」爲「處」，改「長在」爲「望斷」，止改三字，而平平凡句矣。至謂以前有江邊，不得已而用煙字，誣甚。「長在荆門郢樹邊」，初學口氣耳，柳州必不然。且也夢中安見郢樹煙者，不通之論也。醒時或有不能見，夢中何所不見？予嘗夢上天謁上帝，又嘗夢入海遊龍宫，又嘗夢穿人腹中觀支蘭臟，此皆醒時不見，而夢中乃能見之。況煙醒時所見，豈可謂夢中安無見耶？煙之爲物，朦朧霏微，用之于詩，尤與夢相宜。竹坡殆其夢未覺而囈語者歟？

《己上人茅齋》，余嘗聞劉右司棐以子美「枕簟入林僻，茶瓜留客遲」最得避暑之佳趣，余不以爲然。鄭武子曰：「此句非不佳，但多『僻』與『遲』兩字。若云『枕簟入林，茶瓜留客』，豈不快哉？」

二句非杜之至者，特以有「僻、遲」二字覺稍添佳趣。今删去二字，則平平凡句矣。而謂之快，其不知詩甚矣。

柳子厚「漁翁夜傍西巖宿」之詩，東坡删去後二句，使子厚復生，亦必心服。謝朓「洞庭張樂地〔一〕，瀟湘帝子遊。雲去蒼梧野，水還江漢流。停驂我悵望，輟棹子夷猶。廣平聽方籍，茂陵將見求。心事俱已矣，江上徒離憂」，予謂「廣平聽方籍，茂陵將見求」一聯删去，只用八句，方爲渾然。不知識者以爲何如？滄浪詩話

柳子厚詩曰云云，東坡云：「詩以奇趣爲宗，反常合道爲趣。熟味此詩有奇趣，然其尾兩句雖不必亦可。」冷齋夜話

王世貞曰：蘇氏欲去柳宗元「遥看天際」，朱氏欲去謝元暉「聽方籍」，二語吾所未解。

煜桉：删「遥看」二句，結得似斬絶，然意不通暢，不如仍舊之有餘味也。「廣平」二句，陳情之辭，正詩中骨子，雖類樸拙，如何可去？弇州之言得之。

杜詩「大家東征逐子回」，劉須溪云：「『逐』字不佳。」予思之，杜詩無一字無來處，所以佳。此「逐」字無來處，所以不佳也。今稱人之母隨子就養曰逐子，可乎？然亦未有他好字易之。近有語予，以「將」字易之。《詩》云「不遑將母」，蓋反言見義。若《春秋》杞伯姬以其子來朝，而書『杞伯

〔一〕朓：底本訛作「眺」，據《謝宣城集》卷三改。

姬來朝其子』之例也。爲文富於萬篇，貧於一字，其難如此。古樂府有「一母將九雛」之句，則「將」字甚愜當。試與知音訂之。升庵詩話

曰：杜詩「大家東征逐子回」，或言逐字不佳。升庵云：杜詩無一字無來處，所以佳；逐字無來處，所以不佳。今母謂隨子歸養，其可乎？ 愚案，大家《東征賦》首云「惟永初之有七兮，今隨子乎東征」，則大家亦自謂隨子矣，何謂隨子歸養爲不可乎？ 逐子即隨子，變文耳。杜公用其事即依其文，又何謂無來處乎？ 鄭明選秕言

曰：老杜詩「大家東征逐子回」，劉須溪云「逐字不佳」。陳澤州云：大家賦「余隨子兮東征」，直當作隨字。案《神仙傳》「客逐左慈叩頭謝」，《北史·李業興傳》「鮮于靈馥曰：『李生久逐羌博士，何所得也？』」，《開元遺事》「帝與貴妃日逐宴於樹下」，費昶《巫山高辭》「願解千金佩，請逐大王歸」，王建《雉將雛》「逐母行旋母腳〔一〕」。逐子字不佳，逐王、逐母可乎？ 管城碩記

朱鶴齡曰：《後漢書》，曹世叔妻班彪之女名昭，字惠姬，號曰大家，作《東征賦》云「維永初之有七兮，余隨子乎東征」，逐子，即隨子義也。用修欲以「將」字易之，恐非。

煜桉：以「逐」換「隨」，義無少異。改爲「將子」，全失賦意。

〔一〕腳：底本訛作「行」，據《王司馬集》卷二改。

杜牧之《開元寺》詩云云，此上三句，落腳字皆自吞其聲，韻短調促而無抑揚之妙。因易爲「深秋簾幕千家月，静夜樓臺一笛風」。迺示諸歌者，以予爲知音否耶？ 四溟詩話

《四庫全書提要》曰：前句「鳥去鳥來山色裏」非夜中之景，「參差煙樹五湖東」亦非月下所能見，而就句改句，不顧全詩，古來有是詩法乎？ 王士禎《論詩絶句》「何因點竄澄江句，笑殺談詩謝茂秦」，固非好輕詆矣。 煜桉：王世貞曰：謝山人謂「澄江浄如練」，「澄、浄」二字意重，欲改爲「秋江浄如練」。余不敢以爲然，蓋江澄乃浄耳。

凡起句當如爆竹，驟響易徹；結句當如撞鐘，清音有餘。鄭谷《淮上别友》詩「君向瀟湘我向秦」，此結如爆竹而無餘音。予易爲起句，足成一首曰：「君向瀟湘我向秦，楊花愁殺渡江人。數聲長笛離亭外，落日空江不見春。」予偕詩友過徐汝思書齋，汝思曰：「聞子能假古人之作爲己稿。凡作有疵而不純者，一經點竄則渾成。子聊試筆力，成則人各一大白，否則三罰而勿辭。如戴叔倫《除夜宿石頭驛》詩云『旅館誰相問，寒燈獨可親。一年將盡夜，萬里未歸人。寥落悲前事，支離笑此身。愁顔與衰鬢，明日又逢春。』此晚唐入選者，可能搜其疵而正其格歟？」予曰：「觀此體輕氣薄，如葉子金，非錠子金也。凡五言律兩聯若綱目四條，辭不必詳，意不必貫。此皆上句生下句之意，八句意相聯屬，中無罅隙，何以含蓄？ 頷聯雖曲盡旅况，然兩句一意，合則味長，離則味短。晚唐人多此句法。遂勉更六句云：『燈火石頭驛，風煙楊子津。一年將盡夜，萬里未歸人。萍梗南浮越，功名西向秦。明朝對清鏡，衰鬢又逢春。』」舉座鼓掌笑曰：「如此氣重體厚，非錠子金而

何？」四溟詩話

謝山人辯論雖强，自負雖重，予終不以此易彼。何者？戴叔倫、鄭谷二詩雖乏掀天翻地之氣，亦自不失爲中晚合作。山人改之，勉爲渾厚響亮盛唐之態，則全然優孟衣冠矣。予謂眇君子於詩頗有獨得，故其詩話在諸家中亦稱錚錚。獨其好改竄古人詩，則實一大病痛，不可莫之砭也。

《謁先主廟》，愚意竊謂「孰與關張並」四句應移「歐血事酸辛」下，詞意方與前後相浹，省卻多少穿鑿詮解。四句若在此處，以爲公自寓則太誇，且無此種語氣。移置前段，何等直捷。初白庵詩評

「歐血事酸辛」下承之以「霸氣西南歇」等四句，見武侯一身繫蜀國安危。武侯既不爲天所祐，至于嘔血薨殞，則蜀事去矣。針線甚明。如插以「孰與關張並」四句，則氣脈不屬。此篇所主在昭烈、武侯，故已叙歲月遷逝訖，方始及關張，此蓋餘意。若曰當時武侯之外，更有關張足比肩耿鄧〔一〕，但天命已去，終不能成功。而味「摇落風塵」「遲暮飄零」等句，則隱然自寓之意亦在其中，然不敢比武侯而企慕關張，則毅然擔當中自存謙沖之意，此亦詩旨之極易見者。初白以詩名于世，而都不之省，何也？

〔一〕耿：底本訛作「寇」。據《杜詩詳註》卷十五改。

予于古詩未妥者，常喜點竄數字。姑舉杜詩言之，如《重過何氏》「犬迎曾宿客，鴉護落巢兒」，上句摹寫絶妙，下句非但不稱，亦泛而無謂。予改爲「童見音現昔提兒」。《初月》「微升古塞外，已隱暮雲端」，「已」字不穩，當改作「薄」字。《遣意》「雲掩初弦月，香傳小樹花」，「掩」字不如「漏」字。《江亭》「水流心不競，雲在意俱遲。寂寂春將晚，欣欣物自私」，「在」字不如「淡」字，「寂寂」不如「浩浩」。《客夜》「入簾殘月影，高枕遠江聲」，「入」字不如「瞰」字。《寄司馬山人》「有時騎猛虎，虛室使仙童」，「有時」予改作「暗山」。《八哀詩》「寂莫想土階，未遑等箕穎〔一〕」，注「土階，堯也」，予謂堯德之可想者多矣，土階何足概堯？何不曰「想欽明」？且「等」字何不作「友侶效慕」字？此非故爲新奇也，蓋耄荒而致生硬耳。又「四更山吐月，殘夜水明樓。塵匣元開鏡，風簾自上鈎」，吾謂本意當是「塵鏡元開匣」，總「元」字不清，吾欲易作「塵鏡初開匣」。清張習孔雲谷卧餘

點竄古人詩，故非美事。顧古之未以善詩稱者，猶可指摘其瑕疵。子美非詩聖乎？顧子美之詩汗牛充棟，未必無一二趁筆之誤。然大匠哲工，方始可議其失。張習孔何物小子？乃敢容喙也。「鴉護落巢兒」句雖不甚工，然蓋眼前實景。今改爲「童見昔提兒」，吾不知爾時童見否也。且「童見昔提兒」何等醜拙？又必待音注而後通，何苦而爲此也。「已隱暮雲端」，「已」有「忽已」之義，古人屢用之。習孔固不識也。「雲掩初弦月」亦眼前實景，今改掩爲

〔一〕穎：底本訛作「潁」，據《杜詩詳註》卷十六改。

漏，與童見句同病。「水流心不競，雲在意俱遲」，「在」有「留在」之義，故可曰「意俱遲」。改「在」爲「淡」，則何以「俱遲」？「寂寂春將晚」，形盡春晚之狀。改「寂寂」爲「浩浩」，則味索然矣。其他舛謬皆類此。至末段「塵匣元開鏡」改爲「塵鏡初開匣」，尤可笑。若塵鏡則雖開匣黯然無光，豈可比月乎？古人所謂蚍蜉撼大樹者，習孔有焉。

七曰以正理晦詩人之情

心誠愛君，則狡童可以稱君，蘭荃可以比君。西方美人，可以目古之聖王。聖人固已載之《詩》中，古人固已稱其忠謇，未有以爲不敬與不恭者。詩之爲道貴婉而成章，不主直陳，故有其語類譏誚嘲謔簡傲猥褻，而其旨别有在者。此尤當虛心平氣，反覆熟味，以逆作者之志者。而論者不察，遽律以正議，横加詆訾，斯其意在警人未爲過，而於詩道則貽害不少。有志於詩者不可不知也。

白璧微瑕，惟在《閒情》一賦。楊雄所謂「勸百而諷一」者，卒無風諫，何足摇其筆端？惜乎！亡是可乎？梁昭明太子陶淵明集序

蘇軾曰：淵明作《閒情賦》，所謂「《國風》好色而不淫」，正使不及《周南》，與屈宋所陳何異？而統大譏之，此乃小兒强作解事者。

煜桉：《閒情賦序》明云「蕩以思慮，而終歸閒正」，賦中明云「坦萬慮以存誠，憩遥情於八

遐」，昭明殆未始熟讀，而輕議前修也。

退之詩云「長安衆富兒，盤饌羅羶葷。不解文字飲，惟能醉紅裙」，而老有二妓號絳桃、柳枝，故張文昌云：「爲出二侍女，合彈琵琶箏。」又爲李于志，叙當世名貴服藥欲生而死者數輩，著之石藏之地下，豈爲世戒耶？而竟以藥死。故白樂天云「退之服硫磺，一病竟不痊」也。後山詩話

王若虛曰：孔毅父《雜説》譏退之笑長安富兒不解文字飲，而晚年有聲伎；罪李于輩諸人服金石，而自餌硫磺。陳後山亦有此論，甚矣其妄議人也。紅裙之誚，亦曰唯知彼而不知此。蓋詞人一時之戲言，非遂以近婦人爲諱也。且詩詞豈當如是論，而遽以爲口實耶？其罪李于輩，特斥其燒煉丹砂而祈長生耳，病而服藥，豈所禁哉？樂天固云「退之服硫磺，一病訖不痊」，則公亦因病而出于不得已，初不如于輩有所冀幸以致斃也。抑前詩復有「盤饌羅羶葷」之句，以二子繩之，則又當不敢食肉矣。煜按：呂汲公曰：「衛中立字退之，餌金石求不死反死。中立與香山交好，非韓退之也。」葛立方曰：「陳後山作《嗟哉行》云：『張生服石爲石奴，下潦上乾爲渴烏。韓子作誌還自屠，白笑未竟人復吁。』蓋爲此也。然樂天《與刑部李侍郎》詩云：『金丹同學都無益，姹女丹砂燒則飛』，則樂天深知服食之無驗，其肯以身試以自斃乎？則『白笑未竟人復吁』之句，未必然爾。

煜按：詩或成於偶然，或別有所寓意。雖曰出於性情，其實未可遽以是指定其人之賢否得失。宋明儒先立論過刻，或以一詩概其終身，或以一句推其百行，是以蒙冤者衆而倖譽者

不少矣。蒙冤者如此條，及青蓮以《猛虎行》一篇得黨逆之目見劉任義劉氏雜志是也。倖譽者如杜審言以「還將萬億壽，更謁九重城」二句，得教忠之名見碧溪詩話是也。

杜牧之作《赤壁》詩云：「折戟沉沙鐵未銷，自將磨洗認前朝。東風不與周郎便，銅雀春深鎖二喬。」意謂赤壁不能縱火，爲曹公奪二喬，置之銅雀臺上也。孫氏霸業繫此一戰，社稷存亡生靈塗炭都不問，只恐捉了二喬。可見措大不識好惡。彥周詩話

司馬温公論子美《春望》詩曰：「詩貴意在言外，使人思而得之，近世惟杜子美最得詩人體。如云『山河在』，明無餘物矣；『草木深』明無人矣。」温公可謂善説詩矣。蓋因微以表顯，舉細以見大，尤詩之妙處。今金屋中二喬爲曹瞞所奪，則社稷之不保，生靈之塗炭，不問而可知。此蓋牧之苦心焦神然後就者，乃一筆抹殺曰「措大不識好惡」，固哉彥周之爲詩也。

葉盛曰：詩人提掇二喬言之，霸業固在其中矣。癡人説夢，彥周之謂歟？

《四庫全書提要》曰：大喬孫策婦，小巧周瑜婦，二人入魏，即吳亡可知。此詩人不欲質言，變其詞耳。顗遽詆爲「秀才不知好惡」，殊失牧意。

李石、柳公權俱與唐文宗論詩，李石云：「『人生不滿百，常懷千歲憂』，畏不逢也。『晝短苦夜長』，暗時多也。『何不秉燭遊』，勸之照也。古人作詩之意未必爾，然人臣進言要當如此。」及文宗有「人皆苦炎熱，我愛夏日長」之句，公權但云「薰風從南來，殿閣生微涼」而已，殊不寓規諫之意，何也？蓋責文宗享殿閣之涼，而不知人間之苦，所以譏之深矣。曉人豈不當如是耶？竹坡詩話

唐文宗夏日聯句，東坡謂宋玉對楚王雄風，譏其知己不知人也。公權小子有美而無規，爲續之云：「一爲居所移，苦樂永相忘。願言均所施，清陰及四方。」或謂五絃之薰風，解愠阜財，已有陳言善責難意。愚謂不然。凡規諫之辭，須切直分明，乃可以感悟人主。故盜言孔甘，良藥苦口。若以薰風自南爲陳善閉邪，但恐後世導諛側媚說持兩可者，皆得以冒敢諫之名矣。砦溪詩話

王若虚曰：柳公權「殿閣生微涼」之句，東坡罪其有美而無箴，乃爲續成之。其意固佳，然責人亦已甚矣。吕希哲曰：「公權之詩已含規諷。」蓋謂文宗居廣厦之下，而不知路有暍死也。洪駒父、嚴有翼皆爲然。或又謂五絃之薰所以解愠阜財，則是陳善閉邪，責難之意。此亦彊勉而無謂。以是爲諷，其誰能悟？予謂其實無之，而亦不必有也。規諷雖臣之美事，然燕閒無事，從容談笑之暫，容得順適于一時，何必盡以此而繩之哉？且事君之法，有所寬乃能有所禁，略其細故于平素，乃能辯其大利害于一朝。若夫煩碎迫切，毫髮不恕〔一〕，使聞之者厭苦而不能堪，彼將以正人爲仇矣，亦豈得爲善諫耶？

岑參《寄杜拾遺》云「聖朝無闕事，自覺諫書稀」，退之《贈崔補闕》云「早世得塗未要忙，時清諫疏尤宜空」，皆繆承荀卿「有聽從無諫諍」之語，遂阿諛奸佞，用以藉口。以是知凡造意立言，不可不豫爲天下來世慮。砦溪詩話

〔一〕恕：底本訛作「怒」，據《滹南集》卷三十八改。

夫國家置諫官，本以盡言爲職，斷不可畜不吠之犬。然犬亦必有盜然後吠，則狂犬狺狺，絶非安靖無事之日。然則稱頌太平而及諫書之稀少，固也，詩人亦言其所當言耳，豈得以爲天下來世慮，而鉗默勿言哉？必如常明所言乎，叙愛酒，則吾恐來世有以酒喪國家者；道好遊，則吾恐天下有以怠惰廢業者。畏首畏尾，不如絶詩不作之愈也。豈非腐儒之論乎？退之《韶州留別張使君》云：「久欽江總文才妙，自嘆虞翻骨相屯。」翻放棄南方，自恨疏節，骨鯁不媚，犯上獲罪，當長没海隅。其剛褊方拙，凌突權勢，雅宜文公喜用。江總乃敗國奸回，特引之何故？桉《南史·孔奂傳》，陳後主欲以總爲太子詹事，奂曰：「江有潘陸之華，而無園綺之實。」乃奏江總文華之人，宜求敦重之才。是詩恐有譏云。杜云「遠愧梁江總，還家尚黑頭」，李商隱《贈牧之》云「前身恐是梁江總」，皆未可與言史也。碧溪詩話

稱文人必比司馬長卿，稱詩人必比潘安仁，此詩家之常。倘討其實，則長卿淫奔之蕩子，安仁敗國之巨奸。其人未必以見比二子自甘。但詩道不可若是拘拘。韓子以江總比張使君亦此意。何故意其有譏？韓子亦解詩者，死而有靈，必冷笑於地下矣。餘波所及，少陵、義山亦不免乎？「不知史」之譏，寃矣哉。

昔太公釣于渭水之濱，而李白以爲釣位。所謂「廣張三千六百釣，夙期暗與文王親」是也。嚴

光釣於七里之瀨，而滕白以爲釣名〔一〕。所謂「祇將溪畔一竿竹，釣卻人間萬古名」是也。是又烏足以語聖賢？韻語陽秋

論詩如此，則古來詩人皆獲罪矣。予謂不然。太公避紂而釣，無心求位，而文王益仰其盛德，授以尊位。嚴光避世而釣，非爲求名，而光武愈敬其風，後世愈慕其名。由後人觀之，謂之釣位、釣名可也，猶子貢稱夫子曰：「夫子之求之也，其諸異於人之求之與？」夫子豈求政者，惟以其有温良恭儉讓之美，人自觀感而與之政。則由傍人評之，謂温良恭儉讓爲求政之資可也。如是解，庶幾獲詩人之心。

裴度在朝，憲宗委任不疑，使破三賊。已而吴元濟授首，王承宗割二州，遣子入侍，李師道被擒。兩河諸侯忠者懷，强者畏，克融、廷湊皆不敢桀傲。勳烈之盛，一時無與比肩者。惟李義山指爲聖相，詩曰「帝得聖相相曰度」，又曰「嗚呼聖王及聖相」，亦過矣哉。荀卿曰：「得聖臣者帝，若舜、禹、伊尹、周公，皆聖臣也。」謂四人爲聖臣則可，裴度爲聖相其可哉？韻語陽秋

論詩不可如是拘拘也。以聖相目裴晉侯，亦惟贊美之耳，非真以爲與伊、周同等也。如立方，可謂高叟之爲詩矣。吴曾曰：桉李義山《韓碑》「帝得聖相相曰度」，其下自注曰：「《晏子春秋》仲尼聖相。」蓋《晏子春秋》不顯，人讀之者少，義山恐人以爲疑，因注詩下。而《陽秋》議論乃爾鹵莽，何耶？紹興間，曾

〔一〕白：底本訛作「自」，據《韻語陽秋》卷十一改。

惇《黄州書事》亦用此云「裴度只今真聖相，勒碑千載可無人」。

沈存中謂：「樂天詩不必皆好，然識趣可尚。」章子厚謂：「不然。樂天識趣最淺狹。」謂詩中言甘露事處，幾如幸災。雖私讎可快，然朝廷當此不幸，臣子不當形歌詠也。如「當公白首同歸日，是我青山獨往時」之類。詩話總龜

蘇軾曰：樂天爲王涯所讒，謫江州司馬。甘露之禍，樂天在洛，適遊香山寺，有詩云「當君白首同歸日，是我青山獨往時」。不知者以樂天爲幸之，樂天豈幸人之禍也哉？蓋悲之也。

「干戈猶在眼，儒術豈謀身。紈綺不餓死，儒冠多誤身。」感憤之作也，曾何傷？若「儒術於我何有哉，孔丘盜跖俱塵埃」，叱聖人之名，而使之與盜賊同列。嘻！得罪於名教亦甚焉。或謂孟子曰「舜跖之徒」，舜與跖豈可徒耶？然爲利爲善之別，亦昭然矣。對牀夜話

古人少文而多質，後人文勝而質散。如夫子之名，古未嘗諱。自宋以降，遂不復敢呼。臨文不得不用者，必改作「𠀉」或「邱」，然其尊信聖人之心則未必勝古人。況此句老杜憤嘆慷慨之作，猶云「萬代更相送，賢聖莫能度」「古來聖賢皆寂寞，只有飲者留其名」，其旨別自有在。妄譏切之者，真腐儒之見也。

胡澹庵十年貶海外，北歸之日，飲于湘潭胡氏園，題詩云「君恩許歸此一醉，傍有黎頰生微渦」，謂侍妓黎清也。厥後朱文公見之，題絶句云：「十年浮海一身輕，歸對黎渦卻有情。世上無如人欲險，幾人到此誤平生。」文公全集載此詩，但題曰《自警》云。鶴林玉露

澹菴此詩，蓋歡宴之次，乘醉觸興，賦所見耳，非炫其色而愛其伎也。朱子若謂青娥皓齒不可形於詠歌則可，遂指以爲有情則冤矣。大抵宋儒修己整飭，故論人多責備語。然平素以此望於人則可，以此論詩則不可也。《魯頌》有「太王翦商」之語，而朱子以爲「翦商之志」，祇添一志字，而太王之罪不容於誅，且來後世紛紛之論，言不可苟也。

張文昌《還珠吟》：「君知妾有夫，贈妾雙明珠。感君綢繆意，繫在繡羅襦。妾家高樓連苑起，良人執戟明光里。還君明珠雙淚垂，何不相逢未嫁時。」予少日嘗擬樂府百篇，《續珠吟》云：「妾身未嫁父母憐，妾身既嫁室家全。十載之前父爲主，十載之後夫爲天。平生爲省窺門户，明珠何由到妾邊。還君明珠恨君意，閉門自咎涕漣漣。」鄉先生楊復初見而題其後云：「義正詞工。使張籍見之亦當心服。」又爲序其編首，而百篇皆加評點，過蒙與進。歸田詩話

詩貴温柔婉切，而惡怒張刻露。文昌措辭不迫，而自有凜然難犯之節，所以爲佳也。宗吉反之，爲理學口氣，則詩委地矣。且評詩當先論其世，此文昌在一幕府，而辭鄆帥李師古辟之作也。節婦還珠，蓋假以自寓，不可於節婦上責備。還珠謝絶，亦可以止矣。何用「恨君意」、「閉門自咎」種種憤詞以激怒他人耶？復初乃大遊揚其名，其不知詩可知矣。使文昌見之，亡論不心服，吾知其必胡盧而揶揄之也。

王世貞曰：「還君明珠雙淚垂，恨不相逢未嫁時」，可謂能怨矣。宋人乃以繫雙襦少之，若爾，則所謂「舒而脱脱兮，毋使尨也吠」，可謂難犯之節乎哉？

侗庵非詩話卷之七

八曰妄駁詩句之瑕疵

古來詩集汗牛充棟，或成於醉歌立談之頃，或發於憤慨悲憤之餘，未必一一月鍛季鍊。則雖詩仙詩史之才之學，予不能必其毫無瑕纇，矧下焉者乎？但在我不能平心易氣熟讀而詳味之，決不能真知瑕疵之所在，翻指佳句好詩以爲惡詩累句者有之。今夫病而盲者不見日月，醉而昏者天地易位。天地日月奚嘗有異？醉與病害之也。詩話擿抉瑕疵，往往類此。予庸詎忍嘿而勿言乎？

詩人貪求好句，而理有不通，亦語病也。唐人有云「姑蘇臺下煜桉，當作「城外」寒山寺，夜半鐘聲到客船」，說者云：「句則佳矣。其如三更不是打鐘時？」六一詩話

姚寬曰：齊邱仲孚少好讀書，常以中宵鐘鳴爲限。唐人張繼詩「夜半鐘聲到客船」，則半夜鐘其來久矣。

王立之曰：于鵠《送宮人入道》詩云「定知別後宮中伴，遥聽緱山半夜鐘」，而白樂天亦云「新秋松影下，半夜鐘聲後」。豈唐人多用此語也？儻非遞相沿襲，恐必有說耳。温庭筠詩

亦云「悠然逆旅頻回首，無復松窗半夜鐘」。

葉夢得曰：張繼詩，歐陽文忠公嘗病其夜半非打鐘時。蓋公未嘗至吴中，今吴中山寺實以夜半打鐘。

陸游曰：張繼《楓橋夜泊》詩云「姑蘇城外寒山寺，夜半鐘聲到客船」，歐陽公嘲之云：「句則佳矣。其如夜半不是打鐘時。」後人又謂惟蘇州有半夜鐘，皆非也。桉于鄴《褒中即事》詩云「遠鐘來半夜，明月入千家」，皇甫冉《秋夜宿會稽嚴維宅》詩云「秋深臨水月，夜半隔山鐘」，此豈亦蘇州詩耶？恐唐時僧寺自有夜半鐘也。京都街鼓今尚廢，後生讀唐詩文及街鼓者，往往茫然不能知。况僧寺夜半鐘乎？

張邦基曰：予妹夫王從一太初著《東郊語録》有云：「桉《南史·裴皇后傳》載齊永明中，上數游幸諸苑囿，載宫人從車，置内深隱，不聞端門鼓漏聲。置鐘於景陽樓上，應五更三鼓，宫人聞鐘聲早起妝飾。由是言之，夜半之鐘有自來矣。」予以爲不然，非用景陽故事也，此蓋吴郡之實耳。今平江城中，從舊承天寺鳴鐘，乃半夜後也。餘寺聞承天鐘罷，乃相繼而鳴。迨今如是。以此知自唐而然〔一〕。楓橋去城數里，距諸山皆不遠，書其實也。承天，今更名能仁云。

〔一〕唐：底本訛作「是□□」，據《墨莊漫録》卷九改。

王楙曰：王直方引于鵠等句，《詩眼》又引齊武帝景陽樓有三更鐘，邱仲孚讀書限中宵鐘，阮景守吴興禁半夜鐘爲證。或者以爲無常鐘。僕觀唐詩，言半夜鐘甚多，不止此也。如司空文明詩曰「杳杳踈鐘發，中宵獨聽時」，王建《宫詞》曰「未卧嘗聞半夜鐘」，陳羽詩曰「隔水悠揚半夜鐘」，許渾詩曰「月照千山半夜鐘」，桉許渾居朱方，而詩爲華嚴寺作，正在吴中，益可驗吴中半夜鐘爲信然。又觀《江南野録》載李昪受禪之初，忽夜半一僧撞鐘，滿州皆驚，召將斬之，曰「偶得月詩」云云，遂釋之。或者謂如《野録》所載，則吴中以半夜鐘爲異。僕謂非也，所謂半夜鐘，蓋有處有之，有處無之，非謂吴中皆如此也。今之蘇州能仁寺鐘亦鳴半夜，不特楓橋爾。

人多取佳句爲句圖，特小巧美麗可喜，皆指詠風景，影似百物者爾，不得見雄才遠思之人也。梅聖俞愛嚴維詩曰「柳塘春水慢，花塢夕陽遲」，固善矣，細較之，夕陽遲則繫花，春水慢何須柳也。工部詩云「深山催短景，喬木易高風」，此可無瑕纇。中山詩話

王若虚曰：梅聖俞愛嚴維「柳塘春水慢，花塢夕陽遲」之句，以爲天容時態，融和駘蕩，如在目前。或者病之曰：「夕陽遲繫花，而春水慢不繫柳。」苕溪又曰：「不繫花而繫塢。」予謂不然。夕陽遲固不在花，然亦何關乎塢哉？詩言春日遲遲者，舒長之貌耳。老杜云「遲日江山麗」，此復何所繫耶？彼自詠自然之景，如「梨花院落溶溶月，柳絮池塘淡淡風」，初無他意，而論者妄爲云云，何也？裴光約詩云「行人折柳和輕絮，飛燕銜泥帶落花」，或曰：「柳常有

絮，泥或無花。」苕溪以爲得其膏肓，此亦過也。據一時所見，則泥之有花不害于理，若必以常有責之，則絮亦豈所常有哉？

《春秋》書龍鬬于鄭之時門，退之詩云「庚午憩時門，臨泉觀鬬龍」，韓自河陽還汴，但道經時門，豈復睹當日之鬬龍耶？臨漢隱居詩話

時門觀鬬龍，詩人活用如此者衆。不必過詆，無用之辯也。

杜甫《武侯廟柏》詩云「霜皮溜雨四十圍，黛色參天二千尺」。四十圍乃是徑七尺，無乃太細長乎？退之《城南聯句》首句曰「竹影金鎖碎」，所謂金鎖碎者，乃日光耳，非竹影也。若題中有日字，則曰「竹影金鎖碎」可也。沈括夢溪筆談

存中性機警，善《九章算術》，獨於此爲誤，何也？古制以圍三徑一，四十圍即百二十尺，圍有百二十尺，即徑四十尺矣，安得云七尺也。若以人兩手大指相合爲一圍，則是一小尺，即徑一丈三尺三寸，又安得云七尺也。武侯廟柏當從古制爲定則，徑四十尺，其長二千尺，宜矣。豈得以太細長譏之乎？老杜號爲詩史，何肯妄爲云云也。黄朝英靖康湘素雜記

范正敏曰：子美之意，但言其色而已，猶言其翠色蒼然，仰視高遠，有至於二千尺，而幾於參天也。若如此求疵，則二千尺固未足以參天，而《詩》人謂「峻極于天」者，更爲妄語。凡物因日而有影，苟無日，影從何生？言竹影，即日光在其中矣。如荊公《金山寺》詩云「江月入松金破碎」，亦須藉松影方見月光之破碎。卻怪題中無影字，可乎？善論詩者，正不應爾。

王觀國曰：桉子美《潼關吏》詩曰「大城鐵不如，小城萬丈餘」，豈有萬丈城耶？姑言其高四十圍二千尺者，亦姑言其高且大也。詩人之言當如此，而存中乃拘以尺寸校之，則過矣。

煜桉：存中之言既失，而朝英之説亦難通矣。霜皮四十圍，當從小尺，如史所稱腰帶十圍等語解爲是，必欲以徑四十尺合於二千尺之長，則天下無是猥大之木矣。蓋長則惟眼力所及，故曰極天接地無妨；大則可手挈而度，故不可作不近人情之詩言。

詩人詠歌文武征伐之事，其於克密曰云云，形容征伐之盛極於此矣。韓退之作《元和聖德》詩言劉闢之死，曰「婉婉弱子，赤立傴僂。牽頭曳足，先斷腰膂。次及其徒，體骸撑拄。末乃取闢，駭汗如瀉。揮刀紛紜，争切膾脯。」此李斯頌秦所不忍言，而退之自謂無愧於雅頌，何其陋也。蘇轍詩病五事

張拭曰：予誦退之《聖德頌》至「婉婉弱子，赤立傴僂。牽頭曳足，先斷腰膂」處，世榮舉子由之説曰：「此説如何？」曰：「退之筆力高，得斬截處即斬截他，豈不知此？所以爲此言者，必有説。蓋欲使藩鎮聞之畏罪懼禍，不敢叛耳。今人讀之至此猶且寒心，况當時藩鎮乎？此正是合於風雅處。只如《墻有茨》《桑中》諸詩，或以爲不必載，而龜山乃曰：『此衛爲夷狄所滅之由。』退之之言亦此意也。退之之意過於子由遠矣。大抵前輩不可輕議。」

蘇子瞻嘗兩用孔稚圭鳴蛙事，如「水底笙簧蛙兩部，山中奴婢橘千頭」，雖以笙簧易鼓吹，不礙其意同。至「已遺亂蛙成兩部，更邀明月作三人」，則「成兩部」不知爲何物，故用事寧與出處語小

異而意同，不可盡牽出處語而意不顯也。石林詩話

陳巖肖曰：桉《孔珪傳》「珪不樂世務，門庭草萊不剪，中有蛙鳴。或問之，珪笑曰：『我以此當兩部鼓吹。』」然則嘗觀此傳者，亦豈不知兩部爲何物哉？若謂出處僻，人少有知者，則何待人之淺也？

《花卿歌》「用如快鶻風火生」，《南史》曹景宗謂所親曰：「昔在鄉里與年少輩拓弓弦作霹靂聲，放箭如餓鴟叫，覺耳後生風，鼻尖出火。」子美蓋不拘泥于鴟鶻之異也。碧溪詩話

黄常明之意，蓋謂子美用曹景宗事，誤以鴟爲鶻，憚其盛名，故且謂不拘泥。予則謂子美未嘗用景宗事。景宗所謂餓鴟者，言箭聲之疾似餓鴟之叫。子美所謂快鶻者，言花卿之勇如俊鶻之逐鳥雀。觀上云「學語小兒知姓名」，下云「見賊唯多身始輕」可見矣。判然别事，庸詎可以爲一乎？「風火」字亦止形容其輕趫之威，不必引景宗語。

胡苕溪云：太白宫詞云「梨花白雪香」，子美詠竹云「風吹細細香」，二物皆無香，而二公皆以香言之，何耶？韓退之詠櫻桃云「香隨翠籠擎偏重」，亦有此病。詩林廣記

本邦櫻樹號爲無香，然當花時過樹下，自然有香撲鼻。至於梨花，奚獨不然？大抵天地間生物草木果實之屬，無不有香，而花其尤者也。乃知三君詩體物之精，而駁之者爲妄辯也。古人有詠雨與雲之香者，此則更甚於竹與櫻桃。蓋詩人精思苦索之語，道其自然如有香耳。深味自見其妙。嗟夫！此句幸胡蔡二子不能記，如能記，則其嘵嘵必不止于此矣。

張祜《公子》詩云：「紅粉美人擎酒勸，錦衣年少臂鷹隨」，公子之富貴可知已。顧況云「雙鐙懸金縷鶻飛，長衫刺雪生犀束」，不過形容其車馬衣服之盛耳，然末句云「入門不肯自升堂，美人扶蹈金階月」，氣象不侔矣。雍陶云「金鞭留當誰家酒，拂柳穿花信馬歸」，公子豈空囊而出耶？若改「留」字爲「戲」字猶可也。對牀夜語

賤人躬管錢穀之事，平素必抱數百錢以便用，故沽酒買果之際得立酬直。而貴人反不能然。蓋費用出納皆命人掌之，不親其勞故也。如予小官微禄士之最下者，然當野外遊覽之際，有所欲買，囊橐羞澀，或使同伴及僕隸代償，如是非一。况稍貴富者乎？公子空囊而出，留金鞭當酒價，正所以見其生長富貴之狀，此亦事之至易知者。而希文議之，其不達物情如此，欲以論詩，不亦難乎？昔有一書生見官庫中積錢，怪其不在紙裹中，以爲非錢。希文之論，亦書生之見耳。

詩不能無疵，雖《三百篇》亦有之，人自不敢摘耳。其句法有太拙者，「載獫歇驕」。有太直者，「昔也煜桉，當作「於我乎」每食四簋，今也每食不飽」。有太促者，「抑磬控忌」，「既亟且只」煜桉，二字倒。有太累者，「不稼不嗇，胡取禾三百廛」。有太庸者，「乃如之人也，煜桉，下脱懷昏姻也一句大無信也，不知命也」。其用意有太鄙者，如前「每食四簋」之類也，有太迫者，「宛其死矣，他人入室」。有太粗者，「人而無儀，不死何俟」之類也。藝苑巵言

詩至《三百篇》超化入神，非人力可及，盡矣至矣。自非子貢、子夏之徒，未可與言。元美

何爲者？迺敢反脣歷詆，可謂小人之無忌憚者矣。夫詩有緩言者，有急言者，有切言者，有婉言者。卒然視之，或類太拙太迫太直太累，斯其有不同，猶味有辛苦鹹酸之異，色有青赤白黑之殊，固也。而以爲疵，然則必如李賀，惟以險怪爲詩，不復能平易；孟郊惟以酸寒爲詩，不復能温厚。然後爲無疵乎？宜乎元美終身以粗豪爲詩道之極致，了不能窺清雅秀逸一唱三嘆之妙境，而於千篇一律之李風塵，方且暖暖姝姝，尸而祝之也。聽其論可以得其人矣。嗚呼！《三百篇》且不免乎譏，況下焉者乎？

嘗在金觀察許，與汪蛟門舍人論宋詩。舍人舉東坡詩「春江水暖鴨先知，正是河豚欲上時」，不遠勝唐人乎？予曰：「此正效唐人而未能者。『花間覓路鳥先知』，唐人句也。覓路在人，先知在鳥，以鳥習花間故也。此先，先人也。若鴨則先誰乎？水中之物，皆知冷暖，必以鴨，妄矣。且細繹二語，誰勝誰負，若第以鴨字河豚字爲不數見，不經人道過，遂矜爲過人事，則江鰍土鼈皆物色矣。」西河詩話

袁枚曰：毛西河此言則太鶻突矣。若持此論詩，則《三百篇》句句不是。「在河之洲」者，斑鳩、鳴鳩皆可在也，何必雎鳩耶？止邱隅者，黑鳥、白鳥皆可止也，何必黄鳥耶？

煜桉：毛大可祖唐而祧宋，論東坡詩不及唐人，極是。但以不喜坡詩，遂誣其瑕疵，則祇足來後人之譏彈耳。

九日擅改詩中文字

古人之詩一字不肯輕下。或指别有所寓，妄主張臆見，敢有改竄，頓晦作者之意，翻致不通者有之。其或魯魚傳訛不可讀，或偶然誤下字，義多窒礙，姑闕疑而不議可也。乃一切武斷，謂某字某字之訛，某字當從别本作某，甚且就書塗抹而點竄之，殊非忠厚之道。孔子作《春秋》夏五、郭公之類，皆仍舊文而弗改，夫作詩話者，豈自謂賢於孔子耶？

「天闕象緯逼，雲卧衣裳冷」，世傳古本作「天闚」，今從之。《莊子》「以管闚天〔一〕」，正用此字。舊集訛作闕，又或作關，今不取。蓋先生詩該衆美者，不唯近體嚴於屬對，至於古風句對者亦然，觀此詩可見矣。近人論詩多以不必屬對爲高古，何耶？故詳之篇首，以俟知者焉。杜詩正異

杜工部《龍門奉先寺》詩「天闕象緯逼」，或作天闚，殊爲牽强。張表臣詩話據舊本作天闚，引《史記》「以管闚天」之語，其見卓矣。余又桉《文選》潘岳《秋興賦》「闚天文之秘奥」，注引陸賈《新語》「楚王作乾溪之臺闚天文」。杜子美精熟《文選》者也，其用天闚字正本此。况天文即象緯也，不但用其字，亦用其義矣。子美復生，必以余爲知言。天闚，闚天也；雲卧，卧雲也。此倒字法也。言闚天則星河垂地，卧雲則空翠濕衣，見山中之殊於人境也。升庵詩話

〔一〕以：底本訛作「之」，據《詩話總龜後集》卷十八引《杜詩正異》改。

陳巖肖曰：桉韋述《東都記》：「龍門號雙闕，以與大内對屹若天闕然。」此詩天闕，指龍門也。後人謂其屬對不切，改爲天闚。王介甫改爲天閱。蔡興宗又謂世傳古本作天闞，引莊子「用管闚天」爲證。以予觀之，皆臆説耳。且「天闕象緯逼，雲卧衣裳冷」〔一〕，迺此寺中即事耳。以彼天闕之高，則勢逼象緯；以我雲卧之幽，則冷侵衣裳。語自渾成，何必屑屑較瑣碎失大體哉？

煜桉：所謂世傳古本，蓋亦時人託名於古耳，不足憑也。闕或作闊，見《千家注》，尤非。

「峽雲籠樹小，湖日落船明」，「落」字從一作「蕩」字。非久遊江湖間者不知此文之工。正文作「落」，蓋字訛也。漢皋詩話

周紫芝曰：東萊蔡伯世作《杜少陵正異》，甚有功，亦時有可疑者。如「峽雲籠樹小，湖日落船明」，以落爲蕩，且云「非久在江湖間者不知此字之爲工也」。以余觀之，不若落字爲佳耳。又「春色浮山外，天河宿殿陰」，以宿爲没字，没字不若宿字之意味深遠甚明。大抵五字詩，其邪正在一字間，而好惡不同乃如此。良可怪也。

有作陶淵明詩跋尾者，言淵明讀《山海經》詩有「形夭無千歲，猛志固有在」之句，竟莫曉其意。

〔一〕冷：底本訛作「泠」，據《杜詩詳註》卷一改。

后讀《山海經》云：「刑天，獸名也。好銜干戚而舞。」乃知五字皆錯。形夭乃是刑天〔一〕，無千歲乃是舞干戚耳。如此乃與下句相協。傳書誤謬如此，不可不察也。竹坡詩話

周必大曰：江州《陶靖節集》末載，宣和六年臨溪曾紘謂靖節《讀山海經》詩，其一篇云「形夭無千歲，猛志固常在」，疑上下文義不貫，遂桉《山海經》有云：「刑天〔二〕，獸名，口銜干戚而舞。」以此句爲「刑夭舞干戚」，因筆畫相近〔三〕，五字皆訛。岑穰、晁詠之撫掌稱善。予謂紘説固善，然靖節此題十三篇，大概篇指一事。如前篇終始記夸父〔四〕，則此篇恐專説精衛銜木填海，無千歲之壽，而猛志常在，化去不悔。若併指刑天，似不相續。又況末句云「徒設在昔心，良辰詎可待」，何預干戚之舞耶？後見周紫芝《竹坡詩話》第一卷復襲紘意以爲己説，皆誤矣。

晁以道家有宋子京手書杜少陵詩一卷，如「握節漢臣歸」乃是「禿節」，「新炊間黄粱」乃是「聞黄粱」。以道跋云：「前輩見書自多，不如晚生少年但以印本爲正也。」不知宋氏家藏爲何本？使

〔一〕天：底本訛作「夭」，據《竹坡詩話》改。
〔二〕天：底本訛作「夭」，據《二老堂詩話》改。
〔三〕筆畫相近：底本衍作「筆畫近相近」，據《二老堂詩話》删。
〔四〕父：底本訛作「文」，據《二老堂詩話》改。

得盡見之。想其所補亦多矣。竹坡詩話

按《後漢書・張衡傳》云「蘇武以禿節效貞」，杜公正用此語。後人不知，改禿爲握，晁以道徒知宋子京之舊本，亦不知禿節之字所出也。況今之淺學乎？升庵詩話

袁枚曰：禿字不如握字之有神也。

錢謙益曰：《招魂》「稻粢穱麥，挐黃粱些」，注曰「挐，糅也。」謂飯則以粳稻糅穱，擇新麥糅以黃粱和，而柔嬬且香滑也。《本草》「香美逾于諸粱，號爲竹根黃」。按此詩「間黃粱」，即挐字之義，作聞字非。

「野艇恰受兩三人」，改作「航」殊無理。此特異體，不必盡律。白公《同韓侍郎遊鄭家池》詩云「野艇容三人」，正用此語。山谷杜詩箋

朱鶴齡曰：楊慎云：「古樂府『沿江引百丈[一]，一濡多一艇。上水即擔篙，何時至江陵』。艇音廷，杜詩正用此言也。」按艇字，待頂切。公《進艇》詩「晝引老妻乘小艇」[二]，亦作上聲用。當仍作航爲當。

煜按：作航則平仄不差，作艇則反是，何苦而紛紛改篡文字？蓋以爲航大船，不止受

〔一〕沿：底本訛作「浴」，據《樂府詩集》卷四十九改。
〔二〕晝：底本訛作「畫」，據《杜詩詳注》卷十改。

兩三人也。黄鶴云「野航不當以大小論」，得之。《杜詩輯注》引《山谷詩話》云：「航，方舟也。當以艇爲正。艇，平聲。」此豈非所謂「豈惟順之，又從而爲之辭」者耶？　冷齋夜話

洪駒父曰：柳子厚詩「欸靄一聲山水緑」，欸音奥。而世俗乃分欸爲二字，誤。

姚寛曰：欸音襖，乃音靄，相應之聲也。今人誤以二字合爲一。煜按：欸乃當從下文《瀟湘録》説讀爲曖迺。襖靄非是。劉言史《瀟湘録》云：「夷女采山蕉，緝紗浸江水。野花滿鬢妝色新，閒歌曖迺深峽裹。」曖迺知從何處生，當時泣舜斷腸聲。」此聲同而字異也。曖迺即欸乃字。

楊慎曰：項氏《家説》云：「劉蜕文集有《湖中靄迺歌》，劉言史《瀟湘》詩有『閑歌曖迺深峽裹』。靄迺也，曖迺也，欸乃也，皆一事，但用事異爾。欸本音哀〔一〕，亦轉作上聲。後人因柳集中有注字云『一本作襖靄』，遂欲音欸爲襖，音乃爲靄，不知彼注自謂別本作襖靄，非謂欸乃當音襖靄也。靄迺、欸乃，不妨兩本並行，何必比而同之乎？

《同谷縣七歌·其四》云「嗚呼四歌兮歌四奏，竹林爲我啼清晝」。近有一士人自同州來，籠一禽大如雀，色正青，善鳴。問其名，曰：「此竹林鳥也。今本作『林猿』，非也。」西清詩話

作「林猿」有何不通？而必改爲「竹林」？竹林字樣奇僻，用之詩中頗不類，杜老决不然。欲主張一新聞，而不悟破壞一句。可哀哉！

〔一〕欸：底本脱，作「□」，據《丹鉛總録》卷十四改。

世言杜子美詩兩推「閑」字，不避家諱。故《留夜宴》詩「臨歡卜夜閑」，七言詩「曾閃朱旗北斗閑」。雖俗傳孫覿《杜詩押韻》亦用二字，其實非也。卞圜杜詩本云「留歡上夜關」，蓋有投轄之意。卜字似上字，關字似閑字，而不知者或改作「夜闌」，又不在韻。卞氏本妙不可言。「北斗閑」者，蓋《漢書》有朱旗降天，今杜詩既云「曾閃朱旗」，則是因朱旗降天斗色亦赤，本是殷字，於斤切，盛也。殷字於顔切，紅也。故音雖不同，而字則一體。是時宣祖正諱「殷」字，故改作閑。全無義理。今既祧廟不諱，所謂「曾閃朱旗北斗殷」，又何疑焉？二老堂詩話

唐人避家諱嚴甚，韓退之爲李賀作《諱辨》，當時閧然非之。舉子就試，題目有犯其家諱者，皆託題目不便，不敢就試而出。其嚴固可知。惟權文公集皆不避其父名皋，此不可解。杜子美詩一部，未嘗使「閑」字。獨一聯云「見愁汗馬西戎逼，曾閃朱旗北斗閑」，一處而已。頃見王侍郎欽臣云：「舊嘗疑此。以謂既不避，則不應只犯一字。後於薛樞密内家得五代時人故本，較之，乃是『殷』字。恐好事因本朝廟諱易之，而不暇省其父名也。」蔡寬夫詩話

王立之曰：老杜家諱閑，而詩中有云「翩翩戲蝶過閑幔」。或云：「恐傳者謬。不有《宴王史君宅》詩云『汎愛憐霜鬢，留歡卜夜閑』。」余以爲當以閑爲正，臨文恐自不以爲避也。○不有二字難解，恐有脱誤，姑從原。

煜桉：「曾閃朱旗北斗殷」，細咀嚼之，不如閑字妥。言今日愁西戎之侵逼者，蓋舊日徒躲閃朱旗，而北斗趙次公曰：長安號北斗城安閑，無警備故也。不然已云朱旗，又云殷，複而無味矣。

「留歡上夜關」，全不成句。當從「卜夜閑」爲是。避諱之説，諸家聚訟，可厭！臨文不諱，立之之言得之。朱翌曰：「鄭谷《海棠》詩卒章『浣花溪上堪惆悵，子美無心爲發揚』，故王介甫《梅》云『少陵爲爾牽詩興，可是無心賦海棠』，用此也。穿鑿者乃云子美之母小名海棠，故子美不作海棠詩，未知出何典記？世間花卉多矣，偶不及之爾。若撰一説以文之，則不勝其説矣。如牡丹、芍藥、酴醾之類，子美亦未嘗有詩，何獨於海棠便爲有所避耶？退之於李花賦之甚工，又將爲何説耶？」元吾衍曰〔一〕：「杜甫無海棠詩，相傳謂其母名海棠，故諱之。余嘗觀李白、李賀等集亦無之，豈其母亦同名耶？則知蜀中多海棠，以時人往往入詩，若後來宋之言梅花，特厭而不言耳。」元吾衍閒居録

老杜詩「吾聞天子之馬走千里」，當是「天馬之子」。艇齋詩話

胡侍曰：杜詩「天子之馬走千里」，蓋用《穆天子傳》全句。曾季貍乃云〔二〕「當作天馬之子」，不讀萬卷書，不讀得杜詩。誠然。

老杜《北征》詩云「見爺背面啼」，吾舅周君謂「爺」當爲「即」字之誤，其説甚當。前人詩中亦或用爺娘字，而此詩之體，不應爾也。滹南詩話

〔一〕元吾衍：底本作「□□□」，據《閒居録》改。

〔二〕季：底本訛作「李」，據《艇齋詩話》改。

老杜詩變化無方，并包甚廣，經典佛藏、俚語方言，惟其所用，莫不適宜。「爺」字有何障礙，而必欲改之？祇見其好異也。若虛佞舅，可憎。

杜詩「關山同一點」，「點」字絶妙，東坡亦極愛之，作《洞仙歌》云「一點明月窺人」，用其語也。《赤壁賦》云「山高月小」，用其意也。今書坊本改「點」作「照」，語意索然。且「關山同一照」，小兒亦能之，何必杜公也？幸《草堂詩餘》注可證。升庵詩話

關山同一，無所不照。而烏鵲自然多驚，月色之佳可想。今改照爲點，有何意味？至謂「一點明月窺人」句用杜語，「山高月小」句用杜意，則郢書燕説不啻矣。然《千家註》云「照或作點，嘗見善本如此，故東坡有一點明月之詞」，然則此誤非昉於升庵也。

王元美議論間出人意表，又好與升庵左。乃若「關山同一照」，照作點；「娟娟戲蝶過閑幔」，閑作開；「曾閃朱旗北斗閑」，閑作殷。《麗人行》「珠壓腰衱穩稱身」下脱二句，皆從升庵之邪説，何也？豈好奇之情，人所不免耶？升庵又改「湘潭雲盡暮山出」爲「暮煙出」，不顧暮山春水相對，且雲煙層見，可厭。改「千里鶯啼緑映紅」爲「十里鶯啼」，不顧與下「四百八十」字複叠。其他難一一備舉。予嘗論康成一代碩儒，用脩一代才人。康成解經，用脩解詩，皆好改字，實非小疵。予每爲之再三嘆惜焉。

「露下天高秋水清，空山獨夜旅魂驚。疎燈自照孤帆宿，新月猶懸雙杵鳴。南菊再逢人卧病，北書不至雁無情。步檐倚杖看牛斗，銀漢遥應接鳳城。」空山獨夜是在山中矣，宿曰燈照孤帆，非

在舟中乎？帆字想誤。又舟中何步檐倚杖，想是帷字〔一〕。况帆在篷窗外，燈何照之？從來無人疑，而愚見若斯，俟質知者。杜律集解

疎燈孤帆句，迺賦眼前所見之景，言岸上人家疎燈自照，而孤帆指之來宿。注杜者大抵皆云：來宿之孤帆，舟中疎燈自照，亦通。非少陵謂自宿舟中也。今改爲「孤帷宿」，真學語小兒口氣矣。且何苦而必以孤帆宿爲少陵自道，然則「新月雙杵」亦少陵自搗之耶？

謝曰可廷讚云〔二〕：王右丞《出塞》第三句「暮雲空磧時驅馬」，又句「玉勒角弓珠勒馬」，重一「馬」字。桉鮑照詩「秋霜曉驅雁」，又「北風驅雁天雨霜」，又《洛陽伽藍記》「北風驅雁，千里飛雲」，然則右丞句爲「驅雁」無疑矣。曰可此辯〔三〕，足破千古之疑。鄧泰素語予曰：「嘗見古本唐詩『滿樹琵琶冬著花』滿樹作滿寺；『近與單車向洛陽』，近與作匹馬；『昨夜微霜初渡河』，昨夜作乍夜；『驛路西連漢時平』，驛路作驛樹；『二水中分白鷺洲』〔四〕，二水作一水。細味自得也。」徐𤊹徐氏筆精

○煜桉：徐有詩名，故《筆精》非詩話，而談詩者居半，其中竄改古人句、論詩之蹈襲者極衆。以其非詩話，故不詳辯。

〔一〕帷：底本訛作「惟」，據《杜詩律解・七言》卷下改。
〔二〕曰：底本訛作「日」，據《徐氏筆精》卷三改。讚：底本脱，據《徐氏筆精》卷三補。
〔三〕曰：底本訛作「日」，據《徐氏筆精》卷三改。
〔四〕鷺：底本訛作「露」，據《徐氏筆精》卷三改。

右丞《出塞》詩絶佳，惟重用「馬」字實爲白璧微瑕，古人亦嘗深惜之。此曰可之辯所由生也〔一〕。然盛唐詩人非如後人規規於矩矱，則其瑕疵不必迴護。改馬作雁可避重用之謬，奈句之醜拙何？夫霜與雁同時有催督之意，風之於物吹動焉，飂颸焉，故皆可云驅。暮雲空磧，烏能驅雁乎？且下句云「落日平原好射雕」，好射雕者，人也，故可對「時驅馬」。今以爲驅雁，則偶對支離，而時字無所屬。曰可真可謂妄辯矣。泰素之失亦然。彼謂細味自得，予以爲稍知詩者，細味自見其謬，不必嘵嘵辯駁。至如改「昨夜」作「乍夜」，斷斷不通。豈翅點金成鐵而已也哉？

秀水朱竹垞檢討彝尊云：杜詩「老去詩篇渾漫與」，今本皆訛作「漫興」，非也。予考舊刻劉會孟本、《千家注》本，果皆作「與」字。趙云：「耽佳句而語驚人，言其平昔如此。今老矣，所作詩則漫與而已，無復著意於驚人也。」《劉後村集·跋陳教授杜詩補注》亦云「或信筆漫與」云云。然近日虞山錢宗伯本仍作「興」字，略無辯證。帶經堂詩話

《絶句漫興九首》，《冷齋夜話》云：「漫興當做漫與，言即景率意之作也。先生詩有『老去詩篇渾漫與』之句，後人妄改作興字，始于元楊廉夫。歷考蘇黄諸公襲用，皆以與字叶韻，可以正楊之謬。」張載華曰：「桉漫興當做漫與，詳見《敬業堂續集》小引及《池北偶談》《静志居詩話》，已無疑

〔一〕曰：底本訛作「日」，據《徐氏筆精》卷三改。

義。前賢雖有誤用，不足法也。」初白庵詩話

漫興者，謂漫然乘興而賦，非苦思狂搜有所諷刺也。義自了然，何苦而改作漫與？果作與，從錫與之與，從共與之與，兩俱不通，豈可從乎？「詩篇渾漫興」偶有誤作與者，而《絶句漫興》幸不誤，固當據以正「詩篇渾漫與」之誤。乃信「詩篇渾漫與」之誤，而併欲改《絶句漫興》之興，其不知裁擇甚矣。大抵好奇者之病如此。

侗庵非詩話卷之八

十曰不能記詩出典

夫人之記性有涯，而書之事實無涯。人有所能記，有所不能記。古來作者偶有所記，輒能用之於詩。今欲由千載之下，一一搜得其所出，非胸涵萬代書諳五車者，决不能也。則此一事大難大苦，似不可必苛責諸人。但予竊怪談詩之士，平素以强識博聞稱者，往往於乳臭兒所能記者而失之，亦獨何歟？豈非貪多務得，不能反覆涵詠其所已知而致然歟？莊叟有云：「天下皆知求其所不知，而莫知求其所已知者；皆知非其所不善，而莫知非其所已善者。」有旨哉言。故予於此篇，不責夫不識貳負、彭侯者，而尤夫不能記杕杜、金根者也〔一〕。

文選六臣注善曰：「沈約《宋書》云：『潛自以曾祖晋世宰輔，不復屈身後代。自高祖王業漸隆，不復肯仕。所著文章皆題年月，義熙已前則書晋氏年號，自永初已來唯云甲子而已。』」良曰：「潛詩晋所作者皆題年號，入宋所作者但題甲子而已。意者耻事二姓，故以異之。」

〔一〕杕：底本訛作「杖」，據《古今事文類聚·別集》卷一「不識杕杜」及「誤讀金根」條改。

《五臣注文選》謂陶淵明詩自晉義熙以後皆題甲子，後世因仍其説。獨治平中虎丘僧思悦編淵明詩，辨其不然。曾裘父《艇齋詩話》亦信其説。然以予考之，元興二年桓玄簒位，晉氏不斷如綫，得劉裕而始平，改元義熙，自此天下大權盡歸劉裕。淵明賦《歸去來辭》，實義熙元年也。至十四年，劉公爲相國，恭帝即位，改元元熙。至二年庚申，禪于宋。觀恭帝之言曰：「桓玄之時，晉氏已亡。天下重爲劉公所延將二十載。今日之事，本所甘心。」詳味此言，則劉氏自庚子得政，至庚申革命，凡二十年。淵明自庚子以後題甲子者，蓋逆知末流必至於此，忠之至義之盡也。思悦喪父，殆不足以知之。謝枋得碧湖雜記

僧思悦曰：淵明之詩題甲子者，始甲子迄丙辰，凡十七年間九首，皆晉安帝時所作。及恭帝元熙二年庚申歲，宋始受禪。自庚子至庚申蓋二十年，豈有宋未受禪前二十年耻事二姓，而題甲子之理哉？煜桉：思悦之説信而有徵如此，而叠山猶暖暖姝姝，墨守舊説，可謂固矣。故復録思悦之説，以翻駁叠山。

王士禎曰：臨川人傅平叔占衡《永初甲子辨》云：「陶詩中凡題甲子者十，皆是晉年，最後丙辰。安帝尚在，瑯邪未立。雖裕簒代形成，何得先棄司馬家年號，而豫題甲子乎？自沈約、李延壽并爲此説，顔魯公《醉石》詩亦云『題詩甲子歲，自謂羲皇人』，蓋始以集考之，謂庚子後不復題年矣。不知陶公之出處大節，豈在區區耶？《晉書・陶傳》削去甲子之説，昭明《靖節傳》亦無是語。一在《南史》前，一在《宋書》後，同時若此，不妄傅會云云。」及讀宋文憲

公集，乃知此論先發潛溪，平叔特踵其説耳。宋跋淵明像云：「有謂淵明恥事二姓，在晉所作皆題年號，入宋之詩惟書甲子，則惑於傳記之説，而其事不得不辨。今淵明之集具在，其詩題甲子始於庚子而迄於丙辰，凡十有七年，皆晉安帝時所作，初不聞題隆安、元興、義熙之號。若《九日閑居》詩有『空視時運傾』，《擬古》九章有『忽值山河改』之語，雖未敢定於何年，必宋受晉禪之後所作，不知何故，反不書甲子也。其説蓋起於沈約，而李延壽著《南史》、五臣注《文選》皆因之，雖有識如黄庭堅、秦觀、李燾、真德秀，亦踵其謬而弗之察。獨蕭統撰《本傳》，以曾祖晉世宰輔，耻復屈身後代；朱元晦述《綱目》，遂述其説，書曰『晉徵士陶潛卒』可謂得其實矣。烏虖！淵明之節，其待書甲子而後見耶？」煜桉：士禎不引僧思悦、曾季狸之説，而近引潛溪，可謂目論，特以其糾繆詳悉，故録之。

曹參嘗爲功曹，而杜詩云「功曹無復漢煜桉：當作漢蕭何」，誤矣。桉光武嘗謂鄧禹：「何以不掾功曹？」中山詩話

王立之曰：雍丘江子載云：「《高祖紀》『何爲主史』，孟康曰：『主史，功曹也。』」吴可曰：「功曹非復漢蕭何」，不特見《漢書》注，兼《三國志》云「爲功曹當如蕭何也」。此説甚分明，劉貢父云「蕭何未嘗作功曹」，劉極該博，何爲不能記此出處也？

世以鮑昭字明遠，讀李義山詩云「嫩割周陽韭，肥烹鮑照葵」，乃知名「昭」非。趙德麟侯鯖録

唐武后名照，故唐人改鮑照爲鮑昭，猶以世爲代，以治爲理。夫人之所知，趙德麟祇引義

山詩以爲據，不知其出於避諱，可謂陋矣。

楊大年、劉子儀皆喜唐彦謙詩，以其用事精巧。黄魯直詩體雖不類，然亦不以楊劉爲過。如彦謙《題漢高廟》云「耳聞明主提三尺，眼見愚民盗一抔」，雖是著題，然語皆歇後。一抔事無兩出，或可略土字。如三尺，則三尺律、三尺喙皆可〔一〕，何獨劍乎？「耳聞明主，眼見愚民」，尤不成語。余數見交遊，道魯直意殊不可解。蘇子瞻詩有「買牛但自捐三尺，射鼠何勞挽六鈞」，亦與此同病。六鈞可去弓字，三尺不可去劍字，此理甚易知也。石林詩話

吴曾曰：桉《高祖紀》云：上嫚罵之曰「吾以布衣提三尺取天下」，又《韓安國傳》云「高帝曰：『提三尺取天下者，朕也。』」顔師古注曰：「三尺，劍也。」而流俗書本或云三尺劍，劍字後人所加耳。然則《石林詩話》乃有歇後之説，何耶？

陳巖肖曰：桉《漢·高帝紀》曰「吾以布衣提三尺取天下」，又《韓安國傳》高帝曰「提三尺取天下者，朕也」，皆無劍字。唯注曰「三尺，謂劍也」。出處既如此，則詩家用其本語，何爲不可？

聯句或云起於柏梁，非也。《式微》詩曰「胡爲乎中露」，蓋泥中、中露，衛之二邑名。劉向以爲此詩二人所作，則一在泥中，一在中露，其理或然。此則聯句所起也。方勺泊宅编

〔一〕三尺，則：底本脱，據《石林詩話》卷中補。

陸深曰：吴文恪公《文章辨體》聯句小序謂「聯句始著于陶靖節，而盛于東野、退之」，則失考矣。若論聯句，寔始于《賡歌》。而柏梁之作，其體著矣。

集句自國初有之，未盛也。至石曼卿，人物開敏，以文爲戲，然後大著。嘗見手書《下第偶成》：「一生不得文章力，欲上青雲未有因。聖主不勞千里召，姮娥何惜一枝春。鳳凰詔下雖沾命，豹虎叢中也立身。啼得血流無用處，著朱騎馬定何人。」又云：「年去年來來去忙，爲他人作嫁衣裳。仰天大笑出門去，獨對東風舞一場。」至元豐間，王文公益工於此，人言此起自公，非也。金玉詩話

陳繹曾曰：晋傅咸作《七經》詩，其《毛詩》一篇略曰：「聿修厥德，令終有俶。勉爾遁思，我言維服。盜言孔甘，其何能淑。讒人罔極，有靦面目。」此乃集句詩之始。

《木蘭詩》只似唐人作，其間「可汗」，可汗前此未有。朱子語類

胡應麟曰：晋明世，柔然社崙始稱可汗。此歌出晋人手愈無疑。世之疑《木蘭》者，率指摘「可汗」二字，不知此歌得此證左益明，亦一快也。「朔氣、寒光」，整麗流亮，類梁陳。然晋人語如「日下荀鳴鶴，雲間陸士龍」「青松凝素髓〔一〕，秋菊落芳英」，已全是唐律。余以爲此歌必出晋人，若後篇則唐律也。余録元瑞説者，惟據以駁朱子「前此未有」之言。若其斷以爲晋人作，則予不

〔一〕髓：底本訛作「隨」，據《詩藪》卷三改。

能必矣。

崔顥題黄鶴樓，太白過之不更作。時人有「眼前有景道不得，崔顥題詩在上頭」之譏。及登鳳凰臺作詩，可謂十倍曹丕矣。歸田詩話

葉盛曰：「崔顥題詩在上頭」，太白語也。瞿宗吉《詩話》乃云時人因太白不作黄鶴樓詩，作此譏之。誤矣。宗吉以博記能吟自負，乃猶若是。可不戒哉？

李太白集七言律止二三首，孟浩然集止二首，孟東野集無一首，皆足以名天下傳後世。詩奚必以律爲哉？懷麓堂詩話

太白七言律《寄崔侍御》《别中都明府兄》《送賀監歸四明》《登金陵鳳凰臺》《鸚鵡洲》《題雍邱崔明府丹》《題東溪公幽居》《贈郭將軍》凡八首；孟浩然七言律《登安陽城樓》《登萬歲樓》《除夜有懷》《春情》凡四首。西涯誤矣。但高廷禮《唐詩正聲》載太白七律止三首，西涯得無據《正聲》而言乎？

《估客樂》，齊武帝之所作也。其辭曰：「昔經樊鄧役，阻潮梅根渚。感憶追往事，意滿辭不叙。」武帝作此曲，令釋寶月被之管絃。帝遂數乘龍舟遊江中，以紅越布爲帆，緑絲爲帆縴〔一〕，鍮石爲篙足，篙榜者悉著鬱林布作淡黄袴，舞此曲，用十六人云。桉史稱齊武帝節儉，嘗自言：「朕治

〔一〕絲：底本訛作「彩」，據《升菴集》卷六十改。

天下十年，當使黄金與土同價。」然其從流忘返之奢如此，貽厥孫謀，何怪乎金蓮步地也。升庵詩話

桉史所謂「使我治天下十年，當使黄金與土同價」者，武帝之父高帝之言也，非武帝也。武帝亦自守文賢主，但好奢麗，實其一失。史所云雕綺之事言常恨之，未能頓遣。臨崩詔「諸凡遊費，宜從休息」者，即指此也。則龍舟之遊，估客之歌，固宜有之。升庵混高、武而一之，何讀史之鹵莽也？

邊庭實詩，吾最愛其「庭際何所有，有萱復有芋。自聞秋雨聲，不種芭蕉樹」，于鱗《詩删》亦收之。然芭蕉豈可言樹？若作「自憐秋雨滴，不復種芭蕉」或云「自聞秋雨聲，不愛芭蕉色」，則上韻亦自可押，而意尤深婉。藝苑巵言

邊華泉詩，或議之謂「芭蕉不得稱樹」。《花間詞》云「笑指芭蕉林裏住」，既可稱林，顧不得稱樹耶？帶經堂詩話

張宗柟曰：詩詞中字，有不妨通用者，有必須出處者。芭蕉稱林，僅見《花間》，更移而之樹，恐未可爲通例也。案《静志居詩話》，元美謂廷實芭蕉，不可言樹。然《維摩詰經》云「是身如芭蕉樹而不堅固」，是芭蕉未始不可名樹矣。斯言足爲諦據，山人偶思而未及耳。煜桉：《維摩》，佛典，不知固不爲病。但元美嘗入空門學佛，《巵言》中考佛語極詳，而有此挂漏，故辯之。

花卿，蓋歌妓之姓。「此曲祇應天上有」，本自目前語。而用脩以成都猛將當之，且謂僭用天子禮樂，直癡人説夢也。李群玉《贈歌妓》「貌態祇應天上有，歌聲豈合世間聞」，蓋祖襲杜語也。

證此益明。詩藪

元瑞駁升庵僭用天子之禮樂之説是也，至以花卿爲歌妓之姓，則弇陋可笑。蓋以花卿字面婉麗，故有是臆説也。桉杜老《花卿歌》有「成都猛將有花卿，學語小兒知姓名。用如快鶻風火生」等句，其爲猛將明白無疑。其《贈花卿》「錦城絲管」一首，蓋詠花卿之妓也。黄鶴所謂花有善謳者是也。元瑞可謂失之目睫矣。元瑞著《筆叢》以掊擊升庵，殆無完膚。而周方叔又作《諗胡》以規元瑞，恨未得見其書。如花卿事，宜實之《諗胡》開卷第一。

少陵「水流心不競，雲在意俱遲」一連，古今以爲名句。明人云「鴻雁幾時到，江湖秋水多」卻有自然之妙。清吴騫拜經樓詩話

「鴻雁江湖」，亦少陵句也，而以爲明人作。吴生之疎漏亦甚矣。

楊慎曰：《詩話》云「杜常方澤在唐詩人中名姓不顯，而詩句驚人。今惟存《華清宫》一首」。《孫公談圃》亦以爲宋人。近注《唐詩三體》者亦引《談圃》，而不正指其非唐人。蓋不欲顯選者之失耳。予又見范蜀公文集中有《手記》一卷，記其一時交遊名流，中有杜常名姓，下注曰「詩學」。又《宋史》有《杜常傳》云「杜常，太后之侄，能詩」。以詩與《談圃》《手記》參之，爲宋人無疑矣。如《唐詩鼓吹》以宋胡宿詩入唐選，宿在《宋史》有傳，文集今行于世，所選諸詩在焉。觀者不知其誤，何耶？《鼓吹》之選，皆晚唐之最下者，或疑非遺山。觀此益知其僞也。煜桉：高廷禮《唐詩品彙》，杜常、胡宿皆在。又載齊釋實月、梁劉令嫺詩。

王士禎曰：「亭皋木葉下，隴首秋雲飛〔一〕」，「大液滄波起，長楊高樹秋」，皆文暢作。六朝名句，灼然在人耳目。《詩話類編》乃以爲趙松雪詩，且云「置之齊梁，嬌嬌有氣」。當是松雪偶書二詩，遂誤以爲趙作耳。此何異瞽人道黑白耶？

十一曰以僻見錯解詩

古人之情平易，故其詩温厚；後人之情詭險，故其詩怪僻。後之人以其小人之腹度君子之心，詩之和平者解之令險怪，詩之淺易者説之令僻澀，以致詩人真面目蔽晦湮塞，不可得而復睹，可嘆也已。斯篇頗與第一篇類，其所以不同者，第一篇專非諷君刺時説詩失於深者，斯篇專非搜奇求巧説詩失於僻者云。

「聽雨寒更盡，開門落葉深」「微陽下喬木，遠燒入秋山」，此唐僧無可詩也。退之所稱「無可」，謂賈島也。此句法最有奇趣。然譬之嚼蟹螯，不能多得。一夜蕭蕭，謂必雨也。及曉，乃落葉也。其境清絶可知。方遠望，謂斜陽自喬木而下，乃是遠燒入山，其遠可知矣。天厨禁臠

此解詩太巧，而翻使詩淺且拙者也。予謂雨，真雨也，非譬喻。言静聽雨聲以送一夕，以爲亂墜者雨而已，及明開門，則落葉已深矣。一以見終夜寂寞，一以見摇落之早，乃韋蘇州

〔一〕隴：底本作「瀧」，據《梁書》卷二十一柳惲本傳改。

「微雨夜來過，不知春草生」之意也。夕陽之微，自下喬木；野燒之遠，自入秋山。日暮望遠之景入畫。如是解，庶幾得作者之意。

杜少陵《遊何將軍山林》詩有「雨抛金鎖甲，苔卧緑沈鎗」之句，言甲抛於雨爲金所鎖，鎗卧於苔爲緑所沈，有將軍不好武之意。余讀薛氏《補遺》，乃以緑沈爲精鐵，謂隨文帝賜張奫以緑沈之甲是也。不知金鎖當是何物？又讀趙德麟《侯鯖録》，謂緑沈爲竹，乃引陸龜蒙詩「一架三百竿，緑沈森杳冥」，此尤可笑。竹坡詩話○煜桉：竹坡鹵莽，不能記金鎖、緑沈之典，則此條似當入不能記詩出典條。但所謂甲爲金所鎖，鎗爲緑所沈，怪僻極矣。故置于此。

姚寬曰：杜甫詩「雨抛金鎖甲，苔卧緑沈鎗」，薛倉舒注杜詩，引「車頻《秦書》云符堅造金銀緑沈細鎧，金爲綖以縲之。緑沈，精鐵也。《北史》，隋文帝嘗賜張奫緑沈槍〔一〕，甲獸文具裝。《武庫賦》云『緑沈之鎗』。」唐鄭棨聯句有「亭亭孤筝緑沈鎗」之句，《續齊諧記》云「王敬伯夜見一女，命婢取酒，提一緑沈漆榼」，王羲之《筆經》有「又以緑沈竹管見遺，亦可愛翫」，蕭子雲詩云「緑沈弓項縱，紫艾刀横拔」。恐緑沈如今以漆調雌黄之類，若調緑漆之，其色深沈，故謂之緑沈，非精鐵也。

王楙曰：竹坡謂以緑沈爲精鐵，則金鎖甲當是何物？僕謂金鎖甲者，即「黄金鎖子甲，風

〔一〕槍：底本脱，據《九家集注杜詩》卷十八補。

吹色如鐵」，此亦用金鎖甲，安謂何物？竹坡言鎗卧於苔爲緑所沈，固已甚鑿。言甲拋於雨爲金所鎖，尤爲不通。

「筍根稚子無人見，沙上鳧雛傍母眠」，師曰：「稚子説者不一。或以爲竹留，或以爲雉雛，或以爲筍，皆非也。殊不知稚子乃甫之子宗文也。甫有二子，一曰宗文字稚子，二曰宗武字驥子。如云『驥子春猶隔，鶯歌暖正繁』，乃憶幼子之詩也。借驥子以偶鶯歌，正似此以稚子對鳧雛之類是也。蓋謂小兒戲於竹邊，偶尋不見，遂至感物以興己意，其理灼然。」千家註

老杜詩曰「竹根稚子無人見，沙上鳧雛并母眠」，世不解「無人見」何等語。唐人《食筍》詩曰「稚子脱錦繃，駢頭玉香滑」，則稚子爲筍明矣。贊寧《雜志》曰：「竹根有鼠大如猫，其色類竹，名竹豚，亦名稚子。」予問韓子蒼，子蒼曰：「筍名稚子，老杜之意也。不用《食筍》詩證亦可〔一〕。」冷齋夜話

煜按：改字雖詩家所忌，亦有不得已者。如改「稚子」爲「雉子」是也。且據《桐江詩話》，則「稚」本作「雉」，亦何疑？

鮑文虎曰：説者引唐人《食筍》詩云「稚子脱錦繃」，謂稚子爲筍。贊寧《雜志》「竹根有鼠大如猫，其聲類人，名竹豚，亦名稚子。」今桉，稚即雉字，字畫小訛耳。若以筍爲稚子，則鳧雛

〔一〕證：底本脱，據《漁隱叢話前集》十二引《冷齋夜話》補。

復是何物？筍詩雖以稚子脱繃喻筍，非以稚子爲筍也。

趙氏曰：是雉子，鷄子耳。《西京雜記》「太液池，其間鳧雛雉子布滿充實。」雉子性好伏沈，其身小，在筍之傍難見。緣近世本誤作稚子，故起紛紛之説。夫既謂之筍根稚子，則稚子别是一物，豈仍是筍耶？

吴可曰：「筍根雉子無人見」，不當用稚子。蓋古樂府詩題有《雉子班》。雉子、鳧雛，自是佳對。杜子有鳳子，亦對鳧雛，此可以稽證也。金陵新刊杜詩注云「稚子，筍也」，此大謬。古今未有此説。韓子蒼云、冷齋所説皆非，初未有此説。

老杜流落不偶，然已爲當時所尊，嘗有「杖藜還客拜」，又《有客》云「老病人扶再拜難」，則其「坐深鄉曲敬」可知矣。雖然，樊宗師見劉乂詩尚爲之獨拜，况老杜乎？碧溪詩話

此二句只言步必待杖藜，拜必待人扶，以見老之至，方有佳致。不必别生枝葉。今乃創此「坐深鄉曲敬」之論，殆爲蛇畫足也。

「野寺殘僧少，山園細路高」，誦此詩者，皆疑子美既曰殘僧，又曰少，意若重複。以愚觀之，不見其煩複。當讀作野寺殘所以僧少也，山園細所以路高也。孫奕示兒編

「翔鳥薄天飛」「無邊落木蕭蕭下」。既曰翔，又曰飛；既曰落，又曰下：古人自有此一種句法，未曾厭其煩複。野寺殘僧句亦然。二句陳野寺山園之狀如在目前。如從孫季昭讀，頓作一惡詩，可惜也。野寺殘而僧少，已屬拙弱；山園細而路高，成何句法？細有細長之義，故杜

有「石古細路行人稀」之句。山園豈可謂細乎？

蔡寬夫詩話云：予爲進士時，嘗舍於汴中逆旅，數同行亦論杜詩。旁有一押糧運使臣，或顧之曰：「爾亦嘗觀杜詩乎？」曰：「平生好觀，然多不解。」因舉「白也詩無敵」相問曰：「既言無敵，安得卻似鮑照、庾信？」時坐中雖笑之，然亦不能遽對，則士亦不可忽也。苕溪云：「庾不能俊逸，鮑不能清新，白能兼之，此其所以無敵也。」詩林廣記

一士人之言，姑用以供戲謔可耳。莊語辨之，頗近於愚。不得已而辨焉，亦當以其理。白也詩無敵，謂其在今代而無敵也，非謂古今無敵也。唐人重厚，極尊崇古人。其引庾之俊逸、鮑之清新，蓋以比太白而極贊太白。苕溪以爲庾鮑所長不能相兼，而太白能兼之，所以無敵。甚哉其拘也。

錢謙益曰：黄魯直解《春日憶李白》詩曰「庾信止于清新，鮑照止于俊逸，二家不能互兼所長。渭北地寒，故樹有花少實；江東水鄉多蜃氣，故雲色駁雜。文體亦然，欲與白細論此耳。」洪駒父詩話，一老書生注杜詩云「儒冠上服，本乎天者親上，以譬君子。紈袴下服，本乎地者親下，以譬小人」。魯直之論，何以異于此乎？而老書生獨以見笑，何哉？

謝枋得曰：賈島《渡桑乾》詩：「客舍并州已十霜，歸心日夜憶咸陽。無端更渡桑乾水，卻望并州是故鄉。」「久客思鄉人之常情。旅寓十年，交友歡愛與故鄉無異。一旦別去，豈能無情？渡桑乾而望并州，反以爲故鄉也。非東西南北之人不能道此。」

王世懋曰：此島自思鄉作，何曾與并州有情？其意恨久客并州，遠隔故鄉，今非惟不能歸，反北渡桑乾，還望并州又是故鄉矣。并州且不得往，何況得歸咸陽？此島意也。謝注有分毫相似否？

唐胡江東《詠史》，其《箕山》云云，蓋祖太史公，以箕山爲許由隱處之地也。許由之名見于《莊子》，與卞隨、務光等率皆寓言。自太史公以爲實有其人，而後世因之。許由者，許其自由，未嘗有是人也。南濠詩話

以許由以下爲寓言，先儒已有説。都穆從之是也。然解許由爲許其自由，則怪僻極矣。夫舉一由字，其由人與由己未可辨，加以自字方始見其爲由己耳。穆未嘗親受教於莊子，何以斷然知許由之名取「許其自由」之義耶？陽師中等據《左傳》「許，大岳之後」語，謂許由即堯所遜四岳之一人，但其辭讓之跡太潔，故後來遂有洗耳之稱。此説極有理，姑附記乎此。

白樂天《琵琶行》「楓葉荻花秋瑟瑟」，此句絶妙。楓葉紅，荻花白，映秋色碧也。瑟瑟，珍寶名。其色碧，故以瑟瑟影指碧字。讀者草草，不知其解也。今以問人，輒答曰：「瑟瑟者，蕭瑟也。」此解非是。何以證之？樂天又有《暮江曲》云「一道殘陽照水中，半江瑟瑟半江紅」，此瑟瑟豈蕭瑟哉？正言殘陽照江，半紅半碧耳。樂天有靈，必驚予爲千載知音矣。升庵詩話

瑟瑟之爲碧玉，人人知之，但當察所用如何。大抵瑟瑟字面，在詩中叙風景處解爲蕭瑟則可用，義從碧玉則難用。「楓葉荻花」句，但解爲秋蕭瑟自佳，必如所云楓葉荻花秋碧玉，可

通乎？「半江瑟瑟半江紅」解爲半江蕭瑟，亦未覺其有礙也。梁簡文詩「耳聞風瑟瑟」，李群玉詩「瑟瑟涼海氣」，豈復以碧玉解乎？

宋之問《送司馬道士》詩「桐柏山頭去不歸」，桐柏山是司馬修煉之地，反云去；闕下非司馬所當來之處，而反云歸。豈其有終南捷徑意耶？韓翃《寒食》詩「春城無處不飛花」，不飛花飛字，窺作者之意，初欲用開字，開字下不妙，故用飛字。開字呆，飛字靈，與下句風字有情。高適《詠史》詩「尚有綈袍贈，應憐范叔寒」，爲何遽下「尚有」二字？蓋詠史者是時眼光射定范叔，作此句畢，復頓住筆而凝思曰：「吾知之矣。」李白《清平調》詩「借問漢宮誰得似，可憐飛燕倚新妝」，倚新妝，言飛燕之色萬不及妃子，其所倚藉者在新妝耳。夫女子必須妝飾以見好，畢竟顔色有不如人處。「可憐」二字是輕飛燕之詞。人問：「太白既借飛燕來喻，爲何又示之以不滿？」蓋飛燕本長安人，屬陽阿主家學歌舞。太白因其出身微賤，恐輕妃子，故特示之以不滿。士君子立乎人之本朝，口筆豈可不慎？太白細密乃爾，人何得以「狂」目之哉？後力士雖以此譖白于貴妃，而不知白早已計及此矣。然白立言之妙，在爲唐皇回護。言飛燕之色不及貴妃，又極微賤，成帝使之正位中宮；妃子之色遠愈飛燕，而唐皇正敕爲貴妃，然則唐皇之德愈成帝遠甚。盧弼《和李秀才邊庭》詩「春衣昨夜到榆關，故園煙花想已殘。小婦不知歸未得，朝朝應上望夫山。」春衣直至昨夜纔寄到，昨夜是見其遲。故園煙花想已開殘，見此時盡著春衣，想是家人泄泄，不預期送春衣來，不然爲何乃至昨夜也。有小婦必有大婦，有小婦在，大婦自然不去動手，定推著小婦。故大婦不提起，而說小婦也。且丈夫之所憐者獨在小婦，此句因春衣寄晚，不免責備家人曰：「在家裏做甚？大婦吾不論矣，小婦該當心，爲何寄衣如此之晚？」又急爲分解曰：「豈小婦望我心切，道是我即歸著此春衣，故緩乎作寄耶？我亦欲歸來時著，但在軍中法令森嚴，欲歸不得。小婦尚未知之耶？小婦決不如大婦之泄泄，今不早寄來，多應是朝朝上望夫山以相望，遂無暇將衣以寄來，故至昨夜也。」描寫邊庭人心事如畫，此正責大婦也。而庵説唐詩

長安人送道士還山，長安爲主，山爲客，故曰「去不歸」，此亦下字之法不得不然者。乃以去歸二字，坐以仕宦捷徑，其故入與秦檜三字獄何以異哉？《寒食》詩「飛」字未嘗親問韓翃，何以知其始欲用「開」字？《詠史》詩二句未嘗侍坐達夫，何以見其作起句畢，頓住筆而凝思也？其嬌誣古人甚矣。《清平調》詩若曰「漢惟一飛燕，唐惟一玉環，千古對映，異代連璧」，以極贊貴妃之美，詩意止於如此。所謂輕飛燕以悦貴妃，及妙在爲唐皇迴護者，詩人所未嘗夢思也。盧弼詩言邊庭邈遠，信使希闊，春衣寄到之日，正是故園花落之辰。因思當此時，少婦應不知吾不得歸，而朝朝上望夫山。詩意只如此，咀嚼有無窮之味。而庵偶見一本「少」訛「小」，遂生許多議論。繭絲牛毛，令人嘔噦。主意全在右小婦而左大婦，至終結之曰「此正責大婦也」。予不知此詩有何欠闕，而必添入大婦？又不知大婦有何罪過，而譴責迺爾？至謂小婦決不如大婦之泄泄，應是朝朝上望夫山，遂無暇將衣以寄來，故至昨夜。則殆夢中之夢也。

十二曰以詩爲貢諛之資

詩話卷首，往往揭本朝諸帝之作，雖鄙俚無取之惡詩，亦必引《黄竹》《秋風》以爲比，又於名位顯盛之人，不論工拙，必從而目以宗匠良工、佳句傑作。諛言媚辭靡不至，讀之使人胸懷作惡。予所最惡者黨同伐異，好憎任私。其於鹹酸殊嗜者，掊擊彈駁，不啻仇讐；趨向稍同，則推獎稱揚，如不容口。斯風迄明極矣。人心若此，詩可知已。

王師圍金陵，唐使徐鉉來。鉉伐其能，欲以口舌解圍。謂太祖不文，盛稱其主博學多藝，有聖人之能。使誦其詩，曰：「《秋月》之篇，天下傳誦之。其句云云。」太祖大笑曰：「寒士語爾。吾不道也。」鉉内不服，謂：「大言無實可窮也。」遂以請〔一〕。殿上驚懼相目，太祖曰：「微時自秦中歸，道華山下〔二〕，醉卧田間。覺而月出，有句曰：『未離海底千山黑，纔到中天萬國明。』」鉉大驚，殿上稱壽。後山詩話

藝祖皇帝嘗有《詠月》詩曰「未離海底千山暗，纔到天中萬國明」，大哉言乎。撥亂反正之心，見于此詩矣。又竊聞上微時，客有詠《初日》詩者，語雖工而意淺陋，上所不喜。其人請上詠之，即

〔一〕遂：底本脱，據《後山集》卷二十三補。

〔二〕山：底本脱，據《後山集》卷二十三補。

應聲曰：「太陽初出光赫赫，千山萬山如火發。一輪頃刻上天衢，逐退群星與殘月。」蓋本朝以火德王天下，及上登極，僭竊之國以次削平，混一之志先形於言，規模宏遠矣。庚溪詩話

藝祖《詠月》詩，宋一代墨客騷人所争誇稱不置者，今而觀之，果何工之有？胡應麟云「俚語偶中律耳。彈壓徐鼎臣，自是貴勢，非以詩也」得之。至「太陽赫赫」詩，則類醉漢之語。

仁宗皇帝當持盈守成之世，尤以斯文爲急。每進士聞喜宴，必以詩賜之。山東李庭臣嘗言：「夷人有持錦臂韝鬻于市者，其上織成詩一聯曰『恩袍草色動，仙籍桂香浮』，乃景祐五年賜進士詩也。聖製固宜遠播，而仁化所覃，雖夷獠亦知親愛。」庭臣遠以千金易之，作小屏几硯間，見之者莫不改容瞻敬。光堯壽聖太上皇帝，當内修外攘之際，尤以文德服遠。至于宸章睿藻，日星照垂者非一。紹興二十八年，親製祭享樂章，自郊邱宗廟原廟等，共有十有四章。肆筆而成，睿思雅正，宸文典贍[一]，所謂大哉王言也。至于一時閒適，遇景而作，則有《漁父辭》十五章，又清新簡遠，備騷雅之體。雖古之騷人詞客，老于江湖擅名一時者，不能跂及。今上皇帝以英睿之資，宸文聖作，焕然超卓，《春賦》云云。觀此，則所以贊天地化育，一視而同仁者深矣。真帝王之用心也。庚溪詩話

南方夷獠既服屬於宋，則其織成御製詩于錦臂韝，乃所以求媚大國，固非賞其詩之佳，且

[一] 贍：底本訛作「瞻」，據《庚溪詩話》卷上改。

非必感宋之德，此亦事情之極易見者。李庭臣以千金易之，是媚其君也。陳巖肖謹書之，是媚本朝也。嗟夫！諛佞之風何其盛也？不然此詩有何不可及，而迺云云也？光堯《漁父辭》，予熟讀之，平平耳。《春賦》亦然。今以「古人不能跂及，贊天地化育」稱之，此亦佞臣之恒言耳。

神宗皇帝以天縱聖智，旁工文章。其於詩，雖穆王《黄竹》、漢武《秋風》之詞，皆莫可擬其髣髴也。秦國大長公主薨，帝賜挽詩三首曰：「海闊三山路，香輪定不歸。帳深空翡翠，佩冷失珠璣。明月留歌扇，殘霓散舞衣霓一作霞。都門送車返，宿草自春菲。」「曉發西城道西城一作城西，靈車望更遥。春風空魯館，明月斷秦簫。塵入羅幃暗幃一作衣，香隨玉篆消。芳魂飛北渚，那復一爲招一作可爲招。」「慶自天源發，恩從國愛申。歌鐘雖在館，桃李不成春。水折空環沁環一作還，樓高已隔秦。區區會稽市，無復獻珠人。」噫！豈特帝王，蓋古今詞人無此作也。臨漢隱居詩話

此詩氣韻甚佳，比之藝祖不啻十倍。胡應麟所謂「精深婉麗字字唐人」者，良非虛語也。魏泰既爲宋臣子，則其極口贊稱固耳。然評之亦當以其所近似，至謂周穆、漢武不能擬髣髴，古今詞人無此作，則翻啓不信之心，使人併疑其詩拙而庇護大過，此可爲諛佞者之戒。

高廟《詠菊詩》云：「百花發我不發，我若發都駭殺。要與西風戰一場，遍身穿就黄金甲。」一統鴻基，兆見於此矣。夷白齋詩話

此詩粗豪怒張，絶不成詩無論已，而其命意慘酷，實見異日屠醢功臣殄戮無辜之萌。何

一統鴻基之兆之有？黄巢下第有《菊花》詩曰：「待到秋來九月八，我花開後百花殺。衝天香陣透長安，滿城盡帶黄金甲。」明祖詩與之暗合，蓋慘虐不仁，氣類相似故也。郎仁寶乃嘵嘵判二詩之優劣，蓋亦不得已而佞本朝耳。然明祖此詩雖拙，他作間有可取。若《送楊璟》詩曰：「大將南征膽氣豪，腰懸秋水吕虔刀。雷鳴甲冑乾坤静，風動旌旗日月高。天上麒麟終有種，穴中狐兔竟何逃。大標銅柱歸來日，庭院春深聽伯勞。」風調殊可喜。予嘗平心尚論古來帝王之善詩者，周穆之《黄竹》，漢高之《大風》，武帝之《秋風》，魏武父子兄弟耳。梁武父子、唐太宗雖流時調，亦稍窺詩人門墻。玄宗時吐宏麗之辭，宋神宗秦國挽詩大近唐調，明祖雖不免粗豪，亦自不凡。予不欲暴帝王之短而泯其長，故歷舉以示人。至自他諸帝，無異蛙鳴蟬噪，而詩話必欲躋以淩跨古之作者，非諛而何也。

「西北有浮雲」，史曰魏文帝有吞東南之意，軍至楊子江口，見洪濤洶湧，嘆曰：「此天地之所以限南北也。」遂賦詩而還。檢魏文集且無此詩，不知史臣憑何編録？且魏文雄才智略，本非庸主，如何有此一篇示弱於孫權、取笑於劉備？夫詩者，志之所之也。魏文志氣若此，何以纘定鴻業顯致太平耶？足明此詩非魏文所作，陳壽史筆謡謬矣。詩式

曹子桓雖藉老瞞遺業，以竊據天位，其實庸才，非有遠識大略。加之酖同胞，烝父妾，戮諫臣，種種醜行，滅絶倫理。其取笑於劉備、示弱於孫權也久矣，不待此詩出也。彼惟以魏文集爲據，則予可以鉗口。乃以其雄才智略，斷必無此詩，可謂眼不辨皂白矣。皎然非魏臣子，

何以佞媚乃爾？可怪。

王荆公爲殿中丞群牧判官時，作《郢州白雪樓》詩，略云：「折楊皇華笑者多，陽春白雪和者少。知音四海無幾人，況復區區郢中小。千載相傳始欲慕，一時獨唱誰得曉。古心以此分冥冥，俚耳至今徒擾擾。」荆公，大儒也。孟子後一人而已，雖萬世之下聞其風宜企慕之。及作相，更新天下之務，而一時沮毀之者蠭起，皆合白雪之句也。臨漢隱居詩話○煜桉：白雪句事涉詩讖，當入好談讖緯部。以其不可分析，故連書于此。

王介甫得志，登庸群邪，竄逐衆賢，毒遍蒸黎，禍延宗社。其所稱引堯舜周孔，特口之耳，豈非古人所謂「静言庸違」者乎？魏泰乃以爲大儒，孟子以後一人，吾誰欺？欺天乎？

李于鱗詩如峨眉積雪，閬風蒸霞，高華氣色，罕見其比。又如大商舶，明珠異寶，貴堪敵國，下者亦是木難火齊。又如商彝周鼎，海外瓌寶，身非三代人與波斯胡，可重不可議。七言律，古惟子美，今或于鱗。驟似駭耳，久當論定。余嘗有《漫興》十絶，其一云：「野夫興到不復删，大海迴風生紫瀾。欲問濟南奇絶處，峨眉天半雪中看。」於乎！此義邈矣。寥寥誰解者？藝苑巵言

明代詩人於其同調者，稱揚奬譽如躋諸天；於其異議者，觝排擯斥如墜諸淵。至李王鍾譚及錢謙益極矣，亦可以觀世變矣。于鱗於詩不爲不工，但摸擬太過，體製褊狹，了非正法門。元美歷評有明諸家，獨以于鱗爲冠，上媲子美。吾誰欺乎？李王死肉未寒，而昌言斥之者蝟毛而起。百年論定，李王餘焰煙消灰滅，人未嘗過而問焉。使李王而在，其有不内慚而

咋舌乎？夫浮華才子，輕俊少年，互相標榜，吾可以稱彼，彼可以稱我，譽人乃所以自譽。予視李王，猶視其肺肝。王世貞嘗云：「世之於文章，有務爲大言，樹門户而名者；有廣引朋輩，互相標榜而名者。要非可久可大之道也。」豈非夫子自道乎？

《弇州四部稿》，古詩，枚李曹劉阮謝鮑庾以及青蓮工部，靡所不有，亦鮮所不合。歌行，自青蓮工部以至高岑王李玉川長吉，近獻吉仲默，諸體畢備，每效一體，宛出其人，時或過之。樂府，隨代遺詞，隨題命意，詞與代變，意逐題新，從心不踰，當世獨步。五言律，宏麗之内，錯綜變化不可端倪。排律，百韻以上滔滔莽莽，杳無涯際。五七言絶句，本青蓮右丞少伯，而多自出結構，奇逸瀟灑，種種絶塵。七言律，高華整栗，沈著雄深，伸縮排蕩，如黄河溟渤宇宙偉觀，又如龍宫海藏萬怪惶惑。王太常云：「詩家集大成，千古惟子美，今則吾兄汪司馬云。」上下千載，縱横萬里，其斯一人而已。詩藪

桉史云胡應麟携詩謁世貞，世貞喜而激賞之，歸益自負，所著《詩藪》二十卷，大抵奉世貞《巵言》爲律令，而敷衍其説。謂「千古之詩莫盛於有明，李何李王四家之中，牢籠千古總萃百家尤莫盛於世貞，詩家之有世貞，集大成之尼父」，其貢諛如此。予謂元美自處甚高，勢位甚顯，故趨附最衆，諂媚最甚，亦季世澆俗自然之勢也。

余以順治庚寅爲江南同考官，得太倉崔華不雕，工詩畫，常有句云：「溪水碧于前渡日，桃花紅似去年時。丹楓江冷人初去，黄葉聲多酒不辭。」此例甚多，余目爲「崔黄葉」。漁洋詩話

崔華嘗有句云云，予極愛之，呼爲崔黄葉。初予少年，和李清照《漱玉詞》云「郎似桐花，妾似桐花鳳」〔一〕，劉公戢戲呼「王桐花」。鄒程村云：「崔黄葉自合作王桐花門生耳。」香祖筆記

崔「黄葉」句，蓋謂黄葉墜落之聲多而不忍聞，故不辭飲酒，欲以醉忘憂。其意則工矣，然意至而筆不隨，其言似不足者，何足以稱佳句？阮亭乃極口稱之，至用爲之號。蓋以其爲門下士，不免有昵愛庇蔭之意。此亦貢諛之類，故附于此。至劉公戢、鄒程村所謂王桐花之稱，則道諛人之恒言耳。

王士禛云：「纂本朝詩者數十家，大都爲結納之具。風騷一道，江河日下，皆若輩爲之。」此論選詩者也，而切中近代詩話之病。如《蓮坡詩話》《隨園詩話》，好稱揚一時高明儒先之詩，盈簡溢策，人雖曰不爲結納之具，吾不信也。

〔一〕詞：底本訛作「詩」，據《香祖筆記》卷十改。

侗庵非詩話卷之九

十三曰不識詩之正法門

學詩者入門不可不正。初學浸淫於旁門小徑，自以爲門路少差，可以無大過。及其末流之漫也，敗潰四出，不可收拾。差若毫釐，謬以千里，此之謂也。觀夫談詩者，處心頗僻，立論乖謬，不自覺其非。乃又推以及人，誘使歸己，其流毒大矣。夫人生如寄，電光石火不啻也。況力學砥行，大有事在，不可專以詩爲務。不幸失足墮於外道，徒送歲月。比追悟昨非，頭童齒豁，欲焚棄舊稿，改趨大雅，不可復得。可不懼乎？必也中正無邪，以得性情之正；廣覽博聞，以辨是非之歸。則詩道之正法門可得而入，即邪説之來，亦不至爲所熒惑，庶乎免矣。予少時未有定見，嘗中詩話之毒。迴徨數歲，有退無進，雖悔不可追。嗚呼！予也類程子所謂「傷於虎者其言不得不危且切」，聽者宜銘骨。

沈約曰：天機啓則六情自調，六情滯則音韻頓舛。又曰：五色相宣，八音協暢。由乎玄黄律吕，各適物宜。欲使宫羽相變，低昂舛節，若前有浮聲，則後須切響。一篇之内，音韻盡殊；異句之中，輕重悉異。妙達此旨，始可言文。

八病：一曰平頭：第一字不得與第六字同聲，第二字不得與第七字同聲。二曰上尾：第五字不得與第十字同聲。三曰蜂腰：第二字不得與第五字同聲。四曰鶴膝：第五字不得與第十五字同聲。五曰大韻：爲重叠相犯也，如言詩以「新」字爲韻者，九字内更著「津」字「人」字等，爲大韻也。六曰小韻：除十，上字中自有韻者是也。詩曰「客子已乖離，那宜遠相送」，子已離宜字是也。七曰傍紐：一句中已有「月」字，不得著「元阮願」字，此是雙聲，即傍紐也。八曰正紐：如「壬衽任入」四字爲一紐，一句之中已有「壬」字，更不得安「衽任」字。梅堯臣續金針詩格○王世貞曰：八病以上尾、鶴膝爲最忌，休文之拘滯，正與古體相反，唯近律差有關耳，然亦不免商君之酷。煜桉：據鈍吟説詩格之謬，真可一笑。特以古來皆循襲此説，故録之。《藝苑卮言》中説八病極詳，不過敷衍詩格之言，故不録也。

馮班曰：阮逸註《文中子》，不解八病，知宋時聲音之學已微。有一惡書，名曰《金針詩格》，托之梅堯臣，言八病絶可笑。王弇州《卮言》不能知其謬也。古書多亡，余所見書又少，沈休文《謝靈運傳讚》、劉彦和《文心雕龍》統論梗概，牽於文勢，不得分别詳言。諸書所言，時有可徵。今略記於此，後有博學之士爲吾詳之。郭忠恕《佩觿》云：「雕弓之爲敦弓，則又依乎旁紐。」桉徵音四字端透定泥，敦字屬元韻端母，雕字屬蕭韻端毋，則是旁紐者雙聲字也。《九經字樣》云：「紐以四聲，是正紐者。四聲相紐，東董凍督是也。」劉知幾《史通》言梁武云「得既自我，失亦自我」爲犯上尾，兩我字相犯也。平頭未詳。蜂腰、鶴膝，見宋人一詩話，偶忘其書名，乃雙聲之變也。上下二字俱清，中一字濁爲鶴膝；上下二字俱濁，中一字清爲蜂腰。大韻、小韻，以論取韻之病，大小之義所未詳也。沈侯云「一簡之内音韻盡殊；兩韻之中輕重各異」，詳此則八病俱去，亦不在曲折分其名目也。

李光地曰：周顒、沈約等言詩有八病之説，解者多不能通。今以意解之曰：平頭者，謂首字同韻也。如唱句首字是東韻，則對句首字不當復用東韻也。上尾者，謂末字同韻也。除韻腳首兩句相叶外，餘聯則末字當避。蜂腰者，謂五字中四平夾一仄，或四仄夾一平也。鶴膝者，謂下三字累三平或叠三仄也。大韻者，謂犯韻腳字也，如既以其字爲韻腳，則句中不可復用此字。小韻者，謂犯句中字也，如前句用此字，則後句不可復用。旁紐者，謂四聲相犯也，如以東爲韻，則句中不可叠用董送等韻字。正紐者，謂本聲相犯也，如以東爲韻，句中復用東韻字者是也。周沈雖無明説，以今律體推之當如此。然休文有言，惟上尾、鶴膝最忌。故律詩亦唯避此二病最嚴，餘則出入者有矣。煜桉：榕村説八病，又與馮班不同。未詳孰是，録以俟考。

鍾嶸曰：昔曹劉殆文章之聖，陸謝爲體貳之才。鋭精研思，千百年中，而不聞宫商之辨，四聲之論。或謂前達偶然不見，豈其然乎？齊有王元長者，嘗謂余云：「宫商與二儀俱生，自古詞人不知之。惟顔憲子乃云『律吕音調』〔一〕，而其實大謬。唯見范曄、謝莊頗識之耳。常

〔一〕調：底本訛作「謝」，據《詩品》改。

欲進《知音論》，未就。」王元長創其首，謝脁、沈約揚其波〔一〕，三賢或貴公子孫〔二〕，幼有文辨，於是士流景慕，務爲精密。襞積細微，專相凌架，故使文多拘忌，傷其真美。余謂文製本須諷讀，不可蹇礙。但令清濁通流，口吻調利，斯爲足矣。至平上去入，則余病未能；蜂腰鶴膝，閭里已具。

釋皎然曰：樂章有宮商五音之説，不聞四聲。近自周顒、劉繪流出，宮商暢於詩體，輕重低昂之節，韻合情高，此未損文格。沈休文酷裁八病，碎用四聲，故風雅殆盡。後之才子，天機不高，爲沈生弊法所媚，懵然隨流，溺而不返。

煜桉：詩道之葛藤榛蕪，沈約實作之俑。不可以不闢也。

雄渾　沖淡　纖濃　沈著　高古　典雅　洗煉　勁健　綺麗　自然　含蓄　豪放　精神　縝密　疏野　清奇　委曲　實境　悲慨　形容　超詣　飄逸　曠達　流動唐司空圖二十四詩品

表聖論詩，間多自得之名言。如「不著一字盡得風流」等語，尤見取於阮亭。但分設名目，細碎煩絮，以此爲教，使人多所拘礙。如所謂雄渾、沖淡、纖濃、沈著等境，必也神會心融，自然而至，乃爲自得。今豫立之目，綴之議論，使人規行矩步以求合，則幾於斷鶴脛而續鳧

〔一〕脁：底本訛作「眺」，據《詩品》改。
〔二〕貴：底本訛作「責」，據《詩品》改。

脛，不惟無益，又害之。宜乎表聖之詩，僅僅止於「解吟僧亦俗，愛舞鶴終卑」「地涼清鶴夢，林静肅僧儀」，竟無金翅擘海、香象渡河之勢也。唐末論詩，大都類此。皎然《詩式》論四不四深二要二廢四離六迷六至七德五格之義，齊己《風騷旨格》明十體十勢二十式四十門六斷三格之要，舉世風靡，滔滔不反。降乎《冰川詩式》等書極矣。其立法煩於牛毛，辨體密於秋荼，殆使詩人窘如囚拘。如此而求詩之工得乎？必先掃盡此累，然後始可與言詩矣。

詩有十勢

獅子返擲勢：離情遍芳草，無處不萋萋。

猛虎踞林勢：窗前閒詠鴛鴦句，壁上時觀獬豸圖。

丹鳳銜珠勢：正思浮世事，又到古城邊。

毒龍顧尾勢：可能有事關心後，得似無人識面時。

孤雁失群勢：詩闕。

洪河側掌勢：游人微動水，高岸更生風。

龍鳳交吟勢：崑玉已成廊廟器，澗松猶是薜蘿身。

猛虎投澗勢：仙掌月明孤影過，長門燈暗數聲來。

龍潛巨浸勢：養猿寒嶂疊，擎鶴密林疎。

鯨吞巨海勢：袖中藏日月，掌上握乾坤。齊己風騷旨格表聖《詩品》二十四目，皎然詩體一十九字，細碎紛糅，實害於詩。然其所論，不過雄渾、沖淡、高逸、静遠等語，則猶可就詩以驗其言。至齊己十勢，則名目怪怪，殆若後世道家導引之訣，棋家布子之法。其所謂獅子、猛虎、丹鳳、毒龍諸勢，更互换易，以冠他句，亦未見其有礙。蓋作者於詩元無所解，苟創此奇異體例議論，欲以駭俗求名。以此教人，使人捕風繫影，終身從事於杳冥昏默，而無所悟入。其爲害奚可勝道？秦皇法禁如密網，而盜賊滿山；漢祖約法三章，而秦民大悦。凡事皆然。彼論詩煩碎者，皆非知詩者也。

楊大年與錢劉數公唱和，自《西崑集》出，時人争效之，詩體一變。而先生老輩患其多用故事，至於語僻難曉，殊不知自是學者之弊。六一詩話

玉溪生詩綺縟華整，得老杜一體，亦有可觀。但立志不可不高，學其上僅得其中。陳思陶謝以下可師者衆，而僅僅儀刑義山，志小矣。宋初詩風爲之一變，而卒不及於古，未必非錢劉之罪也。六一舍錢劉而獨罪學者，非也。如王黄州學樂天，謝皋羽學李長吉，及李洞之範金鑄佛於浪仙，羅紹威之以《偷江東》名集，病與此同。山谷學老杜，其志高矣，而不善學，故止于此。楊劉學義山，其學巧矣，而志不高矣，故止于此。均之莫足取。

黄詩韓文有意，故有工。老杜則無工矣。然學者先黄後韓，不由黄韓而爲老杜，則失之拙易矣。後山詩話

作詩淺易鄙陋之氣不除，大可惡。客問：「何從去之？」僕曰：「熟讀唐李義山詩與本朝黄魯直

詩而深思焉，則去也。」凡作詩若正爾填實，謂之點鬼簿，亦謂之堆垛死尸。能如《猩猩毛筆》詩曰「平生幾緉屐，身後五車書」，又如「管城子無食肉相，孔方兄有絶交書」，精妙明密，不可加矣。當以此語反三隅也。彦周詩話

七言長韻古詩，如杜少陵《丹青引曹將軍畫馬》《奉先縣劉少府山水障歌》等篇，皆雄偉宏放，不可捕捉。學詩者于李杜蘇黄詩中求此等類，誦讀沈酣，深得其意味，則落筆自絶矣。誠齋詩話

山谷詩瘦硬僻澀，爽口戟喉，下劣詩魔已入其脾。第五卷論之詳矣。宋人論詩必奉山谷以爲矩矱，江西一派殆至範金鑄佛而事之。自誤誤人，宋詩之不逮古，固也。彼謂學者當由山谷以入杜，當熟讀山谷詩以去淺易鄙陋之氣，予恐其少左則陷大澤，終不能脱而出也。

王若虚曰：朱少章論江西詩律，以爲用崑體功夫，而造老杜渾全之地。予謂用崑體功夫，必不能造老杜之渾全。而至老杜之地者，亦無事乎崑體功夫。蓋二者不能相兼耳。

又曰：山谷《猩毛筆》詩云「身後五車書」，桉《莊子》「惠施多方，其書五車」，非所讀之書，即所著之書也。遂借爲作筆寫字，此以自贊耳。吕居仁稱其善詠物而曲當其理，不亦異乎？只「平生幾兩屐」，細味之亦疎。而拔毛濟世事，尤牽强可笑。以予觀之，此乃俗子謎也，何足爲詩哉？煜謂：管城、孔方，亦俗子謎耳。

又曰：古之詩人雖趣向不同，體制不一，要皆出于自得。至其辭達理順，皆足以名家，何嘗有以句法繩人者？魯直開口論句法，此便是不及古人處。而門徒親黨以衣鉢相傳，號稱

法嗣，豈詩之真理也哉？

吾舅自幼爲詩，便祖工部。嘗論詩曰：「頸聯、頷聯，初無此説，特後人私立名字而已。大抵首二句論事，次二句猶須論事。首二句狀景，次二句猶須狀景。不能遽止，自然之勢，詩之大略不外此也。」其篤實之論哉。滹南詩話

論詩惡固，作詩尤忌拘。當其對景生情，詩思涌出也，不復暇規規程度。固有頸頷二聯俱狀景者，固有頸頷二聯俱論事者，又有頸聯狀景頷聯論事者，又有頸聯論事頷聯狀景者，不可執一，執一則不工。觀於老杜可見矣。周氏之論，流於刻舷膠柱之見，不可以爲訓。

山谷云：「學老杜詩，所謂『刻鵠不成猶類鶩』也。」後山謂山谷得法於少陵。朱文公云：「李杜韓柳初亦學《選》詩。然杜韓變多，而柳李變少。變不可學，而不變可學。」王應麟困學紀聞

詩至老杜，是謂集大成之孔子。不學老杜而學他人，是舍孔子而學夷惠也。宋人莫不知學杜，而詩拙者，自學之不得其道。非杜之罪，豈可以噎廢食耶？朱子在宋，其論詩加於人數等，尚然如此，況其他乎？

杜陵律五十一格：接項格、交股格、纖腰格、續腰格、首尾互答格、首尾相同格、單蹄格、雙蹄格、歸題格、歸題變格、撰題格、掇題格、歇續格、問答格、開合格、期必格、抑揚格、多少格、今昔格、出字應格、叠字格、雙字格、對起格、對聯格、散起格。文多不具，載詩法源流

少陵之作，渾渾噩噩，掀天翻地，豈可如是屑屑苟求耶？古人所謂「焦明已翔乎寥廓，而

羅者猶觀於藪澤」者，正指此也。此等瑣陋拘滯之論，傳播文林，無寸補有巨害，初學之士尤當痛絶之。

王士禎曰：偶于故書肆買得《詩法源流》一帙，乃元人傅與礪若金述范德機語也。後附杜詩律格，有元至治壬戌楊仲宏序，略云：「少從叔文圭遊成都，過浣花，求工部之祠而觀焉。有主祠者，子美九世孫杜舉，居祠之後。造而問之，舉之言曰，甫不傳諸子而獨于門人吴成、鄒遂、王恭傳其法。予傳之三子者。子從遠方來，敢不以三子所傳者與子言之？」桉舉之名不見于書傳，吴鄒王三子亦不見于諸家誌序中。且子美全家避亂下峽，不應復有裔孫留居成都。又所拈《秋興》「燕子來舟中」等篇，載三子之説，大抵如村學究語。如「仙侶同舟晚更移」一句，解爲明皇與貴妃諸臣汎舟漢陂，可笑至此。餘可例推。第不知仲宏之序何人僞造？如醉人夢囈，可恨也。

世人作詩以敏捷爲奇，以連篇累册爲富，非知詩者也。老杜云「語不驚人死不休」，蓋詩須苦吟則語方妙，不特杜爲然也。賈閬仙云「兩句三年得，一吟雙淚流」，孟東野云「夜吟曉不休，苦吟鬼神愁」，盧延遜云「險覓天應悶，狂搜海亦枯」，杜荀鶴云「生應無輟日，死是不吟時」。予由是知詩之不工，以不用心之故，蓋未有苦吟而無好詩者，唐山人題詩瓢云「作者方知吾苦心」，亦此意也。南濠詩話

詩非苦吟不工，信乎。古人如孟浩然眉毛盡落，裴祐袖手衣袖至穿，王維走入醋甕，皆苦吟之

驗也。存餘堂詩話○煜桉：孟浩然以下三人事出雲仙散録，蓋子虛烏有之談耳。

詩在與人商論，深求其疵而去之，等閒一字放過則不可，殆近法家，難以言恕矣，故謂之詩律。作詩自有穩當字，第思之未到耳。皎然以詩名於唐，有僧袖詩謁之，然指其《御溝》詩云：「『此波涵聖澤』，波字未穩，當改。」僧佛然作色而去，僧亦能詩者也。皎然度其去必復來，乃取筆作「中」字掌中，握之以待。僧果復來云：「欲更爲中字，如何？」然展手示之，遂定交。要當如此乃是。唐子西文録○煜桉：《唐詩紀事》，鄭谷改僧齊己《早梅》詩「數枝開」作「一枝開」，齊己下拜。人以谷爲一字師。事頗相類。

詩必待苦吟然後工，固也。但當察其所以苦吟如何耳。老杜「一飯不忘君」，其性情正也。「讀書破萬卷」，其學力優也。其所謂「語不驚人死不休」者，蓋思欲裁掀天翻地之作，所志者至大，與後世矻矻以一字一句見工者殊科。若夫賈島、孟郊之倫，良非後來詩人所能翹企，顧其險覓狂搜，已失其性情之和，又無有學以爲之資，是以徒勞於字句之間，而不能有進。「食薺腸亦苦」「好詩抱空山〔一〕」「鳥宿池中樹，僧敲月下門」，伎倆盡乎此。而「獨行潭底影，數息樹邊身」，三年二句，自以爲至，可哀也。乃若齊己下拜，一字師之，其苦心至矣。但李杜決不如是之局促。蓋李杜專用力於全篇，自以氣韻勝，而字句亦無瑕。晚唐諸子專求工于字句，故一字一句間有可意，而全篇則寥寥矣。此小大之辨也。古來詩話皆貴苦吟而賤輕作，

〔一〕好詩：他本皆作「餓死」。

不惟都穆、朱承爵等爲然，其説良是。但談詩之徒大抵才力萎薾，見聞不廣，是以吟不得不苦，而自謂與老杜同道。以此誨人，漸不可長也。輓近詩人尤患無學，枯腸無物，苦吟終日，不能道劉長卿一句者，動以古人藉口。予故論而析之。

李伯承前已通余於于鱗，又時時爲余言于鱗也。久之始定交，自是詩知大曆以前，文知西京而上矣。

勿用六朝强造語，勿用大曆以後事，此詩家魔障，慎之慎之。藝苑巵言

于鱗發憤勵志，陳百家言俯而讀之。蓋文自西漢以下，詩自天寶以下，若爲其毫素污者，輒不忍爲也。李于鱗墓誌銘

盛唐句如「海日生殘夜，江春入舊年」，中唐句如「風兼殘雪起，河帶斷冰流」，晚唐句如「鷄聲茅店月，人跡板橋霜」，皆形容景物妙絶千古，而盛中晚界限斬然。故知文章關氣運非人力。達夫歌行五言律極有氣骨，至七言律雖和平婉厚，然已失盛唐雄贍，漸入中唐矣。詩至錢劉，遂中唐面目。錢才遠不及劉，然其詩尚有盛唐遺響，劉即自成中唐，與盛唐分道矣。詩藪

錢謙益曰：世之論唐詩者，必曰初盛中晚。老師豎儒，遞相傳述。揆厥所由，蓋創于宋季之嚴儀煜桉：當作羽，不然當作儀卿，而成于國初之高棅〔一〕。承譌踵繆，三百年于此矣。夫所謂

〔一〕棅：底本訛作「棟」，據《有學集》卷十五改。

初盛中晚者，論其世也，論其人也。以人論世，張燕公、曲江，世所稱初唐宗匠也。燕公自岳州以後，詩章淒婉，傳得江山之助，則燕公亦初亦盛。曲江自荆州已後，同調諷詠尤多。暮年之作，則曲江亦初亦盛。以燕公系初唐也，遡岳陽唱和之作，則孟浩然應亦盛亦初。以王右丞系盛唐也，酬春夜竹亭之贈，同左掖黎花之詠，則錢起、皇甫冉應亦中亦盛。一人之身，更歷二時，將詩以人次耶？抑人以時降耶？世之薦樽盛唐，開元天寶而已。自時厥後，皆自鄶無譏者也。誠如是，則蘇李枚乘之後，不應復有建安有黄初；正始之後，不應復有太康有元嘉。開元天寶已往，斯世無煙雲風月，而斯人無性情，同歸于墨穴木偶而後可也。煜桉：牧齋此論元駁滄浪。然滄浪能于舉世膠擾之中，唱宗盛唐之説以挽頹風，可謂具一隻眼。且其論云：「盛唐人詩，亦有一二濫觴晚唐者；晚唐人詩，亦有一二可入盛唐者。要當論其大概耳。」則其區别三唐，又未至守株刻船。降迄有明，則主張太過，墨守太甚。開口則道大曆後無詩，畫四唐判如鴻溝，此固宜引牧齋之説以駁之者也。

虞兆漋曰：唐詩分初盛中晚，説者謂初唐自高祖武德元年戊寅歲至玄宗先天元年壬子歲，凡九十五年。盛唐自玄宗開元元年癸丑歲至代宗永嘉元年乙巳歲，凡五十三年。中唐自代宗大曆元年丙午歲至文宗太和九年乙卯歲，凡七十年。晚唐自文宗開成元年丙辰歲至哀宗末年丙寅歲，凡七十一年。四唐自高祖武德戊寅至哀宗末年丙寅，總計二百八十九年。然愚謂詩格雖隨氣運變遷，其間轉移之處，亦非可以年歲限截。況有一人而經歷數朝，今雖分别年歲，究不能分一人之詩以隸于某年之下，甚之以訛傳訛，或一時而分載兩人，或異時而互爲牽引，則四唐之强分疆界，無亦刻舟求劍之説耶？

煜桉：弇州嚴禁用大曆以後事，蓋惡其語不雅馴而然也。然惡其不雅馴，則大曆以前事未可盡入詩，而大曆以後事豈無一二可入詩者？夫事，顧用之如何耳。果能如老杜，則經語佛語俚言方言皆可入詩，豈以時代限之哉？且夫大曆非古來一大劫，何故就此判可用與不可用？令李杜而在，必不爲是迂僻狹小之論也。弇州豈守株田父之苗裔耶？何其説之拘也。

明前後七子論詩，必以漢魏盛唐爲準的，未大失也。其失在守法太拘，而取境太狹。予之非之者，尚以其疾可治也。若乃嗣後混唐宋爲一，唱清新空靈之説者，信屬鄶以下無譏，人將以予不甚彈駁袁鍾，謂其有無而然，則非知我者也。

沈德潛曰：王李既興，輔翼之者病在沿襲雷同，攻擊之者又病在翻新弔詭。一變爲袁中郎之詼諧，再變爲鍾伯敬、譚友夏之僻澀，三變爲陳仲醇、程孟陽之纖佻。迴視嘉靖諸子，又古民之三疾矣。論者獨推孟陽，歸咎王李，而并刻論李何爲作俑之始，其然，豈其然乎？

十四曰解詩錯引事實

作詩不可無學，解詩尤不可無學。何則？古之詩人往往該通典籍，非如後世詩人之款啓寡聞。後之人欲解古人之詩而無錯誤，必也學出於古人之上，然後可也。況詩人之情優柔和平，無後人深險拗僻之習。人未有詩人之心，所見既差，博學多聞不能成用，是以有事在目前，而誤引他事者。彼著詩話者，其學既不及古人之博，其心又不如古人之和平，亦奚怪乎其解詩多謬也。六一、厚齋之徒，且不免此失，況幺麽乎？

退之筆力無施不可，予獨愛其工於用韻也。蓋得其韻寬，則波瀾横溢，泛入傍韻，乍還乍離，出入回合，殆不可拘以常格。如《此日足可惜》之類是也。得韻窄則不復傍出，而困難見巧，愈險愈奇，如《病中贈張十八》之類是也。六一詩話

嚴羽曰：有古詩旁取六七許韻者，韓退之《此日足可惜》篇是也，凡雜用東冬江陽庚青六韻。歐陽公謂退之遇寬韻則故旁入他韻，非也。此乃用古韻耳，於《集韻》自見之。

如周朴者，構思尤難。每有所得，必極其雕琢。故時人稱朴詩「月鍛季鍊，未及成篇，已播人口」。余少時猶見其集，其句有云「風暖鳥聲碎，日高花影重」，又云「曉來山鳥閙，雨過杏花稀」，誠佳句也。六一詩話

然考宋吴聿《觀林詩話》曰：「杜荀鶴詩句鄙惡，世所傳《唐風集》首篇『風暖鳥聲碎，日高花影重』者，余甚疑不類荀鶴語。他日觀唐人小説，見此詩乃周朴所作，而歐陽文忠公亦云爾。蓋借此引篇以行於世矣云云。」然則此詩一作周朴，實有根據，修不誤也。六一詩話提要

魏泰曰：歐陽文忠公作《詩話》，稱周朴之詩曰「風暖鳥聲碎，日高花影重」，以爲佳句。此乃杜荀鶴之句，非朴也。

杜《己上人茅齋》詩，歐陽修曰：「僧齊己也。善吟詩，知名於唐。」千家注杜詩「江蓮摇白羽，天棘蔓青絲」，譚浚明云云，此詩爲僧齊己賦，故引此事。鶴林玉露

齊己，晚唐詩僧，嘗以鄭谷爲一字師者。與杜邈隔百歲，今乃與杜來往，猶之荀息諫靈公之無道，韓魏二國待楚莊之葬馬，真一笑話矣。羅大經、邵寶、邵傅等之傳訛承謬，則罪薄乎云爾。胡應麟云：「齊己與貫休同出晚唐，何緣與杜相值？此不必辨。但僞託六一，聊爲洗之。」應麟之言如此，其尊尚先民可已。然六一以八分爲隸，不知姑蘇夜半之鐘，則未必不以己上人爲齊己也。

周密曰：唐僧齊己有《白蓮集》，爲《風騷旨格》，所與遊者吴融、鄭谷，皆晚唐人也。杜詩所稱「己公茅屋下，可以賦新詩」者非此己公，明矣。

《度世古玄歌》云：「始青之下月與日，兩半銅斗合成一。大如彈丸黄如橘，就中佳味甜如蜜。出彼玉堂入金室，子若得之慎勿失。」退之《樊宗師銘》云：「惟古於詞必己出，降而不能乃剽賊。後皆指前公相襲，從漢迄今用一律。寥寥久哉莫覺屬，神徂聖伏道絶塞。既極乃通發紹述，文從字順各識職，有欲求之此其躅。」宋子京《姦臣贊》云：「三宰嘯凶牝奪晨，林甫將藩黄屋奔。鬼質敗謀興元蹙，崔柳倒持李宗覆。」韓、宋之文皆宗於古，然退之爲之則有餘，子京勉之則不足，又施於史詞，似非所宜矣。珊瑚鈎詩話

陳霆曰：《唐書・奸臣贊》云：「三宰嘯凶牝奪晨，林甫將藩黄屋奔。鬼質敗謀興元蹙，崔

柳倒持李宗覆。」其句法本出於《漢書》，所謂「豎牛奔仲叔孫卒」等語，則其格也。張表臣者不知，謂與韓公《樊宗師銘》皆宗《度世古玄歌》句法，其言曰：「韓、宋之文皆宗於古，然退之爲之則有餘，子京勉之則不足，又施於史詞，似非所宜矣。」夫謂宋施於史詞非宜，然則《漢書》非史詞耶？良可發笑。

《楚詞》惟屈宋諸篇當讀之外，惟賈誼《懷長沙》、淮南王《招隱操》、嚴夫子《哀時命》宜熟讀，此外亦不必也。《九章》不如《九歌》，《九歌·哀郢》尤妙。滄浪詩話

馮班曰：桉《九章》有《懷沙》，賈太傅無《懷沙》也。《招隱士》亦非操，《哀郢》是《九章》。《九歌》是祀神之詞，何得有《哀郢》？滄浪云「須熟《楚詞》」今觀此言，《楚詞》殊未熟，亦恐是未曾看。彼聞賈生爲長沙王傅，自傷而死，遂以爲有《懷長沙》，不知《懷沙》非長沙也。彼知屈子不得志於懷襄而死，意《哀郢》必妙。不知《九歌》無《哀郢》也。望影亂言，世人爲所欺，何哉？ 煜桉：鈍吟駁滄浪，叫囂忿躁，殊失温柔敦厚之旨。不取也。獨此明明係儀卿之謬，故録之。一以見舍人之短而取其長，一以警談詩者往往疎於讀書。

《野望》詩「西山白雪三奇戍，南浦清江萬里橋」。桉《唐地理志》「彭州導江縣有三奇戍」，《韋皋傳》「遣大將陳洎等出三奇」，《西南備邊録》所謂三奇營也。一本作三年，趙氏本作三城，當從舊本三奇爲是。困學紀聞

錢謙益曰：桉西山三城，界于吐蕃，爲蜀邊要害，屢見杜詩，正不必作三奇。此穿鑿之

過耳。

煜桉：宋人不知詩，故其論如此。杜《西山》詩「辛苦三城戍，長防萬里秋」，豈復三奇之誤乎？王洙云：「《新史·高適傳》，上皇還京，復分劍南爲兩節度。百姓弊於調度，而西山三城列戍。適上疏論之，不納。」此尤一的證。何焯云：「當作三城。」地理不可好新奇也。

阮籍《詠懷》詩「西遊咸陽市，趙李相經過」。顔延年以爲趙飛燕、李夫人。劉會孟謂：「安知非實有此人，不必求其誰何也不。詳詩意，咸陽趙李，謂遊俠近幸之儔。《漢書·谷永傳》『小臣趙李，從微賤尊寵』，成帝常與微行者。藉用趙李字正出此。若如顔延年説趙飛燕、李夫人，豈可言經過？」如劉會孟言，當時實有此人。唐王維詩亦有「日夜經過趙李家」，豈唐時亦實有此人乎？乃知讀書不詳考深思，雖如延年之博學，會孟之精鑒，亦不免失之。况下此者耶？升庵詩話

董斯張曰：升庵引《谷永傳》小臣趙李從微賤尊寵弇州亦如此讀，又言即趙季、李款二人，皆陽翟大俠。弇州引《谷永傳》爲趙李報德復怨語，又云趙飛燕、李平皆成帝所幸婕好，然不應與婕好遊從。張考《谷永傳》，帝數爲微行，多近幸小臣句。趙李從微賤尊寵句。又云：「許班之貴傾動前朝，女寵至極，不可上矣。今之後起什倍于前，驕其親屬，假之威權，縱横亂政，刺舉之吏莫敢奉憲。」主爲趙李報德復怨，反除白罪，逮治正吏。」前云許班，後云趙李，非指婕好，何所指耶？報德復怨，謂趙李之親屬假威亂政，妄殺無辜。主其事者有所脇，反其明白亂政之罪，而群吏有持正者，且建議劾治之，若爲趙李復怨。又孟堅《叙傳》云：「班婕好借養

東宮，進侍者李平爲婕妤，而趙飛燕爲皇后。久之淳于長等始愛幸，入侍禁中，設宴飲之會，及趙李諸侍中皆引滿舉白。」又云：「谷永以駁譏趙李。」合二傳觀之，趙李之爲飛燕、李平，復何疑哉？升庵、弇州皆以「小臣趙李」爲句，殊誤。弇州云：「不應與婕妤遊從」，亦未稽《叙傳》「趙李諸侍中」語耳。當時婕妤貴盛，親屬赫奕，入侍帝宴，出假主威。《谷永傳》云「爲趙李報怨」，《叙傳》云「趙李諸侍中」，皆指其親屬也。阮公詩正用《叙傳》語。沈休文賦云「弱冠未仕，締交戚里。馳騖王室，遨遊許史」，沈所云「許史」者，正謂樂陵、博望輩耳，豈亦指許后及悼皇妣耶？此賦可以互證。陳晦伯《正楊》亦引《谷永傳》及《叙傳》，而不明言其爲飛燕、李平，又未知阮公所云「經過」者，正指其親屬也。

《唐文粹》所取詩，止樂章樂府古調，而格詩不録。帶經堂詩話

張宗柟曰：《談龍録》：「頃見阮翁雜著，呼律詩爲格詩，是猶歐陽公以八分爲隸也」。近時西亭汪氏編訂白香山詩，有云：「唐人詩集中無號格詩者。即大曆以還，有齊梁格、元白格、元和格、葫蘆、轆轤、進退諸格，多兼律詩而言，不專主古體也。顧格詩之義雖無考，而見諸公之文章者可證。《元少尹集序》：『宗簡，河南人，著格詩若干首，律詩若干首。』由是觀之，格者，但別於律詩之謂。公前集既分古調、樂府、歌行，以類各次於諷諭、閒適、感傷之卷，後集不復分類別卷，遂統稱之曰格詩耳。時本于格詩下復繫歌行、雜體字，是以格詩別爲古詩之一體矣。豈元少尹生平獨不爲歌行、雜體乎？況公後集自序曰：『邇來復有格律詩。』《洛中集記》

亦曰：『分司東都及兹十二年，其間賦格律詩凡八百首。』初未嘗及歌行雜體者，固以格字該舉之也。」桉此，則《文粹》所録全是格詩，而以此稱屬之律體，誤矣。

張平子《歸田賦》云：「仲春令月，時和氣清。原隰欝茂，百草滋榮。」明指二月。謝詩「首夏猶清和」，言時序四月，猶餘二月景象，故下云「芳草亦未歇」也。自後人誤讀謝詩，有「四月清和雨乍晴」句，相沿到今，賢者不免矣。試思「猶」字，竟作何解？說詩睟語

謝朓《别王僧儒》詩：「首夏實清和，餘春滿郊甸。花樹雜爲錦，月池皎如練。」又《出下館》詩：「麥候始清和，涼雨消炎燠。紅蓮摇弱荇，丹藤繞新竹。」白樂天詩：「清和四月初，樹木正華滋。」自古以首夏爲清和者不一而足，豈盡謬誤乎？故司馬温公本之曰「四月清和雨乍晴」，德潛以爲昉於温公，弇陋甚矣。又《歲時記》以四月朔爲清和節，蓋清和本言首夏不寒不熱，氣候絶佳，因以名節耳。靈運詩亦止謂首夏尚未患炎熱，加以芳草未歇，煙景氣候兩俱可喜。義自了然，何勞故遠引賦中之語？且倒用以難之乎？然李善注已引《歸田賦》以爲證，則其謬非始於德潛也。清袁棟《書隱叢說》略辨此，但漫謂清和似二月四月可通用，而不能明斥歸愚之謬，殊爲憒憒，故不取。

恒仁曰：案謝朓詩「首夏猶清和，餘春滿郊甸」，又「麥候始清和，涼雨清炎燠」，錢起詩「花萼拜春多寂寞，葉陰迎夏已清和」，白居易聯句「記得謝家詩，清和是此時」。以清和爲四月，自六朝唐人已然矣。宗室恒仁月山詩話

侗庵非詩話卷之十

十五曰好談讖緯鬼怪女色

讖緯鬼怪，聖人之所不語；評論女色，先賢之所戒。顧讖緯鬼怪稍近人情，女色稍存志節者，録之可也。乃於讖緯鬼怪之於理斷無者，女色之淫蕩罔檢敗壞禮俗者，方且莊語大書，方且津津稱道，非予所望乎學士大夫也。又有詼諧之談，徒資話柄，而無一毫益者，不足別立門目，附見乎此。此篇所載，其失淺陋易見，故止間綴數語以正之，不一一辯駁。

劉希夷一名挺之，嘗爲《白頭翁詠》曰「今年花落顔色改，明年花開復誰在」，既而自悔曰：「我此詩似讖，與石崇『白首同所歸』合一也。」乃更作一句云「年年歲歲花相似，歲歲年年人不同」，既而嘆曰：「此句復似向讖矣。然死生有命，豈復由此？」乃兩存之。詩成未周恐脱歲字，爲奸人所殺。或云宋之問害之。劉肅大唐新語

「明年花開復誰在」「歲歲年年人不同」等句，詩人屢道之，不足怪也。希夷惡之，殆其神

蕊膽怯〔一〕，死期將至，非詩爲之讖也。

崔曙進士作《明堂火珠》詩，贖帖曰「夜來雙月滿，曙後一星孤」，當時以爲警句。及來年，曙卒。唯一女名星星。人始悟其自讖也。本事詩

唐元載爲相時，正晝有書生詣焉。既見，拜語曰：「聞公高義好事，輒獻詩一篇以寄其意。」詩曰：「城南路長無宿處，荻花紛紛如柳絮。海燕銜泥欲作窠，空屋無人卻飛去。」載亦不曉其意，既出門而没。後歲餘，載被法，家破矣。太平廣記○此讖而兼鬼怪者也。

吴人范攄處士之子〔二〕，七歲能詩。《贈隱者》云「掃葉隨風便，澆花趁日陰」。方干曰：「此子他年必成名。」又《吟夏日》云「閒雲生不雨，病葉落非秋」。干曰：「惜哉！必不壽。」果十歲卒。全唐詩話

老杜有「病葉多先落，寒花只暫香」之句，殆甚於范家兒，而不夭，何耶？

詩豈獨言志，往往讖終身之事。范仲淹小官時，詠十四夜月詩云：「天意將圓夜，人心待滿時。已知千里共，猶訝一分虧。」希文久負人望，世期以爲相，而止于參知政事。臨漢隱居詩話

詠十四夜月，莫不言「一分虧」。倘以爲讖，則他人無應，而希文獨應之，何也？

〔一〕蕊：似當作「茶」。

〔二〕士：底本訛作「子」，據《全唐詩話》卷六改。

福唐黄文若言：南徐刁氏子字麟浮，十歲賦《竹馬》詩云：「小兒騎竹作驊騮，猶走東西意未休。我已童心無一在，十年渾付水東流。」十歲果卒。劉元素名博文，與余爲同郡，其爲人静退有守，好作詩而詩不妄發。内子朱賢而善事其夫，每舉案齊眉，則相敬如賓。一日元素與客飲，分韻得《柳眉》，其詩云：「青眼相看吾可知，精神渾在艷陽時。只因嫁得東君後，兩淚相看是别離〔一〕。」詩成，坐客皆不悦。後數日而其妻亡，蓋詩讖也。竹坡詩話

東坡在定武作《松醪賦》，有云「遂從此而入海，渺翻天之雲濤」，蓋自定再謫惠州，自惠州而遷昌化，人以爲語讖。秦少游紹聖間請外，以校勘爲杭倅。方至楚泗間，有詩云「平生逋欠僧房睡，準擬如今處處還」，詩成之明日，以言者落職監處州酒。好事者以爲詩讖。陳無己賦《高軒過》詩云「老知書畫真有益，卻悔歲月來無多」之句，不數月遂卒，或以爲詩讖。蘇子美嘗作《春睡》詩云「身如蟬蜕一榻上，夢似楊花千里飛」，歐公見之驚曰：「子美可念。」未幾果卒。直方詩話

胡仔曰：人之得失生死自有定數，豈容前逃，烏得以讖言之，何不達理如此？乃庸俗之論也。如東坡自黄移汝，别雪堂鄰里有詩云「百年强半少，來日若無多」，蓋用退之詩「年皆過半百，來日若無多」之語，然東坡自此脱謫籍，登禁從，累帥方面，晚雖南遷，亦幾二十年乃薨。則「來日若無多」之語何爲不成讖耶？

〔一〕兩：底本訛作「雨」，據《竹坡詩話》改。

唐宣宗微時，以武宗忌之，遁跡爲僧。一日遊方，遇黄蘗禪師，因同行觀瀑布。黄蘗曰：「我詠此得一聯，而下韻不接。」宣宗曰：「當爲續成之。」黄蘗云：「千岩萬壑不辭勞，遠看方知出處高。」宣宗續云：「溪澗豈能留得住，終歸大海作波濤。」其後宣宗竟踐位，志先見于詩矣。然自宣宗以後，接懿僖之時，宇内遂不靖，則「作波濤」之語豈非讖耶？庚溪詩話

隋唐以來，讖緯之説學者耻出諸口，及談詩則不然，吾不知其何心也。

杜《嚴鄭公宅同詠竹》詩，鶴曰：「當是廣德二年夏作。詩云『但令無剪伐，會見拂雲長』，蓋諷武也。明年武果死。」千家注

杜又有「惡竹應須斬萬竿」句，豈亦有所諷而爲讖耶？

《寒食》詩云：「寒食家家插柳枝，戀春春亦不多時。兒孫只解花前醉，青塚能消幾個悲。」此賈秋壑平章於德祐元年上母墳，回至集賢堂所作。豈非亡國之讖語？詩話雋永

徽宗於禁苑植荔支，結實以賜燕帥王安中。御製詩云：「葆和殿下荔支丹，文武衣冠被百蠻。思與近臣同此味，紅塵飛鞚過燕山。」蓋用樊川「一騎紅塵妃子笑，無人知道荔枝來」句，竟成語讖。鄰友陸仲連新娶，忽詠《梅花》詩云「練裙縞袂誰家女，背立東風怨曉寒」，不久遽卒，蓋讖也。歸田詩話

張修撰亨父工於詩，嘗歲晚與翰林諸公聯句，有云「生事殘年話，風流後輩誇」，竟以是月卒。亦詩讖也。南濠詩話

高季迪《題筆峰》詩：「雲來濃似墨，雁去還成字。千載只書空，山靈怨何事。」季迪辭侍郎不拜，家居忽罹黨禍腰斬。亦其讖云。

景泰初，于肅愍公監修京城，見石灰口占一絶云：「千槌萬鑿出深山，烈火叢中煉幾番。粉骨碎身都不顧，只留清白在人間。」後以冤被刑，此詩預爲之讖云。堯山堂外記

詩讖從古有之。宋徽宗詠金芝生詩曰「定知金帝來爲主，不待春風便發生」，已兆靖康之禍。後蜀主孟昶題桃符貼寢宫云「新年納餘慶，嘉節號長生」，後大祖滅蜀，遣吕餘慶知成都。王陽明擒宸濠，勒石廬山，有「嘉靖我邦國」五字，亡何世宗即位，國號嘉靖。揚州城内有康山，俗傳康對山曾讀書其處，故名。康熙間朱竹垞遊康山，有「有約江春到」之句，今康山主人穎長方伯修葺其地，極一時之盛，姓江名春。亦一奇矣。隨園詩話

詩話録讖極多，《總龜》至别立詩讖一門，今特舉百分之一耳。

洪邁曰：今人富貴中作不如意語，少壯時作衰病語，詩家往往以爲讖。白公十八歲病中作絶句云「久爲勞生事，不學攝生道。少年已多病，此身豈堪老。」然白公壽七十五。

列子終于鄭，今墓在郊藪，謂賢者之跡，而或禁其樵採焉。里有胡生者，性落魄家貧，少爲洗鏡鉸釘之業。倏遇甘果名茶美醖，輒祭于列禦寇之祠壠，以求聰慧而思學道。歷稔，忽夢一人刀劃其腹開，以一卷書置之於心腑。及覺，而吟詠之句皆綺美之詞，所得不由於師友。遠近號爲「胡釘鉸」。王軒少爲詩，寓物皆屬詠。頗聞《淇澳》之篇，遊西小江，泊舟苧蘿山際，題西施石曰：「嶺

上千峰秀，江邊細草春。今逢浣紗石，不見浣紗人。」題詩畢，俄見一女郎振瓊璫扶石筍，低面而謝曰：「妾自吴宮還越國，素衣千載無人識。當時心比金石堅，今日爲君堅不得。」既爲鴛鴦之會，似爲恨別之詞。後有蕭山郭凝素者，聞王軒之遇，亦適於浣溪，日夕長吟，屢題詩於其石上，寂爾無人，乃鬱怏而返。進士朱澤嘲之，聞者莫不嗤笑。凝素内耻，無復遊。朱詩曰：「三春桃李本無言，若被殘陽鳥雀喧。借問東鄰效西子，何如郭素擬王軒？」雲溪友議○此鬼怪而兼女色者也。

海陵人王綸女，輒爲神所憑，自稱仙人。字善數品，形製不相犯。《吟雪》詩云：「何事月娥欺不在，亂飄瑞葉落人間。説云：天上有瑞木開花六出。」他詩句詞意飄逸，類非世俗可較。《題金山》云「濤頭風捲雪，山腳石蟠虬」。常謂綸爲清非孺子，不曉其義。亦有詩贈曰：「君爲桐葉，我爲春風。春風會使秋桐變，秋桐不識春風面。」居數歲，神舍女去，懵然如故，嫁爲廣陵吕氏妻。中山詩話

蔡元度焚黄餘杭，舟次泗州。病亟，僧伽塔吐光射其舟，萬人瞻仰。中有棺呈露，士大夫知元度不起矣。至高郵而没。元度生於高郵而没於此，異事。世言元度蓋僧伽侍者木叉之後身，初以爲誕，今乃信然。冷齋夜話

東平王興周爲余言，東平人有居竹間自號竹溪翁者，一夕，有鬼題詩竹間云：「墓前古木號秋風，墓尾幽人萬慮空。唯有詩魂銷不得，夜深來訪竹溪翁。」世傳鬼詩甚多，常疑其僞爲。此詩傳於興周鄉里，必不妄矣。鬼之能詩，是果然也。承議郎任隨成字師心，劉景文甥也。嘗爲余言，景文昔爲忻州守，間數日，率一謁晋文公祠。既至祠下，必與神偶語，久之乃出。文公亦時時來謁景

文，景文開關，若與客語者，則神之至也。一日於廣坐中，謂一掾曰：「天帝當來召君，吾亦當繼往。」坐客皆相視失色。已而掾果無疾而逝，劉亦相繼而亡去。後一日，死而復蘇，起作三詩，乃復就瞑。其一云：「中宮在天半，其上乃吾家。紛紛鸞鳳舞，往往芝木華。揮手謝世人，聳身入雲霞。公暇詠天海，我非世人譁。」其二云：「仙都非世間，天神繞樓殿。高低雲霧勻，左右龍蛇遍。雲車山嶽聳，風鼙天地顫。從茲得舊渥，萬動毫端變。」其三云：「從來英傑自銷磨，好笑人間事更多。艮上巽中爲進發，千車安穩渡銀河。」詩成，謂其家人曰：「吾今掌事雷部中，不復爲世間人矣。」竹坡詩話

長安慈恩寺有數女仙，夜遊題詩云：「黄子坡頭好月明，强蹈華筵到曉行。煙波山色翠黛横，折得落花還恨生。」化爲白鶴飛去。明夜又題一首云：「湖山團團夜如鏡，碧樹紅花相掩映。北斗闌干移曉柄，有似佳期常不定。」長安南山下一書生作小圃蒔花木，一日有犢車麗女來飲於庭，邀書生同席，既去，作詩云：「相思無路莫相思，風裏楊花只片時。惆悵深閨獨歸處，曉鶯啼斷緑楊枝。」皆鬼仙詩，婉約可愛。元撰作《樹萱録》，載有人入夫差墓中，見白居易、張籍、李賀、杜牧諸人賦詩，皆能記憶，句法亦各相似。最後老杜亦來賦詩，記其前四句云：「紫領寬袍漉酒巾，江頭蕭散作閒人。秋風有意吹蘆葉，落日無情下水濱。」嗟乎！若數君子，皆不能脱然高蹈，猶爲鬼耶？殊不可曉也。若以爲元撰自作此辭，則數公之詩尚可庶幾，而少陵四句非元所能道也。彦周詩話

「紫領」以下四句有何工？而謂「非元所能道」。至遂疑數君子爲鬼，尤可一笑。彦周談

詩多涉理路者，奚乃至此？

祥符中，西蜀有二舉人至劍門張惡子廟，號英顯王，其靈響震三州，過者必禱焉。二子至廟已昏晚，大風雪苦寒，不可夜行，草草就廟廡下席地而寢。忽見廟中燈燭如晝，然後肴俎甚盛，人物紛然往來，俄傳導自遠而至，聲振四山，皆岳瀆貴神也。既就席，賓主勸酬如世人。忽一神曰：「帝命吾儕作來歲狀元賦，當議題。」一神曰：「以鑄鼎象物爲題。」既而諸神各一之韻，且各删潤更改商權。又久之，遂畢。朗然誦之曰：「當召作狀元者魂魄授之。」二子默喜，私相謂曰：「此正爲吾二人發。」迨將曉，見神各起致别，傳呼出廟而去。視廟中寂然如故。詩話雋永

四川崇寧縣蔡酣紫先生好道術，與漢陽太守王某交好。王年九十餘，能馭空而行。言元時玉山堂主人顧阿瑛已成地仙，至今猶在青城山中。引蔡見之，緑鬢朱顔，不食不飲，談笑不異常人，説元末明初之事尤詳。王善畫古松，題云：「煙墨一螺香一炷，寫出長松兩三樹。月明老鶴忽飛來，蹈枝不著空歸去。」隨園詩話

黄覺仕宦不遂，嘗送客都門外，不及寓邸舍，會一道士取所携酒炙呼飲之。既而道士舉杯，摝水寫「吕」字，覺始悟其爲洞賓也。又曰：「明年江南見君。」覺果得江南官，及期見之。出懷中大錢七，其次十，又小錢三，曰：「數不可益也。」予藥數寸許，告覺曰：「一以酒磨服之，可保一歲無疾。」覺如其言，至七十餘，藥亦垂盡，作詩曰：「牀頭曆日無多子，屈指明年七十三。」果是歲卒。貢父詩話

吾鄉沈處士貞吉，讀書能詩，暮年好道，奉純陽吕仙翁甚虔，每有事輒負箕召之。一日得詩二

絶云：「鶴背發長歌，清聲振林樾。萬里洞庭秋，湖波弄明月。」「片月已蒼蒼，詩成天欲曙。獨鶴忽不見，間雲自來去。」處士驚喜下拜，以爲真神仙來也。徐武功見之亦曰：「此詩非純陽不能作也。」南濠詩話

近代詩話好録洞賓事，聊舉其二。

請紫姑神，大抵能作詩，然不甚過人。舊傳一士人家請之，既降，偶書院中子弟作雨詩，因卒爾請賦。頃刻書滿紙，其警句云「簾卷滕王閣，盆翻白帝城」，可喜也。彦周詩話

詩話好載紫姑事，今止録其一。

雍正元年四月恩科，福州士子召仙，競問得失。有李生者疑之，拉江陵張鴻齋往觀焉。路折芭蕉一葉納左袖中，甫至壇下，仙即書云：「左袂携來一片青，知君意不問功名。可憐今夜瀟瀟雨，減卻窗前幾點聲。」李始驚服。及歸寓，二鼓後果雨。此鴻齋親見，爲余言之。蓮坡詩話

近代詩話録箕仙詩者極夥，聊録其跡之奇偉者一事，以概其他。

雜書語怪，滔滔皆是，不必深尤。然若《柳毅》《任氏傳》《才鬼記》《夜怪録》之屬，明明係寓言，良無不可。詩話則似認爲真，庸詎可以不非乎？

劉尚書禹錫罷和州，爲主客郎中集賢學士。李司空罷鎮在京，慕劉名，嘗邀至第中，厚設飲饌。酒酣，命妙妓歌以送之。劉於席上賦詩曰：「鬖髿梳頭宮樣妝，春風一曲杜韋娘。司空見慣渾閒事，斷盡江南刺史腸。」李因以妓贈之。本事詩

唐人以不惜所狎愛妓女而贈人爲義氣，見小説者比比，無論斁倫敗俗，其矜持自負尤可笑。

杜爲御史，分務洛陽。時李司徒罷鎮閑居，聲伎豪華，爲當時第一。洛中名士咸謁見之，李乃大開筵席。當時朝客高流，無不臻赴。以杜持憲，不敢邀置。杜遣座客達意，願與斯會。李不得已馳書，方對花獨酌，亦已酣暢，聞命遽來。時會中已飲酒，女奴百餘人皆絶藝殊色，杜獨坐南行，瞪目注視。引滿三巵，問李云：「聞有紫雲者，孰是？」李指示之。杜凝睇良久，曰：「名不虚得，宜以見惠。」李俯而笑，諸妓亦皆迴首破顔。杜又自飲三爵，朗吟而起曰：「華堂今日綺筵開，誰喚分司御史來。忽發狂言驚滿座，兩行紅粉一時迴。」意氣閑逸，傍若無人。本事詩

唐人以當色不讓自任。中材以下，莫不隨流逐波，可笑可哀。皇朝中古，頗漸漬唐弊風，風俗之移人如斯夫。

寧王曼貴盛，寵妓數十人皆絶藝上色。宅左有賣餅者，妻纖白明媚，王一見注目，厚遺其夫取之，寵惜逾等。環歲，因問之：「汝復憶餅師否？」默然不對。王召餅師使見之，其妻注視，雙淚垂頰，若不勝情。王座客十餘人，皆當時文士，無不凄異。王命賦詩，王右丞維詩先成：「莫以今時寵，寧忘舊日恩。看花滿眼淚，不共楚王言。」本事詩

唐小説記紅葉事凡四。其一《本事詩》。顧况在洛，乘間與一二詩友遊苑中流水上，得大梧葉題詩云：「一入深宫裏，年年不見春。聊題一片葉，寄與有情人。」况明日於上流亦題云：「愁見鶯啼

柳絮飛，上陽宮女斷腸時。君恩不禁東流水，葉上題詩寄與誰。」後十餘日，有客來苑中，又於葉上得詩，以示況曰：「一頁題詩出禁城，誰人酬和獨含情。自嗟不及波中葉，蕩漾乘春取次行。」又，明皇代，以楊妃、虢國寵盛，宮娥皆衰悴，不願備掖庭。嘗書落葉，隨御溝水流出云：「舊寵悲秋扇，新恩寄早春。聊題一片葉，將寄接流人。」顧況聞而和之。既達聖聰，遣出禁內人不少，或有五使之號，況所和即前四句也。其二《雲溪友議》。盧渥舍人應舉之歲，偶臨御溝，見紅葉上有詩云：「流水何太急，深宮盡日閒。殷勤謝紅葉，好去到人間。」其三《北夢瑣言》。進士李茵嘗遊苑中，見紅葉自御溝出，上有題詩曰與盧渥詩同。其四《玉溪編事》。侯繼圖秋日於大慈寺倚闌樓上，忽木葉飄墜，上有詩曰：「拭翠斂愁蛾，爲鬱心中事。搦葉下庭除，書作相思字。此字不書名，此字不書紙。書向秋葉上，願逐秋風起。天下有心人，盡解相思死。」余意前三則本一事，而傳記者各異耳。劉斧《青瑣》中有《御溝流紅葉記》，最爲鄙妄，蓋竊取前說，而易其名爲于祐云。本朝詞人罕用此事，惟周清真樂府兩用之。宋龐元英談藪〇煜桉：《侍兒小名録》載賈全虛臨御溝，見一花上有詩一首曰：「一入深宮裏，無由得見春。題詩花葉上，寄與接流人。」事極相類，惟花葉異耳。

此條，唐代淫蕩之風可以鑒，而録以爲美事佳話，可嘆！且一御溝紅葉而輾轉爲三四，談詩者之浮浪不根，亦可見矣。

唐寅曰：蓬萊別殿，化爲聚麀之場；花萼深宮，竟爲鶉奔之所。而題詩紅葉者，且以爲美談矣。此皆創業垂統之所致也。

暢姓，惟汝南有之，其族尤奉道，男女爲黄冠者十之八九。時有女冠暢道姑，姿色妍麗，神仙中人也。少游挑之不得，乃作詩云：「瞳如剪水腰如束，一幅烏紗裹寒玉。超然自有姑射姿，回看粉黛皆塵俗。霧閣雲窗人莫窺，門前車馬任東西。禮罷曉壇春日静，落紅滿地乳鴉啼。」桐江詩話

蘇紫薌愛謝耽，咫尺萬里，靡由得親。遣侍兒假耽，恒著小衫，晝則私服于内，夜則擁之而寢。耽知之，寄以詩曰：「蘇娘一別夢魂稀，來借青衫慰渴飢。若使閒情重作賦，也應願作謝郎衣。」謝亦取女袒服衷之。後爲夫婦。玄散詩話

陳檢討孺人死後，其房中人陶三自南至，以予與檢討親厚，願一見曼殊。曼殊往，陶三爲不食累日，曰：「南中無此人也。」曼殊作《無子自嘆》詩，有「夭桃何事不開花」句流傳人間，其後吴寶崖贈詩有云「夭桃莫怪遲遲放，應爲人間有曼殊」。西河詩話

大可作《曼殊小誌祭文》，品評曼殊姿色才德，無所不至。以其非詩話，不録。唐宋儒先所著之書，未有評論女色者。間或有之，亦止評一時有名美人耳。乃於己婢妾美其色美其才美其德，大書屢書者，今始見之。嗚呼！此不獨嘆詩道之下，有以見人心之日下矣。人心下，詩道斯益下已。噫！

春江公子戊午孝廉，貌如美婦人，而性倜儻。與妻不睦，好與少陵遊，或同卧起，不知烏之雌雄。嘗賦詩云：「人各有性情，樹各有枝葉。與爲無鹽夫，寧作子都妾。」又賦詩云：「古聖所制禮，立意何深妙。但有烈女祠，而無貞童廟。」余宰沭陽，有宦家女依祖母居，私其甥陳某逃獲訊，時值

六月，跪烈日中，汗雨下而膚理玉映。陳貌寢，以縫皮爲業。余念「燕婉之求，得此戚施」，殆不可解。問女何供，女垂淚云：「一念之差，玷辱先人。自是前生宿孽。」其祖母怒甚，欲置之死。余以卓茂語再三諭之，笞甥而以女交還其家。搜其篋，有閨詞云：「蕉心死後猶全捲，蓮子生時便倒含。」亦詩讖也。隔數月，聞被戚匪胡丰賣往山東矣。予至今惜之，嘗爲人題畫册云：「他生願作司香尉，十萬金鈴護落花。」隨園詩話○此女色而兼讖者也。

好色之心人皆有之，然亦貴其稍有心者，祗論其色而不問其心，此庸衆人之所不肯出也。沭陽女子，禽獸之行，人所莫之敢指者，而袁枚戀戀愛惜不置，殆非人也。

乾隆戊辰，李君宗典權知甘泉，書來道女子王姓者，有事在官，可爲小星之贈。予買舟揚州，見此女于觀音庵。與阿母同居，年十九，風致嫣然。任予平視，挽衣掠鬢，了無忤意。欲娶之，而以膚色稍次故中止。及解纜到蘇州，重遣人相訪，則已爲江東小吏所得。余爲作《滿江紅》一闋。余評女以「膚如凝脂」爲主，王次回亦有句曰「從來國色玉光寒，晝視常疑月下看」。隨園詩話

詩話之評色，至隨園極矣。道之口，津津流涎。今撮録二三條，以警示人。亦《詩》載《墻有茨》《溱洧》之遺意也。

山東二經生同官，因舉鄭谷詩云「任是深山更深處，也應無計避王徭」，一生難之曰：「野鷹安得王徭？」一生解之曰：「古人寧有失也。是年必當索領毛耳。」中山詩話

貢父平生以詼嘲得名，至末年厲風，人以爲口業之報。今觀其詩話，詼諧居半，則此言良

不誣。《禮》曰「張而不馳，文武不能」，《詩》曰「善戲謔兮，不爲虐兮」。但如貢父是戲謔而至於虐也，可乎？

詩有語病當避之。劉子儀嘗贈人云「惠和官尚小，師達禄須干」，同用故事，取孟子所謂「柳下惠不卑小官」、仲尼曰「師也達」「子張學干禄」。或有寫此二句，減去「官」字示人曰：「是番僧達禄須干。」見者大笑。此偶自諧合，無如輕薄子非刀筆過也。今古詩話

此等戲語，有何裨益？而謹收載于書中也。且阮閲《總龜》明知其非語病，而猶列之「詩病門」，尤屬無謂。

跋

古賀侗庵所著《非詩話》十卷，佐藤公綽獲之，舛誤遺脱甚多。未及校訂，遽没。余承後，與安井子寧求原書同校，而原書不可獲者，無從補正，一皆仍舊，不敢改竄。校畢，刻于崇文院。夫侗庵博古之才，詞賦固非本色，而深慨詩道之衰頽，綜覽唐宋以下詩話，抉其疵瑕，祛其蔽惑，痛言極論，不遺餘力。其意在針砭詩人膏肓，故言辭激烈，火氣太重。蓋勢之不容已也。侗庵自謂「《非詩話》之説行于世，則可以省通讀千百卷之力」，有此絶詣，可稱詩林之幸矣。

昭和二年秋九月下旬，館森鴻跋。

續聯珠詩格

釋教存

《續聯珠詩格》十二卷，釋教存（一七七九—一八三一）撰。所謂續，指繼承宋代遺民蔡正孫《唐宋千家聯珠詩格》。據天保十一年（一八四〇）刊備中觀龍寺藏版寫本校。

按：釋教存（しゃく きょうそん SHAKU KYOSON），江户時代後期僧侶。讚岐（今屬香川縣）人，字快行，號風牀山人。於備中（今屬岡山縣）觀龍寺習真言宗，亦於高野山（今屬和歌山縣）修行。繼其師之後爲觀龍寺住持。愛好詩文，與菅茶山、後藤漆谷往來。安永八年生，天保二年七月二十四日殁，享年五十三歲。

其著作有：《續聯珠詩格》、《風牀小詩》等。

續聯珠詩格序

歌家者流有「てにむさ」法，苟入其道，莫不由之。如所謂「さゑふらむ，ろるちろた」類是也。顧唐詩亦固合有此。而近日詩家見未及此，雖有《聯珠詩格》等書，而名家巨匠蔑視不以爲意，以故其所自運間語意錯戾，至不免目睫之誚焉。今時頗覺其非，有著《詩語解》者，有再刻《聯珠詩格》者。觀龍寺風牀上人恨其書尚多遺漏，汎搜廣索，以著《續聯珠詩格》，其於詩家，亦一片老婆心而已。今之學詩者，苟能因斯等書警發，守轍循序，能如歌家者流首講「てにむさ」，則庶乎其進步較速，而讀古詩亦鮮謬解矣。此其爲惠豈小小哉？余好詩，亦未明於此，因喜斯書之成，特告諸衆作者。

文政庚辰長夏，菅晋師撰并書。

續聯珠詩格序

詩言志而已矣，何事於聲律格法乎？詩之妙處在于神悟焉，豈可以聲律格法求之乎？「問余何事棲碧山，笑而不答心自閑」「兩人相對山花開，一杯一盃又一杯」，豈有聲律乎？豈有格法乎？感興遇意之妙，皆宜如此。雖然，李唐以此取士，士子皆盡智巧於此，主司亦建矩法於此，於是乎聲律不得不嚴也，法則不得不森也。且也情動於中而形於言，言成聲，聲成文，文乃宮商是也。然則有語言則有聲律，有聲律則有格法，是勢之所必至也。升堂入室，不得不由其門也。格法者，升堂入室之門也。得其門而入者升堂入室，吾聞之矣。未得其門而造奧突之幽者，吾未之見也。然則學詩者，先求之於聲律格法，而神悟之妙自在于其中矣。是蔡氏《詩格》之所以不可廢也。去年庚辰春夏，予客京師。備中詩僧風牀訪予於柳馬塲僑居，會予游大津未歸，留其所著《風牀小詩》一卷而去。予歸自大津，得其詩於机案之間，跪坐而朗誦，韻皆能協，格調亦合，其辭流麗清奇，可愛可悦，是所謂天葩吐奇芬者也。如其集句諸詩，毫無斧鑿之痕，又所謂天衣無縫者也。東歸之後，與兒玄齡如晦屢談其事，而恨不面晤其人矣。今茲辛巳之春，風牀飄然東遊，訪予於柳橋草廬，携其所著《續聯珠詩格》，屬予以序。予一見其面，而悉其爲人真率灑脱，毫無塗飾，今之僧徒所無也，可愛可悦。夫詩格，以格集詩，非選詩也。雖然，《詩》云「維其有之，是以似之」，蔡氏之詩尖巧新奇，是故其所集之詩，涉於奇僻者間有之矣。風牀之詩流暢清逸，是故其所集之詩流麗可悦。予有取于風牀焉。且也蔡氏之格止唐宋耳，風牀所集，及於明清大家名家，則其博洽亦可板也。予雖無似，以經義道學自任。詩文汚隆，附諸一時作家，不敢相關也。雖然，幼童所習在于此，見其就鄙俚淺俗，則不能不慨然也。風牀之詩與格，猶頗足挽頽風，則是豈不可愛乎？又豈不可悦乎？

文政四年孟夏二十日，錦城老人加賀大田元貞才位撰。江户星池秦其馨書。

續聯珠詩格總目

備中風牀釋教存快行編集
龍泉釋持戒醇浄校字

卷之一
起句用通韻　承句用通韻
結句用通韻　四句押韻
三句通三韻　起聯用身心字對
起聯用色字對　後聯用色字對
起聯用方字對　後聯用方字對
起句用月日字　後聯數目字對
拆開月照字　拆開水流字
用早晚字　用落盡字
用白盡字　用匹似字
用料理字　用也有字

卷之二
用無尋處字　用無覓處字
用無用處字　用催喚字
用喚起字　用喚起字又
用喚起字又　用喚得字
用憑仗字　用憑仗字又
用怪底字　用怪來字
用怪生字　用怪得字
用怪殺字　用怪道字
用也復字　用真成字
用真成字又　用莫謂字

用莫遺字　用不遺字

卷之三

用勾引字　用勾引字又
用猶勝字　用絶勝字
用珍重字　用珍重字又
用珍重字又　用斟酌字
用自笑字　用堪笑字
用堪笑字又　用笑殺字
用莫相笑字　用特地字
用特地字又　用特地字又
用記得字　用是此字
用始信字　用誰信字
用須信字　用須信字又

卷之四

用第一字　用第一字又
用一川字　用一自字
用一自字又　用一從字
用一從字又　用不分字
用不分字又　用不但字
用不向字　用不向字又
用不向字又　用猶向字
用多謝字　用多謝字又
用多少字　用多少字又
用多少字又　用何事字
用忽然字
用分明字
用分明字又

卷之五

用聖得知字　用聖得知字又
用君知否字　用君會否字
用君信否字　用知道字
用知道字又　用豈知字

用那知字　用情知字
用遥知字　用遥知字又
用懸知字　用欲知字
用要知字　用也知字
用也知字又　用定知字
用始知字　用始知字又
用知君字　用知爾字

卷之六

用莫將字　用莫將字又
用欲將字　用莫訝字
用商略字　用直到字
用生憎字　用瞥見字
用瞥見字又　用無拘束字
用無人會字　用爲地字
用作麼生字　用欲問字
用試問字　用聞道字
用聞道字又　用聞道字又
用乞與字　用乞與字又
用邂逅字

卷之七

用恰是字　用又是字
用元是字　用元是字又
用本是字　用最是字
用最是字又　用云是字
用猶是字　用應是字
用應是字又　用應爲字
用應有字　用賴有字
用尋常字　用尋常字又
用尋常字又　用分外字
用分外字又　用飛入字

卷之八

用中有字　用中有字又

用在中字
用在中字又
用兩中字
用兩中字又
用就中字
用就中字又
用就中字又
用吟對字
用丁寧字
用丁寧字又
用恰似字
用恰似字又
用回首字
用回頭字
用回頭字又
用抛卻字
用閑卻字
用遮卻字
用些子字
用争似字
用争似字又

卷之九

用畫出字
用畫出字又
用畫出字又
用寫出字
用寫得字
用併作字
用併作字又
用喚作字

用喚作字又
用喚作字又
用散作字
用化作字
用化爲字
用獨有字
用獨有字又
用不獨字
用不獨字又
用除卻字
用除卻字又
用無窮字
用無窮字又
用無窮字又
用欲識字
用要識字

卷之十

用祇應字
用只應字
用只言字
用只言字又
用何當字
用幾時字
用家在字
用家在字又
用家在字又
用家住字
用家住字又
用忽憶字
用忽聞字
用忽見字

用想見字　用想見字又
用貪看字　用貪看字又
用眼看字　用眼看字又
用君看字　用依前字
用印破字　用露出字
用洗出字

卷之十一

用本來字　用元來字
用元來字又　用元自字
用元自字又　用猶自字
用猶自字又　用抵死字
用抵死字又　用抵死字又
用不關字　用不許字
用不忍字　用不必字
用不應字　用不妨字
用不教字　用不惜字
用不放字　用不將字
用不減字　用不待字
用不使字　用不禁字

卷之十二

用無因字　用無因字又
用無復字　用無處不字
用無處著字　用箇中字
用箇中字又　用此中字
用此中字又　用認得字
用添得字　用占得字
用願得字　用借問字
用由來字　用又恐字
用又恐字又　用老夫字
用老夫字又　用一半字
用一半字又　用一併字

續聯珠詩格卷之一

起句用通韻格

題齊安城樓

唐杜牧

嗚軋江樓角一聲，微陽瀲瀲落寒汀。不用憑闌苦回首，故鄉七十五長亭。

早行

唐陸龜蒙

水寒孤棹觸天文，直似乘槎去問津。縱使碧虛無限好，客星名字也愁人。

三十六灣

唐許渾

縹緲臨風思美人，荻花楓葉帶溪聲。夜深吹笛移船去，三十六灣秋月明。

望春偶書　宋黄庶

信馬尋春上古原，天工一幅繡平川。花應笑我將詩句，便當遊人費萬錢。

即景　宋朱淑真

竹摇清影罩幽窻，兩兩時禽噪夕陽。謝卻海棠飛盡絮，困人天氣日初長。

承句用通韻格

回鄉偶書　唐賀知章

少小離鄉老大回，鄉音無改鬢毛衰。兒童相見不相識，笑問客從何處來。徐氏筆精鬢毛衰作面皮鬆。

和李秀才邊庭四時怨春　唐盧弼

春衣昨夜到榆關，故國煙花想已殘。少婦不知歸未得，朝朝應上望夫山。

寒塘曲

唐張籍

寒塘沉沉柳葉疎，水暗人語驚棲鳧。舟中少年醉不起，持燭照水射遊魚。

宮詞

宋華蕊夫人

翠華香重玉爐添，雙鳳樓頭曉日遲。扇掩紅鸞金殿悄，一聲清蹕捲珠簾。

蘇稽鎮客舍

宋范石湖

送客都回我獨前，何人開此竹閒軒。灘聲悲壯夜蟬咽，併入小窗供不眠。

荷亭倚欄

宋楊誠齋

魚跳龜戲不曾閑，萍盡荷生尚未繁。水面圓紋亂相入，玻瓈盆旋玉連環。

結句用通韻格

邊庭四時怨　唐盧弼

朔風吹雪透刀瘢，飲馬長城窟更寒。夜半火來知有敵，一時齊保賀蘭山。

惜春　宋俞桂

春事三分過二分，桃花水上覓紅雲。遊人浪説春歸去，柳外黄鸝尚自吟。

晨起　宋周文璞

閉門不與俗人交，玄晏春秋日日抄。清曉偶然隨鶴出，野風吹折白櫻桃。

華陽吟　宋白玉蟾

移將北斗過南辰，兩手雙擎日月輪。飛趁崑崙山上去，須臾化作一天雲。

仿王舍人製竹爐成漫題 清 高心白

窗上梅花影自横，枝頭倦雀寂無聲。颼颼蟹眼如催句，颺出茶煙伴白雲。

四句押韻格

姨母李夫人墨竹 宋 黄山谷

小竹扶疎大竹枯，筆端真有造化罏。人間俗氣一點無，健婦果勝大丈夫。

和宋復古大雨 宋 司馬光

雷公推車電施鞭，飛騰九澤舞百川。須臾開晴萬物鮮，仰視白日當青天。

春怨 宋 俞德

垂楊帶雨煙沈沈，綺窗翠幕清晝陰。琵琶撥盡誰知音，一聲望帝春事深。

山東飛放　宋汪元量

天子出獵山之東，臂鷹健卒豪且雄。我欲從之出雲中，坐看萬馬如遊龍。

楓　宋朱復之

鳳山高兮上有楓，青女染葉猩血紅。莫辭老紅嫁西風，一夜憔悴成禿翁。

歸去來圖　元劉因

淵明豪氣昔未除，翱翔八表凌天衢。歸來荒徑手自鋤，草中恐生劉寄奴。

三句通三韻格

次韻答寶覺　宋蘇東坡

芒鞋竹杖布行纏先，遮莫千山更萬山删。從來無腳不解滑，誰信石頭行路難寒。

聞鶯 宋楊誠齋

曉寒顧影惜金衣微，著意聽時不肯啼齊。飛入柳陰多處去，數聲只許落花知支。

枕上聞子規 宋楊誠齋

半世征行怕子規支，一聞一嘆一霑衣微。如今聽著渾如夢，我自高眠汝自啼齊。

次韻德久 宋姜夔

籬落青青花倒垂支，避人黄鳥雨中飛微。西郊寂寞無車馬，時有溪童賣菜歸灰。

曉行吴松江 元惟則

水轉沙涂又一灣删，迎船孤塔出煙嵐覃。長江一道横風起，兩岸争飛上下帆咸。

起聯用身心字對格

望少華　唐杜牧之

身隨白日看將老，心與青雲自有期。今對晴峰無十里，世緣多累暗生悲。

病酒呈晉州李八丈　宋司馬光

身如五嶺炎蒸裏，心似三江高浪中。誰道醉鄉風土好，舟車常願不相通。

次韻王稚川客舍　宋黄山谷

身如病鶴翅翎短，心似亂絲頭緒多。此曲朱門歌不得，湖南湖北竹枝歌。

謝答聞善二兄絶句　宋黄山谷

身入醉鄉無畔岸，心與歡伯爲友朋。更闌罵坐客星散，午過未蘇鬢髯鬙。

寄題朱元晦武彝精舍　宋陸放翁

身閒剩覺溪山好，心静尤知日月長。天下蒼生未蘇息，憂公遂與世相忘。

起聯用色字對格

白胡桃　唐李太白

紅羅袖裏分明見，白玉盤中看却無。疑見老僧休念誦，腕前推下水晶珠。

種荔枝　唐白樂天

紅顆珍珠誠可愛，白鬚太守亦何癡。十年結子知誰在，自向庭前種荔枝。

秋溪獨坐　唐薛能

黄葉分飛砧上下，白雲零落馬東西。人生萬意此端坐，日暮水聲流出溪。

虎丘寺西小溪閑泛　唐皮日休

高下不驚紅翡翠，淺深還礙白薔薇。船頭繫個松根上，欲待逢仙不擬歸。

後聯用色字對格

九曲詞　唐高適

鐵騎橫行鐵嶺頭，西看邏沙取封侯。青海只今將飲馬，黄河不用更防秋。

塞上曲　唐王烈

紅顏歲歲老金微，沙磧年年卧鐵衣。白草城中春不入，黄花戍上雁長飛。

雨晴風日絶佳徙倚門外　宋陸放翁

荼醿無端廢午眠，杖藜信步到門前。青裙溪女結蠶卦，白髮廟巫催社錢。

木末　　宋王荆公

木末北山煙冉冉，草根南澗水泠泠。繰成白雪桑重緑，割盡黄雲稻正青。

起聯用方字對格

永王東巡歌　　唐李太白

三川北虜亂如麻，四海南奔似永嘉。但用東山謝安石，爲君談笑静胡沙。

履道居　　唐白樂天

東里素帷猶未徹，南鄰丹旐又新懸。衡門蝸舍自慚媿，收得身來已五年。

芙蓉樓送辛漸　　唐王昌齡

丹陽城南秋月陰，丹陽城北楚雲深。高樓送客不能醉，寂寂寒江明月心。

病思　宋陸放翁

西山雪外巢松客，南岳巖前洗鉢僧。平日寄懷常在此，秋風剩欲辨行縢。

後聯用方字對格

上皇西巡南京歌　唐李太白

濯錦清江萬里流，雲帆龍舸下揚州。北地雖誇上林苑，南京還有散花樓。

渡湘江　唐杜審言

遲日園林悲昔遊，今春花鳥作邊愁。獨憐京國人南竄，不似湘江水北流。

十五夜御前口號踏歌詞　唐張説

帝宮三五戲春臺，行雨流風莫妒來。西域燈輪千影合，東華金闕萬重開。

稽山道中 宋陸放翁

文章事業初何在，鐘鼎山林本自同。昨暮釣魚天鏡北，今朝采藥石帆東。

起句用月日字格

二月二日 唐白樂天

二月二日新雨晴，草芽菜甲一時生。輕衫細馬春年少，十字津頭一字行。

蜀中九日 唐王勃

九月九日望鄉臺，他席他鄉送客杯。人情已厭南中苦，鴻雁那從北地來。

九月九日旅眺 唐邵大震

九月九日望遥空，秋水秋天生夕風。寒雁一向南飛遠，遠人幾度菊花叢。

九日完縣署中　　明王元美

九月九日客衣單，風似并刀月似環。爲問羽書臨雁塞，如何杯酒醉龍山。

五日與殿卿遊北渚　　明李攀龍

五月五日榴花杯，故園故人北渚來。君今不飲紅顏去，何有長絲繫得回。

後聯數目字對格

宣城見杜鵑花　　唐李太白

蜀國曾聞子規鳥，宣城還見杜鵑花。一叫一回腸一斷，三春三月憶三巴。

立春後一日屆臘　　清朱邇邁

驛路難爲送臘頻，故園誰寄隴頭春。一年一度一回首，三楚三巴三歲人。

偶作 宋程俱

老向甘泉補侍臣，歸來還作卧雲人。一重一掩藏煙雨，三沐三熏屏世塵。

雪中 宋葛長庚

曉來紅日尚羞明，四外彤雲欲放晴。一夜九天開玉闕，六花萬里散瓊英。

用拆開月照字格

蘇臺覽古 唐李太白

舊苑荒臺楊柳新，菱歌清唱不勝春。只今惟有西江月，曾照吴王宫裏人。

嘗茶 唐劉禹錫

生拍芳叢鷹觜牙，老郎封寄謫仙家。今宵更有湘江月，照出菲菲滿碗花。

竹枝詞　唐李涉

石壁千重樹萬重，白雲斜掩碧芙蓉。昭君溪上年年月，偏照嬋娟色最濃。

秋思　唐羅鄴

夢斷南窻啼曉烏，新霜昨夜下庭梧。不知簾外如珪月，還照邊城到曉無。

汴京紀事　宋劉彦沖

萬炬銀花錦繡圍，景龍門外軟紅飛。凄涼但有雲頭月，曾照當時步輦歸。

初至長干　宋周文璞

雲杪熒熒一塔燈，覺王舍利寶煙凝。山門推上三更月，似照前朝禮拜僧。

用拆開水流字格

古艷詞

唐元微之

深院無人草樹光，嬌鶯不語趁陰藏。等閒弄水浮花片，流出門前賺阮郎。

無題

唐唐彦謙

誰知别易會應難，目斷青鸞信渺漫。情似藍橋橋下水，年年流恨幾時乾。

旅泊

唐蔣吉

霜月初高鸕鷀洲，美人清唱發紅樓。鄉心暗逐秋江水，直到吴山脚下流。

初夏即事

宋楊誠齋

百日田乾田父愁，只消一雨百無憂。更無人惜田中水，放下清溪恣意流。

湖州　元 戴表元

一飽懸天不待求，幾人乾白少年頭。君看滾滾東流水，到海成淵始嬾流。

用早晚字格

和行簡望郡南山　唐 白樂天

反照前山雲樹明，從君苦道似華清。試聽腸斷巴猿叫，早晚驪山有此聲。

寄楊衡州　唐 韓翃

湘竹斑斑湘水春，衡陽太守虎符新。朝來笑向歸鴻道，早晚南飛見主人。

贈別宣州崔群相公　唐 杜牧

衰散相逢洛水邊，却思同在紫薇天。盡將舟楫板橋去，早晚歸來更濟川。

閨怨

唐 高駢

人世悲歡不可知，夫君初破黑山歸。如今又獻征南策，早晚催縫帶號衣。

詠雙開蓮花

唐 劉商

菡萏新花曉並開，濃妝美笑面相偎。西方采畫迦陵鳥，早晚雙飛池上來。

用落盡字格

春日偶題城南韋曲

唐 羅鄴

韋曲城南錦繡堆，千金不惜買花栽。誰知豪氣多羈束，落盡春光不見來。

客有卜居不遂薄遊汧隴因題

唐 許渾

海燕西飛白日斜，天門遥望五侯家。樓臺深鎖無人到，落盡東風第一花。

即事　宋　施樞

暝色分煙上遠峰，雨聲斷處又晴風。寶香差冷閑情遠，落盡薔薇一架紅。

雨窗同吉人象明作　清　潘高

細雨絲絲濕淺沙，嫩寒池閣客分茶。雙扉不上鳩鳴午，落盡城南山杏花。

隋宮　清　何嘉延

古堞荒原啼亂鴉，更無殘碣問隋家。一從芳樹垂垂發，落盡楊花又李花。

古詞　張楷

羅帕凝香濕未乾，朱櫻窗外雨生寒。燈花知是虛傳喜，落盡青煤誓不看。

用白盡字格

聽崔七妓人箏　唐　白樂天

花臉雲鬟坐玉樓，十三絃裏一時愁。憑君向道休彈去，白盡江州司馬頭。

過驪山　唐孟遲

冷日微煙渭上愁，華清宮樹不勝秋。霓裳一曲千門鎖，白盡梨園弟子頭。

春日絶句　宋陸放翁

怕見公卿嬾入城，野橋孤店跨驢行。天公遺足看山願，白盡髭鬚却眼明。

送歌師徐順昌　清季振宜

曾上君家水上樓，君今歸去正殘秋。休言及見開元盛，白盡江南子弟頭。

用匹似字格

謁李材叟翹叟戲贈兼簡田子平　宋黄山谷

只可閿中安止止，誰能鐵裏鬬錚錚。田多穀少無人會，匹似無田過一生。

春來風雨無一日好晴因賦瓶花　宋范石湖

酒冷花寒無好懷，紫荆終日爲誰開。三分春色三分雨，匹似東風本不來。

木樨　宋楊誠齋

輕薄西風未辨霜，夜揉黄雪作秋光。吹殘六出猶餘四，匹似天花更著香。

雜興　宋陸放翁

蛟鱷垂涎歷畏途，如今歡喜去携鋤。一生患難休回首，匹似元符曾上書。

用料理字格

戲咏高節亭邊山礬花　宋黄山谷

北嶺山礬取意開，輕風正用此時來。平生習氣難料理，愛著幽香未擬回。

竹西寺　宋米元章

竹西桑柘暮鴉盤，特地霜風滿倦顔。不用使君相料理，都緣塵土蔽青山。

山店賣石榴取以薦酒　宋陸放翁

山色蒼寒雲釀雪，旗亭據榻興悠哉。麴生正欲相料理，催喚風流措措來。

鈍吟馮先生宅感懷　清趙執信

閒世鍾期强聽琴，潛依流水寫微音。敝廬未解相料理，枉被名卿妒範金。

跋耶律浩然山水卷　元元好問

六月三泉松桂寒，西風早晚送歸鞍。無因料理黄塵了，只得青山紙上看。

用也有字格

自遣　唐陸龜蒙

數尺遊絲隨碧空，年年長是惹春風。争知天上無人住，也有清愁白髮翁。

羅江　　宋 范石湖

嶺北初程分外貪，驚心猶自怯晴嵐。如何花木湘江上，也有黄茅似嶺南。

郡中上元燈　　宋 楊誠齋

紅錦芙蓉碧牡丹，今番燈火減前番。雪泥没膝霜風緊，也有遊人看上元。

醉中信筆　　宋 陸放翁

麥野桑村有酒徒，過門相覓醉相扶。朱門日日教歌舞，也有儂家此樂無。

九日　　宋 王安石

九日無歡可得追，飄然隨意歷山陂〔一〕。蔣陵西曲風煙慘，也有黄花一兩枝。

〔一〕陂：底本訛作「坡」，據《臨川文集》卷二十七改。

館中上元游葆真宮觀燈

宋韓駒

玉作芙蓉院院明，博山香度小峥嶸。直言水北人稀到，也有槃跚勃窣行。

續聯珠詩格卷之二

用無尋處字格

過鄭山人所居

唐　劉長卿

寂寂孤鶯啼杏園，寥寥一犬吠桃源。落花芳草無尋處，萬壑千峰獨閉門。

長江縣經賈島墓

唐　鄭谷

水繞荒墳縣路斜，耕人訝我久咨嗟。重來兼恐無尋處，落日風吹鼓子花。

山居

宋　朱繼芳

宿雨乾時一杖藜，欲呼漁艇訪前溪。碧桃花落無尋處，惆悵人間日又西。

露香亭

宋 蘇東坡

亭下佳人錦繡衣，滿身瓔珞綴明璣。晚香消歇無尋處，花已飄零露已晞。

初秋行圃

宋 楊誠齋

落日無情最有情，偏催萬樹萬蟬鳴。聽來咫尺無尋處，尋到旁邊却有聲。

題洛神圖

明 高啓

晚步芳洲拾翠歸，不愁風浪濕仙衣。彩雲一滅無尋處，應逐陳王去馬飛。

用無覓處字格

湖中自照

唐 白樂天

重重照影看容鬢，不見朱顏見白絲。失却少年無覓處，泥他湖水欲何爲。

大林寺桃花　　唐白樂天

人間四月芳菲盡，山寺桃花始盛開。長恨春歸無覓處，不知轉入此中來。

立秋日　　宋劉武子

亂鴉啼散玉屏空，一枕新涼一扇風。睡起秋聲無覓處，滿階梧葉月明中。

王復秀才所居雙檜　　宋蘇東坡

吴王池館遍重城，奇草幽花不記名。青蓋一歸無覓處，衹留雙檜待昇平。

題秋山晚眺圖　　元吴澄

西風醉帽倚斜暉，詩思山情萃一時。一轉頭間無覓處，却尋舊畫要新詩。

用無用處字格

集賢池答侍中問　　唐白樂天

主人晚入皇城宿，問客徘徊何所須。池月幸閒無用處，今宵能借客遊無。

聞鵑　唐 杜荀鶴

楚天空闊月成輪，蜀魄聲聲似訴人。啼得血流無用處，不如緘口過殘春。

遊張公善權二洞　宋 曾茶山

自疑身是洞中仙，才出張公又善權。只道石田無用處，種成玉粒至今傳。

盆荷　宋 僧居簡

萍黏古瓦水涵天，數葉田田貼小錢。材大從來無用處，不須十丈藕如船。

端午　宋 戴復古

海榴花上濛濛雨，自切菖蒲泛濁醪。今日獨醒無用處，爲君痛飲讀離騷。

柳枝詞　清 傅扆

垂金小篆不曾譌，葉葉紛披撇與波。截柳編蒲無用處，衹傳新樣似元和。

用催喚字格

田園雜興

宋范石湖

静看簷蛛結網低，無端妨礙小蟲飛。蜻蜓倒挂蜂兒窘，催喚山童爲解圍。

小舟航湖夜歸書觸目

宋陸放翁

遥望湖東炬火迎，纔歸村舍雨如傾。畏途回首知安在，催喚兒童暖酒鐺。

偶得雙鯽

宋陸放翁

酒興森然不可回，重陽未到菊先開。一雙潑剌明吾眼，催喚厨人斫鱠來。

宫詞

宋花蕊夫人

厨船進食簇時新，侍宴無非列近臣。日午殿頭宣索詔，隔花催喚打魚人。

用喚起字格

春風樓 宋何應龍

踏歌搥鼓過清明，小雨霏霏欲弄晴。喚起十年心上事，春風樓下賣花聲。

思政堂東軒偶題 宋陸放翁

羈愁酒病兩無聊，小篆吹香已半消。喚起十年閩嶺夢，赬桐花畔見紅蕉。

夜投山家 宋陸放翁

夜行山步鼓鼕鼕，小市優場炬火紅。喚起十年巴蜀夢，宕渠山寺看蠶叢。

風雨停舟圖 元元好問

老木高風作意狂，青山和雨入微茫。畫圖喚起扁舟夢，一夜江聲撼客床。

宿唐濟武太史志壑堂 清王阮亭

新竹捎簷夜氣清，忽聞山鳥報寒更。單衾喚起瀟湘夢，落月已西天未明。

用喚起字又格

縱筆 宋陸放翁

素月徘徊牛斗間，天風吹鶴度函關。一年似此佳時少，喚起陳摶醉華山[一]。

春怨 宋朱氏

花影重重叠綺窗，篆煙飛上枕屏香。無情鶯舌驚春夢，喚起愁人對夕陽。

宿焦山上方 元郭天錫

揚子江頭風浪平，焦山寺裏晚鐘鳴。爐煙已斷燈花落，喚起山僧看月明。

〔一〕陳：底本作「陣」，據《劍南詩稾》卷二十二改。

用喚起字又格

買魚

宋　陸放翁

兩京春薺論斤賣，江上鱸魚不直錢。斫膾擣齏香滿屋，雨窗喚起醉中眠。

相國寺鐘

金　祝簡

寒鷄縮頸未鳴晨，已聽春容入夢頻。未必佛徒知警悟，祗能喚起利名人。

水仙花

明　謝茂秦

月爲精魄水爲神，素質先含雪裏春。羅襪淩波斷行跡，誰能喚起弄珠人。

用喚得字格

行次巫山宋楙宗遺騎送折花厨醞

宋　黄山谷

攻許愁城終不開，青州從事斬關來。喚得巫山强項令，插花傾酒對陽臺。

小舟早夜往來湖中　宋陸放翁

譙門鼓角寺樓鐘，一一風傳到短篷。喚得放翁殘酒醒，錦囊詩草不教空。

趙大年小景　元程鉅夫

匹馬銜寒踏落花，杏園深處曲江涯。何如相對風軒坐，喚得漁船傍酒家。

銅雀臺瓦硯　元元好問

愛惜鉛華洗又看，畫闌桂樹雨聲寒。千年不作鴛鴦去，喚得書生笑老瞞。

茅翁畫雙竹　明高啓

不學篔簹滿谷栽，兩竿斜拂楚煙開。應緣茅叟吹横玉，喚得雙飛碧鳳來。

用憑仗字格

春恨　唐錢珝

負罪將軍在北朝，秦淮芳草緑迢迢。高臺愛妾魂銷盡，憑仗丘遲爲一招。

溪光亭

宋　蘇東坡

决去湖波尚有情，却隨初日動簷楹。溪光自古無人畫，憑仗新詩與寫成。

弔天竺海月辨師

宋　蘇東坡

生死猶如臂屈伸，情鍾我輩一酸辛。樂天不是蓬萊客，憑仗西方作主人。

魏城東

宋　賀鑄

短短宮墻見杏花，霏霏晚雨濕啼鴉。欲將今夜思歸夢，憑仗東風吹到家。

桐花

元　方回

悵惜年光怨子規，王孫見事一何遲。等閒春過三分二，憑仗桐花報與知。

用憑仗字又格

再和楊公濟梅花

宋　蘇東坡

天教桃李作輿臺，故遣寒梅第一開。憑仗幽人收艾納，國香和雨入青苔。

周子充正字館中緋碧兩桃花　宋范石湖

碧城香霧赤城霞，染出劉郎未見花。憑仗天風扶絳節，爲招萼緑過羊家。

六月二十九日觀雨　元郭珏

青山山下是吾廬，六月丘園草盡枯。憑仗西風吹雨去，官田今歲又添租。

紅蕉仕女　明高啓

蕉花包露月中開，酒渴初尋出徑苔。憑仗小龙休吠影，深宮那得外人來。

用怪底字格

枕上　宋陸放翁

斷香猶在夢初回，燈似孤螢闔復開。怪底詩情清徹骨，數聲新雁枕邊來。

郡居

元倪雲林

疎疎梅雨橘花香，寂寂桐陰研席凉。恠底林間金彈子，枇杷都熟不知嘗。

題魏明鉉畫

元鄭韶

老翁住在浣花邨，日日哦詩醉瓦盆。恠底横江見船尾，不知春水到柴門。

題芭蕉士女

明高啓

秋宫睡起試生羅，閒向芭蕉石畔過。恠底早凉欺匣扇，夜來葉上雨聲多。

奉恩泛舟西苑觀取魚

清張英

空明雙槳繫澄潭，煙水菰蒲性所躭。恠底夜來凉雨後，魚莊蟹舍夢江南。

用恠來字格

竹枝詞

唐白樂天

江畔誰人唱竹枝，前聲斷咽後聲遲。恠來調苦緣詞苦，多是通州司馬詩。

先醉　　唐元微之

今日樽前敗飲名，三杯未盡不能傾。怪來花下長先醉，半是春風蕩酒情。

休日訪人不遇　　唐韋應物

九日驅馳一日閒，尋君不遇又空還。怪來詩思清人骨，門對寒流雪滿山。

寄題天台國清寺　　唐皮日休

十里松門國清路，飯猿臺上菩提樹。怪來煙雨落青天，原是海風吹瀑布。

用怪生字格

舟過安仁　　宋楊誠齋

一葉漁船兩小童，收篙停棹坐船中。怪生無雨都張傘，不是遮頭是使風。

小舟早夜往來湖中 宋陸放翁

河漢橫斜斗柄低，啼鴉掠水未成栖。怪生凄爽侵肌骨，船繫秦皇酒甕西。

北園雜詠 宋陸放翁

閒伴鄰翁去荷鉏，林疎歷歷見村墟。怪生白鷺飛無數，水落灘生易取魚。

用怪得字格

戲題木蘭花 唐白樂天

紫房日照臙脂拆，素艷風吹膩粉開。怪得獨饒脂粉態，木蘭曾作女郎來。

雪後開窗看梅 宋丁直卿

梅花門户雪生涯，皎潔窗櫺自一家。怪得香魂長入夢，三生骨肉是梅花。

晚泊維揚驛　　元宋褧

朱軒翠館欝岧嶢，幾處笙歌幾處橋。怪得隔江人望見，夜深燈火似元宵。

春寒　　元黄庚

春寒料峭透窻紗，睡起晴蜂恰報衙。怪得曉來風力勁，滿階香雪落梨花。

閩酒曲　　清黎士宏

誰爲狡獪試丹砂，却令紅娘字酒家。怪得女郎新解事，隨心亂插兩三花。

龜父國賓二周丈同遊谷簾　　宋王阮

偶然得意挹珍流，二妙欣然共勝遊。怪得坐閒無俗語，谷簾泉水建茶甌。

用怪殺字格

夜坐　　元方行

蘭釭滅盡換寒更，一枕餘香玉雪清。怪殺無情樓上笛，攪人春夢到天明。

繡毬花 明 謝茂秦

高枝帶雨壓雕欄，一帶千花白玉團。怪殺芳心春歷亂，捲簾誰向月中看。

送春詞次陳鍾庭學士韻 清 黄之雋

多情白日引遊絲，爲罥春光駐片時。怪殺薊門風信早，亂紅吹過出墻枝。

和汪鈍翁姑蘇楊柳枝詞 清 計默

紅橋綺陌柳陰濃，歷亂飛花類轉蓬。怪殺前山女貞樹，能禁二十四番風。

用怪道字格

西風 明 馮琢菴

西風瑟瑟水潺潺，羞向秋波照玉顔。怪道宫愁流不盡，秋來一葉重如山。

泊長蕩　明朱多炡

蒹葭一望暮蒼蒼，長蕩湖頭煙水長。怪道今朝楓葉盡，夜來七十二橋霜。

婆留井　清黄與堅

緑莎縈繞水澄清，荒井翻因得大名。怪道真王身不死，水犀萬弩射潮平。

嶺外歸舟　清朱彝尊

飛來寺腳東江濤，徑入雙林磴轉高。怪道褰簾蝴蝶立，軍持新插紫山桃。

用也復字格

鷄犬　宋陸放翁

貧家也復謹朝昏，小犬今年乞近村。糠粃無多深媿汝，狺狺終夜護柴門。

盆梅

清 宋笠田

數枝也復影横斜，惹得羈人鄉夢賒。抛卻西溪千樹雪，瓦盆三尺看梅花。

記夢

宋 陸放翁

團臍霜蟹四腮鱸，樽俎芳鮮十載無。塞月征塵身萬里，夢魂也復醉西湖。

夜行過一大姓家值其樂飲

宋 陸放翁

村豪聚飲自相歡，燈火歌呼鬪夜闌。醉飽要勝飢欲死，看渠也復面團團。

漢嘉竹枝

清 王漁洋

城頭山色入虛無，城下清波望鬱姑。白塔紅船歸去晚，嘉州也復有西湖。

用真成字格

晝睡鴨

宋 黄山谷

山鷄照影空自愛，孤鸞舞鏡不作雙。天下真成長會合，兩鳧相倚睡秋江。

謝鄭閎中惠高麗畫扇　宋　黃山谷

蘋汀游女能騎馬，傳道蛾眉畫不如。寶扇真成集陳隼，史臣今得殺青書。

雨晴　宋　陸放翁

山川炳煥似闢國，風雨退收如解嚴。老子真成無一事，抱孫負日坐茅簷。

題伊陽楊氏戲虎圖　元　元好問

大斑哆笑口侵耳，小斑蓄縮如乞憐。戲鬬真成兩勁敵，發機誰在卞莊前。

用真成字又格

寄黃龍清老　宋　黃山谷

萬山不隔中秋月，一雁能傳寄遠書。深密伽陀枯戰筆，真成相見問何如。

謝公擇舅分賜茶

宋　黄山谷

文書滿架惟生睡，夢裏鳴鳩唤雨來。乞與降魔大圓鏡，真成破柱作驚雷。

白雲泉

宋　范石湖

龍頭高啄嗽飛流，玉釀甘渾乳氣浮。捫腹煮泉烹鬬胯，真成騎鶴上揚州。

用莫謂字格

讀經

宋　陸放翁

藜羹粟飯養殘軀，晨起衣冠讀典謨。莫謂書生無用處，一身自是一唐虞。

偶題

宋　張耒

相逢記得畫橋頭，花似精神柳似柔。莫謂無情即無語，春風傳意水傳愁。

題芍藥　明僧德祥

玉階宜有此花開，金鼎調香宰相才。莫謂人間無彩筆，寫將穠艷入雲臺。

聖主躬耕耤田恭紀　清尹繼善

萬家生命屬時幾，望雨祈晴念不違。莫謂深宮無耒耜，痌瘝切切是民依。

用莫遣字格

柳　唐司空圖

似擬淩寒妒早梅，無端弄色傍高臺。折來未有新枝長，莫遣佳人更折來。

途中寄李三　唐戎昱

楊柳含煙灞岸春，年年攀折爲行人。好風若借低枝便，莫遣青絲掃路塵。

末利漸過木犀正開　宋　范石湖

末利吟餘又木犀，碧瑶葉底露金支。從今日日須搜句，莫遣硯池生網絲。

慶長叔招飲一杯未釂雪聲璀然　宋　楊誠齋

晚飲西鄰大阮家，天風吹雪入簷牙。呼僮淨掃青苔地，莫遣纖塵涴玉花。

題淵明五柳圖　明　袁敬所

藜杖芒鞋白布裘，山中甲子自春秋。呼兒點檢門前柳，莫遣飛花過石頭。

用不遣字格

過臨平蓮蕩　宋　楊誠齋

蓮蕩層層鏡樣方，春來嫩玉斬新光。角頭一一張蘆箔，不遣魚蝦過別塘。

客路　　宋朱繼芳

是處人家擣練忙，天寒日短路偏長。蛩聲四壁無時歇，不遣羈人夢到鄉。

春思　　明徐禎卿

渺渺春江空落暉，行人相顧欲霑衣。楚王宫外千條柳，不遣飛花送客歸。

馬家山　　清元璟

山腳山腰盡白雲，晴香蒸處晝氤氲。天公領略詩人意，不遣花開到十分。

客夜　　清朱竹垞

陽曲城頭烏夜啼，明燈深巷緑窗低。從教趙女工瑶瑟，不遣愁人醉似泥。

續聯珠詩格卷之三

用勾引字格

楊柳枝詞起句通韻　　唐白樂天

依依嫋嫋復青青，勾引春風無限情。白雪花繁空撲地，緑絲條弱不勝鶯。

無題　　唐唐彦謙

錦箏銀甲響鵾絃，勾引春聲上綺筵。醉倚闌干花下月，犀梳斜䩞鬢雲邊。

槐花　　唐翁承贊

雨中妝點望中黄，勾引蟬聲送夕陽。憶得當年隨計吏，馬蹄終日爲君忙。

桃花馬起句佳韻　　元馬伯庸

白毛紅點巧安排，勾引春風背上來。莫解雕鞍橋下洗，恐隨流水泛天台。

用勾引字又格

秋雨　　宋釋贊寧

點點潭心細影微，冷侵虛閣透單衣。破除殘暑昏蒙去，勾引輕寒淡薄歸。

宫妝　　宋陳自齋

淺畫娥眉薄傅腮，淡妝雅稱壽陽梅。丁寧不用梳高髻，勾引朝臣諫疏來。

偶成　　元貢師泰

司馬年來多病渴，小樓涼雨趁高眠。無端一樹櫻桃熟，勾引鶯聲到枕邊。

用猶勝字格勝，詩證反

階下蓮

唐白樂天

葉展影翻當砌月，花開香散入簾風。不如種在天池上，猶勝生於野水中。

宫人斜

唐陸龜蒙

草樹愁煙似不春，晚鶯哀怨問行人。須知一種埋香骨，猶勝昭君作虜塵。

乙卯楊廷秀訪平園即事

宋周必大

乘輿不回安道舟，銷憂同倚仲宣樓。莫嫌四面酸風射，猶勝三場瀋汗流。

暮立荷橋

宋楊誠齋

欲問紅蕖幾萼開，忽驚浴罷夕陽催。也知今夕來差晚，猶勝窮忙不到來。

宿妙庭觀次東坡舊韻起句通韻　宋范石湖

桂殿吹笙夜不歸，蘇仙詩板挂空悲。世人舐鼎何須笑，猶勝先生夢石芝。

明妃　清胡天游〔一〕

天低海水西流處，獨有琵琶堪解語。斷枝枯木本無情，猶勝人心百千許。

用絶勝字格勝，平去二聲

早春呈水部張十八員外　唐韓退之

天街小雨潤如酥，草色遥看近却無。最是一年春好處，絶勝煙柳滿皇都。煙或作苑

次韻曾仲躬侍郎同登伏龜樓　宋范石湖

古來遊客謾西東，領會誰如我與公。露坐繩牀天不盡，絶勝簾雨棟雲中。

〔一〕胡：底本訛作「湖」，據《石笥山房集》改。

謝朱元晦寄紙被　宋陸放翁

紙被圍身度雪天，白於狐腋軟於綿。放翁用處君知否，絶勝蒲團夜坐禪。

水墨梅　宋陳簡齋

自讀西湖處士詩，年年臨水看幽姿。晴窗畫出横斜影，絶勝前村夜雪時。

用珍重字格 重，仄聲

扇　唐司空圖

珍重逢秋莫棄捐，依依只仰故人憐。有時池上遮殘日，承得霜林幾箇蟬。

道中憶胡季懷　宋周必大

珍重臨分白玉巵，醉中那暇説相思。天寒道遠酒醒處，始是憶君腸斷時。

謝愚山寄敬亭茶著書墨　清王阮亭

珍重宣州緑雪芽，釵頭玉茗未須誇。晚涼夢到雙溪路，宿火殘鐘索鬭茶。

病中口占　清張令儀

珍重餘生劫後身，卻憐孤負一分春。殷勤好與東風約，留取餘花待病人。

用珍重字又格

狀春　唐雍唐

含春笑日花心艷，帶雨牽風柳態妖。珍重兩般堪比處，醉時紅臉舞時腰。

謝關景仁送紅梅栽　宋蘇東坡

年年芳信負紅梅，江畔垂垂又欲開。珍重多情關令尹，直和根撥送春來。

雜小詩　宋朱松

紛紛褦襶久相忘，只憶僧齋晝夢長。珍重道人留客語，君家無比北窗涼。

直宿玉堂懷舊　宋范石湖

雪山刁斗不停撾，更把除書敢顧家。珍重玉堂今夜夢，静聞宫漏隔宫花。

雪晴　宋楊誠齋

晴光雪色忽相逢，雨滴空階日影中。珍重北簷殊韻勝，苛留殘玉不教融。

用珍重字又格

小遊仙詩承句通韻　唐曹唐

飢即餐霞悶即行，一聲長嘯萬山青。穿花渡水來相訪，珍重多才阮步兵。

別玉華仙侶　唐張祜

繞舍煙霞爲四鄰，寒泉白石日相親。塵機不盡住不得，珍重玉山山上人。

送中舍蒲君致政西歸　宋文彦博

閬苑當年硯席同，别來三十八秋風。東朝新命西歸去，珍重賢哉鶴髮翁。

迮耕石水村取適圖　清沈德潛

萬里崎嶇行路難，滇黔秦蜀興俱闌。歸來倍覺風光好，珍重生涯釣雪灘。

用斟酌字格

田園雜興　宋范石湖

湖蓮舊蕩藕新翻，小小荷錢没漲痕。斟酌梅天風浪緊，更從外水種蘆根。

秋日山塘雜興 清王廷諤

幾層雲碓復風帘，七里行來遠不嫌。斟酌橋西泊船處，塔燈紅點照山尖。

牡丹 明薛惠

錦園處處鎖名花，步障層層簇絳紗。斟酌君恩似春色，牡丹枝上獨繁華。

病中絶句 宋范石湖

溽暑薰天地湧泉，彎跧避濕挂行纏。出門斟酌無忙事，睡過黄梅細雨天。

用自笑字格

常州太平寺觀牡丹 宋蘇東坡

武林千葉照觀空，別後湖山幾信風。自笑眼花紅緑眩，還將白首看鞓紅。

贈大素軻律師起句元韻　　宋　陳師道

林間細路暗通門，火閣深藏雪裏春。自笑世間千計錯，羨他湖上十年人。

彭州歌　　宋　汪元量

彭州又曰牡丹鄉，花月人稱小雒陽。自笑我來逢八月，手攀枯幹舉清觴。

題尹文端公札後起句齊韻　　清　袁倉山

夜深手劄出深閨，勸我新歸應早回。自笑公門嬾桃李，五更結子要風催。

題豹君山小影　　清　蔣士銓

冷吟閑醉寂寥身，畫裏形橫孰假真。自笑秋來道根淺，硯旁添坐學書人。

用堪笑字格

病後醉中　　宋　蘇東坡

病爲兀兀安身物，酒作蓬蓬入腦聲。堪笑錢塘十萬户，官家付與老書生。

端午起句真韻　宋戴復古

榴花角黍薦時新，何處家家不酒樽。堪笑江湖老詩客，也隨蒿艾上朱門。

農舍　宋陸放翁

萬錢近縣買黄犢，襏襫行當東作時。堪笑江東王謝輩，唾壺塵尾事兒嬉。

癸丑正月二日　宋陸放翁

朱顔不老畫中人，緑酒追歡夢裏身。堪笑三山衰病叟，閉門寂寂過新春。

嘲友人謫中有遇　明高啓

簾疎不隔眼波流，寶鑑羅巾暗贈酬。堪笑相逢便相得，只應未識此中愁。

用堪笑字又格

和錢四寄其弟和　宋蘇東坡

再見濤頭湧玉輪，煩君久駐浙江春。年來總作維摩病，堪笑東西二老人。

能仁寺悟上人來楓橋訪余　宋孫覿

撚斷吟鬚皺兩眉，鏤冰琢雪等兒嬉。解啼孤月如鷄口，堪笑窮郊作許悲〔一〕。

買臣像　明程敏政

雪林樵擔壓雙肩，士有窮通節自堅。贏得馬前愚婦駭，快心堪笑亦堪憐。

用笑殺字格

遯軒起句真韻　宋蘇東坡

冠蓋相望起隱淪，先生那得老江村。古來真遯何曾遯，笑殺逾垣與閉門。

雨中夕食戲作　宋陸放翁

粗飯寒菹到手空，屬饜也與八珍同。家人見慣渾閒事，笑殺新來兩髻童。

〔一〕悲：底本訛作「愁」，據《鴻慶居士集》卷六改。

有感起句庚韻　　宋李覯

庭下縲囚何忿争，刀筆少年初醉醒。黄金滿把未迴眼，笑殺迂儒欲措刑。

送家兄君美復之江左幕職　　明王弇州

東湖水鋪如鏡平，百花洲上百花明。宫袍小舫醉歌去，笑殺襄陽空得名。

用莫相笑字格

行次起句庚韻　　唐羅鄴

終日長程復短程，一山行盡一山青。路傍君子莫相笑，天上由來有客星。

答傅霖　　宋張詠

當年失腳下漁磯，苦戀清朝未得歸。寄語巢由莫相笑，此心不是愛輕肥。

雨中過臨溪古堠　宋陸放翁

道邊相送驛邊迎，水隔山遮似有情。歲晚無聊莫相笑，君方雨立我泥行。

劉原父再昏　宋歐陽修

仙家千載一何長，浮世空驚日月忙。洞裏桃花莫相笑，劉郎今是老劉郎。

用特地字格

至壽陽驛　唐韓退之

風光欲動別長安，春半邊城特地寒。不見園桃兼巷柳，馬頭惟有月團團。

公子行　唐羅鄴

金鞍玉勒照花明，過後香風特地生。半醉五侯門裏出，月高猶在禁街行。

歸計　宋薛季宣

置錐無地也無錐，幸可歸來特地疑。船子月輪貧未破，羅浮焉用石頭爲。

郡圃曉步因登披仙閣承句佳韻　宋楊誠齋

昨來風日較暄些，破曉來遊特地佳。也自低頭花下過，依前撞落一頭花。

春雪　宋陸放翁

江雲垂野雪如篩，閏歲春來特地遲。倒盡酒壺終日醉，卧聽兒誦半山詩。

新市雜詠　宋華岳

花箋得得寄瀛洲，約我今宵特地留。好笑蒼頭迷去路，緑楊無處認青樓。

竹西寺起句寒韻　宋米元章

竹西桑柘暮鴉盤，特地霜風滿倦顔。不用使君相料理，都緣塵土蔽青山。

用特地字又格

大散嶺　唐羅鄴

過往長逢日色稀，雪花如掌撲行衣。嶺頭却望人來處，特地身疑是鳥飛。

過寶應縣新開湖結句青韻　宋楊誠齋

兩隻釣船相對行，釣車自轉不須縈。車停不轉船停處，特地縈車手不停。

釣雪舟倦睡　宋楊誠齋

小閣明窻半掩門，看書作睡政昏昏。無端却被梅花惱，特地吹香破夢魂。

用特地字又格

謝寄羊裘　宋朱文公

短棹長蓑九曲灘，晚來閑把釣魚竿。幾回欲過前灣去，却怕斜風特地寒。

團扇　　宋王安石

玉斧修成寶月團，月中仍有女乘鸞。青冥風露非人世，鬢亂釵橫特地寒。

戎州　　宋汪元量

錦樹高低種萬顆，歲收百斛足生涯。八錢買得一斤重，魯直詩中特地誇。

重遊英州碧落洞起句寒韻　　宋余靖

幽景前賢恨到難，泉聲清淺出巖間。區區宦路重來此，塵世難逢特地閒。

登天柱岡過胡家塘蕁塘歸東園承句元韻宋楊誠齋

厭看家園桃李春，踏青行遍四山村。芳菲看盡還歸看，看得園花特地新。

用記得字格

小樓　　唐儲嗣宗

松杉風外亂山青，曲几焚香對石屏。記得去年春雨後，燕泥時污太玄經。

題李成枯木　元張天英

誰如惜墨李營丘，屈鐵交柯煙雨稠。記得滄江龍出蟄，怒鬚捲霧拔山湫。

題畫　元貢性之

桃花紅綻斷橋邊，楊柳垂陰散綠煙。記得少年曾取醉，玉人扶上總宜船。

題畫　明董其昌

青山白社夢歸時，可但前身是畫師。記得西陵煙雨後，最堪圖取大蘇詩。

畫菜　明任衛

露牙煙甲曙光寒，紫翠溥香濕未乾。記得花開曾病酒，玉人纖手薦春盤。

郭河陽溪山行旅圖　清錢謙益

層崖鐵樹暗江關，破墨沉沙尺幅間。記得承平有嘉話，玉堂深處看春山。

用是此字格

石竹花

唐陸龜蒙

曾看南朝畫國娃，古蘿衣上碎明霞。而今莫共金錢鬬，買却春風是此花。

桃花

唐白敏中

千朵穠芳倚樹斜，一枝枝綴亂雲霞。憑君莫厭臨風著，占斷春光是此花。

暮春滻水送别

唐韓琮

緑暗紅稀出鳳城，暮雲宫闕古今情。行人莫聽宫前水，流盡年光是此聲。

渡口

清王圖炳

雲自孤飛月自明，蒲帆十幅翦江行。君聽濁浪金焦外，淘盡英雄是此聲。

用始信字格

暮秋　　宋陸放翁

多雨今秋水渺然，溝溪無處不通船。山回忽得煙村路，始信桃源是地仙。

宮怨　　宋倪梅村

羅袖無香鏡有塵，一枝花瘦不藏春。十年不識君王面，始信嬋娟解誤人。

出城起句支韻　　宋劉克莊

日日銅瓶插數枝，瓶空頗訝折來稀。出城忽見櫻桃熟，始信無花可買歸。

送方健夫僉憲之任雲中　　明林次崖

曾把邊城入議思，當時那得見希奇。而今成敗多如料，始信胸藏百萬師。

用誰信字格

次韻楊公濟奉議梅花

宋蘇東坡

月地雲階漫一樽，玉奴終不負東昏。臨春結綺荒荆棘，誰信幽香是返魂。

題梅

元王冕

刺刺北風吹倒人，乾坤無處不沙塵。胡兒凍死長城下，誰信江南別有春。

夜投林泉觀

明許邦才

落日相將萬疊山，深林何處有柴關。不因邂逅岩扉宿，誰信天台隔世間。

烏棲曲

清徐緘

羅襦既解燭花殘，象牀迴薄流芳蘭。二八腰肢嬌比玉，誰信春來長獨宿。「宿」字不通韻。予按，恐可「眠」字。

和韓聖秋白海棠詩　清　方中德

雨洗風吹色不同，胭脂井在淡煙中。等閒免得牛羊踐，誰信當年面發紅。

用須信字格

即目　唐　韓偓

書墻暗記移花日，洗甕先知醖酒期。須信閒人有忙事，早來衝雨覓漁師。

成伯席上贈所出妓川人楊姐　宋　蘇東坡

坐來真箇好相宜，深注脣兒淺畫眉。須信楊家佳麗種，洛川自有浴妃池。

再過翠屏　宋　曾茶山

蠻荒乃有此巑岏，石黛因依碧玉寒。須信佳山如絶色，憑誰貌取一生看。

敘州 宋陸放翁

畫船衝雨入戎州，縹緲山横杜若洲。須信時平邊堠静，傳烽夜夜到西樓。

用須信字又格

李行中秀才醉眠亭 宋蘇東坡

君且歸休我欲眠，人言此語出天然。醉中對客眠何害，須信陶潛未若賢。

廬山雜興 宋僧惠洪

白水連空不見村，冥冥細雨濕黄昏。秋山咫尺無由到，須信關人不用門。

廣陵後園題申公扇子 宋蘇東坡

露葉風枝曉自勻，緑陰青子浄無塵。閒吟繞屋扶疎句，須信淵明是可人。

跋黄華墨竹

金　趙秉文

老可能爲竹寫真，東坡解與竹傳神。墨君有語君知否，須信黄華是可人。

續聯珠詩格卷之四

用第一字格

離思 唐元微之

紅羅著壓逐時新，吉了花紗嫩麴塵。第一莫嫌材地弱，些些紕縵最宜人。

晚春送王秀才遊剡川 唐施肩吾

越山花去剡藤新，才子風光不厭春。第一莫尋溪上路，可憐仙女愛迷人。

秦淮偶興 清桂堂

鱗鱗碧瓦照春萊，眢井宵深鳥語哀。第一林泉誰省得，數枝猶發舊宮槐。

西湖春遊起句先韻　元馬臻

南屏山色染春煙，路接高峰社鼓喧。第一橋邊春更好，御舟閒在翠芳園。

用第一字又格

狂題　唐司空圖

別鶴淒涼指法存，戴逵能耻近王門。世間第一風流事，借得王公玉枕痕。

元夜　宋范石湖

不夜城中陸地蓮，小梅初破月初圓。新年第一佳時節，誰肯如翁閉户眠。

明發茅田見鷺有感　宋楊誠齋

自嘆平生老道塗，不堪泥雨又驅車。鷺鷀第一清高處，拂曉溪中有幹無。

過清涼寺有感

清　袁倉山

細讀紗籠數首詩，尚書回首憶前期。英雄第一心開事，揮手千金報德時。

用一川字格

贈覺成上人

宋　僧惠洪

雲泉措置萬事外，鬚髮凋零伸欠中。想見龍城山下路，一川秋色稻花風。

秋日郊居

宋　陸放翁

行歌曳杖到新塘，銀闕瑶臺無此涼。萬里秋風菰米老，一川明月稻花香。

舍北望水鄉風物戲作

宋　陸放翁

西風沙際嬌輕鷗，落日橋邊繫釣舟。乞與畫工團扇本，青林紅樹一川秋。

題小景雜畫　明程敏政

小亭斜枕石溪濆，長夏空山草木薰。風雨忽來歸去晚，櫓聲搖碎一川雲。

用一自字格

宮梅　宋周南峰

一自瑤妃玉闕香，豈無人卧舊含章。清姿不上風流額，空對菱花暈曉妝。

與外弟飲　宋王安石

一自君家把酒杯，六年波浪與塵埃。不知烏石岡頭路，到老相尋得幾回。

牡丹起句删韻　宋陳與義

一自胡塵入漢關，十年伊洛路漫漫。青墩溪畔龍鍾客，獨立東風看牡丹。

墨梅　　元黃溍

一自携家湖水東，放舟時度玉花叢。因君貌得横斜影，閒却孤山月一蓬。

用一自字又格

馬嵬　　唐賈島

長川幾處樹青青，孤驛危樓對翠屏。一自上皇惆悵後，至今來往馬蹄腥。

有感　　唐李商隱

非關宋玉有微詞，却是襄王夢覺遲。一自高唐賦成後，楚天雲雨盡堪疑。

邠州詞獻高尚書　　唐李涉

將家難立是威聲，不見多傳衛霍名。一自元和平蜀後，馬頭行處即長城。

懷于鱗　明徐中行

黄河萬里接崑崙，太華天開西極尊。一自淩雲來賦客，未論紫氣滿關門。

用一從字格

寄穆侍郎　唐王昌齡

一從恩譴度瀟湘，江北江南萬里長。莫道薊門書信少，雁飛猶得到衡陽。

華陽吟　宋白玉蟾

一從别卻海南船，身逐雲飛江浙天。走遍洞天尋隱者，不知費幾草鞋錢。

春暮遊小園　宋王菉漪

一從梅粉褪殘妝，涂抹新紅上海棠。開到荼蘼花事了，絲絲天棘出莓墻。

瘦馬圖　宋　龔開

一從雲霧降天關，空盡先朝十二閑。今日有誰憐瘦骨，夕陽沙岸影如山。

真上人再往惠山寺因寄　清　顧明經協

一從携鉢上天臺，履跡層層長緑苔。爲愛青山青不老，白雲飛去又飛來。

用一從字又格

遇湖州妓態宜　唐　李涉

陵陽夜讌使君筵，解語花枝出眼前。一從明月西沉海，不見嫦娥二十年。

洛中　唐　杜牧之

柳動晴風拂路塵，年年宫闕鎖濃春。一從翠輦無巡幸，老却蛾眉幾許人。

南還至横浦驛 清 彭孫遹

憶向清秋採白蘋，今來江上値殘春。一從横浦三年别，南北俱爲萬里人。

鬬鷄坡 清 顧萬祺

紅粉宫中小隊齊，花痕凝碧草萋萋。一從孫武歸山后，不教三軍教鬬鷄。

用不分字格

宿小沙溪 宋 楊誠齋

諸峰知我厭泥行，捲盡癡雲放嫩晴。不分竹梢含宿雨，時將殘點滴寒聲。

夜泊平望終夕不寐 宋 楊誠齋

船中新熱睡難成，聽盡漁舟掠水聲。不分兩窻窻外月，如何不爲别人明。

清明

元范梈〔一〕

旅庖欲禁自無煙，酒裏中原熟食天。不分小桃紅似火，爲人兒女照鞦韆。

爲尤展成悼亡

清王漁洋

三年明月鑒虚帷，那更吟君惆悵詩。不分阿灰腸斷句，黄昏微雨晝簾垂。

水調詞

唐陳陶

羽管懶調怨别離，西園新月伴愁眉。容華不分隨年去，獨有妝樓明鏡知。

西風

宋翁卷

一處西風一處愁，又逢鳴雁在滄州。芙蓉不分秋蕭索，鬬拆繁紅滿樹頭。

〔一〕梈：底本訛作「椁」，據《范德機詩集》卷六改。

用不分字又格

閨情　　唐李端

月落星稀天欲明，孤燈未滅夢難成。披衣更向門前望，不分朝來鵲喜聲。

楊柳枝詞　　唐韓琮

新柳歌中得翠條，遠移金殿種青霄。上陽宫女吞聲送，不分先歸舞細腰。

北征口號　　清施愚山

日夜蟲聲不肯休，干戈衰疾并含愁。老夫宦興秋雲薄，不分飛蓬愛遠遊。

用不但字格

江山道中蠶麥大熟　　宋楊誠齋

衢信中央兩盡頭，蠶辨今歲十分收。穗初黄後枝無緑，不但麥秋桑亦秋。

端午病中止酒

宋楊誠齋

病裏無聊費掃除，節中不飲更愁予。偶然一讀香山集，不但無愁病亦無。

還家

宋王若虛

日日他鄉恨不歸，歸來老淚更沾衣。傷心何啻遼東鶴，不但人非物亦非。

用不向字格

東樓醉

唐白樂天

天涯深峽無人地，歲暮窮陰欲夜天。不向東樓時一醉，如何擬過二三年。

題酸棗縣蔡中郎碑

唐王建

蒼苔滿字土埋龜，風雨消磨絶妙詞。不向圖經中舊見，無人知是蔡邕碑。

齊山偶題　宋沈遼

朝雲未散白笴陂，落日已過銅陵西。不向人間生皓髮，直尋仙客上青溪。

題陶穀郵亭夜宿圖　元于立

行春使者惜春華，處處春風楊柳花。不向江南望江北，却將恩怨屬琵琶。

用不向字又格

廣陵城　唐孟遲

紅繞高臺綠繞城，城邊春草傍墻生。隋家不向此中盡，汴水應無東去聲。

少年行　唐王維

出身仕漢羽林郎，初隨驃騎戰漁陽。孰知不向邊庭苦，縱死猶聞俠骨香。

題段太尉廟

唐　許渾

静想追兵緩翠華，古碑荒廟閉松花。紀生不向榮陽死，争有山河屬漢家。

登富陽觀山亭

宋　程俱

橋公宅中木參天，孫郎山前春燒煙。大橋不向五湖去，建康宫深空歲年。

用不向字又格

上高侍郎

唐　高蟾

天上碧桃和露種，日邊紅杏倚雲栽。芙蓉生在秋江上，不向東風怨未開。

送真舍人帥江西

宋　劉克莊

應對詼諧路亦開，漢家天子日招來。當時惟有膠西相，不向平津閤裏來。

晚過楓橋　清　沈雲淑

雨不成絲柳帶煙，暮天遠水正無邊。客愁最怕鐘聲攪，不向楓橋夜泊船。

仲鳴蒲桃起句青韻　明　李攀龍

萬顆蒲桃照玉盤，西施乳滴露華寒。故人更比相如渴，不向金莖夜夜看。

用猶向字格

誚山中叟　唐　施肩吾

老人今年八十幾，口中零落殘牙齒。天陰傴僂帶嗽行，猶向巖前種松子。

寄清越上人　唐　張喬

大道本來無所染，白雲那得有心期。遠公獨刻蓮花漏，猶向空山禮六時。

畫秦宮人起句青韻　宋　謝翱

結草爲衣類鶴翎，初來一味服黄精。宫鶯幾處銜花出，猶向山中認得聲。

宿浚儀公湖亭　元　楊載

兩兩三三白鳥飛，背人斜去落漁磯。雨餘不遣濃雲散，猶向前山擁翠微。

筆　明　郭登

縮蚓塗鴉不自嫌，却將毫末强揪撏。中書老矣真無用，猶向人前要出尖。

用多謝字格

寄王少府　唐　施肩吾

采松仙子徒銷日，喫菜山僧枉過生。多謝藍田王少府，人間詩酒最關情。

蓮葉　唐　鄭谷

移舟水濺差差緑，倚檻風搖柄柄香。多謝浣紗人未折，雨中留得蓋鴛鴦。

謝孫舍人題名水亭　宋　魏仲先

紫薇客寫青苔壁，不與尋常姓字同。多謝溪煙知我意，豫先替作碧紗籠。

五色雀　元　余靖

五方純色儼衣冠，應是山靈寄羽翰。多謝相逢殊俗眼，謫官猶作貴人看。

柳枝詞　元　張昱

尊前不棄小腰身，争欲攙先上舞茵。多謝東風好擡舉，盡情分付畫眉人。

用多謝字又格

寒鷄　宋　楊誠齋

寒鷄睡著不知晨，多謝鐘聲喚起人。明曉莫教鐘睡著，被他鷄笑不須嗔。

舊扇

清　袁倉山

四年前贈扇頭詩，多謝佳人好護持。不是文君才絕世，相如琴曲有誰知。

戲爲牛郎贈織女

清　何夢瑶

巧妻常爲拙夫忙，多謝天孫製七襄。舊借聘錢過百萬，織來雲錦可能償。

笥溝早發

清　沈用濟

北風獵獵水茫茫，多謝吴門鼓枻孃。鐵鹿長檣四千里，送人夫婿早還鄉。

用多少字格

酒醒

唐　崔道融

酒醒撥剔殘灰火，多少淒涼在此中。爐畔自斟還自醉，打窗深夜雪兼風。

醉歌起句魚韻　宋汪元量

涌金門外雨晴初，多少紅船上下趨。龍管鳳笙無韻調，却撾戰鼓下西湖。

題川無竭寄傲窗　宋何夢桂

南山有路滑如苔，多少人從半嶺回。不是老僧空傲世，世人自不上山來。

用多少字又格

齊安郡中偶題　唐杜牧之

兩竿落日溪橋上，半縷輕煙柳影中。多少緑荷相倚恨，一時回首背西風。

紅橋晚步　清朱文震

西風開遍野棠花，垂柳枝枝數點鴉。多少畫船歸欲盡，夕陽偏戀玉鈎斜。

澶州雜詩 清 吴飛池

晨光黯黯樹稀微，雲帶炊煙濕不飛。多少人家秋色裏，滿天白露漫柴扉。

西湖夜望 清 葛筠亭

月光山色静窗扉，夜景空明水四圍。多少漁燈風不定，滿湖心裏作螢飛。

用多少字又格

江南春 唐 杜牧之

千里鶯啼緑映紅，水村山郭酒旗風。南朝四百八十寺，多少樓臺煙雨中。

鶯梭 宋 劉克莊

擲柳遷鶯太有情，交交時作弄機聲。洛陽三月花如錦，多少工夫織得成。

題畫鸕鷀　明何孟春

一種胎生不作仙，卻名烏鬼趁漁船。江頭斜日腥風起，多少成群曬翅眠。

雨霽　清馮班

溪水溶溶拍野橋，薄雲開日露林梢。不知一夜前林雨，多少春泥上燕巢。

用何事字格

橫江詞　唐李太白

橫江館前津吏迎，向余東指海雲生。郎今欲渡緣何事，如此風波不可行。

遊嘉州後溪　唐薛能

山屐經過滿徑蹤，隔溪遥見夕陽春。當時諸葛成何事，只合終身作卧龍。

芭蕉

唐錢珝

冷燭無煙緑蠟乾，芳心未展怯春寒。一緘書札藏何事，會被東風暗折看。

汶公館我於東堂閲舊詩卷

宋蘇東坡

夢覺還驚屧響廊，故人來炷影前香。鬢鬚白盡成何事，一帖空存老遂良。

用忽然字格

同樂天登栖靈寺塔

唐劉禹錫

步步相攜不覺難，九層雲外倚闌干。忽然笑語半天上，無限遊人舉眼看。

書望洪亭壁

宋蘇東坡

河漲平來出舊洪，山城都在水光中。忽然歸壑無尋處，千里禾麻一半空。

客舍　宋　范石湖

轂擊肩摩錦繡堆，朝聲洶洶暮聲催。忽然憶起長橋路，天鏡無邊白鳥迴。

發孔鎮晨炊漆橋道中紀行　宋　楊誠齋

雨入秋空細復輕，松梢積得太多生。忽然落點拳來大，偏作行人滴傘聲。

夜半起飲酒作草書數紙　宋　陸放翁

有漏神仙有髪僧，碧嶹攲枕對秋燈。忽然起索三升酒，颯颯蛟龍入剡藤。

用分明字格

聽箏　唐　張祜

十指纖纖玉筍紅，雁行輕遏翠絃中。分明似説長城苦，水咽雲寒一夜風。

斑竹筒簟　唐杜牧之

血染斑斑成錦紋，昔年遺恨至今存。分明知是湘妃泣，何忍將身卧淚痕。

題建溪圖　唐方干

六幅輕綃畫建溪，刺桐花下路高低。分明記得曾行處，秖欠猿聲與鳥啼。

除夜自石湖歸苕溪起句庚韻　宋姜夔

黄帽傳呼睡不成，投篙細水激流冰。分明舊泊江南岸，舟尾春風颭客燈。

予讀書賜硯樓下　清黄之雋

文字中間老蠹魚，不因應舉上公車。分明卅載前燈火，照爾紡紗儂讀書。

用分明字又格

長信秋詞　唐王昌齡

真成薄命久尋思，夢見君王覺後疑。火照西宫知夜飲，分明複道奉恩時。

念昔遊　　唐杜牧之

雲門寺外逢猛雨，林黑山高雨腳長。曾奉郊宮爲近侍，分明㩻㩻羽林槍。

陰地關　　唐雍陶〔一〕

漢家公主昔和蕃，石上今餘手跡存。風雨幾年侵不滅，分明纖指印苔痕。

松江早春　　唐皮日休

松陵清淨雪消初，見底新安恐未如。穩凭船舷無一事，分明數得鱠殘魚。

古意　　清宗元鼎

沉沉煙柳汴河邊，行到郵亭兩岸蟬。當日征人含淚語，分明爲約只三年。

〔一〕陶：底本訛作「唐」，據《全唐詩》卷五百十八改。